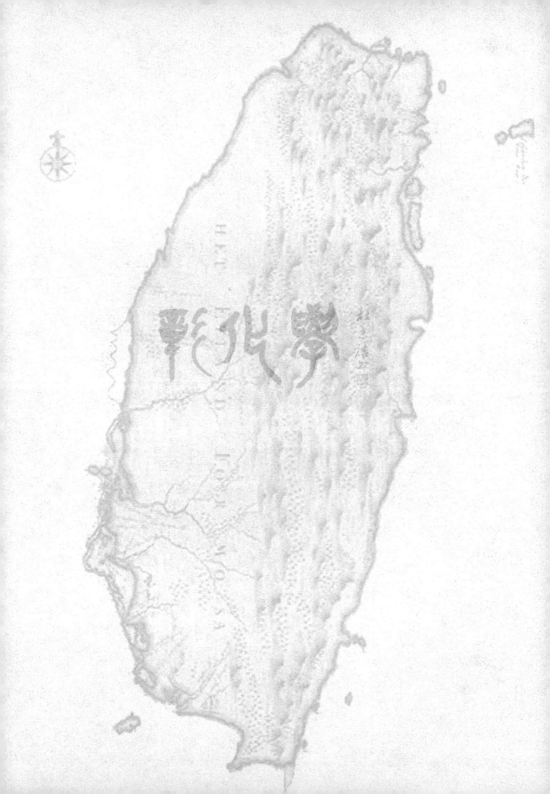

彰化學 014
臺灣古典詩家
洪棄生

陳光瑩◎著

晨星出版

【叢書序】

啓動彰化學
——共同完成大夢想

林明德

二十多年來，台灣主體意識逐漸抬頭，社區營造也蔚為趨勢。各縣市鄉鎮紛紛編纂史志，大家來寫村史則方興未艾。而有志之士更是積極投入研究，於是金門學、宜蘭學、澎湖學、苗栗學、台中學、屏東學……，相繼推出，騰傳一時。

大致上說來，這些學術現象的形成過程，個人曾直接或間接參與，於其原委當有某種程度的了解，也引起相當深刻的反思。

一九九六年，我從服務二十五年的輔大退休，獲聘於彰化師大國文系。教學、研究之餘，仍然繼續台灣民俗藝術的田調工作。一九九九年，個人接受彰化縣文化局的委託，進行為期一年的飲食文化調查研究，帶領四位研究生進出二十六個鄉鎮市，訪問二百三十多個飲食點，最後繳交《彰化縣飲食文化》（三十五萬字）的成果。

當時，我曾說過：往昔，有一府二鹿三艋舺的符碼；今天，飲食文化見證半線風華。這是先民的智慧結晶，也是彰化的珍貴資源之一。

彰化一帶，舊稱半線，是來自平埔族「半線社」之名。清雍正元年（1723），正式立縣；四年（1726）創建孔

廟，先賢以「設學立教，以彰雅化」期許，並命名為「彰化縣」。在地理上，彰化位於台灣中部，除東部邊緣少許山巒外，大部分屬於平原，濁水溪流過，土地肥沃，農業發達，有「台灣第一穀倉」之美譽。三百年來，彰化族群多元，人文薈萃，並且累積許多有形、無形的文化資產，其風華之多采多姿，與府城相比，恐怕毫不遜色。

二十五座古蹟群，各式各樣民居，既傳釋先民的營造智慧，也呈現了獨特的綜合藝術；戲曲彰化，多音交響，南管、北管、高甲戲、歌仔戲與布袋戲，傳唱斯土斯民的心聲與夢想；繁複的民間工藝，精緻的傳統家俱，在在流露令人欣羨的生活美學；而人傑地靈，文風鼎盛，舊、新文學引領風騷，成果斐然；至於潛藏民間的文學，既生動又多樣，還有待進一步的挖掘與整理。

這些元素是彰化的底蘊，它們共同型塑了「人文彰化」的圖像。

十二年，我親近彰化，探勘寶藏，逐漸發現其人文的豐饒多元。在因緣俱足之下，透過產官學合作的模式，正式推出「啟動彰化學」的構想。

基本上，啟動彰化學，是項多元的整合工程，大概包括五個面相：課程設計結合理論與實際，彰化師大國文系、台文所開設的鄉土教學專題、台灣文化專題、田野調查、民間文學、彰化縣作家講座與文化列車等，是扎根也是開拓文化人口的基礎課程，此其一；為彰化學國際化作出宣示，二〇〇七彰化文學國際學術研討會聚集國內外學者五十多人，進行八場次二十六篇的論述，為彰化文學研究聚焦，也增加彰化學的國際能見度，此其二；彰化師大文學院立足彰化，於人文扎根、師資培育、在職進修與社會服務扮演相當重要

角色，二○○七重點發展計畫以「彰化學」爲主，包括：地理系〈中部地區地理環境空間分析〉、美術系〈彰化地區藝術與人文展演空間〉與國文系〈建置彰化詩學電子資料庫〉三個子題，橫向聯繫、思索交集，以整合彰化人文資源，並獲得校方的大力支持，此其三；文學院接受彰化縣文化局的委託，承辦二○○七彰化學研討會，我們將進行人力規劃，結合國內學者專家的經驗與智慧，全方位多領域的探索彰化內涵，再現人文彰化的風貌，爲文化創意產業提供一個思考的空間，此其四；爲了開拓彰化學，我們成立編委會，擬訂宗教、歷史、地理、生物、政治、社會、民俗、民間文學、古典文學、現代文學、傳統建築、傳統表演藝術、傳統手工藝與飲食文化……等系列，敦請學者專家撰寫，其終極目標乃在挖掘彰化人文底蘊，累積人文資源，此其五。

彰化師大扎根半線三十六年，近年來，配合政策積極轉型爲綜合大學，努力參與社區總體營造，實踐校園家園化，締造優質的人文空間，經營境教，以發揮潛移默化的效果，並且開出產官學合作的契機，推出專案，互相奧援，善盡知識分子的責任，回饋社會。在白沙山莊，師生以「立卦山福慧雙修大師彰師大，依湖畔學思並重明德化德明。」互相勉勵。

從私立輔大退休，轉進國立彰師大，我的教授生涯經常被視爲逆向操作，於台灣教育界屬於特例；五年後，又將再次退休。個人提出一個大夢想，期望結合眾多因緣，啓動彰化學，以深耕人文彰化。爲了有系統的累積其多元資源，精心設計多種系列，我們力邀學者專家分門別類、循序漸進推出彰化學叢書，預計每年十二冊，五年六十冊。並將這套叢書獻給彰化、台灣與國際社會。

　　基本上，叢書的出版是產官學合作的最佳典範，也毋寧是台灣學的嶄新里程碑。感謝彰化縣文化局、全興、頂新、帝寶等文教基金會與彰化師大張惠博校長的支持。專業出版社晨星的合作，在編輯、美編上，為叢書塑造風格，能新人耳目；彰化人杜忠誥教授，親自題寫「彰化學」三字，名家出手為叢書增色不少，在此一併感謝。

　　回想這套叢書的出版，從起心動念，因緣俱足，到逐步推出，其過程真是不可思議。

　　「讓我們共同完成一個大夢想吧。」我除了心存感激外，只能如是說。

・林明德（1946〜），台灣高雄縣人。國立政治大學中文博士。現任國立彰化師範大學國文學系教授兼副校長。投入民俗藝術研究三十年，致力挖掘族群人文，整合民俗藝術，強調民俗是一切藝術的土壤。著有《台澎金馬地區區聯調查研究》（1994）、《文學典範的反思》（1996）、《彰化縣飲食文化》（2002）、《阮註定是搬戲的命》（2003）、《台中飲食風華》（2006）。

【自序】
臺灣古典詩家洪棄生

陳光瑩

　　二〇〇六年七月二十四日，中國時報一則新聞標題「前清詩人洪棄生故居拆成廢墟」，照片說明有「最近古街區後車巷進行古蹟保存區周邊道路工程景觀改造，地主利用翻修機會，幾天前將轉手而來的前清詩人洪棄生故居夷爲平地準備重建，讓人不捨。」閱後遙思前賢，其詩作提及日治時期市區改正，家屋得免拆毀之災，而身後寂寞，當年可供憑弔者如今盡成廢墟，不免蕭索慨嘆。

　　洪棄生，生於清同治五年（1866），卒於一九二八年，享年六十三歲。本名攀桂，官章一枝，字月樵。日治後改名繻，字棄生，臺灣彰化鹿港人。爲清末至日治時期，台灣古典詩大家。各體兼擅、風格饒美，其詩苟置之有清詩作之林，亦足稱名家。其中以諷諭詩爲大宗，所詠者多關乎清末至日治初期時事之大者。晚年遊大陸，詩作融冶山水、諷諭、詠史於一爐，別有新境。其他題材如香奩體詩、詠物詩、遊仙詩等，亦有可觀處。評述歷代詩作詩人的文學批評作品則收錄在《寄鶴齋詩話》。詩作以《謔蹻集》、《披晞集》、《枯爛集》、《壯悔餘集》、《試帖詩集》、《寄鶴齋詩選》、《八州詩草》爲範圍。以上詩作共二〇五〇首，加上《臺灣詩薈》、《寄鶴齋詩草》的三首，共二〇五三首。

　　回想十一年前初讀洪棄生詩作，文詞工麗清新之餘，詩人針砭時弊，反抗殖民統治的凜然風骨，時時激勵心志。拙著總結博士論文《洪棄生詩歌研究》（2003）成果，體例與論點更

求簡要精闢，期有當於著述。爲求論述完整，博士論文的詩論專章未收錄，增益博士後才完成的兩篇論文，即本書章節中的遊仙詩與題畫詩。

目前有關洪棄生的研究專著，用力最勤的首推程玉凰老師《嶙峋志節一書生——洪棄生及其作品考述》，此書爲洪棄生之研究奠定良基。研究詩作之論文，如邱靖桑《洪棄生社會詩研究》、劉麗珠《臺灣詩史——洪棄生詩與史研究》，對詩作之旨趣、技巧、風格，頗有心得。惟二書只研究部分詩作。本書研究其所有詩作，分題材論述，各章之「前言」先闡明此類詩作之源流，並析論創作觀，抉發詩境創闢處。探討技巧及風格，闡揚其詩藝，總論其成就與地位，彰顯其價值。

洪氏經歷清末至日治時期，見證臺灣割日、民國肇造等世變，詩作體制內容宛然有「變雅」、「騷風」之境。拙著援引「世代認同」、「後殖民」等觀點，以「知人論世」，「以意逆志」。論述透闢處在比較東西方詩人詩作無心合轍，卻深具啓發者。「不學博依，不能安詩。」不自知鄙陋，略獻芻蕘。古人說「十年磨一劍」，研究寫作洪氏詩歌超過十年，雖愚者尚能有得，尚祈方家指正。

【目錄】 contents

第一章　生平與交遊

　　洪棄生經歷清朝同治、光緒、宣統三朝，跨越至中華民國建立之後。從臺灣的歷史言，則由清領時期跨越至日治中期。就其個人言，乙未（1895）臺灣割日，為其生涯轉捩點。乙未以前他志在科舉，求為世用，以經世濟民。臺灣割日的身世之痛和家國之悲，使他絕仕貞隱，專心著述。堅持不與日人打交道，以口伐筆誅的強烈反抗態度，將詩作史，為一代之興亡留下見證與反思，其道德文章足為臺灣人之典範。本章分析其「題贈哀輓詩」以及部分的「詠懷詩」，「以意逆志」以收「知人論世」之功。

第一節　詩壇風氣

　　清末及日治時期詩壇風氣，對棄生詩歌創作產生深遠的影響。

一、清末以詩諷諭的風氣大興

　　晚清中國面臨數千年來未有之變局，為求救亡圖存，傳統士人學術上既主張「變法」之思想，古典詩壇亦有「詩界革命」之提倡。若黃遵憲主張「我手寫我口」，以為詩當「詩之外有事，詩之中有人。」語言上採納方言、俗諺，甚至以新名詞入詩。並融鑄古籍之名物，可切於今事者皆假借而用之。在鍊格上博採歷代詩家之長而無賤今貴古之偏頗；在修辭取材上，取古人比興之體，乃至樂府離騷之神理，復以單行之神運

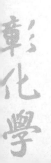

排偶之體，用古文家伸縮離合之法以入詩。[1]其雄奇創闢之詩篇，深深影響晚清詩壇。附和景從者有梁啓超、丘逢甲等人，梁氏揭櫫「詩界革命」之大纛。

此外，尚有「同光體」派之袁昶（1846～1900，字爽秋，號漸西村人）、陳三立（1853～1937，字伯嚴，號散原）等人。[2]當時又有詩老王闓運（1833～1916，字壬秋，號湘綺），以及後起之秀樊增祥（1846～1931，字嘉父，號樊山）、易順鼎（1858～1920，字實甫，別號哭菴）等人。棄生嘗評王闓運之名作〈圓明園詩〉詞藻豐蔚，然不及王國維（1877～1927，字靜安，號觀堂）〈頤和園詩〉之工，可媲美吳梅村詩史。[3]黃、丘、袁、陳、樊、易諸人之詩風，棄生云：「近日詩格，有主奧衍微至者，袁爽秋（昶）、陳伯嚴（三立）其著也。有主發揚高華者，黃公度（遵憲）、樊雲門（增祥）、易實甫（順鼎）其著也。尚有四川榮縣趙堯生（熙），詩格在高華微至之間，惜乎余不多見。若吾臺邱仙根（逢甲）詩格，則早年多高華，中年近微至，惜余多見其詩，而未遑多錄。」[4]

棄生認爲有清一代之詩學譜系，爲唐詩及宋詩二派相爲興衰。宋詩多風趣，切近賦物；唐詩用心於風格，每高視闊步，不屑於瑣屑之景。又以爲詩家恒爲唐音者，久之多兼宋意。[5]他以「奧衍微至」及「發揚高華」來評論晚清詩家，自

1　見黃遵憲《人境廬詩草》自序一文。

2　「同光體」一語，引自陳衍《石遺室詩話》卷一，頁6、16、18；卷31，頁450。收於《陳衍詩論合集》上冊（福建人民出版社，1999年9月第一刷）；金天羽，〈再答蘇戡先生書〉，《天放樓文言》（臺北：文海，1969年1月初版）頁358；張之洞〈過蕪湖弔袁漚簃四首〉其四，《張文襄公全集》卷227，頁16300；梁啓超《飲冰室詩話》（北京：人民文學出版社，1998年5月第一刷）頁10。

3　《寄鶴齋詩話》（南投：臺灣省文獻委員會，1993年5月31日）頁149。

4　《寄鶴齋詩話》（南投：臺灣省文獻委員會，1993年5月31日）頁147。

5　同上註，頁34、52。

然是以宋詩及唐詩之詩風立論。然不論宗宋宗唐，晚清詩人之詩作大多感事憂時，比興深微，每有哀國憐民的變風變雅之音。[6]學者龔鵬程以「諷寓」來狀顯此一時期詩作之精神特色，詩大抵屬於「含藏本事」及「譏諷時局」二大內容。[7]

這種詩風由晚清延至民初。試觀陳三立詩有「我輩今爲亡國人」「爬抉物怪寫雜亂，自然變徵音酸楚。」追懷「雍容揄揚又一時，追拾墜韻同鸞羽。」[8]的前清盛世。關於此諷寓詩風，黃遵憲嘗云：「澧蘭沅芷無窮意，況復哀時重自傷。」「風雅不亡由善作（「作」一作「變」），光豐以後益矜奇。[9]」丘逢甲則認爲道、咸、同、光四朝詩，可說是「榛莽中原入變風。」[10]這種心理，誠如棄生〈讀變雅詩說〉云：「〈節南山〉之詩云：『昊天不傭，降此鞠𣧑。昊天不惠，降此大戾。』亦危難悲天之辭，如人之疾痛而呼父母也。鄭氏必以昊天爲喻王，何以解於『昊天不平，我王不寧』乎？黃鳥之詩曰：『此邦之人，不我肯穀。』亦越在草莽之辭，疑如今之陷於夷狄之人也！哀哉，當時之詩也。」[11]

讀《詩經·小雅·節南山》一詩而哀憐當時爲西方列強宰制之中國人。蒿目時艱之悲情，又如〈讀變雅書感〉云：「蓋詩人哀於下，志士奮於上，一戰殺敵兆於風謠之間矣。晉之世淪陷五湖，士大夫猶尙清談，其與今日之嚅唯背憎，千古一轍，其不遽亡者倖也。其在詩曰：『亂是用餤』，其是之謂

6　同前註《陳衍詩論合集》。樊增祥《樊山續集》卷11、卷24（臺北：文海，1978年版）頁1479、2118。趙熙《香宋詩詞鈔》（臺北：正中，1966年6月初版）頁33。
7　見龔鵬程〈晚清詩人諷寓的傳統〉一文，收於《讀詩偶記》（臺北：華正，1987年8月再版）。
8　陳三立《散原精舍詩續集》卷中（臺北：中華，1961年7月初版）頁7。
9　引自黃遵憲著，錢仲聯箋注〈酬曾重伯編修〉其一、其二，《人境廬詩草箋注》（上海古籍出版社，1999年12月第二刷）頁761、762。
10　丘逢甲《嶺雲海日樓詩鈔》（上海古籍出版社，1982年9月第一刷）頁359。
11　《寄鶴齋古文集》頁64。

乎？」[12]滿懷國亡之憂，其詩自然多是變風變雅之哀音，可覘見晚清詩壇諷諭詩風之來由。

二、日治時期詩社林立

清代詩壇宗宋尊唐風氣互爲興衰，自然影響到臺灣詩壇。清代臺灣的古典詩人，大多仰挹唐、宋以降諸詩家之餘澤，以自鍊詩格而煥發異彩云。[13]尤其是清末至日治時期，詩人丘逢甲、施士洁、許南英等詩家之作品，皆蔚然可觀。棄生廁列其中而無愧色。其少時即擅長詩文，[14]未冠時之作，有〈旅思二首〉等。[15]〈旅思二首〉其二云：「歡情如月輪，圓時再不滿。」比喻自然。又云：「愁心如車輪，長行去不返。」比喻質直，已露雛鳳清音。

光緒十一年所作試帖詩〈刺繡五紋添弱線（得添字）〉詩題擷取自杜甫〈小至〉一詩頷聯上句。其友張光岳曾挈要其作詩學程云：「……初喜四傑，繼喜李、杜、高、岑、韓、白，兼愛李頎；五言，則兼韋、柳、王、孟。既而知唐不可專守，則由選詩以上窺漢、魏，朝夕浸淫，不能自已，而古音始出於行間。而君又謂此纔得古格，而不足盡變體；乃降而求之兩宋、元、明、國初諸老；而詩之源流畢達，而君之詩學日上矣。」[16]觀其乙未以前之《譎蹻集》詩作，確實有前代詩家的影子。

棄生「悲歌悲歌可奈何，英雄事業半銷磨。」[17]句式似杜甫〈乾元中寓居同谷縣作歌七首〉「有客有客字子美」。

12　前引書《寄鶴齋古文集》頁245。
13　施懿琳《清代臺灣詩所反映的漢人社會》（國立臺灣師範大學國文研究所博士論文，1991年5月）頁51-52。
14　〈喜次兒十二歲能詩兼畫〉，《寄鶴齋詩集》，頁280。
15　《洪棄生先生遺書》（三）（臺北：成文，1970年4月一版）頁1292。
16　《寄鶴齋詩集》，〈寄鶴齋詩序〉。
17　同上註，〈月下聽歌〉，頁36。

其〈夜坐〉「殘月四更山外吐。」[18]又似杜甫〈月〉「四更山吐月，殘夜水明樓。」之意象。其「天末望歸路，落葉已紛紛。」[19]意象又本自李白〈夜泊牛渚懷古〉末句。他自云：「時聞吟李杜，滄海吼長鯨。時聞哦韋柳，雪竹引銀笙。」[20]可見平日聽誦念讀皆前賢詩作。〈鹿溪看月偶憶〉云：「是時正值九月秋，月照鹿門歸路熟。今年風景去年鮮，贏得閒情倍去年。」[21]閒情頗似孟浩然〈夜歸鹿門寺〉「人隨沙路向江村，吾亦乘舟歸鹿門。」

此外，棄生《寄鶴齋詩集》〈雜詩二首〉其一云：「旨哉昌黎言，此輩如聚蚊。」意象本自韓愈〈雜詩四首〉其一「朝蠅不須驅，暮蚊不可拍。」而棄生詠臺灣府八景之「八景詩」，意象、句法有模仿王灣、王維、杜甫、杜牧之痕跡（見行旅遊覽詩一章）。從詩體詩風言，有近於漢魏古詩者，如〈旅思二首〉、〈西洲曲〉等。有意象雄秀似唐詩者，如〈馬尾山曉望〉「來欲吞山去平地，落霞如火一江紅。」云云。而〈海上遇風即事〉云：「回視天色明，萬變俱收拾。乃知險阻間，隨處可安戢。乾坤亦幻然，江河吾且挹。」議論之風，又似宋詩。

至於臺灣詩社之肇端，可上溯至明末沈光文的「東吟社」。日治時期，臺灣詩社更臻昌盛，[22]其原因有二：「一為前清遺儒，學非所用，生活坎坷，傷今弔古，相率為詩，以自解嘲。一為省籍人士，未忍漢學之墜，提倡詩學，以宣揚國粹，於是，一呼百應，詩社繼立，而擊缽之風，遂風靡全島

18　同上註，頁101。
19　同上註，〈寒日偶詠四首〉其三，頁22。
20　同上註，〈書堂聽讀〉，頁22。
21　同上註，頁49。
22　許俊雅《臺灣寫實詩作之抗日精神研究》（臺北：國立編譯館，1997年4月）。

矣。」[23]

　　光緒二十三年（1897），棄生與其友施梅樵等人共組鹿苑吟社。一九二一年，又擔任大冶吟社之顧問。此外，他與臺北瀛社的洪以南，臺南南社的謝石秋等人皆屬文字交。與中部櫟社的中堅詩人林癡仙、林幼春等人時相過從，詩酒唱和。[24]

　　棄生〈賦得陳孟公過左阿君受劾四首（詩社同詠）〉詩前序云：「詩社首唱蔡君命題爲張麗華膝上判事，亦香奩亦詠史，蔡君風流於茲可見，予以沮事未赴首會，自敗乃興，因以敗友人之興，故不待其詞之畢，而予詩興勃然矣，爰仿蔡君意，命詠陳遵故事。」[25]棄生仿櫟社蔡振豐意，詠陳遵故事云：「卻似信陵醇酒飲，磋磨意氣已無聲。」[26]棄生嘗溺於醇酒美人，以銷磨牢落不平之氣，莫怪莊嵩云：「畢生著述無今古，一世風流有是非。」[27]「以詩會友，以友輔仁。」是棄生詩藝精進的要素。

第二節　家庭狀況

　　言「祖籍里居及父母」、「兄嫂及姪孫」、「妻及妻族」、「子孫」。

一、祖籍里居及父母

　　據棄生〈先考孝恭公墓志銘〉兩篇所載之祖先譜系，[28]始祖洪天鳳約在南宋末年，定居衍族於福建省南安山內。家族自

23　「聞樵」語，轉引自黃美娥〈日治時代臺灣詩社林立的社會考察〉一文，《臺灣風物》47卷3期，1997年9月30日，頁76。
24　棄生嘗應和櫟社吟詠詩會之詩題，如〈對酒用太白韻應諸同人作二首〉。
25　同前註，《寄鶴齋詩集》，頁407。
26　呂敦禮《厚菴遺草》有〈陳孟公過左阿君受劾〉一詩，次於〈丁未三月同櫟社諸子會於菜園拈得文韻〉後。知棄生詩乃應和櫟社詩題而作，當作於丁未（1907）年。
27　莊嵩（1880～1938）《太岳詩草》上冊（臺北縣：龍文，1992年版）頁144。
28　《洪棄生先生遺書》（臺北：成文，1960年初版）頁2816、2529。

祖父至忠公時，始自福建省泉州府南安縣大演鄉渡海來臺，時間約在嘉慶年間。祖洪至忠先是落腳北斗（今彰化縣北斗鎮），在此結婚，生下二子：沛源與江霖。江霖即棄生父，在此地先後娶妻陳氏、張氏。張氏哮即棄生生母。

棄生父母是在咸豐三年因避「曾圭角之亂」逃到彰化縣城，至同治元年發生「戴潮春之亂」，始再徙遷鹿港。父天性孝慈，事奉母、叔十分恭謹。此因父洪江霖七歲失怙，由叔父清嵩撫養長大，叔姪感情十分深厚。棄生父不僅孝謹，且能養生送死，爲人忠恕，待人誠懇。墓志銘云其「終一生未嘗以一語誆人，一事欺世……愼於取予，喪嫁婚姻，雖家貧不以稱貸累人；性尤儉樸，惜字紙、重五穀，諄諄望子孫成名；見讀書人，必敬之；不肖孩稚，教以三字經……。」棄生〈傷三兒彌月殤〉云：「吾父孝恭公，慈祥而孝悌。隱德及多人，和光消眾瘭。」

棄生父之慈孝、祥和，影響棄生一生立身行事甚鉅。其父一生最大的心願，就是期待棄生能功成名就，上膺民社，下榮祖宗。因此在光緒十七年（1891）病危時，棄生正準備參加舉人考試，爲了不影響他的行程，刻意隱瞞其病情，卻仍在洪氏應試之前病逝。親情恩重，表露無遺。

洪氏有母二人，前母陳氏，無子，年二十九而卒。生母張氏哮，道光七年（1827）二月生於彰化北斗里，二十二歲于歸。生有四子，長子及三子均早殤。次子文瑞，四子爲棄生；女二，長女名菊，次女名教，皆棄生之姊，棄生排行最小。

其母一生嘗盡戰亂顛沛流離之苦，先後經歷曾圭角、戴潮春之變亂，後有光緒十年（1884）中法戰役，法軍進攻基隆。光緒十四年（1888），施九緞攻彰化。其母至老猶見中日甲午之戰。乙未年（1895）割臺，臺民起而抗日，其母迭受驚嚇。九月，全臺淪陷，十一月病逝，享年六十九歲。洪氏〈先妣張

氏墓志銘〉云：「（乙未年）七月下旬，洋兵佔居廬舍，枝與嫂及妻，扶母抱子避居友家。母受昏炫之疾三年矣。枝之兄守廬舍，母之寢食不安可知也。洋兵去而母歸，母歸不數月而疾甚，彌留數晝夜，而疾不可爲矣，嗚呼痛哉！」不幸失恃於兵馬倥傯之亂世，棄生哀痛逾恆。[29]

二、兄嫂及姪孫

　　據程玉凰考證，棄生僅存一兄，名文瑞，字文祥，號惇慎。生於咸豐八年（1858），卒於日治昭和元年（1926），年六十九歲。大嫂楊早，號慈懿，生於咸豐己未九年（1858），卒於大正九年。有子四人：焜煌、錕鈺、璽嘉、泖欣。女三，笑、富、樣，均適施姓。此三個女兒在小時即送人做童養媳。

　　大姪子焜煌（1879～1942），字宣輝，曾受教於棄生，因此叔姪關係極爲深厚。二姪子錕鈺（1882～1919），字宣碧，號君石。與長兄焜煌同受教於棄生，故擅長作詩，隸書亦佳。民國六年，棄生出版《寄鶴齋詩蠻》，便由錕鈺代爲書寫。曾加入詩社，爲「鹿江詩會」與「大冶吟社」社員。三姪子璽嘉（1897～？），字綏侯。善繪畫，精於山水、人物、花鳥及隸草。棄生〈書次兒櫹十四歲所作山水畫〉一詩稱讚他：「一時玉筍班，兩見虎頭顧。」自註云：「猶子璽嘉，亦童年工畫。」可見其童年與洪炎秋都學畫。又有四姪子泖欣（1901～1944），字敦佑。[30]

　　棄生於光緒二十六年（1900），與其兄分家，此因棄生已無稿費收入，又被報館虧欠筆資。分家後，其兄承繼其父之銀樓業，棄生所得僅僅數百卷之書籍，家計所賴爲十餘生徒之脩

29　《寄鶴齋古文集》，頁181-185。程玉凰《嶙峋志節一書生──洪棄生及其作品考述》（臺北：國史館，1997年5月初版）頁19-37。《寄鶴齋詩集》，頁278。
30　同前註，程師玉凰書，頁38、46；《寄鶴齋詩集》，頁281。

脯而已。[31]然兄弟分家後，雖不同爨，仍然在同一宅院居住，彼此相通，兩家子姪相處和睦。[32]

棄生記其與兄嫂相處融洽之詩作，作於光緒二十年（1894），至福州參加舉人秋試，不幸落榜而歸時。其〈秋試行役十五首〉其六云：「阿兄見我至，爲我拂衣裳，阿嫂見我至，爲我具羹湯。……乃知天倫中，至樂有餘長。」[33]是年棄生〈生子〉詩云：「老兄愛弟意，見而喜洋洋。家庭祥瑞氣，造化與翺翔。」[34]此光緒十九年回憶其長子棪材出生時，其兄欣喜之情。

三、妻及妻族

棄生有妻室三人：原配丁鵬，兩位側室爲陳珵及楊如意。原配丁鵬之出身，據程玉凰考證，丁鵬應是鹿港進士丁壽泉三兄丁生水之次女「丁聘治」，爲繼室黃氏所生，小時出養給黃禮點。而臺語「聘」、「鵬」音近，可能《洪氏族譜》因記爲丁鵬，或出養時已改名丁鵬，其子炎秋又將臺語「聘治」諧音爲「萍弟」，言其母爲「丁萍弟」。小棄生七歲，二人於光緒十五年（1889）結婚，生有三子：棪材、棪楸、棪梓，二女：碧環、快。民國四十一年逝世。其人溫婉，頗有大家之風範。[35]

丁鵬叔父丁壽泉，壽泉之子丁錫勛，與棄生爲文字交，彼此感情深厚。丁錫勛之三子瑞魚，是洪炎秋的表弟。炎秋當年的國語，就是跟他學的。炎秋後來陪棄生到大陸旅遊，能權當翻譯。來臺灣後，能擔任國語日報社長，都歸功丁瑞魚當年之

31 〈與家韞嚴孝廉書〉，《寄鶴齋古文集》，頁347。
32 同前註，程師玉凰書，頁39。
33 《寄鶴齋詩集》，頁27。
34 同上註，頁29。
35 同前註，程師玉凰書，頁41。洪炎秋〈先父洪棄生先生傳略〉。

引導。

　　棄生側室陳珵，原爲鹿港諸生林氏之妻，擅長作詩。王松《臺陽詩話》云：「鹿港陳玉珵女士，青年守節，知書達禮。其宗人傳其感懷七律，有一聯云：「『園中有鳥啼姑惡，月下無人喚子規。』一字一淚，令人不忍卒讀。」[36]「陳玉珵」即棄生之側室陳珵。林氏歿前曾托棄生代爲照顧其妻，或許二人相處日久，陳珵仰慕其才，且深感棄生之照應憐惜之情，乃嫁棄生爲側室，據云居於棄生宅後之後車巷之「圭衡居」。另一側室楊如意，原爲陳珵之貼身丫環，陪陳珵隨嫁棄生，後陳珵慈惠棄生予以收留，生有一女名敖，一子遙孚，族譜因之載楊氏名。[37]

四、子孫

　　棄生共有三女：碧環、快、敖。四子：棪材、棪楸、棪梓、遙孚。其中棪材、棪楸、棪梓、碧環、快，爲丁鵬所生，洪敖、遙孚爲側室楊如意所生。

　　長女碧環生於光緒十八年（1892），十五歲（1906）病逝。棄生〈悼亡女〉詩云：「…墮地報高堂，祖母顧而戲，謂汝應萱花，宜男當繼至。……今年當及笄，奩具方思備，如何一病間，遽然大命棄……汝父素剛腸，傷汝亦酸鼻[38]。」可見長女碧環深得家人喜愛，且寄望她能招來弟弟，果然第二年長子棪材出生。[39]

　　光緒十九年（1893）十二月，長子棪材出生。翌年，棄生作〈生子〉以志喜云：「壯年心力瘁，書卷藏名山，區區嗣續事，未甚切所望；去歲將除日，忽誕兒喤喤，望之雖不殷，

36　王松《臺陽詩話》（南投：臺灣省文獻委員會，1994年5月31日版）頁37。
37　同前註，程師玉凰書，頁42。
38　同前註，《寄鶴齋詩集》，頁264。
39　同前註，程師玉凰書，頁42。

得之喜欲狂，譬如拾珠玉，無欲亦難忘……半生無事業，嗣
續先我償，所愧不肖軀，歡笑妻孥旁。」[40]欣喜之情，溢於言
表。然其長子棪材幼時不喜讀書，雖遭棄生鞭笞，仍頗好玩。
後來在昭和二年（1927）虧空其父友人彰化同志信用組合之公
款五、六萬元，因走避福建，棄生爲償其虧款，被日警逮捕入
獄，後病死。[41]

　　次子棪楸，本名檷，來臺後改名炎秋，又字芸蘇。生於光
緒二十五年（1899）十月六日。幼從其父誦讀四書、五經等古
典書籍。只因棄生反日心情特別強烈，不准其子讀日人所設的
學校。所以自炎秋懂點人事後，一天到晚，被關在家裏，受其
父嚴格教育。從六歲到十六歲，每天吃完早飯，就要到書房去
熟讀經、史、詩、文，背誦古書、寫字、對對子、學作文等，
內容從四書五經到《左傳》、《史記菁華》、《古詩源》、
《五朝別裁》、《唐詩三百首》等。除了端午、中秋、清明、
過年這些節日，可以休息以外，沒有星期，沒有假日。一直到
十四歲，炎秋思想突變，憧憬著新知識和新文化。於民國七
年，偷領棄生銀行存款六百元，前往東京留學，後因缺錢，只
好輟學回臺。大正十一年（1922），陪其父遊大陸，次年考
入北京大學預科，本科教育系畢業後，任教北平大學。民國
三十五年回臺後，先後任臺中師範校長、國語推行委員會副主
委、國語日報社社長、臺大中文系教授，爲棄生子女中最有成
就者，逝世於民國六十九年三月，著作等身，有《文學概論》
等三十餘本。

　　炎秋自幼受其父嚴教，其母也會背誦四書和全部詩經，
在父母督促幫忙下，學業進步神速，被視爲神童。十一、二歲
讀完四書五經、整部左傳和許多詩文選。所作詩文，勝過其

40　同前註《寄鶴齋詩集》，頁29。
41　同前註，程師玉凰書，頁43。

父所教的那些二十來歲的大學生。十四歲時看完《御批通鑒輯覽》，同時閱讀《瀛寰志略》、《萬國歷史》、《格致新編》和梁啓超的《新民叢報》一類的書刊，思想大變，促成後來逃到日本留學之舉。[42]棄生對炎秋年少便能詩能畫，頗感自豪，期盼炎秋不以文人自了，當思經世濟民之道。〈書次兒橻十四歲所作史論後〉云：「治身治世知治亂，一編何止伴閑居。」[43]棄生深盼其子能精研經濟訏謨之學問，耕耘書史以知修身治世之道，期望相當高。炎秋晚年回憶其父之管教庭訓，感謝其父訓練他能夠忍苦耐勞、鍥而不捨的毅力。當年詛咒整日念書的童年生活，孰知所背誦的聖經賢傳，成了他日後處世的指針；所熟讀的詩鈔文選，在潛意識裏，成爲讀書作文的基礎。[44]

棄生三子橉梓生於日治明治四十二年（1909）十月十六日，同年十一月十二日未彌月即殤逝。[45]棄生〈傷三兒彌月殤〉云：「今年陽九月，忽得三男筮。……闓胎匝月生，泡影一朝逝。……天荒地老中，復揮思子淚。」[46]歎淪爲傖荒，斯文不絕如縷，又遭殤子之痛。

棄生次女快，自幼即送人，後適溪湖杜知丕。三女洪敖適管嶼國校校長施媽坩。四子遙孚生於宣統三年（1911）冬，時棄生已四十六歲。其〈生四庶男志喜作〉云：「……俟汝長大時，祖邦或保赤。陶侃本庶支，壯志起宗祐。願汝作雄飛，補予爲退鶹。時勢趨夷風，願汝守孔澤。……汝在三母間，俱看爲拱璧。」[47]期望此子長大後能振起宗祐，以孔子教澤爲修

42　洪炎秋〈自傳〉，《洪炎秋自選集》（臺北：黎明，1977年7月再版）。陳萬益編，〈我父與我〉、〈童年生活的回憶〉，《閑話與常談──洪炎秋文選》（彰化市：彰縣文化局，1996年版）。
43　同上註，頁326。
44　同前註，《閑話與常談──洪炎秋文選》，頁27。
45　同前註，程師玉凰書，頁45。
46　同前註，《寄鶴齋詩集》，頁278。
47　同上註，頁280。

身之本，知孝知悌。幼曾隨兄炎秋遊學大陸，畢業於北京中學堂，逝世於民國六十三年。[48]

第三節　生平事蹟

一、生卒年及名號

　　洪棄生生於清同治五年丙寅（1866）十一月十一日，卒於昭和三年（1928）二月九日。他一生行用的名字別號頗多，有攀桂、一枝、月樵、青雲、繻、棄生、棄父、日堯。「攀桂」是他的本名，只見於族譜，平日少用。「一枝」是他的讀書名或官章。在乙未以前，文章較常自稱「一枝」或「枝」。[49]「月樵」是棄生的字。「青雲」是光緒二十年（1894年），臺灣知府孫傳袞舉行觀風試時，棄生曾以「洪青雲」之名參加考試。[50]因此，「洪青雲」只見於觀風試稿。

　　「洪繻」、「洪棄生」則是乙未之後改取之名與字。取「棄繻生」之意，典出《漢書・終軍傳》。「希望能效法終軍的慷慨豪氣，捲土重來。至於云『棄生』乃寓意自己是清朝棄民，期待棄而後生，表示對故國之思。」[51]至於「洪棄父」之名始見於大正十一年（1922）。據洪炎秋云，是年他陪其父到大陸遊歷時，攜帶《瀛海偕亡記》和《中東戰紀》二書稿，當時委託北京大學出版，為了避筆禍，《瀛海偕亡記》改名《臺灣戰紀》，作者名改作「洪棄父」。因此，「洪棄父」是棄生的化名。「洪日堯」之名原只見於民國十九年，鹿港信昌社發行的《中西戰紀》，不過書內文仍署名為「洪棄生父」。誠如程玉凰云：「『洪棄生』是在光緒二十一年日治後所改，此年

48　同前註，程師玉凰書，頁45。
49　《寄鶴齋古文集》，頁277；《寄鶴齋駢文集》，頁198。
50　同前註，程師玉凰書，頁67。
51　同上註，頁68。

是他一生最明顯的分界線，他的改名極具有民族意識與時代意義。」[52]

二、求學和應舉之歷程

　　棄生求學的歷程，於光緒七年（1881）至九年（1883年）間就讀於私塾或書房、學堂，其師名施鏡芳。光緒十一年（1885）至光緒二十一年（1895），則在書院中讀書，為應舉而學作制義（即八股文）及試帖詩。[53]棄生《試帖詩集》收錄九十首，自光緒十一年乙酉至光緒二十四年戊戌作。可見其為應舉，平日致力之勤。從《寄鶴齋制義文義》所收錄之制義（八股文），自光緒十一年四月起即註有「院課」、「官期院課」、「超等第一」等，至光緒十三年九月，始有註明「白沙院課」，一直到光緒十八年十月之制義，仍註「白沙書院官課」。光緒十九年至二十一年三月則註明「院課」或「郡試課」。可知當時棄生所讀的，應該是彰化的「白沙書院」。[54]

　　所謂「官課」或「官期」，是指由彰化知縣、臺灣知縣或藩臺知府等地方長官所舉行的考試，在每月的初八、十六日，無論童生、生員都要參加，目的在觀察地方文風的高下，故稱「觀風稿」。有考核學生成績，督促學業進步的用意。棄生「觀風稿」甚得考官的賞識，常名列超第一名，每次可獲銀二元。洪炎秋〈先父洪棄生先生傳略〉云：「先父幼攻舉業，每遇觀風試，輒冠群。性至孝友，有撫孤寡婦，常恃先父書院所得膏火以維生計。」[55]可知其學殖深厚、樂善好施。

　　然而棄生應舉的歷程，可說不順利且艱辛。張光岳曾云棄生三登草榜，延至逾冠後，始中秀才。捷榜登「府案首（第一

52　同上註，頁71。
53　「試帖詩」又稱「五言八韻詩」。同上註，頁83。
54　同上註，頁80-85。
55　棄生「觀風稿」獲考官青睞事，見《寄鶴齋集》跋，張瑞岳語。

名）」，錄取秀才之考試在光緒十五年（1889），主考官臺南知府羅大佑慧眼賞識，將棄生拔擢取列爲第一名，因此棄生視爲文章知己。[56]棄生通過秀才考試後，接著參加舉人考試，曾四次赴福州參加鄉試。第一次在光緒十五年己丑（1889），[57]第二次在光緒十七年辛卯（1891），第三次在光緒十九年癸巳（1893），[58]第四次在光緒二十年甲午（1894），這是棄生一生中最後一次參加科舉考試，卻仍落第而歸。

光緒十九年之鄉試，棄生由泉州城出東門，轉北行而過洛陽橋，謁蔡襄祠，並讀碑記，再上福州大道。[59]初由晉江縣歷惠安縣，至仙遊縣楓亭，此地以荔名天下，又過瀨溪。[60]棄生《寄鶴齋詩集》云：「借問楓亭亭下客，馬頭曾見幾重山？」「笑我行蹤似秋色，西風吹過瀨溪橋。」晚年《八州詩草》追憶云：「楓亭馬馱荔支香。」「瀨溪山水明如繡。」越日，至興化渡口，《寄鶴齋詩集》云：「細把煙波問老漁，滿帆風與水徐徐。誰知海上曦陽客，倚在中流自讀書。」此地渡口應試之舟多如群鳧。[61]是日舟至莆田東北之涵頭。越日由此過帽山至逕江口，過龍津橋、江梅妃村及鄭樵夾漈山，《八州詩草》寫晚年追憶道：「半樓明月梅妃里。」「夾漈雲煙淡不空。」越日過蒜嶺，望東海，[62]《寄鶴齋詩集》云：「古寨已荒秋草裏。」言此地荒寨。是日宿漁溪驛，越日過漁溪石橋，在漁溪旅舍見羅大佑題詠詩不少，〈出漁溪橋上〉云：「題詩昨夜在漁溪。」效前賢而題詠。過福清鄭俠故里，越日過烏龍江，捨轎乘舟，由此江入白湖，作〈舟至白湖〉，終抵福州，首尾五

56　1922年，棄生赴大陸遊覽，經過江西九江，尚託人尋訪其後人。
57　制義文集有「己丑恩科鄉闈桂月初九暮作」。又據《八州遊記》頁323之自述。
58　同上註，《八州遊記》，頁323。
59　同前註，《八州遊記》，頁324。
60　同前註，《八州遊記》，頁324。
61　同前註，《八州遊記》，頁324。
62　《八州遊記》，頁315。

日，行四百里。[63]

　　光緒二十年之鄉試，棄生七月十一日出發，在海上濡滯十日，始到廈門。[64]再由廈門乘船至福州應試，當時中日甲午戰爭已經爆發，〈自廈島附福靖兵船應試時朝鮮有倭患〉詠戰事云：「壯懷欲到伏波營」，[65]有執干戈以衛國之志。八月十五日考試結束後，在福建函江縣待渡一個月。在函江時便知道自己落榜，感觸頗多。是年與弟子阿宗敘述自己赴福州考試以及返鄉的海上經歷。言及應試心情，他說：「賤自去年見闈墨文字，所取半屬眯目。……及到崇武見闈墨，乃較去年尤野狐之甚！……賤此行可謂賣衣裳於斷髮文身之鄉，多見其不知量也。」[66]認為此次考試被錄取的文章程度不高，有身入裸國之辱。

　　在函江待渡回臺，卻阻於浪潮。曾航海四次，都因海上情況不佳而望不見臺灣。望見臺灣了，又忽遭罡風打掃船桅，只得折回再出航，仍不順利，只得泝潮至崇武。再阻風十日，始得揚帆。而水路波濤掀簸，待船將入鹿港，復不得入，猶寄泊於番挖海口五日。其宗人欲撐竹筏往濟，亦苦風利而不得泊，至第七日始得登岸。此為其平生最後一次應舉，艱苦顛沛的過程，如〈函江阻風觀潮行〉云：「秋風與我生唏噓，失路人歸何躕躇。欲將海水澆愁抱，竟使心情水不如！」[67]以「失路人」自比，心情洶湧，愁緒如海水。唏噓感慨之情，又如〈鄉闈報罷函江月下詠〉云：「失意那堪歸路阻，回頭最是客心驚。」不堪回首，盡是失意；只盼歸鄉，感慨「三載重洋將復過，去程太息即來程！」[68]數年來應舉求第之期待，都遺落在

63　《八州遊記》，頁325。
64　同前註，〈與阿宗及門〉，《寄鶴齋古文集》，頁313。
65　《洪棄生先生遺書》（臺北：成文，1970年4月臺一版）頁327。
66　同前註，〈與阿宗及門〉。
67　同前註，《洪棄生先生遺書》，頁207。
68　同上註，頁330。

茫茫水程中。

應舉的歲月，自期甚高而胸次灑落。如《寄鶴齋詩集》〈秋詠六首〉其三云：「斜照含西峰，夕色誤朝曙。胸次忽澹然，斯意誰與語？」晴明永日的年少歲月，胸次忽自超脫而澹然。故〈日出曝書二十韻〉云：「自喜貧寒士，得此為圭琮。揚風散陰霾，驅蠹走鯷鱸。中有太古氣，盤出盪余胸。……抱入空齋讀，金聲出洪鏞。」琅琅誦古，以滌洗胸懷。尋幽訪勝如〈郊眺〉云：「不知春色裏，何處有人家？」清新閒淡如〈詠碧山四首〉其三云：「古巖青不盡，一逕入松蘿。隔水秋雲淡，前山曙色多。聽泉詩客坐，踏石野人過。搖指重峰裏，煙鬟綰翠螺。」深入求深，一探山水，充滿朝氣。然而應舉失利也時發牢騷，如〈秋懷十四首〉其七云：「利鎖名韁俱我誤，秋風賒酒洗慚顏。」其八云：「守株措大存酸氣，撫髀英雄失壯心。」以窮措酸氣自嘲，卻自我感歎「處囊毛遂長藏穎，宰肉陳平未試刀。」「李廣無功鞍馬上，班超有恨筆頭中。」孤獨清冷的書齋生活，如〈秋懷十四首〉其十一云：「詩酒閒身一繫匏，嶙嶙傲骨守蓬茅。江山冷落殘棋局，歲月銷磨鐵硯坳。」眼見世局如棋，冷落殘罷，何嘗無收拾振起之大志，但書生志意只能銷磨於筆硯。「浮雲流水年年去，白鶴依然在故巢。」

甲午戰役風雲將至，而臺籍士子大抵猶沉酣於八股文，以求應舉。其進可為逐利逐名之雞鶩，退尚不失固守故巢之孤鶴。棄生早期的詩作，便在應舉與落榜的得失中，抒寫株守經籍以求用世心理。待乙未臺海如沸，清廷將臺灣割日，才驚惶如亂蟻走鼎，卻已無力回天。

三、日治時期

光緒二十一年（1895）三月，清廷將臺灣全島及所有附屬

島嶼、澎湖列島，割讓給日本。臺灣同胞以義不臣倭，堅決反對割臺。[69]抗日過程中，洪棄生先是積極的參與武裝抗日，曾擔任抗日團體「中路籌餉局」委員。[70]惟武裝抗日失敗後，棄生從此絕意仕進，不再參加科舉考試。並且杜門不出，隱於家中，逃於煙（鴉片）、酒，以求免禍。對日本人採不合作、不妥協的抗議態度。更以筆作劍，指斥諷刺日人在臺灣的倒行逆施，以伸張民族正氣與人間正義。

在家境狀況上，棄生於日治明治三十三年（1900），與其兄分家後，完全靠存款利息與教授生徒之學費度日。由於其子當時年幼，事事皆棄生自任，經濟不免困窘。[71]然中晚年經濟逐漸改善。以己力置田產，預作為出書之版費。[72]大正六年（1917），他自費出版《寄鶴齋詩矕》，由南投活版社印刷，以分贈同好詩友。大正十一年（1922）赴大陸遊覽，還將此書攜帶至大陸贈予他人。此行由其次子炎秋陪同，遊歷八州，歷時近半年，所需旅費必相當可觀。可見棄生晚年經濟情況不錯，否則難以成行。據洪炎秋稱其父逝世時所留之遺產看來，已可稱得上小富之家。[73]

至於棄生的死因，程玉凰考證，因棄生長子楺材虧空公款潛逃，棄生本未聲張，後因曾結怨的友人向日警告密，日警素對棄生不肯為日人做事，又不肯遵從日本政令剪髮的諸多抗日行為，早已恨之入骨，又沒奈他何，正借其子潛逃一事，將他拘捕。而棄生之身體狀況，因抽鴉片健康不佳，更為長子不成材，遭到友人告密，氣憤塡膺，在獄中病情更加嚴重。等他變

---

69 擁護唐景崧為「臺灣民主國」總統，年號「永清」，以「藍地黃虎」為國旗，展開臺民的抗日行動。
70 廖漢臣〈學藝志·文學篇〉，《臺灣省通志稿》卷六（臺北：臺灣省文獻會，1959年6月）頁106。
71 〈與家韞嚴孝廉書〉，《寄鶴齋古文集》，頁347。
72 《寄鶴齋詩集》，頁312。
73 同前註，程師玉凰書，頁79。

賣土地，替子償還公款後，日警才將他釋放，出獄不久即因病去世。許幼漁的「索居方一月，遺恨定千秋」，或即指棄生拘留在獄中一個月，便悒悶氣憤而一病不起。[74]

四、傳續漢學、教授生徒

棄生早歲即嶄露才華，考中秀才。其以教書授徒爲生，並傳續漢學，本是理所當然。日治時期，乃隱居著述，不與日人打交道，不在公開的場合教授生徒，弟子多是家鄉好友之子。從現有資料言，光緒十四年（1888），棄生即授徒。[75]光緒十八～九年（1892～1893）任教於草屯的登瀛書院。[76]其〈到北投寄兒〉詩云：「……息駕竹林中，迎接主人喜。遙拜先生塵，來脫先生履。……憶昨欲別時，兄懷有憂只。去歲痛昊天，蓼莪哀未已？……。」[77]寫離開家鄉，任教登瀛書院，受到迎接之景。言光緒十七年，棄生父病逝事。

日治以後，棄生教學生活的重心，除了課子便是授徒。生徒的主要對象有二：一爲家族子弟，二爲鹿港本地子弟。[78]前者除其二子棪材與棪楸外，其長兄的兩個兒子：長子焜煌，次子錕鈺也曾受教於棄生。明治三十五年（1902），棄生與兄分家之後，所賴以維生的是「十餘生徒之修脯。」[79]日治後，其鹿港弟子較有成就且有資料可尋者，除後敘之葉熊祈等人，如加上〈與阿宗及門〉之阿宗，〈悼林乃營並及諸亡友〉一詩提到的洪采生、洪壽如、林皋，〈與及門傅重輝〉之傅重輝，總計約二十餘位。

---

74 同上註，頁74。
75 是年所作之詩帖詩〈上巳修禊〉以及制義〈色難〉、〈是故財聚則民散〉、〈長國家而務才用者〉等篇，皆自註「課徒作」。
76 棄生制義文集中，光緒18年所作，註明「在新庄作」者，共計四篇。《草屯鎮志》頁693載有棄生〈九十九峰歌〉，註云：「曾任登瀛書院山長。」
77 《寄鶴齋詩集》（南投：臺灣省文獻委員會，1993年5月31日版）頁16。
78 洪炎秋，〈洪棄生的煉乳教材〉，《淺人淺話》，頁14。
79 〈與家輥嚴孝廉書〉，《寄鶴齋古文集》，頁347。

（一）許五頂（幼漁）

　　許幼漁，爲棄生友許劍漁之子，名五頂，字幼漁，後以字行，生於光緒十八年（1892），卒於民國四十二年，年六十二歲。大正五年（1916）於彰化和美開始行醫，大正十三年，自建醫館落成時，曾邀請鹿港好友及其師洪棄生等擊缽唱和。[80]幼漁在壯年時始拜棄生爲師。[81]棄生逝世之後，幼漁作有〈悼洪月樵先生〉五首。[82]其五記棄生誨人不倦云：「講經長不倦，問字未嫌癡。」又云：「友爲深交誤，禍知夙構成。」「春正隨杖履，速訟爲吹求。」云云。程玉凰推斷幼漁頗清楚棄生死因，惟詩意含蓄不明，然師生關係之密切可見。

（二）呂嶽（申甫）

　　呂嶽（1897～？），字申甫，彰化鹿港人。父喬南，清光緒邑庠生。臺灣割日後，絕意仕進，致力於詩古文，與舉人莊士勳等合辦文開書塾，分授漢學，有《蘭雪草堂詩稿》。晚年悠遊於詩書兩藝，[83]傳有《醉雪軒吟草》。申甫曾師事棄生。大正十年（1921），陳懷澄等人所創立的「大冶吟社」，推舉棄生爲顧問。[84]申甫既爲社員，多有親炙的機會。棄生卒，其〈哭洪月樵先生〉云：「……湘綺與樊山，對之猶辟易。不怪聲價重，儒林推巨擘。一自陵谷改，中心殊拂逆。……公冶蒙奇冤，縲絏誰與釋。風燭老病身，詎堪罹斯厄。久矣困二豎，心傷病遂革。出獄未及旬，一朝遽易簀。」[85]湘綺指王闓運（1832～1916，字壬秋，湖南省湘潭人），樊山指樊增祥，申

80　同前註，程師玉凰書，頁144。
81　幼漁曾爲「大冶吟社」社員。此詩社於1921年成立，推棄生等人爲顧問。幼漁向棄生問學當在此年前後。
82　《鳴劍齋遺草》（高雄：大友，1960年9月）頁81。
83　引自呂嶽《醉雪軒吟草》弁言（臺北縣：龍文，2001年6月初版）。
84　程師玉凰《嶙峋志節一書生──洪棄生及其作品考述》，頁134。
85　同上註，頁32。

甫認為棄生詩詣令二人辟易。復為儒林巨擘,懷抱割臺之痛,乃閉門讀書,設帳授徒。「公冶」云云,言棄生遭誣陷入獄。出獄後不及十日,即病故,令申甫悲痛不已。

（三）葉熊祈（融齋）

葉熊祈,字融頤、融其,號融齋,生於明治三十三年（1900）,為鹿港宿儒葉增輝之子。卒於民國七十九年（1990）,享年九十一歲。熊祈承家學,復師事棄生,故詩詞鳴一方。[86]其《融齋詩詞梗概》憑弔棄生為〈壬午清明觀洪師墓〉云:「清明草木暢青墩,斷碣苔侵甲子存。」程玉凰以為詩意指棄生於日治時期,堅持用干支甲子紀年一事。又有〈春晚過寄鶴齋因觀洪師墓〉、〈首夏觀洪師墓〉、〈辛巳九年觀洪師墓〉三首詩,足見對棄生追懷之深情。其詩集附有棄生之評註,又曾為「大冶吟社」等社社員。[87]

（四）張深切

張深切,南投人,生於明治三十八年（1905）,他是棄生弟子中年紀最小的。據張氏所著《里程碑》（亦名《黑色的太陽》）云:

> 我們的老師,名叫洪月樵,是個秀才,是現任臺大教授洪炎秋的令尊,著有《臺灣戰紀》、《中東戰紀》和二三詩集,是一位難能可貴的愛國學者,安貧樂道,清廉耿介,和日本採取不妥協主義,至死不變,在當時的學者中,我最欽佩他。

---

86 吳文星書,頁63;程玉凰書,頁147。
87 同上註,程師玉凰書,頁148。

張氏極欽佩其師之人格學問。從其敘述中，棄生的教學是嚴格而認眞，尤其注重書法的練習。張氏就讀一二年後，棄生返鄉，改由施梅樵來授課。[88]張氏著作有《我與我的思想》、《孔子哲學評論》、《遍地紅》、《里程碑》、《獄中記》。[89]張氏和洪炎秋感情十分深厚。張氏病逝時，炎秋悼念之文可知。[90]

第四節　交遊狀況

一、臺灣本島的交遊

（一）鹿港鄉里

鹿港是棄生故鄉，其友朋多爲本地人。茲舉要者言之。

1. 施天鶴（梅樵）

施天鶴（1870～1949），字梅樵，[91]壯歲自號雪哥，中年更號蛻奴，晚又改號可白。生於清同治九年（1870）十一月一日，祖籍福建省泉州府晉江縣錢江鄉。祖父閣銓始由晉江渡臺，卜居鹿港。梅樵天資甚高，讀書過眼即能成誦。十八歲赴府考，主司欲拔置案首，然父家珍以其年輕，恐生驕惰，故薦洪棄生以代之。[92]後彰化縣令李嘉棠附和劉銘傳丈田事，銳欲見功，激起民變。李嘉棠誣指家珍與族人施九鍛勾結，報請劉銘傳下令通緝在案，以致家珍舉家流離海外，旋憂憤卒。[93]

88　張深切《里程碑》（臺北：文經，1998年版）頁80-81。

89　引自《草屯鎮誌》（草屯鎮公所，1986年版）頁921-924。

90　洪炎秋《又來廢話》（臺中：中央書局，1970年5月三版）頁65-68。

91　施梅樵之名與字，各書記載不一，此處依程師玉凰之考證，見其《嶙峋志節一書生──洪棄生及其作品考述》（臺北：國史館，1997年5月初版）頁247。

92　吳文星撰，《鹿港鎮志・人物篇》（鹿港鎮公所，1990年6月出版）頁54。

93　吳文星，前引書。及洪棄生《寄鶴齋詩話》（南投：臺灣省文獻委員會，1993年5月31日版）頁131。

　　迨案情大白，梅樵因丁父艱，不得與試。遲至二十四歲（光緒十九年癸巳、1893）始以案首入泮。[94]繼而臺灣割日，梅樵乃絕意仕進，日以詩酒自誤。棄生記此事云：「是時梅樵家貲尚鉅萬，以喜狹邪遊傾其貲，而梅樵始終興不衰。余序其詩，有『旗亭劃壁，則伶人共詫王郎；樂府彈箏，雖妓女亦知柳七』句。梅樵讀之，乃大喜。顧梅樵早歲惟工艷詩，中年以後肆力古風，乃一變而骨格清老。」[95]《寄鶴齋詩話》錄其〈過斗六寄友〉詩爲例。詩中追憶昔日友朋詩酒歡宴「感君情意厚，留賓且設席。座中風雅士，大半清狂客。擊節浮大白。明知覆瓿物，珍重如拱璧。聚會亦良難，交情況筆墨。」昔日歡娛如今人事半非。「別來未幾時，故人生死隔。我年雖未老，鬢髮已如戟。重登君子堂，或者不相識。人生若大夢，百年只頃刻。勸君且加餐，保此好顏色。」歎人生短如一夢，當善自珍重，筆老而情深。

　　日治後，與棄生均抱遺民志節，堅不仕日人。《寄鶴齋詩集》〈題施梅樵祖母像〉云：「……昨日素車帷，漢儀備葬祭。追遠生孝思，慨優寫眞締。」強調漢儀葬祭。〈招隱疊梅樵韻〉云：「亂世河山一覆車，英雄惟有倒騎驢。」自比騎驢置散之英雄。另一首云：「俯首馬牛容溷跡，傷心蟲魚不同書。」讀書人地位低賤，任日人呼牛作馬。〈寄別疊梅樵韻〉第一首云：「傖荒人物爭依晉，滅裂衣冠益慕周。送去如登仙島路，故山雖好不堪留。」痛憤日人滅裂衣冠，益加思慕故國。第二首惘惘不甘云：「瀛洲今日成荒徑，子去何妨我暫留。」〈入山詞和梅樵韻〉：「蓬萊既已淺，蓬島苦無仙。騎龍不可期，四海莽風煙。安得尋浮邱，神芝采瓊田。」仙境無

---

94 吳文星，前引書。施梅樵〈秀才李昌期先生傳〉云：「余與先生於癸巳科同受顧鼎臣學使之知，誼屬同案。」知梅樵入泮當在1893年。此傳乃筆者採集自李氏墳側碑記。

95 洪棄生，前引書。

處覓，只得「千日中山釀，醉作逃世禪。」逃於醇酒，解脫失意。

　　梅樵〈冬日訪洪月樵留飲歸後寄贈〉云：「……就中吟哦心懷開，我行且歌君疊催。相共談詩倒香醅，更醉酩酊飲百杯。玉山何用倩人推，竟夕主賓倘徘徊。中原多事誠可哀，勸君旗鼓心莫灰。」[96]安慰棄生莫因憂世而喪志。〈彰化客次逢月樵歸後卻寄〉慰棄生憂心世亂，懷念亡親之悲情。[97]梅樵對棄生子洪遙孚則鼓勵有加云：「信可承家學，聰明比乃兄。」稱讚他博覽而有文才。[98]

　　棄生卒後，梅樵有〈輓洪棄生〉七律四首，其一頷聯云：「閉戶胡來災不測，訂交詎料禍偏誣。」[99]程玉凰據此推斷棄生曾經得罪一位好友，以致被此友密告入獄，最後因病逝世。[100]其二云：「……傷時白髮留殘辮，復古青衫著大裾。詞賦奇才齊庾信，風流小過類相如。蓋棺端合持公論，壽世文章信有餘。」[101]詩敘棄生埋頭著述授徒，傳承國學。堅守遺民志節，擯棄時髦衣飾，依舊青衫留辮。又稱譽其詞賦奇才，惟不免才人風流，指其納妾等事。然大德不踰閑，其文章氣節俱為後世典型。其四云：「淚墨為題新墓碣」，為題墓碑。詩末云：「埋憂應乏釋憂時」，[102]塵世濁混，澄清何日？道盡棄生終身憂時之苦悶。

2. 許夢青（劍漁）

　　許夢青，原名正淵，字炳如，一字荊石，夢青為泮名，

96　施梅樵《捲濤閣詩草》（臺北：龍文，2001年6月初版）頁100。
97　施梅樵，前引書，頁13。
98　同上註，施梅樵《鹿江集》，頁58。
99　同上註，《鹿江集》，頁93。
100　程玉凰，前引書，頁74。
101　施梅樵，前引書。
102　施梅樵，前引書，頁94。以及程玉凰，前引書。

劍漁其號，又號雲客、冰如、高陽酒徒，祖籍泉州安溪縣山地鄉，後遷居鹿港。生於清同治九年（1870），卒於日治明治三十七年（1904），得年僅二十五歲。著作有《鳴劍齋詩草》、《聽花山房詩稿》，然多已散佚，或被人竊去，其子幼漁曾於民國十二年籌刊《鳴劍齋遺草》未果。民國四十九年，其孫始將劍漁、幼漁父子詩集合刊出版，仍名《鳴劍齋遺草》，幼漁之《續鳴劍齋遺草》，附於其後。[103]

棄生與劍漁幼年皆以詩聞名於鹿港。幼漁〈先大父劍漁公事略〉稱其父劍漁「與摯友洪公棄生，皆童年能詩，鹿港詩人或親承或私淑，皆師事二公，鹿港詩學，亦源流於此」。[104]可見二人對清末鹿港詩壇有引領之功。棄生〈鳴劍齋詩草序〉云：「許子輩行後於余，少四歲，詩思空靈，才致活潑，不事劌刻，自臻雅妙，故余曾貽以白集，勉以大成，而不料其年之不大，事之不就也。」

許劍漁與施梅樵，鹿港人稱爲「一漁一樵」，二人皆棄生摯友，三人才氣相若，同以詩名，又能同聲抗日，付之行動。抗日失敗，且能潔身自隱，與同好組「鹿苑吟社」，以延斯文一脈。學者楊雲萍推崇三人爲早期詩壇之代表，[105]誠爲高見。

3. 丁寶光（錫勛、式勳）

丁寶光，名朝炳、朝勛，字錫勛（棄生詩或作式勳），號士雄，又號筱澄，祖籍福建省泉州陳埭鎭江頭鄉。生於同治十一年（1872）陰曆十月。弱冠游泮，入彰化縣學。乙未割臺之役，攜家內渡避亂，迨時局稍平，再回臺省視親友故舊，流

---

103 參見許常安編輯，《鳴劍齋遺草》（高雄：大友，1960年9月）。以及〈人物志〉，《彰化縣志稿》（臺北：成文，1983年3月臺一版）。及〈學藝志·文學篇〉，《臺灣省通志稿》（臺北：捷幼，1999年版）。
104 同上註，《鳴劍齋詩草》，頁12，劍漁長孫許常安所作。
105 見楊雲萍序，《鳴劍齋遺草》。

連月餘，復買舟泉州，未幾凶耗傳來。[106]卒於日治明治三十六年（1903），年僅卅二歲。據程師玉凰考證，錫勛是鹿港進士丁壽泉的次子，棄生原配丁聘治（丁鵬）的堂兄，故棄生每於詩中稱之為「從內兄」，是棄生交遊中惟一有姻親關係的人。棄生長錫勛六歲，兩人結為姻親，乃在光緒十五年（1889年），棄生與丁鵬結婚之時。[107]

錫勛才華橫溢，棄生曾悼念云：「令威亦具神仙骨，仙鶴一去遺榆枌（式勛才甚妙，卒於晉江）。」[108]錫勛乙未年避難泉州，返臺省親時，棄生《寄鶴齋詩集》〈賦贈丁茂才錫勛從內兄〉云：「……君來已歎風景非，君懷不與當初違。過我床頭論書史，奇氣激昂風雨飛。三四年間兩相見，閩山臺海開生面。舊時頭責不余嘲（余妻兄某，為人凶暴，少年時彼此實有互相辱事，頭責句，正非泛用典故。），今日神交不汝倦。縱談時事更談詩，海外今無此襟期。」式勛回臺省親，但見「樓臺亭閣烽火中（君故樓屋，半灰兵火。）」棄生唏噓道：「昔日君家富華藻，琴書冠珮春風好。老成凋謝（君父故進士）危亂來，全家航海辭蓬島。……中原山水已沉沉，故里風煙殊草草。」詩末提及式勛曾欲返回泉州參加鄉試，被日本驗舟驅回，遂營置田畝於臺，「可歎辭母別妻子，弟兄三人寄於此。」此或是式勛抑鬱不得志的原因。

式勛和詩稱棄生為「瀛東奇士」，言其年少才華及不仕異族之風骨云：「不作蜀中揚子雲，美新劇秦留文草。故國河山舉目非，功名心事今已違。化機卻從南華悟，一身如蝶如夢飛（君有讀莊子書後，孫太守蕚稱其文似莊子一片化機。）……我聞洪朋夙工詩，家學傳人深可期。……」頗推崇棄生之才華

106 林文龍，《臺灣詩錄拾遺》（南投：臺灣省文獻會，1979年版）頁236。
107 同前註，程師玉凰書，頁193-194。
108 同前註，〈悼林乃營並及諸亡友〉，《寄鶴齋詩集》，頁302。

及志節。

式勳欲返泉州,一度阻風未行。棄生爲作〈丁君錫勳阻風未發歌以送之〉云:「……中原文物繁華地,此處終當急拂衣。……一日歸帆誤幾迴,兩邊歡面夢過半。知君雄心道路長,乘風破浪豈徜徉。惟傷故國淪他國,見歡他鄉即故鄉。」「惟傷」二句感懷身世。〈弔從內兄丁錫勳茂才〉云:「……與君締姻踰十年,去年始親翰墨緣。方擬魯璵雙合璧,誰知雷劍一沉淵。……傷心母老妻孕稚,仲容(丁復)寂寞身後事。名山有才未著書(改用趙雲菘句),逢時無命空識字。……」哀其壯志未酬。

4. 施菼(悅秋)

施菼,初名藻修,鹿港人。其從兄葆修雖以進士知州起家,卻不依傍關係,以文學自立門戶。少時即負才名,個性傲睨,不喜交長官。光緒十四年(1888)施九緞之亂。悅秋因斥李嘉棠聚斂,遭李誣陷陰通施九緞,因而被革去廩生,劉銘傳且下令通緝,乃逃往泉州,改名菼。乙未年再度挈兩子避亂於晉江。[109]悅秋長棄生十二歲,極爲愛才,與棄生是忘年交。

光緒十七年(1981),棄生之父過世,悅秋嘗代書院撰弔文,瑰麗淋漓,此他人百求而不能得也。棄生稱悅秋淹通條貫經史百家,積學一方,稱其中舉業之文章,雖元魁之文亦未之逮。[110]詩中稱悅秋爲「先生」、「故交」、「故人」,自稱「小弟」;悅秋稱棄生「故人」、「知己」,可見二人相知之深。

棄生《寄鶴齋詩集》〈致《陸操新義》《約章纂要》於悅秋〉云:「我中華邇來置古賢大法,遂墮兵制,乃日事步西

109 《寄鶴齋詩話》(南投:臺灣省文獻委員會,1993年5月31日版)頁131。
110 《寄鶴齋詩話》,頁131。

人後塵，襲其粗而遺其精，豈不自沮士氣哉？」〈與悅秋先生書〉云：「敗衄之後，多藉口器不如人，不知中國製器、購器貲本較東國尤厚，故有過之無不及耳？」他認為練兵應在平時，得人重於器善，更應恢復古法之精微，不應事事步西人後塵而又襲粗遺要。乙未年（1895）〈再與悅秋書〉認為廣西兵不可恃，防守以鄉軍最得要。

悅秋於日治明治三十三年（1900）遊臺，贈棄生律詩二首，其一云：「漸近故人先入夢，每吟佳句解相思（九十九峰歌至今猶誦。）。」[111]棄生答詩則云：「千古劫灰遊子夢，一床風雨故人書。」[112]翌年，悅秋岳母病逝，不得已來臺弔喪，與棄生話舊，傷心慘目，大有「城郭為墟、人物烏有」之痛。然畏遭日人所禍，不敢形之紙墨。臨別返鄉時，和答棄生四律有「虎口餘生容我返，鯤身腥氣至今留。」[113]「昔日衣冠知己在，此行端不算空遊。」引棄生為知己，稱其才氣有如屈原、賈誼、班固、司馬相如，可見推崇之高。

而棄生《寄鶴齋詩集》〈志別四首送悅秋先生歸唐（臺灣稱內地曰唐山）〉其二云：「有懷杜坦為傖楚，無望張騫擁漢槎。」「何從再作河梁會，遙指中原起暮霞。」不甘淪為傖楚，暗用蘇武、李陵河梁分別之典故，指絕不屈志仕夷（日人）之志節。其四云：「如予送別無他思，願向中原說苦艱。」而志士窮當益堅。〈寄贈施悅秋先生（炎）長歌〉云：「……君不見辛幼安，旌旆歸宋猶退閒。我生況難作此夢，壯志耗矣空汍瀾。……萬里向風長太息，何時鼓舵從先生。」緬懷宿昔典型，嘆國勢凌夷，臺人遭日人宰制。

111 同前註，《寄鶴齋詩集》，頁249。
112 同上註，〈次韻答悅秋先生遊臺見贈〉二首其一。
113 同上註，頁250。

（二）鹿港以外地區

1. 謝道隆（頌臣）

　　謝道隆（1852～1915年），字頌臣，祖籍廣東而在臺出生。與丘逢甲為世表親，甲午戰爭爆發，丘逢甲奉臺撫唐景崧之命組練，募義軍，謝氏亦與之。當日軍登陸，臺灣民主國崩潰，丘、謝二人倉皇內渡。[114]不久自廣東返臺，以醫自給，佯狂遁世，日與詩酒為伍，偶亦參加櫟社活動。晚年築小東山草堂於大坑村，並營生壙於大甲溪右岸、東勢角西北之山村鍋底窩西面山上。既葬其祖母，左右並營己身與妻之生壙。手撰兩聯鑴之墓石。一曰：「與妻商共穴，傍祖可安墳」。一曰；「自營埋骨地，人謂葬詩墳」。[115]

　　生壙應營成於日治明治四十年（1907）以前。是年重九後二日，主人邀櫟社諸子林幼春、林癡仙、林獻堂等人攜技飲酒嬉遊於此。[116]道隆〈九月十一諸子攜妓飲予生壙〉云：「此日墓門花酒會，不妨醉倒美人馱。」[117]極為風光旖旎。其與友朋唱和詩，後裒為《科山生壙詩集》。丘逢甲作序云：「而哀樂過人，固非忘身世之感也。已自為歌詩張之，而遺民之能歌詩者，凡與會與不與會者，亦同而張之。」[118]乃遺民無聊之極思。

　　洪棄生有五古〈謝先為生壙來徵詩為題四作〉四首、七

---

114 張麗俊，《水竹居主人日記》（一）1906年2月24日日記之附註（中央研究院近
　　代研究所，2000年11月初版）頁23。
115 引自楊哲宏〈滄海桑田事萬變，中間不變故人心——談丘逢甲與謝道隆的情
　　誼〉，收於《臺灣文學觀察雜誌》第8期，1993年9月出版。謝道隆《小東山詩
　　存》收所《科山生壙詩集》中〈科山生壙圖說〉一人。謝道隆孫謝文昌自印，
　　民國63年12月版。
116 賴志彰編撰，《臺灣霧峰林家留真集（近、現代史上的活動1897～1947）》
　　（臺北：自立報系文化出版部，1989年6月初版）。觀前註，張麗俊《水竹居主
　　人日記》（一）1907年農曆九月十一日所記。
117 同前註，《科山生壙集》，頁1。
118 同上註。

古〈予既連題謝君生壙詩五言古矣意有未盡作放歌第五〉等四首、七律〈題謝君生壙八首〉八首。〈予既連題謝君生壙詩五言古矣意有未盡作放歌第五〉又云：「……邇來滄桑逾十載，市墟壙地難自專。渴葬槀斂求速朽，募山買水空使錢。有時裸焚付爐灰，慘於陳肆溝壑塡。」日人不准臺人亂葬，葬地須經許可。謝氏死後，林朝崧（癡仙）〈哭謝頌臣先生〉云：「嘆公生壙手自築，官山令嚴竟舍旃。」[119]地處官山，日人嚴禁土葬，終究捨棄爲一虛墳。

2. 李清琦（石鶴）

李清琦，字石鶴，原籍福建晉江，光緒初年，因寓居茄苳腳（今彰化縣花壇鄉），遂籍隸彰化。工時文，兼書法，長棄生十一歲，約生於咸豐五年（1855）。光緒八年（1882）以彰化籍中舉人。翌年於其親友李雅歆處，見李氏所鈔棄生應觀風試之策議、賦頌及詩、古文，詫爲海內有數才。立即主動登門拜訪，殷殷訂交。臨行，贈詩四首，又寫聯句贈之。聯句云：「前身共作龍華客，他日願爲驥尾人。」[120]句旁以寸字作跋，文稱：「月樵□兄海外奇士也聞見大著不覺頫首□蒙兄願□抱□□恍似前十四年與施君子芹相逢光景聯撰俚語爲他年之券」，下款署名「石鶴弟李清琦」[121]。律詩云：「才子聲華溢海天，文章亭氣隘垓埏。賈生萬字匡時策，洪邁千家博古篇。不朽名山藏白集，有懷精舍結青田。四明我亦呼狂客，漫欲呼君小謫仙。」[122]以賈誼、洪邁、李白等來比擬棄生，十分欣賞棄生才華。對此知遇，棄生云：「是時余一年少貧士，無所可求；而李君先達，長余十一歲，乃下盼若此，亦可見其爲豪士

---

119 同前註，《科山生壙詩集》，頁13。
120 同前註，《寄鶴齋詩話》，頁132。
121 同前註，程師玉鳳書，頁213。
122 同前註，《寄鶴齋詩話》，頁127。

襟懷矣。」[123]此意於〈與李孝廉石鶴書〉中坦露無遺云。[124]

棄生有感於李氏坦易慷慨之懷,因作〈遇李石鶴孝廉（是年北上捷入翰林）賦贈二首〉,其一云:「三生石上證前因,交道文章信有神。脫略形骸千古量,相忘輩行一朝親。」有感於李氏折輩下交,如「曠代奇緣」。其二末云:「得意未應高步上,願留龍尾待追奔。」[125]與李氏「他日願爲驥尾人」句相呼應。其後李氏北上京城參加會試,棄生因病未去送行,作〈答李石鶴清琦孝廉書並送北行〉云:「……相晤雖一朝,相期已千古。他日相追隨,願爲風從虎。……今日楊柳岐,後日浮萍聚。後會雖遙遙,中情寄一縷。」[126]期待李氏功名立就。

光緒二十年（1894）,李氏選翰林院庶吉士後李氏任泉州清源書院山長,不久即謝世。嗣後棄生曾託人向其家蒐集遺草,惜因其後裔凋零,渺不可得矣。棄生特將其所贈聯句裝裱,以志古誼。[127]李石鶴親友李雅歆曾於光緒十九年（1893）邀棄生應聘「通志採訪局」,[128]棄生當時正因鄉闈報罷,心情不佳,又不屑作志,以爲「如說家常,又如番市搬雜貨,如老嫗講故事,所記不過油、鹽、柴米、牛溲、馬渤,鄭家婢所不足爲者。」[129]因而婉拒。雅歆卒,棄生作〈歲暮不慘,忽得李二（雅歆）垂危之信〉詩云:「……李生我石交,忽焉通尺素。言在垂死中,欲待巨卿顧。肝腸寸寸摧,手足忙無措。」[130]詩中稱雅歆「故人」、「知己」、「金石之交」,可

---

123 同前註,《寄鶴齋詩話》,頁133。

124 同前註,《寄鶴齋駢文集》,頁195。

125 同前註,《寄鶴齋詩集》,頁126。

126 同上註,頁29。

127 同前註,《寄鶴齋詩話》,頁133。

128 同前註,頁257。據程師玉凰考證,福建臺灣通志總局於光緒元年正式開設,唐景崧及顧肇熙爲監修,臺北知府陳文騄爲提調,蔣師轍爲總纂,邱逢甲兼任通志採訪工作。

129 同前註,《寄鶴齋古文集》,頁299。

130 同前註,《寄鶴齋詩集》,頁266。

見二人之情誼。雅歆逝後，其妾陳璧殉節，棄生有詩弔之，且為其作傳，曰〈李烈姬陳璧傳讚〉。宣揚節烈，不遺餘力。

3. 張光岳（汝南）

　　張光岳，字汝南，號樸齋，臺灣彰化貓羅村人（今彰化芬園鄉）。約生於咸豐八年（1858），卒於光緒十八年（1892），得年卅五歲。[131]汝南長棄生八歲，兩人約相識於光緒十一、二年（1886～1887年）。[132]棄生以兄稱之，汝南視之如弟，[133]二人相識經過，〈秋風憶汝南有悼〉云：「憶識汝南六、七年，先時早結翰墨緣。兩地神交隔百里，一在山中一海邊。臭味芝蘭易作合，徐穉忽到周璆榻。我偶踰嶺棲遐蹤，君乃叩門相結納。見君如見古時人，一夜即訂千秋因。」[134]

　　棄生詩文每引之為「直諒之友」、「藥石之交」、「淡水交」，二人平日以道德文章相互砥礪，所謂「我之就君，固猶木之受規也；君之匡我，固猶玉石之治也。」[135]汝南謂棄生「處世落落難合，負氣不羈。人咸謂之狂，君亦以狂自負。」[136]而汝南好宋代五子性命之理，其為〈寄鶴齋詩集〉作序視棄生之喜談經濟、瀛寰形勢，所謂「子張堂堂」，規棄生當防騖外夸施之病。棄生則稱讚汝南「才學識俱高，品行尤純粹。」

　　在學問上，二人所專精雖不同，卻能做到「交相須，亦交相劘。」棄生稱汝南「制藝巨手，衡文者至以百川為比。」

---

131 據棄生《寄鶴齋駢文集》〈儒生張汝南哀詞〉、《寄鶴齋詩話》，以及汝南弟瑞岳為棄生所作之〈寄鶴齋詩集跋〉推知。

132 棄生〈秋風憶汝南有悼〉一詩云：「憶識汝南六、七年」，棄生之制義文集，收錄時間最早在光緒11年己酉，文末有汝南跋語，由此推知。

133 同前註，〈祭張汝南兄文〉，《寄鶴齋古文集》，頁199。

134 同前註，《寄鶴齋詩集》，頁53。

135 同前註，〈祭張汝南兄文〉。

136 同前註，〈寄鶴齋詩序〉，《寄鶴齋詩集》。

「經史亦爛熟，平日有志實學，服行宋五子書。」[137]又言其「經史爛如，理趣紛若。散體之文，不屑皇甫；科名之業，能通子朱。指陳官禮，無安石之拘；貫串史綱，攬馬遷之潔。」[138]除了精熟經、史，又好唐宋八家古文，悅明歸有光、清方苞之文，制義亦近於歸、方二人。[139]汝南為棄生制義文集作敘文云：「君於經史、時務、輿地、兵農，皆有究心而有得於古。」[140]可見棄生志大矣。

汝南歿，棄生悼憶云：「……萬里流中雙濯足，馬尾江頭潮水綠。輕換扁舟入閩關，共上酒樓聽水曲。歸來歧路不同行，我寄新詩君意傾。名場得失各灑然，但道關山羈客情。天涯回首不時見，每於應試歡一面。古往今來資談柄，燈殘燭跋催漏箭。……」[141]敘平生交誼，娓娓瑣瑣，俊逸雄放。〈哀羅山〉則云：「……復遭滄桑劇變遷，有子讀書半途止。國恨家常兩不堪，寄書勸學近迂理。君家書卷尚等身，會當攜挈究經史。臨風憶君長痛君，有酒難澆君故址。時亂俗殊君未知，安得長言到君耳。……」[142]棄生照料其後事，猶盼助汝南子求學，俾得繼事述志！

4. 張瑞岳（汝東）

張瑞岳，字汝東，為張光岳之季弟，曾受知於羅令，與兄光岳、棄生同樣以榜名第一游泮，可見三人才氣之高。瑞岳因其兄而結識棄生，且相知甚深。其〈寄鶴齋詩集〉跋，記乙未年後，棄生身遭動亂，見識與詩文俱變，卓然有杜甫、陸游感事憂時之風格。又引棄生論詩語，以為詩當於「平處見

137 同前註，《寄鶴齋詩話》，頁94。
138 〈儒生張汝南哀詞〉，《寄鶴齋駢文集》，頁39。
139 同前註，汝南弟瑞岳作，《寄鶴齋詩集》跋，頁3。
140 《洪棄生先生遺書》（七）（臺北：成文，1970年4月臺一版）頁2962。
141 同前註，〈秋風憶汝南有悼〉，《寄鶴齋詩集》，頁53。
142 同上註，頁178。

奇」，苟能斂才就範，以臻古格，有契合於陸游「詩到無人愛處工」、「俗人猶愛未爲詩」之深旨，則不逞奇而能深造自得矣。又佩服棄生之傲骨嶙峋云：「君嘗謂余『年來寤覺，輒如巨石填膺；一出門，則又石闕銜口，可若何？』余謂『此君之磊塊，當以酒澆之耳。』於是君故有醇酒、婦人之近。……嗚呼！月樵有出世之才，有用世之學、售世之具；而甫及二毛，早退處於遯世之流。一二友朋無聊告語，姑以傳世之事相爲慰藉；夫豈始願所及哉！」[143]勉之以名山事業，慰其無聊窮愁之懷，可見汝東篤於交誼。

汝東兄爲棄生作〈寄鶴齋詩序〉，不幸竟成絕筆。棄生深痛亡友，不忘其託付，關心其弟汝東的生活，〈祭汝南文〉云：「君之季弟，形單影集，我能不對之唏噓耶！」《寄鶴齋詩集》〈與汝東哭汝南二首〉其一云：「我爲交情君弟誼，兩邊俱是斷腸人。」其二云：「不堪回憶春初處，剪燭連床夜雨時。」友于兄弟之情誼深厚。汝東卒於明治三十一年（1898），棄生盡力爲料理後事，[144]《寄鶴齋詩集》〈哭汝東〉云：「……堪痛君死一息微，寡嫂弱妻幼女悲。上有老親未報恩，下有兒子未護持。……」〈自聞汝東凶耗懷人感事日覺傷心再作二首〉其一云：「已因故國腸將斷，況爲同儕淚滿巾。」故國故友之痛都到眼前，其悲涼可想。

5. 鄭鵬雲（毓臣）

鄭鵬雲（1862～1915），字毓臣，原籍福建永春州。日治初期與曾逢辰共修新竹縣志，所留草稿即新竹縣志初稿，[145]

---

143 同前註，〈寄鶴齋集序〉，《寄鶴齋詩集》。
144 同前註，〈與家其昌書〉，《寄鶴齋古文集》，頁339；〈與陳某書〉，《寄鶴齋古文集》，頁340。
145 引自黃旺成〈人物志〉，《新竹縣志》卷九（臺北：成文，1983年3月一版）頁26。以及鄭鵬雲、鄭逢辰，《新竹縣志初稿》所收王世慶校後記（臺北：成文，1984年3月一版）頁257。

是年內渡。[146]明治四十四年（1911），「竹社」推選鵬雲爲副社長。[147]因家道蕭條，乃赴福州，管理臺灣試館，坎坷中客死榕城，年五十四。[148]鵬雲赴福州後，棄生《寄鶴齋詩集》〈感懷寄鄭毓臣閩中〉云：「行年感遲暮，綠鬢悽已皓。坐看兒女長（平聲），起視形容槁。……到處有蓬蒿，逢人歎潦倒。此地災患多，尤恐不常保。浮沉託傖荒，蹤跡近輿皂。身世一毛輕，中心百憂擣。長風天地飄，愁懷不可掃。祥鳳竄荊榛，妖鯨宰蓬島。……嗟余在此間，靦顏向洞獠。蟄蟄羅網中，脫身恨不早。林泉養懦夫，江山落衰抱。因君豁壯懷，滄波流浩浩。臨風寄短詩，白日方東杲。望望釣龍臺，莫道歸來好。」此詩約作於一九一二年至一九一四年，[149]當時日本國勢逐漸向中國東南沿海及南海擴張，誰能避此亂世？

6. 丘逢甲（仙根）

丘逢甲（1864～1912），又名倉海，字仙根，又字仙闕，號蟄仙，彰化翁仔社人（今苗栗縣銅鑼鄉）。生於清同治三年（1864）十二月，卒於日治大正（1912）二月，年四十九。其乙未年（1895）離臺前之詩，集爲《柏莊詩草》，日治後之詩集有《嶺雲海日樓詩鈔》。[150]光緒十八年（1892）八月十九、二十日，棄生所作兩篇題爲〈我亦欲正人心息邪說距詖行放淫辭以承三聖者〉制義，均借名他氏，皆自註云：「宏文山長邱

146 梁成枏（子嘉）〈雨過新竹聞鄭君毓臣將赴廈門〉作於光緒24年（1898年）返三水故鄉前，由此詩題知之。見連橫《臺灣詩薈》第十五號（南投：臺灣省文獻委員會，1992年3月31日版）頁153。

147 引自詹雅能撰〈林鍾英先生年表〉。收於林鍾英《梅鶴齋吟草》（新竹市立文化中心，1998年6月出版）頁308。

148 同前註，黃旺成《新竹縣志》。

149 〈田野即事四首〉（應作於1911年）及〈囚人哀〉（應作於1914年）之間。

150 程師玉凰，《嶙峋志節一書生──洪棄生及其作品考述》，頁216。丘瑞甲〈先兄倉海行狀〉，丘逢甲《嶺雲海日樓詩鈔》（上海古籍出版社，1982年9月第一刷）附錄。

原評。」丘逢甲應不知是棄生所作，對兩篇制義評語均甚佳。如八月二十日所作，丘評云：「筆力廉悍，詞旨精詳，允推此間能手。」[151]屬於宏文書院師期（由山長出題，看卷），用棄生原名的，有九月十九、二十、二十一日之〈如得其情則哀矜勿喜〉三篇制義。其中十九日所作，丘氏亦有佳評，可見棄生文章頗受丘氏的賞識。

光緒十九年（1893）十二月，棄生命其門生攜禮物送給丘氏，感謝其幫忙門徒解決困難，並附有〈與邱仙根進士書〉。知丘氏於光緒十八年遷居臺中後，棄生於十九年春間曾過訪丘氏，其書信云：「……況下走與仁臺雖成名不同，文字甚契，故臨風延企，覺他日以文章名世為海岱增輝者，為吾君一人。」[152]棄生對丘氏的才氣亦極為讚佩。《寄鶴齋詩話》稱丘氏「詩才出眾，駢文亦工整。」並舉其詩數首，以為「才人吐囑」。丘氏嘗面讚棄生七古詩如查慎行（1650～1727，字夏仲，號初白），並出示其所作〈大甲溪歌〉。棄生稱此詩「瑰偉奇特」，可見二人惺惺相惜。

乙未年（1895）丘氏內渡。據云丘氏挾款而逃，棄生的評論是：「己遂棄義軍倉皇渡海，軍饟不發，家屋盡為部下所焚；徒向外間報紙張皇民主國虛情，以此為人口實。臨行賦詩，有『宰相有權能割地，書生無力可迴天！』句，亦可哀也。」[153]棄生對丘氏的內渡，同情多於責難。此因丘氏為「書生」，「未嫻戎務；出領義軍，係唐景崧濫舉。」棄生稱丘氏早年詩作多高華，中年近微至。[154]又云：「廣東嘉應州黃公度（遵憲），……獨據粵之壇坫，時鮮出其上者。至邱仙根內渡，始欲拔趙幟立漢幟，遂生齟齬。文人習氣，迄今猶然，甚

---

151 洪棄生，《洪棄生先生遺書》，頁3450。
152 同前註，《寄鶴齋古文集》，頁297。
153 同上註，《寄鶴齋詩話》，頁93。
154 同上註，頁147。

無謂也。」[155]

　　清末梁啓超倡「詩界革命」，主張以新名詞入舊詩體，並推崇黃遵憲（1848～1905，字公度，廣東嘉應州人）爲張纛主盟者。丘氏跋公度詩，謂：「茫茫詩海，手闢新洲，此詩世界之哥倫布也。」公度與梁啓超論丘氏詩曰：「此君詩眞天下健者。渠自負曰：『二十世紀中，必有劉黃、丘合稿者。又曰：『十年之後，與公代興。』」[156]許爲代興之人，或因此二人有齟齬之說。戊戌政變後，梁啓超流亡日本，辦「清議報」譽丘氏以〈己亥秋感八首〉等詩，以民間流行最俗最不經之語入詩，而能雅馴溫厚；又以新名詞入詩，意境新闢，爲詩界革命之鉅子。[157]一九一二年，自南京扶病南歸，遺言葬須南嚮，曰：「吾不忘臺灣也。」[158]

7. 王松（友竹）

　　王松，字友竹，號寄生，自號「滄海遺民」，祖籍福建晉江，新竹縣人。生於清同治五年（1860），卒於日治昭和五年（1930），年六十五。著有《臺陽詩話》、《滄海遺民賸稿》、《友竹行窩遺稿》。[159]棄生與王松是互相仰慕卻從未謀面的文字交。王松《臺陽詩話》稱棄生詩各體俱佳，牢騷之氣，幽憤之情，時溢言表，[160]並錄棄生長詩〈帝京篇〉。而棄生亦有贈詩〈王君友竹索題簡端〉云：「相聞不相識，日月望新城（君新竹縣人）。每逢北人至，輒詢君姓名。君家在何處，迢迢新竹路。惜昔承平年，驅車城外度。可惜遲聞君，彼

---

155 同前註，《寄鶴齋詩話》，頁139。
156 黃遵憲，錢仲聯箋注〈年譜〉，《人境廬詩草箋注》，頁1239、1249。
157 梁啓超《飲冰室詩話》（北京：人民文學出版社，1998年）頁28、30。
158 同前註，丘瑞甲〈先兄倉海行狀〉及江瓊〈丘倉海傳〉。
159 〈人物志〉，《臺灣省通志稿》第23冊，卷6（臺北：捷幼，1999年版）頁118。丘菽園〈贈王君友竹序〉，《臺陽詩話》（南投：臺灣省文獻委員會，1994年5月31日版）頁3-5。
160 同上註，《臺陽詩話》，頁69。

時未迴顧。一自喪亂初，始得君素書。」[161]可見明治二十八年以前，二人雖彼此聞名，並不相識。

乙未年後，王松始寫信給棄生，二人始有書信往來，詩繼云：「陸公昔亂離，哀音鳴鬱噫。至今呼望帝，千載有餘悲。杜陵不可作，願君長詠詩。」指出王松詩不只亂離窮愁之哀噫，更有家園之深悲，可謂知音者。日治明治三十一年（1898），王松著有《如此江山樓詩》，棄生代友人陳槐庭作〈如此江山樓詩序〉。

8. 林朝崧（癡仙）

林朝崧，字俊堂，號癡仙，臺中霧峰人。爲建威將軍林文明之螟蛉子，以排行第十，故詩友亦稱「林十」。生於光緒元年（1875），卒於日治大正四年（1915），年僅四十一歲。[162]癡仙約於光緒七年（1891）考取生員，[163]與棄生相識。棄生《寄鶴齋詩集》〈賦贈林十〉敘述二人相識之情景云：「當夫應試時，奪標則凌競。春風二三月，青衫行掉磬，瑣院壓同儕，旗亭得佳評。我時始識君，詩壇共高興，君謂我詩豪，邱遲兩敵稱（謂與邱仙根逢甲）。」二人於應試時相識，癡仙〈憶昔答洪月樵（一枝）即次其韻〉一詩回憶昔日泮場相識之經過，盛讚棄生試帖文文義妙闡儒家義理，一舉應試奪標。又言棄生詩才敏捷，而「觀風稿」批評時政，萬言娓娓。兩人同有青雲之志，朝遊夕飲，又言及性情志趣之相投云：「……索性畏俗氛，與君頗同病。……詩詞雖無用，未忍棄破甄。汐社

---

161 同前註，《寄鶴齋詩集》，頁160。《臺陽詩話》則題爲〈讀友竹詞兄大著並以致相慕之忱〉，後署「鹿港洪一枝月樵拜題」。

162 同前註，程師玉凰《洪棄生及其作品考述》，頁205。

163 洪棄生〈公靴林母陳太孺人文〉，收入林癡仙哲嗣林陳琅所編之《先考林俊堂公遺蹟彙纂》，此轉引自廖振富《櫟社三家詩研究——林癡仙、林幼春、林獻堂》（國立臺灣師範大學國文研究所博士論文，1996年5月）頁37。

自唱酬，尚有知音聽。……」[164]

《寄鶴齋詩集》〈戲調林十花燭三首〉其一云：「溫嶠當年下鏡臺，看花今夕綺筵開。香奩夜靜春如海，試展鯨魚翡翠才。」充滿浪漫情懷。〈三約詩會不果赴戲與峻堂〉云：「若立法取威之嚴，欲治弟以屢次逼留觴政之罪，立即發黑龍江墨君邊充當苦差，固當俯首，對簿無辭。或稍緩寬期，量予薄罰，即家中使受金谷酒數，俾得效命文前。」[165]詼諧調笑，自我開解，是棄生本色，也看出兩人關係之熟稔。〈遊大墩花園贈林十（峻堂）〉云：「看花未識誰賓主，直到君家沁水園。」脫略賓主虛禮，亦可見二人情誼之篤。

乙未割臺，癡仙初避亂泉州，明治三十一年（1898）正式返臺定居。[166]棄生〈詩函報林十，適又渡海，歌以寄之〉云：「去年烽火起，君去罩霧里。……憶昔傖荒已千載，得君羈旅又三年。今年臺地烽偶熄，君潛渡海問田宅。」因知癡仙第二次內渡，乃是去處理家鄉的田宅問題。棄生詩末云：「從今富貴功名非吾知，惟望文辭詩卷人間著。」〈短歌行又寄林十〉云：「黿鼉盡上地上遊，民物翻在泥中蹐。乾坤渾沌不可知，眼見滄桑在一時。」哀情激楚。癡仙自上海歸來，棄生有〈林十自吳淞歸，寄問江東名勝二十二首〉其二十云：「江南多半付西夷，歎息英黎樹國旗。莫怪去來俱不得，如君依舊入滇池（時英國方以揚子江以南為其勢力圈地立作約）。」癡仙和以〈月樵聞余歸自滬江，以詩問彼都山川形勝，有感時事，拉雜成詩二十二首次答〉，憂心英國人在中國劃地自雄。

明治三十五年（1902），癡仙與其姪林幼春、其友賴紹堯（悔之）三人始結「櫟社」。[167]由棄生和櫟社諸子詩作〈對

---

164 林朝崧《無悶草堂詩存》（臺北：龍文，1992年3月重印初版）頁106。
165 同前註，《寄鶴齋古文集》，頁353。
166 同前註，廖振富一書，頁39-40。
167 同前註，廖振富書頁42。

酒用太白韻應諸同人作二首〉，詩題「同人」二字看來，或許是應癡仙之邀詠而與櫟社諸子有所和詠唱酬。[168]棄生年齡雖比癡仙大九歲，但行文稱呼每云：「林十郎」或「林十」、「峻堂」、「君」，並不以長者的姿態居之。二人相識於青年之時，棄生常向他乞酒乞書，如〈向林十郎俊堂乞酒〉、〈乞酒後再借書與林十郎〉、〈借六家詩鈔與林十郎〉，自云「能飲亦能詠，我生愛青蓮。」稱癡仙「君家曹倉富書卷，敢操一鷗求過眼。」兩人常臨水登山，賞奇析疑，所謂「風雨兩人車一載，滿山圖畫滿囊詩」[169]。乙未年後，作詩予林幼春，每懷想林癡仙及梁子嘉。《寄鶴齋詩集》〈答林幼春並懷林十及梁鈍菴〉云：「復有松江食鱸魚，君家十叔殊難得。寥寥人散天一方，我與君居亦並僻。……題詩名山禱山靈，迴天轉海洗塵積。」是時癡仙、子嘉各散居大陸，棄生則抱遺民之志，而幼春已成後起之秀，可方其叔癡仙。〈座上賦贈林十〉有「竹林有阿咸，時來相親附。」擬幼春如阮咸。

後癡仙回臺定居，棄生相與感傷時亂云：「雲山異昔時，人物無子煦。鞭扑馬牛忙，催敲雞犬懼。竭澤苦獵漁，挈瓶艱挹注。讀書最蕭條，無以供租賦。況又干戈年，時時求委輸。兵連與禍挐，乾坤紛鼓鑄。壯士孰為犧，吾徒皆守兔。……」道盡日治初期兵連禍結，民生凋蔽，士人困窘窮苦之辛酸。〈賦贈林十〉云：「……豈知大東州（臺灣山後之地），早視如几凳。謝客空繾幽，蜀丁失依憑。世路即已窮，閒居非我病。……投詩君勿傳，此間多刺偵。」可見日人箝制臺人之深酷。對癡仙以遺民自期的心情，棄生深感敬佩云：「滄桑存魯光，變遷忘陵谷。」[170]

---

168 癡仙《無悶草堂詩存》（上）頁103有〈對酒用太白韻和沈生祝澄先生二首〉，用韻和棄生相同，句句步韻，知為同一時間之作品。
169 《寄鶴齋詩集》，〈即景與林十四首〉其三，頁352。
170 〈在阿罩霧同林十偶眺〉，《寄鶴齋詩集》，頁156。

9. 林資詮（仲衡），林資鏘（子佩）

　　林仲衡，名資詮，以字行，號壺隱，生於清光緒三年（1877），卒於昭和十五年（1940）一月十日，享年六十四歲[171]。仲衡出身霧峰林家下厝，祖父林文察[172]，父親林朝棟[173]。林仲衡於光緒十九年（1893）取得秀才科名。乙未年隨父親避難泉州，明治四十二年（1909）結束長期留學東京的日子，回到臺灣。[174]洪棄生《寄鶴齋詩集》〈春寒林仲偕從弟過酌酒中述遊跡並庚子在京時事歌之寄之〉云：「⋯⋯吾臺已付弱水沉，中邦亦共破舟看。縱覺黃圖終崛興，不免黑風此吹散。中宵難著祖生鞭，空聽雞聲號至旦。酒間慷慨欲悲歌，門外風多更雨多。北斗沉天夜滂沱，我歌所在君則那。君家詩思況如湧，大山小山能唱和。其一中原歷險遠⋯⋯。」此詩作於一九○一年二月或一九○五年底，時仲衡偕從弟林幼春過訪棄生。仲衡談及八國聯軍犯京前夕，仲衡適在京師。[175]北斗銷沉，孤臣遺民只能「閉戶讀離騷」[176]。

　　仲衡為朝棟次子，乃朝棟妾張氏所出。其弟林資鏘行四，乃朝棟妾楊氏出，字子佩，生於清光緒五年（1879），卒於明治三十一年（1898），[177]得年二十歲。曾向棄生求詩，此事棄生云：「林朝棟棄臺西遯，較邱進士尤難掩眾論。蓋仙根書生，未嫻戎務；出領義軍，係唐景崧濫舉。蔭堂則承父林文

---

171 參見杜聰明撰〈林仲衡先生簡介〉，收於《仲衡詩集》（臺北：龍文出版社，1992年版）頁5-6。

172 林文察參見林幼春撰〈林文察傳〉。文見於黃富三、陳俐甫編，王世慶、陳漢光、王詩琅等撰《霧峰林家之調查與研究》（臺北：林本源中華文化教育基金會，1991年12月初版）頁116。

173 林朝棟於乙未割臺議成，挈眷內渡。1904年病逝上海。參見林資鏘撰〈林朝棟傳〉。同上註，頁148。

174 黃美娥〈中國、日本、臺灣——櫟社詩傑林仲衡詩歌的空間閱讀〉（發表於中臺灣古典文學學術研討會，臺中縣立文化中心主辦，90年12月2日）頁6。

175 仲衡時作〈書憤〉云：「人間何處覓荊軻」，同前註《仲衡詩集》，頁46。

176 同上註，〈閒居雜詠〉，頁48。

177 同前註《仲衡詩集》，頁149、160。

察餘糜，早經劉銘傳保舉，從軍有年。有兵、有餉，又素經戰事，乃不見敵而走，致景崧倉皇無措，其視徐驤、姜紹祖、吳湯興諸君，以書生撐拒半載，至以身殉，有天淵之別矣。故其少君子佩相逢索詩，余贈句有『負負將軍復何門，避秦今已失雲山。』之語。」[178]乙未割臺後，朝棟棄臺西遯，未盡抗日守土之責，難辭罪咎。棄生贈詩毫不客氣的譏諷，當令子佩難堪。

10. 林資修（幼春）

　　林進，名資修，字幼春，號南強，晚年又號老秋。清光緒六年（1880）正月十五日出生在臺中霧峰。卒於昭和十四年（1939），享年六十歲。[179]其父林朝選（1859～1909），字紹堂，文明之次子。棄生年紀小紹堂七歲，其《寄鶴齋詩集》〈披晞集〉有〈聽林二君紹堂留聲器夜深即事〉五古，詩末云：「內集讀黃詩，靜中出深窅。披葛到庭前，涼風生木杪。」作客林家，則幼春當亦與會，棄生算是他的父執輩。幼春行長，在乙未割臺前便師事其伯父林朝棟之書記梁成柟（子嘉）而詩藝大進。[180]

　　乙未年（1895）割臺後，隨叔父癡仙避走泉州，一八九七年返臺，居霧峰林家花園之「萊園」。幼春於一八九八年結婚，元配莊能宜小他一歲，但莊氏在次年便去世了。[181]棄生作〈林幼春新婚序〉，又有〈答詩唁幼春喪內〉云：「可憐留得遺珠在，料聽呱呱有淚吞。」詩情哀憐。一八九八年，棄生

178 《寄鶴齋詩話》（南投臺灣省文獻委員會，1993年5月31日版）頁94。
179 王世慶、陳漢光、王詩琅撰，黃富三、陳俐甫編《霧峰林家之調查與研究》（臺北：林本源基金會，1991年12月初版）頁165。
180 見梁子嘉〈答幼春問訊之作〉，《臺灣詩薈》第11號（南投：臺灣省文獻委員會，1924年12月15日出版，1993年3月31日重印出版）。
181 廖振富《櫟社三家詩研究——林癡仙，林幼春，林獻堂》（國立臺灣師範大學國文研究所博士論文，1996年5月）頁56。

〈與林幼春書〉稱讚幼春「清才妙悟,匪夷所及。」自云:「僕之事業已無可望,半生心血只在詩文;如歐冶鑄劍,以身殉之矣。」[182]志在貞隱著述。另一書信云:「壬辰一晤,倏忽六秋。」[183]則二人應相識於光緒十八年(1892),時幼春年僅十三歲。是年(1898)陰曆十二月十八日,棄生〈答林幼春談近事書〉指斥日人暴政「鈇鉞日削於書庫,株連即逮乎儒坑;生涯已窘,物賄皆昂;不農不商,胥受其害焉。況乎伏莽叢箐,由來如蝟;揭竿斬木,自此為群;殊無治盜之能,徒有取民之暴。……」[184]日人株殺無辜,強斂民財。故咒罵時世如「天狗化人,白虹貫日。」棄生〈喜施梅樵見過三首〉云:「年來晤詩人,林君(峻堂及姪幼春)與君耳。」可見棄生晚年,與林家叔姪交誼之深。

一九一八年幼春所作〈感事三首〉其三,言及棄生云:「繡斧鐵冠誰偶語,途窮日暮鬼揶揄。南陽天覆茅廬在,遼海春隨白帽徂。遮莫閑情問花鳥,拚將性命結屠沽。鹿渠月色年年好,淒絕詩人洪棄繻。」[185]日警殘暴,故云:「偶語棄市。」一九一五年後,日人強行斷髮,棄生髮辮遭剪,猶如遭鬼揶揄。對負氣貞隱之棄生,以「淒絕」二字憐其志,哀其遇。棄生卒,幼春作〈哭洪月樵先生〉云:「最憐負鼓求亡日,一暝千秋此恨深。」[186]擬之如禰衡執桴傲罵奸佞。棄生與幼春是日治時期始終保有「民族的純粹性」的詩人,[187]秉持不與日人打交道的孤高氣節與矜持的操守。

棄生與幼春的信中曾云:「時世傖荒,邱山陵谷,江河

---

182 同前註,《寄鶴齋古文集》,頁329。
183 同上註,頁331。
184 同上註,頁333。
185 林幼春《南強詩集》(臺北:龍文,1992年3月重印初版)頁32。
186 同前註,林幼春《南強詩集》,頁50。
187 葉榮鐘〈臺灣民族詩人——林幼春〉,收於《臺灣人物群像》(臺中:晨星,民國89年初版)頁243。

有日下之悲，滄海無迴瀾之望，風之殊也，不亦傷乎！劇秦美新，昔人所恥；朝秦暮楚，吾黨所非。閣下入時未深，染俗未重，慎勿以素涅緇，即白溷黑，幸矣！」[188]此信寫於一八九八年，慨日人如秦，我輩文人切不可效「劇秦美新」之舉。棄生又有〈寫山谷詩幼春有贈即次其韻〉云：「……涪江興廢二百年，七言古格今猶傳。憶曾全鼎嘗一臠，未殊寸管窺長天。健筆雄詞萬斛重，有人絕臏或折踵。才怯搏虎終作豪，力奮當熊方成勇。林子作詩貯滿筐，三唐兩宋一囊裝。須與直追漢魏上，滄海橫流纔可防。」

　　清末「同光體」詩人袁昶、陳三立等人，宗仰宋詩，詩風有近於江西詩派者，蔚爲一時風氣。難怪幼春原詩提到「風流不絕數百年，江西宗派人爭傳。」[189]棄生次韻答詩，亦稱讚黃庭堅七言古詩雄健，足爲今人效法。[190]然山谷摹杜詩，棄生以爲「多於轉折處著力，故有體力而或乏風神，有筆法而或乏音韻。」[191]救濟之法爲取法漢魏古詩「高渾淡遠，氣靜神逸。」及樂府「婉轉纏綿，語摯情眞。」[192]渾入渾出，以平淡之家常語寄寓深厚眞摯之情，庶幾得超拔於流俗。

　　明治三十五年（1902），幼春與其叔癡仙創立櫟社。[193]在學問上，幼春極傾倒梁啓超之思想。梁氏因其叔父獻堂而得知幼春才名，嘗云：「頗聞阿咸最秀拔，磊磊羅胸皆文史。」[194]大正十二年（1923），與蔣渭水等組織「臺灣議會期成同盟會」。第三次發動請願，日人以有礙安寧秩序，依法取締。年底被捕，此即所謂的「治警事件」。大正十四年（1925）被判

188 同前註，〈與林幼春書〉，《寄鶴齋古文集》，頁331。
189 同前註，〈觀洪茂才鈔山谷詩〉，《南強詩集》，頁7。
190 棄生《寄鶴齋詩話》，頁88。
191 同上註，頁86。
192 同上註，頁38。
193 癡仙有〈送姪幼春過海遊學詩〉，作於明治三十六年（1903）。
194 梁啓超〈贈臺灣逸民林獻堂兼簡其從子幼春〉，《飲冰室全集》（四）美文類
　　（臺北：文光，1959年11月版）頁32。

入獄服刑。在早期的民族運動中，一般人稱他「小諸葛」，「意指他的學問淵博，才思敏捷而多智，加上外表文靜肅穆之故。」[195]晚年常慷慨解囊，資助張深切的《臺灣文藝》刊物，及楊逵的《臺灣新文學》刊物。[196]

11. 連橫（雅堂）

連雅堂，初名允斌，後改為橫，字武公，又號劍花。生於光緒四年（1878），卒於昭和十一年（1936）。大正十三年（1924）二月十五日創刊《臺灣詩薈》，發行至翌年四月十日，共二十二期。棄生之詩文，如《八州遊記》等，曾連載於此刊物。[197]棄生子炎秋曾云，自連氏與棄生結交以來，到炎秋的子女，可以說已經有三代通家之誼。連氏向棄生邀稿，棄生就要炎秋抄寫《寄鶴齋詩話》幾則寄予連氏[198]。迨連氏移家臺中，二人往來近便，漸成為莫逆之交。兩人交往之文字，見一九二四年一月二十日棄生回覆連橫請他為《臺灣詩乘》作序的書信云：「大著臺灣詩乘序，原擬先撰，適基六兄到鹿求作詩序，而許幼漁亦催為其父作鳴劍齋詩序，容先草就，囑其各錄一份呈政，以補詩薈餘白！」[199]《臺灣詩乘》完成於一九一一年四月二十四日。[200]可見二人時以詩文切磋。

二、大陸地區的交遊

195 程師玉凰《洪棄生及其作品考述》，頁210。及同前註，葉榮鐘文。
196 同前註，廖振富《櫟社三家詩研究》，頁63。
197 連震東〈先父生平事蹟略述〉，頁36。收於《連雅堂先生相關論著選集》（南投：臺灣省文獻委員會，1992年3月版）。
198 洪炎秋〈三代通家，一面未謀〉，《連雅堂先生相關論著選集》（下），頁47。
199 鄭喜夫《連雅堂先生年譜》（南投：臺灣省文獻委員會，1993年版）頁106。此信刊於《臺灣詩薈》第三號，1924年4月。
200 同上註，《連雅堂先生年譜》，頁96-97。

1. 梁成柟（子嘉）

　　梁成柟（1850～1899），字子嘉，號鈍庵，廣東三水人。為林朝棟書記。劉銘傳擢朝棟為撫墾局局長，以招撫各處原住民。因奇子嘉文才，乃於光緒十二年（1886年）檄辦東勢角撫墾。[201]乙未割臺，與吳湯興、徐驤等轉戰新竹、苗栗之間。兵敗後從劉永福西渡越年，明治二十九年（1896）復來臺，其間曾遊日本，此為子嘉第二度來臺。[202]

　　子嘉與棄生素不相識，明治三十年（1897），子嘉偶到鹿港，聞名見訪，相逢之際，即曰：「子詩某篇佳，某篇不佳。」直言不諱。棄生敬其老輩，喜而留飲。子嘉遂出示其〈釣龍臺歌〉，棄生讀之，以為筆氣不減清初嶺南三大詩家（屈大均、陳恭尹、梁佩蘭）。[203]子嘉此詩據《漢書・西南夷兩粵朝鮮傳》閩粵王無諸事興詠云：「……釣龍一事蓋兒戲，馴獅伏象王能為。方今瀛海長蛟螭，奪我南溟作飲池。奮鬣欲入王階墀，王能磔死抉其皮。如王真是奇男兒，王與夫人知不知？」[204]痛閩粵及臺灣深受外人侵侮。

　　棄生則據東粵王餘善事，《寄鶴齋詩集》作〈釣龍臺歌和梁先生子嘉〉云：「後有負漢王心麤，請視王臺血模糊。」末歎餘善事漢不久即因叛漢被屠，言下有儆列強之意。棄生因向子嘉求墨寶，乞為書清初嶺南詩人屈大均之〈猛虎行〉。詩喻清人苛政猛如虎，讀後「直欲同聲一哭」幾時清朝國勢凌夷，[205]落的任外人拧鬚。

　　論及棄生詩文，子嘉猶如嚴師，二人相識之夜，子嘉「攜去（棄生）舊作陳太史、孫太史觀風文卷三本，越日送來，則

201 林資修〈梁鈍庵先生傳〉，收於《臺灣詩薈》第十號（南投：臺灣省文獻委員會，1992年3月31日版）頁657。
202 〈梁鈍嘉先生傳〉，《寄鶴齋詩話》卷五，頁101。
203 同上註，《寄鶴齋詩話》，頁101。
204 同前註，《臺灣詩薈》第九號，頁559。
205 同前註，《寄鶴齋古文集》，頁325。

彰化學

黏紙眉評、尾評幾滿；所評歌謠、古詩、古文、駢文、銘詞，或以為可傳，或以為可刪；策對，或以為可行，或以為不盡可行，則犁然俱當。」[206]棄生此時已由求仕轉向著述，詩格由工麗清刻漸變為沉頓古奧，而子嘉徒賞其少作，不免枘鑿。

棄生云：「……賞〈九十九峰歌〉而不賞〈國姓濤歌〉，則未盡是。蓋九十九峰僅清刻，而國姓濤且沉頓也。鈍翁許九十九峰力厚思沉，人間傑作，亦偏嗜。至謂近二年詩不及前，亦不合，蓋自洊經禍亂以來，感慨淋漓，詩格一變，從前所未有也。第筆路稍奧，不動目耳。」[207]〈國姓濤歌〉沉頓不似〈九十九峰歌〉僅清刻耳，乙未年後，棄生〈湘軍行〉、〈楚軍行〉，「所得意，渠（子嘉）不取也。」[208]或許如棄生所言，只因用典古奧，不動人目。

然子嘉對棄生慰勉有加，贈五律詩三首云：「二百年文獻，伊誰擬杜韓。淵源師友絕，著作古今難。可歎洪興祖，徒為管幼安。蔚然章甫服，未許裸人看。」「裸壤原無論，衣冠識者誰，高歌驚下里，長篠謗群兒。懷抱民生痛，文章樂府奇。長官盧問俗，死罪敢言之。」「如生為棄朕，朕豈棄生為。無路陳三策，思京賦五噎。愁懷形比塊，慟哭血成詩。苦語聲酸鼻，長吟猛虎詞。」[209]其一勉其為杜甫、韓愈，以詩為史，以文明道。其下歎臺地割日，衣冠滅裂。擬如洪興祖，以棄生胸懷別有騷憂，只因師友斬絕、文化不絕如縷。棄生不能效管寧避地，只能避日人如避裸人，其心境甚苦。其二讚其衣冠偉盛，卻有被髮左衽之痛苦。懷抱民生痛，故詩文英奇。其三言其滄桑痛楚，聞之心酸。

棄生崇仰子嘉人品「賦性骨鯁，不肯偕時，逢同調人，

206 見同上，〈與李雅歆書〉，《寄鶴齋古文集》，頁323。
207 同上註。
208 同前註，《寄鶴齋詩話》，頁102。
209 同前註，《寄鶴齋詩集》，頁216。

傾筐倒篋，生平雖久於幕府，全無宦氣。」[210]詠其詩以爲有清初嶺南詩風，由韓愈入手而上溯杜甫，旁及蘇軾、黃庭堅，故健而峭，宗派甚正。[211]詩志意健邁，尚質主理處頗似高適，[212]如〈大湖感事〉末四句云：「搏象應全力，從禽欲發蹤。和番何草草，牛酒賞群凶。」[213]指陳利病，中肯洞達。以散文句入詩，雄直善喻處又似韓愈。[214]

　　子嘉再度來臺，其昔日之墾地已成荒莽，《寄鶴齋詩集》〈送梁子嘉先生歸粵長歌〉云：「……越海去復來，囊橐無宿儲。不見漢衣冠，所遇多駏驢。關津不易過，寄跡嗟籧篨。當年華屋處，再過無人居。……」餘貲蕩盡，物故人非。明治三十一年（1989），子嘉再度西返三水時，棄生云：「……見說粵西嶠，勝廣已蠕蠕。草寇啓漢唐，此豈爲之驅。……我讀釣龍歌，高調入雲衢。嵇康廣陵散，不道今未無。有作皆唐調，絕不爲喁吁。傷時生感喟，杜詩與淚俱。平生復蕭索，閱歷貔生貙。愧我非終童，未能棄關繻。空送先生去，不共先生徂……。」已見揭竿起義者從南方興起。憂時之情隨閱歷漸增，適足以增益其詩境。幾時重見老成典型，棄生之悵惘頗深。[215]

　　一八九九年，子嘉客死香港，年五十。棄生有〈弔梁鈍庵〉七古，及〈次林十弔梁鈍庵〉、〈再次前韻弔鈍庵〉七律各兩首。〈次林十弔梁鈍庵〉其一云：「只餘朋輩閩南路，灑

---

210 同前註，《寄鶴齋詩話》，頁133。
211 同上註，頁102。子嘉〈答王友竹兼呈香谷主政毓臣上舍〉云：「詩家操翰尚摹擬，康樂文通頗指屈。」云云，《臺灣詩薈》第十五號，頁154。
212 阮廷瑜《中國文學講話》（六）隋唐文學（臺北：巨流，1988年3月一版一刷）頁125。子嘉〈因欲遊日本遺妾回粵待同遊者仍不來次前韻〉自云：「達夫五十老娛詩」，《臺灣詩薈》第十五號，頁155。棄生〈弔梁鈍庵（子嘉）〉云：「先生老境爲詩格，自說學詩比高適。」《寄鶴齋詩集》，頁190。
213 同上註，《臺灣詩薈》第九號，頁560。
214 同上註，《臺灣詩薈》第十號，頁629。
215 《寄鶴齋詩薈》（南投活版社印，1917年，國家圖書館臺灣分館藏）。

酒招魂淚不乾。」其二云：「今日宦途成散手，未須地下痛途窮。」〈再次前韻弔鈍庵〉其一云：「從今何處尋遺老，嶺嶠淒淒澀露乾。」其二云：「爛柯世界來吾土，鑄錯江山誤此公。今日老成歸一夢，哀君身心竟奇窮。」斯世兀臬，益悲老成凋謝。棄生謂子嘉：「作古今體詩，每不肯輕易下。……常告余云：『其師鄭小蘭誠他五十歲始可多作詩，今近矣。』」[216]割臺之役，其部分詩文亦散落，[217]令人惋惜。

2. 梁啓超（任公）

梁啓超，初字卓如，後字任甫，又改任公，別署飲冰室主人，廣東南海新會人。生於清同治十二年（1873），卒於民國八年（1919），享年五十七歲。光緒二十四年（1898）戊戌政變之後，與康有爲亡命日本，在日本先後創刊《新民叢報》、《國風報》、《新小說》等，主張排滿革命與共和思想，影響國內思想界甚大。[218]尤其是創刊於光緒二十八年（1902）的《新民叢報》，啓蒙青年知識，功效甚鉅。[219]據洪炎秋回憶，棄生對西洋新知識的吸收，便來自《新民叢報》及一九一三年創辦的《不忍雜誌》等書籍雜誌。[220]

光緒三十三年（1907）六月，霧峰林獻堂遊東京歸臺，途經奈良時，與梁啓超訂交於一九一〇年，林獻堂率二子赴日本求學，再度訪晤梁氏，[221]當時梁氏作〈贈臺灣遺民林獻堂簡其從子林幼春〉七古長詩一首贈之。臺灣多位詩人如林癡仙、林幼春都有詩和之，棄生亦有〈次韻梁任甫與林家詩〉，並作

---

216 同前註，《寄鶴齋詩話》，頁133。
217 同前註，〈梁鈍庵先生傳〉。
218 丁文江撰《梁任公先生年譜長編初稿》（臺北：世界，1988年4月三版）。
219 賴光臨〈梁啓超之報業思想及貢獻〉，《梁啓超傳說資料》（樂天書局影印）。
220 方豪〈洪炎秋先生訪問記錄〉，黃富三、陳俐甫編《近現代臺灣口述歷史》（臺北：林本源基金會，1991年版）。
221 葉榮鐘《日治下臺灣政治社會運動史》（上）（臺中：晨星，2000年8月30日初版）頁24-35。

〈與任公書〉。其詩描述日人種種苛政云：「……警吏穿房長肆威，催科闖戶且攘臂。籍沒田園不可堪，擾傷市獄更已矣。保甲橫施何足言，毆撻亂加尤莫比。法律神明中外同，獨至臺灣法妄抵。此間言論不自由，口尚須緘況敢指。」〈與任公書〉中更痛陳糖蔗之害，及日人為限制臺人吸煙，日日罰鍰，日月笞撻之暴政。[222]推崇梁氏「健筆扛鼎，萬夫之敵。」論及變法圖強之策略，棄生云：「二三志士，必欲以西法變之，亦非萬全。倘實行古法，參用新法，而朝野上下，億眾一心，轉強自非難事，故不必捨己從人，然後得計。」棄生變法偏向「中學為體，西學為用」。此信信末沒有署名，也沒有地址，只附註云：「此信恐為關吏所得，故不具名地址，後當相聞，以便來復。至於姓名，則敝集中所具張祿韓翱，已非真面目矣。」可見當時日人嚴厲禁止臺灣人與梁氏通信。

　　一九一一年陰曆三月初四月，櫟社在臺中瑞軒開會歡迎梁氏，棄生亦與會。[223]三月十三日結束他兩星期的臺灣之遊。[224]

3. 丘煒菱（菽園）

　　丘煒菱，字譲娛，號菽園，別號星洲寓公。福建海澄人。生於清同治十三年（1874），卒於民國三十年（1941），年六十八歲。光緒二十四年（1898），創辦天南新報，鼓吹維新。一九三九年自編《菽園詩集》初編，次年有《菽園詩集》二編。逝世後，其女為編《菽園詩集》三編。[225]棄生與菽園本不相識，二人文字往來，緣於菽園託王松向棄生徵詩，為其所作「星洲選詩圖」、「看雲圖」、「風月琴樽圖」題詩，[226]時

222 同前註，《寄鶴齋古文集》，頁361。
223 傅錫祺《櫟社沿革志略》（臺北：臺灣銀行，1963年2月版）頁7。
224 同前註，葉榮鐘書，頁29。
225 參考楊承祖〈丘菽園研究〉，《南洋大學學報》第三期，1970年版。
226 鄭喜夫〈丘菽園與臺灣詩友之關係〉，《臺灣文獻》38卷2期，頁115-118、134-138。

在光緒二十八年（1902）。棄生題詩之後，菽園有兩封信回棄生，對棄生頗稱讚。是年（1902），棄生〈與菽園〉書云：「如獲五朵，虛譽之施，不勝赧受。」[227]更託王松向菽園抄錄其〈海內題圖〉詩，以及《五百石洞天揮麈錄》一書。

---

227 同前註，《寄鶴齋古文集》，頁351。

第二章 香奩體詩

第一節 前言

「香奩」原指古代婦女之妝奩。六朝以降的艷詩中，常見「香奩」或「妝奩」一詞。如梁蕭子顯（489～537，字景陽）詩云：「日出秦樓明，條垂露尚盈。蠶飢心自急，開奩妝不成。」[1]寫織婦開奩化妝。唐沈佺期（約656～約716，字雲卿）詩云：「百福香奩勝裏人。」[2]香奩體詩之內容及名義，誠如鄭清茂云：

> 凡是詩詞涉及閨閣者，換句話說，凡是歌詠裙裾脂粉者，都叫做香奩體，因此這種體裁先天就有注重形式的傾向。不過，香奩體這個名詞的正式成立，恐怕要在韓偓《香奩集》問世之後。[3]

晚唐韓偓〈？～923，字致堯〉《香奩集》詩風幽艷，[4]多詠裙裾脂粉及閨閣中事。若論「香奩體」詩之遠源，則《詩經》對閨怨、棄婦之心理描寫，已開其端。[5]然《詩經》語言較為質樸，不若後世香奩體之艷冶。《楚辭》以美人香草取

---

1 蕭子顯〈陌上桑二首〉其一，徐陵編《玉臺新詠》（臺北：漢京文化，出版日期不詳）頁574。
2 沈佺期原著，陶敏、易淑瓊校注，〈人日重宴大明宮恩賜彩縷人勝應制〉，《沈佺期集校注》（北京：中華，2000年11月第一刷）頁166。
3 鄭清茂〈王次回研究〉。引自王彥泓著，鄭清茂校《王次回詩集》前言（臺北：聯經，1984年7月初版）頁65。
4 徐復觀〈韓偓詩及香奩集論考〉，收於《中國文學論集》（臺北：學生，1990年3月五版二刷）。
5 《寄鶴齋詩話》（南投，臺灣省文獻委員會，1993年5月31日版）頁2。

喻，以男女私情象喻君臣之遇合，別有悱惻芬芳之情致。漢、魏民歌如〈陌上桑〉、〈羽林郎〉等，善以質樸清新語言描寫女子之情態。〈古詩十九首〉中如〈迢迢牽牛星〉等，刻劃思婦怨情，亦眞切動人。漢代敘事詩興起，若古詩〈上山採蘼蕪〉一詩，由故夫之生動口吻來映襯下堂妻之怨情，手法高妙。建安時期曹植〈美女篇〉一詩，以美人形象喻指君子，喻意深微。當時詩人多以「擬作」及「代言」的方式，以女性為發言角色，喻託一己之怨情，使思婦閨怨成為習見的詩題。[6]

南朝宮體詩以描寫女性本身及男女情愛為主，旁及記遊宴、詠節候、寫風景及詠物詩，手法輕艷柔膩，開拓艷情詩的意境。[7]唐初四傑及沈佺期、宋之問之詩作，均未脫齊、梁艷麗詩作，然體裁、內容較為新密闊大。如王勃〈採蓮歸〉云：「塞外征夫猶未還，江南採蓮今已暮。」本自樂府舊題，卻詠閨婦邊關之思，極富現實性。盧照鄰〈長安古意〉多運用頂眞連環句，「回環複沓，自然流轉」的節奏感似六朝民歌〈西洲曲〉；[8]「節物風光不相待，桑田碧海須臾改。」內容批判豪貴者的驕奢專權，皆已脫離齊、梁詩靡麗且「興寄都絕」之弊病。沈佺期〈雜詩四首〉抒思婦閨怨，「邊愁離上國，春夢思陽關。」由宮體閨閣轉寫邊塞山林，詩律新密，開啓有唐詩人以律絕書寫宮詞閨怨之先聲。初唐詩人劉希夷（字延芝，潁川人），尤受棄生推崇。其〈白頭吟〉等詩，[9]棄生以為較四傑為「恰好」。[10]其五古〈春女行〉、〈採桑〉，棄生以為「亦如太白明麗之作。」[11]中唐王建（守仲初，潁川人）〈宮詞

6　梅家玲著，〈漢晉詩歌中「思婦文本」的形成及其相關問題〉，《漢魏六朝文學新論——擬代與贈答篇》（臺北：里仁，1997年4月15日初版）。
7　林文月，〈南朝宮體詩研究〉，《澄輝集》（臺北：洪範，1985年版）頁141。
8　沈惠樂、錢偉康《初唐四傑和陳子昂》（臺北：群玉堂，1991年版）頁56。
9　此詩或題為〈代悲白頭翁〉，見施蟄存《唐詩百話》之考證（臺北：文史哲，1994年3月初版）頁33。
10　《寄鶴齋詩話》，頁16。
11　同上註。

一百首〉語言工麗。晚唐李商隱七律〈無題〉之「老艷」，及溫庭筠詩「全體清新俊麗，英警絕俗」，[12]均爲棄生所讚賞。

一、美人香草，微詞喻意

「香奩體」詩受《楚辭》啓沃，以美人香草喻託深微之情意。棄生因而批評趙執信（1662～1744）《談龍錄》有涉於學究處：「……如舉『沉舟側畔千帆過』二句，實惡調，阮翁不答，宜也。至謂李頎〈緩歌行〉夸炫權勢，阮翁不當選之，尤偏。詩人吟詠，恆多寓言，故漢魏樂府詠到富貴處及美人處輒多鋪張，蓋詩人之設色然也，豈得而廢乎？謂梁鍠〈美人臥〉爲淫詞，不知梁詩有題作美人怨者，其詩雖不佳，亦不淫，趙本詩人，何論之腐耶？宋玉高唐、神女二賦，眞淫詞，趙氏其謂之何。」[13]

王士禎批評劉禹錫「沉舟側畔千帆過，病樹前頭萬木春。」缺乏超詣之妙。[14]趙執信卻譽爲「有道之言」，又批評唐李頎〈緩歌行〉夸炫權勢，乖六義之旨；梁鍠〈觀美人臥〉直是淫詞，因批評王士禎《唐賢三昧集》選黜失當。[15]殊不知李頎〈緩歌行〉設色華麗，實興喻之手法，不可視爲實境。梁鍠〈觀美人臥〉雖不佳，亦不淫。[16]若將「美人香草」之艷詞視爲淫句，則宋玉〈神女〉、〈高唐〉二賦眞淫麗矣？

棄生〈有所思效玉臺體十首〉其十云：「我讀玉臺詩，芬芳沁我腸。詩人逸興多，香草託徬徨。芍藥思渺渺，蒹葭水蒼蒼。千古作寓言，美人在西方。西方竟何許，求之見荒唐。昨云晤宓女，旋覺夢王嬙。所居必金室，所倚必雕梁。一鬟千萬

12　王建及溫、李之評語，引自同上註，頁17、18、92。
13　《寄鶴齋詩話》（南投：臺灣省文獻委員會，1993年5月31日版）頁91。
14　王士禎《池北偶談》卷十四（臺北：漢京文化，1984年版）頁342。
15　趙執信《談龍錄》，頁313。王夫之《清詩話》（上海古籍出版社，1999年）。
16　李頎〈緩歌行〉。梁鍠〈觀美人臥〉，《全唐詩》題作〈美人春臥（一作臥）〉該書卷202（北京，中華，1996年1月第6刷）頁2114。

值，一身百寶妝。我詩亦此意，意與美人長。」[17]以「美人香草」爲寓言，誇言富貴及美人之鬢髻、妝奩，爲「香奩體」詩之特質。

二、艷情逸韻，藻思橫溢

香奩體詩既歌詠裙裾脂粉，聲色自然偏於富艷柔靡，多富於春情。如秦觀〈春日〉七絕「有情芍藥含春淚，無力薔薇臥曉枝。」二句，元遺山〈論詩三十首〉云：「拈出退之山石句，始知渠是女郎詩。」棄生反駁云：「夫春日即景，豈能作『山石犖牪行徑微』之語耶？」以爲「詩須隨題目所宜」，[18]其稱許葉鼎《眉心室悔存稿》，悉香奩詞：「其中艷情逸韻，錦心繡口，藻思橫溢，直欲突過溫李，不止上掩王次回、黃莘田也。」[19]葉鼎詩詠閨閣粉黛，如「畫樓」、「曲院」、「金屋」、「水閣」，以及「翠痕」及「翠箔」「碧紗」二句；[20]「碧玉」、「青溪」、「瓊枝」、「翠被」、「紅豆」、「茜紗」、「湘簾」等都是香奩體詩慣用之詞彙，賦物取妍，不外妝奩、嬌花等物，富柔靡艷風。情致婉轉如「翠痕飛上酒人衣」、「無可奈何空握手，不曾真箇已銷魂」、「漫借琴心通昵語，阿儂腸斷可憐宵」。有《花間集》之旖旎。其「分付雲鬟勤捧硯，紅箋小字寫真真」二句，頗似明代王次回〈續夢辭十二首〉其八云：「好在水晶簾子下，爲伊端合寫真真。」[21]香奩體詩要在有逸韻柔情，纏綿真摯，方可動人。棄生譽魏甄后〈塘上行〉云：

17　《寄鶴齋詩集》（南投，臺灣省文獻委員會，1993年5月31日版）頁154。
18　同前註，《寄鶴齋詩話》，頁20。
19　同上註，頁59-60。
20　同上註。棄生錄葉鼎之香奩體詩，有冶春云：「春陰漠漠護窗紗，卍字闌干四面遮。紅雨綠雲庭院閉，夕陽如水夢梨花。」
21　明王彥弘著，鄭清茂校《王次回詩集》、《疑雲集》卷一（臺北：聯經，民國73年7月初版）頁375。

彰化學

甄氏塘上行中云：「莫以賢豪故，棄捐素所愛。莫以魚肉賤，棄捐蔥與薤。莫以麻枲賤，棄捐菅與蒯。出亦復苦愁，人亦復苦愁。邊地多悲風，樹木何翛翛。」亦頗得國風遺意。[22]

　　情感眞摯，語言質樸，得《詩經》國風之眞味。若清代吳梅村詩，棄生稱其「情韻纏綿」，實合初唐四傑之麗藻及白居易「長慶體」之敘事而更妙姿韻。如〈畫蘭曲〉七古寫閨閣畫蘭之妙，[23]幽情亦如蘭香，在敘事中漸次舒放，眞如棄生所謂「風神獨絕」。[24]

第二節　內容與旨趣

　　詩見於《寄鶴齋詩集》，乙未年（1895）以前之《謔蹻集》者，有〈長相思〉等擬古詩作。乙未年以後，詩則收於《壯悔餘集》。

一、就題發揮，紬繹古詩

　　棄生早期的香奩體詩多半爲擬古之作。擬古的前題「本爲『就題發揮，紬繹古詩』的一種受限制的寫作方式。」[25]寫作的動機和目的，或以「擬古是一種主要的學習寫作的方法，正如同習字由臨帖入手。」[26]或是「各家的寫作技巧成熟之後，嘗試與人一較長短的傾向更爲濃厚。」[27]棄生擬古詩作，亦在

22　同前註，《寄鶴齋詩話》，頁7。
23　吳偉業著，《吳梅村全集》（上海古籍出版社，1990年12月第一刷）頁43。
24　棄生論梅村詩的評語，同前註《寄鶴齋詩話》，頁56、104、125。
25　林文月，〈陸機的擬古詩〉，《中古文學論叢》（臺北：大安，1989年6月初版）頁154。
26　同上註，頁154，引王瑤《中古文人生活》語。
27　同上註，頁156，林文月語。

彰化學

與古人一較長短，求詩文知己於父母官，欲求應舉能名列前茅。[28]因此，其擬古詩寫作動機，主要在加強其「試帖詩」的寫作功力。例如光緒十一年（1885），其五言排律之試帖詩〈春陰（得雞字）〉，同題七律一首則見於《謔蹻集》，為平日習課偶作。[29]試帖詩之出題，必有出處，「經、史、子、集語俱有，而以唐、宋人詩句為多。」[30]棄生七律〈春草〉之頷、頸二聯云：「青青遠色環螺黛，漠漠輕陰趁馬蹄。簾捲小樓春雨細，人歸南浦夕陽低。」以宋代秦觀〈浣溪沙〉「漠漠輕寒上小樓」句為題，檃括詞句入詩，寫作方式同於試帖詩。至於模擬漢魏樂府民歌如〈古意八首〉五言四句共八首，頗似《玉臺新詠集》之風調：

> 「階下尋躑躅，房前種合歡。無言猶有韻，思君九畹蘭。」
> 「馥郁鴛鴦枕，薌澤鳳凰釵。春風在何處，吹拂入儂懷。」
> 「草發名並蒂，花開號斷腸。看來俱情種，含笑復含香。」
> 「儂如箔中蠶，郎如繭中絲。兩情在一身，纏綿不自知。」
> 「玲瓏纏臂釧，綽約繞指環。情真不可斷，環釧兩無端。」
> 「獨向暗中立，妝臺深復深。迴身對明鏡，照面見儂心。」
> 「寂寂吹燈坐，燈光黯復明。欲藏形與影，露出珮環聲。」
> 「纖手玉房前，獨弄絲與絃。中懷無限緒，傳得到誰邊。」

其一以「香草」起興，語言古雅。「鴛鴦」、「鳳凰」以禽鳥摯而有別喻夫妻恩義。「春風」句似李白〈春思〉「春風不相識，何事入羅帷？」其三之「並蒂」、「斷腸」、「情種」用物寫情。其四、其五之「絲」、「環」音同「思」、

28 同前註，《寄鶴齋詩話》，頁88。
29 《洪棄生先生遺書》（三），頁13。《寄鶴齋詩集》，頁93。
30 謝志賜撰《道咸同時期淡水廳文人及其詩文研究：以鄭用錫、陳維英、林占梅為對象》（臺灣師大國研所碩士論文，1995年）頁69。

「還」。南朝宋吳邁遠詩云：「形迫杼煎絲」，梁吳均詩云：「秋月掩刀環」，[31]棄生筆意同此。其六寫思婦情態，媲美李白〈長干行〉。其七「欲藏形與影」本自南齊許瑤〈閨婦答鄰人〉「昔如影與形」。[32]末句以「絲」、「絃」比喻「情懷」及「思緒」。棄生稱西洲曲「婉麗」，[33]其仿作云：

> ……妾願郎情深，也與此波比。白日去悠悠，秋風來瀰瀰。愁共秋水生，不共水波止。苦調歌江南，含情脫簪珥。垂絲釣錦鯉，沿洲拾芳芷。勸郎且遨遊，芳時能有幾。回首不見郎，郎去幾時矣。怨郎獨自歸，棄儂西洲裏。

古辭中頂真句法「風吹烏臼樹，樹下即門前」等，此詩「回首」二句句法同之。「郎為妾采花，妾為郎采子」節奏皆回環複沓，由〈西洲曲〉轆轤形式變化而來。[34]〈長相思〉古辭多抒思婦閨情，棄生擬之云：「秋扇望再熱，斷絲望再結。玲瓏水晶環，宛轉珊瑚玦。……」「秋扇」宛喻女子見捐。雙關語「絲」、「思」；「環」、「還」；「玦」「絕」，本樂府民歌習用手法。「秋扇」二句用排比句法，亦古辭常見者，如〈江南曲〉「魚戲蓮葉東，魚戲蓮葉西，魚戲蓮葉南，魚戲蓮葉北。」之重複疊沓。棄生〈江南曲〉以相似句式「美人胡不遇」、「美人在何方」等句，語氣詢問而期待。[35]其〈艷歌行〉云：「……薰以沉水檀，雜以秋江蕙。沐以婁婆香，佩以

---

31 吳邁遠〈古意贈今人〉、吳均〈和蕭洗馬子顯古意六首〉其六，陳徐陵編，吳兆宜原注，《玉臺新詠箋注》（臺北：漢京文化，出版日期不詳）頁190、269。
32 同上註，頁527。
33 同前註，《寄鶴齋詩話》，頁17。
34 同前註，《初唐四傑與陳子昂》。
35 同上註。

雲母桂。腰纏簇蝶裙,首戴盤龍髻。顧盼珠玲瓏,娉婷玉搖曳。身居華樓巔,聲咳不及地。窈窕懷君子,不顧金吾婿。鴛鴦思比翼,芙蓉思並蒂。託處在深閨,含情復含睇。」美人之薰香、佩飾,以及顧盼行止,筆法似漢樂府〈日出東南隅(又名艷歌羅敷行)〉。

乙未年(1895)以後之〈長歌行〉、〈短歌行〉、〈怨歌行〉、〈艷歌行〉等詩,意象、句式俱似〈離騷〉。〈艷歌行〉「將以飫之無靈巫,我所思兮在遠途。」惓惓有帝鄉之思。〈怨歌行〉情思浩浩云:「所思不見心翱翔,獨撫瑤瑟彈絲簧。何以從之海洋洋,萬里黿鼉來作梁。」隱然思念祖國。〈短歌行〉末云:「有懷欲陳豈得終,雷聲天半鳴隆隆。誰知下界萬里隔,天門一線無路通。」不禁有「天門萬里」之慨歎。〈長歌行〉末云:「若有人兮蘭洲渚,羌愁余兮蔣菰蒲。出門橫劍何所去?前翳麒麟後鳳馭。披髮聊作大荒行,波流渺渺沅江處。」詩風似屈原,而「出門橫劍」之俠姿,頗似李白〈行路難〉「拔劍四顧心茫然」之意趣。〈橫江詞二首〉本李白舊題,情致則尤為婉轉云:「遠望橫江上,波濤湧碧空。欲郎無急去,翻愛石尤風。」「燕子磯中水,中流一鏡深。莫愁何處是,湖底見儂心。」其一末二句頗似李白〈橫江詞六首〉其五云:「郎今欲渡緣何事?如此風波不可行。」細膩小兒女情思。其二言水鏡可鑑儂心,情致可人。〈採蓮曲〉七言佳作,以唐人最多。如李白〈採蓮曲〉詩幽艷明麗,[36]又如鮑溶〈採蓮曲二首〉其一,[37]詩末刻劃入微,景中含情。棄生七絕〈採蓮曲四首〉云:

　　東湖放櫂不知歸,素手攀花露滿衣。

36　李白、瞿蛻園等校注,〈採蓮曲〉,《李白集校注》(臺北:里仁)頁314。
37　宋郭茂倩編撰《樂府詩集》(臺北:里仁,1981年3月24日版)頁735。

郎自采蓮儂打槳，大家驚起鴛鴦飛。
雨後荷花十里肥，藕絲作帶繫腰圍。
湖心莫道風波惡，猶有鴛鴦自在飛。
兩家齊打木蘭舟，爲采芙蓉不自由。
郎在塘東妾塘北，花深不見莫迴頭。
玉臂金釵照水新，輕紅風颺綺羅身。
不知堤上誰家子，不看蓮花但看人。

　　其二「鴛鴦」之意象頗似鮑溶詩。「湖心」似李白〈橫
江詞〉。其四設色明麗，亦近李白。其一「郎自」二句，其三
「郎在」二句，皆質樸似民歌。其一末句因鴛鴦映彩。其三末
句寫蓮花深處，別有愛意暗生。〈楊柳枝四首〉其四云：「含
恨含愁舞不停，年年攀折夕陽亭。風流若謝三生債，天上河邊
一小星（柳星）。」其四以楊柳含恨愁舞，情味又似白居易
〈楊柳枝〉。〈春柳〉末云：「飄零莫道無才思，趁得東風上
碧霄。」無限陽春風光，溢於言外。乙未年（1895）以後之
〈同賦秋柳四首限蒸韻〉其四云：「殘照株株又幾層，眉痕萬
點暮山凝。梧桐已老蘆花白，空帶離愁掃漢陵。」帝鄉陵廟日
遠，掃不盡去國懷鄉之離愁。〈代催妝吟四首〉代人作催妝
詩，此唐人成婚之夕習詠之題。
　　棄生詩艷情橫溢，如其一末云：「玉盞連傾交吻酒，鏡臺
斜對合歡床。四圍窺覷人如海，粉面含羞避燭光。」寫新娘羞
閉含春，極動人。又善用疊詞，使音節諧美，如其二頸聯云：
「孔雀雙雙移繡枕，鴛鴦對對宿羅衾。」強調婦德、婦功者，
如其四云：「珠翠盈頭欲步徐，新紅一朵似芙藻。未遑廚下調
羹飯，先出堂前拜起居。瑱珥丁當隨影動，裙衫輾轉向風舒。
從今莫道眠花好，有女鳴雞喚讀書。」新娘洗手調羹前，先至
堂前拜舅姑，並課夫讀書，均言其宜室宜家之德行。

二、行旅他鄉，思念妻室

棄生詩述及原配者，皆在乙未年前（～1895），應舉或行旅他鄉時。如〈客處見月有懷〉云：「鹿溪東南樓，烏啼人夜起。借問月來時，可照高樓裏？經秋露冷冷，曾否怨遊子？」見月明而遙想閨婦，設想閨婦之思，所謂「我思君處君思我」，寫兩心相繫，婉轉合情。〈秋夜有懷寄內〉云：「臨歧淚眼對紅花，惜別愁緒牽青柳。一段騷懷似阿郎，每無人處輒神傷。」由別後黯然神傷，見相思情長。末云：「閨中獨蓋鴛鴦被，客裏長著鸚鵒裘。寄語深閨休望遠，萱堂好勸加餐飯。征鴻朝發夕到家，天涯莫道歸來晚。」摹景入情。棄生行走客鄉，風塵困頓，思鄉每有〈客中感思〉「閨中無限鶯花淚，別後常多蝴蝶魂。」枝上啼鶯驚閨夢，縱化夢蝶亦惘然。〈客館體困有感〉又云：「客中瘦骨支離甚，始憶深閨慰貼人。」客途病骨支離，怎能耐思念？

〈秋試行役感詠十五首〉其七云：「荊妻房外立，望我闌干頭。相見問勞苦，翻諱己心愁。自君之出門，不敢登高樓。樓頭紅日照，樓外白雲浮。見雲不見人，風信海中漚。鯉魚常渺渺，鴻雁自悠悠。景物夙已換，自夏以徂秋。桂輪圓復仄，橘柚綠已稠。道上漸經霜，言念季子裘。相見雖云歡，明日將遠遊。嫁君在少年，離別何如流。為卿話旅況，卿當添煩憂。」以虛字摹寫思婦口吻，寓情於景，端在「自」、「夙已」、「以」、「復」、「漸」、「何如」等字。末轉由己身言情，倍覺含蓄。

三、巧設仙詞，以寫春情

以仙詞仙語寫一己之春情，在唐人遊仙詩中屢見不鮮。此

因唐代詩人每以仙家喻妓院；[38]稱女性爲「仙」、「眞」等，多用作指妖豔婦人，或風流放誕之女道士之代稱，或以之視倡伎。[39]棄生嘗放浪狹邪，其〈贈小妓花仙六首〉，頷聯兩句第一、二字皆嵌「花」、「仙」名，詩中妓女名「花仙」，顯然沿自舊俗。其一頷聯「花開世界輕風月，仙謫情天累雨雲。」點出此六首寫神女狎邪生涯。末二句：「方家舉止溫柔氣，腸斷江南只爲君。」乃因愛慕小妓花仙而有所贈。紅粉旖旎無限，有意無情之間，動人心旌。如其二末四句云：「蘭若澂薰春轉斂，萱能長佩恨都忘。情如止水身如玉，只許相思不許狂。」即頷聯「花神有意」、「仙女無心」之意。其三云：「無情有恨惜佳期，夜靜春深睡起遲。花欲窺人防雨妒，仙將舞掌被風持。流蘇易解同心結，寸藕難牽並蒂絲。最是疑團猜莫破，低鬟淺笑不言時。」頷聯言其貌美體輕，言妄參美人春情，祇換得低鬟淺笑，無言而備覺有情。其四末云：「女郎有意空貽芍，男子無情莫種蘭。香氣薰人經夜在，幾迴銷瘦圍帶寬。」情似香薰襲人，惹人情愁。其五末云：「低倚玉肩香氣壓，斜分綠鬢黛雲拖。閒來共把樗蒲賭，贏得卿卿一笑渦。」寫紅粉綠鬢堆中，狎客呼盧買笑。

〈惜別四首〉極爲纏綿，當亦是贈妓之作，故其三末云：「柔情恰比游絲軟，惹草沾花不斷牽。」只因柔情蜜意，無端牽惹花草。其四云：「但解相思不解愁，牽衣把袂出前樓。眉痕兩點憐卿媚，一路回頭望月鉤。」嫵媚惹人憐愛。

其〈無題三十首〉亦多設仙詞，旖旎風格與李商隱〈無題〉詩相近，意象亦相類，如其十九云：「一度相思爾許深，綺筵莫聽鳳凰琴。情消月下玻璃影，魂斷風前玉佩音。甄后可

---

38 李豐楙〈唐人遊仙詩的傳承與創新〉，《憂與遊：六朝隋唐遊仙詩論集》（臺北：學生，1996年初版）。
39 引自陳寅恪〈讀鶯鶯傳〉。此引自《西廂記董王合刊本》（臺北：里仁，1981年12月25日版）頁17。

無留枕處，楊妃空有寄釵心。也知春到人難到，猶向巫山遍處尋。」「甄后」句似李商隱〈無題〉「颯颯東風細雨來」一詩「宓妃留枕魏王才」句。縱使欲寄信物以傳情，也終究徒然，故云「空有寄釵心」。雖說春到而佳人芳蹤尚杳，詭託遊仙，猶向巫山夢裏遍尋，如其九云：「仙緣詭託蔣三妹，神女訛傳杜十姨。」藉遊仙寫狎邪之事者，如其十四云：「青鸞飛去又飛還，閬花蓬壺見月彎。無事珮依金扣砌，有情鈿解玉連環。人來弱水三千里，夢落巫峰十二山。認得仙家顏色在，不留脂粉笑囅間。」青鸞、閬苑、蓬壺、巫峰等詞彙，描寫「仙家顏色」。閨深寂寥，偏言「無事」。「砌」、「契」同音，「環」、「還」音同雙關，暗指心相契而時往還，以啓頸聯巫峰春夢之思。

其十二云：「紅有嫣然綠有妍，花間合作大羅仙。張娟李態渾無賴，燕瘦環肥最可憐。遊戲金風金粉地，逍遙玉雪玉壺天。一泓洛水人難到，況望銀河碧落邊。」頷、頸二聯寫女子情態和風月宴遊，設色鮮明。末聯樂極而感蕭瑟，乃有宓妃難求，牛女難諧之悵恨。刻劃女子神態者，如其十六云：「不繫羅襦繫繡襦，春風誰與唱吳趨。海東結恨千絲網，天上量愁一斛珠。蜀地海棠長欲睡，揚州瓊樹獨成株。怨他夜半團圞月，照殺王花萬影扶。」「千絲（思）網」，難脫愁惘，頸聯「海棠欲睡」、「瓊花獨株」，形容美人著錦拖繡，閨房獨臥，何等嬌慵。

其六云：「莫誤劉家又阮家，桃源洞口幾開花。難完隱謎紅綃鏡，誰破多情碧玉瓜。奴把崑崙經小劫，郎依牛斗泛高槎。世間離恨深於海，閱盡風波鬢欲華。」唐人詩中每用劉、阮誤入天臺典故，「代諸妓將所歡暱稱為仙郎。」[40]「桃源」

---

40 同前註，李豐楙〈仙、妓與洞窟－唐五代曲子詞與遊仙文學〉，頁387。

則用陶淵明〈桃花源記〉的故事架構，隱喻仙界。[41]其八又云：「流霞入頰竟成丹，耐可千翻百轉看。玉女有泉分冷煖，珠孃無日不暄寒。灘臨苦峽名惶恐，水出情河號喜歡。安得麻姑同解脫，大家齊上蔡經壇。」[42]「流霞」、「玉女」、「珠孃」，以及前引其十二「金風」、「金粉」、「玉雪」、「玉壺」等意象，本自晚唐曹唐〈小遊仙詩〉，「其光澤予人燦爛奪目之感，用以象徵仙界的堂皇、高貴以及高不可攀、遙不可及。」[43]棄生由「仙鄉宴遊」，悟到情慾的歡娛，往往與苦累、惶恐等經驗相表裏。

　　此外，以仙郎自居，稱妓女為女仙，以王母隱指妓女假母、瑤臺玉府代指妓院，其隱喻之意象皆承襲晚唐及五代文人之習套者，[44]如「緱嶺吹簫控鶴群，九天使者下氤氳。」[45]用王子晉於緱山乘白鶴登仙之典故。「鳳島神仙招萼綠，鮫宮風雨降湘靈。瑤臺玉府相逢後，三日衣裙不斷馨。」[46]用《真誥》萼綠華降羊權典故，以及《楚辭》湘靈、《山海經》、《穆天子》等書中瑤池王母之形象。一方面藉此隱晦其詞，一方面表達奇幻難遇的「春夢」、「春情」。

　　七古的「仙遊」春詞，如〈憶步春行〉云：「杏花梢頭明月紅，粉牆一角星玲瓏。綺院畫廊人不見，珮環聲在東樓東。循欄細步拖迴屧，迎眸驀面逢羞靨。九華燈火七寶妝，六曲屏風五雲氎。共說當時油壁車，青鳥殷勤閬苑書。今日並頭花不羨，此夜同心玉不如。芙蓉城裏芙蓉闕，密緒深愁藏不發。我憐金縷曲中春，汝訴玉孃湖上月。疇昔煩纏不斷絲，瞋燕愁鶯誰得知。一日腸迴千樣結，十年懶畫八行眉。自是佳人悲薄

41　元稹，〈夢遊春七十韻〉，《元稹集》（臺北：漢京文化，1983年版）頁635。
42　同上註。
43　同前註，李豐楙，〈曹唐〈小遊仙詩〉的神仙世界初探〉，頁225。
44　同前註，頁402。
45　〈無題三十首〉其十二首。
46　同前註，〈無題三十首〉其十一末四句，《寄鶴齋詩集》，頁107。

命，丈園久鎖文君病。瘦骨春銷楊柳枝，淚痕夜落菱花鏡。箇裏相思說與君，月色三分減二分。續命拌無五色線，留仙竟有九霞裙。一夜帳中花解語，吹簫隊裏乘鳳侶。見面何知意似膠，聞名早已心相許。寸雲相違似九秋，高寒未慣廣寒遊。王母池頭催博進，素娥宮內記添籌。桃花即是天臺路，眷屬神仙劉阮顧。搗臼藥分兔杵霜，支機石對鵲橋渡。我來為續三生緣，玉女峰前玉井蓮。郎路已過無恨海，兒家願住有情天。日日春風掃愁去，金樓十二藏春處。璚瑶奩邊蝶夢醒，綺香寮底鶯啼曙。」

　　「杏花」暗示此女子娼妓身分。「五雲軿」、「青鳥」、「閬苑」等，均唐代遊仙詩慣見之詞彙。繾綣如「並頭花」、「同心玉」，「芙蓉」句言其密緒深愁，「煩絲」、「瞋燕」、「腸迴」、「千結」、「畫眉」，或用雙關語、或擬物、或用典，善用「一」、「千」、「十」、「八」等數字，給人夸飾華麗之感，和「九華燈」、「七寶妝」、「六曲屏風」、「五雲軿」等技法相同。用「鎖」、「銷」、「落」、「說」、「減」等動詞來刻劃其情懷幽閉索落。「月色」數句亦巧用「三」、「二」、「五」、「九」等數字。「吹簫」句典用《列仙傳》蕭史事，「高寒」句用姮娥典。「王母」句寫仙人博奕，以仙宴喻歡期短促，「桃花」句隱指妓院，「劉阮」喻恩客。「搗臼」、「支機」用姮娥、織女典，加以「無恨海」、「有情天」以及王母轄十二樓等仙境之描寫，夸飾狎斜之歡娛。

　　《壯悔餘集》中的香奩體詩，如〈記夢十二首〉、〈續前二十首〉、〈續前十六首〉、〈續前十二首〉等，應是贈側室陳珵之作，有以仙詞來稱代者。〈記夢十二首〉其一頷聯云：「待卿暮雨巫天下，送汝秋波洛水潯。」巫山神女、洛水宓妃，以擬思慕之人。情愛如春夢恨短，故以「記夢」為題。

體裁爲七律，所用仙詞之典故同於〈無題三十首〉者，如〈續前二十首〉其七首四句云：「爪仙曾降蔡經家，王遠相忘道路遐。洛浦有懷留玉枕，天臺無夢飯胡麻。」亦用王遠宴麻姑於蔡經宅的典故，以及洛神、劉阮等仙典代稱可人之女子。〈續前二十首〉其六云：「幾度歡情歸寂寞，兩家恩好總磋磨。從今共守心如石，青鳥傳書莫再訛。」相思獨苦，歡情寂寞，「青鳥」藉以寄呈心期。

　　用〈漢武內傳〉、〈外傳〉典故者，如〈續前二十首〉其十三云：「偸桃曼倩終非計，擲橘神姑總可人。」東方朔偸桃以隱喻偸情，故首二句云：「佳期欲訂動經旬，只畏多言無路親。」其十五又云：「不塡恨海非神女，偸下情天亦謫仙。」〈續前十二首〉其十一云：「金莖愛握麻仙爪，璧雪憐看姑射膚。」其十二云：「歡娛睡佛無留相，會合飛仙不著蹤。」形容女子坐臥舉止，俱如神仙不俗。其十云：「俗事刪除便欲仙，形相色授一嫣然。錦丈鴛約緘如昨，珠字魚書袖隔年。面軟說郎長靦腆，心多泥我幾纏綿。梳頭窗下身慵起，啼破畫眉未曉天。」夫妻面軟商量、泥人纏綿。但能刪俗事而如神仙，畢竟不易。陳珵〈有感〉因歎：「醬醋鹽茶日幾回，釵斜髻墮故衫灰。自從出閣于歸後，無復閑情詠絮來。」[47]

四、清脆抒懷，遂造香艷

　　此類詩作有寫狎斜之歡者，贈其側室陳珵之詩作，情懷深摯。〈雜春詩十首〉爲遊春買春之冶辭如其七頸聯云：「暗藏金谷春三昧，明住揚州月二分。」似清代閩地詩人張際亮〈王郎曲〉之麗情。[48]又如其一頷聯云：「深淺桃葩皆孕子，

47　同前註，《寄鶴齋詩集》，頁412。
48　《寄鶴齋詩話》，頁124。錢仲聯編《清詩紀事》「道光朝卷」（江蘇古籍出版社，1987年2月第一版一刷）頁9934。

高低桐樹又生孫。」無奈著意尋春而芳情已逝，故有「桃葩孕子」、「桐樹生孫」之感慨。年少風流，如「一種懶慵疏放性，東風管領也銷磨。」[49]疏於功名利祿之奔競，勤向花間逐春。「朝朝競逐風煙事，鬥草歸來拾落釵。」[50]「榆錢貰酒因澆醉，羯鼓催花為喚開。時有鶯兒相問訊，明朝芳事不須猜。」[51]自謂「多情」、「多慾」、「多愁」，[52]觀之信然。其七云：「花可尋禪鶴可參，輕攜小扇傍湘籃。酒煙在袖清無俗，香氣薰人醉不諳。蝴蝶夢中疑夢後，鷓鴣江北又江南。放懷已悟三生事，莫把春愁一杖擔。」頷聯言溺於酒煙及美人窩。末四句一樂一苦、一放一擔，終解不開愁腸。「桃花渡口木蘭橈」、「問訊江南到板橋」[53]、「入市擬將春色買，攜錢誤向賣瓜侯。」[54]雖買春不遇，春懷不減。

〈無題三十首〉感歎「歡情苦短」，如其一云：「一年心事一宵中，歡裏姻緣夢裏空。」其二慨歎溺於歡情，坐使志業成空，因云：「綢繆情思瓊漿誤，蕆苒年華錦瑟忙。日日黃粱成好夢，空床何處是瀟湘。」孤寂襲人，如其三云：「今朝畫閣香猶冷，昨夜燻籠玉不溫。誰與澆愁誰與醉，安排綺席自開尊。」以修潔自持，因有騷人之恨，如其四云：「離騷有恨何曾盡，日日空栽九畹蘭。」其五徘徊思往，頷聯有「入抱有煙非紫玉，登臺何樹是羅敷。」之悵惘。祇因當日多情多慾，故頸聯云：「春為媒孽心應妒，雪作精神影亦癯。」末云：「贈君彤管莫踟躕」，知此三十首亦贈妓之作。徘徊歡場，情絲欲斷難斷，如其二十首四句云：「輾轉心情決絕詞，年年春色負佳期。王孫不遇迷芳草，公子未逢繫縷絲。」空負春色與

49　〈雜春詩十首〉其二，《寄鶴齋詩話》。
50　同上註，〈雜春詩十首〉其三。
51　同上註，〈雜春詩十首〉其四末云。
52　〈報張子汝南書〉，《寄鶴齋古文集》，頁274。
53　同前註，〈雜春詩十首〉其九。
54　同上註，〈雜春詩十首〉其十。

佳期，有不遇之歎及相思之盼。其十七末四句云：「香添爐裏灰俱爇，酒杯滿時月不圓。百折思量何處去？小樓繚繞近秋千。」人間難得圓滿，小樓秋千影悵惘徘徊。

孤冷難遣之情懷，又因游疑心緒而加添。如其十八末云：「游移宛轉心難決，半作楊絲半作綿。」棄生二度尋春，不禁有「人面桃花」之歎。「嬌鶯恰恰空啼伴，瘦燕飛飛已抱雛。今日臙脂坡上路，風光能比往時無？」[55]「菊部笙歌新北里，桃夭門巷舊東家。再來不見當時面，莫更尋春過若耶。」[56]思慕之女子如弱柳淪落風塵，其二十七頷聯云：「青瑣才人能繡佛，紅樓少女解求仙。」繡佛求仙，只怕來世才能度脫。「自有白鸚經慣念，羌無青鳥信頻通。」[57]知其所思者禮佛頗虔，卻無由互通音信，悵恨何如！〈偶到四首〉其四云：「茗眼煙絲一座橫，房櫳嬌語老流鶯。開門笑指雲飛散，月轉星稀過二更。」肉體耽溺於茶茗、鴉片煙、妓女，以尋求快慰，可謂頹放。

《壯悔餘集》收棄生及其側室陳璎之香奩體詩。陳璎喜作詩，未歸棄生前，兩人即多馨詠詩作。如棄生〈記夢十二首〉末首云：「先時未見各傾誠，兩地纏綿一樣情。自是跡疏心較密，不妨意重貌從輕。詩書臭味如膠漆，花月歡懷勝血盟。從此深閨添一友，論文婉孌到雞聲。」因作詩論文而結婉孌膠漆情。棄生不免才人浪情，陳氏則多攻媿之苦語，如〈感懷二首〉其一云：「……階前草長低眉處，鏡面塵生掩袂時。回首深閨絲繡日，此身如在鳳凰池。」此當陳璎新寡所作，「鏡面」句有「誰適為容」之傷悲。棄生愛憐，每於「燈下訴將心裏事，此生命薄運長乖。」[58]又欣賞棄生才華，所謂「自

55　〈無題三十首〉其二十二。

56　〈無題三十首〉二十三末云，頁109。

57　〈無題三十首〉其三十。

58　同上註，〈記夢十二首〉其三，頁398。

訴多情爲愛才，欲將身託鳳凰臺。」願託身棄生，卻又「可憐無限嬌慵態，歡喜場中畏忌猜。」[59]心畏忌猜，不免矜持，兩人因悸合悸分，如〈記夢十二首〉其八：「記曾閨閣待笄年，隔牖冰絲悵斷牽。紅葉昔愁隨逝水，錦衾今喜續前緣。春風遙度相思路，明月重圓不夜天。惟有一團餘恨在，恐教人作散花仙。」首句呼應陳珵〈感懷二首〉其一末二句。頷聯一昔一今，喜續前緣，昔之悲秋可化爲今日之思春。末二句憂其如天女散花，不留蹤跡。

　　〈記夢十二首〉其十云：「知音惟我原心跡，白璧微瑕未忍非。」其七云：「只爲情人情事繫，最關情處怕人知。」不計較陳珵身世，兩人相契相重。〈記夢十二首〉其十一云：「攻媿如卿亦信難，能教元稹爲心酸。」典用元稹〈鶯鶯傳〉、〈會眞詩〉意，此因陳珵亦如鶯鶯，爲可人而堅貞之女子。又云：「女貞自此依松柏，看汝棲身一樹安。」乃納爲側室，其六云：「願祝連枝結再生，情懷如海愧卿卿。新歡一夜期千載，舊事重提到五更。悄說閨愁心緒惡，偶聞人語夢魂驚。吹燈爲伴蓮花步，歸扣柴門不出聲。」佳人情懷如海，世世願結連理，不免令棄生自攻浪情而生愧。「經宵不見九秋遲，細與檀郎訂後期。繡帳有風心似箭，鏡臺無月夢如絲。」[60]可見相思之苦，「相思不獨卿如醉，冥想自嘲我亦癡。」[61]癡顛狂想，只因情醉。其七云：「悔予心褊情如割，累女思深鬢欲華。聞道期來人已病，幾回腸斷幾嗟呀。」竟害了相思病。「相思無路親紅袖，長願將身化錦鞋。」[62]修辭似陶淵明〈閑情賦〉「願在絲而爲履，附素足以周旋。」

　　〈記夢十二首〉其六頸聯以下「悄說閨愁心緒惡，偶聞

59　同上註，〈記夢十二首〉其四。
60　〈記夢十二首〉其七。
61　同前註，〈續前二十首〉其二，《寄鶴齋詩集》，頁399。
62　同前註，〈續前十六首〉其一，《寄鶴齋詩集》，頁402。

人語夢魂驚。吹燈為伴蓮花步，歸扣柴門不出聲。」即王實甫《西廂記》所謂「尤雲殢雨心」、「竊玉偷香膽」、「倚翠偎紅話」。[63]欲「竊玉偷香」，又畏於人言，〈續前二十首〉其十便云：「怪卿終是愛卿卿，卿信鍾情不負情。破例候人來路險，忍驚犯夜守天明。好留顏色為重會，慎保病軀作再行。寄訊殷勤亦何益，何如攜手一低聲。」頸聯囑其珍重，情深款款。〈續前二十首〉其一「苦為旁人撓好會，怎禁獨坐憶歡情。此時此意伊誰覺，惟有同心入夢縈。」怕人覺知，只得擁孤寒入夢。此因「沾沾都只礙身名，恰為人言掩己情。」〈續前十六首〉其五「到底風流輸卓女，欲同司馬過橋行。」畢竟人言可畏，怕惹家室勃谿，〈續前十六首〉其十一云：「……暗遣姆婆瞞趙姊，曲調妯娌息孃兵。鶺鴒典去聊通信，鸚鵡防來不出聲。魂斷隔宵人過處，供盤茗盞尚縱橫。」家事紛結，又怕眾口鑠金，只得暗遣姆婆傳甘言，還得瞞東騙西，曲調妯娌紛爭，周旋於妻孥和側室的情縫中，好不辛苦。〈續前十二首〉其二又云：「封姨為暴阻歡期，又值鄰妹入幕時。欲出恐招瓜履忌，將飛誰把玉裙持。」其時棄生或因置妹不果，故一言一行惹人忌猜，〈續前十六首〉其八「化雨化煙心不碎，為仙為佛火猶燒。」情火難滅如「深意如苞抽弗鬱，有懷似柳致纏綿。」[64]所謂「人因見罕思長切，語到情眞貌不歡。」其三言長夜密談已「相愛日深同骨肉」。

　　〈續前二十首〉其三描寫女子體態及男女歡愛如「穿衫愛覓雞頭肉，掠鬢教修燕尾梳。」而其四「為惜阿郎瘦玉軀，忍將床笫狎歡娛。」〈續前十六首〉其十三云：「愛語密憐風露弱，莊談堅阻雨雲侵。」對枕席歡情，知惜身自制。〈續前

63　《西廂記董王合刊本》王著第三本第三折（臺北：里仁，1981年12月25日版）頁121。
64　同前註，《寄鶴齋詩集》，頁401。

十二首〉寫閨閣數爲日寇所驚，其二首云：「綺年歲月恐蹉跎，偏此紅塵小劫何？」〈香奩集自敘〉云：「時則烽火樓臺，玻璃半碎；煙塵世界，羅綺無歸。」[65]故其一云：「摒擋門戶累人深，孤負溫柔一片心。激浪翻瀾舟忽漏，櫛風沐雨突難黔。愁城每見天魔舞，香國也逢大敵侵。可歎璇閨無管鑰，鼠牙雀角日相尋。」「愁城」句即「花下降天魔之舞」，[66]意指日軍之侵擾。「櫛風」句意即其二「一自孃軍爭入室，債臺高築避人多」意，因感家室如漏舟翻於激浪中，日人之淫暴，〈看花感賦四首〉詩序因云：「臺地自滄桑後，漢上游女之出，大有尨前感悅之虞，故深閨相戒以避暴，偶見其行，感而賦之。」其三末四句便云：「芳草美人榛莽裏，桃花明月劫灰前。天寒翠袖憐修竹，其奈豺狼在道邊。」無邊風月及芳草，怎堪豺狼之蹂躪。閨中佳人之下場，竟是：「……自從吒利橫京國，何限珠孃墜谷樓。洛下鵑聲花下血，秦中月色鏡中頭。無端錦瑟瓊琚地，一嘯嗔人出楚猴。」日軍橫暴，富室之寵妾被禍在先。紅顏薄命，香奩琴瑟之夢，斷送於沐猴而冠之禽獸。時局險惡，故其六云：「……猧兒黑白翻棋局，鸚鵡蒼黃啄粒珠。冰雪聰明嗟汝誤，風波急劫喚誰扶？從茲識得人心險，象齒些些便覬覦。」「猧兒」言世局翻覆，「象齒」句深有戒懼之心。〈續前十二首〉其七云：「……人情薄薄如蟬翼，家事紛紛尙蝟毛。木屑竹頭新活計，米珠薪桂舊親操。我來裾比迴風急，爲補經綸亦細毫。」人情澆薄、家事叢脞，辛苦可想。娓娓細寫，充滿對側室的感謝和虧欠。

五、表彰節烈，宣揚婦德

清代臺灣的女性，處於「男尊女卑」的社會。而治臺官員

65　《寄鶴齋駢文集》，頁27。
66　同前註，〈香奩集自敘〉，《寄鶴齋駢文集》，頁27。

莫不提倡禮教，以控制臺地婦女的言行。[67]因此，寡婦雖可再
醮、招夫，但須夫家等尊長的同意，否則婚姻不能成立。女子
從一而終的觀念深入人心，使再醮者爲人不齒。[68]婦人守節，
則可蒙獲旌表。

　　如光緒十六年（1890），鹿港有烈女洪氏，名嬌熔。已
許字同里郭榮水，未于歸而夫死，洪氏因傷痛而卒。棄生爲作
〈洪烈女傳〉，其〈洪烈女詠〉云：「六月青天飛雪白，桃花
李花無顏色。中有杜鵑未結枝，一聲化作蜀山碧。蜀山碧，望
夫石。石磷磷，烈女跡。……十五猶未嫁，二十繫絲紅。阿爺
買奩具，阿母裁衣裳。羅襦結珠翠，繡帳隱香囊。助兒嫁時
色，爲兒生容光。弟妹嬌且稚，日日戲新妝。每從阿姊面，頻
喚郭家郎。郎君年十九，讀書近株守。舉步到門前，未曾出閫
前。稟姿雖尋常，賦性乃敦厚。方擬作縞巾，爲君奉箕帚。庚
寅六月月晦時，誰知與君爲盈虧。聞君一病尚依稀，逝水流光
瞬息移。北風一夜盡情吹，吹折梧桐鳳凰枝。……阿母奉壺
漿，阿爺買餅餌。強兒兒不食，兩腮垂涕泗。一息僅如絲，紛
紜求醫至。醫曰無病徵，良由心血致。沉痛五內崩，吞聲百哀
刺。阿母聞斯言，視兒已命棄。頭戴訂盟簪，耳著訂盟珥。指
環及鬢釵，恩重姑嫜賜。乃知有預謀，從容能就義。……」

　　首用戲曲〈竇娥冤〉六月雪之典故，寫其貞烈。以杜鵑啼
血言其殉夫，以「望夫石」喻其未嫁時已仰望良人不已。善敘
人物口吻，質樸風格似漢魏古詩。句式多複沓，比喻質樸而語
調流利，此皆得力於樂府民歌之啓沃。「頭戴」數句言洪氏死
前猶戴訂婚信物，作嫁時妝，筆法似樂府〈日出東南隅〉描寫
羅敷「耳中明月珠」一段。

67　卓意雯，〈清代臺灣婦女的生活──婚姻關係〉，《臺灣風物》41卷4期，1991年
　　12月31日。
68　同上註，頁405。

　　又有烈婦施氏，名滿娘，諸生林錦裳之妻也。「……（夫）既逝，……婦念己身在日，無補於家，終爲舅姑累，即令其子與其姑宿，宿既稔，復謀以其女與人。會其女病殤，烈婦曰：『吾志可伸矣』！沐浴更衣，於其夜吞藥畢命，時二十有八歲，光緒九年癸未也。」[69]時俗雖可招夫以謀家庭經濟之改善，然其時婦女重名節，恥再醮，終烈死以寬家累，何其可憐，故棄生云：「而烈婦不得遂其烏哺之懷，是又撫斯民者所當措意也！」[70]

　　〈林烈婦行〉云：「……夫婿方蕩遊，燈前苦陳說。上堂拜舅姑，喜婦明且哲。出門汲甕提，入門苣苜楥。勸郎攻史書，勿爲紛華悅。郎出朝看花，郎歸夜踏月。倚門待郎來，低聲拓門闌。問郎何所往，春風易消歇。問郎何所思，銅鏡易華髮。郎意云如何，得毋妾言眡。喚郎猶未醒，誰知成永訣。……」用類疊句式，如「問郎何所往」、「問郎何所思」等宛轉諷諭，以「春風易消歇」、「銅鏡易華髮」，規勸其夫當勤於本業。當時婦女似乎無去夫之道，[71]林氏對其夫狎斜行爲，只能苦心調護，「倚門待郎來，低聲拓門闌。」孤苦誰憐？

　　棄生〈友人與婦睽有寶滔攜妾而行之意賦此諷之〉云：「……羞極反爲怒，情極反爲妒。將妒作情看，願君永不惡。願如鴛與鴦，莫如參與商。小星明不久，妾心明月光。」丈夫羞惱而妄爲，妻子只能軟語修好，並以堅貞自矢。〈弔李雅歆妾陳璧殉節〉云：「……昔作楊柳枝，今爲松柏節。楊柳盛年華，松柏凌多雪。關盼燕子樓，遜此嚴霜烈。」陳璧乃棄生友李雅歆妾，本爲風塵女子，李氏爲脫籍而納爲專寵，故詩云：「昔爲楊柳枝」，以爲關盼盼守志不嫁之貞節猶遜其嚴烈。

69　同前註，〈林烈婦施氏傳〉，《寄鶴齋古文集》，頁193。
70　同上註。
71　同前註，卓意雯〈清代臺灣婦女的生活──婚姻關係〉，頁54。

〈聞客述施孝廉仁思雙妾殉節事有感〉云：「蓬頭婢子淚潸潸，吞阿芙蓉棄人寰。誰道邯鄲妾，學步不辭艱。囑子堂上婦，迴死君懷間。」此等烈婦於夫死後選擇從殉，或從容或慷慨，可見禮教入人之深。

然亦有「空床難獨守」的逃妓，其〈金樓子〉（爲亡友逃妓作也，妓名金樓）云：「……楊花飄泊知何處，零落依舊在埃塵。」責此從良妓未能守節或殉夫。至於男子置妾，多如同金錢買賣。棄生坦承：「偶然戀明靚」，[72]〈置姝不果四首〉其一云：「……不高玉價緣心許，未受梭投偶目成。誰料耳環和臂釧，書空虛擬到卿卿。」偶然目成，便心許鍾情，直欲聘納爲小星。然終不果，端在「心有餘而財力不足」，其二云：「心羨信陵醇酒飲，手慳吳市美人錢。」不免心生慳吝。其三云：「……買笑無由金作屋，吹毛偏索玉微瑕（嫌其面帶痘痕數點而止）。躊躇側室爲多累（女家以女爲望），孤負深閨種合歡（閨人爲呼媒）。到底風懷輸柳七，莊持終是帶儒酸。」

清代臺人娶妻，要求對象須容貌端莊、纏足、女家血統的純淨而無惡疾。議婚則論財重聘金。將女兒賣人爲妾，只求男方之聘金即身價銀。金額高低與女子的年齡、美醜有關。[73]時俗議婚重聘，喜女子纏足，漳、泉等閩南人尤其重視，棄生〈悼亡女〉便云：「……汝母愛兒心，爲汝施簪珥。束腳及梳頭，調鉛兼剪翠。靜坐寡言語，頗有大家懿。每聞媒妁來，靦然輒引避。今年將及笄，奩具方思備。……」

清代的婦女教育，主要是「三從四德」。學習如何相夫教子、操持家務；培養溫順、貞潔、端莊、勤儉等美德，如棄生〈閨詞八首題障〉其二云：「骨格清如梅有韻，性情溫比玉無瑕。閨房恰好留佳話，綺語莊談兩不譁。」其七云：「……思

<hr />

72　同前註，《八州詩草》，頁67。
73　同前註，卓意雯，〈清代臺灣婦女的生活──婚姻關係〉，頁20、22、48。

明女誡停鍼問，看讀離騷舉燭焚。行近案頭披卷軸，篇篇知道是郎文。」清苦克勤、不慕虛華、恪守女誡、相夫伴讀，當時以爲閨閣佳話。〈豔詩六首爲新婚者乞題障〉其五、其六云：「低頭深下姑嬙拜，有客堂中看絳仙。」「調羹廚下纖纖手，刺繡房前縷縷絲。」侍奉姑嬙、刺繡纂組爲婦人的功課。〈茶肆女〉云：「……女勞不思淫，天上猶七襄。誰爲課闥圖，山椒栽滿牆。舍末而求本，衣被在一方。」棄生見茶肆女「一群如圍花，雙隊成飛蝶。」采茶後「輕重與郎量，往來拖繡屧。」便歎云：「一身雖云麗，徒爲他人妝。」本古人勸婦蠶織的觀念，[74]以爲巧藝女紅爲女子所當務。

日治時代一八九九年末，臺北大稻埕中醫師黃玉階籌組臺北天然足會，從此揭開組織化放足運動的序幕。[75]女子不但放足，還接受新式教育，地位、眼光大爲提高。而棄生〈屬行斷髮散足事感詠〉卻云：「家有金蓮步步難。」不免流於保守頑固。日人又禁私娼，設公娼，以求防疫及改善衛生，棄生〈公娼行〉批評云：「華人以娼爲敗風，東人以娼作奉公。王家徵稅夜夜同，公娼廳事明燈紅。」「比日交頸記點鐘，無遮無礙雌與雄。從此煙花添故事，不須羞澀如吳儂。」日人明設公娼，有鼓勵之嫌。一九二五年一月，王敏川在《臺灣民報》〈對於廢娼問題的管見〉，批評日人由內地載很多妓女到臺灣，以法律保護，成爲公娼，使社會風氣頹喪消沉。[76]棄生批評公娼爲繳稅奉公，「獻身報國」語帶戲謔嘲諷，羞恥褪盡。

第三節　結語

擬古之香奩體詩「就題發揮，紬繹古詩。」自煉詩格，也

74　如《詩經・大雅・瞻卬》所云：「婦無公事，休其蠶織。」
75　吳文星，《日治時期社會領導階層之研究》（臺北：正中，1992年版）頁256。
76　《當代》第138期，1999年2月1日出版，頁81。

爲了應舉。模擬漢魏樂府民歌，襲其神而詞亦相似。乙未年後〈長歌行〉等，多用香草美人隱喻憂國情。懷念妻室者，多作於乙未前。又巧設仙詞，寫狎邪之歡。抒懷清脆則有晚唐溫、李，韓偓詩風。雖不滿王次回詩淫藝，然〈續記夢十二首〉其三「躑忿難尋姊妹花」句，頗似王〈夢辭十二首〉其一「並蒂芬芳姊妹花」。棄生又推崇黃任（1683～1759）詩「清脆抒懷，香艷逐造」。[77]陳珵《香奩人閨吟賸草》〈茉莉二首〉其一首云：「是雲是夢雪離離，香透珠簾明月時。」似從黃任〈茉莉二首〉其一「剪雪鏤冰帶月籠，湘簾斜捲影空濛。」化出；其二「美人頭上枕函邊」句，又似黃任〈茉莉二首〉其二「枕邊一朵含風露」句。[78]「表彰節烈，宣揚婦德」一類，深受傳統禮教之影響。對日人公娼之敗俗，不免冷嘲熱諷一番。

77　〈還長生殿東〉，《寄鶴齋古文集》，頁306。
78　《寄鶴齋詩集》，頁414。黃任詩見《秋江集》卷一2，收於《四庫存目叢書》〈集部·別集類〉第262冊（臺南縣：莊嚴文化，1997年初版）頁77。

第三章　詠物詩

第一節　前言

　　詠物詩在《詩經》中不多見。《詩經》多爲比喻興情之意象，鮮少爲詩篇之主體。雖然孔子言詩之功能，在多識蟲魚鳥獸之名，畢竟以「興」、「觀」、「群」、「怨」的興發省觀、言志和群說爲要。後世詠物詩特質，應仍肇端於辭賦。葉嘉瑩即主張詠物詩中的「隱語性質」本自荀子賦作；鋪陳性質則見於宋玉作品，[1]葉氏認爲建安時期的詩人曹植，其〈吁嗟篇〉喻托言情，〈鬥雞詩〉鋪陳描繪，則詠物詩的初期發展，已承繼辭賦詠物之特質。[2]

　　劉宋初期，山水詩篇大盛，謝靈運等人模山範水，「巧構形似之言」、「情必極貌以寫物，辭必窮力而追新（《文心雕龍・物色》）。」影響所及，齊梁詠物詩如梁武帝蕭衍的〈紫蘭始萌〉、〈詠雪〉、〈詠鏡〉，簡文帝蕭綱的〈詠單鳧〉、〈詠疏楓〉，蕭繹的〈詠梅〉等，均體物入微，富於聲色。

　　唐人詠物詩，如唐初張九齡〈感遇〉「孤鴻海上來」等，藉禽鳥草木等形象，寄託情思，其比興深切，近似建安詩風。[3]其後杜甫〈黃魚〉、〈白小〉等詠物詩，黃生讚云：「說物理物情，即從人事世法勘入，故覺篇篇寓意，含蓄無限」。[4]題畫詩詠畫中物象，亦算是廣義的詠物詩。杜甫〈畫

1　葉嘉瑩，〈論詠物詞之發展及王沂孫之詠物詞〉，收於《唐宋詞名家論集》（臺北：桂冠，2000年初版）頁409。
2　同上註，頁410。
3　張九齡作詩受陳子昂〈修竹篇〉的影響。同上註，頁413。
4　楊倫《杜詩鏡銓》引文，（臺北：華正，1986年8月版）頁832。

鷹〉、〈丹青引贈曹將軍霸〉等題畫詩,筆力亦不凡。葉嘉瑩
稱杜詩的興寄偏重於感情的直接投注,所詠多眼前實見之物。
陳子昂、張九齡詩之寄託偏重於思致的安排,並非眼前之實
物。推闡葉氏所論,則陳、張詩之興寄手法,確與曹植〈美女
篇〉相似,又上接楚騷香草美人之傳統。杜詩則體物入微,情
足理足,開宋人詠物議論之風氣。宋人詩好議論,詠物詩每有
妙理。如梅聖俞〈范饒州坐中客語食河豚魚〉詩,[5]誠賦物言
理而入妙者。棄生則謂范成大的〈河豚歎〉能出妙意於梅氏詩
外。[6]其詩寫珍饈異味之可口,竟使「聾盲死不悟」,情理誠
妙。棄生詩見《寄鶴齋詩集》,論詠物詩之特質云:

一、刻劃入微,有異趣豪情

　　棄生稱許梅聖俞、范成大詠河豚詩作有異趣妙理,又稱朱
彝尊〈河豚歌〉一詩,格趣似奪脫自黃庭堅〈謝張泰伯惠黃雀
鮓〉五古,然刻鷙過之。以為朱氏之異趣豪情,不減山谷。[7]
朱氏詩似其〈太湖眾船竹枝詞〉風味,善詠風土。朱氏〈河豚
歌〉,藉北人、南人嗜食之差異,細寫此物之可口。其中人物
表情、唇吻生動畢肖,戲劇感極強。議論又與梅聖俞詠河豚詩
同調。識見曠達,兼具異趣豪情。棄生云:「麻知幾七古多
奇傑,詠透光鏡云:『枕簞無情草木香,笙歌不暖梟狐嘯。髑
髏一醜不再妍,不知持此將安照。』詠松筅句:『千秋螯骨養
霜雪,一日奮鬣翻雲濤。』詠竹癭冠起句云:『東方有物字豐
隆,以鳴為職驅群聾。萬頭濈濈囚凍窟,欲出不出愁天公。』
中云:『天公大怪下桎梏,推落車中墮巖谷。非程非馬亦非

5　梅堯臣撰《宛陵先生集》卷5,頁9。上海書店《四部叢刊初編》(商務印書館
　　版重印,1926年)。
6　《寄鶴齋詩話》(南投:臺灣省文獻委員會,1993年5月31日版)頁23。范成大
　　著《范石湖集》卷1(臺北:河洛,1975年9月初版)頁3。
7　《寄鶴齋詩話》,頁127。黃庭堅《山谷外集詩註》卷7(臺北:藝文,1969
　　年)。朱彝尊《曝書亭集》卷十,1989年,頁4。

人，化作蒼筤一枝竹。』又云：『鬼壓神縛不聽出，只見白雲鎖三日。』詩共三百餘言，洵彼中盧仝，未易才也。竹瘦雷後始生，故詩中以雷立意，正非漫作才語。」[8]

　　金代詩人麻九疇（1183～1232）〈竹瘦冠爲李道人賦〉起首以雷立意，想像雄奇，且切合「竹瘦」之意，體物入微。〈松笐同希顏欽叔裕之賦〉「千秋」二句，思致本自周易乾卦意象，「養」「翻」二動詞下的精妙。〈賦伯玉透光鏡〉想像瑰奇處似盧仝，誠未易才。

二、不即不離，精切超脫

　　詠物詩當不即不離，精切超脫。清人錢泳論詠物詩之作法云：「詠物詩最難工，太切題則黏皮帶骨，不切題則捕風捉影，須在不即不離之間。」[9]詠物詩宜如王士禎云「不即不離」又云：「詠物詩最難超脫，超脫而復精切則尤難也。」[10]能精切，方謂刻劃入微；能超脫，才神態宛然，棄生稱張禮存〈憶橘〉有「大方」之趣云：「『朱實垂垂霜葉青，故山千樹未凋零。相思不隔長淮水，一夜鄉心落洞庭。』詠物詩似此大方，乃得古人筆意。」[11]此詩由「朱實」憶故鄉橘樹，「千樹」兼詠無盡思鄉之情。「橘踰淮而北爲枳，……此地氣然也。」[12]張氏詩作，能因小見大，有所寄託，詠物精切中有超脫之遠情。故棄生謂其詩大方，深得古人比興之法。[13]

8　《寄鶴齋詩話》，頁25。麻氏詩又見薛瑞兆、郭明志編纂，《全金詩》第三冊（天津：南開大學出版社，1995年11月第一刷）頁356-358。

9　錢泳，《履園叢話八・譚詩》（臺北：漢京文化，1984年版）頁225。

10　王士禎《帶經堂詩話》卷12（北京：人民文學，1998年）頁305、308。

11　同前註，《寄鶴齋詩話》，頁111。張玉裁，字禮存，引自清李桓輯錄《國朝耆獻類徵初編》（八），卷116（臺北：文海，1973年12月版）頁4907。

12　《周禮・冬官考工記》，《十三經注疏（3）》（臺北：藝文，1989年版）頁56。

13　黃永武〈詠物詩的評價標準〉，收於《詩與美》（臺北：洪範，1987年12月4版）頁153。

第二節 內容與旨趣

一、比興深微，議論生趣

棄生詠物詩能體物入微，窮形盡相，議論深微而有異趣。乙未年（1895）以前所作之〈打鹿行〉（原序：臺人山居多以打鹿為生，為之歌之）云：「……一群猙獰出蒼狗，林中三鹿五鹿走。腥風惡獸躑躅奔，山豬趨前熊趨後。獵人持鎗林中藏，不期中肩期中首。負鎗後向雲霧中，窮冬莽莽生悲風。……」[14]犬突鹿奔之景，映襯獵人深藏狙擊之專注，又對比鹿中鎗後之死寂，因景生情，筆法井然。獵人獲歸，「身帶山中煙瘴歸，歸至家中與婦子。焙肉把酒共酬呼，鹿臭在衣血染鬚。」末二句彷彿「頰上添毫」，神采奕奕。

全篇用「比」以諷諭時事，如〈猛虎行〉等詩。蓋承自《詩經·魏風·碩鼠》以降藉詠物以諷世之傳統，其詩云：「……當道而蹲踞，耽耽常苦飢。行人無所逋，畏虎兼畏狐。狐為虎爪牙，搏噬與之俱。一虐猶難避，兩虐將安圖？生莫近狐穴，死莫傍虎嵋。生死不自由，前路立踟躕。」諷刺當道執政者酷猛如虎，語質直有感發力，似清初嶺南屈大均的雄直詩風，[15]遠受杜甫詩之沾漑。

〈猛虎行二章〉其一云：「林際腥風來，茫茫天地黑。路人皆走藏，暗嗚群動息。不知何妖魅，有牙兼有翼；或疑為天狗，化作狼與蜮。攫人麇子遺，充作饞腸食。食人亦何求，聊為造化賊。朝出吮人皮，夕作酺人臘。路旁蠅蟻盈，紛橫肩與骼。邱山何纍纍，云是死者馘。一見猛獸蹄，行人喪精魄。」直刺日人如「妖魅」，擬如天狗，想像奔放；善寫氛圍，首句

---

14 《寄鶴齋詩集》（南投：臺灣省文獻委員會，1993年5月31日版）頁67。
15 《寄鶴齋古文集》，頁325。屈大均〈猛虎行〉通篇用比，《屈大均全集》卷二，「五言古」（北京：人民文學出版社，1996年12月第一刷）。

即腥風撲天蓋地，茫茫暗沉，但聞行人暗鳴走藏。「朝出」句法似屈大均〈猛虎行〉「朝飲惟貪泉，暮依惟惡木」。[16]末寫蠅蟻盈於屍骼，誠怵目驚心。其二末云：「不聞啼哭聲，有聲將來戲。豈眞天地昏，卻將人類除。且儲弓與刀，禽生勿猶豫。」志意健邁，似曹植〈美女篇〉末段，深有建安風力。

全篇用「比」法以諷世者，又如〈苦熱行〉云：「……肥象有齒即焚災，豪豨微膏遂燃熱。陰陽爲鑪鍊五金，蒸取民脂同此轍。我在炎天無所逃，渴思太古千年雪。海岱本來稱樂郊，薰風四序涼不絕。天地緯度何紛更，雨露不霑雷忽烈。……」「肥象」二句夸而有節，頗有情致，以興詠民脂膏血之蒸散耗竭。「時日曷亡」之歎，直控訴「天地失時」，赤地雷烈，喻示暴政如火熱般痛苦。

又如〈詠籠鷹〉一詩，以名鷹「海東青」隱喻清朝。「海東青」這種健鶻，產於吉林省東部，古女眞地。[17]以彼喻滿人，詩云：「……乃今見之樊籠中，垂頭喪氣生悲風。有如鹽車困騏驥，又似牛口辱英雄。煙雲澒洞天地閉，槎枒哀壑空籠嵸。造物生此亦何爲，雄姿將與燕雀同。鷹乎鷹乎不汝愛，九邊且失榆林塞。重重關險守無人，壯士多在風塵內。鴟鵂訓狐出世間，封豕長蛇伸巨喙，安得俊骨忽翔雲。攫食妖物破濛昧，誰謂汝鷹似愁胡。神武之材立格孤，會當抉碎邱陵去，高臺萬仞高嘯呼，盤礴遼海渺江湖。」「垂頭」對比「凌雲」往昔，悲慨自生，以鹽車之騏驥，牛口下的英雄喻之。「煙雲」以景映情。因歎雄鷹與燕雀同籠。「鷹乎」一再慨歎國勢凌夷，守邊無人。坐令西方列強侵略中國。「安得」化悲憤爲壯志，擬鷹如高歡。高歡本北方英雄，當世何覓？「會當」以下

16　《屈大均全集》卷二，頁50。
17　《遼史・營衛志》、《金史・輿服志》等書。本文參引自韓道誠著《東北歷史文化研究》（臺北，國立編譯館，1995年3月初版）頁446-450。

三句，末二句同韻，有盤礴「泖江湖」之氣概。

〈觀鬥貍行〉指斥「日俄戰爭」，日、俄蹂躪中國遼東半島云：「……樓頭有聲震羯鼓，斑斑跳出兩哮虎。怒詫長平屋瓦飛，瞋慄壁上花奴股。磨牙抉爪退復前，豎毛奮鬣勇可賈。壯如將軍麾旗旄，猛如健兒援部伍。勝如鐃鐙奏凱歌，敗如囚軍困降虜。頓踏頓起俱死持，再接再厲未伏鹽。爾貍爾貍何自苦，么麼兩小何甘供刀俎。一時弱肉強食不得休，將軀投擲忽如機在弩。角逐爭雄究何補，貪殘之性茹復吐。……我今不獨爲貍傷，李華心哀古戰場。紛紛戰馬思遼陽，千里河山一海峽。百萬干戈淬鋒鋩，闊劍巨槍揚天宇。長距利喙凌風霜，蒼蒼無光白日黑。雷電交飛鼉鼍翔，鬥智鬥力不相下。皆以民物塗斧戕，雄威相鑠過貔貅。短刃相屠甚牛羊，爭觸逞蠻兩角間。渾河血水流汪汪，我觀貍鬥三歎息。……。」戰事之勝負、戰士之壯猛，猶如貍奴殊死相鬥。動物的弱肉強食，角逐爭雄，一逞貪殘之性。以力假仁之強權霸國，何嘗不是如此？

李華〈弔古戰場文〉所以哀戰，文教不宣，王師不伍，故四夷征戰屠戮。「紛紛」則旅順要塞之爭，干戈揚天。如風霜中凌厲之鷹喙，天地爲之蒼黑無光。詩人反覆描寫殺戮之慘，筆調憂鬱淒涼。此外，詠物兼議論入妙者，如〈留聲器〉云：「……我謂此事何足異，在昔偃師稱小技。革人歌舞能目招，驅使草木供游戲。順帝靈巧亦可言，銅人報時按節至。國初博物有江永，郵筒傳聲千里致。鎪鏤渾沌機竅開，不須乞靈天地氣。木雞木狗並有聲，變幻五行易位置。奇巧即在耳目間，未用遠徵輸巧事。西洋此器未十年，末巧由來吾吐棄。是器傳語況區區，何似傳遞今古有吾儒。道德事功留紙上，但憑寸管非機樞。有時餘事弄狡獪，詫叱笑罵雜噫吁，傳之千載聲聲俱。不第繪聲且繪色，活留聲咳併眉鬚。西人亦有文字鄙且拙，二十六字母徒翻切。拗斷嗓子語言虀，雖有精意無由設。時移

地易音即差，兜儸傑休難分別。得其官骸遺精神，留聲機械何須說。……我思此事由人廢，群才一出將淵淵。吁嗟乎！留聲器，我聞汝聲淚為漣。此間時事不堪述，婦孺啜泣難下咽。勞者莫歌窮莫達，萬戶吞聲何處宣。願借汝機託汝械，為記愁苦與顛連。記事比珠哀比絃，傳諸大帝鈞天廣樂邊，叩天問帝夫何言。」以為西洋器物只見其「用」而無其「體」。以「傳聲器」為奇巧末技，未若聖賢文字之動人。讚中國文字長於傳情，富於聲色，反譏拼音文字「地易音即差」，固有道理。但謂拼音文字「兜儸傑休難分別」，貶如蠻夷而有文化歧視了。申述其「中體西用」論，標舉「詩歌諷諭觀」，議論奇傑。

二、排比麗辭，精切超脫

〈虞美人詠花二十韻十六首〉、〈虞美人詠古二十韻二首〉，以虞美人花為喻體，[18]用七言排律體，排比麗詞，融詠物與詠古於一爐，如〈虞美人詠花二十韻十六首〉其一云：「……楚舞曲終雙袖濕，繡衣夜看一齊開（《史記》衣繡夜行）。中原鹿走春難駐，垓下雛嘶事可猜。半面已教成半謝，重瞳安得望重來。杜鵑變血留情蒂，鸚鵡多言惹禍胎。晚季江山誰管領，妒嬌風雨漫相摧。羞憑漢女淋玲護，肯付花奴打鼓催。越鏡吳妝依舊樣，瑤璫翠羽稱新裁。人殊劉苑長眠柳，妻異逋仙點額梅。莫吒霸圖芳菲歇，漢宮金粉亦塵埃。」以「楚舞」綰合詠物與典故，刻劃花貌。感慨末季國勢凌夷，暗寓清室已亡，哀國之泣血染花。

排比麗詞，詠物精切如其十一云：「媚臉誰將罌粟認，佳名未許米囊訛。」因此花雖為罌粟科，究竟非罌粟，亦非毒草。寫「舞草」之翩翩，如其三云：「漢苑何人堪對舞。」如

---

18 虞美人，原名麗春花，又名舞草、百般嬌，引自劉國光等編《中國花卉詩詞全集》（河南人民出版社，1997年10月第1刷）頁2146、5256。

其九云：「冉冉仙乎舞不停。」其十六云：「歌舞輕身嗤趙姊。」巧用典故以形容。刻劃花枝如其二云：「迴裾嫋嫋羅浮蝶，染血斑斑蜀國鵑。」其五云：「願與楚王同夢蝶，愧他唐帝誓牽牛。」其十一云：「嫣紅姹綠飄裙蜓，傅粉凝脂綴髻螺。」用人事寫物，不即不離。「嫣紅」言紅花綠葉，花翩飛似蜻蝶，體物精切，「傅粉」以美人梳妝梳之，與其八「露浥珠垂嬌臉白，霞烘暈上醉容禎。」同樣微妙。

詠花形入妙者，如其十一「婍嫭宜藏瑞錦窠」寫花苞；「黃衣障雨輕輕舉，紫玉成煙淡淡拖」寫花色；其九「巫雲黯淡撩衣素，楚水淳泓敞鏡屏」以虛映實巧寫花影；寫花之神韻者如其十「並蒂發時皆婉嫕，重瞳去後後獨翩（左遷右羽）。」其五「風輕影落吳江上，夜靜魂歸楚水頭。」用典如不用典，寫花影、花韻入妙。有博知物類之用，如其三「種近項城連理樹，結成吳地合歡條。」其四「影來澤畔成沅芷，淚落階前是海棠。」其五「鬥草迄今難決勝，樹萱何日可忘憂。身非柳絮空三變，生較梅花得幾修。」其八「北勝牡丹差匹麗，南強茉莉敢齊名。」其九「笑他後主嬪瓊樹，詫彼降王媵素馨。」其十「禁裏慵隨楊柳起，樓頭醉作柘枝顛。」其十一「豈與蠻葩稱燕子，不同滇卉號鸚哥。」等等。其中鸚哥花即刺桐花，燕子花又名大花飛燕草。其八一詩譽虞美人花「花譜如卿合主盟」，乃譜眾花以相襯，突顯特色。「柳三變」即柳永，素馨是五代南漢亡國君主劉鋹之媵妾，楊柳、柘枝為曲名，燕子、鸚哥為禽鳥名。其二有「蕉萃咸陽爇火先。」以「蕉萃」雙關「憔悴」之意，使詠物超脫而又入妙。

興之所至，物皆「著我之感情色彩」。如其二「慘綠紛紅疑窈窕，殘山賸水著嬋娟」；其三「閱時閱世顏長駐，愁雨愁風色後凋」；其四「苦綠一時悲浩劫，殘紅幾度閱滄桑」；其五「香花未死名長在，翠臉如生怨亦休」；其七「灑淚汝真含

露泣，移根我愛拔山行」；其九「欲萼含愁時鬱鬱，繫囊不語自娉娉」；其十三「婆娑舞態迎風久，點染啼痕拭露新」；其十四「孤根猶草心猶石，芳澤似春氣似蘭」；其十五「餐霞秀色情如醉，泣月明妝淚未枯。」以摹寫、擬人等筆法。

用類疊句法，富對仗聲律之美，如其三「紅塵豈遽紅顏老，粉本依然粉黛妍」；其四「婪女情同巫女幻，梅妃貌比菊妃飀，不藏金屋藏金谷，知在玉樓在玉堂……赤帝奈何迴白帝，娥皇惆悵問青皇」；其十「細腰底似長腰好，紅玉奈何小玉鮮。」運用疊韻對，使詩作悅耳可誦，如其四「煙月入懷情繾綣，河山回首恨蒼茫。」「蒼茫」和「繾綣」；其九「伶俜」與「窈窕」；其六「荒唐碧血留三楚，縹緲蒼梧望九疑。」之「縹緲」與「荒唐」皆疊韻詞。或以疊韻和雙聲詞對仗，如其六「蕭騷」疊韻而「荏苒」雙聲。「當年瓊珮想瓏玲」七字中有四字從「玉」偏旁。偏旁相同，見其八「綽約魂銷吳地盡，嬋娟心為楚王傾。」「綽約」與「嬋娟」。其七「溫馨絕色稱無敵，苗裔重瞳接有嬌。」之「絕色」與「重瞳」。

〈食烏魚五十二韻〉描寫漁人生活，清新生動如「淵澂雲渺渺，天壓水茫茫。滿載編桴重，分圂入市忙（販魚者分圂以賣）。販爭排巷過，買或典衣償。日暮千錢數，冬寒一擔望（烏魚以暖至）。」用白描手法，極自然生動。

第三節　結語

棄生詠物詩上承《詩經》詠物諷諭之傳統，取法建安風骨，仰鑽杜甫詩格，復與梁成枬切磋請益，詩語勁直有嶺南詩人之遺風。棄生〈籠鷹詩〉之意象似清代詩人夢麟（1728～1758）〈上方角鷹歌〉詩。日治後期有家國之悲與身世之痛，詩鬱怒清深，想像更奔放，多比興手法，詩意更深密。其

〈虞美人詠花二十韻十六首〉等排律詩受格律束縛，工麗有餘，深摯不足，嫌「寡風人旨」。[19]相較清末樊增祥（1845～1931）〈漢宮虞美人〉詩云：「……舜裔原非劉氏種，楚歌難解戚姬顰。芙蓉五色渾相似（花葉並同罌粟），終古流膏毒漢人。」[20]末句「漢人」兼有概稱（中國人）及特稱（漢朝人）二義，詠物翻空出奇，機智似勝過棄生，然含蓄工麗處不及棄生。

19　棄生自云：「吾極不喜排律……議論感慨，頗不束縛。」《寄鶴齋詩話》，頁100。
20　樊增祥，《樊山續集》卷23（臺北：上海，1978年版）頁2101。

第四章 遊仙詩

第一節 前言

　　洪氏遊仙詩的世變書寫，這類詩作多寫於一八九五年，臺灣割日以後，詩見《寄鶴齋詩集》中《披晞集》、《枯爛集》。寫身世之悲，透露遊仙詩「憂」與「遊」的主題。從體制言，「遊仙」此類五言詩源自魏晉。《昭明文選》置「遊仙」一目於詩類，據李豐楙研究，[1]「乃以當時新興的五言詩為主。」所選的兩家：西晉何劭和東晉郭璞。郭詩不同於何詩單純描寫遊仙，而具有詠懷本質。遊仙詩若只是描寫仙人、仙藥、仙景，因遠離塵世，遂不問俗情，誠如顏進雄所言，此為「正體」。[2]就此「正體」言，初唐王績〈過山尋蘇道士不見題壁四首〉，洪氏《寄鶴齋詩話》以為「作曹唐遊仙之祖」，稱其「體格粹然」。[3]王績詩其一，[4]以對偶句法鋪寫仙人、仙景以及仙藥。可謂遊仙詩的「正體」。至於郭璞詩多「詠懷」，應視為「變體」。李豐楙以魏晉「通變」的文學觀，從「遊仙文學」和「詠懷詩」體類論述其承繼與成就云：「延續了士不遇型的詠懷之思，而又增多東晉南渡時亂世的時代意識。」[5]蕭統《昭明文選》錄郭璞〈遊仙詩〉五言七首，李善

1　李豐楙，〈郭璞〈遊仙詩〉變創說之提出及其意義〉，《憂與遊：六朝隋唐遊仙詩論集》（臺北：臺灣學生書局，1996年）頁109。
2　顏進雄，《唐代遊仙詩之研究》（臺北：文津，1996年）頁35。
3　洪棄生，《寄鶴齋詩話》（南投：臺灣省文獻委員會，1993年）頁10。
4　各三卷本作〈遊仙四首〉，唐・王績著、金榮華校注，《王績詩文集校注》（臺北：新文豐，1898年）頁190-196。
5　李豐楙，〈郭璞〈遊仙詩〉變創說之提出及其意義〉，《憂與遊：六朝隋唐遊仙詩論集》（臺北：臺灣學生書局，1996年）頁112。

注云:「而璞之制,文多自敍,雖志狹中區。」[6]郭詩多自敍
詠懷,鍾嶸《詩品》將之列於「中品」,歸在「楚辭」一系
云:

> 但遊仙之作,詞多慷慨,乖遠玄宗。其云:「奈何虎豹
> 姿。」又云:「戢翼栖榛梗。」乃是坎壈詠懷,非列仙之
> 趣也。[7]

　　鍾嶸《詩品》序又強調在晉代玄風特盛之時,郭璞「用
雋上之才,變創其體。」李豐楙引用鍾嶸此評語及「始變永嘉
平淡之體,故稱中興第一」的評語,[8]強調郭璞〈遊仙詩〉的
「艷逸」風格,由於語言藝術的成就,轉變「淡乎寡味」的玄
言詩風。

　　從「世變」角度來看遊仙詩的變創意義,則晚清遊仙詩
頗盛行,推究原因,憂世情懷的詩人,急於爲中國或個人尋覓
「起死回生」的自救之方。焦思疲慮的憂思,正如黃遵憲在光
緒二十二、二十三年(1896、1897)間所作〈贈梁任父同年六
首〉其四云:「寸寸河山寸寸金,瓜離分裂力誰任?杜鵑再拜
憂天淚,精衛無窮塡海心。」[9]殷望梁啓超(1873~1929)能
變法救國,乃以變形神話「精衛塡海」典故相勗勉,難掩憂國
之情。又如黃氏〈遊仙詞仍用沈乙庵韻〉云:「玉宇揚塵海盡
飛。」[10]運用神話時空觀以抒發滄桑感。

第二節　「變」的詩學意涵

6　梁,蕭統,《昭明文選》卷21(臺北:藝文印書館,1883年)頁313。
7　梁,鍾嶸,《詩品》(臺北:金楓出版公司,1986年)頁110。
8　同前註李豐楙文,頁116-117。
9　黃遵憲《人境廬詩草箋注》(上海古籍出版社,1999年)頁717-718。
10　同上註,頁748。

　　洪氏寫詩的動力來自對現實人世的關懷。因此，首先討論「變雅詩說」及「創作詩史」的心志，揭櫫其憂世感時的情懷。

一、「變雅詩說」及「創作詩史」的心志

　　晚清民初中國面臨急劇的世變，詩人感世憂時，詩多變風變雅之哀音。試觀陳三立（1853～1937）詩有「我輩今爲亡國人」、「爬抉物怪寫離亂，自然變徵音酸楚。」[11]黃遵憲（1848～1905）詩亦云：「澧蘭沅芷無窮意，況復哀時重自傷。」「風雅不亡由善作（「作」一作「變」），光豐以後益矜奇。」[12]丘逢甲（1864～1912）在詩作中則認爲道、咸、同、光四朝詩，可說是「榛莽中原入變風。」[13]蓋詩格至窮而變，詩人見國勢凌夷而發抒哀鳴。

　　棄生〈讀變雅詩說〉云：「黃鳥之詩曰：『此邦之人，不我肯穀。』亦越在草莽之辭，疑如今之陷於夷狄之人也！哀哉，當時之詩也。」[14]哀憐當時爲西方列強宰制之中國人。洪氏蒿目時艱，又如〈讀變雅書感〉云：「蓋詩人哀於下，志士奮於上，一戰殺敵兆於風謠之間矣。」[15]洪氏以一己的哀思與愛國的志氣相激盪，其詩亦宛然有變風變雅之音。除了個人的境遇與詞章近於變風，洪氏更強調性情的關鍵作用云：「杜公詩，多得變風遺音，此外惟陸公亦然。杜、陸二公所遭略同，不獨詩近古作者，即性情亦近古作者。至於陳仲璋之〈飲馬長城窟〉、王仲宣之〈七哀〉詩，亦均有變風遺音，然境遇與詞

11　清，陳三立，〈八月二十八日爲漁洋山人生辰補松主社集獎圖分韻得魯字〉，《散原精舍詩續集》卷中（臺北：中華，1961年），頁7。
12　見〈酬曾重伯編修〉其一、其二，餘同註12，頁761-762。
13　清，丘逢甲，《嶺雲海日樓詩鈔》（上海古籍出版社，1982年）頁359。
14　洪棄生，《寄鶴齋古文集》（南投：臺灣省文獻委員會，1993年）頁64。
15　同上註，頁245。

章近古人，而性情則不可與古人同日語。」[16]洪氏褒貶之意，因杜、陸二人雖不得志於時，然詩文時常有家國之念，有儒者濟世胸懷，心志上期古代賢者，方不愧於變風詩作。此外，洪氏揭舉仕隱出處的節操以嚴繩陳琳、王粲之流。洪氏之性情志意，見於冠年與友人張光岳（字汝南）書信：「弟有可以入聖賢者三，有不可以入聖賢者亦三。可以入聖賢者，性地光明也、氣象坦易也、有過不諱也；不可以入聖賢者，多情、多慾、多愁也。」[17]

　　日治時期，棄生詩說：「騷人感憤畸人癖，韻士襟懷壯士肝。」[18]信中又自言：「情則性盪，弟之情非中節之情也。」「至於慾之一字，則更有不可者。」「若夫愁者，亦屬抑鬱無聊之寄。然愁深則傷樂，不可語陋巷不憂之士。」又恐自溺於「蟲魚風月而不思返」。孰料因多情、多愁，偏逢世變，寫情入詩，成為一騷韻之畸儒。年近而立，視文章為養志游藝之資。[19]境遇的砥礪，乙未年以前的詩有「變於騷」的憂思奇想。〈國姓濤歌〉云：

鯨魚跋浪滄溟裏，島嶼無雲雷聲起。波濤澎湃天低昂，氣滿尾閭颶風止。千秋萬古長喑嗚，自是孤臣心不死。孤臣有誰氣拍空？明人姓鄭名成功。唐王賜與國同姓，天荒地老開鴻濛。昔日中原紛戰騎，為鯤為鵬風摩翅。英聲直震大江南，錢塘鐵弩三千避。海枯不見孤臣心，潮落常滿英雄淚。泰山橫流不能醬，吒叱空有衝霄志。歸來廈島天無光，地窄不容供徜徉。宗慤長風萬里浪，回頭東海望炎荒。喝石可渡無巨浸，投鞭可斷無汪洋。騎鯨直入鹿耳

16　洪棄生，《寄鶴齋詩話》（南投：臺灣省文獻委員會，1993年）頁3。
17　同前註，《寄鶴齋古文集》，頁273。
18　《寄鶴齋詩集》，頁360。
19　同前註，《寄鶴齋古文集》，頁105。

門，海若辟易湘靈奔。波浪風雲生指顧，鼇柱如山日月吞。蜑水蠻鄉拔荊棘，三十六嶼澎湖側。島中忽現蜃氣城，海外自成蛟龍國。喘息不覺生雄風，當時早已氣如虹。天傾欲將一木拄，時攜匕首摩蒼穹。劃斷鴻溝不納款，欲與華嶽爭累卵。忽呼渡河宗澤薨，此恨填海海難滿。秋風噴薄作洪濤，忠臣氣比秋風高。唏噓千里皆黑色，翻騰萬籟爲怒號。日出扶桑不彪炳，龍蛇浮沉大力猛。如山如雪挾船飛，海上謂是長鯨影。

歌頌英雄爲國收復失地的志意，並讚鄭氏人臣孤憤之誼長垂千古。[20]詩首渲染傳說，神化鄭成功之誕生。以孤臣心志，開疆拓宇，乃全詩之綱領；以大鵬、錢塘潮等意象，形其壯銳之英氣；以潮起潮落千里，誇寫英雄的憂憤；又以子胥潮比附國姓濤，喻孤臣的精忠。強調鄭氏事業的成敗轉折，描寫永曆十五年（1661）鹿耳門攻臺戰役。言其長風破浪，欲經營八荒之大志。讚其披荊斬棘，海外作遺民天地。比喻成功如大明之棟樑。鄭氏齎志以歿，若宋代名將宗澤之孤忠，臨死猶未休，其憾恨如填海難滿。

「騎鯨英雄」的神話，屬於「變形神話」。變形神話的意象常被詩人用來強調個人的志意。例如陶淵明〈讀山海經十三首〉其九、十以《山海經》夸父競日、精衛填海、刑天舞戈的神話言「功竟在身後」、「猛志固常在」。[21]《山海經》中刑天、精衛、夸父等變形神話，葉舒憲、蕭兵、鄭在書等指出有著古代的重要的世界觀：「那就是對於各種存在之間的通過蘊蓄于萬物之根底的宇宙生命力之流的聯系性、變換性的觀

20　同前註，《寄鶴齋古文集》，頁11。
21　陶淵明《陶淵明集校箋》（臺北：正文書局，1987年）頁242-243。

點。」[22]洪氏援引此類神話，不經意將內在的欲望、渴求與要求投射於意象。此詩作於乙未年以前的青年歲月。應舉的不順遂、家國的變亂，乃其以詩爲心靈的出口，將憂世憂生的情愁化爲立功建業的動力，藉由希聖希賢的努力來自我引導和惕勵。如其〈養氣箴〉云：「廣大之心」、「包荒之度」。[23]詩歌強調鄭氏開荒之功，以及孤臣忠藎，象徵世變紛乘時，臺灣傳統士紳忠君愛國的期待性角色。詩中誇寫騎鯨入鹿耳門的戰事風雲，曲折反映洪氏對世亂的焦慮。

巨鯨意象的心理衝擊力，正如德國詩人里爾克（1875～1926）的〈杜伊諾哀歌之八〉所云：「可是在警覺而溫暖的動物身上／積壓著一種巨大的憂鬱，它爲之焦慮／因爲那常常壓倒我們的回憶／也始終黏附於它，彷彿人們追溯的／一度更親近，更可靠，這種聯繫／無限溫柔。在此一切是間隔／在彼是呼吸……」[24]洪氏將英雄具現爲波濤、颶風中昂藏的怒鰭，「喘息」句則遠久的史事彷彿在呼吸之間。以家國的運數，作爲個人委身立命的終極關懷。一己義憤所激湧創造的英雄形象，既生有所自來，死有所作爲，其參天化育之氣，又永恆回歸於天地造物中，因此神話中的巨鯨象徵巨大的心靈能量。洪氏以詩思索其磨難淬煉的歷史過程，以變形與回歸的英雄神話，強調世變中英雄的壯志和際遇，有沉鬱頓挫的效果。誠如里爾克〈致奧爾弗斯的十四行詩〉第十二首云：「祝願變化吧。哦，傾心於火焰吧／一個物在火中脫離你，它炫耀變形／那運籌的精靈精通塵世／在形象旋擺中，它最愛轉折點／……它總是以開端結束，以終結開始。」[25]始末如環的回歸神話，

22 葉舒憲《山海經的文化尋繹：「想像地理學」與東西文化碰觸》（湖北人民出版社出版發行，2004年）頁288。
23 同前註《寄鶴齋古文集》，頁180。
24 里爾克《杜伊諾哀歌中的天使》（上海：華東師範大學出版社，2005年）頁38。
25 同上註，頁102。

隱藏對充滿變亂的塵世渴求完滿的心理。而英雄的運籌帷幄，
創業立功，則激勵詩人以筆作戈，以詩爲史，關注風雲詭譎的
世變，並亟求轉化而挺立自我。寫作的靈感如源泉，流露在鯨
鯢掣浪的意象經營。

　　經歷這種內在而強大的惕勵，洪氏在乙未臺灣割日後，
毅然貞隱，並寫作詩史。其以戰記體詳述光緒二十一年乙未
（1895），臺民抗日史實序云：「……提督劉永福再去，民眾
土匪，血戰者五閱年，糜無盡英毅之軀于砲火刀戚之中，而無
名無功，此吾人所當汲汲表襮者也。」[26] 稱頌鄭成功抗清，氏
亦以筆代戈，反抗異族。〈弔鄭延平〉云：「……輿圖歸一
統，廟貌褒忠貞。昔年遊赤嵌，春秋禮齋盛。閒登望海臺，興
廢幾時更？彷彿崖山麓，孤臣痛哭情。我朝君猶恨，況爲外夷
并。古城有遺蹟，白日穴鼯鼪。陰風撲人面，大廈重見傾。鄭
公今不作，當世誰揩撐。神州竟中絕，無復古簪纓。望風長歎
息，頭髮空鬐鬖。」臺灣割日悲情，彷彿宋末崖山之痛。「我
朝君猶恨，況爲外夷并。」施懿琳云：「作者使用了『翻疊手
法』，在已然痛苦萬分的情緒上再逼進一層，將這種「民族精
神的雙重創痛，突顯得更加強烈。」[27] 論說精闢。狐鼠象徵日
人，盤踞肆暴，使祠廟蒙塵。大廈將傾，喻「華夏」凌夷，而
撐持之大木（成功字大木）何在？鄭氏不願剃髮受降爲夷狄，
如今舉臺競尙斷剪髮，惟棄生一家，始終未剪。後棄生髮辮竟
遭日人強行剪除，髮式變得不中不西！

　　洪氏憂生憂世之情轉化爲創作「詩史」的動力。而表襮
英靈、批判時政也是他「詩史」的主要內容。「詩史」之義，
如龔鵬程所說，乃是以敘事的藝術手法記錄事件，而又能透

顯歷史的意義與批判的一種尊稱。[28]而洪氏這類詩作慣用神話意象而別成一格。洪氏以援引英雄傳統乃至神話仙語入詩，細究之有以文化抵抗日人殖民統治的深意。誠如西方學者薩伊德（Edward W. Said）在其〈葉慈和去殖民化（Yeats and Decolonization）〉一文云：「文化抗拒的首要任務之一便是重申主權、重新命名並重新定居於土地之上。」[29]建基在這種詩歌性構思的基礎上，「追求眞確性、追求一種比殖民歷史所提供者更爲合適的民族起源、追求一種新的英雄和（有時）女英雄、神話和宗教的新萬神殿——這一切也因其民族重新收復其失土的意念，才成爲可能的。」薩伊德主張的「去殖民化認同的民族主義」，日治時期日人將鄭成功視爲本國人加以崇奉，與洪氏稱頌鄭氏反清復明、收復失地的雄志，以反抗殖民的詩篇相比較，更可見洪氏以神話的新萬神殿，招引故國心魂，從事文化抵抗。

二、遊仙詩的書寫方式

　　試以「辨體」觀，考查歷代「遊仙詩」的詠懷本質。清代詩人「辨體」觀，倡自清初王士禎。王氏「辨體」觀念，誠如黃景進的研究，本自南宋嚴羽《滄浪詩話》所強調辨體的重要，以及明代格調派對嚴氏此一觀念的承襲。辨體說乃因體製的特性、作家的專長來強調不同的文學類型有不同的特性和要求。例如王士禎教人作詩，就有五言感興宜阮、陳等說。[30]洪氏論詩，與王氏「辨體」觀同調。如洪氏《寄鶴齋詩話》論遊仙詩云：「安仁〈悼亡〉，洵屬絕唱，故可與太沖

28　龔鵬程，《詩史本色與妙悟》（臺北：學生書局，1993年）頁24-25。
29　薩伊德著、蔡源林譯，《文化與帝國主義》（臺北：立緒文化，2004年）頁422。
30　黃景進，《王漁洋詩論之研究》（臺北：文史哲出版社，1980年）頁160-163。

之〈詠史〉、景純之〈遊仙〉，並耀千古。」[31]洪氏推崇郭璞〈遊仙詩〉為此一題材詩作的典範。詩話又云：「漢儒得〈天問〉遺意者，焦延壽衍之作《易林》一書。……奇辭奧旨，可新耳目，後來則郭璞《山海經》圖讚。」[32]郭璞的《山海經》圖讚，胡應麟《少室山房筆叢》云：「備知神奸之說。」[33]洪氏遊仙詩的神奸意象，多本自此。〈望海有見〉云：「長魚一出輒噬人，大塊縹緲如灰塵。軒皇應龍偶不作，蚩尤夸父稱明神。」[34]《山海經》〈大荒東經〉記應龍殺蚩尤與夸父，〈大荒北經〉記黃帝命應龍攻蚩尤。因此郭氏圖讚云：「蚩尤作兵，從御風雨。帝命應龍，爰下天女。厥謀無方，所謂神武。」[35]又云：「應龍禽翼，助黃弭患。」[36]云云。而洪氏詩意則暗諷西方列強如蚩尤、夸父之流，並慨歎中國積弱不振。此外，「不周共工」的圖讚云[37]：「理外之言，難以語俗。」洪氏〈臺灣淪陷紀哀〉起云：「天傾西北度，地缺東南方。」指乙未割臺事。引用神話一類的「理外之言」，以發抒面臨世變時，「難以語俗」的悲憤，當承自郭璞《山海經》圖讚。阮籍〈詠懷詩〉以遊仙意象寄寓哀感憂思。洪氏詩話論及阮籍〈詠懷詩〉云：「哀感無端，蒼茫無盡。」[38]而洪氏遊仙詩亦常吟詠對家國的憂懷。

（一）以神話或仙道的時空觀發抒臺灣割日的滄桑

　　以仙界亙古不變的時空對照人世滄桑變化，本是歷代遊仙詩常見的旨趣。洪氏因有「棄地遺民」的痛楚，視此世為災

31　洪棄生，《寄鶴齋詩話》，頁9。
32　同上註，頁5-6。
33　明，胡應麟，《少室山房筆叢》（北京：中華書局，1958年）頁413。
34　同前註《寄鶴齋詩集》，頁182。
35　馬昌儀著，《古本山海經圖說》（濟南：山東畫報出版社，2003年）頁551。
36　同上註，頁613。
37　同上註，頁514。
38　洪棄生，《寄鶴齋詩話》，頁8。

劫之世。又不認同日人的統治，引「華夷之辨」說，慨歎日人
治臺是「以夷變夏」。當然，追究禍首，清廷的積弱，才陷臺
灣為化外之地。洪氏有感於此，其詩每以海上蓬萊比喻臺灣，
而此神山仙境與中原睽隔，不見仙人但見鬼怪，更已陸沉。以
神話及仙道傳說意象，將日本人比喻如怪物異獸，視為化外蠻
夷，寫法或許受到《楚辭・招魂》的影響。

胡萬川研究〈招魂〉以東南西北四方與中央故居對比的
寫法，得到的結論云：「〈招魂〉這種東南西北四方與中央故
居對比的寫法，雖然不是刻意的來描繪一幅中土樂園，或中國
樂土的景象，（中國原本是中央之邦或中土之意，非指國家
而言），但一個中土樂園的概念卻由此而呈現了出來。」[39]遠
此樂土的四方，則多凶頑危險之物。洪氏對此世多凶頑危險鬼
怪的描寫，靈感或許得自於此。其詩又以《山海經》、《淮南
子》的名物來喻指外國人，如洪氏〈舟至上海租界書所見二
首〉其一云：「儵休無人非聶耳，狰獰有國似穿胸。」[40]「聶
耳國」見《山海經》〈海外北經〉，「穿胸民」見《淮南子》
〈墜形篇〉。這類比喻視外國人為夷人，為化外之人，他以夏
變夷的文化觀，從遊仙詩的書寫傳統言，得自《楚辭》、《山
海經》等典籍的啟沃；從文化觀說，中國是文化母國，猶如中
土樂園。

洪氏《寄鶴齋詩話》云：「《楚辭》中〈離騷〉之外，
〈天問〉、〈招魂〉為大篇，後世二馬、班、揚、韓、柳，
無數詭譎奇文，皆從此化出。」[41]其詩作詭譎奇想，便以《楚
辭》為寫作張本。乙未年（1895）後，洪氏以神話中鬼怪意象
諷刺現世，源自他「桃源已失」的感慨。中國成了他文化認

39 胡萬川，〈楚辭〈招魂〉與「中國」樂土〉，《真實與想像－神話傳說探微》
　　（國立清華大學出版社，2004年）頁129。
40 洪棄生，《八州詩草》，頁3。
41 同前註，《寄鶴齋詩話》，頁5。

同，詩中懷想的樂園，如洪氏〈臺灣淪陷紀哀〉起云：「天傾西北度，地缺東南方。蛟龍激海水，淪沒蓬萊鄉。熬波沸巨浪，白日黯無光。山俏牽木魅，土怪鞭石梁。顛簸王母闕，震坼禹皇疆。洪水湮部洲，燹火及崑岡。」詩由天崩地坼寫起，典故出自晉代張華《博物志》卷一。

洪氏引此「洪水神話」入詩，喻示臺灣淪沒入日本人之手。強調臺灣成了淪沒的仙島，臺地人民水深火熱的沉淪之苦。「土怪」本自《楚辭・招魂》之「土伯九約」。鬼怪爲亂，以比興渲染哀情。洪氏如其他乙未年正值青壯的知識分子，對故國（old country）抱有理想的懷念心理，[42]如〈送客歸浙〉云：「寄語中原樂土人，莫作海島居夷客。」哀悼臺灣成了「爲鬼爲蜮」，靡無孑遺之荒境。如〈欲闢荒榛感作〉云：「方今暴虎方出山」、「夷狄横行入人間」。斥日人爲暴虎與夷狄。洪氏〈題近人所作桃源問答遊敘文後〉進而歎「桃源仙境」盡失云：「……窮奇食人口有牙，蚩尤爲獸翅生背（事見東觀餘論）。相逢不作同等看，胡髡越裸醜周冠。顛倒天行無曆紀，邱虛郡縣有戈干。饑餓夷齊失薇蕨，艱難黄綺在商山。秦時容得桃源在，桃源經今亦遷改。……」「窮奇」爲食人獸，見《山海經・西山經》，比喻日人據臺初期的殘暴，使臺灣淪爲化外荒境，猶如《淮南子》中的「裸國」。隱居不仕的前清遺民如「饑餓夷齊」、「艱難黄綺」，處境蹇困。以「借代」修辭援引仙道洞天福地說，來形容臺灣。如〈詠蔗糖〉首云：「炎洲孳大利，豫樟及蔗槳。」以「炎洲」指炎熱的臺灣。「炎洲」此一典故，李豐楙言其出自魏晉時期道教經典《十洲記》。洪氏〈看花感賦〉云：「水涸蓬萊莫問仙。」〈求仙六首〉其五云：「寂寞方壺島。」都是以海上神山喻指

42 周婉窈，《日治時代的臺灣議會設置請願運動》（臺北：自立報系，1989年）頁23。

臺灣。日人據臺使「海上神山」陸沉，洪氏因而用「蓬萊水淺」的典故來發抒世變滄桑感。此外，如〈林十自吳淞歸，寄問江東名勝二十二首〉其二十一云：「重重雲樹何堪問，不似遼東有鶴還？」以此寫滄桑。洪氏「超越塵世」的時間感或許得自李白遊仙詩作的啓發。《詩話》云：「……李太白天才汗漫，不可方物，獨〈古風〉斂才就範，一往情深，遂臻絕頂。……」[43]又云：「『容顏若飛電，時景如飄風。草綠霜已白，日西月復東。』英警語，偏不著力。」又云：「『泣與親友別，欲語再三咽。勗君青松心，努力保霜雪。』深情巧譬，神與古會。」

感於飛電飄風，陰陽節序之遞嬗，因而有求仙之想。自然英警語，偏不著力。又欲謝親友而遠遊求仙。深情巧譬，相勉以道。從生存境遇警醒到人世沉淪的「非我真狀態」，欲自世緣牽掛中超拔而出，展現「良知」的召喚與決斷，用海德格的說法，是「自身被召喚向自身」的時間性境域。[44]李白詩自然的如無意識的流露，彷彿素所如此。難怪身臨蹇困的棄生引爲典範。

（二）以遊仙意象指斥時政、隱喻時局

此外，洪氏詩如〈招隱六章〉、〈吸煙戲詠〉等，表現其「仕」、「隱」情懷與玄言詩風，體制當本自六朝詩。〈夢遊玉京〉等詩寫自己得預朝班，據李豐楙研究，則本自唐人筆記將登仙、遊仙隱喻功名得遂的寫法。[45]以遊仙意象指斥時政、隱喻時局是晚清遊仙詩的旨趣，試觀陳三立〈題寄南昌二女士〉之一乃贈留學生康愛德云：「親受仙人海上方，探囊起

43　洪棄生《寄鶴齋詩話》，頁45。
44　馬丁・海德格著《存在與時間》（臺北：唐山出版社，1989年）頁338。
45　李豐楙，〈唐人遊仙詩的傳承與創新〉《憂與遊：六朝隋唐遊仙詩論集》頁82。

死自堂堂。更煩煮盡西江水，滴入雛鬟愛國腸。」[46]欲求救國仙方，知識份子的憂患意識，化作遊仙詩的觀照悠遊。黃遵憲〈庚子元旦〉二首其二云：「未知王母行籌樂，歲歲添籌到幾何？」[47]隱指慈禧而斥其幽囚光緒帝。氏以神話來比喻晚清中國及臺灣被列強瓜分割據命運，如〈臺灣淪陷紀哀〉云：「天心方有醉，西眷彌不遑。玄枵淫歲紀，鶉首賜扶桑。」用《昭明文選》張衡〈西京賦〉「昔者大帝說秦繆公而觀之」「錫用此土，而翦諸鶉首。」以天帝賜秦鶉首比喻臺灣割日。詩又云：「譬如五彩鳳，俯首九頭鵁。」「九頭鵁」出自《玄中記》，諷刺日人攻臺的殘暴行徑如怪禽，痛心臺灣化爲狼荒。

此外，〈感傷自傷六首〉其三頸聯云：「痛絕朝綱隨晉宋，怨他天酒賜戎秦。」亦用天帝方醉事，怨國勢凌夷，中國有失地而被瓜分的危險。洪氏又以神仙爭帝位事，如張翁與劉翁爭天帝的故事，隱指其友謝道隆（1852～1915）抗日事蹟，〈四題謝君生壙詩後〉云：「……我友謝夷吾，素有猿鶴盟。青山舊息壤，遺下廣漠塋。陸沉身不壞，沆瀣壽長生。何藉一抔土，遠與天尊爭。寓公聊寄託，大造自踐更。豈無榑桑谷，亦藏太乙精。峴水日以淺，峴山日以平。龜筮不可知，往事問巫彭。方君誓墓時，蝸角正吞并。劉安謀舉宅，地軸東南傾。君作遼東鶴，空塚亦崢嶸。他日芙蓉主，不讓石曼卿（合水土、爭天尊，用唐吉頊對武曌語，亦暗用張翁、劉翁爭天帝事。）。」張翁、劉翁事見明徐應秋撰《玉芝堂雜薈》云：張翁奪天帝劉翁位，劉翁乘其餘龍，人間爲災。[48]指謝氏與其表弟丘逢甲，二人於甲午戰後奉臺撫唐景崧之命募義軍抗日。當日軍攻臺，臺灣民主國崩潰，丘、謝二人倉皇內渡。所謂「爭

46 清，陳三立著，《散原精舍詩文集》（上海古籍出版社出版，2003年）頁87。
47 清，黃遵憲著，《人境廬詩草箋注》（上海古籍出版社，1999年）頁874。
48 徐應秋《玉芝堂雜薈》《文淵閣四庫全書》（臺北：商務印書館，1983年）卷16。

天帝」指抗拒清帝割臺之詔令,所謂的「合水土」,典故出自《新唐書》〈吉頊傳〉。吉氏規諫武后親外戚而遠皇子,是不明貴賤親疏,將使兩者不安而爭位。謝氏「合水土」,比喻團結臺民抗日,以神話人物喻示其友昔日的猛志。「青山」用《山海經》〈海內經〉「鯀竊帝之息壤以湮洪水。」指日軍攻臺如洪水之禍。「地軸」則引用《淮南子》〈原道訓〉「昔共工之力觸不周之山,使地東南傾。」指臺灣淪陷於日人。〈偶得夢境頗覺奇壯歌以紀之〉云:「……張公劉公覷天位,王母瑤池方博戲。浪抛五嶽供彈丸,醉裂九州當塼埴。」張公劉公,當指推翻滿清的革命志士。

(三)仙女、神女與智慧老人的形象

晚清遊仙詩中「仙」字的涵義,承自唐人「夢遊仙」、「夢仙謠」或「夢仙」、「夢遊」的內容,如李豐楙研究,[49]唐人所言主要:

> 仙境是幻,遊仙是幻,尤其與仙妓的狹邪之行結合,更是將其行樂的行爲隱喻於醉夢人生的行逕中,不僅詩歌有此體,就是賦體也有之,……

相較唐人,清末詩中的「仙」字更可指男性的理想伴侶,如妻、妾等。指女優者如陳三立〈和實甫怡園觀女優〉云:「歌泣已開新世界,神仙眞謫小蓬萊。」[50]指理想伴侶者,如樊增祥(1846-1931)〈東園桃花盛開用東坡松風亭韻〉詩末云:「青溪垂老遇仙子,私印擬仿吳山尊(原注:山尊晚娶孫

49 李豐楙,〈唐人遊仙詩的傳承與創新〉,頁64。
50 清,陳三立著《散原精舍詩文集》(上海古籍出版社出版,2003年)頁165。

淵如妹，刊印章曰：「垂老遇仙」）。」[51]又如袁昶（1846～1900）〈汪郎亭閣學奉使廣東臨發新納姬人爲作小遊仙詩十二首〉，詩題仿自晚唐詩人曹唐的〈小遊仙詩〉。[52]樊增祥亦有〈小遊仙詩二十二首和答顧晴谷同年〉，和答顧曾烜（晴谷）原詠，[53]樊、顧二人都以仙道語喻婚仕二事。氏則以「仙遊」來寫「冶遊」，如〈無題三十首〉其十一末「鳳島神仙招萼綠，鮫宮風雨降湘靈。瑤臺玉府相逢後，三日衣裙不斷馨。」用《眞誥》萼綠華降羊權，以及《楚辭》湘靈、《山海經》、《穆天子》等書瑤池王母形象。李豐楙言瑤臺玉府代指妓院，意象隱喻皆承襲晚唐及五代文人之習套，即以仙郎自居，稱妓女爲女仙，以王母隱指妓女假母。[54]這類詩作使「遊仙詩」更加俗化。氏風流冶遊的香奩豔體詩作不少，可見當時名士之習尚，其詩如〈賦得陳孟公過左阿君被劾四首（詩社同詠）〉詩序云：「（陳）遵與左君一段因緣，豪過相如，乃在班史，此處寂寥無色，致留遺議。蓋班生不免頭巾氣也！……」氏亦倜儻愛奇，風流坦率，詩中的仙女雖未必實指某人，不妨如傳統詩中「美人」，象徵理想人物。詩中的仙女，一爲仙界的侍女，爲敷陳仙境的意象，如〈今夜〉云：

> 今夜璧月銜太清，天風吹我遊玉京。王母正開瑤池宴，羿娥爲按霓裳聲。座中起舞許飛瓊，階下敲瑟董雙成。一歌一曲水仙操，疑是疑非麗人行。洛浦珊珊來宓女，江峰渺渺見湘靈。回首翠蕤光有無，霞裾水佩遙冥冥。明珠上下二龍戲，寶玉鏗鏘九鳳鳴。一飲欲醉搖心旌，百和之香五

51　清，樊增祥著《樊樊山詩集》（上海古籍出版社出版，2004年）頁267。

52　清，袁昶等著《續修四庫全書》第1565冊（上海古籍出版社出版，2002年）頁448。

53　清，樊增祥著《樊樊山詩集》（上海古籍出版社出版，2004年）頁635。

54　李豐楙〈仙、妓與洞窟－唐五代曲子詞與遊仙文學〉（臺北：臺灣學生）頁402。

雲英。……

　　神遊仙境，得參與仙宴。仙舞仙樂仙女，宛如目前，彷彿可遇不可及。仙女如許飛瓊，董雙成等，神女如宓女等，以理想之人物喻示一理想的仙境。又如〈看花感賦四首〉其二云：「……湘水有波妨步襪，華亭無鶴怕吹簫。花前每降天魔舞，柳外難停宓女腰。今月亂離如一夢，不勝金粉散飄飄。」旨在諷刺日人淫暴的罪行，湘水有凌波微步，羅襪生塵的仙子，此乃由洛水宓女的形象移寫而來，以喻示深閨女子窈窕形象。此外，氏詩中「智慧老人」，是亂世不降志辱身的士大夫化身，〈求仙六章〉其二云：「昔有南昌尉，棄家適九江。成仙會稽路，不處危亂邦。一朝天紀紊，俗乖道自尨。當其謀世時，亦自負熱腔。晦身避地去，此志彌不降。安得從之遊，海上泛仙艭。」稱頌《漢書》人物梅福（字子眞）避地守志的節操，表達世亂時個人的出處進退。這類人物典型，宋代蘇軾的〈安期生幷引〉一詩的詩序已論及：「嗟乎，仙者非斯人而誰爲之。故意戰國之士，如魯連、虞卿皆得道者歟？」[55]由儒而仙，仙者之流不乏亂世中壯志安民的士人。洪氏與蘇軾同調如〈三題謝君生壙詩後〉云：「下山訪其人，古服方外裁。道貌迎我入，一揖笑口開。自道今生戚，一載備棺材。滄桑天地老，萬化皆塵埃。逝者咸槁去，零落金銀臺。安得逐坵首，白馬素車來。邀余作比鄰，千載共一坏。……」謝氏與丘逢甲曾參與乙未抗日戰役。謝氏預立生壙，洪氏爲作題詩，反映傳統士紳遯隱的苦衷，以及對世亂的憂懼，誇言以死爲樂，好逃避塵世滄桑。而古服道貌的智慧老人形象，非尋常樂求長生的仙者可比。

55　宋，蘇軾著《蘇軾詩集》（北京：中華書局，1999年）頁2439。

（四）以變形神話喻示志意，以異獸及氣化之妖眚來描寫苦難：

變形的描述早見於《莊子·大宗師》，所謂「浸假而化予之左臂以爲雞，予因以求時夜。」然其旨趣在以修辭的「比喻」法來推闡哲理。而晉干寶《搜神記》所云「五氣變化論」言「妖眚」「人生獸，獸生人，氣之亂者也。」洪氏運用妖眚的觀念入詩。以變形神話的異獸指個人的志意，而以各種妖眚來描寫苦難。前者如〈割地議和紀事〉末云：「倉海君無博浪錐，銜石今後同精衛。」心痛臺灣割日，欲效法精衛填海的猛志，狂狷避世。又如〈送客歸浙〉云：「神仙暫作陸沉身，日月漫遲夸父步。」悲臺灣猶如陸沉，欲以夸父追日的意志自我惕勵。而〈臺灣土匪紀事〉云：「柱觸共工頭，碧嘔萇宏血。」言武裝抗日臺人（時稱土匪）的義憤熱血。〈倏忽寒暑壯士遲暮感憤身世賦之〉云：「……狼貪鬼譎終難饜，萬卷詩書輸一劍。何時喚得群雄興，魯戈返日光爛爛。嗚呼我已腐儒酸，後生誰能忘此念。」以魯戈回日的神話來勗勉後生抵抗列強的意志。以氣化爲妖眚而爲禍人間來指斥治臺的日軍者，如〈猛虎行二章〉其一云：「……或疑爲天狗，化作狼與蜮。攫人麛子遺，充作饞腸食。食人亦何求，聊爲造化賊。……邱山何纍纍，云是死者饐。一見猛獸蹄，行人喪精魄。」「天狗」，《隋書·天文志》以爲乃赤氣下至地所化，所往之鄉有流血，國君有失地之事。此處刻劃其爪牙飛翼，如狼與蜮般可怕。「蜮」含沙射人，乃亂氣所生，見《搜神記》。詩斥爲造化之賊害，夸飾枯骨如山，控訴日軍的殘暴。〈望蓬萊山有悼〉云：「……既作妖螭居，復變鬼狐窟。人類想無存，岂嶢枯髑骨。……日與鬼蜮鄰，頻年無一物。」強調以強烈的意志對抗厄運。

（五）以「謫仙」自比，因其詩才稟異且有名士習尚

　　「謫仙」一詞，唐人作爲稟賦穎異者的象徵，成爲名士自比或譽人的習尚。[56]洪氏素有此習尚，〈四十初度感賦〉云：

> 梁鍠意氣無祿位（原注：「『梁鍠四十無祿位』，李頎句。」），蘇軾頭顱有隱衷（原注：「『四十豈不知頭顱』，蘇詩。」）。豈誠徐積不婚仕，亦匪平子甘蒿蓬（原注：「孟浩四十遊京師」。）

　　洪氏貞隱不仕，一方面是不仕異族，又因爲不滿日人的殖民統治。另一方面，意氣磊落、多情能詩的名士與詩人習尚使然，這都是他的「頭顱隱衷」。年已不惑，更確然以「謫仙」自比，如〈閑居遣懷放歌二首〉其二云：「糊塗羹對鴟夷酒，裸袒二蟲作周旋。晞身陽阿濯湯谷，出入渣滓冥冥先。上至列缺望大壑，崢嶸無地廓無天。南海帝儵北海忽，何日回斡成大千。我時腰纏騎鶴去，謫仙一醉三千年。」諷刺日人統治下的臺灣是衣冠盡棄的裸國，猶如混沌的亂世，何妨借酒裝醉以混世含光，效法謫仙的放達。其生活以詩酒爲伴，〈閑居五首〉其四云：「……千秋大事皆泡影，一卷新詩亦劫灰。感憤滿腔無處灑，案頭長有酒盈杯。」末劫之世，視此世此身如幻，何況是詩語。其遊仙詩發悠遊情懷，正如〈題謝君生壙八首〉其五頸聯所云：「問影問形皆若贅，爲仙爲鬼總稱遄。」以詩境爲精神遄逃之藪，求心靈些許的安適。

第三節　世變書寫

　　世變書寫表現在遊仙詩此界與他界，與仕隱情懷有關。

56　李豐楙〈道教謫仙說與唐人小說〉《誤入與謫降：六朝隋唐道教文學論集》　　（臺北：臺灣學生書局，1997年）。

一、「世變書寫之一——此界與他界」

　　就遊仙詩的旨趣言，魏晉此類詩旨與玄言詩、招隱詩有相似之處，都渴望尋覓一嘉遯之所，即心靈安頓的空間。洪氏以神山淪沒，鬼怪橫行來隱喻日人武力犯臺的殘暴，以天界荒淫諷刺中國君權不張，積弱不振。由描寫「他界」始，進而以敘事筆法記乙未臺民抗日義舉，如〈臺灣淪陷紀哀〉，歸咎清廷腐敗，坐令臺灣割日。此詩以鬼怪比喻日人。相似筆法如前引〈題近人所作桃源問答遊敘文後〉，借古諷今之餘，以異獸食人發抒痛憤。藉飲酒發醉語，欲叫醒天閽者，如〈對酒用太白韻應諸同人作二首〉云：「滄海大如杯，黃河一線來，白日叫虞舜，天閽不我開。天帝方醉秦，長吸傾金罍，戒御豐隆逝，投壺玉女催。披髮盈大荒，何人登璚臺。蓬島沉弱水，大塊揚輕埃。惟有痛飲酒，聊以優悠哉。」

　　夸寫天界荒淫，所謂「詩人哀於下」，寄望喚醒志士。描寫此界淪為鬼怪橫行之地者，如〈望蓬萊山有悼〉云：「……淪汩滄茫中，滔滔海水闊。殘破不可知，中流賸一髮。日出照深淵，騂騧見髣髴。既作妖螭居，復變鬼狐窟。人類想無存，岩嶢枯髏骨。時或洪流漲，浮沉見凹凸。可歎蓬萊峰，年年海底沒。海底何所有，黿鼉來窸窣。海中何所見，鯨鯢弄溟渤。海屋添籌翁，聲噎氣復鬱。日與鬼蜮鄰，頻年無一物。」多用「水」偏旁的字，同偏旁的字屢見且重疊，用疊字使情思因堆疊而更加厚重。

　　〈偶得夢境頗覺奇壯歌以紀之〉云：「……俯視浮世黃埃起，虎鬥龍爭亂天紀。天狗食人天魔飛，赤帝下走白帝死。鯨鯢上陸添角牙，百足之蚿為長蛇。土怪夔魖水怪蝄，交奪龍宮紛騰拏。……欲窮天闕闖九層，將要天帝百怪懲。帝顧而嘻似無能，一跌夢渺長撫膺。」不惜以詼奇語作諷世語，以抒憤懣。〈乙卯重午〉則云：「虎狼戔戔磨牙齒。」「羌沉江兮羌

沉海，黑風毒浪魚龍僵。昨夜雷車擂大鼓，羵羊鼗鼗商羊舞。燈火煌煌黎邱市，旄旂窣窣修羅府。」鬼怪處處，宛如地獄。引物連類手法，鬼怪疊出，比喻朝綱解紐，革命風起，中國正處於的大破壞、大混亂之時。末言天帝無能，作者一跌夢醒，徒有奇壯之感而已，正是洪氏失意仕途的隱喻。洪氏以六朝道教神仙三品說來隱喻現世。天仙在上，隱喻清廷。以逍遙人間的地仙自比，爲心靈尋找悠遊的精神空間。以尸解仙去的描寫來憐憫遭逢亂離的生靈。

〈望見三神山歌〉末云：「七十二地卅六天，可憐方士多鑿空。只今仙源殊矘莽，渺渺人類皆沙蟲。我身欲往叩蒼穹，安得仙杖化長虹？黑劫萬重歸一瞬，俯視浮世眞蠛蠓。」「七十二地卅六天」的福地洞天觀，李豐楙認爲是唐代以後道教逐漸發展完成的。[57]杖解成仙則見於葛洪《抱朴子·論仙篇》，以及《洞仙傳》王嘉杖解事。洪氏欲杖解而去，以諷此世劫難重重。其〈四題謝君生壙詩後〉云：「遙尋盧敖洞，蛻去餘空阬。又見王喬棺，虛墳一夕成。」用《後漢書·方術傳》葉縣令王喬事，代指謝氏生壙。以尸解仙的觀念來撫平其友對故國的思念。

面對世變，企慕古人隱逸之舉，〈招隱六章〉其二云：「古人輕榮華，脫組山中去。常恐世人知，白雲最深處。我本謀世人，何慕猿鶴御。衹因天地非，不覺塵途淤。商山有紫芝，采之終朝茹。臥聽寒泉鳴，起視霜天曙。」從詩題以及描寫隱逸生活的恬靜，承襲自六朝詩人「招隱」的主題。左思〈招隱二首之一〉云：「……白雲停陰岡，丹葩曜陽林。石泉漱瓊瑤，纖鱗或浮沉。……」氏詩云：「白雲最深處」，意象相似，更重要的，詩中「崇隱」，即嚮往隱逸的心情，與左思

57 李豐楙〈神仙三品說的原始及其演變〉《誤入與謫降：六朝隋唐道教文學論集》（臺北：臺灣學生書局，1997年）。

所言無二致。

王文進比較《楚辭・招隱士》和左思此詩，認為：「此詩和楚辭最大的不同有二：一是隱士居住背景的甜美化。二是招隱者角色逆轉，由『招隱』變成『崇隱』。」[58]不過洪氏並未真的隱於山林，棲於遠離人世的「樂土」。而是避居「田里」，以「遊心等邱墟」的淡漠心情隱於城市。〈招隱六章〉其六云：「處世成大隱，神仙亦不如。煙霞入几席，日月生琴書。蠻觸與滄桑，浮雲過太虛。山林固可悅，城市亦可居。相逢殊俗人，相視如猿狙。雖處闤闠間，游心等邱墟。嘯詠近陶潛，草木傍茅廬。出視龍與蠖，為卷不為舒。」以潛龍自比，效法陶潛而結廬於城市，棄生畢竟是獨善其身的儒者，而非索隱志怪者。詩中餐霞茹芝的「樂園」意象，則為遊仙詩中仙境描寫的張本。其詩寫夢遊仙境，經仙人指點，了悟己為謫仙，以此舒解其功名不遂及黍離之悲，如〈夢遊玉京〉云：

> 日落蓬萊峰，微茫天地色。空中聞笙歌，忽見天門書。崔嵬帝座中，晃旒映金碧。真仙夾仗趨，玉女從旁掖。靈馭後扶輪，神人前執戟。朱鬖隨鬢鬖，几几來赤舄。童子帶雲璈，從行拂素策。徘徊晃蕩間，千門萬户闢。羽葆擁旄幢，森森百千尺。雲氣雜星光，玲瓏繞幕帝。圭鑽奉嵯峨，璇璣紛映射。鈞天廣樂鳴，奇器無由識。蒼龍吹簧籟，白虎鼓竽瑟。神馬立天衢，珠韉黃金勒。鳳凰凌九皋，時啄靈脂食。白角千歲麞，青牛共游息。殊異難盡名，自是神仙域。日月相溫摩，雲霞時翕赩。列宿繚衣裙，不復辨昕夕。縱步得安行，無可問蹤跡。道逢老仙翁，揖之告以臆。仙翁顧我笑，似將為拂拭。問

---

58 王文進《仕隱與中國文學——六朝篇》（臺北：臺灣書店，1999年）頁27。

我從何來，對以恍然得。指之向我云：「此爲神仙闈。昨者招群仙，共來會辰極。王母在上方，賜以蟠桃席。桃熟歲三千，塵寰經數易。今適塵劫時，子向塵寰謫。仙人憫子身，援汝魂與魄。雖不與斯宴，亦足繫斯籍。慎勿忘本來，致墮塵灰隙。」聞之豁然悟，儼同群仙適，塵世苦惱懷，不復爲記憶。蝸角生戰爭，不過流光擲。陵谷起變遷，如掃塵埃積。富貴功名場，蜉蝣爲形役。無時無殺機，乾坤亦荊棘。萬古與千秋，去來如一刻。紫氣出天關，雲際麾霹靂。置身於此間，空明無障隔。瞥然望老翁，一去如飛翼。縹緲不可追，仙花開的的。看花不知歸，忽見赤城赤。前有采芝人，後有眠雲客。顧盼失所遭，一笑在羅幕。捫得胸懷間，猶遺仙桃核。迴思入夢時，夢境何歷歷。出門望鄉里，殊覺非疇昔。大廈爲荒邱，高原爲深澤。不見舊時人，問途迷巷陌。山川倏忽更，城闕生禾黍。痛悔到人間，從茲尋黃石。

　　夢遊玉京，乃天尊之治所。「崔嵬」數句；描寫天帝金碧冕旒，仙仗鹵簿，玉女旁掖。朱鬐等語出張衡〈西京賦〉。以賦筆鋪排神人、宮掖、神物之光怪陸離；或以同偏旁字如徘徊、幕帘、嵯峨、璇璣、簧簾、竽瑟、雲霞、衣裙、蹤跡；或以計量詞夸飾，如「千門萬戶闢」、「森森百千尺」。疊詞如几几、森森；疊韻詞如晃蕩、玲瓏。「靈馭」二句對偶。「千門」四句中，「羽葆」與「雲氣」二個隔句的句式相同，「千門」與「森森」二句句式稍異，整齊中不失錯綜和變化。玉帝之召見眷顧不可得，惟見宮室之壯麗及神人之泄沓，卻可見不可即。豈功名之念未除，恍然於夢境浮現？「道逢老仙翁」，恍然以對，不知是夢是眞。仙翁爲之指迷，「今適」四句，點破謫仙身分，「雖不」二句安慰之餘，殷殷教誡：「忽忘本

來，致墮塵灰。」「聞之豁然悟」，忘卻塵世之苦。「蝸角」
爲俯瞰所見，因了悟滄桑倏忽，視富貴功名輕賤如蜉蝣，遂能
等視殺刈變滅之苦。「紫氣」句遊戲乾坤。縹緲仙翁、仙花，
如眞似幻。看花如迷，「赤城赤」又栩栩可見，采芝及眠雲之
人卻又近若遠。顧盼失所，重回現實，胸懷間如有桃核在梗，
用《神仙傳》王質事。驚見陵谷變異，不勝黍離之痛。

二、「世變書寫之二——仕隱情懷」

　　洪氏身遭世變，詩中常吐露仕隱情懷。其壯年即有欲爲
國抵禦列強的壯志，曾與其友梁成柟（1850～1899）詩詠釣龍
臺。棄生據東粵王餘善事，作〈釣龍臺歌和梁先生子嘉〉云：

> ……安得釣臺沉一餌，釣斷蛟螭安八閩。閩越王是屠龍
> 手，惜哉事漢心不久。夜郎自大輕辟胡，終被漢擒作龍
> 屠。後有負漢王心麤，請視王臺血模糊。

　　此臺在福州市，相傳漢高祖五年（西元前202年），閩越
王騶無諸冊定在此受封。東越王餘善於此釣得白龍，以爲己
瑞，因築壇曰：「釣龍臺。」又名南臺山。《漢書》言閩越王
其先皆粵王句踐之後，乃大禹之苗裔。以「海蛟」比喻列強。
援引李白「海上釣巨鰲」逸事，欲清宇內以安閩。末歎餘善因
叛漢被屠，有儆列強之意。憂國之心即〈感懷十二首〉其三
云：「公子太原今不作，虯髯海國昔曾開。」而其夢中對海上
英雄及仙遊宴樂的描寫，無非是功名不遂的補償心理所致。
〈說夢二首〉其二云：

> 少小聞風懷賈生，南越繫關請長纓。又慕終童棄繻手，班
> 超介子同橫行。讀書不獲遂所願，牖下埋首眞無名。天荒

地老又遷變，石爛海枯頻踐更。束縛英雄作詞客，此恨千
秋長不平。……夢中樓船起橫海，遠從海上收赤城。曉日
雙輪烏馭迅，落霞萬里龍旗明。金甌重補神州缺，玉柱遙
撐地軸傾。玉皇盧左相逢迎，瑤池侍飲許飛瓊。奏凱蓬萊
坐列仙，仙人顧我笑而興，此夢依稀落上清。

首敘立功異域的夙昔典型，慨歎投筆從戎之志不遂。恨
滄桑頻更，時不我予。夢境雄異快哉，橫海破浪，又收城復地
於一旦。「落霞」句意象鮮明。遊宴玉京，蒙帝眷顧，舒解多
少功業蹭蹬之悵恨！惟因遭亂隱世，〈求仙六章〉其四至其六
云：

生年始三十，過眼多風煙。學道長不死，浩劫倍憂煎。中
路且徘徊，或謂余無然。此地有乾坤，別成世外天。豈尚
知人間，滄桑有變遷。子未絕世務，洗耳須深淵。子未脫
塵氛，濯足須深泉。一朝成大道，憂騷永棄捐。下觀蠻觸
輩，蚍蜉逝目前。

聽得仙人語，脩然離百憂。昂首見浮雲，低首見荒邱。邱
下多死人，問誰所虔劉。白骨雜黃土，拋擲天為秋。置之
長不顧，物我太悠悠。我願速飛昇，騎龍出九州。叩閶問
天帝，災厄為何由？

日月日以馳，江山日以老。蕭條蓬萊天，寂寞方壺島。島
中有仙人，亦未絕苦惱。纍纍方朔桃，串串安期棗。食之
心內酸，異味不知好。莽莽視塵寰，茫茫思大造。海屋添
籌翁，童顏恐難保。歎我枉求仙，憂思仍浩浩。

其四言學道長不死，可免浩劫憂煎；不若人間天地，尚有
滄桑遷變。後半段虛設仙人教誠，以其世務未絕，須濯足洗耳

於深淵深泉，一朝積善達道，「憂騷永棄捐」。「下觀」塵寰蠻觸蚍蜉，道念益堅。其五悼荒邱枯骨，誰所虔劉？「白骨」四句言天地自秋而不語。悠悠人間苦難，直欲飛昇出九州，叩閶問天帝。其六卻自我寬解，以仙人未絕苦惱，桃棗異味，食之心酸。酸楚來自莽莽塵寰，因俯念憂思，浩浩難捨人世。其〈戒煙長歌〉云：

> 人生嗜好各有偏，昔者爲酒今爲煙。通脫俱能適我興，迷溺乃足生彼癲。酒可合德可頤養，下飲漁樵上神仙。奇士隱士或賴醉中傳，嗜之滅頂而流涎。遂有喪性家國捐，歸咎於酒何爲焉。譬之於食色，樂而過之亦致愆。我生於世百無嗜，獨有書味結寄緣。宋豔班香供吮嗽，經腴史液相纏綿。閒來偶吸罌粟髓，恰似客思蓴菜然。寫意聊作消閒計，心不在此等談玄。床頭金燈伴玉管，藉作藜光年復年。亦愁食痂成夙癖，旬日匝月輒舍斿。凌雲吐氣豪千尺，未許尤物長熬煎。況思調鼎上金殿，復願飲冰到居延。一桮一酌且須斷，寧忍煙霞痼癖臥寒氈。雖未作監兼作戒，早已忘蹄又忘筌。自從世界變腥羶，燹火劫灰焚大千。惡氛炎煇不可掃，瘴煙毒物鎮相連。九霄無路餐金鎏，半世空勞煉汞鉛。自歎此身已廢朽，遂將此事託逃禪。古人有託隱於酒，我今何妨隱於煙。收拾青雲付灰爐，壯心縷縷管中牽。芙蓉城主石曼卿（煙膏世亦名芙蓉膏），金粟堂身李青蓮。末路英雄無退步，噴薄憤氣塡坤乾。小榻一椽書萬卷，枕藉拚作甕中眠。……

言嗜好可有而不可溺，有名士玄言之風。經歷兵劫燹火，心如死灰，吸煙盡消胸中塊壘。「芙蓉」句如〈有所思效玉臺體十首〉其九云：「……我有咫尺天，亦是桃花土。比月足娟

娟，依稀未出戶。……下到芙蓉城，上到芙蓉府。」其咫尺淨土、瑯嬛福地即「寄鶴齋」，故〈齋中即景〉云：「四圍風月一燈懸，帳裏芙蓉（原注：俗謂鴉片曰芙蓉）小洞天。……又有巨文三萬軸，自家織錦勝湖川。」又云：「小榻一椽書萬卷，枕藉拚作甕中眠。」鴉片彷彿寫作、讀書時的「煙絲皮里純」（inspiration，靈感）。而癮頭一來，復吸吐煙霞，作鶴遊乾坤之想。故詩末云：「援我自有傳燈錄，慎毋嗔我為矯虔，我於此中獲洞天。」

〈吸煙戲詠〉一詩云：「揶揄或謂窮骨頭，顛倒拚作尸居態。邯鄲一枕夢黃粱，洞府三清伸白喙。霧液雲腋流玉酥，鸞膠鳳髓含金薤。太乙然火三千年，一吸沖虛無大塊。」以自嘲的口吻，洞府神仙之意象，寫避世於鴉片，昏惰頹唐之歲月。則所謂「戒煙長歌」不妨讀作「長戒煙歌」，煙時戒時續。其生活情味寄託於吸煙與讀書著述，偶吸鴉片的安適感如「客思蓴荼」，頗類似浪子思鄉心情。這種情懷，法國詩人夏爾‧波德萊爾的詩集《惡之花‧煙斗》云：「當他百般痛苦之時／我就冒煙，如小茅屋／為了快回家的農夫／那裏正在準備飯食／我擁抱撫慰他的心／……解除他的精神疲勞。」[59]吸煙的快樂，稱為「尤物熬煎」，不計較煎熬身體，在「調鼎金殿」大志落空後，吸煙的歡暢更值得享受。誇寫微軀半世以來自許壯志，不斷鞭策修養的辛苦。噴礴義憤之氣，炫耀自己忍受痛苦能力之強，也才能時吸時戒，正值積極進取的壯年歲月。和波德萊爾詩中農夫休憩的溫暖，嘴上「冒火」的亢奮情懷相似。

日治時期大正九年（1920年），日本作家佐藤春夫曾來臺灣遊覽三月，自記其遊摭的作品《殖民地之旅》同名文章中，曾引洪氏此詩，認為如讀波德萊爾、中國李商隱的詩作，又

---

59 夏爾‧波德萊爾著，《惡之花》（桂林：廣西大學出版社，2002年）頁266。

稱讚洪氏詩作「嶄新非凡而且充滿地方的特殊題材」。[60]換言之，洪氏作品既有異國情調（指法國、中國），又具有本土性（指臺灣本土）。佐藤也許沒有領會詩中「世界腥膻」等句對日人的諷刺，也可能是故意忽略。而他對洪氏詩作的稱讚，展現了他對文化差異的尊重。Judith Roof and Robyn Wiegman在其《Who Can Speak》一書云：

> 換言之，隸屬團體常被反擊，只因他們上演異國情調好讓善意的統治成員了解其怪癖。統治成員也許認為這是個機會，讓他誇示的展示他對文化差異的虔敬。[61]

　　Roof和Wiegman主要在討論後殖民理論學者Ganyatri Chakravorty Spivak的一則玩笑，Spivak故意在與人交談時插嘴，並聲稱此舉在其母國文化中表示「興趣和尊重」，使不明究裏的人立刻換上虔敬的表情。由此討論殖民帝國下的隸屬團體為何要強調文化差異，並上演異國情調的風俗來爭取統治者的尊重。從佐藤文章的末段記錄拜訪霧峰的林獻堂，大談日人與臺人皆須共謀文明發展，以臻全人類化同之境，卻無視臺人痛苦處境的幼稚天真，可以看出佐藤對棄生詩作的喜愛雖然真誠，卻不脫殖民統治者的優越感。洪氏寫作時未必有任何爭取日人同情的意圖。但是他的學生許文葵充當佐藤此行的翻譯，特別將洪氏的詩集贈送佐藤，並稱舉洪氏詩作成就，以及留辮、穿舊日中國服飾，自認是前清遺民「不合時宜」的怪癖，為傳統士紳爭取同情了解，伸張民族精神的動機不言而喻。

　　洪氏吸鴉片成「癮」，英文「鴉片（opium）」一詞，

60　佐藤春夫著，邱若山譯，《殖民地之旅》（臺北：草根出版社，2002年）。

61　Judith Roof and Robyn Wiegman, "Who Can Speak"（Illinois：University of Illinois,1995），頁209。

William S. Burroughs在《Naked Lunch（赤裸午餐）》云：「這個詞已寬鬆的用來指個人習慣或需要的任何東西。」[62]「癮」一滿足則痛苦暫「隱」，誠如Burroughs所云：「癮的消退使人更敏銳察覺到環境。感官印象敏銳感受到某種幻覺。熟悉的事物似乎混合著受苦的私密生活。上癮者受到內臟和外在感覺的蒙蔽。他可能經歷瞬息的美麗和鄉愁，但整體印象相當痛苦。（他痛苦的感覺可能來自感覺的熱烈。愉悅的感覺可能會變得無法忍受，當達到某種激情之後）。」[63]〈吸煙戲詠〉云：

九華仙子餐沆瀣，薜荔衣裳芙蓉帶（時俗稱櫻粟煙膏爲芙蓉膏）。七寶盤匜百寶床，龍吸鯨呿天地隘。葡萄宮中火不衰，櫻粟堆裏香常在。獨銜金莖飢鳳吭，孤倚玉篠瘦蛟背。瓊鐘瑤席甘露漿，黑雲玄霜紫雲霜。燈閃長鳴窰窣風（初作窶（上穴、下條）風，因窰窣聲極似煙聲，故用此。），斗收佳氣氤氳界（吸煙之器似陶，作圓胚，謂之煙斗也）。不夜城中得濫觴，常燃鼎上欣津逮。癖嗜已同九轉丹，創懲未要三年艾。曩棄書劍求神仙，仙人謂我須淘汰。入塵已似鼠拖腸，離世何望蟬脫蛻。流連飲啄眞籧篨，散誕形骸總疣贅。教我且學不死方，煙霞之裏垢塵外。入山采朮兼采芝，青精有飯黃精代。愧我尚戀煙火緣，未能絕物待沽丐。蕙蘭膏後金粟膏，仙人擲米弄狡獪。引我漫居大沫天，置身遂入須彌界。有時臥遊上九宵，有時魂遊空五內。燥吻惟濡陸羽茶，饞情卻謝元修菜。藉茲冀免俗氛侵，不治未是南山穢。羅什有道吞亂

---

62 William S. Burroughs, "Naked Lunch"（Canada：General Publishing Company,Ltd,1992），頁216。
63 同上註，頁219。

針，游戲神通何介蒂。睎髮陽阿下大荒，久鄰山魈木石怪。御氣身與造化遊，陸地行仙纙莫壞。甜鄉休道爛如泥，糟邱須知肉不敗。與人無悶世無懷，掃愁有帚詩有械。……

「九華」句本自《楚辭·九歌·山鬼》的山鬼，既描寫吸煙時美麗幻覺，呼應「掃愁有帚詩有械」，又宛如創作的「繆思」。偶遇仙子而誤入「洞天」——作者吸煙寫詩的房間——則是六朝以來仙道類筆記小說慣用的情節。黑色鴉片煙霧中的煙管鳴聲，燈光明暗，幽邃沉靜的詭譎氣氛。由失眠頭痛而以吸煙舒緩不安，轉以癖嗜如九轉神丹，展現作者避苦尋樂的渴求。散誕頹放，暗示傳統士紳淪為「疣贅」，身處邊緣的困境。

日人視吸食鴉片為臺灣社會的陋習。在一九一○年以後，臺人自發的放足、剪辮。洪氏因堅持留辮，視為民族認同的象徵物。在殖民教育培植的新興領導階層興起後，傳統士紳的社會影響力漸漸示微，何況吸食鴉片所承受的社會壓力。「煙塵」句道出個人與社會的疏離，在煙癮消退後更敏銳的察覺沉淪悲涼。自嘲如「鼠拖腸」、「蟬脫蛻」，心靈希望超離塵世，置身須彌如芥，人海藏身！用《神仙傳》麻姑擲米成珠，以滿足於吸煙和寫作等癖嗜的專注過程，象徵自我淨化的儀式，則臥遊九霄、魂空五內，身感極端亢奮時，才發覺肉體的虛妄和肉體的真實。雖有燥渴減食的生理現象，心中卻遠離俗氛的惡穢。吸煙時渾然忘我，病痛視為遊戲神通般可悅，除了鴉片的緩解作用，更來自作家心靈專注於觀照造化，便自「山魈木石」的世界逃逸而出。既能忍受異族奴役之苦，肉體也好像永不敗壞，可以無限量的耽於癖嗜的快樂。淨化自我、昇華悲情的妙方，即是掃愁的詩筆。暫拋下社會的揶揄，在往昔黃

梁夢中醒來。內臟和外在感覺的蒙蔽下，愉悅或受苦的極致熱烈下，時間空間都瞬間忘卻，在吸煙霧濛、精神恍惚時。開端將煙膏比爲香草蘭芷，美化「煙霞窟」爲賢人隱世之所，用雙關語戲稱爲「葡萄（匍匐）宮」，用神女降眞，誇示煙膏的誘惑力。「獨銜」句彷彿吞雲吐霧之蛟龍，當年亢爽的風雲氣彷彿只剩從煙桿的迷霧。「不夜」、「創懲」等句，則鴉片既是熬夜之良伴，也確實能舒緩苦痛。視吸煙如服食可延年的黃精，乃「故作狡獪」的詼諧語。冷諷語如以「山魈木石怪」比喻日本鬼子。又以矛盾（oxymoron）修飾法，如「糟邱」、「太乙」等句樂在癖嗜時身心與時空微妙變化，意象奇詭詼諧，自嘲如「窮骨頭」等，卻難掩滄桑。洪氏自比逍遙之地仙，〈感懷十二首〉其七云：「散遊姑作陸沉仙。」逍遙於陸沈之世。

第四節　結論

　　洪氏從《楚辭》以降「遊仙文學」，特別是「遊仙詩」的詠懷本質，鎔鑄爲詩中憂世情。洪氏爲一貞隱畸儒，兼名士型文人。因此，詩亦表現仙隱、玄理特色。洪氏以「奧衍微至」及「發揚高華」來評論晚清詩家，[64] 自然是以宋詩及唐詩之詩風立論。認爲有清一代之詩學譜系，爲唐詩及宋詩二派相爲興衰。宋詩多風趣，切近賦物；唐詩用心於風格，每高視闊步，不屑於瑣屑之景。又言詩家恒爲唐音者，久之多兼宋意。[65] 然不論宗宋宗唐，晚清詩人之詩作大多感事憂時，比興深微，每有變風變雅之音。爲了「含藏本事」及「譏諷時局」，詩人好用「借代」修辭法，援引典故。所以同樣的「武后」一詞，

64　《寄鶴齋詩話》，頁147。
65　同上註，頁34、57。

在黃遵憲〈香港感懷十首〉其三指的是英國女王，[66]但在棄生〈海外悼昇遐篇〉指慈禧。[67]這種用典方法，胡適曾強烈批評云：「明明是客子思鄉，他們須說『王粲登樓』，『仲宣作賦』……請問這樣做文章如何能達意表情呢？既不能達意，既不能表情，那裏還有文學呢？」[68]棄臼惡習，棄生偶亦不免。棄生反對「新名詞」入詩以「推陳出新」、「以故為新」說，[69]詩風古雅、典奧，遠於白話而近於古籍語。求全責備，這不能不說是一項缺憾。

---

66 清，黃遵憲，《人境廬詩草箋注》（上海古籍出版社，1999年）頁320。
67 同前註，《寄鶴齋詩集》，頁320。
68 胡適，〈建設的文學革命論〉，《胡適作品集》第三冊（臺北：遠流，1986年）頁59。
69 《寄鶴齋詩話》頁30。

第五章　諷諭詩

第一節　前言

　　追溯諷諭詩的起源，早在詩三百篇的創作時代已開其端，現實社會可以說是諷諭詩取材的重要來源。再者，孔子以實用觀點說詩，春秋列國大夫間的聘問賦詩言志，使詩的諷諭功能更爲顯著。漢儒以「美刺諷諭」說詩，和風雅頌賦比興六義相比附，詩的主要存在意義似乎只有「美刺諷諭」了。〈詩大序〉云：「風，風也，教也；風以動之，教以化之。故正得失、動天地、感鬼神，莫近於詩。……國史明乎得失之跡，傷人倫之廢，哀刑政之苛，吟詠情性以風其上。」現實社會的得失興廢、發諸詩篇，達到教化諷諭、移風易俗的功能。故云：「上以風化下，下以風刺上，主文而譎諫，言之者無罪，聞之者足以戒，故曰風。」從而由「美刺諷諭」的觀點闡述了風雅頌的意義，更說明了「風詩」根植於現實社會，以委婉譎諫使「言之者無罪，聞之者足以戒」。此外，《毛詩》獨標興體，鄭玄以政教善惡的觀點解釋「六義」。《周禮·春官·大師》鄭注所云，乃漢儒「美刺諷諭」的《詩》說，容可討論，但其詩論實已奠定諷諭詩的理論基礎。鄭注所云「賦之言鋪」，直鋪陳得失；「比興」則取類喻勸，較爲曲隱，故後人討論頗多。王逸《楚辭章句》以比興寄託爲楚辭的主要技巧，所謂「善鳥香草以配忠貞，惡禽臭物以比讒佞」。劉勰《文心雕龍·比興》也說：「楚襄信讒，而三閭忠烈，依詩製騷，諷兼比興。」比興諷諭之傳統自以楚騷爲大成，由來已久。洎乎盛唐，詩歌大盛。杜甫感時憂國的諷諭詩作，後人

推爲「詩史」。杜甫「詩史」，指其詩善陳時事，寓含悲歡、忠憤及褒貶，故後人重之。龔鵬程云：「詩史，乃是以敘事的藝術手法，記錄事件，而又能透顯歷史的意義與批判的一種尊稱。」[1]杜甫「詩史」敘事詠懷、諷刺批判兼具，乃「詩」而爲「史」者，此精神爲中唐元白所承繼。棄生實上承風雅及漢儒詩論，近師杜甫「詩史」，中唐元白新樂府。

一、學養深厚，快直爲信

棄生主張作詩先須學養。學養深沉，詩作方不流於俗囂：「閱近人感事詩無慮數百首，非俗調未除，即囂塵難耐。求其有衝冠變徵之音，而無劍拔弩張之態者誠鮮。因見咸豐時張文節（洵）感粵匪之變八首，殆於養到木雞而仍覺可歌可泣。」[2]詩雖有衝冠變徵之悲憤，卻不流於劍拔弩張之囂塵態，端賴深厚的學養。棄生畢竟是學者而兼詩人，所欣賞的張洵詩作，多用古代典型人物來稱代詩人，既「可作當時故實讀」，又不流於露骨之指斥，自然較「氣厚詞醇」。[3]即使指斥犀利，詩語亦以古雅爲尚，體裁以舊製爲範，內容又能推陳出新者爲佳。《寄鶴齋詩話》卷七錄易順鼎〈剪髮〉詩，[4]因「全臺風氣，競尚剪髮，惟余一家，迄今未剪。」讀易氏詩而深喜人有同心。易氏詩指斥快直，批評民國初年革命黨人理想喪盡，一旦掌權便醜態畢露。棄生評云：「易君詩每好傾囷倒廩，傷於快直。若此作語語出肺腑，言人之所不敢言，而又言余之所欲言，則正以快直爲信。不知者以爲灌夫罵座，其知者以爲禰衡執梲也。」詩能痛快淋漓中有深摯之情，不致流於謾罵矣。

1　龔鵬程，《詩史本色與妙語》（臺北：學生書局，1993年）頁24-25。
2　《寄鶴齋詩話》，頁143。
3　同上註，頁144。
4　同上註，頁151。

二、敘事覈實，議論允當

「詩史」之可貴，在彰顯詩情及史識。詩情貴眞；議論允當方顯識見洞達。強調敘事覈實，目擊存眞，棄生因擧清代咸同間詩人黃鈞宰〈避兵詩〉[5]寫咸豐三年（1853）太平天國亂世，描寫逼眞，讀之感愴。[6]又批評黃遵憲（1848～1905）〈臺灣行〉議論不公云：

> 此詩可稱佳製，手筆實不減仙根。但於譏諷臺灣處，未免太抹殺；於誇耀敵軍處，未免太貢諛！豈黃君爲新學中人，見日本之事事步趨西洋，遂果爲傾心耶？不然，何詞之過也。夫日本之陷臺，臺民之冤酷，自有兆眾口碑在，無事多贅。至於撫軍棄臺，敵人上岸。臺北、宜蘭、新竹之紳士如楊士芳、李望洋輩望風送款，誠狗彘之不若！若苗栗諸生徐驤、姜紹祖，則身率義民出入敵人彈雨砲煙之中，而吳湯興則爲後路之接濟。以么麼之旅，與敵人支撐三閱月。雖兩次復新竹，不克成功，然敵人亦憚之，不敢越雷池一步，何義聲之壯也！迨七月間，敵人添大軍，海陸並進，則雖宿將如劉淵亭亦且卷甲而去，視徐、姜、吳諸生之以身殉敵且有愧色，何況他人！其臺中、臺南心存反側者，固不乏人，然亦時勢使然！亡國之秋，自有狗彘之類，要不可以此概臺人。臺人之堅韌拒戰，後來諸義民遍處樹幟。前後擾攘者五年，死者無萬數，固足興起海內頑懦，不減廣東三元里之逐英夷！即當時建議抗敵諸君，如臺南許南英等，鹿港施仁思、施菼等，亦多堅守不移。至兵臨城下，始潔身內渡。甚至臺中失守後，尚有往臺南

5　黃鈞宰（1826～？），字字平，號天河，江蘇淮陰人。《金壺七墨》，《續修四庫全書》1183冊（上海古籍出版社，1999年版）。

6　黃鈞宰《金壺遯墨》卷1。詩之本事又參見倪在田《揚州禦寇錄》卷上，收於楊家駱主編《太平天國文獻彙編》第五冊，1973年12月初版。

謀恢復者。視先時棄君而遁諸君,事權不及而氣概過之萬萬。黃君不此之求,而惟狗彘者津津是道,不大污筆墨也哉![7]

黃遵憲〈臺灣行〉詩云:「……噫戲吁!悲乎哉!汝全臺,昨何忠勇今何怯,萬事反覆隨轉睫。平時戰守無豫備,日忠曰義何所恃?」[8]詩末誠責人太甚。相較之下,清末詩人王國維(1877～1927)於民國元年(1912)所作的〈頤和園詞〉,用清初吳偉業的「梅村體」詩格,敘清室鼎革事。棄生讚云:「此詩作在民國成立以後,舖敘前清時乃殊詳實和平,毫無革命家詬誶不經之語,而於袁總統處既無曲詞、無恕詞,亦無過詞,具見詩人雅度,可媲梅詩詩史矣。」[9]棄生以爲袁世凱促成清政權轉移民國,功不可沒。而革命黨人擬之如「冢中枯骨」之袁術,並不恰當。[10]而王國維詩云:「安世忠勤自始終,本初才氣猶騰踏。」[11]直以袁紹比擬袁世凱,乃先獲棄生之心。有詩人之銳感,及學者之博識,詩深有情韻而具見雅度。

第二節　內容與旨趣

先言有關中國者,再論日治時期,大抵以時間先後爲次。

一、清末窳政

(一)前言

7　同前註,《寄鶴齋詩話》頁139。
8　黃遵憲著,《人境廬詩草箋注》卷8(上海古籍出版社,1999年12月第二刷)。
9　同前註,《寄鶴齋詩話》頁151。
10　同上,頁148。
11　王國維,《靜庵詩詞稿》(臺北:藝文,1974年7月初版)頁17。

　　清末吏治的窳敗，見於地方縣治者，以門丁為最。[12]門丁專橫是清末地方吏治窳敗之最者，試看薛福成（1838～1894）於一八六五年上書曾國藩，痛陳州縣之門丁專橫，[13]可見積弊之深。此外，清末臺灣綠營兵的窳敗亦甚。許雪姬《清代臺灣的綠營》分析，臺灣綠營其崩潰的內在原因為餉薄、乏良將、軍器的窳劣，使臺灣班兵的素質奇差，來臺後作奸犯科之事時有所聞。[14]田賦之外，釐金（貨物稅）是清末臺灣財政歲入之大宗。釐金之設，始於清道光之季。凡貨物出入，照擔徵收，不論粗細，故謂之釐，其弊端不少。[15]棄生詩見《寄鶴齋詩集》中《譴蹻集》。

（二）門丁專橫

　　〈問民間疾苦對〉批評門丁「故一中人之產，一經訟而家室子虛；一盜殺之家，一經勘而財物空如。貧民或不敢告訴，而勢豪愈橫；被劫或不敢聞官；其蘗芽皆生諸門丁。」[16]〈門丁謠〉云：

> 我公在何處，我公在縣廳。我公不解事，解事有門丁。一解
> 能令我公喜，能令我公怒。指揮不待公，我公殊不惡。二解
> 我公下村鄉，門丁能攘羊。鸞刀取其血，血是民汁漿。三解
> 我公到城市，門丁能作豸。有角不觸邪，觸取巨象齒。四解
> 公若欲催科，門丁張網羅。役夫且慢發，役夫貨幾何。五解
> 公若欲讞獄，門丁幾番促。促公復遲公，門包幾車粟。六解
> 門丁能作福，門丁能作威。小民一身肉，俱為門丁肥。七解

12　戴炎輝，《清代臺灣之鄉治》（臺北：聯經，1979年初版）頁699。
13　薛福成，《庸盦文外編》卷3，《庸盦全集》（臺北：華文，1971年版）頁242。
14　許雪姬，《清代臺灣的綠營》（中研院近史所，1987年初版）頁77、78、272。
15　連橫，〈關征志〉，《臺灣通史》卷17（南投：臺灣省文獻會，1994年版）。
16　〈問民間疾苦對〉，《寄鶴齋古文集》，頁150。

我公能作官，門丁與有分。我公欲和事，請向門丁問。八解
人生多得錢，不過作好官。我公錢如水，門丁錢如山。九解
門丁利如錐，我公明如鏡。門丁與我公，與錢同一命。十解
門丁存善念，有時欲改惡。待公官休日，門丁惡不作。
十一解
我言告門丁，門丁仔細聽。人間無刑書，天上有雷霆。
十二解

　　用歌謠慣用的類疊手法和回環往複之節奏。如九解、十解
「錢如水」、「錢如山」、「明如鏡」之比喻。一解、二解言
縣令太阿倒持；三解、四解言門丁狐假虎威，藉勢抑索鄉民錢
財。既設喻宛轉，又妙用頂眞句式；五解、六解刻劃門丁之口
吻及嘴臉，七解指斥門丁，代小民哀告；八、九、十解諷刺縣
令與門丁狼狽爲奸；十一解故作反語以諷；十二解詛咒之語，
言窮極訴天之悲。

（三）汛地兵窳敗、盜賊橫行

　　〈汛地兵〉批評營伍窳敗云：「……在野爲守望，在城爲
守陴。愛身不愛國，戴弁等行尸。居恆猶惴惴，何論危急時。
昏夜聞盜賊，剽掠在城池。女牆群酣睡，起立如醉疾。聲東而
擊西，子行姑遲遲。自維爲狐兔，何敢鬥熊羆。秦人與胡越，
肥瘠兩不知。明朝在市井，哮闞威風施。」汛地兵畏葸怕事、
遲緩誤事。剽掠之盜賊出沒於城池，而弁兵猶酣睡如醉疾，廢
弛窳敗至此！「聲東」句反用成語意，指斥弁兵之無能。遇警
時如狐兔遇熊羆般竄逃，平日則咆哮市井，生動刻劃其嘴臉。
營伍既窳敗，盜賊自然橫行。〈綠林豪〉描寫綠林豪客明火
殺人、往來跳梁，入室肶篋探囊。而官吏竟無所捕治，視之尋
常。官長無德無威：「……此輩亦是遊俠客，激而爲之無所

惜。飢餓驅人到于斯，何以削朘猶未息。雨露雲霓不得施，田畔良苗即蟊螣。今日作賊勝作官，坐收物力不知艱。不稼不穡無所事，財帛貨賄高于山。」「官逼民反」，咎在吏治窳敗，「雨露」之喻，生動自然。「今日」對比致諷。

（四）抽釐之弊與關吏之悉索

棄生〈訐姦論〉批評抽釐之法云：「抽釐之法……乃更於邊疆之地，密設卡關，騷擾不已。而小人上之朝廷，則以為十取其釐，無傷國體。而下之關吏，則幾十收其一。耕者苦催科之役，而商者苦稽徵之吏。……」[17]胥吏藉抽釐以濫收浮費，〈鹿港卜〉云：

> ……我到鹿津頭，偶問鹿津吏。關津不憚煩，爾身有何利？自言利涉途，官一吏三四。溫飽在於斯，餘乃為公事。乃知民之艱，半多吏所置。朝廷徵其一，吏胥徵其二。……

此外，關吏的悉索，〈海關吏〉云：「風晴浪靜不得去，關吏悉索如老饕。谿壑塡盈開一面，行人舟子喚奈何。昨日無風今鳴濤，千夫性命繫于毛。地棘天荊無所往。嗟哉！環山蔽海以為牢！」貪婪如老饕，平居之濤險甚於海上。牢網處處，難以為生。

（五）結語

棄生批評清末吏治、抽釐與綠營等窳政，以五言及七言古詩體，質實徑切之風格，已近於唐代之杜甫與元、白。又工於

17 《寄鶴齋古文集》，頁91。

比興，諷刺汛地兵如氂牛、駑馬、狐兔；喻盜賊如熊貔，貼切而自然。指斥門丁，妙用反語等諷刺手法，語言樸實，得風謠之神。其詩以古雅爲尚，詩語生動有意趣，自早年已穎露矣。

二、指斥劉銘傳施政之闕失

（一）前言

光緒十一年（1885），清廷諭令臺灣建省；十四年（1888年），福建與臺灣始正式分治，命劉氏爲巡撫。[18]劉銘傳以爲臺灣建省，當以理財爲要。一八八六年乃奏請清賦，期能賦足而兵強。六月，劉氏設清賦局於南北兩府。先辦保甲，再逐戶清丈，田賦清理後，土地制度之積弊，大舉掃除，[19]洵劉氏之功。

此外，劉銘傳徵興殖產，勸工商，鑄新幣，行保甲，以謀長治之策。設番學堂，布隘勇制，以勵番政。至光緒十六年（1890），撫番大致完成。劉氏又聘德人爲工師，建基隆、淡水、安平、打鼓各砲臺，或改修之。開設機器局、軍械所。劉銘傳是清末主張興築鐵路最有力者，臺北至新竹鐵路至光緒十九年（1893）告峻，這是臺灣縱貫鐵路的始基。劉氏的「清賦」事業，曾激起彰化縣民施九緞之變，錯在彰化知縣李嘉棠之貪墨。光緒十七年（1891）劉銘傳去職。以邵友濂接任，劉氏之新政因而中挫。[20]

（二）清賦等政策之缺失激起施九緞之變

18 連橫，〈劉銘傳〉列傳，《臺灣通史》卷33（南投：臺灣省文獻會，民國83年6月再版）頁699-702。

19 江丙坤，《臺灣田賦改革事業之研究》（臺北：臺灣銀行，1972年6月出版），頁46、128。

20 黃秀政、黃文德〈首任臺灣巡撫劉銘傳去職研究〉一文，收於《臺灣文獻》第49卷第4期，1998年12月出版。

　　清末清賦時，彰化知縣李嘉棠貪墨，光緒十四年（1888）終激起施九緞之變。洪棄生作〈彰化丈田記〉批評當時的弊端，一、清丈不均；二、迫領丈單；三、「一年責三年之賦」，可見催科之悍。增稅及於工商業者，可見稅捐之繁。[21]〈催科役〉云：

> 門前咆哮鳴，屋後銀鐺聲。父老不敢出門視，催科到處雞犬驚。催科猙獰如虎狼，催科震怒如雷霆。不爲爾曹賄賂至，菽粟豈能生公廳？前者催科歸業戶，業戶自知辛苦情。今者催科歸我曹，我曹惟有醉飽行。某月某日下新令，新供舊供火速清。老農聞此語，方知前日是太平。

　　官吏震怒如雷霆，貪墨如虎狼，動輒陷人於罪，催科之苛刻可想。「業戶」即大租戶，初有開墾土地之功勞，深知小租戶及佃戶之苦。如今官吏卻只知搜刮民脂民膏。當時溪畔海濱農家於辛勤耕作之餘，還得忍受催科之苦，〈溪邊田〉云：

> ……昨朝來時看綠禾，今日來時看素波。老農負犁何處去？田在溪中萬頃多。溪邊家家學耕作，春刈秋收歲歲過。農夫最愛千年業，安得天上枯黃河？溪頭未歸村犬吠，家中早已到催科。……

　　溪水漲乾無時，田中綠禾旋插旋沒於水。心血付之流水，「安得天上枯黃河？」農夫興嘆方畢，稅吏已逐戶催科。〈海邊耕〉云：

21　《寄鶴齋古文集》（南投：臺灣省文獻會，1993年5月31日版）頁223-224。

……海畔沙漠不見人，老農耕之筋力殆。撥沙拔茅鋤作
園，耕時十旬九旬餒。夏畦冒雨種地瓜，秋天霜冷枯根
芽。荷鉏負錏視地脈，不見瓜成但見沙。隴頭蒔植生活
計，有時種豆落花生。花開花落不結子，野人滿地空梳
爬。……

海畔地爲沙壤斥鹵，只能種植落花生、地瓜等。「不
見」、「花開」等語，可想見農夫「滿地空梳爬」之徒然。誠
如〈暴風悲〉一詩云：「海濱斥鹵地，收穫尙較晚。」怎堪
稅吏急悍催稅？ 農夫因不堪官吏之逼勒，忍痛賣兒以完租，
〈賣兒翁〉云：「……老妻典盡禦寒衣，老農賣盡耕春耡。今
日家中已無餘，所未盡者惟有子。欲別立漣洏，欲往何處依？
皤皤雙白髮，何日再生兒？出門得溫飽，勝在家中飢。養子已
無期，生子復幾時？……」爲求溫飽，賣子而望子成龍的悲
哀，令人鼻酸。

〈紀災行〉記載光緒十六年庚寅（1890）陰曆六月一日
（7月17日），全臺遭颱風暴雨，災情慘重：「……不知從何
來，水潦萬丈決。田廬所居人，一夕爲魚鼈。地上山忽奔，井
田隨破裂。哀哀天弗聞，蒼生受顚越。蒼生受顚越，不自今伊
始。去年新令行，誅求苦無已。魴魚頳尾逃，平地皆禍水。災
害一時生，天其顯者耳。我欲告蒼天，請論理與數。理數不可
知，天怒有時止。」民如魚鼈，溺於深淵。然天怒有時盡，而
政府之誅求經年猶未已。人民流離顚越，哀告無處，只能無語
問蒼天。一八八八年，二林人施九緞之變。翌年，官府追捕舉
事要犯。氏上狀痛陳官吏逼勒之過，乞求撫憲拯溺。

〈蒿目行〉云：「……劉公銘傳來撫守。自請住臺過十
年，剪除荊榛使財阜。去歲剿番剿不成，遂向民間增稅畝。一
方田園十數弓，丈量比前長八九。累鐳積銖算不遺，官乃與民

爭利藪。不爲朝廷培本根，斲喪元氣焉能久？區區彈丸何足言？坐使皇朝傷高厚。農夫商賈不聊生，紛紛痛心又疾首。浙東計畝爲公田，南或呼箕北呼斗。傳說昨日已打城，無乃跳梁成狗。揭竿作旗搶地呼，背負擾耡擊土缶。肉食無心爲蒼生，腠削依然故見狃。古人不畜聚斂臣，此言眞堪銘鼎卣。……九重高遠未曾知，萬民淚落秋風柳。」歸罪於劉銘傳之「清賦」，責罵官吏爲「社鼠野狐」。劉氏治臺，急於招撫生番，以平息漢番之爭，並拓展墾地。其間新竹五指山番屢伐墾戶，劉氏於一八八六年十二月底檄林朝棟軍討伐原住民。「去歲」清賦以增墾地及稅收。在上位者急於墾功，在下位者丈量不實，浮報欺上。官府清賦不均，民不堪賦斂之苦，而彰化一地被害獨深。民不聊生，又無所呼籲而告九重，故悲憤云：「區區彈丸」云云。胥吏中飽私囊，農、商苦於重稅盤剝，「農夫」二句，「浙東」二句，則批評不該以浙東之苛法加諸臺民。[22]棄生痛責劉氏爲聚斂之姦臣。末以上下情睽，九重未能善恤民苦而悲。

（三）闡法紊亂，利權外溢

　　道光以降，外國銀元充斥中國，有識之士，莫不引以爲憂。晚清，日本銀元在臺灣、東北等地流傳較廣，流通勢力並不遜於鷹洋。[23]劉銘傳撫臺，設官銀局於臺北以鑄幣。[24]〈銀〉云：「洪鑪大冶不鼓鑄，日本之銀天下布。團圓握之不盈把，易取貨物紛無數。……圓輪徑寸利涉遠，鬼物不敢萌挪揄。中國銀山高崱屴，利源乃讓東洋國。鬼夷挾此得自雄，孰使流通無壅塞。古來爲國收利權，太公乃有九府圜。中華久不爲此

22　〈上臬憲雪民冤狀〉云：「今欲以江蘇之細密變臺灣之寬弛，則治內地有所適者，恐治海外而有所苦耳。」

23　張惠信《中國貨幣史話》(臺北，臺揚。1994年初版)頁47。

24　連橫，〈度支志〉，《臺灣通史》卷9，頁167-168。

計，取利於民民日艱。東洋幅員本窮窘，中國大度來蠻蠢。失笑輒看龍子銀，幕面特書大日本。」此詩首言日本銀元流傳之廣。日本自明治維新以後，先改革幣制以整頓財政，以致日漸富強。中國鑄造貨幣之大權，均操之於各省督撫之手，其輕重、成色難免任意高低，因此民間使用不便，往往要以第三種貨幣——墨西哥銀元計算，而彼此之銀幣往往捨去不用。[25]劉銘傳所鑄之新幣其流通不及日幣，[26]故詩末雖以兼容蠻夷之胸襟自慰，卻難掩失笑之憂心。

（四）自強之道，在人不在器

　　清末的自強運動，所認識輸入的西洋文化是「兵工文化」，諸種努力，幾均係爲此。[27]洪棄生對西法的理解，亦不脫「師夷之長技以制夷」之格局，不離清末張之洞「中學爲體，西學爲用」之主張。後眼見變法的惡果，使他堅持「尊王攘夷」之思想。[28]其反對「用夷變夏」的思想，如〈機器局〉云：「……機械循環何時窮，生民萬類皆荼毒。時勢所趨亦難止，竭力爲之將胡底？損傷元氣民怨咨，臺灣胲削痛膚理。加賦征商罄國貲，機器局中貯禍水。國家自強在無形，銷金鑠石通精誠。西洋有道不在器，惠政善謀無不興。國強不聞恃險馬，區區利器何足行。外雖示勇中心怯，西人亦豈畏虛聲。」批評火器及水機不該製作，言機器局鑿井採礦運煤，乃至砲彈試射，都可能破壞自然地貌。又言人爲物役，將受其荼毒。棄生嘗以船政爲例，認爲「中國船政一開，度支立絀。」呼籲上位者征賦以創船政時，當節用裁冗。[29]倚仗兵船作戰，如以

---

25 張惠信，《中國貨幣史話》，頁475-476。
26 曾澤祿，〈清代臺灣的小額銀幣——光緒元寶〉，《臺灣文獻》第47卷第4期。
27 郭廷以，〈近代西洋文化之輸入及其認識〉，《近代中國的變局》（臺北：聯經。民國86年9月初版第4刷）頁35-37
28 洪炎秋，《廢人廢話》（臺中：中央書局，1964年10月）頁132-133。
29 同前註，〈中國學西法得失利弊論〉，《寄鶴齋古文集》，頁101。

氣、形脅人，「外雖示勇中心怯，西人亦豈畏虛聲。」自強之
道在精誠團結，以實心行實政，方可奏效。「加賦」反令國窮
民怨，內患滋生。

　　至於建鐵路，當時臺人畏難保守的觀念，如〈鐵車路〉
云：「……我道帶礪在河山，縋幽鑿險山河變。自古眾志方成
城，不聞鐵車與敵戰。又況勞民復傷財，民窮財盡滋內患。臺
灣千里如金甌，渾沌鑿死山靈顛。有潦有流間其間，不能飛渡
復中斷。借問鐵路何時成，請待天爐爲熾炭。」不贊成鐵路的
興築，其一是對施工人員來說顛躓危險；其二是改變地貌，險
要盡失，反不利於設兵防守；其三是戰守重在團結及士氣，無
關鐵道；其四是勞民傷財；其五是破壞風水；其六是鐵橋架設
困難。[30]他在〈防海論〉中亦提及：「臺灣邇來創造鐵路，勞
民傷財，無益國事；誠移其費以籌此，其裨於大局者豈有既
乎！」[31]認爲海防乃當務之急。

（五）結語

　　洪棄生〈論西洋〉一文，否定西洋人之心性仁義、教化
宗教、倫理經濟等。雖懾於西洋之器械精良，卻鄙爲鳥獸之孔
武爪牙，不可與人類相齒。中國人雖愛好和平，抱有四海一
家，世界大同的理想，[32]卻不能不振作圖強以自保。雖不得不
學西洋的兵工之學，西洋之政教是不足法的，棄生〈西法窒礙
說〉認爲「若西法雖厚於施，則倍於取矣，雖利於民，則私於
國矣。」他雖不滿西方強權殖民掠奪之行徑，卻能欣賞西方議
會制度之優點，君臣固能聯爲一氣也。又說「則以中國上下不
能聯爲一氣，而歐洲君臣固能聯爲一氣，中國而能聯爲一氣，

30　龔師顯宗，〈臺灣實錄──具史書功能的洪棄生詩〉，《第二屆國際清代學術
　　研討會論文集》，1999年11月，頁565。
31　《寄鶴齋古文集》，頁93。
32　同前註，郭廷以，〈從中外接觸上論中國近代化問題〉，頁96。

則不必行西法，行《周禮》可也。」此又受清末「託古改制」思想之影響。他認為西法之長者在器械，乃中國緒餘之法，非中國所謂大者遠者。韜智政律方為我之長技，乃西人所遠不及者。故不當盡恃西法，否則將受制於人。應以中國之法運之變之，學習西人以實心行實政之精神，方有實效。[33] 其對劉銘傳的批評，始於中法戰役，劉氏籌防臺灣時：

> ……及防法來臺，殊滅裂，不足觀。法軍迫雞籠，各軍奮禦，劉忽下令撤營退師。曹軍門志忠力阻，不從。雞籠倅梁純夫伏地哭留，亦不允。及退軍不止，至為艋舺團人攔住，雞籠遂為敵據。幸滬尾有官軍所募土豪張阿火（人又謂之阿虎改名李成者），率士勇五百在滬戰勝，斬法酋一、法兵六百、花目百人，燬敵船一，外洋謂為大勝，淡水始安，而劉帥謬以為己所布置。故其時臺民謠言四起，謂劉公「通敵」，殆甚之之辭。然張秉銓獻頌竟謂其撤雞籠所以救滬尾，與「申報」所播虛詞，皆係徇劉帥自辨奏語，曲筆以諛，大無信者。當劉公退軍之時，兵備道劉璈列其敗跡申詳左侯。左薨，公欲圖報，遂營謀為巡撫以劾，劉璈戍黑龍江。又清丈臺田加賦，臺民以致激生民變；至今臺人言之，猶共切齒。而外夷顧以為能，江、淮人亦稱之。不知使君何以得此聲於梁、楚間哉！[34]

光緒十年（1884），法軍艦攻基隆。劉銘傳見孤軍難支，下令退保臺北。以退為進之險招，臺民不知，徒以懼兵而洶洶議論。棄生所言，不盡是公論。劉銘傳與劉璈交惡，後銘傳銜

33　〈中國學西法得失利弊論〉，《寄鶴齋古文集》，頁61。
34　《寄鶴齋詩話》，頁145。

彰化學

怨劾罷劉璈，誠不能容才之過。[35]洪棄生同情施九緞等農民，將劉銘傳視為聚斂之臣、姦小之流，或許過於嚴苛。然「赫赫師尹，民具爾瞻。」「不自為政，卒勞百姓。」劉氏未善盡擇賢督吏之責，乃「清賦」事業之微瑕。棄生於一九二二年，遊歷山東歷山附近廣智廠中，眼見各國競務商業之資料，深知不可閉關自守，當急起直追，謀求民生之富厚。[36]遊河北居庸關，對詹天佑設計京張鐵路八達嶺一段隧道之成就，同表景仰云：「惜乎中原斬木事干戈，到處垂楊生左肘。不然禹域周疆遍八埏，飛輪已上崑崙巔。」[37]慨歎民初軍閥割地自雄，內鬥不已，否則中國之鐵道當可遍及邊域。加上臺灣割日，棄生「身遭受過西學洗禮的日本人的凌虐」。其〈秋日即景二首〉其二云：「⋯⋯拂雲樓閣琉璃海（近來洋氏玻璃甚盛），如礪關山鐵索橋（火車路多鐵橋）。畢竟何人安坐領，西川李特已寥寥。」日人嚴密的殖民統治隨著鐵路的興築而擴張、加強，誰能坐地為雄？洪氏晚年強調興築鐵路之重要，可謂痛切忠諫，期使中國免步後塵。日人的重稅盤剝，使他醒悟昔日苛責劉銘傳的錯誤：「臺灣歲斂數十萬，為劉中丞增至三百萬，臺民即洶洶有不可終日之歎！今割隸東洋，驟增至三千餘萬，且擬增至六千萬，而臺人如啞子食黃連，無口可話。於此，見前時愚民之不知寬大，而士大夫不知時務也。然而日人亦有『憲章難改憐商鞅』之詩，則剝膚之痛，固無分於中外也。」[38]是最真誠的懺悔！

三、指斥李鴻章誤國

35　同前註，連橫，〈劉璈〉列傳，書卷33，。
36　《八州遊記》，頁207。
37　〈乘鐵車由南口入山度居庸關〉，《八州詩草》，頁84。
38　同前註，《寄鶴齋詩話》，頁132。

（一）前言

　　光緒二十年（1894）甲午戰敗，李鴻章代表清廷與日本簽訂馬關條約，割讓臺灣、澎湖給日本，使臺灣人被日本殖民統治了五十年。追懲禍首，李鴻章誤國以求固位，其罪不可逭。洪棄生不幸身爲清國棄地之民，於詩文中詳覈李氏罪咎，毫無恕辭。詩見《寄鶴齋詩集》中《披晞集》《枯爛集》。李鴻章（1823～1901），字少荃，安徽合肥人。初從曾國藩討伐太平天國。太平天國既定，同治九年（1870），代曾國藩爲直隸總督，兼北洋通商事務大臣。從此肩負北洋防務及中外交涉重任達二十年之久。然而甲午戰爭，陸軍僨事，海軍一敗塗地，因有乙未臺灣割日。

（二）「誤國知誰手？前謀李相籌。」[39]——論李鴻章之誤國

1. 籌防用人之失

（1）海軍經費被慈禧挪墊爲建園之用

　　慈禧晚年奢侈自奉，竟挪墊海軍經費以建頤和園。棄生云：「那拉太后移海軍衙門爲頤和園工程，婦人無遠謨，以國軍大計作耳目游觀，固也。」[40]李鴻章曲迎太后之意，不但不據理力爭，還任其驅使。[41]棄生〈停戰遣使紀事〉云：「漢武射蛟臨海岱，海水沸起蛟龍背。昆明習戰戰士多，樓船百萬皆鸛鵝。……」詩借漢武帝於昆明湖習練水師，諷刺清代海軍之窳敗如「鸛鵝」軍。光緒十三年（1887），於宮廷昆明湖設水師學堂，借此名目，將海防經費挪爲修頤和園之用。高陽曾諷

39　洪棄生，〈口號代酬日儒白井氏韻六首〉，《寄鶴齋詩集》，頁209。
40　引自〈自跋船政論後〉，《寄鶴齋古文集》，頁261。餘同註2。
41　引自林子侯，〈論甲午戰前李鴻章之避戰與主戰派之爭執〉，《國史館館刊》復刊第7期頁58，1989年12月出版。

此舉爲「渤海換了昆明湖」。今之昆明湖所粲者爲「鸘鵝」，如何作戰？

（2）用人以私

晚清執政者用人以私、行政以賄之歪風盛行。棄生批評云：「李鴻章操陸軍三十年，籌海軍二十載，用人以私，行政以賄，宮中、府中相習成風；自強之道，卒爲空言。臨戰議敵，輒曰：『兵不足恃』；夫兵誠不足恃，抑爲誰之咎歟！於是而有光緒二十年朝鮮之戰禍。」[42]〈自跋船政論後〉云：「乃李鴻章號爲老成，經營布置二十餘年，而所用之旅順道員龔照璵聞風首遁，李鴻章不責其罪；所舉之水師提督丁汝昌聞警徘徊、出海輒返，而李鴻章反爲之掩，則其平日之爲私情，爲家計而毫不爲國謀，概可知矣。」當日軍攻旅順時，龔照璵不戰而舉家逃之罘，可見李鴻章用人，得以「荒唐不經」形容之。[43]李鴻章舉丁汝昌爲海軍提督，[44]卻使海軍上下不協、將恬軍嬉，咎在鴻章用人以私，不明賢愚。

（3）船政之壞

福州馬尾船廠，乃左宗棠創設於同治五年（1866），薦起沈葆楨主其事。[45]棄生云：「迨文肅死，繼之者循名失實，以船廠爲仕途捷徑，以學堂爲生徒利藪，而船政壞矣。故甲申一役，法師蹂躪，如入無人之境。雖由張佩綸、何璟之庸謬無能，亦緣水軍之先難恃耳。」[46]沈氏卸任後，人事轉移到李鴻章的控制範圍內，以增強其在海防要政上的地位。[47]光緒十年

---

42 《中東戰記》頁85。
43 龔照璵與李鴻章同爲合肥人，以捐納得官職。
44 引自〈丁汝昌傳〉，《清史稿校註》卷469（臺北：商務，1999年初版）。
45 同上註，卷419〈左宗棠傳〉，頁10152。
46 同前註，〈自跋船政論後〉，《寄鶴齋古文集》。
47 林崇墉，《沈葆楨與福州船政》（臺北：聯經，1987年12月初版）頁563-586。

（1884）中法戰役，法海軍提督孤拔率兵船攻船廠。何如璋承李鴻章旨，狃和議，敵至，猶嚴諭各艦毋妄動。[48]總督何璟株守省城敗事，[49]巡撫張兆棟亦微服匿民間。[50]張佩綸聞砲聲跕而奔，[51]福州船廠幾乎要毀於一旦，為日後甲午戰敗之關鍵。

2. 對日本交涉之處處遷就

（1）日本併吞琉球、進犯臺灣與李鴻章之求和

同治十三年（1874）春，日本發動「牡丹社」事件。事後，李鴻章承認日本出兵乃「保民義舉」，更賠款撫恤，無異是損抑國體，怯懦畏戰之舉。翌年，日本佔領琉球，不許其再向中國入貢。光緒五年（1879），日本改琉球為沖繩縣，但始終未獲中國承認，成了懸案。〈見琉球圖感作〉云：「鯨吞虎噬事長休，何日中邦繫綴旒。卅載降王無處去，煙波數點望琉球。」慨歎琉球王身處中日夾縫間，不知何所依歸。

（2）日本覬覦朝鮮與李鴻章「養虎為患」

光緒十年（1884），朝鮮「甲申事變」。翌年，日派伊藤博文來華，與李鴻章在天津會議，訂定條約：中、日駐兵一律撤回，兩國均不派員教練韓軍，由朝鮮選雇其他外國武弁擔任。將來朝鮮如有變亂，中、日如須派兵，應先互相知會，事畢撤回。此約無異承認日本在韓地位與中國相等。李氏錯估形勢，與日本併力抗列強對朝鮮的侵略。[52]不啻「養虎為患」，〈政府四首〉其一云：

48　同前註，〈何如璋傳〉，《清史稿校註》卷451，頁10484。
49　〈何璟傳〉，《清史稿校註》卷465，頁10657。
50　同上註，〈張兆棟傳〉，頁10658。
51　洪棄生，《中西戰紀》，頁69。
52　同前註，郭廷以書，頁253-257。

鯨鯢十載動滄溟，海上樓船碧浪腥。養虎誰知能有翼，射蛟安可忽無形。三神山外波長急，萬里沙頭火不停。宇內于今容鼾睡，重重臥榻幾人醒（萬里長沙在南洋）。

短短十餘年後，甲午戰啓，日本如鯨鯢難翦，遂令碧浪揚腥。李鴻章養虎為患，未見禍端於無形。否則當效秦始皇故事，以連弩射殺巨魚於之罘，安有日後之患？如今三神山外長浪波急，南洋長沙兵火不息。中國卻猶昏昧鼾睡於臥榻，幾人可撑危局？

（三）甲午戰敗

甲午戰爭前夕，面對朝鮮危局，李鴻章妄想與日本和；及知戰事不可免，又妄待俄國、英國出面講和。黃海師燼，陸師僨事，李氏不知振作，乃搖尾怯懦以和，簽訂屈辱之馬關條約。誠如當時張謇所批評：「不但敗戰，抑且敗和。」[53]

1. 東學黨亂後，日本拒絕自朝鮮撤軍與李鴻章的求和避戰

光緒二十年，朝鮮東學黨亂平後，日本以改革韓政為由，斷不撤軍。李鴻章自始即竭力避免與日決裂，坐失制敵先機。李氏之舉，誤於待和。此外，洪棄生認為清師之敗，李鴻章有二誤焉：一誤於望和，「寄望日本之可和，不顧我軍之無備」。「惟恐攖敵人之怒，置軍報若罔聞。」二誤於求和。海、陸軍戰敗後，應該「我勿急於戰，亦勿急於和；專力固守，作理根之計、為持久之圖。」「何乃遠涉行成，甚於城下乞盟！。」[54]

---

53 郭廷以，《近代中國史綱》上冊（臺北：曉園，1994年初版）頁339。
54 同前註《中東戰紀》，頁79-80。

〈政府四首〉其二云：「午夜軍書火急催，何堪戎馬歎尫尪隤。空談自古皆亡兆，文字由來半劫灰。久矣闇公眈翰墨，依然枚孺近俳諧。梨園處處笙歌地，賞罷伶人酒一盃。」是年五月，李鴻章校閱海軍後，謂操演成熟，技術精密，布置嚴整，砲臺堅固，只是官樣文章。[55]舞文空談，皆亡國劫難之先兆。詩頸聯擬為唐代畫家閻立本，雖官至右相，然以翰墨邀寵，何能佑助君王？枚孺指漢代枚乘子枚皋，好詼諧。揚雄嘗曰：「軍旅之際，戎馬之間，飛書馳檄，則用枚皋。」李氏臨戰議敵，輒曰：「兵不足恃。」其論可笑復可恨，如枚皋之俳諧。但知上承太后意旨，豈太后大壽，梨園笙歌祝賀，李氏亦像伶人，欲求賞壽酒以自重？挖苦極矣！以慈禧一人「耳目游觀」對比「軍書火急催」之大事，諷刺之意極為強烈。

〈政府四首〉其三又云：「鐵路煙輪出九州，欃槍落地竟難收。空將機巧師般子，誰悟兵韜失武侯。橫海何時揚巨艦，籌邊無復起高樓。雲臺凌閣開今世，豈有關山汗馬愁？」起首言中國自強運動，學習西洋器械之長，製造輪船、築鐵路等，竟敗於日本，落得干戈難平。頷聯批評機巧之事，乃中國緒餘之法，非中國所謂大者遠者。韜智政律方為我之長技，乃西人所遠不及者。中國學西人之皮毛，卻忘己之長技。運籌帷幄，方能橫海揚巨艦，以禦外侮。與日本西鄉從道相較，中國缺乏像左宗棠之類的英雄，徒嘆「肉食者鄙」。

2. 黃海師燼與陸師僨事

一八九四年甲午年九月十七日，丁汝昌與日艦作戰，重創之餘，已無作戰能力。不久旅順陷，丁汝昌渡威海，翌年，日軍陷威海衛。[56]丁汝昌仰藥死於鎮遠艦，海軍盡燼。〈軍師八

55　同前註，郭廷以書，頁311。
56　〈丁汝昌傳〉，《清史稿校註》卷469（臺北：商務，1999年初版）頁10690。

戰艦艟艟四海封，久排鐵鎖待蛟龍。降旛氣盡劉公島，積
甲罪高梁父峰。旅順城空南北峙，遼陽險斷往來衝。國家
帑藏傾千億，擲與洪爐作汞鎔。（爲叛將丁汝昌詠）。

威海衛之失守，將士棄甲怯鬥之罪如泰山之高。旅順、威
海衛陷落，南北對峙之險要盡失，遼陽聲援梗絕，京師根本動
搖，情勢危急。國家不惜巨貲以興建海軍，竟拋擲如汞鎔於洪
爐，徒令軍威掃地。追懲禍首，丁汝昌難辭其咎。〈叛將獻船
紀事〉云：

國家傾帑藏，百萬具一船。……今春威海衛，十船成一
群。將者丁汝昌，巾幗而從軍。怯懦不成夫，反側以事
君。求降附敵人，顏厚徒逡巡。十重如鐵甲，豈謂鐵軍
門。平生事橫行，一旦豎降旛。北洋爲奪氣，此罪海難
論。其人服毒死，狗賤何足聞。不行連坐律，國法何由
均。尾閭狂波瀉，滄溟白日昏。峨峨海上舟，竟使巨魚
吞。地上稱利器，鐵車登崑崙。海上稱利器，鐵船盪乾
坤。覆轍乃如此，無人器羹云？枉自開船廠，萬億擲金
銀。四海竭脂膏，倉卒付沉淪。樞府皆屏息，憂懼動至
尊。我謂無海戰，陸守勢仍存。割地勢乃壞，痛哉海沄
沄。

國防海軍預算甚鉅，丁汝昌身膺重任，卻如服巾幗衣飾而
無丈夫氣，竟怯懦退藏，違反君主教戰以恥之訓示。既逡巡不
前在先，復求降於敵人。雖服毒自盡，猶羞賤有餘辜。軍威掃
地，再不行連坐之嚴法，將士何能均服？海軍之隳壞，其勢如

尾閭狂瀉。船政之壞，海戰之敗，皆李鴻章專事敷衍，才重蹈中法戰役之敗轍，當年船政之興設可謂「萬億擲金銀」，一旦臨敵，都「倉卒付沉淪」了。海戰失利，「陸守勢仍存。」何以割地乞和，自壞國體？一八九五年一月，清廷遼河以東要地幾乎喪失。不得已以吳大澂主持山海關防務，劉坤一節制關內外各軍。光緒二十一年（1895）三月，日軍連陷牛莊等地，遼西吃緊，北京備感威脅。〈潰兵棄地紀事〉云：

> 芒芒赤縣州，六合拱神京。蠻夷歸鞭笞，殷武善袓征。維時士用命，拘原盡力爭。自從宣宗季，恬嬉為敵輕。乙酉勝法蘭，棄藩與行成。是以朝鮮事，倭人首敗盟。今皇奮威怒，志在吞鯢鯨。誰知勢決裂，到處無堅城。一退鴨綠江，遂喪鳳凰營。遼東與山東，島嶼任縱橫。豈無金湯隘，尚有鐵甲兵。汪黃主樞省，陵寢迫震驚。積弱已不振，一蹶何時興？我思所由來，兵將不同誠。濟危無韓岳，上下久離情。睽隔致蠱否，未有不分崩。可恨行陣士，赴戰各貪生，閫內謀不施，閫外士無能。四郊多壘日，孰為奮請纓。將相今何用，氣象空崢嶸。入轅開府坐，出門除道行。臨民事赫奕，遇敵屏息聲。坐談抒奇略，議和以為名。麋地日千里，不知辱與榮。我欲哭秦師，葬汝白起阬。

追述道光末年之國勢凌夷，乃至中、法戰役，軍事勝利，外交上卻棄藩求和。顢頇腐敗，種下甲午日人敗盟之禍端。今皇空有遠圖，將士卻遇敵怯走。平壤既失，陸師退至鴨綠江以西，先後集九連城。日軍以大軍攻陷九連城、鳳凰城。當時主中樞之大臣，主和者，如李鴻章等；主戰者，如光緒的師傅

翁同龢等人，皆無法可施。[57]「汪黃主樞省」，誤國之罪如宋
之黃潛善，以爲金人不足慮，兵事緊急，方倉皇奉高宗出走。
或如明嘉靖間之兵部尚書汪鋐，善窺時好爲取舍。擬之如李鴻
章等人，尚稱貼切。「貪生」者，比比皆是。至於「兵將不同
誠」，如大連、旅順之失陷，咎在將領怯懦。〈軍師八首〉其
一云：「亙天篲帚四星流，自是男兒事業秋。豈有戰場猶畏
死，何當戎馬博封侯。海中蛟蜃含鯨沫，鏡裏鳶肩並虎頭。今
日大風思猛士，那堪巾幗被兜鍪。」痛責戰士畏死，毫無勇
氣！「孰爲奮請纓？」悲憤極矣！批評當道如叢神土偶，無勇
無謀，惟知以烏紗帽傲人，坐令國土日蹙，「不知辱與榮」！
〈軍師八首〉其二、其三、其四云：

> 馬韓滅貊古名王，唐代干戈據一方。此際敵氛橫海嶠，竟
> 使兵氣懾扶桑。安東都護今何用？平北將軍久不揚。空歎
> 屏藩遭噬嗑，百年威武付汪洋。
> 千里遼東護帝京，襟山帶海接幽并。誰教漢寢沉王氣，坐
> 使妖祲混太清。虜騎忽臨三汊水，洋氛已過九連城。握符
> 閫內無韜略，竟有書生作請纓。
> 華表峰連分水關，煙塵雷電馬蹄間。秋風爭聽軍聲潰，夕
> 照渾無戰血殷。烽燧偏驚鷗鶋嶺，旌旗近失鳳凰山。始知
> 上陣非驍將，十萬兵戈等草菅。

其二言馬韓，在今朝鮮半島全羅、忠清、京畿三道，乃甲
午戰爭兵釁初啓處。平壤我軍潰卻，此城爲朝鮮舊京，唐安東
都護治所，今淪爲東夷日人之手。揚威邊域之平北將軍何在？
屏藩遭噬嗑，百年威武盡付流水。其三言遼東南護帝京，形勢

---

57 同前註，郭廷以書，頁318。

緊要。只惜王氣消沉，妖氛迫臨京城。虜騎陷九連城、三汊水（海城西南），握符闔將猶坐困無謀，終令書生投筆請纓。其四憂心遼陽遍布煙塵兵敵。我軍潰敗，夕照掩沒殷紅的戰血，人命蹂躪如草菅，軍潰鳳凰城，京畿震於烽燧。吳大澂之敗，棄生為吳氏迴護：

> 乙未之役，湘撫吳濤卿（大澂）獨請赴前敵。軍雖敗北，其心甚壯，志亦可嘉，其視袖手觀望諸公相去遠矣。乃當時朝士文人亦多作詩嘲笑。不知吳承屢敗之後，軍心已喪，獨起請纓，為人所難，比張魏公符離之潰何如，可以此為吳罪乎？氣運之衰，後遭其厄，方衰之不暇，而何忍輕議其後。彼嘲笑譏人，不過澆薄敗類之徒，設身處行間，當如勸降王粲投降孟達而已，豈有他哉！予在海外，當日獨弔之云：「武夫不敢迎前敵，相對雲霄一羽毛。」予又聞吳公於癸巳、甲申之際，奉命來省建謀，多有裨益，亦非無用之人也。[58]

吳大澂甲午兵敗後，人多譏之。棄生獨以詩文大力迴護，以為相較貪生怕死之武夫，猶足嘉勉。

（四）廣島談判之中止

中國在軍事上一再挫敗，不得不屈從日本之議，遣張蔭桓、邵友濂二人為全權代表，赴日議和。光緒二十一年一月卅一日，張、邵等人抵廣島。日外相陸奧以邵、張二人所攜敕書「全權不足，不能開議。」清廷在日本暗示下，改派李鴻章為頭等全權大臣。〈停戰遣使紀事〉云：

---

58 《寄鶴齋詩話》，頁145-146。

……海戰雖失陸戰興，大冶董山可鑄兵。又況燕雲森壯士，一朝眾志自成城。君不見，范陽鼙鼓動地來，李郭壁壘風雲開。金人馬足中原播，宗岳韓劉（劉錡）一戰破。國家練軍禍亂秋，志士義旗有同仇。昇平安坐談韜略，臨時或付流水流。田單即墨猶保燕，長城萬里夫何憂。堪恨停戰沮士氣，楚人之鬼越人禨。百萬鋒鋩忽藏弢，戰士坐甲空歔欷。聞道使者出東洋，無從得見東倭王。喪邦辱國此為甚，叢神土偶盈廟廊。更聞上相欲親使，包羞忍恥成何事？幄帷畫虎付盧空，肉袒牽羊甘跋躓。積重如今竟難迴，幾時疆土可重恢？滄海日到榑桑暗，陽阿晞髮心為灰。

　　張、邵赴日講和時，海戰雖失利，陸戰猶可為。吳大澂臨危請纓，勸張蔭桓「展緩行期，以俟捷音。」[59]張赴日前先抵滬，匿名揭帖遍布通衢，詆詬和議。[60]詩歷舉唐代李、郭，宋代韓、岳等名將破敵事蹟，舉田單事以壯士氣。張、邵之求和被拒，無從得見日皇，被辱甚矣。中國改派李鴻章議和，由上相親使，重蒙羞辱，猶如肉袒牽羊，自甘認罪。歎時不我予，心灰的欲遠離濁世。

（五）澎湖失守
　　李鴻章於三月間在日議和，希望中日兩國停戰。但日軍為求以戰迫和，決定進攻澎湖。三月二十三日，日軍進侵候角海面，當即被大城北（拱北）砲臺守軍發現，遂發砲立予轟擊，

59　同前註，郭廷以書，頁319。
60　王信忠，〈中日馬關議和〉，《中國近代現代史論集第十一編——中日甲午戰爭》，頁510。

日軍受創逸退。役後朱上泮電唐景崧告捷，景崧立保上泮爲道員，並令發銀二萬兩犒軍。是日澎湖守兵爭領賞銀，戰志未專。二十六日，澎湖諸島全陷。二十七日，周振邦等退自鹿港登陸。[61]〈澎湖失守紀事〉云：

> 殺氣陰風北斗高，轟轟雷霆殷海濤（澎湖砲聲震及臺灣）。仰首但見天周遭，聒耳群驚海煎熬。千里逝水聞滔滔，出地霹靂護蛟鼇。電音驛至報勝仗，明朝潰卒隨波逃（澎湖失守之越日，撫軍電信有「我軍極勇，倭人已遁」語。又越日，而澎敗卒至。）。依稀敗耗人未信，潰卒登岸如蝟毛。市中咆喊虎怒號，戰陣驅來羊一牢。嗚呼！四萬義軍同日死，陳濤之罪千秋指。今日戰士望風奔，保全首領走而已。爭詫西洋砲火神，中國砲火日日新。軍不訓練棄與敵，城疊有砲奈無人。歲未月卯日庚午，蓬萊海岱生煙塵。春風吹浪作號泣，鯨鯢小醜抉龍鱗。漢廷元老籌妙策，議和遣使出天津。

殺氣陰風高於北斗，啓下句雷霆砲聲之懾人。清軍小勝在前，電報佳音捷傳遠近。越日潰敗奔逃，人皆不信。若非親見潰卒如蝟毛，登岸鹿港後，餘勇可賈的羞怒醜相，不知此爲畏狼怯走之「牢羊」軍！擬爲安史之亂陳濤斜之敗，敗北矢奔，保全首領之怕死行徑，乃軍人莫大之恥。將不知謀，兵藝未精，縱有新式之砲火，終究齎寇而已！臺民號泣如汪汪海水，不恥敗於小醜日本人之手。清廷速求講和。謂「下策」爲「妙策」！諷刺極矣。

61　同上註，陳漢光，〈甲午戰役中臺澎之防守與抗戰〉一文。

（六）馬關乞和

光緒二十一年三月二十日，李鴻章與伊藤、陸奧開始在日本馬關談判。伊藤所提出的條件甚苛。二十四日，李於返寓途中，遇刺受傷。光緒二十一年（1895）四月十七日，中、日簽訂馬關條約。條約主要內容之一，即割讓奉天南部，及臺灣、澎湖。割臺消息傳來，臺民群起反對，〈割地議和記事〉云：

> 萬里金甌渾不缺，誰道千鈞繫一髮。艱危一旅可重興，何為遽把皇圖割。今日以和保都城，恃和狃敵鼎且傾。勝敗兵家有常事，數敗一勝勢可爭。今日未嘗為血戰，激使好戰誰敢輕。犬戎在昔陷西京，宣王親整六師征。我朝三輔奠磐石，山海關外兵連營。大帥養重不勵士，坐使越甲吾君鳴。下國尚恥城下盟，大國上相親行成。重重海陸失巖阻，戰守無計和無名。公孫用刺真下策，裴相不死非尊榮。遼陽自囊鍾王氣，臺嶼于今成蓬瀛。一朝蹙國數千里，奧蔽盡撤將焉撐。嗟予頭埋足又蹶，叩閽無從效曹劌。眼見島夷竟得天，心痛中華長失歲。沉淪身世付傖荒，分裂乾坤銷猛銳。倉海君無博浪錐，銜石今後同精衛。

臺灣割日，中國如金甌獨缺一角。將帥位高養重，平日不知勵士氣，戰敗後只得乞和求盟。落得由上相親使行成，無非因巖阻險要盡失。戰守既不可恃，所謂講和，喪權辱國罷了！日刺客若殺死李鴻章，李氏半世尊榮尚不致毀於馬關條約，諷之極矣。遼東半島乃清室祖先龍興之地，清廷早知三國會干涉還遼。臺灣則以邊徼見輕，終被見棄。奧蔽盡失，蹙地千里，如何撐持防守？肉食者鄙，又無由如曹劌自效命於君上。臺灣淪為棄地。猛銳之氣，只能如精衛銜石，日日填此滄桑之痛。

〈政府四首〉其四云:「不絕烽煙鼓角聲,紛紜羽檄動神京。半生經緯歸和議,萬里河山請割城。哲后猶非南渡比,權臣共挾內朝行。草茅有淚揮無地,忍望扶桑曉日行。」甲午戰敗,李鴻章等人經緯半生的自強革新,換來一紙屈辱之和約!西太后怯懦求和,遠輸南宋君臣之猶念失地;權臣則以乞降之奴態,反挾內朝乞和。

君上無能,一旦淪為扶桑島夷奴役之民,臺民只得有淚自吞,〈軍師八首〉其八云:「不得于謙保禁城,欲將口舌退驕兵。強邦猶有和戎計,弱勢從無歃血盟。已見王倫空往返,復聞思退自行成。九重宵旰幽憂甚,虎帳應知愧恥情。」明代也先入寇,英宗北狩。兵部侍郎于謙立景帝,力保禁城,卒歸上皇,成和議。李鴻章不能嚴拒日本要挾,徒欲以口舌退驕縱日軍。趙宋王倫,字正道。汴京陷,承旨使金。此指張蔭桓、邵友濂「空往返」於日本。思退乃唐人孫成字,暗擬孫毓汶等主和大臣。「思退」諷其主和,「自行成」諷其仗太后勢,迫光緒速換約於內。[62]人臣者不能為君上分憂,令人不齒!

(七) 結語

《宋史》云:「天下安,注意相;天下危,注意將。」甲午戰爭乃中國安危之機,而李鴻章出將入相,肩負北洋防務及中外交涉重任達二十年之久。臨敵僨師誤國,難辭其咎。棄生《中東戰紀》批評:「故為國者而苟求無事,偷食息以圖存;為人謀國者而陰持兩端,以圖私便,蓋未有不亡者矣。」[63]《中東戰紀》批評不能戰守,何能言和?李氏不知求和之害,甲申中、法之役,棄藩行成;甲午之役,望和於日本。皆心存苟安,以和談博取西太后之歡心,為暖壽之禮。廟堂賣國固位

62　同前註,《中東戰紀》,頁94-95。
63　同前註,《中東戰紀》,頁95。

之樞臣如徐用儀、孫毓汶復媒糵其間。因而坐誤戰機,遂一敗塗地。李氏任用非人之過。臨戰將兵睽隔,上下離情;賞罰不信,法令不明。遂令軍心潰敗,不可收拾。棄生當日賦詩以壯士氣,猶望屢敗之師能效田單、俄帝之惡戰苦守。[64]然而君臣顢頇,真如洪氏所批評:「人物輸南渡,江山誤北朝。」〈留題大明湖李祠〉云:「斷送神州半壁空,海天悲痛詛文忠。西湖有例鐫秦檜,爭欲烏金鑄李公。」李氏為眾惡之所歸,擬之如姦臣秦檜。

甲午戰後國勢危急,如棄生云:「至於今屈體島夷,一敗塗地,岌岌乎不可終日。君上為綴旒,民物在刀俎。國非其國,則末劫而非止厄運。」[65]清廷非全面變法已不足以救亡。此類詩作於得失興亡之關鍵,慨嘆尤深。然敘事簡要、議論激昂,每以古人為例,深責晚清將相之無能。澎湖失守一事擾及鄉邦,故嘲諷敗將尤犀利。〈割地議和記事〉深有身世沉淪之感。諸作皆覈實有見識,當譽之為「詩史」。將李鴻章擬為閻立本、枚皋、黃潛善、汪紘、秦檜,亦與情事頗合。惟王倫奉宋主之命使金,屢定還地議和事宜,其身分非張蔭桓、邵友濂二人可比;孫成自離官守,以探視兄疾,終蒙主上嘉勉,與孫毓汶之仗勢怙惡絕不類。斷章取義,委婉譬喻,卻與情事不合,用法窠臼,大瑜中難免小瑕。

四、甲午戰後,列強交侵與中國的救亡圖存

(一)前言

甲午戰後,列強對中國的侵凌,空前兇猛。中國的反應有兩種類型,一為外察大勢,內求諸己,認為必須大事改革,

---

64 同前註,《中東戰紀》,頁80。
65 《寄鶴齋詩話》,頁137。

與人並駕齊驅，結果形成政治改制運動；一為昧視時代，仍要返回中國中心之世，與外界絕緣，結果演為暴力反洋運動。[66]前者即康有為、梁啓超所領導的戊戌變法，不幸失敗。代之而起為義和團暴力反洋，釀成庚子拳亂，八國聯軍。洪棄生〈自歎〉一詩云：「乾坤文物經三變（乙未、戊戌、庚子），海屋滄桑又一籌。」庚子巨變使清廷幾乎危殆不保。亂定後，慈禧因輿論強烈要求君主立憲之呼籲，乃頒籌備立憲之詔。光緒三十四年（1908）頒布憲法大綱，以九年為期，逐步實施憲政。[67]迨光緒、慈禧一死，溥儀年幼繼位，親貴用事，國政益衰，立憲等於空談，清室終被革命黨所推翻。

（二）列強租借港灣與劃分勢力範圍

光緒二十二年（1896），李鴻章奉命使俄，賀俄皇尼古拉二世加冕，並與俄訂立密約，予俄於中國築鐵路權，及鐵路沿線享有採礦權及警察權。[68]中俄密約締結後，引起各國覬覦。光緒二十三年（1897），德國強佔膠州灣。翌年，迫租借膠州灣。[69]光緒二十四年（1898），俄國亦援例強借旅順、大連二港。既而英國強迫清廷租借威海衛，劃長江流域為其勢力範圍。英、德諸國又承認福建省為日本勢力範圍，日本乃向清廷提出福建不得讓與他國的要求。光緒二十五年（1899），法國亦強行租借廣州灣，並劃兩廣、雲南等省為其勢力範圍。從此中國沿海優良港灣幾乎全部喪失，全國各地利權皆為列強所瓜分。幸好是年，美國主張中國門戶開放政策，中國在列強均勢政策下，始倖免於瓜分。[70]

---

66 引自郭廷以，《近代中國史綱》上冊，頁339。
67 引自林瑞翰，《中國通史》（臺北：三民，1983年1月3版）頁360。
68 於是俄展築西伯利亞鐵路，入我國吉林省，是為東清鐵路，又稱中東鐵路。
69 引自林瑞翰，《中國通史》（臺北：三民，1983年1月3版）頁352。
70 同上註，頁352-353。

　　棄生〈感事自傷六首〉：「去年膠州見據德意志，今年旅順見據俄羅斯，其侮皆自乙未行成啓之。時事如此，英雄奈何。」以古人自比，恨不能為國抗敵。如其一云：「稼軒枉有匡時策，務觀空懸報國心。鐵錯嵯峨貽自昔，金甌拋擲到如今。」自擬古人以自傷，錯在清廷割臺後，河山如金甌已缺。其二云：「王導安然求故節，終童孤負請長纓。年華已長時艱大，老我浮生百不成。」自愧不如終軍請纓以羈束蠻夷。王導自是比擬李相鴻章。李氏於甲午戰後與俄國訂定中俄密約，引狼入室，遂釀成瓜分之禍。其四云：「遼東白鶴歸丁令，海上青蠅弔仲翔。」以學仙化鶴之丁令威，抒發人事全非的滄桑感；又自比三國吳虞翻被放廢海上，孤憤云：「生無知己。」死後惟有「青蠅弔客來周旋」。[71]

　　其五云：「種菜賣瓜豪士去，涉江哀郢楚人歸。有懷莫憶傷心事，富貴功名願已違。」種菜賣瓜，豪士沒於草野；乃如涉江放廢之屈原，以〈哀郢〉之悲，痛朝局之隳壞。自傷身世，遂自棄於功名之外。其六云：「半世君公求晦跡，一囊臣朔恥啼飢。此身未合蓬門棄，安得澄清再出時。」當效法杜詩自晦其才，以保素志；邦國無道，豈可效東方朔飢啼於君主？唯退守蓬門，獨善其身。〈帝京篇〉有「哀郢」之思云：

　　……帝京崔巍不可名，海若山靈為拱護。控制寰中朝四夷，隆隆王氣曾幾時。校獵猶存驃騎部，宿衛猶用陰山兒。猶憶將軍踰雪嶺，猶聞戈艦下昆池。豈道盛衰爭一瞬，周遊無復穆王駿。穆王一去崑崙邱，昭王不復漢水舟。九鼎重輕得輕問，觀兵直望周京留。伊昔太平稱全盛，胡越天驕奉吾令。絕域殊方文教敷，遠海重洋玉帛

71　同前註，《寄鶴齋詩集》，頁313。

聘。吾王有道九譯通,重熙累洽閭閻慶。舊事去今未百
年,誰知強弱等天淵。萬里神州一線延,東西烽燧生狼
煙。無復銘功上祁連,無復揚威上樓船。泥馬銅駝足痛
心,令人悲想雲臺賢。可憐肉食無遠圖,欲施西學為典
模。不擊祖生渡江楫,惟畫王郎召鬼符。……老成不去運
奇謀,割地求和稱存邦。吁嗟燕雲壯士多,大風起兮今奈
何。長安落日無望處,京城如漆高峨峨。

　　追憶舊朝盛事,「猶存」、「猶用」、「猶憶」、「猶
聞」四語,彷彿去今未遠,如今國勢劇衰。中國見輕於列強,
時有鼎革之憂。不禁懷想太平全盛之時,文教遠敷,四夷賓服
入貢。痛心國勢衰微,頻遭列強侵侮。慨歎國無開疆拓土之英
雄,以泥馬銅駝喻國頹將亡。又悲思開國雲臺群英,指斥肉食
者鄙,諸公「不學有術」,乃召來洋鬼侵壓之術數。甲午戰
敗,老成無謀,李鴻章之徒居然博得保衛京師、撐守大局之美
名!

　　大風起兮,「安得猛士」唯見長安日落,京師暗如漆城,
〈感懷十二首〉其四云:「一水無端浸九州,茫茫四海竟橫
流。東西南北皆強弩,吳越燕齊共覆舟。兵燹幾方遭破獍,危
亡千室失為鳩。傷心禮樂成塵土,豈獨中原王氣收。」禍水浸
九州喻中國陸沉,四海橫流比擬兵連禍結,民有陷溺之苦。頷
聯以周遭列強集矢中國,如吳越燕齊共覆天子御舟,〈帝京
篇〉「昭王不復漢水舟」。頸聯哀兵燹處處,破獍為患;千室
危亡,巢覆無存。豈獨國勢凌夷,禮樂文化亦蒙劫塵。列強強
租港灣,門戶不啻洞開。

　　〈舟泊威海衛感事作歌〉云:「……主人讓與英圭黎,
入關安得王鎮惡。聞道長牆竟海長,島角東南亦有防。兵室沉
沉雜鮫室,洋房密密似蜂房。放舟從此蒼茫去,成山勞山不多

處。……」[72]甲午之役，日人佔我威海衛，殲滅我海軍。但見
南岸築長牆，多英人洋房。天成險要，卻割讓他人。猛將何
在？不禁尋問而生慨。〈感懷十二首〉其十云：「細思天步是
方艱，禍始亂初未易還。高閣爭爲三窟計，丸泥猶塞八閩關。
不圖有恨歸儒素，祇恐無成到鬢斑。翹首窅冥難得問，曷勝淚
下日潸潸。」國步方艱，錯在當年未防微杜漸，早弭禍端。
「丸泥」句，喻以少數兵力來防守八閩要地，豈能杜列強之覬
覦？

（三）戊戌變法與慈禧政變

　　光緒二十四年（1898），光緒欲振衰起弊，是年六月頒
布〈國是詔〉，以康有爲及其弟子梁啓超等人之主張，針對時
弊，作全盤的改革，[73]「百日維新」更張既銳，引起舊有利益
者之激烈反對。結果光緒被幽囚，慈禧重新掌政，推翻一切新
政。康、梁逃往海外，其黨如楊深秀、劉光弟、楊銳、林旭、
譚嗣同，康氏弟康廣仁六人被逮處斬，是爲「戊戌六君子」。
政變後慈禧圖謀廢立愈急，製播光緒久病之消息，中外盛傳他
已不在人世。[74]不久慈禧宣布訓政，幽禁光緒。洪棄生〈閱家
韞翁談時書札有感寄呈〉云：「君自帝京歸，方拂帝京塵。帝
星迴頭忽不見，蕭蕭時事愁殺人。時世變翻那可測，滄海揚波
蒼蒼黑。……」不知光緒被幽囚或是病死，時局變翻不測如波
湧之黑潮。〈與人談京師近事感作〉云：

　　　呂雉原非漢家福，鍾室誅夷堪痛哭。時非少帝何垂簾？
　　鼎已將傾更一覆。帝意更張蓋有由，權臣不利爲仇讎。

72　引自《八州詩草》，頁88。
73　郭廷以書，頁354、360。傅樂成，《中國通史》（臺北：大中國，1987年版）
　　頁695。
74　同上註，郭著，頁368。

二十四載眞天子，可憐一旦如幽囚。金輪往轍何可蹈？宮裏房州無乃暴。夷簡劉后攬朝綱，時無少康有羿奡。舊制變更未必強，強於坐視待淪亡。況乎錮蔽積習深，不有廓清何所望？或云求治傷過驟，豈知去弊不容後。禍水由來非一朝，宮門內蛇終出鬥。傷心望闕在江湖，銜石難塡滄海枯。唐世中興不可見，乃見當日金蝦蟆。

將垂簾聽政之慈禧太后比爲漢呂后稱制。呂后於長樂鐘室殺淮陰侯韓信，慈禧政變，立殺楊深秀等六人。時光緒春秋正富，慈禧何有垂簾之理？光緒銳意更張，不知「投鼠忌器」，遂激起權貴舊臣之仇視，可憐的落爲幽囚！「金輪」以唐武后喻女主干政之敗轍不可蹈。舊黨附從慈禧，可比北宋呂夷簡之機巧善變，曲意承旨太后還政。[75]此輩既有才無德猶如羿、奡之流，適足以致亂；而時無少康，中興無望。慈禧久攬朝綱，早成禍國之洪水。又如蛇妖出鬥，終爲國患，典用《左傳‧莊公十四年》申繻之語。草野棄民，絕望如精衛銜石，難塡滄海橫流之禍。末用唐末之世，金蝦蟆爭努眼之童謠，預見國亂將亡。

戊戌政變後，康、梁逃往海外。[76]往後「內爭不已，牽及外交。其後遂釀庚子排外之亂，終至危亡。」[77]〈書事和韻二首〉云：「山水蕭條閱四秋，中原翹首不勝憂。頻聞回紇侵京國，況見昭王去漢流。歌哭辱公鴟鴞譏，艱難望帝杜鵑愁。乾坤已老紛無主，長怨詩書誤鄧侯。（時云皇帝幽囚，或云其崩，故及之。）」「萬里長安一望孤，風塵雲氣永模糊。不堪周鼓淪岐野，又見神弓落鼎湖。滄海無端添黑劫，江山何日變

---

75 脫脫等修，楊家駱主編，〈呂夷簡傳〉，《宋史》卷311，1980年5月再版。
76 《寄鶴齋詩話》，頁138。
77 〈楊深秀〉，《清史稿校註》卷471（臺北：商務，1999年初版）頁10705。

黃圖。英雄自是空垂首，那有功名起舊都。」國勢日見衰頹，詩人翹望心憂。回紇比俄國，自恃對我有歸還遼東之恩，屢次侵我利權，奪我港灣。所謂「豈謂盡煩回紇馬，翻然遠救朔方兵。」[78]典用周昭王舟覆漢水一事，指光緒或云已亡。「鴆鴒識」則作疑而未決之詞。然「往歌來哭」，甚以君王之幽囚為辱。[79]杜鵑啼血，為抒帝子艱難之情。蓋列強侵逼，中國無主。次首首二句呼應前首「翹首」之憂。詩人望京闕，痛廓清無望。以周宣王石鼓淪於岐野，暗喻中興之盛功已委棄於地。以鼎湖帝崩，惟餘神弓，言光緒之晏駕。頸聯痛此無端黑劫，使黃圖日蹙。詩人慨歎國無英雄撐持，以立功邦國，一新天命，徒然有坐望垂首的失志之悲。

（四）庚子拳亂與辛丑和約

　　自戊戌變法失敗，慈禧憤恨外人干涉其廢立帝儲。理性的變法自強既敗，狂熱的排外心理，遂爆發嚴重的拳匪之亂。[80]光緒二十六年（1900）五月中旬之後，京師已為拳民掌握。殺燒擄掠，殃及無辜。日本書記官杉山彬、德使克林德被戕，激起八國聯軍犯京。被禍之慘，[81]〈春寒林仲偕從弟過鹿，酒中述遊跡並庚子在京時事，歌以寄之〉云：「……酒半為我談帝京，巍巍宮闕妖狐鳴。風聲鶴唳無人色，戈船紛至西洋兵。將軍死綏天子去，關河咫尺無由行。……」拳民競殺教士，處處如地獄。聶士成部隊軍紀齊整，非烏合之拳匪可比，竟敗殞。[82]是年八月四日，聯軍入京，使館解圍。二十三日，德軍司令瓦德西繼至，入據紫禁城。義和團及清軍早已鳥獸散，

78　杜甫〈諸將五首〉其二，《杜詩鏡詮》（臺北：華正，1986年版）頁640。
79　此典出自《左傳・昭公25年》。
80　同前註，《近代中國史綱》，頁369-375。
81　參引同上註，頁384。
82　《清史稿校註》卷474（臺北：商務，1999年版）。

商民已成為洋兵荼毒的對象，遇難者不可數計。聯軍將校率軍士，公然大肆搶奪，頤和園、圓明園內的寶物被洗劫殆盡。洋兵之暴虐，真罄竹難書，[83]而德軍尤橫暴。[84]經過此次洗劫，在同治、光緒兩朝修復的少數建築，亦蕩然無存。[85]〈圓明園失寶歎〉云：

……誰知一旦分強弱，九重符寶嗟淪落。鸞輿倉卒出蒙塵，鳳藻繽紛從散擇。歐洲遠海英圭黎，羅剎國與佛郎西。博物館中森羅列，御璽等於武都泥。中華此事最可恥，前為庚申後庚子。兩朝大駕棄奉天，九戎兵馬擾燕市。上方翠蓋珊瑚柯，拋擲荊棘隨銅駝。豹房象輅紛無主，螭頭鳳尾傷如何？……豈知圜圃再邱墟，遂使彝器淪蒿蔚。……自聞海氛犯京室，羽林星校紛蕩逸。滹沱冰合麥飯空，長安氣盡琛璆失。嗚呼！凝碧池頭兵爇煙。漆城蕩蕩誰控弦？宸章入草（後蜀謂珍寶入他國為入草）殊可憐。禁闈鎖鑰猶難守，何況珠崖海外天。

嗟嘆九重符寶淪落英、俄、法等國之博物館，猶如「鳳藻繽紛從散擇」，文明之英采盡失，質野之國，自信何有？園圃邱墟、鼎彝淪於蒿蔚，不禁歎「長安氣盡琛璆失」。庚子拳亂，八國犯京，君臣不能相顧，則「滹沱冰合麥飯空」，為臣子所不忍言。「何況珠崖海外天！」聯軍進入北京城之次日清晨（8月15日），慈禧攜光緒狼狽向西北逃難，[86]十月二十六日逃到西安。[87]〈陝西古四首〉其三云：「堪痛群鋒犯闕年，一

83 同前註，《近代中國史綱》，頁388。
84 張水木，〈德國與庚子拳亂〉，收於《中國近代現代史論集第13編、庚子拳亂》（臺北：商務，1986年1月初版）頁82。
85 喻蓉蓉，〈從圓明園文物拍賣到戰後文物處理〉，《歷史》第149期，2000年。
86 吳永，《庚子西狩叢談》（湖南：岳麓書社，1985年2月）頁51。
87 同前註，《近代中國史綱》，頁389。

時車駕出幽燕。海氛猖獗踰回紇，大內倉皇問奉天。赴衛無人
驅白狄，輓輪何處入清汧？滹沱飯與蕪蔞粥，送到長安益惘
然。」英法聯軍，猖獗遠踰俄國。咸豐帝倉皇北狩熱河，晏駕
行宮。庚子拳亂，兩宮西狩，堪痛勤王無人；朝廷更無清壁
退守，輓輪久戰之鬥志。連君上都落得仰賴臣子周濟粥飯以
逃難，談什麼救國治國？思之惘然。[88]〈陝西古四首〉其四末
云：「蕭條豪傑萎三輔，荏苒岐周畏百蠻。漢武唐宗何處弔，
陵原翁仲古苔斑。」無人輔國。附和者惟自矜忠勇的無知拳
民，最後也靠不住，只剩斑駁的翁仲還守立在陵前，誰謂慈禧
非始作俑者？

（五）日、俄侵略東北與日、俄戰爭

拳亂既起，俄軍十七萬餘，分五路進攻東北。[89]七十天
內，東三省全部為俄軍所據，東北第一次淪陷，被禍甚慘。[90]
直到一九○二年四月八日簽定撤兵協定。俄軍分三期撤退，每
期六個月，十八個月撤完。[91]第一期撤兵之時，俄僅將奉天遼
河以西俄軍退集南滿鐵路附近。第二期根本不理，反於一九○
三年四月對中國提出新的要求。七月，日本與俄國因兩國在滿
洲及朝鮮的權利談判無成。日本遂於一九○四年二月十日對俄
宣戰。中國宣布劃遼河以東為戰區，以中國領土供人廝殺。日
海軍俄國艦隊於對馬海峽，打敗俄國，是為日、俄戰爭。[92]

俄人侵東北時，〈遼東感事三首〉其三云：「……當日爭
乾坤，此地幾兵革。覆屍河水渾，流血青山赤。至今畎壟間，
時時拾遺鏃。巍巍京觀封，尚足動心魄。故老無一存，豐碑有

88 同前註，《近代中國史綱》，頁385-386。
89 楊紹震，〈庚子年俄在東三省之衝突及其結果〉，收於《中國近現代史論集第
　　15編、清季對外交涉(二)俄日》（臺北：商務，1986年2月初版）頁586。
90 同前註，《近代中國史綱》，頁390。
91 同前註，楊紹震一文。
92 同前註，《近代中國史綱》，頁401-405。

千尺。觀縷攻戰艱,歷年纔二百。居人泯瘡痍,水火而袵席。
云何苦劫灰,重燃今赫赫。他族喪較多,池魚殃亦迫。城下積
鯨鯢,泮林棲鼻鼯。寢室紛干戈,豈日等觀奕。爇火激電光,
蓬沙雜鋒鏑。汪汪巨流河,毒瘴難爲滌。閱世千萬秋,終天泣
銅狄。」故老的犧牲換來千尺的戰功碑。二百年來袵席承平,
如今赫赫重燃劫灰,居人瘡痍水火之苦,何時可消?日、俄
戰爭,外人入室操戈,清廷豈可閒如觀奕?銅狄有情,亦目擊
心傷。〈代人弔日本海軍將與俄羅戰死旅順二首〉云:「鐵舳
銅檣沉白馬,煙舵砲浪殉狂鯨。」頸聯狂鯨象喻俄人兇狠。[93]
〈聞東西戰事感賦〉則云:

> ……今日四萬萬生民,蠖屈誰能不求伸。朝廷不爲鼓舞
> 計,坐視外人立兩甄。遼東遼西無淨土,海南海北飛灰
> 塵。甘受商於儀誑楚,豈眞鶉首天賜奏。至今英雄尚不
> 出,我恨造化誠不仁。兩狼鬥鬥內,咆哮日成隊。褒衣大
> 袖立當前,囁嚅無從置巨喙。誰爲強弱誰成敗,痛我人物
> 總齏碎。傳聞峨峨鐵嶺山,西夷駐馬當雄關。又聞旅順
> 城,西夷窟距成磐安。歎我有險不能握,日以大地供戕
> 殘。今年又撤西藏蔽,唇齒俱亡寧止寒。海東一國況糾
> 糾,縱驅西人非吾有。外庭內奧俱破摧,辭得狼貪來虎
> 吼。

日、俄相爭,萬類難逃蹂躪屠殺。廣土眾民,上位者不
知激憤鼓舞,「坐視外人立兩甄」。東北蒙塵,咎在誤信俄國
干涉還遼爲義舉。天固賜俄得肆暴虐,亦因中國無人,英雄不
出。痛斥衮衮諸公,囁嚅怯儒。不知俄勝或日興,齏碎被戮者

93　馬駿,《旅順要塞爭奪戰》(臺北:昭文社,1997年8月初版)頁1-94。

皆我子民。外人盤據旅順，中土供人戕殘，皆因我險要之地喪失不守。如一九〇四年，英軍侵入拉薩。一九〇六年清廷與英訂「藏印續約」，英允不佔藏地，不干涉藏政，中國亦不准他國佔領藏地或干涉藏政。[94]邊徼不守，中國妄思以夷制夷，常落得引狼拒虎，內奧外庭難倖免於破摧。盛京子民匍匐乞援；臺灣人則哀鴻遍野。側身風塵，西望燹火而憂心忡忡。

（六）俄國勢力伸足蒙古

　　俄國勢力在甲午戰後伸足蒙古。中、俄情勢〈塞上感詠〉云：「……即今瘡痍猶未平，關山瀚海滿檛槍。狼星角地化為人，太白行天長主兵。敵氛欲入飛狐口，白熊（泰西以熊目俄羅斯）跳梁黃龍吼。昆陽虎豹大雨風，神皋誰為高皇守？」除了東北，俄國更挑撥外蒙與我之嫌隙，嗾使其獨立以附俄，奪我對外蒙之宗主權。俄如虎狼，長以干戈兵事犯邊，神皋奧區誰守？

（七）光緒、慈禧相繼晏駕

　　光緒卅四年，光緒、慈禧相繼晏駕，[95]〈海外悼昇遐篇〉：

　　中國氣運日衰，忽遭皇帝晏駕。哀音甫下，而西太后旋崩，皇后亦競傳其殉殯（日本新聞、臺灣新聞並如此報），真中朝大變也。海外無聊，為撰哀篇，用以致嫠婦悲周、漆女憂魯之意焉。（作詩後始聞皇后哀耗係訛傳）。
　　海上有客悲填膺，忽聞漢家天子崩。從此神州日蕭瑟，鼎

94　同前註，《近代中國史綱》，頁406。
95　同前註，《近代中國史綱》，頁443。

湖無望眞龍興。往昔保后垂簾日，九重拱手奉兢兢。歸政十年復稱制，戊戌之變何踜蹬。一統名存大勢跌，九州久已如裂繒。初失琉球後安南，高勾驪國將誰憑？䑦糖及米勢愈壞，巍巍大國同曹滕。遼臺一割威旅去，膠州廣州相仍因。至今太阿長失柄，黃龍旗歝無威棱。所望金輪或垂老，帝座隆隆杲日昇。如何悲風入宸極，王母武皇相繼薨。劍舄藏衣岡盃承，委裘負扆驚淵冰。前日堯幽囚，今朝舜野死，三十四載空天子。蒼梧慘淡雲氣紫。湘江湘竹淚痕班，湘君或云殉湘水。烏號弓斷墮龍髯，鸞光鏡沉泣鳳觜。日輪月馭俱傾頹，帝室椒房長已矣。劉家雖免呂氏危，漢廷不見周勃起。海天荊棘殊慘悽，問誰爲奮先君屨。八音遏密望后蘇，三宮連綿喪考妣。嗟嗟！永福昭陵在瀋邊，往年蹣跼兩天驕。彌天國恥猶未雪，哀鵑復冷天津橋。翠華縹紗何所往？起輦谷口草已凋。君不見，宋家六樹冬青地，唐玨傷心痛本朝。

「往昔」指慈禧初垂簾事。「九重」句指樞臣盡力國事之忠悃已不復見。政局頓起頓跌，中國久如裂繒，幾乎要被列強瓜分。追懲禍端，琉球、越南、朝鮮等藩屬喪失，屏蔽既撤，割地賠款接踵而來，所謂削土滅則至國滅，如舐糠盡則至米。「糠」作「糖」，筆誤。甲午戰後，清室之傾危，恐比先秦曹、滕小國猶不如。臺灣割日而天下民心盡去。旅順等港灣爲列強租借霸佔，更使我要地皆失。光緒無奈受制於慈禧，太阿倒持，黃龍旗何威棱之有？詩人將光緒、慈禧擬之如武帝、王母，諷云：「益地圖」[96]，割地之恥，咎在兩宮之無能。嘆帝權不張，三十四載「空」爲天子，委婉致諷。一喜慈禧既死，

可免女后干政之禍;一憂國無輔臣如漢之周勃者,終難興邦。
遼瀋的清初三陵,庚子後屢遭日、俄蹂躪。彌天國恥未雪,生
前皇室祖陵已不可問,身後陵寢豈能安然?兩宮晏駕,國勢日
衰,不禁有多青麥秀之悲。

(八) 結語

棄生素來對中國時事相當關心。〈感懷十二首〉其十二
云:「平陂往復起豪雄,定有人張大國風。千古帝王歸儵忽,
一時民物破鴻濛。興朝應見東征局,後世無難北海通。哆口談
天非醉囈?此中事事繫蒼穹。」當時平陂處處多排外或排日之
豪雄,詩人認爲此輩可大張國風。清室是興是亡,事事尙繫蒼
穹。〈聞東西戰事感賦〉云:「中原尚有山林藪,亟呼豪傑四
保守。貳師霍病能鷹揚,深目奇肱應狗走。陸有大冶海有琛,
旋轉坤維在反手。不信萬年太古邦,一旦龍鍾便老朽。嗚呼!
今日談強等談空,平戎策付馬耳風。鐵輪砲車滿天地,狂瀾日
與海流東。」對變法改革已經失望,惟求草莽英雄競起禦外,
孰料辛亥革命,卻是推翻了清室。

列強交侵愈烈,詩人「尊王攘夷」之思想愈高張,自比愛
國文人辛棄疾、陸游,以不能用世報國爲憾。又每以虞翻自擬
其放廢之悲。〈帝京篇〉追述承平盛事,感傷國勢凌夷;〈感
懷十二首〉其四,殷殷緬懷昔日四海同尊中國爲天國之盛事。
〈圓明園失寶歎〉追數前朝四夷入覲朝貢之赫赫,對比如今之
涼涼,詩麗而語悲。〈塞上感詠〉言漠北之劍拔弩張,妙在以
狼星、飛狐口、白熊、黃龍、虎豹等名稱,使人有強敵橫行之
聯想。〈海外悼昇遐篇〉蓋棺論定慈禧、光緒之功過,隱然知
清廷天命將革,故難掩其黍離之悲。

五、乙未割臺與初期抗日

（一）前言

　　乙未割臺時，棄生年將而立，毅然捐棄功名之念，閉門著述，幽憤實深。詩見《寄鶴齋詩集》中《披晞集》、《枯爛集》。他深感文化傳承使命之重，如抱器之魯生，含辱茹悲，為成就名山大業。日治明治三十九年（1906），《瀛海偕亡記》序云：「自古國之將亡，必先棄民，棄民者民亦棄之。棄民斯棄地，雖以祖宗經營二百年疆土，煦育數百萬生靈，而不惜軒斷於一旦，以偷目前一息之安，任天下洶洶而不顧，如割臺灣是已。」[97]他改名棄生，以寓「棄地遺民」之悲憤。

　　乙未割臺後，臺民英勇抗日之史實，皆縷要於書。著述之發憤心情，自云：「自和約（馬關條約）換，臺灣沉沉無聲，天下皆以蕞爾一島，俯首帖耳，屈服外國淫威之下矣。而烏知民主唐景崧一去，散軍民軍，血戰者六閱月；提督劉永福再去，民眾土匪，血戰者五越年，糜無盡英毅之軀于砲火刀戚之中，而無名無功，此吾人所當汲汲表襮者也。」[98]將乙未割臺與日治時期臺民反抗之血淚挹注詩篇，以表襮英靈，告慰亡魂。

（二）乙未割臺與抗日

　　清廷在甲午戰敗後，被迫割臺予日本，對於臺灣官民反對割臺之呼籲，愛莫能助，祇有寄望於渺茫的外援。光緒二十一年，清廷只得轉向法、德、俄三國求助，希望三國干涉還遼之餘，範圍擴大到臺灣。孰料列強各有盤算，拒伸援手。[99]棄生對清廷這種引狼拒虎的作法，沉痛而憤慨的批判。其〈外國保護紀事〉云：

97　《瀛海偕亡記》（南投：臺灣省文獻委員會，1993年5月31日版）頁1。
98　同上註。
99　黃秀政，《臺灣割讓與乙未抗日運動》第三章第二節（臺北：商務，1992年版）。

……弱肉強食既懸絕，繫援憑藉何由存？堂堂中國不自強，忍言扶持借西洋。假令吳楚保周魯，徒取夷狄笑禹湯。我思康熙乾隆全盛時，彼時早已侈西夷。謦伏天威供職貢，閉關屛絕無一辭。飛車奇肱皆悚惕，呼毒古莾任鞭笞。……

　　針砭清廷之積弱，咎在君臣睽隔、苟延燕安、文恬武嬉、兵將虛設，忘卻昔賢之大法，惟西人機巧是師。如今又欲寄望外人來保護臺灣，實滅裂風雅之大恥，令人赧愧。乙未年（1895）四月十七日，中日簽訂《馬關條約》，確定割讓臺灣、澎湖列島給日本。臺民於五月二十五日共推唐景崧爲總統，成立「臺灣民主國」。當時，布政使顧肇熙、提督楊岐珍等文武官員紛紛納印而去。[100]〈臺灣官府紀事〉指斥這些官員「國事彼何知，鼠竄保頭顱。」「始知朝廟上，多此誤國徒。」官員攜金挈物，爭相逃跑之景云：「前車載囊橐，後車載妻孥。壯丁夾傍路，布地黃金鋪。」對照「可憐海外民，日日望來蘇。」深致悲憤。二十九日，日軍登陸三貂角附近的澳底，守軍不戰而潰。日軍旋進陷瑞芳、基隆。六月六日，唐景崧棄職內渡廈門，民主國已名存實亡。[101]唐景崧之潛渡，先至淡水，電令駐守南崁的義勇統領丘逢甲、駐守臺中的候補道臺勇統領林朝棟等盡速領兵至臺北應援，但無一至者，[102]丘、林二人後亦內渡。[103]日軍兵不血刃進入臺北城。

　　中、南部的抗日大致可分三階段，先是六月下旬至八月中旬桃竹苗地區義軍之抗戰，以該地區民間自衛組織爲基礎組成

---

100 黃秀政，《臺灣割讓與乙未抗日運動》（臺北：商務，1992年版）頁133。
101 黃秀政、張勝彥、吳文星著《臺灣史》（臺北：五南，2002年版）頁170。
102 同上註，頁164。
103 同前註，《瀛海偕亡記》，頁5。

的義軍，在桃園、中壢、楊梅、新竹、大科崁（今大溪）、三角湧（今三峽）、苗栗等地，與日軍發生十次激烈戰鬥，終因不敵而退保彰化。[104]七月九日新竹一役，義軍領袖姜紹祖攻城不成，壯烈成仁；八月二十八日，彰化八卦山一役，苗栗生員吳湯興、[105]黑旗軍統領吳彭年多人力戰而死。[106]彰化失陷後，日軍再南進。十月二十日凌晨，據守臺南的劉永福內渡，臺南城一片混亂。二十一日，日軍進入臺南城，「臺灣民主國」瓦解。十一月十八日，日人宣告「全島悉予平定」。[107]〈臺灣淪陷紀哀〉云：

天傾西北度，地缺東南方。蛟龍激海水，淪沒蓬萊鄉。熬波沸巨浪，白日黯無光。山俏牽木魅，土怪鞭石梁。顛簸王母闕，震坼禹皇疆。洪水湮部洲，燹火及崑岡。差哉武陵客，塊壘失康莊。避秦無源路，仰首望蒼蒼。天心方有醉，西眷彌不遑。玄枵淫歲紀，鶉首賜扶桑。戈船起海岱，毒弩橫汪洋。寄託不得人，措置紛乖張。射人空射馬，擒賊不擒王。不能搗巢穴，坐守任跳踉。平日糜巨億，海軍等木僵。柄政三十年，陸守復徬徨。紛紛交涉事，議和絕不剛。何為多設施，鐵路互遐荒。大敵不敢戰，乃受小敵創，如許彈丸地，中國屈輸將。峨峨衝車輪，當路避螳螂。歎我生此邦，眼淚作飯漿。感時輒鳴唈，事事結中腸。復遭此世變，臺海如沸湯。輸幣兼割地，皇上費周章。聽為民主國，大總統曰唐。玉人鐫印綬，戎僕製旂常。謹迎動郊野，宣耀照城闉。覆舟得援溺，黔首喜欲狂。逃遁先有人，萬民阻行囊。推戴大

104 同前註，《臺灣史》，頁171。
105 同前註，《臺灣割讓與乙未抗日運動》，頁211、226。
106 同前註，《臺灣史》，頁171。
107 同上註。

撫帥，中流恃寶航。磨戈思一戰，同澤賦三良。黑旂兼棟軍，曩歲經戰場。人心乃叵測，林氏首徜徉。國恩不奮報，梓里不籌防。敵氛來海上，引兵竟歸藏。無才哥舒翰，中夜起皇皇。敵騎猶在邊，喚渡覓洋商。託詞將督戰，脫身滄海傍。馬廄衝煙火，無主亂兵攘。居民不得安，招敵入城廂。遲之逾三日，始見東兵行。彈槍前隊仗，砲子後筐箱。馬蹄行郭索，劍珮帶銀鐺。頭有鬖髿冠，腰無下體裳。皂袍長至地，猶存古時裝。糾紛穿閭閻，住宿占民房。殺戮幸不甚，老稚得踉蹌。成群爭越海，流離事堪傷。歎息唐撫軍，始末未交綘。倭人長驅進，拉朽施利銛。誰料大廈傾，乃逢一木當。香山苗栗閒，義民起如蝗。鏖戰不得前，敵馬徒披猖。自言海上來，未遭此頡頏。倡之者為誰，義士吳徐姜。用矛赴齊師，爭推為徐驤。紹祖亦悍鬥，視死如陽陽。吳君（湯興）能統率，亦未易低昂。村婦佐磨刀，耕農自裏糧。力抗已兼旬，太守來共襄。可恨縣令李，掣肘不為倡。無米巧婦炊，有沙道濟量。……劉帥（永福）援軍至，遲緩徒奔忙。……月黑鬼燐出，天暗颶颮颺。維時正上弦，暴雨繼恆暘。我在滄桑內，變遷託癡佯。七月月幾望，敵兵忽不揚。游騎將南進，伏甲起深篁。使之鎩羽回，頓覺不翔翔。可惜空拳搏，難當百鍊鋼。逾月聚兵往，民眾見驅狼。所歎劉光世，晚節不昭彰，戰守兩茫然，坐鎮豈民望。為時固云久，赴敵未慨慷。傳聞於道路，今已去敦倉。巍巍赤嵌城，一帶失保障。可憐海外民，戴漢心未忘。凶耗雖耳熟，疑信不求詳。昨日海關處，新令懸煌煌。賦稅將重征，不及恤流亡。今春多災異，天上分玄黃。不出旬日間，澎湖受兵殃（乙未二月二十旦，臺地咸見天分玄黃二色，二十七而澎失。）。為時甫半年，黑劫

換紅羊。蹂躪二千里,猶未收橄槍。嗟我中華產,長鬣對餘艎。儒冠皆掃地,表海空決決。千秋倫物國,一旦化狼臕。譬如五彩鳳,俯首九頭鷦。末世多如斯,晉宋已蜩螗。愁思無由寫,日日登北邙。舉目見蓬蒿,涕泗如逝湟。哀哉亂世內,默默謀爲臧。

天崩地坼,蓬萊陸沉。先述哀情,復訾罵肉食者誤國。敘事議論之法,一是反用成語,如「射人」二句;二是善用類疊,如「跳踉」、「徬徨」、「紛紛」、「大敵」、「小敵」、「峨峨」、「車輪」、「螳螂」、「嗚唈」、「沸湯」等;或爲同偏旁字、或爲疊詞、疊韻詞。迨唐景崧任臺灣民主國總統,「覆舟」二句形容臺民暫得拯溺之喜。誰知唐氏棄職內渡,對照屬下當日磨戈抗敵之壯志,諷意深微。指斥林朝棟不戰而內渡,善用借代,擬如「哥舒翰」,「皇皇」一疊詞以高揚綿長之音節,刻劃其怯懦之嘴臉。諷刺日人,善用擬聲詞「郭索」、「鋃鐺」,及類疊詞「糾紛」、「闐闐」。「殺戮」句則反語致諷。「誰料」句化用成語,頌贊苗栗以南的抗日運動。「可恨」四句中三句用成語,敘事簡要。對劉永福增援來遲,用一「徒」字,諷刺深矣。「所歎」以下批評劉氏戰守之措置失當,無退敵之策,徒遷延敗事。全臺爲日人底定後,棄生喻日人如九頭鷦,臺地如狼臕。儒冠掃地,如五彩鳳竄於荊棘。末二句苟且求生,無限悲涼。

乙未抗日之役,姜紹祖、吳湯興、徐驤等人抗日之義舉,〈哀苗山〉讚之云:「昔年兵氣衝扶桑,爲虺爲蛇海上狂。軍中惟有哥舒翰,城下竟無張睢陽。島夷猖獗不可制,一撮苗山能抵當。」描寫其棄筆從軍,力抗日軍云:「徐君勇敢推善戰,儒巾結束變戎裝。腰下長攜三尺刃,手中能擎百子槍。衝鋒獨隊邁強敵,出沒山林成戰場。姜君勇悍亦異常,一時驅虜

如驅羊。吳軍統率同一氣，義旗一豎神揚揚。」詩語勁健，刻劃典型如生。

（三）日軍殘暴，民不聊生

日軍佔領臺北後，即揮軍南下。是年（1895）七月二十二日夜入三角湧。翌日，與部分義軍作零星戰鬥，日軍入街，火燒民房，見人便殺，數小時後一個繁盛的鄉鎮，已變爲滿目瘡痍之焦土。使許多歸順之鄉民不滿，轉而反抗日軍。[108] 一八九五年九月，臺灣總督府頒布「砂金採取規則」，嚴禁北部砂金的自由採掘，時有業者違令開採，遭日人殺害，激起義軍起義，共推胡嘉猷爲總指揮，計劃於明治二十九年元旦奪回臺北城。惜因操之過急，事跡敗露，倉促舉事而失敗。爲首者隱遁，日軍忿恨之餘，竟殘殺百姓，燒毀民房，遭殺戮者數千人。[109] 〈追述去冬時事〉云：

> ……倭酋持鎗盡欲狂，倭卒尋刀起如醉。越日彼族元節天，不成拜賀不就次。電達全臺皆戒嚴，火急三軍齊結駟。延城驅出領袖人，束以羈絏防生事。是乃逢迎趨利革，豈有才情能樹幟？狐疑鼠竄空怔營，維時外間尚無意。彼族殺氣猶未降，壓陣衝鋒出大帥。天使遺民成國殤，二三首雄中砲躓。雄徒四散登於山，可哀良善遭斬劉。冬風慘慘吹哭聲，陰風淒淒飄肉胹。平民廬舍數千家，灰燼之中無位置。逃亡耕夫詐誘歸，復以一坑除芒刺。……

---

108 日軍此類「掃攮」之暴行。同前註，《臺灣割讓與乙未抗日運動》，頁216。
109 鍾孝上，《臺灣先民奮鬥史》（臺灣文藝出版社，1983年版）頁356-360。翁佳音，《臺灣漢人武裝抗日史研究（1895～1902）》（臺北：臺灣大學，1986年6月初版）頁94。

臺北城爲全臺政教中心，義軍襲城之舉，如搗擊心臟，日軍頓蹶。日酋日卒攜械狂亂如醉，節慶驟罷，反令全臺警戒，速調兵赴援。諷刺漢奸走狗之趨逢畏葸，以詰問代嘲諷。寫兩軍相持不下，「彼族」數句言局勢不利義軍，而良民慘遭池魚之殃。敘事寫情濃至時，忽接以「冬風」二句景語，情韻更顯悠長。末言日人改以「土匪招降策」誘殺歸降之義軍領袖，令人痛憤不已。

明治二十九年（1896）六月八日，北斗人陳戇翻約社頭人蕭石星率眾至鹿港，急遽散處各寺廟。獨鹿港人施鷺操長刀，越土城濠，中日人槍死，遂無繼者。土城中則扔出火筒，射火箭，環燒近城三面市街。[110]居人空屋走，日人遂出放火，風烈火熾，焚燬五百餘家。復兩路出擊，擊潰龍山寺之「土匪」。枉殺街人二百餘人，眞土匪被槍死者十餘。翌日，擒捕引導攻鹿港之鹿港地痞施搖。棄生雖不滿這些科斂街中財的土匪，[111]更憤慨日人殺人焦土之暴行，其〈即事〉云：「五月西風吹轉東，雲霞蔽海半天紅。行人記得樓臺路，盡在寒煙燹火中（五月夷兵燒鹿，風甚緊。）。」日夷放縱燒燬民宅，適遇強風助陣，眞是天地不仁！〈過兵燹地〉則云：「五胡人馬六朝書，赤壁青山半火餘。一髮中原無望處，年來天小似穹廬。」諷日人如五胡亂華之夷種。「赤壁」一語雙關，見兵燹劫餘之焦土。中原不可望，天小似帳廬，深有棄地棄民之哀痛。〈兵火之後舊時街衢但存瓦礫感賦〉云：「蔓煙無復炊煙綠，燐火猶疑燹火紅。舊日樓臺何處認，亂堆殘瓦夕陽中。」令人蒿目心傷。

日軍淫暴殺戮，弱者吞聲，強者走險。於是南部有鳳山嶺、大崗山之變，中部有大坪頂、刺桐巷、埔裏社之變。其中

---

110 賴志彰，《彰化縣市街的歷史變遷》（彰化縣文化中心，1998年初版）頁31。
111 同前註，《瀛海偕亡記》，頁32。

以大坪頂抗拒日軍最久，前後逾四年。其地在雲林治斗六街東南，山有村落，山外民或婦女被日兵虐侮者多徙山中。時而下山貿易，遇日兵則奪其貨。趁寅夜劫兵舍，劫日商，並劫憲兵。一八九六年農曆三月起，此地頻傳抗日事件。[112]陽曆六月，大坪山上之千餘名義軍，共推簡義爲首領，乃將大坪頂改爲鐵國山，年號天運，從而出擊斗六。此次起義之影響，波及中部一帶和嘉義附近。日軍便對雲林地方實行無差別的討伐，數日間（6月16日～22日），被戮者達六千人。此次「雲林大屠殺」聳動了國際視聽，報導當地人民相率逃離；居民憤慨，遇日人則殺。[113]〈聞斗六一帶被燬有感〉云：

> ……去冬臺北城，忽有群雄糾。聚沙不成團，焚如付烏有。首從咸遠颺，傷哉村童叟。茲夏斗六門，亦復出抖擻。彼族好擾人，亂絲益生絡。聞說據在山，巉巖鬼神守。彼族珮鎗登，傷仆如墜缶。失利無如何，餘怒及耕耦。旁近幾十村，村村焚成黝。居民居此間，如指在械杻。所望天好生，意外能運肘。俯提出婦孩，倒懸解耆耈……。

詩諷倭人如跳梁醜類，鄙視極矣。言光緒二十一年冬，因採砂事件，臺北起義一事。又言光緒二十二年陽曆六月十三日，抗日志士襲擊斗六日人事。議論日人好煩其令，擾人生事。日人欲殺義軍，反遭義軍重創。「失利」或議或敘，「居民」善用比喻。代生民呼告天，窮甚困甚之悲涼，溢於言表。另有〈斗六即事〉、〈聞倭軍隊搜山感賦〉、〈聞難民逃居山內感賦〉等，〈哀鴻篇五首〉其二云：「聞說雲林地，今年遭

112 同前註，《瀛海偕亡記》，頁23。
113 翁佳音，《臺灣漢人武裝抗日史研究——1895～1902》，頁95。

屠殺。垂翅落機中，破腦不得脫。家室既摧殘，脂膏亦剝割。造化豈不仁，生物付夭閼。哀哀群羽毛，振觸難為活。凌空思奮飛，樊籠終有括。中或失其群，饑鳴徒嘎嘎。被縶啼向人，相視猶胡越。」猶如寓言，直以哀鴻象徵臺民被日人縶繫囚禁，饑鳴流離之苦。善用動詞，如「垂」翅、「破」腦、摧殘、剝割；「哀哀」、「嘎嘎」為疊詞；「奮飛」為雙聲詞，「飛」為上句末字，下句首字「樊」與「飛」亦雙聲，工摹處可見。

〈大掃除〉記清光緒二十八年（1902）陰曆四月十八日，日軍於斗六等地舉行所謂的「土匪歸順式」，一舉殲殺抗日民軍首領。詩云：

> 壬寅夏四月，土匪大掃除。號令一朝下，萬室為邱墟。當其設甘餌，信誓說降初。始作周鄭質，繼藏盟府書。長待以不死，山澤任樵漁。服從一以久，殺機起籧篨。南北及中央，同日入周阽。一時敦盃酒，萬口為醢菹。一二勇決夫，槍火伏衣裾。作勢與之敵，反噬不躊躇。木牮人亦摽，雖死異羊豬。餘悉駢首戮，載出薄笨車。婦孺從流移，人棄室亦潴。南投斗六間，殺氣慘不舒。陰風撲人面，燐火遍里閭。哀哉歸順徒，不得求為魚。

《瀛海偕亡記》云：「大掃除者，約臺北、臺南、臺中歸順人，同一日會飲各地方各區各公所，將戮者與紅花，餘佩白花。未及席，圍而阬之。亂槍中，惟斗六張呂良匪短槍，奮而起，報殺兩人，一警部，一軍曹也。他皆植立待斃，倖免者千百之一二，則素以財結日人者也，亦有無辜死者。死者家

屬，多驅之流離遠方。」[114]極言日人殺戮之酷。再縷敘日人勸降、利誘抗日民軍，一舉殲殺。死者家屬遭流放而破家。「哀哉」句言日人計餌可謂毒矣。〈老婦哀〉云：

出門逢老婦，白髮蓬壓眉。倭兵蹴之行，哀哀泣路歧。乞食不得飽，眼淚垂作糜。問婦何所苦，嗚咽不成辭。有室無可歸，殘年喪子兒。一家八九人，遭殺不勝悲。……聚泣共吞聲，忽有兵人窺。闖入掠衣飾，索錢勒藏貲。刀槍交股下，大者死階墀。回頭視幼子，身首已分肌。女婦駭啼走，并命於一時。縷陳不及終，哭聲已漣洏。更端問老婦，搖首不聞知。旁人紛紛說，甲乙亦如斯。甲家益酷死，饋倭為倭欺。遺下數頃田，蕪穢草差差。復存數間屋，入夜棲鴟鴞。東家絕炊火，西舍遊鹿麀。亦有倭人宿，連甍臥豺羆。破壁繫鞍馬，折門煮牲犧。行人不敢過，迂迴且鞭笞。世衰人物賤，不死皆便宜。翹首望蒼天，言之有餘噫。歎息百年上，琛賫朝四夷。民物皆豐貴，雞犬亦雍熙。草野無知覺，聽我吟哀詩。

一老婦泣訴其兒媳子女，一夕斃命於日人之刀槍！口吻娓娓哀切，逕直動人。最可恨者，乃「饋倭為倭欺」而酷死，空屋鴟鴞、「破壁」等荒頹之意象，穿插「蕪穢」之摹寫、「西舍」之誇飾、「折門」之雙關，刻畫「世衰人物賤，不死皆便宜」的苟活悲情。日人如「豺羆」猛獸，遙懷百年前昇平雍熙，對照當下之苦吟。〈援道殍志感〉云：「煢煢有老婦，委作道旁餒。無名登尺冊（此地最忌無籍名之人），收容有同罪。保甲連坐條，斯言非汝紿。聞汝丈夫子，身材亦磊磈。避

---

114 同前註，《瀛海偕亡記》，頁41。

亂逢倭兵，竟作刀邊醯。老婦無所依，流離成冗猥。身體罹殘疾，病容日腰腰。視之懷爲傷，贈之以貨賄。……」但寫老婦流離冗猥之身影，已令人傷懷。

（四）結語

乙未年以後，棄生深有「棄地棄民」之悲。〈寄友人楊悼卿（名雲章）時避地在廈門〉云：「羨君避亂移家去，遙在滄波落日西。」〈望海〉云：「片片浮雲影，依然故國帆。」歎故國帆影已在浮雲之外。然而棄生毅然以遺民自許，「島嶼於今成糞壤，江山從此署遺民。」「杜甫不忘天寶恨，陶潛長署義熙民。」不與日人妥協，堅守民族氣節。日治初期，日軍姦淫擄掠的殘暴，棄生指斥云：「千兵橫擄掠，萬戶歎流離。」「相遇逃亡輩，襤衫帶破巾。家山燐鬼地，風雨杜鵑人。」〈感梅〉則云：「處處瘴氛生，桃花難得潔，寒來一樹梅，不染猩紅血。」人間何處覓乾淨土？對於臺民抗日義軍之活動，《瀛海偕亡記》有切實之記載，爲一珍貴之文獻史料。

光緒二十一年「臺灣民主國」瓦解後，各地的抗日義軍，棄生評論云：「至『土匪』猖獗，與彼族儼成敵國。列械相逢，彼此避路各去，不敢問也。此輩向謂「義民」，但近有爲非者，不能諱「匪」之一字，姑從敵語，究不能不許爲壯士。」[115]因此，其〈臺灣土匪紀事〉一詩云此輩「匪人夲牛毛，郊野爲草竊。本非揭竿徒，亦異乘機哲。不過如驕兒，無父出爲孽。所以民情渙，實由國柄折。」所謂的「義民」半似「土匪」，只因苦於日人殘暴之統治，故出沒郊野爲孽。咎在國柄已折，「竟將中興基，欲以偏安列。」上位者既自我「嫚藝」，一旦國家崩解，其禍之鉅可想。「我抱杞人憂，聞之腸

---

115 〈與家煇石孝廉書〉，《寄鶴齋古文集》，頁335。

為熱。」良民難逃災殃，令志士憂心腸熱！

六、檢疫及衛生政策

（一）前言

　　日本據臺後，有鑑於乙未攻臺時，日軍屢為霍亂、瘧疾諸癘疾所苦，或病或死，合計達三萬餘人，幾已潰不成軍。因此致力於醫事衛生的改進。[116]乙未年（1895）六月，在臺北創設「大日本臺灣病院」，明治二十九年（1896）三月，於民政局下設衛生課，主管衛生行政事務。明治四十四年（1911）之後，衛生課隸屬警務局，到臺灣接收前不再變動，主要是欲藉由人數眾多、公權力大的警察，控制與動員民間力量，達到改善臺灣衛生之目的。尤其是在防疫方面，警察的絕對公權力，對環境改善與遏止傳染病流行，有正面的成效，然而也造成民眾的恐懼和反感。[117]

　　以明治二十九年（1896）流行於臺南縣、臺北縣的鼠疫為例。經調查後，推定鼠疫係由中國（可能是廈門）傳入。北部疫情爆發後，十一月三日，總督府成立「臨時鼠疫預防委員會」。此外，日人重要防疫措施，[118]如請求由日本國內派遣醫學專家來臺從事鼠疫病理調查，發布鼠疫相關訓令、告示、通知等。命令各廳採隔離、消毒措施；利用憲警之力厲行交通封鎖等措施。六月十五日實施「臺灣公醫規則」。公醫原本因鴉片制度所設，所司職責甚多，包括協助官廳進行檢疫、防疫及改良事宜、檢驗屍體、防治梅毒等。但制定此規則時，也正是

---

116 黃秀政，《臺灣割讓與乙未抗日運動》，頁301。
117 陳永興，《臺灣醫療發展史》（臺北：月旦，1997年出版）頁68、頁332、333。
118 見許錫慶〈日治時期在臺防疫工作序幕戰——明治29年(1896)之鼠疫流行始末——〉一文，《臺灣文獻》第50卷第2期，1999年6月出版。

大量募集公醫時，仔細審查這些應募者，便發現有魚目混珠者，能達成所交付任務的人，宛如海底撈針。[119]

臺南、臺北疫情平息後，日人更加強醫事衛生工作之執行。明治三十九年（1906）至明治三十一年（1898），後藤擔任總督府民政長官，其任內提昇公醫素質、實施海港檢疫、獸疫預防、於各地建下水溝、實施捕鼠法、大清潔法。[120]明治三十四年（1901）十月十五日，以急件刊載「臺灣傳染病預防規則」於府報。[121]日人並發動憲警，以威刑罰鍰的方法來執行。此外，屠宰場的衛生問題，日人也極為重視。日人逐步的禁止隨地販賣交易，建立市場；也不許隨便屠（私）宰牲畜，建有屠宰場，每殺一頭便收手續費十錢，這些後來都成為公共衛生費主要來源。[122]日人不但防遏了疫病的擴散，也建立了臺灣的現代醫療，其功不可沒。然而從疾病防遏、衛生環境的督導到食物的檢驗與取締都是由衛生警察來執行，威刑的執法方式，引起臺民反感。[123]

（二）「檢疫寒侵骨、焚屍痛切膚」：檢疫之暴虐

明治二十九年（1896）鼠疫流行時，日人雷厲風行的檢疫措施。〈檢疫歎〉云：「睢盱海東國，其俗與人殊。暴殄待人物，行與疫鬼俱。檢疫入人家，橫將老幼驅。刀圭及鍼藥，刲剖死人膚。云欲免傳染，須焚死者軀。到處人惶惶，有病應受俘。不許在家養，病院非虛拘。或有諱病人，一死如偷薎。亦有無病人，羸黃以病誣。封守死者家，禁錮七日踰。彼謂行善政，防患無不孚。將彼作癡看，自是愚人愚。愚人死猶可，檢

119 引自謝振榮《日本殖民主義下臺灣衛生政策之研究》（文化大學日研所碩士論文，1989年元月出版）頁53、頁55-56。
120 同上註，頁168-176。
121 同上註，頁60。
122 同上註，頁60。
123 同上註，頁89。

疫呼殺我。疫死柔於水，檢死暴於火。水火兩無情，萬物爲么麼。」感歎檢疫暴殄人物。指強制隔離病患，剖屍化驗，觸犯了臺人素重全屍之觀念。未尊重臺人排斥火葬之舊慣。[124]當時「到處人惶惶，有病應受俘。」然受限於經費，想在各支廳開設病院仍有困難。[125]病院人滿爲患，自然談不上醫療品質。患者諱疾忌醫，隱匿病情，[126]生受病苦，死如偷窓，毫無尊嚴。入院後由公醫檢驗，〈公醫行〉云：「瘦黑肥黃皆藥之。」結果是「十人入院九人僵。」患者住家及近鄰，則封鎖交通，以防疫情擴散。[127]日人嚴峻的措施暴於水火，令人有賤如芻狗之悲。

（三）公醫之庸昧

明治二十九年（1896），臺北縣的鼠疫流行，日人尚無有效的治療鼠疫方式，[128]加上初期之公醫素質良莠不齊，〈公醫行〉云：「東人以官來作醫，生者死者醫不知。推門入室驗病人，瘦黑肥黃皆藥之。食藥而死須湔腸，剖腹看臟澆以湯。食藥不死病在床，驅人病院身頻量，以身短長量藥方。十人入院九人僵，僵者聞之火彭彭。……」公醫庸昧任意剖屍、湔腸，有失人道。食藥倖存者，竟量身配藥。虎狼庸醫，使半僵之人猶難抑彭彭怒火，民怨之深可想。

（四）「風景當前誰破裂？」：清潔法的實施引人反感

明治二十九年（1896）臺北鼠疫盛行，總督府實施清潔（掃除）法，推行市街及一般清潔掃除。平素污穢場所，

---

124 黃益成口述，陳長城筆記，〈乙未日本兵入蘭始末追憶〉，《臺灣文獻》第45卷第1期，1994年3月31日出版。
125 同前註，許錫慶文，頁269。
126 同前註，許錫慶文，頁254。
127 佐倉孫三，〈斃鼠毒〉，《臺風雜記》（南投：臺灣省文獻會，1996年版）。
128 同前註，許錫慶文。

特別實施消毒性清潔掃除，以求防疫。鑑於臺地市街，不潔堆積。[129]日人於明治三十八年（1905）十一月實施「大清潔法」，一年中分春、秋兩季（3月、9月），由衛生警察督導，進行全島大掃除。此外，下水溝要每日清掃一次，暗渠則爲每月打掃兩次。[130]疫情嚴重時，警察執法更加嚴苛。〈清潔行〉云：

> 西人倭人重清潔，風景當前誰破裂？灑掃庭除三尺能，何勞官吏鞭笞折？中華此爲奴僕事，外洋當作官箴設。朝呼掃地愁馬蹄，暮呼掃地怨車轍。忽聞洶洶剝啄聲，巷居婦孺啼嗚咽。閒來我過兵火場，糞土如山永不滅。又嘗看殺沐浴房，男女裸遊同猥褻。借問清潔人，誰如曳尾鱉？

諷刺日人侈言「清潔」之重要，卻以兵火蹂躪臺地。灑掃庭除乃童子奴僕之事，官吏卻動輒以此鞭笞居民士庶，擾民不輕；更懸爲官箴，實有失體統。兵燹後殘破之地，日人堆積如山之糞土，與道路之清潔相比，猶如佛頭著糞，景不相侔。日人津津得意於浴場之快適，惟臺人視多人共浴爲猥褻。如《臺風雜記》「浴場」一項，作者批評「臺人不好湯浴，塵垢充體，則以湯水洗拭手足耳。」其友評曰：「臺人不入浴者有一說：日人所設浴場，多人混淆，暴露肌膚，且以其洗陰部及臀足污水洗其面及髮，是所謂以血洗血者，故不欲浴也。亦非無一理。然男女浴場，自有區畫，雖露肌不足深恥。且浴場別蓄清湯，浴終則更酌之，以洗淨全身，何有不潔乎哉？」[131]此論持平。洪棄生自小濡染於傳統禮教，嚴持男女授受不親

---

129 日人佐倉孫三，〈不潔〉，《臺風雜記》。
130 同前註，謝振榮文，頁83。
131 同前註，《臺風雜記》，頁21。

之觀念，故視男女共浴爲猥褻，斥爲「曳尾泥塗」之鱉（「忘八」）。

（五）公共衛生費的徵收令人不堪其擾

日人以威刑之法來徵費，時有擾民之舉。〈入市書所見〉云：「……入市蹣跚才數步，撈蝦賣漿如走兔。碎裂粥鼓折餳簫，蠔筐滿地錢滿路。蓬頭亂髮促向官，皤叟啼哭黃童怖。青春白晝此何爲？官役執鞭處處怒。旁人嘶聲向我云：『沿途販賣例罰布。鞭朴尙覺施小懲，重則科條須禁錮。』市上有門門有亭，小販須從此中停。牟利之夫蠅頭聚，公徒斂錢一一經。此錢爲汝謀衛生（日本法：市上所斂稅，謂爲衛生費。）民愚不知自犯刑。日斜市遠無人過，肉味螻漏魚鬱腥。我聞斯故三歎息，營求錙銖比盜賊。年來斗米貴如珠，一寸之絲當尺璧。斥牛出犢充賦租，質子典衣供悉索。朝賣芋拳夕賣瓜，穿巷入街行踣踏。……」調促語急，寫警吏迫民納稅。偏側寫小販駭奔如兔，及老幼之哭怖，夸飾官役之凶暴。藉旁人口道出官吏徵稅之苛酷，日人不准小販隨地販售，將其集中管理，以便徵收衛生費。卻寫散市後猶腥臭如故。日人營利如盜，物價騰升，米絲昂貴，貧農只得賣牛典衣。爲免警吏驅迫，避人穿街入巷的升斗小民之窮窘可知。

（六）捕鼠殺犬及禁止放牧於道路等措施之嚴峻

日人於明治三十五年（1902）七月實施捕鼠法，到大正元年（1912）八月止，計收捕老鼠一、九二三、六四四隻，使鼠疫幾乎絕跡。[132]〈閒居書事兼述懷〉云：「……東家養犬罰里布，西家捕鼠輸府泉（警察恆出殺惡犬，養者有罰。又防疫

---

132 陳艷紅，《後藤新平在臺殖民政策之研究》（淡江大學日研所碩士論文，1987年6月出版。）頁143。

必令民捕鼠，怠者令輸銀。）警吏穿門時入室，圓木警枕難安眠。……」日警執法嚴厲，時時罰鍰，穿門入室，擾民至深。棄生云：「烏鬼家家養禍胎（……烏鬼，杜詩注一作姜神，一作豕也。）」以嚴苛的保甲連坐及罰鍰法，以維護清潔，杜絕傳染病的擴散。其理念正確，手段卻失之暴虐，令臺民反感。〈近事三首〉批評日治初期施政之弊病，如重課關稅（入關蝦菜百般征）、不恤民生（上市魚鹽三倍價）、兵火蹂躪（華屋邱墟一再經）、警吏酷虐（敲門巡警有雷霆）、官吏貪賄（魯褒愛作錢神論）、酷吏橫行（閑居驚拔眼釘錢）等等，加上檢疫之暴虐，使民不聊生。「沉酣若得中山酒，一醉還須百歲眠。」

（七）結語

　　明治三十年（1897）十一月，鹿港發生鼠疫，[133]〈驅疫鬼行悼亡甥〉云：「……須知造化好生意，鬼當長去勿徘徊。遺民死亡雖幸脫，萬死一生亦苟活。刀鋸燹火曾幾經，偶存微命非毫末？一鬼到處喪一家，將毋盡絕為蟲沙？于今跳踉悉豺虎，倘再死亡成赤土。死亡殺掠相並行，今所未聞昔未睹。昔者胡元入中原，議阬人使草木蕃（見耶律楚材傳）。草木蕃日牛羊壯，胡人將以開穹帳。時有良臣為挽回，至今中土人相望。豈鬼亦有胡人心？欲廣九州供殯葬。鬼有其計恐不行，我請天戈方相兵。磔鬼萬段使鬼滅，鬼能處此與人爭？試驅疫鬼作歌行，臨風淚雨灑吾甥。」疫病肆虐，令人無語問天而悲號。燹火與疫病為虐，剝極運窮之際，文化不絕如縷，似中國國勢陵夷，又苦於疫病；臺民不死於暴政，亦難逃疫病。末欲借逐疫之神兵來痛磔疫鬼，發抒其喪甥之哀。

---

133 同前註，陳永興書，頁336。

七、專賣制度及糖業政策

（一）前言

　　日治初期，臺灣總督兒玉源太郎及民政長官後藤新平將鴉片、食鹽、樟腦等利源收歸官有，實施專賣制度。除了坐收大量的間接稅，並扶植日本企業，使其壟斷銷售及輸出之利益。[134]專賣收入之大宗，前期為鴉片，後期為酒。鴉片由政府專賣，始於明治三十年（1897）。規定有煙癮者，應檢附地方官廳指定醫師之證明書，向地方官廳申領煙膏購買吸食特許牌照，繳納牌照稅後，始准許購買煙膏吸食，[135]此乃後藤新平「寓禁於徵」之政策。明治三十二年（1899），日人改行食鹽專賣。[136]六月十日公布的「臺灣總督樟腦府局官制」，設立臺灣樟腦局，實施專賣。[137]明治四十年（1907）八月，總督府發布「臺灣釀酒稅規則」，大正十一年（1922）七月，實施專賣。[138]日人於明治三十四年（1901）開始徵收砂糖消費稅。明治三十八年（1905）六月公布的「取締製糖廠規則」，將原料採取區域劃分的方式，區域內的蔗農必須把自己栽培的甘蔗銷售給總督府指定的域內新式的製糖廠，使其獨佔原料。此保護政策使日人的製糖業興盛，糖產大量輸日。政府與製糖廠坐收糖稅及糖利，剝削臺民及蔗農。[139]〈劇新百一詩〉批評道：「……虞衡山作貢，鹽府海為枯。酒務重重酤，糖園處處租。……深文真刻酷，善政益模糊……。」茲以其詩詳細論述之。

---

134 周憲文，《日治時期臺灣經濟史》冊一（臺北：臺灣銀行，1958年版）頁105。
135 程大學、許錫專編譯，《日治初期之鴉片政策（附錄保甲制度）》第一冊（南投：臺灣省文獻委員會，1978年12月出版）頁232。
136 張繡文編著，《臺灣鹽業史》（臺北：臺灣銀行，1955年11月出版）頁6、7。
137 藤井志津枝，《日治時期臺灣總督府理蕃政策》（臺北：文英堂，1997年5月初版）頁49、頁100。
138 矢內原忠雄，《日本帝國主義下之臺灣》（臺北：帕米爾，1976年版）頁68。
139 參見王世慶，《清代臺灣社會經濟》（臺北：聯經，1994年初版）頁443。

（二）深文眞刻酷，善政益模糊：鴉片專賣

臺灣之有鴉片，始於荷蘭之時。[140]日本治臺，樺山總督於一八九六頒布鴉片輸入禁止令，於是各地煙價均大幅上漲。〈詠煙〉一詩云：「家家愛吸淡芭菰，今日也同禁爨呼。空盡座中供客料，一筒檀管一葫蘆（煙袋多作葫蘆形）。」後因順應民情而解禁，並收歸官賣。日人限制吸煙的方式，一九一一年棄生〈與梁任公〉信中云：「又如限制吸煙，自是善政，而此間奉行不善，日日罰鍰，日日笞撻，至有以細故死於杖下者，其他尙待論乎！」[141]可見官方禁煙法之殘暴。臺民發起的戒煙運動，則以「降筆會」所倡者爲最，[142]於一八九九年春起盛行於全臺，推行戒煙之成果頗著。[143]〈戒煙長歌〉（序云：時下競爲戒煙，多有病者。予從俗戒之，累日無苦，遂復吸之，因歌以寄意。）云：「⋯⋯自從世界變腥羶，燹火劫灰焚大千。惡氛炎煇不可掃，瘴煙毒物鎭相連。九霄無路餐金瀣，半世空勞煉汞鉛。自歎此身已廢朽，遂將此事託逃禪。古人有託隱於酒，我今何妨隱於煙。收拾青雲付灰燼，壯心縷縷管中牽。⋯⋯」兵劫燹火後，心如死灰。吞吐之間，塊壘盡消，成爲「煙隱」者。

（三）鹽府海爲枯：食鹽專賣

日治初期，日人計劃於臺灣西部沿海開設鹽田。明治三十一年（1898），洪棄生〈與蔡某書〉信中，對醵資居鹽一事頗熱中，認爲是苛政之偶弛。[144]不料該年八月六、七、八日三夜二晝大雨，因鹽田阻水，濁水溪洪潦四漫，災情慘重。

---

140 連橫，〈榷賣志·阿片鴉金〉，《臺灣通史》，頁399。
141 《寄鶴齋古文集》，頁361。
142 王世慶書，〈日治初期臺灣之降筆會與戒煙運動〉，頁443。
143 此會原稱鸞堂，於1893年，自廣東惠州陸豐縣傳入扶鸞祈禱戒煙之方法。因而大大減少了政府的鴉片收入，1901年之後受打壓漸平息，同上註。
144 《寄鶴齋古文集》，頁327。

〈洪潦怨〉一詩云：「東山水決決，西海水茫茫。海隅十萬家，乃在水中央。問水何自來？來自熬鹽場。……」山潦決堤四漫，海隅之地盡付汪洋。明治三十三年（1900），食鹽歸官方專賣，鹿港富商辜顯榮為官鹽承銷組合長，[145]食鹽的專利遂由日本當局及依附其保護的商人所壟斷。

〈洪潦怨〉一詩接著云：「……鹽場亦何益？徒以充上供。合貲作鹽戶，傾家受鹽眦。民為鹽貧瘠，官為鹽富商。時無蜃蛤利，人有魚鱉殃。鹽田百千頃，聚土海生桑。有人收海市，無人濬海塘。濁流出山谷，汎濫齊屋梁。嗷嗷澤中雁，誰開洛口倉？水害方竭蹶，水租乃披猖。有田乏水潤，到處徵水糧。……」當時訂定之官收場價（日人稱賠償金），以鹽民每人日得工資三角左右，能勉強維持生活為標準。惟當時一般工資不調漲，鹽民不滿，紛紛改營他業，鹽田益多荒廢。水災方殷，當局卻強橫徵收水租，可謂「披猖」之政。〈鹿港乘桴記〉云：「鹽田之築，肇自近年，日本官吏，固云欲以阜鹿民也。而其究竟，則實民間之輸巨貲以供官府之收厚利而已。且因是而阻水不行，山潦之來，鹿港人家半入洪浸。屋廬之日就頹毀、人民之日就離散，有由然矣。」[146]〈詠鹽〉云：「紛紛粒粒總歸官，鹺賈休思法網寬。海上年來誰煮雪？堆盤真作水晶看。」掠奪民財民力。

（四）虞衡山作貢、糖園處處租：樟腦專賣及糖業政策

甘蔗和樟樹為臺灣平地及山林重要的經濟作物。〈詠蔗糖〉云：「炎洲孳大利，豫樟及蔗漿。豫樟煎作腦，蔗漿煎作糖。樟腦璨玉華，糖屑瑩玄霜。餘潤及五洲，饒裕在千箱。一入虜官手，搜剔無粒藏。樟腦供官賣，私販嚴律章。蔗糖加酤

145 賴志彰，《彰化縣市街的歷史變遷》（彰化縣立文化中心，1998年版）頁44。
146 《寄鶴齋古文集》，頁211。

例，一擔九輪將。……美洲傳異種，空聞一丈長（美國蔗，殊高大）。熬蒸出膏液，未敷稅吏嘗。鬼機代人力，漏卮永無當（近以機器煉糖，民仍不支）。子虛賦雲夢（〈子虛賦〉諸蔗即甘蔗），嘉味滿瀟湘。客至闕甘飲，誰嗜鹽茶薑？甜流（古水名）不涌地，玄圃空溫湯。赤沙沍麗冰，梅冶滋不祥（赤沙及冰霜皆糖名）。」樟腦及蔗糖爲臺灣之富源，卻遭日人「搜剔無粒藏」。民無食糖，故渴慕生活的甜味。日資的製糖會社壟斷糖利，遂使臺民的資本漏卮。嘉味烏有，如雲夢之虛渺。而茶薑無糖，豈可以鹽佐味？反諷臺灣成了無甜流無溫湯之鄉。既乏赤沙冶梅，其滋味終不佳。然而製糖家的損失和民生之匱乏，終不及多數蔗農所受的荼害。

〈與梁任公〉云：「……如糖蔗一端，爲利人之舉，閣下所詠，以爲奪臺人製造生計，此其害似大矣。不知此其小者也，所損在製糖家，其害不過在數百千人。尚有損在種蔗家，其害不啻數千人也。」[147]〈田野即事四首〉其二便云：「官吏日扣門，敲扑去種蔗。糖稅歸國家，糖利歸會社。農戶絕饔飧，啼饑窮日夜。農夫劇苦辛，爲農難爲稼。蔗田雖有收，賊估不論價。昨來大雨風，蔗苗況如赭。徙倚到東皋，嗷嗷盈四野。」官廳及製糖會社強行收購或徵租土地，[148]奪取糖稅及糖利，榨取蔗農之勞力。[149]農戶饔飧不繼，辛苦種稻謀生之餘，難於爲日人作稼。會社猶如盜賊，以低價收購甘蔗，奪取農民血汗所得，害的農民流離四野。〈詠糖〉云：「糖霜出鼎當瓊英，稅歛重重百倍盈。悔殺繖山鄒佛子，竟熬甘汁誤蒼生。」稅歛重重的壓搾究竟是甘汁，還是蒼生？

147 《寄鶴齋古文集》，頁361。
148 涂照彥，《日本帝國主義下的臺灣》（臺北：人間，1999年版）頁170、217。
149 同上註，頁174。

（五）酒務重重酤：對酒類徵收課稅金

　　明治四十年（1901）對酒類徵收課稅金。當時酒類繁多，規格不一；大小造酒工場，多至二百餘；家釀自用，尤其普遍。[150]〈詠酒〉云：「一盞沾脣費十千，無人敢作醉中仙。小家大戶皆征榷，惟有睡鄉未稅錢。」則想自飲家釀，恐怕也因思及徵稅而難醉。〈端午約鹿溪水嬉不果赴即作〉云：「……家有小糟邱，拍浮未爲俚。念昔屈公醒，眾人皆醉死。我在醉醒間，與俗浮沉耳。……。」當年飲酒應景，逍遙過節日。如今像〈飲酒感詠〉云：「……糟邱課稅重，一杓論十千。將開謝瀹口，安得阮脩錢。」欲到酒市買醉，則苦於重稅。〈酒市四首同次兒作〉其三末云：「今日綠醽征榷盡，襟痕無復滿杭州。」可想見酒市難買醉。

　　〈夏日出遊即詠〉云：「……洋燈橫照百盞光，倭酒豪吸千籌積。就中有客醉欲眠，逸氣猶上崑崙巔。笑說東溟龍虎鬥，泰山不敵石一拳。我於酒外百無味，故國純鉤何日試？……」報國無門的悲憤，盡付豪奢之醉飲。〈對酒用太白韻應諸同人作二首〉其二云：「……披髮盈大荒，何人登璚臺？蓬島沉弱水，大塊揚輕埃。惟有痛飲酒，聊以優悠哉。」用李太白〈對酒〉韻，針砭中國朝政昏亂，發抒陸沉之痛。憂患既深，醉語頻放。〈長夏飲酒二首〉其一云：「六月三伏天，縱酒醵爛漫。有如行長途，浩歌以忘倦。一盃復一杓，消遣百憂散。既以釋愁心，因之驅熱汗。暑氣奈吾何，吾用醉昏旦。一醉不復醒，耳根絕治亂。北窗羲皇人，尚恐無此願。」與其空懷「時日曷亡」之悲，不如「快哉痛飲酒，長夏寐如年。」

（六）結語

---

150 引自周憲文，《日治時期臺灣經濟史》（第一冊），頁124。

日人實施專賣的目的，在籌措財源，使臺灣財政獨立，不須仰賴本國之補助。征榷紛如，使民生匱乏、勞力受剝削；其「農業臺灣，工業日本」之經濟政策，掠奪糖、樟腦、食鹽等原料，振興日人之工商業，併吞或控制臺人資金，建立殖民經濟體制。〈內山〉云：「古徑行蹤少，縱橫開野花。翻山無獠洞，汲水有人家。萬灶煙蒸腦（樟腦），千棚地種茶。誰能籌本計，僻壤教桑麻。」頷聯言原住民遭驅逐肅清，日資本家得在臺灣山地種樟樹及茶等物產。[151]批判日人忽略民生，卻一味掠奪的殖民經濟政策。

八、市區改正

（一）前言

明治三十一年（1898）三月，後藤新平升任民政長官，直到明治三十九年（1906）卸任為止，始終把上水道和鐵路、土地調查、築港、官舍建築，並列為五大建設，一併推展。[152]明治三十八年（1905）臺北廳公布全市性的市區改正計劃。依據人口增加率及密度，預先規劃幹線道路系統，並下令拆掉城牆，將舊有地拓寬為二十五至四十間的遊步道路等措施。[153]是年，臺北西門町檔園公園附近的市區改正時，曾發生有關地主、住屋所有權者三○○餘人，提出補償的陳情。因此，從一九○七年度開始採行以時價的半額來收買用地的作法。[154]但一九二○年，市區改正事業轉由市街庄實施。由於地方財政力

151 同前註，涂照彥書，頁405。
152 越澤明著，卞鳳奎譯，〈臺北的都市計劃──1895～1945年日治時期臺灣的都市計劃〉，《臺北文獻》直字105期，1993年9月出版，頁125-126。
153 同前註，頁126-127。
154 同前註，頁132-133。

量薄弱，對居民很少補償。[155]

（二）鹿港的市區改正

大正十年（1921），日人已實施鹿港的市區改正，[156]該年之工事則著重於改善衛生，並調查築港事宜。[157]〈鹿港乘桴記〉云：「猶幸市況凋零，爲當道所不齒；不至於市區改正，破裂闤闠、驅逐人家以爲通衢也。然而再經數年，則不可知之矣。」[158]棄生歿於昭和三年（1928），則之前的市區改正規模必限於局部，不能和彰化、臺中等都市相比。市況的零落，爲當道所忽略，卻換來古蹟的留存和生活的寧靜，可謂鹿港之幸。〈齋居偶得〉云：「……自從虜尉來，劃作空場圃。開闢見東荒，青山入環堵。藉以窺日月，亦忘壚曠苦（市樓被拆，門開見野塚，詩中所云如「隔籬」、「種楝」、「聞蟬」等語，皆當前實境，非泛詠景物也）何點隔籬棲，中作清淨土。閑即把詩書，倦或散巾組。……」市樓被日人拆除，門開即見野塚，人多不喜其殘破，而棄生慶幸有青山平野補目映懷，享受鄉野之趣和市集之便。亂世中的讀書人寧靜致遠，曠達自適。

（三）「膨脖石丈人，睢盱饕餮相」：對後藤新平的批判

大墩公園（原稱臺中公園，今中山公園）在今臺中市中區。[159]明治三十六年（1903），日人又實施市區改正，始闢建

155 陳正哲，《臺灣震災重建史——日治震害下建築與都市的新生》（臺北：南天，1999年初版）頁92。
156 據是年6月27日臺南新報「鹿港市區改正」的報導云。印自國家圖書館臺灣分館微捲。《臺南新報》，大正10年（1921）6月27日。
157 葉大沛，《鹿港發展史》（彰化：左羊，1997年6月初版）頁871-873。
158 《寄鶴齋古文集》（南投：臺灣省文獻會，1993年5月31日出版）頁212。
159 引自賴順盛、曾藍田編輯，《臺中市發展史——慶祝建府百週年紀念》（臺中：臺中市政府，1989年6月30日出版）頁82、85-86、90、92。

大墩公園，建湖心亭。初，園內主要設施有昭忠碑（1902）、
兒玉將軍像（1907）、池亭、後藤男像（1912）、猿檻及動
物小屋。[160]〈大墩公園雜詠十二首〉五言絕句其二、四、五至
七、九至十云：

> 亭舍坐崔嵬，車聲送晚雷。園間殺風景，中有髑髏堆。
> 透漏澎湖石，矮嬌江戶花。園角旗亭近，東洋賣酒家。
> 朝見東洋孃，暮見東洋孃。看花高髻集，掠水翠裙颺。
> 催敲來種花，千株萬株列。白是千人脂，紅是萬家血。
> 海山榷酤多，遊興何須惜。金錢不翼飛，祇此留微跡。
> 民政有前官，當前立榜樣。膨脖石丈人，睢盱饕餮相。
> 我為看花來，偏欲看山去。避塵深山中，青青不知處。

　　其二言坐於亭舍，隱聞車聲如雷。園間竟有髑髏成堆，
大殺風景。其四寫園中造景。澎湖透漏之硣砳礁石與矮嬌柔美
之江戶花，一老透、一鮮美，相映成趣。園角附近的東洋酒
家，在今成功路二四八巷處林立，當時為新築常磐町，為不夜
之區。[161]日人相當重視公園之清潔及景緻，不惜千金，蒐羅天
然奇石來造景，[162]故洪氏〈過彰化廢公園感賦〉批評：「即看
此地闢游場，小害亦同花石綱。」不恤民力以蒐羅奇石。其五
言樅松深碧，亭樹臨水，水中紅蓮間白蓮，緩步過橋，暑意全
消。池亭在臺中公園水池中央。[163]其六寫公園中的東洋女子，
高髻裙颺，端莊華麗的姿影與花相映。其七見日人役使臺人種
花，催敲之怒狀，使眼前之紅白花朵好像是千萬臺人的膏血。

160 同上註，頁255。
161 同前註，頁167。賴志彰，〈一個日本海外殖民地的原鄉都市風格型塑過程——
　　日治時期臺中市的「京都」風格型塑〉，收於《都市與計劃》第22卷第1期。
　　1995年出版，頁49。
162 佐倉孫三，《臺風雜記》（南投：臺灣省文獻會）頁38。
163 同前註，賴志彰文，頁54。

其九慨歎日人權酤繁多，如海似山。臺民之金錢血汗，僅於此微見痕跡。故其十批評後藤新平任民政長官時，削腋臺民，以飽日人，銅像一副饕餮相。〈過彰化廢公園感賦〉云：

> 一草一木皆民力，有臺有觀皆民房。謬云此事同民樂，一夫爲樂萬夫哭。黔首家家戴覆盆，金錢日日塡盧谷。有人蒙羞像範銅（臺灣百孔千瘡之稅，多自民政長官後藤新平爲之。其人以此錫男爵、游御園，賜入華族。然其銅像在臺地各公園者，尚伸手作索錢狀也），民膏民血塗身紅。
> ……

　　明治三十一年（1898）後藤爲民政長官，於明治三十九年（1906）卸任，被譽爲「臺灣殖民的奠基者」[164]。以百孔千瘡之稅，削腋臺民膏血。[165]對臺民強取豪奪，十足聚斂惡吏之嘴臉。後藤竟因治臺之政績而獲勳章、錫爵、游御園、賜入華族。[166]銅範何辜，鑄此無恥之徒。〈大墩即事〉云：「偶向毬場過，消閑興不虛。電傳千里話，風走獨輪車。市賣高麗荣，船來日本魚。插標農圃裏，倭客課耕畬。」日人的自動車業者對道路開發有優先權，而電話交換局爲意識型態控制的場所。[167]臺中的市場農圃完全是日本京都內地型都市的模樣。[168]

（四）「到處病藜成瘦臘」：公園的病藜反襯出日人的強橫和聚斂
　　〈過彰化廢公園感賦〉批評日人實施市區改正之強橫：

164 謝振榮，《日本殖民主義下臺灣衛生政策之研究》，頁29。
165 陳艷紅，《後藤新平在臺殖民政策之研究》，頁84-85。
166 同前註，謝振榮文，頁32。
167 同前註，賴志彰文，頁61、68。
168 同上註。

「……到處病藜成瘦臘,入圍荒草溷殘茵。遊人來往悲邱壑,梧桐脫皮筠脫籜。兩部曾無給鼓蛙,一庭豈有乘軒鶴?年來我過東郭門,郭外人家半空村。郭內人家半曠原,破碎門牆鳥雀喧。其他凋零不可道,其故壞怪良可言。自從事事效歐美,街衢方鑿劃井里。游吉毀家為當途,晏嬰徙宅因近市(臺中毀折四次,彰化亦有二次)。即看此地闢游場,小害亦同花石綱。……」彰化公園景緻幽靜,然無人管理而飛塵滿園,東郭內外則殘破和凋零。[169]

明治三十九年(1906)彰化市區開始實施市街區計劃,計劃區域八十四公頃,全部施以馬路改正,以棋盤直角正交馬路作計劃道路的分劃。因此,整個市街區就由四種不同方向的棋盤道路湊合而成,[170]市區改正時,日人強橫的拆毀民房,鮮少補償,臺民家園殘破,損失慘重。開闢游場所用之花石,更靡費無算。公園為病藜滿園,〈荒城秋望〉云:「……八卦山頭舊寨平(山上舊有兵寨),石虎新遺趙王堡(今有日本親王遺跡)。於今闢作遊人園,行人憑弔跡如掃。俯視城市半已荒,廛店拆毀成空場(去年市區改正,城內外折毀人家逾千戶),昔日飛甍樓觀地,今餘亂瓦堁堆傍。廢殘雖已修,零落尚淒涼。無家無室千餘氓,散為哀鴻之四方。回頭望大道,大道直如弦。中有平民十萬田,鏟除畎畝無陌阡。嵯峨見闠市,有伍有章似方里……。」

「定寨望洋」被列為彰化八景之一。[171]日治後,日人夷平定寨改建為神社;大正三年(1914),並在此立北白川宮紀念碑,[172]彷彿矗立著日人的軍威。以酷虐嗜殺之胡人石虎擬之,

---

169 同上註,周國屏書,頁14。
170 賴志彰撰稿,《彰化縣市街的歷史變遷》(彰化市:彰化縣立文化中心,1998年3月初版)頁28。
171 周國屏主撰,《彰化市志》(彰化市公所,1997),頁827。
172 吳永華,《臺灣歷史紀念物:日治時期臺灣史蹟名勝與天然紀念物的故事》(臺中:晨星,2000年初版)頁25。

暗示此城難逃被宰割的命運。此處闢作游場，欲憑弔古蹟，只見遺跡如掃。筆直的幹道，方整的街市，造成多少無家可歸者。〈彰化城路二首〉其二云：「斜日東洋圃，晚風西郭垣。野平城堞盡，秋色滿荒原。」斜日晚風中，只剩下荒城之殘破。

（五）結語

日治初期，全臺各地反抗義軍蜂起，時有慘烈之戰事。直到大正四年（1915），噍吧年事件後，漢人抗日運動才漸趨平息。其間日人屢屢更動地方行政區域之劃分，反映時局之不靖。如乙未年（1895），將全臺劃爲三縣一廳，接著又分一縣二民政支部一廳，明治二十九年（1896）又恢復三縣一廳。翌年改爲六縣三廳。明治三十四年（1901），劃爲二十廳。明治四十二年（1909）劃爲二十二廳。〈過東郭廢公園感賦〉云：「況當官署紛奕棋（臺地初設辨務署，旋改縣、廳；旋廢縣存廳，旋廢合各廳），不免童山隨翻覆。」時局未安，日人卻積極實施市區改正，拆毀舊日禦敵之城郭，以求都市之更新。積極建公路、鐵路及各地之幹道，以擴張其殖民統治。強橫之舉，損毀家屋無數，又鮮少補償，使人怨聲載道。

九、悍警、苛稅與天災

（一）前言

日人企圖改變臺人成爲「利害與共的日本國民」。明治二十九年（1896）發布「法律第六十三號」（簡稱「六三法」），採委任立法制度，授權臺灣總督得頒布具有法律效力之命令，使臺灣被摒於日本憲法保障之外，形成總督專制之體制。地方行政係以警察爲中心，幾乎任何事務均有警察介入，

被稱爲「典型的警察政治」。[173]

（二）癘疫兵凶與水患更迭

明治三十一年（1898）農曆五月，淫雨經旬，積潦敗稻，因而米價騰貴。農曆六月十九、二十、二十一日三夜二晝大雨。迨二十二日雨晴，但見暴漲陷山，村莊付之奔流，人物烏有。[174]〈暴雨險漲紀事〉云：「日沒江河翻，狂濤天上瀉。……道途水接天，無處認橋跨。訇訇山石聲，舉目無完舍。……由來二百年，未聞此歎詫。連村或水浮，沮洳無塘壩。亦多付漂流，雞犬人物化。川漲陷邱陵，田疇沒穬稑。屈指百里間，荒蕪忽如乍。竊疑造物心，年年不寬假，疫癘與兵凶，更番成迭駕。盜賊夷狄橫，兼將奇災嫁。靜思浩劫中，在在足驚怕。盲風怪雨來，何敢生詛罵。六月且披裘，時序無多夏。放懷作詩歌，淚隨風雨罷。」江河翻濤以形容雨水狂瀉。怵於盲風怪雨，不敢詛罵，但存悽憐淚水而已。

（三）旱災枯稿，水租難逃

明治三十二年（1899），則遇上久旱不雨，農民飽受農作物歉收之苦，而日人竟提早徵收水租，〈田野即事四首〉其三抗議云：「陂塘處處乾，水租徵更早。」〈洪潦怨〉云：「……水害方竭蹶，水租乃披猖。有田乏水潤，到處徵水糧。云欲修水道，頓增十倍強。納輸或濡滯，抄沒甚銀鐺。下戶封衣物，上戶封屋房。水利民所有，乃爲官所攘，峨峨水租府，乃是東洋莊。纍纍水租金，乃充東洋囊。……」水租屬公營事業費，官府攘奪強徵，無視於水患方殷。催租之暴虐，〈斗米歎〉云：「旱潦之後草色黃，茹草不得爲寇攘。明火殺人取所

---

173 黃秀政，《臺灣史》（臺北：五南，2002年2月初版一刷）頁176-189。
174 〈再與家煇石孝廉書〉，《寄鶴齋古文集》，頁337。

藏，比於倭人尤堂皇。劫奪孰與稅斂強，時或放火燒民房。」
弱者則不死於貧窮亦有盜賊不絹之憂，何其可憐！〈雨後述
事〉云：「我作喜雨詩，農夫有憂感。救死尚未能，稅斂來相
迫。安得兼雨金，萬民皆悅懌！」末二句無理而妙，寓深沉之
辛酸。

（四）地震簸盪，猶如陸沉

明治三十九年（1906）農曆二月二十三日，嘉義、斗六
地震，造成重大傷亡。棄生〈地震行〉序文云：「今年二月
二十三日，天甫微明，地忽大震。罹其災者，嘉義地方最慘，
斗六地方次之。嘉義斗六之間山中，裂六七里，深亦如之，溪
水為沸，嘉義城及所屬梅仔莊、打貓莊、新港莊屋無一存，地
為邱墟。」詩云：「……不信乾坤又灰燼，可憐髑髏皆齒牙。
哭夫哭子哭父母，慘淡往來魯國髽。豈知蓬萊昔翻覆，神山久
已沉大陸。地上龍蛇多殺機，民間雞犬爭觳觫。雖有孑遺半死
生，阿鼻牛首怒獰獰。暫偷食息魚游釜，終見漂流蟻滿城。天
心如此已可嘆，何為此遭益糜爛。當今有幾蟣蝨臣，浩劫無
窮保蟲患。欲排閶闔問天公，天關沉沉漫復漫。俯視羅山斗
六門，山飛川走坤維斷。」「髑髏」、「齒牙」皆骨肉，故
有「哭夫」句之悲痛，翻憶昔日「陸沉」之痛。化用「地牛翻
身」之傳說，擬為阿鼻牛首之獰怒怪獸，與龍蛇、雞犬、釜
魚、漂蟻、蟣蝨、蟲患之比喻相映成趣。〈後地震行〉因此年
二月之地震，憶及前年（1904）農曆十月之地震。詩云：「嗚
呼！東瀛今已淪大壑，細者沙蟲大猿鶴。世界大千輸一粟，竊
歎陸沉天地酷。」地震顛簸，不禁憶起臺灣割日的陸沉之痛。

（五）苦於暴風與悍警、苛稅

大正三年（1914）閏五月，臺地暴風肆虐。〈暴風悲〉

云：「……杼柚悉索空，謀生路已斷。惟望畎畝間，或可供緝算。鶸炙喜見彈，時夜喜見卵。繭抽雖至筋，甌纍已在眼。奈何喜穀登，忽作飛蓬散。萬哭同一聲，天心不為轉。迴思十年來，無年無水旱。風雨既驕橫，徵歛尤怪誕。即如今夏期，役夫徵更悍。沿門驅壯丁，百贖無由免。占闉立刻行，一路同編管。農務迫眉睫，驅去不容喘。亦有謀脫役，中人多破產。全臺百萬家，如篦如席卷。……罔圖天助虐，風害甚於暵。四野黃如雲，一掃禾無秅。連番摶扶搖，萬竅動空窾。仰首望飛廉，三去復三返。我在虛室中，膽碎心為慄。空廩非所悲，竊歎農無飯。」由「鶸炙」之期待，「忽作飛蓬散」，心血泡湯，不禁哭窮。寫保甲徵役之凶悍，見日警之殘暴。既哀風災，復痛人禍。咒天之詞，難掩心驚與悲情。

〈風暴晚稻四首〉其四云：「四野寡桑麻，耕犁事已細。災厲與暴徵，誰復田園計？如何田價昂，寸土需重幣。總由謀生隘，食租當急濟。其奈賈平章，蓄買公田勢。洛陽千萬頃，紙市有前例。茲事漫具論，我當樹六藝。田宅雖就荒，樹木愛陰翳。帶草生書窗，幽花對庭際。春至百物溫，空廩亦度歲。（前年民政長官已將債券收買民間大租充官租，今其人後藤新平復倡議，當屬行收買民間田租，故早有懼者。蓋債券衹可向官領輕微利息，尚不可作紙券用也。）」民政長官後藤新平猶如南宋姦臣賈似道，倚仗其權勢，掠奪民田。農戶擔心田園一旦充公，只能償付薄息的債券。暴風橫掃，又有「寸土重幣」之高額地租，仍然認命的密耕農地。空廩度歲，猶巴望春暄之暖。農戶生計之艱困畢現。

當時地租之繳納採申報制，一旦逾期申報，重者可罰以籍沒田地。租稅的輕重與否，須考慮生活水準和物價的波動，〈米賤感賦〉云：「……米賤我今夜長歎，租入難供賦稅半。賦稅如何底許多？中田今升十倍科。正稅之外有附稅，稅外加

派更繁苛。猶幸今年歌大有，無錢有米可糊口。倘或年時遇半荒，村南村北皆餓叟。但是農家今亦艱，買牛僱直錢如山。有米賤糶須官檢，玉粒難入東洋關（官設米組合以驗米，凡非粒大如珠者不得賣往日本或他處）。農家租戶何須苦，催科刻日嚴如虎。無田亦有人口征，百物錐端皆榷估。」明治三十七年（1904），「輸出米檢查規定」的實施，使篩選過的臺米，成了價廉質優的輸日商品。而米賤傷農，農夫辛苦所得竟難供賦稅之半。地租及其附加稅外，尚有各種攤派，使農忙和農閒期間之差距更小。農民為提高生產力，不得不低價賤糶米穀以換取現金，來支應工資和購買牲口的費用。然而，「買牛僱直錢如山」，買不起牲口的貧農，只得牛馬般的為人耕種。

（六）結語

　　日治初期，地震、水災、兵燹、風災肆虐。除了地、水、火、風四大之苦，還有悍警、苛稅之禍，〈大風述事五十韻〉云：「蟄居滄海中，閱世日遷變。衡政與蜑災，間出如劇戰。……年來時事非，民生苦熬煎。粒米及勺漿，靡不入榷算。敲扑竭脂膏，寢食俱鍛鍊。群毛燎一罏，旁觀目亦眩。何況切膚災，能不雙股弁。僑人戴天弢，無地可逃竄。督府施律條，己意即天憲。寸法千犀皮，束縛南宮萬。朝行而夕更，惟官之所便。嗟嗟海山民，作踊同屨賤。瘦者供鞭笞，肥者供芻豢。有土此有人，為奴兼為佃。警隸穿門房，聲雷而目電。租吏沒田廬，星移復物換。國稅及雜徵，所求過卯彈。最苦逢掊徒，時時溺在冠。市傭與販脂，時時輸銀絹。社會掠民財，政府為奧援。士比鸞棲棘，民如雉帶箭。所陳百未一，人且疑謗訕。我讀子遺詩，血聲和淚嚥。奈何天助虐，斯民日塗炭。……自從滄桑來，無時無危亂。……有如尪病人，被曝懸空半。……」將橫政比擬如飛災，兩相劇戰。民生之煎熬，在榷算如細網周

密，日警之敲扑鍛鍊，使臺民如有切膚之痛；如傞人戴天笯，雙股弁顫。「督府」以下言總督專制、法網嚴密；朝令夕改，惟官所便。警吏之悍暴、賦稅之繁多、民命之賤窮、會社之掠財，使士人百姓深有苦痛。更不堪天災助虐，喻臺民如遭「日」曝而倒懸，婉諷日人。

〈田畝歎四首〉其三云：「勺水不得濡，復欲徵水租。水租猶尚可，地租惡追呼。水租爲公用，地租爲國帑。屬行籍沒法，不比償宿逋。竊歎商鞅家，無此聚斂徒。丁戶計口收，房屋亦徵輸。入市復算緡，錐末及銖錙。削胘將至骨，未止占剝膚。……」地租爲國稅，州廳稅有戶稅、家屋稅等，尚有市街庄稅，以及水租等公營事業之租稅。繳納稍晚，田地動輒被籍沒。〈偶書付墾荒日本人〉云：「剩水殘山處處過，開阡闢陌報升科。可憐海上蓬萊島，割去膏腴左股多膚。」「割去膏腴左股多」，可見殖民地田賦及租稅之不平等。

十、討伐原住民

（一）前言

明治三十九年（1906），臺灣總督佐久間左馬太對原住民展開「大討伐」。明治四十年（1907）九月六日，佐久間總督開始其五年的「理蕃」計劃。對於南部的原住民，採取「撫育」政策，對於北部原住民，先引誘其承諾在其境內設置隘勇線。進而開鑿十條包圍北部原住民的隘勇線和一條經中央山脈而貫通南北的縱貫隘勇線。此舉嚴重侵犯原住民的土地及生存權，屢屢引起反抗。佐久間遂於明治四十三年（1910）開始第二次「理蕃」計劃。此計劃於明治四十二年（1909）即獲得議

會支持。[175]

（二）剿殺原住民之殘暴

明治二十九年（1896）日人將山林野地歸國有，洪氏〈內山〉指斥以掠奪樟腦、茶、森林等資源，剝奪原住民的生計來源，卻忽略了教導原住民謀生之法，可見其治理政策之失當。明治三十九年（1906），臺灣總督佐久間左馬太一改過去撫綏及防堵並行的政策，大舉討伐原住民。〈大討伐〉云：

> 丙午方隆冬，生番大討伐。疊嶂摩青天，連營一齊發。白日照深菁，朔風響林樾。烈火焚高邱，砲聲夜未歇。鑿齒與雕題，相逢即馳突。其俗本狂獉，其人如鷹鶻。撫之曾幾時？屠之起倉猝。殆爲墾荒來，闢土不容易。遂使甌脫間，亦走東洋卒。平野多草萊，何用入窮窟？師勞久無助，萬山擲枯骨。獰樹蛇蟄蟠，怪石鬼面凸。谷暗叢木呼，徑險古苔滑。生番何處棲？腥風動溟渤。呦呦麋鹿哀，莽莽狐兔沒。長阮無所施，群峰立崒嵂。

「長阮」批判錯誤的剿殺政策，由慘烈的討伐寫起。日人連砲齊發，原住民四處馳竄。質疑改撫爲剿之動機，揭露日人殖民政策。言其不該勞師襲遠。山林險惡，獰樹如蛇、怪石如鬼面，猶如原住民之圖騰。哀憐原住民賤如待宰之獸，批判殘暴之剿殺。

大規模的討伐行動，始於明治四十年（1907）的五年「理蕃」計劃。〈剿番行〉云：

---

175 藤井志津枝，《日治時期臺灣總督府理蕃政策》（臺北：文英堂，1997年5月初版一刷）頁228-233。

山獠窮居深山中，亙古不與秦人通。重重疊嶂雲煙阻，紗紗危巒霜雪封。生聚雖如三楘眾，殺鋒未似五溪兇。如何下策用火攻？西海直侵東海東。不比牂牁下莊蹻，豈同巴蜀通唐蒙。憶者漢家天子詔，劃將甌脫為邊徼。侏儒有語安耕獵，烽燧無烱封嶺轎。南北輶蠻雖稜威，中央靡莫未原燎。長與深林養鹿茸，何事將軍誇鶗鴂？乃今窮兵踏虤虤，砲火所飛狐狸叫。重崖陰陰無日曜，滾滾溪流石陡峭。暑寒不時風窅窱，冰塊紛紛隨潦漂。役夫開道身虺隤，兵士重甋鏡遠眺。酒保技師收厚利，臺人號咷倭人笑。臺人久作釜中魚，生番熟番奚安居？耕地一踩無秸粒，山廬一火無籧篨。番人逃竄成猿狙，山中往來隨豪豬。可憐千砲深箐溜，頓使三危眾骨菹。迴視番營萬蟻垤，一朝如蟻遭掃穴。白石苔封苦役骸，青山瀑瀉藤猺血。花蓮港與合歡山，兩軍遙舉互包截。東西戰隊未雙連，南北輓輸勞九折。寄言番婦莫冤啼，嗟我周黎亦靡孑。

大正三年（1914）五月底，佐久間總督大舉討伐「太魯閣」原住民。由全臺保甲抽徵役夫約一萬兩千九百人左右，協助軍警輓輸。[176]火攻之下，原住民逃竄如野獸，性命賤如螻蟻。哀憐役夫及原住民犧牲之慘。以「長與深林」二句為主旨，控訴日人窮兵黷武。臺民及原住民俱如釜中魚煎熬，何能安居？原住民非殺鋒兇惡之徒，何不如昔日宣威羈縻政策；或劃界防維，使其得以休養生息，對照火砲靡爛山林之過錯。同年八月，日本對德宣戰，加入第一次世界大戰中。〈中東感事四首〉其三、其四云：「血雨腥風處處流（時日方內外用兵，

---

176 溫吉，《臺灣番政志》（臺北：臺灣省文獻會，1957年12月出版）頁786。

又與議院劇爭加兵。）, 蓬萊眞個作蓬邱。萬家痛哭仍苛虎,
九海孤窮更聚鳩。羅掘一空兵不厭,怨仇交積主無憂。管寧穿
榻遼東地,懶把餘生計去留。」「兵氣漫天日月昏,深山大澤
亦風雲。凱旋酒犒花門隊,鏖殺戈來板輤車(剿番方奏凱而番
害旋大起)。麟鹿毀胎方掃穴,貙貅見䑕忽亡群。洞黎亦有
梟雄輩,請與中原猛士聞。」日人內外用兵,對原住民毀胎掃
穴,反而激其反抗。發抒漢族和民住民同仇敵愾之情。〈番山
近事四首〉云:

> 五月行軍日,輜夫處處征。險踰穿大漠,役似築長城。爆
> 石冬雷迅,危巒夏雪盈。戰雲深樹裏,悽絕鼓鼙聲。
> 地絕東海東,安營獟獷中。亂山千甲坐,險道五丁攻。骸
> 鮓蒸人寶,冤魂嘯鬼雄。合歡峰頂望,瘴雨日濛濛。
> 日月起烽煙,蠻山欲觸天。軍無諸葛鼓,費有貳師錢。萬
> 垤遭焚蟻,千峰歡站鳶。驅人牛馬走,輓運到霜巓。
> 慘戚內番山,藤蘿亦血斑。鏖兵深壑暗,放砲亂峰殷。逃
> 死林箐裏,餘生雪窟間。因窮時出鬥,軍氣落兇蠻。

　　第一首寫役夫之苦,暗諷日人之苛政如秦政。「悽絕」
句,預見次首所言戰役之慘。第二首以「冤魂嘯鬼雄」告慰枉
死的英靈。「瘴雨」接領第三首首二句「蠻山戰役」,頷聯批
判日軍非堂堂之師,宛如靡費無算的李廣利,皆爲滿足帝王之
好大喜功。第四首見山地處處血腥。其「軍氣落兇蠻」,比所
謂的「兇番」還更野蠻!〈島詠二首〉其二云:「駔殺及狂
獠,深山亦劫塵。……洞穴無安土,窮荒有劇秦。時時槍砲
震,知是剿番民。」原住民因兵劫成塵。暗諷日人如嗜殺的獵
戶,哀憐深山亦難逃暴政,民無安土可居。

（三）強徵役夫之苛酷

日人催徵役夫，以應戰時輓輸。〈暴風悲〉云：「……即如今夏時，役夫徵更悍。沿門驅壯丁，百贖無由免。占籍立刻行，一路同編管。農務迫眉睫，驅去不容喘。亦有謀脫役，中人多破產。……」「沿門」句寫警察由各地保甲強悍徵役。中產之家，或有輸金求免而破產者，可見執法之嚴酷。〈役夫歎〉寫役夫行役之苦：

> ……役夫來自東，見山兩眼紅，繭足萬山中。役夫來自西，有足自行地，未嘗越山谿。役夫來自北，嗚嗚復唧唧，城人入深山，如魚入罟罭。役夫來自南，南熱寒不堪。入山逢陰雨，僵絕六有三。山途況險惡，谿溶石崿崿。肩頭負重擔，未行足已弱。長官圖勳階，民番填溝壑。只有役夫苦，誰識從軍樂？西人驅向東，東人驅向西。饑喝受鞭扑，不異犬與雞。毒癘入人身，仆地爛如泥。一死無消息，望絕母與妻。來時斂金錢，比閭供行李。死者不求生，生者且困死。骨積空山坑，淚滿濁溪水。奈何闢番疆，使我至於此！他日青山碑，忍以赤血紀。

運用古樂府樸實手法，「役夫」等領句，哀歎役夫之苦。境況不同，艱難則一。設想親人，倍覺哀痛。哀憐役夫恐無生還之希望，徒流滿溪之熱淚，終化空山積骨。鮮血豈是冷冷的青山碑所能載盡！〈夏雨即事六首〉其六以征夫家人口吻道：「征夫冒暑去無還，風雨如憐五嶺蠻。驛電不知能遞否？連天烽火在深山（時剿埔社山番，催充軍夫萬急）。」音問隔絕，千家繫念。〈役夫行〉（序云：役夫之徵，遍全臺。南北盡處，由海輪送於花蓮港，以輓輸重入山；近中各處，由陸輸送

於埔里社，而輓輸重入合歡山，或兼鑿路。自今年（甲寅）四月始，不數日而迭輸人夫，每番一甲數人行。其不能行者，斂金以貲行者。每一夫行，百物取具各甲，必費數十金，多有死者。蓋剿番之累如此。）云：

瘴氣蒸成萬峰赤，懸崖灑遍腥血色。深箐萬古無人行，只今道路開荊棘。路在千山萬山中，墼深無底涵虛空。藤蘿尚帶洪荒氣，砲火橫施開鑿工。開鑿未已驅人上，征夫前泣後夫望。手足作車尻作輪，獰雨盲風催轉餉。熱氣爍人成乳飴，冷氣中人成僵尸，毒瀅漬人爲腐脾。天驚地塌雷霆起，復有破石墮空靡軀肌。昔日中華全盛時，討番役人人不知。黃金布地士爭赴，豈與今日驅人供熊羆！兵辛三千夫十萬，中央南北搜羅遍。弱者輸貲壯輸身，迭番踐更急於電。聞道溪中產水晶，復企山中生金英。可憐膏血換空地一寸，茸茸原野萬骨撐。長林一過無日暖，危峰再去有冰塊。五月穿裘困雪山，萬夫痛涕至天晦。問渠于此何不逃？渠言無處匿蓬蒿。商鞅保甲誅連坐，惠卿手實吹毫毛。嗚呼！閭閻何事求安堵，此間法比連環弩。吉網羅鉗匪所思，虎苛蛇斂不堪睹。相逢盡覺無人形，山頭日作青燐青。莫怨災星散平地，試看砲雨穿林冥。

指控日人爲始作俑者之首惡。「手足」句，役夫如牛馬被驅使。「爍」、「中」、「漬」強調瘴癘磨人；「乳飴」、「僵尸」、「腐脾」則形容死狀之慘；「天驚」句以天外之筆，寫橫禍飛來，強徵橫歛，使寸寸空地塗膏血；「茸茸」及「長林」句益見山川險阻，役夫困頓瀕死，控訴保甲法之苛刻猶如吉網羅鉗、虎苛蛇斂。

（四）結語

明治三十八年（1905）日俄戰爭後，日本帝國主義更加高張，企圖侵略中國，加強對臺灣的軍事統治。其剿殺原住民的殘暴行徑，真是「怨仇交積」。洪棄生以「不嗜殺人者能一之」的仁政觀點，批判日人窮兵黷武，將使「九海孤窮」，不啻是自絕生路。更批判暴政，使「萬家痛哭仍苛虎」，以〈役夫歎〉等詩代臺民哀告，讀來猶令人惻惻。

十一、批評日人同化政策

（一）前言

據吳文星研究，日人為了籠絡社會領導階層，乃頒授紳章，並且以廳參事或區長的頭銜為餌，網羅「御用紳士」來應和配合總督府的政令。大正四年（1915），總督府慫恿各地參事、區街庄長、保正、甲長、醫生、教師、紳商名流等社會領導階層出組「國語普及會」、「風俗改良會」、「同風會」等社會教化團體，推動矯正陋習、普及日語、革新風教等事務，以促進同化之進展。

（二）拒絕斷髮

日治初期，日人即將吸食、辮髮、纏足等視為臺灣社會三大陋習。明治四十三年（1910）以後，中國受革命影響而興起剪辮之風。其後臺灣醫生、教師、在總督府當局慫恿下，出面提倡放足剪辮運動，以促進同化。從大正四年（1915）起，日人利用保甲制度全面而嚴厲的推行放足斷髮運動。[177]洪炎秋回憶此事云：「……在二十五年前，他（下村南海）當了我們

---

177 吳文星，《日治時期臺灣社會領導階層之研究》（臺北：正中）頁248、251。

那裏的民政長官，少年得志，勇於作為，第一步就要使他屬下人民，有所表示，於是下令勸誘剪辮放足，標榜同化。下級警吏，聽到上司屁聲，便覺得大似雷響，雷厲風行，爭顯成績，攔途剪人辮髮，入閨解人腳布，弄得雞犬不寧，閭閻騷擾。我的辮髮就是在那個時候，被警吏在路上給剪掉的。」[178]

日人雷厲風行，棄生〈逃剪髮感詠〉云：「穆生久懼楚人箝，藏尾藏頭二紀淹。髮短忽驚城旦酷，令輕猶比路灰嚴。山中夏馥緘鬚去，稷下淳于努目瞻。匿跡時將形影問，余顱何術葆蠡蠡。」《漢書》穆生因王禮賢之情已怠，乃稱病謝去。古今相較，日人只知威人以刑法。〈痛斷髮〉所謂「穆生不設醴酒醇，吾不能去空嶙峋。屈原散髮遵枉渚，吾將搔首問蒼旻。」橫遭斷髮之辱，如「古者有罪科城旦，為髡與箝同一倫。」〈痛斷髮〉慨嘆日人法令的酷嚴，以《後漢書》夏馥形貌毀瘁自比，歎難逃斷髮之厄。「稷下淳于」用「藏詞」手法，暗藏「髡」字，故有「努目瞻」之悲憤。

洪炎秋言其父「一條辮髮，原也不是他所視為怎樣了不得的，只因它在那個時候，乃是最好的頑民標誌，所以他想要『且留尺寸來反脣』。」[179]一條辮髮實象徵對民族文化的認同，抗議日人強制同化的標誌。洪炎秋云：「這般胥吏，因顏面攸關，且欲擒賊擒王，從抵抗最強處下手，所以非得我父而甘心不可，終於由某警部率領三四個部屬，闖進我家，將我父那條碩果僅存的辮髮，倚靠暴力，強制剪去。」[180]〈痛斷髮〉云：「……況是中華亦久變，髮短更甚胡中人。吳繩雖約難為綸，且留尺寸來反脣。國人姍笑倭人瞋，我生於世一微塵。我頭一髮迴千鈞，科頭違世二十載勻，戴之如山五十春。垂之亦

178 洪炎秋，《廢人廢話》（臺中市：中央書局，1964年10月版）頁212。
179 同前註，《廢人廢話》，頁213。
180 同上註。

自嫌剡剡，斷之夫豈能彬彬。山鬼慫劍躡余後，晞汝陽阿歸陶甄。在笯可憐斷尾鳳，遯荒須跨無角麟。託跡伊川昆吾野，蒼浪種種嗟沉湮。……」比斷尾鳳自嘲，深有「被髮左衽」的焦慮。固以「文化遺民」自許，以爲「我頭一髮迴千鈞」，不願隨俗剪髮，以免愧對「文化母體」──中國。

其服飾辮髮象徵個人氣節及民族意識，誠如洪炎秋云：「先父不但深反夷化，而且極擯時髦，例如三十年前舉世流行窄袖短衣，而先父則仍日日穿他那早過時代的寬博長褂，袖寬一尺有奇，手搖大蒲扇，臃腫過市，見者無不怪視，而先父則泰然自若。這是因爲當時衣服漸趨洋化，且有採用倭式的裝扮，先父爲了表示無言的抗議起見，特意如此作爲，藉以喚起一般的民族意識罷了。」[181]

棄生〈時俗尚新製感賦〉云：「倭製衣冠短髮裁，喜歡生面一朝開。豈知此是無顏帕，我輩如何戴得來？」又云：「北京說部中，載有無名氏合詠明清季事詩十餘首，事既徵實，詞尤雅馴，中一首云：『薙髮曾驚甲令新，僧寮強半是遺民。誰知椎髻仍難保，不媚中朝媚外人。』余讀之不覺拍案叫絕，蓋中夏文物衣冠，雖經元清兩代滅裂殆盡，至薙髮一端，如胡番舊習，然猶是中國番態、亞東番態，不猶愈於翦髮被額全是外國番態、歐西番態乎？作此詩者，其有蓄髮復古之思矣。」[182]欲蓄髮復古，以傳統道德典型爲則，故〈弔鄭延平〉云：「……陰風撲人面，大廈重見傾。鄭公今不作，當世誰搘撐？神州竟中絕，無復古簪纓。望風長歎息，頭髮空鬖鬖。」鄭成功當年堅持故明衣冠，不願薙頭降清。如今棄生以辮髮及前清服飾爲古簪纓，服佩雖異於鄭氏，緬懷故國，嚴守夷夏之防則一。

故〈蓄髮詩〉云：「不歐不亞亦不倭（余爲不今不古編

---

181 同前註，《廢人廢話》，頁133。
182 同上註，《寄鶴齋詩話》，頁388。

影），我髮雖短未嫿婀。我頭不與人同科，可屈可伸奈我何。垂垂漸覺成盤螺，有如玉山長嘉禾。……閉門縮頸甘藏窩，道逢獰吏掩而過，抱璧相如避廉頗。自笑楊朱為一毛，有慚膚撓與目逃。幾莖衰髮奚堅牢，如斯時世須餔糟。但余未能從時髦，耄矣老夫愛蟠蟠。」只要「不倭」，髮式何妨不歐不亞，任人笑語言訛。然髮愈長則吏愈猙獰，只得學抱璧相如躲避廉頗，倒像楊朱，只求一毛而不拔。儘管「有慚膚撓與目逃」，只要醒時頭臚還在，余髮種種，付之餔糟可也。倖倖然自嘲自遣，無盡悲愴。〈厲行斷髮散足事感詠〉云：「是何世界任戕賊，警吏施威六月寒。削足妄思求適屨，髡頭謬說慶彈冠。」日人慶功彈冠，既怒且喜之嘴臉，令人發噱。

（三）指斥日人的同化政策和選任制度

明治三十一年（1898）七月，總督府發布「臺灣公學校令」，公學校成為最重要的推廣日語機關，「國語普及」教育政策正式確立。[183]日人竭力推行日語欲同化臺人，棄生卻始終拒講日語，堅持不讓其長子棪材及次子炎秋入公學校讀書，對日人強制推廣「國語普及運動」，〈島詠二首〉其一云：「家家空漢臘，久矣語言忨。」前者指明治三十八年（1905）日俄戰後，日本因勝利而益加重視「歐化」，福澤諭吉的「脫亞論」更高唱入雲，自然視臺人過舊曆年之習俗為阻礙國家社會現代化的禍因，乃於大正八年（1919）正式改行新曆新年，以免讓中國舊曆和「迷信」妨礙進步。[184]誰知臺人我行我素，依舊過舊曆年。棄生依舊用干支紀年，沿用清代年號。[185]〈題張明經像〉云：「翁為中華老明經，講經門下當傳燈。張山

---

183 吳文星，《日治時期臺灣社會領導階層之研究》（臺北：正中）頁307-313。
184 宋光宇，〈過新曆年？還是過舊曆年？──日治時代的「曆法改正」及其社會文化意義〉〉，《歷史月刊》第85期，1995年2月，頁41-47。
185 程玉凰書，頁130。《寄鶴齋詩集》，頁365。

博學承明日，侯芭問字草玄亭。今日此風不可見，無復中郎貌典型。翁之賢子亦改業（其子曾為日本通譯），竟以清渭參濁涇。我謂此事屬世變，滄海已盡蛟鼇腥。孔鮒尚為陳涉客……。」瞻仰昔日典型，不禁歎「如從裸國睹絲繪」，但「孔鮒」數句，寬以論人，不失仁者藹然風範。

日人一方面籠絡地方有聲望、有實力的士紳，卻又猜忌並排斥臺人從政。大正九年（1920）十月，總督府實施「地方自治」。選派官吏出任知事、市尹、街庄長，代表各州、市、街庄，受官府監督，處理委任事務。並於州、市、街庄各設協議會，作為諮詢機關。以上之人選皆由官派，臺人鮮少參政的機會。[186]而棄生投閒置散，但求「欲免衣冠優孟容，永甘形塊哀駘醜。邇來傴僂循牆走，獨坐無朋行無耦。紛華我知亡是公，流俗人喚支離叟。……不平時作老龍吟，長嘯卻同獅子吼。」猶不甘願如哀駘醜老支離其德。〈遣意再賦〉云：

　　……我生骯髒四十秋，如何枯株長守拙。閉門鬱鬱無所為，如頭受髡足受刖。揚尻欲作萬里行，車已無輪馬無軏。干將生就百鍊鋼，嶢嶢之齒堅不缺。年華一耗身漸柔，鬖鬖者鬢星星髮。冥心思與大化游，蛇困求蛻蟬求脫。造物閉我糠麧中，鼠肝蟲臂徒生活。愛我謂我有用身，惡我笑我窮死骨。我自渾沌隨造物，滿腔藏有萇弘血。世途列子悲濕灰，歧路楊朱泣迴轍。傀儡新自西洋來，黥鉗大為我輩設。我已土苴視功名，時猶哀哭矜閥閱。破壞仁義真窮奇，均輸食貨亦饕餮。江湖魏闕同一邱，願從泥龜作跛鱉。

186 吳文星，前引書，頁199-230。

引用《莊子》達觀語以抒發牢騷。「如何」寫生活的「病瘦」、「老醜」、「憂患」，巧用枯株、髡足、刖足、揚尻、車輪、馬軹、利劍為喻，近取髮膚、齒牙，遠取衣佩、乘輿，象徵其窮途因阨之悲鬱。柔弱毛髮可以拒絕時髦樣式，縱使幽閉糠糜如鼠臂蟲肝，何嘗不能含光混世？不恤流俗之譏，看似渾渾漠漠，然貞烈的血性猶在。指斥日人培植「御用士紳」為傀儡，以黥鉗臺人。大正四年（1915），臺人得有紳章的一〇三〇人中，多數是富商、地主或新興實業家，[187]其資本大多從屬於在臺日人的會社下。[188]

第三節　結語

日治時期，棄生心繫中國，《寄鶴齋詩集》中《披晞集》、《枯爛集》如「東南陵谷後，無復漢槎過。」「一代興衰恨，匆匆海上潮。」〈避世歌〉云：「誰料乾坤無淨土，茫茫大地皆腥羶。」〈倏忽寒暑壯士遲暮感憤身世賦之〉云：「中原更在陸沉裏，英雄老死蓬蒿中。」〈帝京篇〉云：「長安落日無望處，京城如漆高峨峨。」清代鹿港航運的興盛是因為「天庾正供」——乾隆以降每年配運的正供米穀所帶動的，「鹿港飛帆」的勝景於焉誕生。但因清末官穀積滯，使其地理位置優越性喪失，加上港口淤塞，影響航運，便逐漸衰微。[189]除了泥沙的淤積外，日人刻意打擊，不准臺灣與中國交往。棄生便歎道：「難來閩布況吳布，豈有江艘與廣艘？」「閩船空往來，倭關阻販消。」〈登望不勝今昔興衰之感慨焉賦之〉云：

---

187 吳文星，前引書，頁71。
188 涂照彥，《日本帝國主義下的臺灣》（臺北：人間，1999年2月初版三刷）頁395。
189 同前註，施添福書，附錄第五節、第六節。

……捆載珠璣通越嶠，運輸琛賮貢京華。樓船歲攬洋川米，津市春封北苑茶。齊地魚鹽兼蜃蛤，秦山竹木連桑麻。牛羊孳乳量千谷，朝射豪豬暮麋鹿。漁山獵水不可窮，虞澤衡林曷勝牧。雲夢諸蔗繖山糖，玉屑瓊霜煮豫樟。江陵之橘洞庭柑，錫山有金號不祥。其餘百物紛難譜，飛走植潛踰鄭圃。田上上錯賦中中，東南海岱稱腴土。為憶臺灣全盛時，舉袂成幕襭成帷。土木衣錦獸梁肉，餘糧棲畝民無飢。處處耕鑿人歌舞，家家紈綺戶書詩。……

追憶昇平，對比「零落」，益覺悲涼。當鹿港航運衰微之際，正是日人積極興建基隆、高雄兩大港口，將臺灣經濟「內地化」、「殖民化」。〈詠楠木〉揭露道：「……賤價增三倍，貴者逾雙璜。官府有掊克，民間無蓋藏。……」象徵日人竭澤而漁的聚斂。

避地山中之想，如〈招隱六章〉其二云：「商山有紫芝，采之終朝茹。」「故里等殊方，瀛海同荒樊。」但他終究大隱於市，「雖處闤闠間，游心等邱墟。嘯詠近陶潛，草木傍茅蘆。」只因「不須歌嘯慕漁樵，萬水千山鮮乾淨。」「束縛英雄作詞客，此恨千秋長不平。」「有懷莫憶傷心事，富貴功名願已遲。」〈感事自傷六首〉其六云：「半世君公求晦跡，一囊臣朔恥啼飢。此身未合蓬門棄，安得澄清再出時。」他心如死灰，遁於煙絲，自嘲「與人無悶世無懷，掃愁有帚詩有械。揶揄或謂窮骨頭，顛倒拚作尸居態。」寄情於酒：「百鍊剛腸繞指柔，偶生芒角澆一斗。」見其友謝道隆自築生壙，則云：「我欲訪君生死路，衡門輸與墓門親。」

終身難遣憤世之懷，但「久拼斯世混儕荒，豈與外人為蜾蠃。」〈自賦〉又云：「我自倔將風塵外，習氣不為時世

除。褐衣皂帽欲千古，金石之聲出草廬。」眼見中國喪失民族
之自信及自尊，甘願效管寧褐衣皂帽，潔志自隱。〈四十初度
感賦〉云：「……時異世非伏環堵，譬處眢井佩鞠藭。陸行既
愁虎狼餓，波行復愁蛟鼉凶。繁華世界皆污染，迢迢惟有冥飛
鴻。……」失志枯落，世途艱險如凶惡之虎狼、蛟鼉當道。迨
年逾知命〈五十初度感傷四首〉其四云：「蒼天儵與人俱老，
蓬島還須恨作城。失足儒坑長有愧，埋頭蠻海總無聲。」埋頭
蠻夷之邦，無限傷感。

第六章　詠史懷古詩

第一節　前言

　　以詠史懷古爲標題之詩作，可上推至漢代班固之作，詩詠緹縈救父之故事，是我國史詩的發軔之作。晉代左思〈詩史〉八首，將詠史與詠懷相結合，爲後人推崇。棄生以爲絕唱而可光耀千古。[1]

一、詠史與詠懷相結合

　　棄生謂古人之擬古詠懷詩，往往「以古人之興象，寫自己之事情，則眞詩出矣。」[2]寫作目的，一方面是鍛鍊詩才及功夫，一方面又往往於擬古時自託懷抱，和詠史之尙古言志，在趣味上相似。如陶淵明〈擬古〉九首，「是用古人格，作自家詩。」[3]李白〈古風五十九首〉能「自述懷抱，同於詠史。」[4]杜甫〈詠懷古跡〉等詩，詠史事、史跡，而其懷抱、史識畢見。宋人詠史詩多議論出奇，若歐陽修〈明妃曲〉、王安石同題和作等，都於詠史時自出手眼。詠史與詠懷相結合，以古人酒杯自澆塊壘，爲詠史詩特色。

二、以小見大，見識獨到

　　詠史詩大略可分詠人、詠物、詠事三者。能「以小見大，

1　《寄鶴齋詩話》（南投：臺灣省文獻委員會，1993年5月31日版）頁9。
2　同上註，頁36。
3　方東樹，《昭昧詹言》卷1（臺北：漢京文化，1985年9月30日初版）頁37。
4　同上註。棄生稱白〈古風五十九首〉「源本國風，情往似贈，與寄無端。」詠史與詠懷並佳。

見識獨到」方見作者之史識。棄生舉羅大佑（穀臣）七古為例云：「……緬昔三代全盛日，九府圜法均商農。剷山鑄地日轉注，川瀆寶氣歸上供。自從梯航集萬國，群蚨飛渡滄海東。鷹形王面侈奇狀，罽賓安息紛來同。中原脂膏浪棄置，千貫博醉阿芙蓉。若巵載漏橐無底，其源將竭流安窮。時貧逐臭競什一，巧鬥毫末誇鬼工。居奇買寵各出意，此物神力何稱雄。舍今癖古寓深慨，金石萬本資磨礱。還君茲圖三太息，願銷異制追於雍。」[5]評云：「於一錢中夾敘洋舶洋膏之巨害，恰似一粒粟現大千世界，而痛快淋漓，無臃腫時俗氣，尤見江東之才，而得江西之訣。」詩以小見大，見解獨到，體物精微而超脫。

第二節　內容與旨趣

一、詠讚古代良將

（一）前言

　　此類詩作見《寄鶴齋詩集》，可分四類。題跋詩歌詠古代良將，作於乙未年（1895）前；二是詠歎良將不復見於今；三是對清代末年湘軍、淮軍、楚軍將領的歌詠；四是詩弔鄭成功以發抒臺灣割日之悲情。後三類皆作於乙未年（1895），臺灣割日後。

（二）「萬人敵兼國士風」：歌詠古代良將的題跋詩
　　此類詩作議論精要，著題切要。〈題趙順平（雲）傳後〉云：「漢生名將髯絕倫，一身是膽趙將軍。廉讓沉深英且武，

5　同前註，《寄鶴齋詩話》，頁74。

大臣風度超人群。當時稱侯爲壯猛,爪牙豈屑灌滕等。萬人敵
兼國士風,此語惟侯始堪領。國賊在魏過匈奴,志欲吞魏如吞
胡。……」《三國志》評趙雲「彊摯壯猛,並作爪牙,其灌、
滕之徒歟?」[6]。洪棄生依據裴松之註,評價與陳壽不同,讚
趙雲「萬人敵兼國士風」,可謂「高論」。此詩題跋趙雲傳
後,英武之外,兼詠其德操。檃栝陳壽《三國志》與裴松之註
語,以讚語開端,若史傳之「贊曰」。「爪牙」不滿陳志抑之
過低,故作詰疑語。敘其大臣風度,讚其志邁遠圖與忠貞。

　　良將用兵奇略,詠倜儻英奇之將風者,如〈題李將軍傳
後〉云:「……李蔡爲人在下中,拜相封侯竟高步。將軍上郡
逢匈奴,百騎遠逐射雕胡。下馬解鞍意閒散,胡兒驚怪相驚
呼。刁斗森嚴程不識,將軍簡約推難得。天然跅弛如神駒,不
耐束縛謝羈勒。隴西北地與雲中,飛將之名驚塞翁。敵人數歲
不敢入,徒有奇譽無奇功。……」李廣善射乃天性也。以「射
石」強調廣之善射。廣從弟李蔡位至三公,惜廣數奇不得遇。
廣臨大敵而不亂,復故作閒散,其勇略使胡兒驚怪而呼。廣行
無部伍行陣,然亦遠斥候,未嘗遇害。廣跅弛不羈如神駒,惜
朝廷無識才之明主。

　　〈題淮陰侯傳後〉發抒弓藏狗烹之悲云:「……留侯有
心從赤松,功成身退自高蹤。蕭相不免繫廷尉,子房卓識其猶
龍。今日令人懷漂母,不望報酬誠難有。南昌亭長眞小人,百
錢之賜亦何受……。」[7]韓信雖長於兵謀,卻拙於謀身,何若
張良善於自謀,非信可匹。連蕭何都不免繫於廷尉,高祖劉邦
之寡恩,豈是可與共享富貴之人?以漂母不望報酬,諷劉邦爲
德不卒,怕連小人都不如!〈題馬忠成(援)傳後〉歌詠馬援

6　陳壽,〈關張馬黃趙傳〉,《三國志》卷36〈蜀書〉(臺北:鼎文,1979年5月
　　初版)。

7　日本瀧川龜太郎等人著,〈淮陰侯列傳〉,《史記會注考證》卷92(臺北:樂
　　天,1986年9月版)。

之壯志與眼光云：「……願將身付沙場裏，不願床頭付女子。斯語千古猶興起，諒為烈士當如此。浪泊往來毒霧中，跕跕飛鳥墮于水。鄉里乘車款段遊，當場始覺此言美。……」馬革裹屍，效死沙場之英志，千載下聞之，足使頑廉懦立。馬援征交趾，功成還京，史載：「（援）從容謂官屬曰：『在浪泊、西里間，虜未滅之時，下潦上霧，毒氣重蒸，仰視飛鳶跕跕墮水中，臥念少游平生時語，何可得也！今賴士大夫之力，被蒙大恩，猥先諸君紆佩金紫，且喜且慚。』吏士皆伏稱萬歲。」[8]功成志得，不忘艱辛。「驥稱其德」，洵一代良將。

（三）「雲臺不見中興將」：憂時的悵惘詩篇

清末西方列強交侵。棄生詩常流露「雲臺不見中興將」的憂心悵惘。〈感事讀唐臣李郭顏張許等傳〉云：「……我讀古人傳，臨淮老將真恢奇，汾陽全節古所希。二顏張許障瀾手，天崩地裂不能移。有唐中興信非易，一場無數好男兒。今日盈廷何蹻蹻，物腐豈方致蠹時。登高原而悵望兮，我欲西山招隱訪采薇。」讚唐代中興諸將之奇節功勳，誰知今日盈廷蹻蹻，憂時悵望，亟欲招隱訪賢。

〈感事讀李晟馬燧渾瑊等傳〉：「唐室中微再播遷，時生三將能迴天。長安鐘虡靜不移，飲啖回紇供箠鞭。豈徒日磾復再出，不世功名峙凌煙。吐蕃避忌不敢肆，河隴一帶屹安然。中原多故出鼎力，奮袂攘衣爭居先。馳驅戰陣如樂地，並為社稷開坤乾。……時危歎息無猛士，大風起兮狂瀾疾。東西兩海鯨鯢多，伏波往事又誰匹？」李晟、馬燧及渾瑊三人，為唐中葉抵禦吐蕃之名將。吐蕃畏而欲去之。李晟以功高，馬燧沉勇多算。渾瑊雖為蕃將，而天性忠謹，功高而志益下，故帝終始

8　范曄，〈馬援傳〉，《後漢書》卷24（臺北：鼎文，1981年4月四版）。

信侍，世方之金日碑。[9]因三將飲啖回紇，鞭箠吐蕃，使夷狄避忌而不敢犯。不禁詰問如今廟堂何人？聞鼙鼓而思良將，深有憂時之悵惘。

〈懷岳忠武并及宗忠簡李忠定韓忠武〉云：「運策孰甘江漢劃？藏弓長使古今悲。群公遺恨未吞虜，悵絕西湖尚有祠。」宋靖康、建炎之際，李綱、宗澤、岳飛、韓世忠諸人之忠義勳名，邁越前時，卻齎志以歿，咎在主儒臣奸，弓藏狗烹。「運策」句反詰生慨，更悲痛高宗自壞長城。末追懷群公壯志，《八州詩草》〈西湖雜詠六首〉其四云：「湖上依然似畫圖，多青樹冷六陵蕪。孤臣長占棲霞嶺，宋代湖山半畝無？」棲霞嶺的岳王廟，長映西湖風月。而宋代帝陵已蕪；偌大的河山，如今寸土也無。

〈韓蘄王湖上騎驢歌〉云：「中原陸沉鼓鼙死，獨棄功名如敝屣。狡兔未獲狗先烹，老夫濶跡煙波裏。昔日奮武黃天蕩，謂平天驕在屈指。壯圖欲迎兩宮車，冤獄忽來三字矢。英雄有志淚滿襟，合將勳名附禿尾。放浪風波煙雨間，殘山剩水歸眼底。驢背終日湖上遊，汗馬無復馳騄駬。……」韓世忠罷官後便杜門謝客，絕口不言兵。時跨驢攜酒，從一二奚童，縱游西湖以自樂。諷高宗之寡恩乏識，追述當年黃天蕩之英武。誰知奸相陷害良將，以「莫須有」罪名冤斬岳飛，遂令世忠寒心憤慨。以浪遊殘山剩水之閒情，對照征途未半，騄駬老廢之悲哀。臺灣割日後，〈再題韓蘄王湖上騎驢圖〉云：

……我望畫中風景變，想像我公呼大戰。誓師一身復兩宮，報國三矢集一面。雄心豈立小朝廷？中原欲淪游裘腥。誰道退閒風雪裏，徘徊空在翠微亭（翠微亭即韓公所

9　〈渾瑊傳〉，《新唐書》卷154（臺北：鼎文）。

建）。奚奴一前又一後，建炎往事不挂口。錢塘有路走青
騾，漢鄘何心起功狗？驢背恣看浙江潮，天目王氣終蕭
條。評山論水心雖淡，倚馬橫鞍氣未消。今日西湖無多
景，較公南渡尤悽冷。餘杭亦有西犪窺，華亭頻生風鶴
警。英雄騎驢何處遊，千載人思頗牧猛。我願添寫彭公廬
（本朝彭公玉麟爲安中攘外之人，有置廬在西湖側），伴
公鞭絲兼帽影。

「建炎時事不挂口」、「評山論水心雖淡」，內心是「漢
鄘何心起功狗？」、「倚馬橫鞍氣未消」。往復描寫現實與心
境，交映流動如鏡花水月，其「驢背」等語皆內心語。「今
日」照應現實，今聞鼙鼓而思良將。彭玉麟是清末平定太平天
國之湘軍名將，宜側身於韓公之列。

（四）「聞鼙鼓而思良將」——歌詠湘、淮、楚諸軍將領
　　清代咸、同年間平定太平天國的中興名臣曾國藩，其功業
奠基於諸將赫赫不凡。湘軍之成功，首在將帥領袖之政治修養
與堅毅志節。上層者持有基本政治理念，一定之建軍策略，並
對當時國家情勢整體之了解者，則只有曾國藩、江忠源、胡林
翼、左宗棠四人。此四人者實爲湘系領袖團結之核心，湘系集
團之重要支柱。而曾國藩則又爲始終貫串其間之精神領袖。[10]
道光三十年（1850），洪秀全正式舉事。洪棄生〈懷江忠烈
公〉云：

　　……江公奮袂濟時艱，長沙賈子常山顏。裹巾殺敵褰衣
　　渡，走馬赴援章江關。悍賊爭驚粵嶠起，奇人突出漢陽

10 引自王爾敏，〈湘軍軍系的形成及其維繫〉，《近代史研究集刊》第8期，收於
　中興大學所藏《曾國藩傳記資料（九）》，頁2。

間。奇人奇氣風雲壯，書生投筆揮戎仗。千營萬騎隨指
頤，八澤三江運掌上。奇才不讀虎鈐經，雄風直指熊皮
帳。自是謀猷本素蓄，旂常身手經綸腹。淮陰子房在一
肩，楚湘基礎江公築。延公之年抒公懷，中興諸老誰耆
宿？至今祠廟遍江淮，千古邦人長尸祝。聞公建樹始枌
榆，湖鄉遇寇即長驅。義聲震動江南北，將軍奏調催軍
符。二十萬軍布江漢，惟公入陳麾戈殳。深略大謀棄不
用，戰陣空磨七尺軀。九重特達知遠猷，拔公開府入盧
州。危地久爲強寇困，舊部復被鄰疆留。公也一身急赴
難，成敗機關非所籌。盧州太守謀降賊，誤公大計復何
尤。淮蔡奇功付草莽，睢陽大節重山邱。今日高風雖已
矣，懷古思公淚欲流。

　　咸豐二年（1852）六月，太平軍入湖南，爲江忠源及其弟
忠濬所練之「楚勇」擊敗。[11]蓑衣渡一役，太平軍損失慘重。
稱其「奇人奇氣」，以古人擬之，有張良之謀、韓信之略、賈
誼之才、顏杲卿之忠義。讚其奮起於危難之際，慨歎忠源奇計
不用。惟其守城之大節，夾敘夾議，前半頌其才，後半記其
殉，惜其死。

　　〈懷胡文忠公〉懷想清代平定太平天國之中興名將胡林
翼。[12]湘軍初起，兵餉皆絀，端賴林翼節制善戰，始復失地。[13]
詩云：「……我公奇才無不可，馭軍撫民濟水火。東南一帶峙
長城，公與曾公爲鈐鎖。即今積弱未易興，海帶山襟萬里仍。
洪爐鼓鑄銅銀鐵，風雲雷電即奔騰。赤堇之山冶溪水，劍鋒千
仞猶崚崚。何爲貨幣兼土地，犬戎有欲無不應？當日京難倡勤

11　參引〈江忠源本傳〉，《清史稿列傳》卷414（臺北：商務，1999年初版）。
12　〈胡林翼傳〉，《清史稿校註》卷413（臺北：商務）頁10082-10083。
13　曾國藩，《曾國藩全集·奏稿》（長沙：岳麓書社，1995年）頁1635-1636。

王，內患外敵公氣蒸。勤王未果事足壯，外夷以此和可憑。越星滿天誰繼掃？我公逝矣今無能。」

　　咸豐十一年（1861）春，湘軍克安慶，曾國藩推林翼爲首功，[14]長江東南得有屏障。胡林翼以大賢禮下，幕下人才濟濟，允武允武。「幕中」句確爲的論。林翼善取人之善，其綜核之才，更冠絕一時。「我公奇才」二句，讚其與曾國藩同爲東南民庶倚仗之長城。稱林翼鼓鑄群材，指顧間雷電奔騰。其軍威如冶煉之劍鋒，千仞崚嶒。英法聯軍犯京，幸有湘軍倡義勤王，始成和議。「越星滿天誰繼掃？」思之慨然。〈湘軍行〉詠曾國藩云：

　　……中有一人曾侍郎，愛才好士純天良。麾下偏禆盡棟梁，門列將相諸侯王。復有同志胡益陽，訓練成軍如壁牆。能蹈水火能赴湯，三將全力爭武昌。武漢勢扼東南地，上流氣吐大江荒。是時鼎沸江漢水，皖浙鄱湖連揚子。兩岸森森強寇旗，官軍鼓聲催不起。東來烽火長接天，戰士欲前多徙倚。激發弟兄皆赴軍，初有江家（忠源）後有李（續賓）。書生知國復知兵，天下聞聲驚破耳。三千士敵十萬群，齎志沙場兩無比。誰最健者塔（齊布）與羅（澤南），勇敢早喪畢金科。其餘壯士亦異常，並能戰陣驅鸛鵝。江上爭鋒事舟楫，湖南湖北波濤急。洞庭步中風鶴驚，水軍一隊彭（玉麟）、楊（岳斌）立。連檣燒寇湘潭空，伏艦制勝君山濕。戈船大戰蘄城東，彭公乘潮楊乘風。水涌浪轟雷聲起，千鈞砲發蛟龍宮。外江內湖分兩隊，隻行寇關（水軍爲寇衝兩隊，彭公在內湖，撫軍路梗，謝從者，獨行至南昌）意氣雄。水陸並驅入吳

14　同前註，〈曾國藩傳〉，《清史稿校註》，頁10069；〈胡林翼傳〉，頁10085。

中，九帥（國荃）獨成探穴功。合圍建業咸聲壯，先掃皖城氣勢充。名將時推多（隆阿）與鮑（超），鮑能散戰多權巧。三大節帥曾（國藩）胡（林翼）駱（秉章），建樹功名似李郭。湘軍當日布天下，力將磐石安廟社。閭閻頂拜仁義師，曾公真不嗜殺者。是時外國觀軍容，我軍如虎復如龍。外國名將號戈登，奪旗詑記程家名（程學啟、郭松林並一時好將。程死，戈登嘖嘖，藏其旗歸國）。英法二軍來助戰，松江青浦走且驚（英法軍復青浦，見寇大至咸走）。復有助賊為我擒（洋將白齊文），三擒三縱如鼠鼪。始怖我軍能殺賊，夷兵談之面為赤。二十年中國無事，莫非軍聲猶赫赫。遺恨當時戰士多，未與外人一修戟。自從老將日凋零，江漢猛士散星星。外人寢處逼門庭，東西南北蛟鰲腥。君不見，去年蓬萊海島塗膏血，至今山水無王靈。

言國藩知人善任，好士愛才，為詩之主眼。「復有」胡林翼同心規復武漢。言皖、贛以下至浙杭，寇旗森森。「誰最健者塔（齊布）與羅（澤南），勇敢早喪畢金科。」讚此三將。曾氏善知人用人，以武人為例，如拔擢畢金科。[15] 咸豐七年（1857），畢金科殉於戰，又如四川奉節人鮑超，[16] 後來救國藩於祁門大營。詩云：「名將時推多（隆阿）與鮑（超），鮑能散戰多權巧。」指另一名將多隆阿。咸豐五年（1855），彭玉麟聞江西警，國藩困南昌，芒鞋走千里，穿賊中至南昌助守。「伏艦」句指彭玉麟小孤山之大捷。「戈船」刻劃彭、楊水師之軍威英勇，砲船堅利如此，湘軍遂得奪回長江控制權。關係勝負生死的江寧之圍，以曾國荃功最高。「九帥獨成探穴

---

15 畢金科，字應侯，雲南臨沅人。《清史稿校註》卷416，頁10115。
16 〈本傳〉，《清史稿校註》卷416，頁10120。

功。」讚國荃於咸豐十一年克復安慶之大功。

另一節帥駱秉章咸豐十一年（1861）擒石達開，磔於市。當時「無湘不成軍」，湘軍為國之磐石，連外人亦歎服。讚李鴻章援蘇之淮軍英勇，外人亦自歎弗如。[17]淮軍初立，程學啓營，最為勁旅。另一名將郭松林，字子美，湖南湘潭人。相較之下，洋將遇敵逃卻，或助紂為虐。如白齊文，猶不如鼠齟，夸飾淮軍之赫赫軍聲。至甲午戰役，陸軍僨師。聶士成於八國聯軍時力戰殉國，淮師遂燼。〈楚軍行〉云：

……維時楚軍能赴鬥，蟹螯貐空奔驟。砲雷滿地煙滿天，鎮南關前諒山後。粵中大將馮子才，矍鑠橫戈軍中來。身率二子為死戰，後勁蘇（元春）王（德榜、孝祺）衝陳開。老臣健將爭奮袂，掃盪佛軍如塵埃。軍鋒正利軍心銳，廷臣許和事已哉。……左侯一死彭侯終，水陸軍無大楚風。旌旂拂雲全失色，浪淘沙盡大江東。就今區宇生荊杞，欲賦從軍鼓聲死。傷心無復聞鐃歌，空聞日蹙國百里。

光緒十年（甲申年，1884），中法戰起，清廷命馮子材等佐廣西邊外軍事。鎮南關、諒山大捷之主帥馮子材，洵矍鑠老將。王孝祺本為淮軍將領，蘇元春則出身湘軍。另宿將王德榜，為左宗棠故吏，亦克建奇功。末嘆老將凋零，國土日蹙。

（五）以〈國姓濤歌〉詠歎鄭成功，〈吊鄭延平〉發抒臺灣割日之悲情

洪棄生讚鄭成功人臣孤憤之誼，非僅僅只有開闢臺疆之

17 薛福成，〈敘曾文正公幕府賓僚〉，《庸庵全集》（臺北：華文，1971年版）頁105。

功。[18]〈國姓濤歌〉云:「……劃斷鴻溝不納款,欲與華嶽爭累卵。忽呼渡河宗澤薨,此恨填海海難滿。秋風噴薄作洪濤,忠臣氣比秋風高。唏噓千里皆黑色,翻騰萬籟爲怒號。日出扶桑不彪炳,龍蛇浮沉大力猛。如山如雪挾船飛,海上謂是長鯨影。」清延與鄭成功雙方對峙三十多年,保存明正朔於一脈,以抗衡大清,其勢危若累卵。鄭氏齎志以歿,若宋代名將宗澤之孤忠,臨死未休,而恨如填海難滿如〈弔鄭延平〉云:「彷彿厓山麓,孤臣痛哭情。」。末渲染神話,以贊其奇節奇才。

(六)結語

早年以題跋詩歌詠古代良將,雖多隳栝史傳之語,然剪裁得當。評價議論公允得體。乙未年(1895)後,蒿目時艱,所詠者爲板蕩時期之中興將領群像,以爲後人式。

二、憂心民族與文化存續、針砭弊政窳吏

(一)前言

深憂民族與文化之存續,〈詠古四首〉〈感事弔李贊皇〉等詩針砭清末之弊政窳吏。

(二)憂心民族與文化存續

棄生認爲中國歷史上,異族入侵中原,躋君位爲華夏主者,如五胡亂華後的北朝;金滅北宋,又皆一統於元。蠻夷得據中邦,咎在世變日下,中邦運窮,窮極而轉,否極泰來的關鍵,則歸功於中國文教,特別是儒家天命率性之教,發揮涵濡化育之效,終能以夏變夷,再創隋唐及明代之盛世。清末西方

---

18 洪棄生,〈鄭成功論〉,《寄鶴齋古文集》,頁11。

列強以船堅砲利，渡洋殖民，開墾通商，拓土殖民之後，非廣被仰承於中華文化不可。[19]然而如何發皇生根，再創中國之新生？〈詠古四首〉云：

> 驅車洛陽城，下馬皋門道。憑弔晉時人，胡塵淨如掃。昔者群氐狂，惡氛滿蒼昊。臣庶供醢葅，帝王爲輿皁。倏忽無一存，乾坤旋再造。夷吾彼何人，憂心空似擣。不見祖生鞭，直向趙王堡。于今緬遺蹤，何處容夷獠。伊水潤瀍間，秋色來浩浩。遙望陸渾山，平原滿秋草。
>
> 西樓六千里，東樓遙相望。靺鞨何醜夷，夸毗稱人皇。中原凌替日，耀馬中山陽。後者居降邸，乃有東丹王。雄猾阿保機，餘風何愴涼。氈袍左衽人，車蓋入大梁。打草棄城走，惆悵登秋岡。行人渡遼水，不見古臨潢。天祚百萬兵，兵威忽不揚。堂堂古雄國，早先弱宋亡。悲風從東來，原野渺茫茫。頹垣廢宮殿，草低見牛羊。
>
> 走馬游汴梁，出入汴城門。哀哀啼杜宇，上有古帝魂。虎狼群女真，南牧萬馬奔。一鞭驅北去，八百趙王孫。後日覆金族，乃仍青城屯。妃嬪及王子，流血京城昏。蕭條上蔡州，黃繖投空村。江南天水碧，猶有半壁存。天興靖康年，天道誰與論？荒荒瓦礫中，白日慘不溫。
>
> 登臨陟華岱，滄海望洪波。白雲滿天末，鴻鵠飛鳴過。慨焉奇渥溫，於此統山河。中華群驍傑，俯首何其多？運去陷坎壈，時來生嵯峨，濠陽淮泗間，躍馬起橫戈。壯士揮返暉，英雄挽頹沱。九州忽如砥，泰嵩不可磨。何以乾坤毀，日月又蹉跎。于今四海內，白狄舞傞傞。大荒蹲獷獫，黑洋發蛟鼉。自東欲徂西，烏兔相盪摩。

19　參引自〈天興夷狄論〉、〈世變日下論〉，《寄鶴齋古文集》。

　　憑弔洛陽古蹟，晉代胡塵，如今已掃淨。回想夷狄之亂華。棄生〈毒說〉云：「亂者，天地之毒氣也。」「中國之毒既發，而四夷隨之，五胡女真蒙古之毒是也。」[20]六朝之世，中國幾亡，而北魏胡人習中國俗，學中國言，易中國衣冠；是六朝之國雖半亡，六朝之教未亡也，故乾坤得以再造。[21]「夷吾」句所憂者乃文化絕續存亡。如今誰效祖逖鞭策，重振華夏民族軍威。其二自遼國之四樓敘起。天顯元年（926），遼太祖滅渤海，改其名曰東丹國，命其子耶律倍守之。太宗天顯五年（930），耶律倍投奔後唐，後唐明宗賜姓李，名贊華。後唐清泰三年（936），為末帝李從珂所弒。倍為皇太子，曾建請遼太祖祀孔子。又慕吳太伯之賢，讓位太宗而遠適。素仰中國文化。詩以西樓、東樓遙相峙立，象喻遼國之興。「雄猾」指遼會同九年（946），太宗入大梁，滅後晉。「行人」言遼竟先宋而亡，故「有國者，固不能以兵力服民也。兵力之挫，不必敵之大小也。」[22]「悲風」言殿廢垣頹，不禁有悲涼之感。其三訪遊汴梁古城，「哀哀」言北宋國都及金國南京遺蹟，發人哀思。

　　金天興二年（1233），金汴京留守完顏奴申，以汴京降於蒙古，金親王、宗室被虜至青城殺害。此地本宋時祭天齋宮，為徽、欽二帝被金人俘獲處。[23]北宋與金國之亡，前後如出一轍。「妃嬪」句之蕭條悲涼對照「江南天水碧」，弱宋半壁江山竟以偏安而後亡。末以荒荒瓦礫，發「天道何論」之幽思。其四慨歎元朝倏興倏滅。[24]元世祖一統山河，時「中華群驍

20　同前註，〈毒說〉，頁58。
21　同前註，〈歐折入亞說〉，《寄鶴齋古文集》，頁59。
22　同前註，〈中外古今變故書述示日儒〉，《寄鶴齋古文集》。
23　脫脫，〈欽宗本紀〉，《宋史》卷23（臺北：鼎文，1983年11月3版）；〈哀宗本紀〉，《金史》卷18（臺北：鼎文，1985年6月4版）。
24　同前註，〈中外古今變故書述示日儒〉，頁172。

傑？」歎興亡相繼。中原義師起義討元。列強若大荒之獷獩、黑洋之蛟鼉，由海陸嵌制中國。

（三）針砭清末弊政窳吏

1. 〈感事弔李贊皇〉詠唐李德裕，以諷清末李鴻章之無能

〈感事弔李贊皇〉憑弔唐武宗「會昌中興」之賢相李德裕之功蹟。相較清末中、法戰爭時，李鴻章無端棄守藩屬越南，二李之才，相去不可以道里計。〈感事弔李贊皇〉云：

> ……衰晚之世森武功，能佐天子扶綱維。惶恐六箴丹宸傍，大臣心事誠堂堂。裴公才氣有不及，雖有疵累庸何傷。翁張威棱動南詔，雄關扼塞爭衝要。蜀山長碧滇山青，衛國聲名垂荒徼。戰血不到籌邊樓，虜騎難過洮水頭。今日滇蜀藩籬撤，贊皇往矣令人愁。金沙江岸大雪山，日沒無色空雲浮。

會昌三年（883），李德裕趁回紇勢蹙，令銳將敗之。會昌四年（844），鑱澤潞節度使劉稹之叛。[25]惜宣宗繼位，聽納讒言，遽罷德裕，終貶死於崖州。朋黨之堅牢與傾軋，甚於澤潞藩鎮之害。「愁衝毒霧逢蛇草，畏落沙蟲避燕泥。」[26]一代賢相竄死荒譎。其「常以經綸天下自爲，武宗知而能任之，言從計行，是時王室幾興。」德裕又曾上〈丹扆六箴〉，以規諫敬宗。憲宗元和時之賢相裴度，德器過於德裕而才不及。然德裕「恩怨太深，善惡太明。」不免因仇而排擠政敵，但不損其

---

25 〈李德裕傳〉，《新唐書》卷180（臺北：鼎文，1976年10月初版）。湯承業，《李德裕研究》（嘉新水泥公司文化基金會，1973年6月出版）。
26 同上註，湯著，頁597。李德裕，〈謫嶺南道中作〉。

功業之隆。反觀一八八四年中、法戰後，李鴻章與法國簽約講和，越南遂被法國併吞。一八九四年，中英訂「滇緬境界及通商條約」，雲南遂成法、英角逐之場。詩末有「浮雲蔽白日」的憂國悲愁。

2. 〈感事弔劉士安〉詠唐劉晏，以諷清末賠款及外債之鉅累

清末迭遭外侮，割地賠款。為支應鉅額賠償，不得不向西方列強大舉借債。債利相乘，民生更形艱苦。〈感事弔劉士安〉云：「……痛哉度支劉曹州，功在中興遭冤獄。後世生財弊百端，劉公經紀綱目寬。不腴平民能裕國，錢法融通九府圜。食貨重輕歸掌握，雖收利柄非肉剜。今日通商開四海，經營富國何艱難。公瘦私肥各乾沒，信是劉公大耐官。嗚呼劉公今不作，纍纍國債盧山壑。洪爐有鐵比天高，生成鑄就九州錯。」

劉晏，字士安，曹州南華人，唐代宗朝之理財名臣。[27]晏因知四方貨殖低昂及它利害，是能權萬貨重輕，使天下無甚貴賤而物常平，自言如見錢流地上，更疏濬河流、請護河堤，興造交通工具，使運道暢通。劉晏嘗論大計者固不可惜小費，然清末官吏惟知貪污而已。甲午戰敗，清廷對日賠款甚鉅，中國積欠之外債。[28]戶部預籌償付辦法，規定由中央與地方分別攤派認還外債。但實際上則幾乎全由地方各省關，而清末官吏貪污，遂令財政竆敗。[29]相較劉晏知人善任，考核公正，推處分明，故能令下及遠，政通效宏。清末官吏「公瘦私肥」，中國如剜肉療飢。而光緒末葉弊制紊亂，因此很難流通。劉晏如見

---

27 劉晏，時人以為管、蕭之亞。同前註，〈劉晏傳〉，《新唐書》卷149。
28 黃俊彥，〈甲午戰後籌還外債與財政的變革（1895～1900）〉，《中國近代現代史論集第11編·中日甲午戰爭》（臺北：商務，1986年1月初版）。
29 〈問民間疾苦對〉，《寄鶴齋古文集》，頁161。

錢流地上，如今所鑄之刀錯貽害九州，以「錯」字雙關致諷。

第三節　結語

　　棄生詠史懷古詩情致沉鬱頓挫，議論、史識俱不凡。〈讀劉蕡傳〉云：「經濟雄才骨鯁身，衰唐士氣賴君伸。」讀唐末劉蕡策論，衰唐士氣，賴此以伸。〈謁劉司戶去華先生像〉云：「一代爭傳廷對策，九重莫達諫書函。朝陽鳴鳳人難再，甘露中貂禍早諳。」劉蕡批評「閹寺持廢立之權」，不幸而有「甘露之變」。〈軍師八首〉其七云：「不得于謙保禁城，欲將口舌退驕兵」甲午戰敗，棄生曾詠于謙以諷李鴻章。〈懷于忠肅公〉云：「土木風聲出戒嚴，烏號弓斷挽龍髯。兩京鐘虡殊靈武，二聖刀環陋建炎。……」土木堡之役，于謙挽救社稷。否則帝子北狩，何異於唐安史宋靖康之難。

　　〈詠陸放翁〉云：「夜讀兵書意氣眞，風騷孤憤見君親。北征戎馬悲何日，南渡河山痛此身。半局乾坤留逸老，八年梁益寄詩人。……」陸游痛憤「萬乘久巡狩，兩京盡丘墟。」惜志終未得展，徒留老身，放逸爲詩翁。〈詠辛稼軒〉云：「美芹論在誰爲用？恨絕英雄未奏勳。」其〈美芹十論〉苟其策得成，則功勳何異於虞允文？

　　〈詠龔大章〉云：「骨肉君臣起獍梟，天翻地覆故宮焦。金川一淚堪千古，門卒孤懷愧兩朝。痛哭不殊川邑匠，衰麻同悼玉華樵。而今靖難人爭唾，輸與先生出處超。」明燕王以靖難之名陷都城，時金川門守卒龔詡（龔大章），年十七。見燕兵入，大哭，後還鄉。後朝臣兩薦爲學官，辭不就，曰：「詡仕無害于義，恐負往日城門一慟耳，竟隱身。」[30]與補鍋匠

30　萬斯同，《明史》卷153彙證引《遜國臣記》（臺北：國防研究院，1963年版）。

者，同爲遜國臣民，終身抱君父之痛。[31]

　　〈詠陶淵明〉末云：「人到桃源無魏晉，官休彭澤有漁樵。」淵明隱逸自適的風骨，令棄生景仰。〈詠嚴子陵〉頷聯云：「時無戎馬爲巢許，運際龍蛇薄酇曹。」〈痛斷髮〉云：「穆生不設醴酒醇，吾不能去空嶙峋。」不撐傲骨，何以處亂世？

第七章　行旅遊覽詩

第一節　前言

　　《文心雕龍・明詩》云：「宋初文詠，體有因革，莊、老告退，山水方滋。」[1]晉宋之際，山水詩興起，詩人仰觀俯察，模山範水，佳構迭出。其中以「行旅」、「遊覽」標其目者，已見於《昭明文選》。誠如謝靈運所云：「江南倦歷覽，江北曠周旋。」「歷覽」以及「周旋」，「遊」、「觀」所見所感，乃「行旅詩」與「遊覽詩」的共同特色。分而言之，「行旅詩」多寫行役他鄉之苦，如《文選》所收陶淵明〈始作鎮軍參軍經曲阿作〉，而「遊覽詩」則否。「行旅詩」中，寫景如謝靈運之「雲日相輝映，空水共澄鮮。」詠懷如陶淵明「望雲慚高鳥，臨水愧游魚。」俱為此類詩作之佳製。

　　《文選》辭賦「遊覽」題材者，如王粲〈登樓賦〉。「遊覽」詩作選魏文帝、謝靈運等十一家。其中沈休文〈宿東園一首〉云：「陳王鬥雞道，安仁採樵路。」詠古寫景，有詠懷古跡詩之意味。〈遊沈道士館一首〉云：「秦皇御宇宙，漢武恢武功。」則詠古以諷。殷仲文〈南州桓公九井作一首〉則詠讚桓玄，意在酬謝。可見「遊覽」詩因所詠之內容，可包含山水寫景，詠讚酬酢，詠懷弔古等等。

一、寫情宜濃至，寫景宜綿密，貴在情景交融

　　棄生言詩之佳妙，每在情景交融處：「作詩能於寫情濃至

1　劉勰著，《文心雕龍注釋》（臺北：里仁，1984年5月20日版）頁85。

之，忽著景語便有色，能於寫景綿密之際，忽參情語便有味，然須以無意得之，信手出之乃佳。」[2]寫情濃至時，接以景語，顯得香色流動。寫景綿密時，忽參情語，則情思更昭晰有味，情景乃交融交映。[3]「情景交融」之理論，深受六朝「緣情」詩觀的影響。[4]廖蔚卿因而強調，詩「緣情」，仍須「體物」；詩雖「綺靡」，仍須「瀏亮」，並云：「由『感物興情』、『情以物興』、『物以情觀』到『感物言志』的文學趨向，必然激生『體物』、『寫物』以求『巧麗』的要求。」[5]所謂「巧構形似之言」對於六朝詩而言，廖氏以為「實際統攝之整體結構上的三個要素：一是題材，即巧構形似的對象：以日月、風雲、草木、山水等自然物色為主；二是技巧，即巧構形似的手法；密附、曲寫；這不僅指儷詞、奇句、新辭，主要是指比興誇飾等描寫形容的修辭技巧；三是題旨，即巧構形式的作用及目的：吟詠其志。」[6]「巧構形似的手法」，不僅指多樣性的寫實手法，也不僅指想像性或象徵性的手法，乃「融合客觀物貌與主觀感情，而以『隨物宛轉』、『與心徘徊』去寫氣圖貌屬采附聲，它兼具詩騷漢賦的描寫自然景物的手法而構創一種新的詩的面貌與內涵，在文學史上蔚然展現。」[7]既描寫物象的多樣面貌，並以景喻情，使「情」「景」交融，棄生推崇六朝之詩云：

2　《寄鶴齋詩話》（南投：臺灣省文獻委員會，1993年5月31日版）頁115。
3　同上註，頁3。
4　曹丕《典論·論文》、陸機〈文賦〉、劉勰〈文心雕龍·詮賦〉及〈明詩〉，楊牧《陸機文賦校釋》（臺北：洪範，1985年4月初版）頁41。劉勰原著，《文心雕龍讀本》上篇（臺北：文史哲，1988年3月三版）頁134、頁83。
5　廖蔚卿，〈從文學現象與文學思想的關係談六朝「巧構形似之言」的詩〉，《漢魏六朝文學論集》（臺北：大安，1997年12月第1版第1刷）頁559。
6　同上註，頁539。廖氏此說因劉勰《文心雕龍》〈物色〉、〈明詩〉等篇之啟發。
7　同前註，廖蔚卿，頁547。

蔡伯喈之〈飲馬長城窟行〉，……與陶公「孟夏草木長」一首，於敘述中忽著「微雨從東來，好風與之俱」二句，均是化工妙筆，是亦詩人奇特之筆。後來惟謝康樂之「池塘生春草」一接，亦同此妙，然通體不稱，殊不及陶作之渾然元氣，且亦不及蔡作之自然天籟也。[8]

謝靈運〈登池上樓〉「池塘生春草，園柳變鳴禽。」寫景自然，然謝詩云：「進德智所拙，退耕力不任。」寓出處之矛盾徬徨於山水描寫，不如陶淵明詩作之渾然澄靜，亦不如漢詩之天籟自然，惟其巧構形似之佳句，可謂邁越前人。[9]棄生言「康樂想高妙，而未自然高妙；王孟自然高妙，而未想高妙。」[10]強調作詩當「取格於二謝」[11]此因二謝詩意象清麗工奇，寫景自然入妙。[12]又因棄生誠心服膺王士禎「神韻」詩觀，士禎言「神韻」，每稱許二謝詩。[13]

就寫作態度言，寫情言景欲「情景交融」，自然湊泊，則「入興貴閑」，[14]「然須以無意得之，信手出之乃佳。」就寫作技巧言，則「興」的修辭手法甚為緊要。興是「含蓄」的手法，[15]棄生強調：「詩至杜公，發洩極矣，然其發洩之中，仍具唱歎不盡之致。」[16]「古人使才皆有含蓄不露、紆餘不盡之處，……予謂韓、蘇亦自有韓、蘇之含蓄紆餘處，所以可傳，

8　同前註，《寄鶴齋詩話》，頁3。
9　黃節，《謝康樂詩註》（臺北：藝文，1987年10月四版）序文。
10　同前註，《寄鶴齋詩話》，頁81。
11　同上註，頁103。
12　如謝朓詩〈晚登三山還望京邑〉「餘霞散成綺，澄江靜如練。」〈遊東田〉「魚戲新荷動，鳥散餘花落。」其微妙意象不讓康樂專美於前，足供後人取法。
13　王士禎，《帶經堂詩話》（北京：人民文學出版社，1998年2月第一刷）頁73。
14　劉勰《文心雕龍·物色》云。
15　同前註，廖蔚卿文，頁561。言「興」意合通於劉勰《文心雕龍·隱秀》「隱」。
16　同前註，《寄鶴齋詩集》，頁12。

所以可貴。」[17]言寫情當「濃至」、「含蓄紆餘」云：「……
余則謂開卷第二篇『葛之覃兮，施于中谷，維葉萋萋。黃鳥于
飛，集于灌木，其鳴喈喈。』此寫景之絕妙者也。『維葉莫
莫，是刈是濩，爲絺爲綌，服之無斁。』此即景言情之絕妙
者也。『言告師氏，言告言歸。薄汙我私，薄澣我衣。害澣害
否，歸寧父母。』此敘事言情之絕妙者也，是乃詩人代后妃敘
述歸寧之作，而綿邈婉妙至此，後人作詩之法，咸備於此詩，
後人轉韻之法，亦備於此詩。」[18]

《詩經·周南·葛覃》之首章鋪陳景緻，妙以聲、色點
染初夏之生機勃盛，朱熹以爲用「賦」。[19]第二章寫景綿密，
可謂景情交融。第三章「言」、「薄」二語助詞，使賢媛謹
順之情可掬。[20]朱熹言賦、比、興三義爲《詩經》綱目，又言
「不特《詩》也，楚人之詞，亦以是而求之。」[21]洪棄生服膺
此說云[22]：「〈九歌·湘君〉篇自『君不行兮夷猶，蹇誰留兮
中洲。』一路讀去，雋語層出，而又悱惻纏綿，至中間忽接以
『采薜荔兮水中，搴芙蓉兮木末，心不同兮媒勞，恩不甚兮
輕絕。』奇想天開，奇情波譎，悟此以作古詩，豈有平易之
病。」[23]〈湘君〉「采薜荔兮水中」數句寫景言事，[24]宛轉興
喻。[25]可謂奇思奇情。

至於「比」法，棄生舉蘇軾詩云：「東坡越州詩云：『青
山偃蹇如高人，當時不肯入官府。高人自與山有素，不待招邀
滿庭戶。』出語靈警動人。吾終謂其太近宋人，詩不古只此

17 同上註，頁34。
18 同前註，《寄鶴齋詩話》，頁1。
19 朱熹集注，《詩集傳》（臺北：中華，1969年5月一版）頁3。
20 方玉潤語引自《詩經原始》卷一（臺北：藝文，1960年版）。
21 朱熹集注，〈離騷序〉，《楚辭集注》（臺北：文津，1987年10月出版）頁2。
22 《寄鶴齋詩話》，頁2、5。
23 同上註，頁4。
24 同前註，朱熹《楚辭集注》。
25 同上註。

耳，若東坡之聰明，可愛也。」[26]寫景化靜爲動，善用比喻，
以敘事出之，此東坡詩所以靈警動人。故寫景「綿密」、「具
體生動」，能「繪切眼前景」者，多半要用摹寫、擬人等繁複
筆法，棄生云：

> ……（丘逢甲）所作大甲溪詩，瑰瑋奇特，學韓公和盧仝
> 詠月詩，而能繪切眼前景，殊佳。詩云：『大石如人班
> 立肅，小石如犬群臥伏。連營八百斷復續，不數八陣墨
> 魚腹。水挾石走西行速，群山隨溪互直曲。驚湍十丈下
> 深谷，沙飛泥坼無平陸。東來就海爲歸宿，溪色微黃海
> 深綠。赤道以南火上燭，熱風夜出蕩坤軸。曉發渾流黑
> 河濁，不關天漏秋雨足。何況淫霖歲相屬，天驚石破走
> 飛瀑。兩山交牙作鈐束，南衝北突怒難蓄。洪濤千尋舞
> 大木，百尺桐僵萬松禿。壓山壞雲作黑矗，崩崖如赭山
> 靈哭。聲喧萬鼓勢萬鏃，鞭策群力水怪戮；黑蛟人立夜
> 相逐，鼓波上拒雷神戮。何人堰敢淮山築，十日挐舟九
> 日覆。須逢白露洩秋毒，西風倒吹水始縮。洪波五里往
> 而復，落爲徑丈清可掬。乃容矼石橋繚竹，溪流曲處石
> 如屋。山含海育富水族，檬花夜落毻魚簇。米市告荒魚市
> 熟，石鰈群歸泉穴育。千頭隨王等臣僕，取之爲鮓誇口
> 福。……』[27]

摹寫「驚湍」土石流雄渾駭人，「水落石出」之乾涸，
擬人筆法生動。冷調色彩接以「赤道」之「熱風」，繼以「不
關」句收束意脈，刻意用「不關」否定詞以拗折取勢，敘事曲
折有力。「何況」進一層鋪寫，「舞大木」、「萬松禿」之

26　《寄鶴齋詩話》，頁60。
27　同前註，《寄鶴齋詩話》，頁93。

夸飾，動詞的新巧，如「驚」、「破」、「走」，「衝」、「突」、「蓄」言「衝突」、「涵蓄」之對比。「聲喧」由涉入神怪幽奇，確實可與韓愈〈和盧仝詠月詩〉比肩。繪景如在眼前，寫景「綿密」，言情「濃至」說，參證趙宋梅聖俞詩論：[28]

寫景綿密——參以情語則有味
（狀難寫之景，如在眼前）

情景交融（以賦比興等手法，巧構形似之言，求自然高妙）

寫情濃至——著以景語則有色
（含不盡之意，見於言外）

第二節　內容與旨趣

一、乙未前之詩作

（一）吟詠臺地風景者

1. 近體律絕

棄生早期吟詠臺地風景見《寄鶴齋詩集》中《謔蹻集》，曾以康熙年間選定之臺灣府八景為題。這組「八景詩」的命題、意象及句式多有模仿前人者。〈東溟曉日〉「微光天地白，曙色海山青。」頗似王維〈送邢桂州〉「日落江湖白，潮來天地青」之意象。〈斐亭聽海〉「秋風千里壯，落日一身寒」二句之意象，脫胎自杜甫〈江漢〉「落日心猶壯，秋風病欲蘇」二句。〈鹿耳春潮〉「海底前朝楫」之描寫，似得自杜牧〈赤壁〉「折戟沉沙鐵未銷，自將磨洗認前朝。」之暗示。

---

28 歐陽修，《六一詩話》。黃文煥《歷代詩話》冊一（臺北：漢京，1983年）頁267。

〈雞籠積雪〉「雲低千嶂白，雪積四山明」之對仗句式，又似王灣〈次北固山下〉「潮平兩岸闊，風正一帆懸。」然其對仗穩妥，功力自試帖詩之鍛練而成，如〈澄臺觀海〉云：「島嶼千帆合，風潮萬里收。」〈西嶼落霞〉云：「南天開夕照，北海帶長虹。」〈安平晚渡〉云：「人喧春漲外，帆急暮潮中。」〈沙鯤漁火〉云：「水澄雙漢迥，天闊數聲留。」又〈郡試澄臺觀海〉云：

> 波浪拍空流，澄臺一望秋。風聲含大海，雲色入虛舟。
> 鹿耳明星蟹，鯤身接斗牛。鯨濤連島嶼，蜃氣滿滄洲。
> 河漢從西至，江山向北收。巨灣開世界，亙古浴神洲。
> 越客驚柁影，鮫人記宦遊。乾坤旋虎眼，日月瀉鼉頭。
> 城闕三邊合，帆檣數點浮。天高雲夢澤，地壓岳陽樓。
> 雁宕灘千石，漁磯釣外鉤。蒼茫停野鶩，浩蕩泊沙鷗。
> 墊欲沉銅柱，田多變舊籌。英雄淘處盡，灰劫換來休……

此詩乃五言排律，形式似試帖詩，當是應試之餘戲仿之作。「星蟹」之意象又見於〈沙鯤漁火〉一詩「蟹點隨波沒，螢光逐浪浮。」「天高雲夢澤」二句，由孟浩然〈望洞庭湖贈張丞相〉「氣蒸雲夢澤」一聯而來。「浩蕩泊沙鷗」頗似杜甫〈奉贈韋左丞丈二十韻〉末句「白鷗沒浩蕩，萬里誰能馴？」「蜃氣」句又與乾隆時金文焯〈澄臺觀海〉「蜃樓海市空中幻」之意象相似。[29]棄生寫景，尚帶古人影子，乃學詩初期模擬之習慣未除，不足深責。如〈輪船曉望〉七律末云：「此行三過滄溟道，不見鯨魚赤尾燒。」將魴魚䞓尾之典故套用於鯨魚，疵處顯然。〈客地即景〉七律第五句云：「青山缺處斜陽

29　金文焯詩引自前註，劉麗卿書，頁236。

補」則又脫胎自馬致遠「青山正補牆頭缺」之曲文。

其〈秋天西望三首〉其三云：「極目雲邊至日邊，西風千里布帆懸。估船不識悲秋意，載盡離人到海天。」筆調似杜牧〈泊秦淮〉末二句「商女不知亡國恨，隔江猶唱後庭花。」此因近體易學而難工，受格律束縛，能不襲用陳言，而自鑄偉辭，談何容易！棄生律詩對仗整麗，已屬難得。七絕如〈北路即景又二首〉其一云：「日銜滄海一山紅，雲樹蒼茫鐵路通。孤客不知新月上，斜看東嶺下西風。」五絕如〈村路晚眺〉云：「燄峰蒼翠裏，紅霞帶暮紫。乍見夕陽明，回頭夏雲起。」寫景皆清麗，有可觀之處。

2. 古體詩

早期的行旅詩見《寄鶴齋詩集》中《謔蹻集》如五古有〈鹿溪行〉、〈旅地寒風感懷〉、〈過通霄路感詠〉等詩。五七言古體有〈過大甲溪日暮口號（五七言）〉。七言以〈九十九峰歌〉（九十九峰即火燄山）最膾炙人口，詩云：

乾坤奇氣磅礡布，東南海岱巨靈護。坏地擎天一臂撐，九十九峰空際露。一峰摩空一峰從，空中密排青芙蓉。森然突兀放玉瓣，朵朵太古煙雲封。有時風雲氣拂鬱，劍鋒如從指邊出。駢列巨刃倚天揚，鬼斧神工出旋沒。丹赭晴霞捧赤城，照燭炎洲明復明。芒棱四吐如怒火，炙天不熱天亦驚。羲和日御行不得，重輪欲度便傾側。返照扶桑神鳥迷，倒影滄海蛟龍嚇。雲出如擁蚩尤旗，搖曳雲頭雲不移。三十三天星斗動，前峰後峰相奔馳。前峰後峰作人立，或俯或仰或不及。中有一座魯靈光，次第肩隨分等級。我欲與之成百人，風雨未化蓬萊身。欲求女媧補天石，補此一缺歸陶甄。山靈告我無庸補，大塊有時缺坏

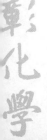

土。留此一角後人看，海山千秋與萬古。我聞中原九十九曲河，千里百里爲一波。京師九十有九淀，一淀一籔如江沱。天地山澤必有偶，斯峰因之變嵯峨。又聞衡山九向有九背，一轉一面成一態。斯山巗巆互陰陽，面面望之生光怪（九十九峰四面一樣）。西蜀奇峰與此同，島嶼無此青玲瓏。去岸二十一萬里，熬波浴日東海東。

　　敍此山「奇氣」磅礴，便用「奇數」一及九十九以形其壯闊，可見其機智。以「青芙蓉」等形容山嶽，本爲陳言，卻能善加經營，使其生動盎然。而比喻連類駢出，由「芒棱」聯想到怒火，「炙天」句反面著筆，妙用擬人以翻空出奇。「羲和」數句之神話意象襲自楚辭。由日、雲、星作襯，用擬人動態寫法。「前峰」句一宕開。後句「前峰」一闔，「或俯」句收束正題，形容山貌百態各異，筆調靈動。「中有」句則鎮之以莊肅。「我欲」以下發議論，以奇景及「奇數」鋪敍。句式或長或短，顯山「奇」而嵯峨。「熬」從火部，波、浴、海從水部，扣緊火燄及「海岱」意。

　　〈鹿溪行〉云：「……行盡青溪頭，萬塚亂煙起。沙薯百頃紅，蘆黍千村紫（蘆黍釀高粱酒甚佳）。嶒嶸春水橋，迢遞夕陽市。登橋望陰翳，雲濤互虧蔽。滄海從西來，潮水向東逝。夕靄蒼茫時，山海渺無際。」以對偶句鋪寫作物成熟。雙聲義近詞「嶒嶸」，和同部首之「迢遞」形容，既富聲音美，也兼有行行不斷意。

　　〈過大甲溪日暮口號（五七言）〉云：「兩山夾溪出，衆水中流分。水落群石起，兩山相對奔。一水渡未畢，西海已銜半邊日。不辨山容辨水聲，水聲急駛如雷疾。水挾沙石流滔滔，鯨魚有脊鯤有尻。風雨春秋發洪潦，一溪萬竅生怒號。招招舟子指行路，路在溪中亂石處。陵谷今來幾變遷，亂石如山

流不去。」溪流急湍，從反面「兩山相對奔」下筆；濟渡艱難，由渡未畢而日已西斜來暗示，皆婉曲有味。細寫土石流，先喻石之堅如魚脊魚尻，復形容其聲，結以「亂石如山」夸飾成景，乃畫龍點睛之筆。

〈紅山崎〉云：「登高望遙阜，想見官軍營。憶昔甲申初，此地防夷兵。烽煙倏忽滅，耳有胡笳聲。今來開道路，遍誌輪蹄程。不久鐵車過，平地殷雷鳴。巖谷忽破碎，山海一楸枰。我自催鞭去，秋風馬首輕。」「烽煙」二句一闔一開。「破碎」、「楸枰」寫景暗喻時事，乃雙關語。

（二）應試福州之行旅詩

光緒十九年（1893），棄生至福州參加鄉試，當時馬尾舟檣林立、貨賄山積。[30]《寄鶴齋詩集》中《謔蹻集》如〈馬尾山曉望〉云：

> ……天南岸嶤留半壁，鎖斷汪洋無湍激。滄海爲門山爲扃，兩岸草青千里色。將軍此地起樓船，半天城郭半山煙。蔽日飛帆隨浪後，轉輪流火在潮先。坐控閩疆如橐籥，複山重水皆束縛。囊歲何經兵燹災（甲申法寇），下棋由來輸一著。今日已復舊瘡痍，草木江山似昔時。返照樓臺開罨畫，拂雲亭榭聳玻璃。日日估帆乘潮起，水聲人語江如市。泛宅浮家不知年，風光盡在煙波裏。我常回首望東南，家在蓬萊神山三。桃源久住不知趣，一經此地異樣探。……

強調城在半山煙霧中，以形容其鈐鎖險要。歎光緒十

---

30 洪棄生，《八州遊記》，頁322。

年（1884），清軍馬尾覆敗，而如今舊創已癒。言海上貿易頻繁，〈出馬尾江舟上即詠〉所謂「島嶼人煙雜，風波估市明。」因回望臺灣，喻為仙島及桃源，可見思念之深。

〈登馬尾山二首〉其二云：「峰迴水複海天環，萬里鯤溟俯仰間。雲霧晴時明五嶺，風煙歸處擁三山。人來閩嶠浮濤黑，船過滄洲夕照殷。多少豪情搔首問，大江東去可能還。」言地勢之險要。頷聯上句寫遠望所見，下句言近處福州市之玉尺山、泉山、羅山。浮濤沉黑，感前途多艱；夕照殷紅，喻國勢之衰，故有〈登馬尾山二首〉其一「漢家今日輪蹄廣，竟許西槎到市闠。」之歎。〈歸次馬尾四首〉其三云：「客思秋懷兩不禁，汪洋不滌名利心。波歸大海無清濁，路轉溟池有淺深。流水雖迴難北去，鄉關欲望每東臨。天涯何處家山地，萬里江樓獨放襟。」鄉闈下第，流落他鄉，適值悲秋時節，功名之心難以滌盡。無情流水歸海，此次應試如鵬翅鎩羽，試問青雲溟池何在？

光緒二十年（1894）應試歸途由福州陸行至泉州，水行至蚶江（即函江），欲乘舟回鹿港，因遇風折回，候汛匝月，最後迴泊崇武，其地屬惠安，在晉江北。[31]〈輪船海上阻風〉云：「……魚龍噤不鳴，蠵蠪復何力。萬籟為一聲，波濤自相擊。火輪轉水中，殷殷成霹靂。機緘奪天工，至此亦悚惕。簸揚如在箕，金鐵見銷爍。不知自何來，疑是萬山砉。轟騰耳欲鳴，微茫迷八極。驚呼日馭回，不敢爭頃刻。……」首用側寫，由風濤前寧靜噤聲，為波濤之洶湧蓄勢。「火輪」句由反面描寫。輪船悚惕簸揚，風濤之大可知。由形狀、音聲刻劃波濤。〈崇武觀漁歌〉云：

---

31 同上註，頁323。

如山波濤蔽天際，葉葉舟爲浮波繫。千檣萬網煙水間，網得大魚高於山。以魚釣魚巧作餌，魚傍舟行不知避。港灣魚小海魚肥，隨潮暫遠暫忘歸。日暮風雲四海黑，昏迷天地波無色。漁人由來漁爲家，東西南北亦嗟呀。潑剌鱣鮪與鱷鮍，行行不但摸魚蝦。舟頭時有鼇梁度，櫓爲搖曳波心路（大魚如山，漁舟畏之）。雲中或見龍爪張，舟爲迴避向汪洋（海上風雲，漁舟反向深處避礁）。停舟偶到烏龜嶼，千尾萬尾紛紛舉。駛帆遠過澎湖溝，大鱗細鱗水際浮。出海小舟傍大舟，小者打槳大者流。歲歲爲漁逐海利，直從閩海到溫州。出沒煙波忘餐飯，天寒一飲當穿裘。雨中簑衣兼篛笠，群魚結隊爭呷接。舟人雨中爲畏途，漁人雨中爲利涉。冬盡歲殘不歸來，生成海上事遊獵。大魚爲鹽小魚乾，天青日赤魚滿灘。小魚醃膾大魚刉，割魚曝炙肉團團。網得魴魚味尤美，削肉渡海作甘旨。春晴放櫂始回歸，歸到家中婦子喜。販魚過海收厚利，願君莫厭風波靡。……

　　此詩筆力曲折，敘事入妙，頗似於陶淵明〈桃花源記〉之布局。首敘漁人以網得大魚爲志，故不避波濤之險。第四至第七句連續出現六個「魚」字，層層鋪寫，乃至隨潮忘歸。日暮雲黑，天地昏迷之景，對比鱣鮪鱷鮍魚蝦潑剌，汪洋之溯湃恂若無聞，惟知向更深處避礁覓魚。遂有「千尾」之奇遇。詩筆一宕，補敘行程之遠及漁人作業方式。細膩詳實的寫其生活甘之若素之神情。

二、大正五年（1916），遊臺北、淡水、基隆

（一）前言

　　日治時期大正五年（1916），民政長官內田嘉吉於四月十日至五月九日，在臺北舉行慶祝臺灣始政二十年的「臺灣勸業共進會」活動，[32]期由臺灣來完成「南進南洋」使命。大正年間，在臺灣總督安東貞美、明石元二郎，以及民政長官內田嘉吉、下村宏先後主政下，臺灣成為南侵華南，亦是南侵東南亞的重要據點，日本學者中村孝志稱此時為「大正南進期」。[33]另一目的，即在向四百萬的臺灣人民誇示其雄偉壯麗的建築物（新總督府、博物館），以展現日本國力。所以，第一會場即設在新總督府。[34]又召開日本紅十字會等各種總會。[35]圓山動物園則於四月二十日舉行開園式。[36]

　　是年五月二日洪棄生攜其子炎秋北遊，[37]訪其淡水友人洪以南，將炎秋之山水畫贈請洪氏指點，[38]並與此盛會。又遊劍潭、圓山、北投溫泉等地。再從大稻埕乘渡船至關渡等地暢遊，然後坐火車至基隆。其詩作共卅五首，詩題以「感詠」、「雜詠」名之者，佔了卅一首，皆為七絕，內容「不拘一事」[39]、「遇物即言」[40]，若考求「雜事詩」之淵源，龔鵬程以為源自「詠史」、「竹枝」、「宮詞」三類詩。[41]如何融混記事與詠懷抒情於一詩，詩評家因而討論詩歌「本色」的觀念及

32　張麗俊，《水竹居主人日記》（四），1916年4月11日所載（臺北：中央研究院近代史研究所，2001年8月初版）頁319。

33　中村孝志著，李玉珍、卞鳳奎譯，〈大正南進期與臺灣〉，《臺北文獻》直字第132期，2001年6月出版。

34　新總督府是投資三百萬圓所興建的5層大樓。引同前註，越澤明文。

35　同前註，張麗俊，《水竹居主人日記》（四），頁326、頁334。

36　同前註，《水竹居主人日記》是年5月12日，頁340。

37　〈遊淡水記〉，《寄鶴齋聯文集》，頁11。

38　引自劉麗珠，《臺灣詩史——洪棄生詩與史研究》（私立東海大學中國文學系碩士論文，2001年6月）頁252。

39　楊倫編輯，〈秦州雜詩二十首〉，《杜詩鏡銓》（臺北：華正，1986年版）頁239。

40　梁蕭統，《昭明文選》卷29，王粲〈雜詩〉李善注云：「五言雜者，不拘流例，遇物即言，故云雜也。」（臺北：藝文，1983年6月10版）頁423。

41　〈另一種詩——雜事詩的性質與發展〉，龔鵬程《文化、文學與美學》（臺北：時報文化，1988年2月1日初版）頁122、142-143。

杜甫「詩史」之價值。[42]以此繩求，則詩詠風土人情，抒情婉摯處，猶不失〈竹枝詞〉之本色。又能，透顯史義；「情與事附」，「興含象外」[43]，猶如「詩史」。

（二）泛詠風土，體似竹枝

竹枝詞的發軔和本色，唐代詩人劉禹錫〈竹枝詞〉詩前引云在夔州建平郡時，因仿屈原作〈九歌〉之意，倚里巷兒之竹枝爲聲。[44]雅化「傖儜不可分」之語，而「含思婉轉，有淇澳之艷音」之本色猶存。[45]王士禎（1634～1711）《池北偶談》云：「近見彭羨門（孫遹）〈嶺南竹枝〉深得古意，詩云：「木棉花上鷓鴣啼，木棉花下牽郎衣，欲行未行不忍別，落紅沒盡郎馬蹄。」……又山陰徐緘〈竹枝〉云：「勾踐城南春水生，水中鬥鴨自呼名，伯勞飛遲燕飛疾，郎入城時儂出城。」亦本色語也。」[46]雖爲文人仿作之兒女情語，然抒情婉摯，爲竹枝詞之本色。棄生《寄鶴齋詩話》則轉錄此二詩，以附和之。[47]又譽朱彝尊（1629～1709）七絕〈鴛鴦湖櫂歌百首〉，秀麗絕人。謂其七絕「極饒風趣，而格韻之高，又非近人所及，恰不以趣損其格也。」云：

> ……其餘如〈太湖罛船竹枝〉云：「黃梅白雨太湖棱，錦鬣銀刀牽滿罾，盼取湖東販船至，量魚論斗不用秤。」
> 「東溟大艑也嵯峨，減渡船頭銜尾過。一樣風波湖海別，黃魚爭比白魚多。」又〈嶺外歸舟雜詠〉云：「櫂郎鄉里

---

42 龔鵬程，〈論詩史〉、〈論本色〉，《詩史本色與妙悟》第二、三章（臺北：學生，1993年2月增訂版一刷）。

43 陳沆撰，《詩比興箋》卷二（臺北：藝文，1970年版）。

44 同上註，頁855。

45 劉禹錫，《劉禹錫集箋證》（上海：上海古籍出版社，1989年版）頁852。

46 王士禎，《池北偶談》（臺北，漢京文化，1984年5月15日初版）頁352。

47 同前註，《寄鶴齋詩話》，頁44。

彰化學

面都黔，撐盡筠篙禿指尖，水飯乾魚烏欖豉，生來不食廣
州鹽。」「山坳一水忽分流，兩岸多停楚客舟，夜半東風
齊笑語，月明打鼓上連州。」……皆有夢得竹枝、楊枝二
詞風味[48]。

泛詠風土，詩句淺白，有劉禹錫〈竹枝詞〉、〈楊柳枝〉
風味，爲朱詩之特色。[49]而朱氏〈鴛鴦湖櫂歌百首〉，自謂
「聊比〈竹枝〉、〈浪淘沙〉之調。」如「百尺紅樓四面窗，
石梁一道鎖晴江。自從湖有鴛鴦目，水鳥飛來定自雙。」[50]誠
秀麗過於前人。棄生七絕以「感詠」「雜詠」名之者，體似朱
彝尊〈鴛鴦湖櫂歌百首〉、〈嶺外歸舟雜詩十六首〉其七、其
十等詩，雖泛詠風土，直陳敘事，然抒情婉摯處，猶不失〈竹
枝詞〉之本色。如〈遊臺北雜詠十首〉其一至其六云：

車道弓彎卻向東，亂峰飛舞驛亭空。夜深半月明如鏡，一
路看山半鏡中。
急車飛駛如飛梭，一路山雲淡欲波。一石凌風飛不去，路
人爭說似鸚哥。
行行遊到劍潭南，終日禪扉鎖夕嵐。記得去年春雨後，無
邊山色入珠潭。
新式橋梁倚半空，圓山山頂百花紅。孔屏翡翠熊羆虎，點
綴林皋柳檻東。
天然風景翠微間，流出溫泉玉一灣。浴罷納涼高閣裏，青

<hr>

48　朱彝尊，《曝書亭集》卷21，頁7。及〈太湖眾船竹枝詞十首〉其三、其八及
　　〈嶺外歸舟雜詩十六首〉其七、其十，《曝書亭集》卷16，（上海書店，1989
　　年3月版）頁6。
49　劉禹錫，〈楊柳枝〉，《劉禹錫集箋證》（臺北：里仁，1981年3月24日版）頁
　　867。〈楊柳枝〉古題所謂〈折楊柳〉，宋郭茂倩《樂府詩集》卷81，頁1142引
　　薛能語。
50　引自朱彝尊，《曝書亭集》卷9（上海書店，1989年3月版）頁2-3。

青坐看北投山。

溫泉入檻碧玲玲，昔日曾過六一亭。誰似福州金粉地，玉屏山色滿簾青。

　　其一形容路之迴長，山隨路轉，一路迴旋如舞。直到明月如鏡，車窗映著山色、月色，乃形容山之高疊。第二首寫「山隨流轉」。一石霸佔住仰望的視線，猶如鶯哥之石，讓人爭競稱奇。第三首寫劍潭古寺之幽僻。「鎖」字言其幽閉，復以夕嵐點染其靜隱。回想春雨後的日月潭景，發人「遠波涵青」之想。其四「孔屏」彷彿置身上林御苑，如〈遊淡水記〉云：「地非上苑，乃實豹房；射異長楊，亦開熊館。……奇頭鵁鶄，是為西旅之獒；兩翼駱駝，厥有條支之鳥。」「翡翠」一語，有「翠色」兼「翡扇」義，可謂妙喻。其五、其六寫北投溫泉。「浴罷納涼高閣裏，青青坐看北投山。」真有「風乎舞雩」之閒散。「溫泉入檻碧玲玲」呼應溫泉如「玉一灣」。「玲玲」既狀水聲，亦兼玲瓏之義。回憶昔日至福州參加鄉試，出闈後至城外溫泉洗浴，年少風雅之遊，舊日青山金粉之景，猶勝今日西式浴場。[51]

　　又如〈重遊滬尾感詠十二首〉其一、其二、其八云：

灣灣航路水遲遲，到處洋樓亞樹枝。碧海青山潮上下，再來不似太平時。

形勝空居大海東，輪船今日泊雞籠。一江清淨無煙火，兩岸樓臺有好風。

八里坌前波習習，獅頭渡口風徐徐。停橈直上三層閣，忽睹吾家充隱居。

51　《八州遊記》，頁322。

「灣灣」、「水遲遲」形容水路「島嶼窊窿，洲漵岐互」[52]，〈重遊滬尾即事〉所謂「壓海人煙九折潮」。〈紀遊滬尾〉記登高俯望云：「樹若倒垂，屋盡高聳。鬱鬱雲氣，上起樓臺；蔥蔥林色，蔚爲聚落。」舟中仰望兩岸洋樓亞樹枝，慨歎太平盛況已不再。鳥瞰全城，只見「山圍一海，海環四山」。[53]舟中動盪，有「碧海青山潮上下」之趣味。其二言廢港後空留形勝，昔日繁華險要不存，反而換來清淨之好風。其八令人回想清咸豐年間，關渡獅仔頭有大海盜李罔鼎搶劫海上商旅，北部商人頗多受害。[54]如今風徐波靜，正宜吾家以南先生隱居。「習習」與「徐徐」韻同，又爲疊詞，情致益顯綿長諧和。

　　其〈漫遊雞籠雜詠十八首存九〉其五、其六云：「漸漸入山漸漸深，穿崖剔蘚復搜林。由來此地誇生活，半爲營煤半採金。」「溺來猶笑是何人？如此生涯等齎身。入水挐魚還出水，海中相見琉球民。」驚覺居民生活浮誇，乃因開採黑金（煤）和黃金所致。[55]礦工「誇生活」的心理，多半由於謀生的艱危，即洪棄生云：「食炭之夫，面塗若漆；淘金之子，手健亦皲。」[56]其六詠沖繩移民。日治時期，沖繩人移居基隆和平島者漸多。沖繩知念村久高島的內間長三（1901～1953）教臺灣人一切「海的工作」，後來被臺灣人尊稱爲「海神」。[57]在經濟蕭條的年代，沖繩人被迫離開島上，不得不到臺灣來謀

52　同前註，《寄鶴齋駢文集》，頁13。
53　同前註，〈遊淡水記〉，《寄鶴齋駢文集》。
54　〈大稻埕耆宿座談會〉，《臺北文物》季刊第二卷第三期，1953年版，頁9。
55　黃清連，《黑金與黃金：基隆河上中游地區礦業的發展與聚落的變遷》（臺北縣板橋市：北縣文化，1995年初版）頁161-168。
56　同前註，〈記遊雞籠〉，《寄鶴齋駢文集》，頁15。
57　又吉盛清著，魏廷朝譯，《日本殖民下的臺灣與沖繩》（臺北：前衛，1997年12月初版第一刷）頁381、383。

生，爲日人建蘇花公路、花蓮港等，犧牲甚大。[58]洪棄生哀其「鬻身」之生涯，與臺人同遭如「水溺」般的陸沉之苦。所謂「朝鮮高冠而賣藥，琉球裸體以摸魚；同是流離瑣尾，失國堪嗟。」[59]「猶笑」之餘，更多的是相見相憐之情。

和朱彝尊〈太湖眾船竹枝詞十首〉其三、其八，〈嶺外歸舟雜詩十六首〉其七、其十相較，朱作質樸賦陳，棄生此類詩作則多用比喻、雙關，情思婉轉。秀麗或不及朱作〈鴛鴦湖櫂歌百首〉，然蕭散而饒富情韻，類似竹枝詞。諸詩皆爲入格之七絕，詩語文雅，未染竹枝詞俚俗之風。七絕「脫口而出，天賴自然，不事雕鏤者。」[60]深受棄生激賞。又稱譽王士禎之七絕「情遙韻遠，節短音長。」「洵爲三百年來第一家」。[61]遂步武前賢，以雅正自許。[62]

(三) 吟詠興亡，諷刺當道

「吟詠興亡，諷刺當道。」內容可分三類：1.「幕府無端盛會開」──對「臺灣勸業共進會」的批評；2.「闉闍咫尺空登望」──淡水港的衰微；3.「煙艫鐵輪空在望」──基隆猶如日本之「內湖港」。

1.「幕府無端盛會開」──對「臺灣勸業共進會」的批評

〈遊臺北雜詠十首〉所詠地點爲昔日大稻埕圓山等地。復乘舟遊稻江、芝蘭港、淡水等地，〈遊臺北雜詠十首〉其七至其十云：「金蚨百萬鐵車馱，南北遊人滿載過。載到北城看賽會，會中倭女粵娘多。」「鋪揚高會要同登，幕府嵯峨設五

---

58 同上註，頁331-333。
59 同前註〈記遊雞籠〉。
60 同前註，譽王士禎善選七絕，《寄鶴齋詩話》，頁110。
61 同上註，《寄鶴齋詩話》，頁48。
62 棄生「惋惜」龔自珍（1791～1841）詩作之體裁。《寄鶴齋詩話》，頁30。

層。我到二層偏不上，一場夢境冷如冰。」「到處人家匝電
燈，街衢入夜電光青。廣寒宮裏知何樣？一寸紅牆萬點星。」
「不愛樓中愛櫂中，煙波晴雨擁孤蓬。稻江搖過芝蘭港，一水
看山任好風。」「金蚨」應是「青蚨」，即錢之別名。以昂貴
之鐵車，滿載南北遊客來參加賽會，可知勸業共進會之盛況，
會中多倭女粵女。下一首寫第一會場之鋪張，幕府的高塔象徵
日人的威勢。著一「偏」字，可見棄生之執拗。

　　〈重遊滬尾感詠十二首〉其九云：「幕府無端勝會開，
金錢散出滿全臺。此間不是仙遊窟，我自看山泛艇來。」批評
此次盛會無端散財，不想作南柯仙夢，只欲看山乘桴。最後二
首，一寫臺北夜景，「廣寒宮」暗指總督府，孤高廣寒，令人
生畏。「紅牆」寫其外觀。棄生〈遊淡水記〉云：「故城既
鏟，殘郭猶存。鶴表不歸於遼海，人物已非；蜃樓似起於登
州，市廛咸改。……人尋釜魚之樂，士爭巢燕之棲。車驅之，
車驅之，余於是有緇塵之感，歧路之悲。」以故朝遺民自比，
面對繁華景，不免「商女不知亡國恨，隔江猶唱後庭花」的感
慨。末首寫大稻埕（稻江）及芝蘭港（士林附近）好山好水，
頗有「乘桴浮於海」的意味。

2.「閩關咫尺空登望」──淡水港的衰微

　　明治三十二年（1899），日人指定淡水、鹿港等八港爲
四口正港以外之「特別輸出入港」，暫限中國型船隻出入。
明治三十七年（1904），淡水港之海運被基隆港超越取代。
明治四十二年（1909），廢止淡水與廈門、福州間航線。[63]大
正四年（1915）淡水廢港，起點改爲基隆。[64]自明治三十四年
（1901）起，臺灣與中國大陸間的貿易急遽減少，而淡水港口

63　滬尾文教促進會、淡水歷史研究室編纂，《淡水大事紀》1988年版，頁61。
64　同前註，中村秀志一文，頁237-239。

水位的降低、泥沙的淤積，使其日趨沒落，[65]逐漸轉變爲以觀光爲主的市鎭。[66]〈重遊滬尾感詠十二首〉其三至其七、其十至其十二云：

> 一櫂今來豈勝遊，遠看房屋似鳧浮。雲濤煙樹重重裏，不見當年舊酒樓。
>
> 依舊雲山面面收，潮來碧海接天流。紅毛城上一回首，已近滄桑四百秋。
>
> 人物津梁異昔時，河山雖在可勝悲。閩關咫尺空登望，不見黃龍故國旗。
>
> 絕頂浮雲鬱不開，西南底處伏波臺。劫灰已出昆明涸，何日樓船過海來。
>
> 已是蓬萊淺水時，問津嬉水豈相宜。海山風月無東晉，孤負煙波載客兒。
>
> 曾向芝蘭港裏過，圓山風景亦無多。此間四面青峰繞，一海中浮安樂窩。
>
> 對面三山恰比鄰，海航一葦八時辰。可憐帶水閩山隔，分作東西兩國人。
>
> 百家樓閣屋千家，淘盡波光浪與沙。二十年前鴻雪爪，不知何處舊風花。

其三寫登高遠眺，但見「鬱鬱雲氣，上起樓臺。」[67]水邊樓臺如鳧浮，化靜爲動，頗有生趣。回想清末艋舺繁華之時，酒樓林立。入夜，旗亭燈火輝煌、絃歌盈耳。著名校書（藝姐）都唱得一口好南管。當時則多貸座敷（風化區），日本藝

---

65 戴寶村，〈近代臺灣港口市鎭之發展與變遷〉，收於張炎憲、李筱峰、戴寶村主編，《臺灣史論文精選（上）》（臺北：玉山社，1999年初版）頁433-437。

66 同前註，《淡水大事紀》，頁70。

67 同前註，〈紀遊滬尾〉頁13。〈遊淡水記〉云。

妓處處皆是。[68]昔日詩酒與風流何在？其四則憑弔紅毛城彷彿閱盡近四百年來臺灣的興亡。而潮來潮往，淘洗去風華；雲山寂寞，惟有滄桑。其五慨歎山河之異，故國咫尺千里。當年黃龍旌旗，猶如杜甫「武帝旌旗在眼中。」對祖國國勢凌夷之慨歎見於言外。其六言絕頂眺望，伏波已矣，國土日蹙；昆明已涸，何來樓船？乃詰問生慨。

　　其七言「海山風月無東晉」，淪為異族統治之人民，較偏安之東晉更不如，真是「蓬萊淺水之時」。龍困淺灘的蹇厄心情，不免孤負遊興。「淺水」又指淡水港水淺，一語雙關，含蓄雋永。其十誇言此地兼攝山水之美，風景更勝圓山。其十一言昔日與對岸往來頻繁，猶如一衣帶水。如今淪為棄地，分隔兩國，宛然有骨肉離散之痛。末首沉思過往，二十二年前（1894），棄生到福州參加舉人鄉試。其〈停舟滬尾三首〉其二云：「偶向檣陰高處望，艨艟巨艦鵁頭橫。」如今誠如〈登眺滬尾山〉云：「榑桑無市成虛蜃（近來廢滬尾港而市況頓衰退），荷蘭有城狎大鯤（即今紅毛故城）。北溟南溟在指顧，淼淼一水如窪尊。」當日人擴張霸權，「巨艦如魚東向奔」之時，淡水淺如窪尊，舊日「風花」勝景，已零落殆盡。日人刻意打擊，淡水與大陸貿易的光景不再。

3.「煙艫鐵輪空在望」——基隆猶如日本之「內湖港」

　　「臺灣勸業共進會」的第三會場設在基隆。[69]基隆為日本南進南洋的重要港口，大正五年（1916）四月，臺灣總督府命

68　同前註，張麗俊，《水竹居主人日記》（四），1916年4月19日所載，頁327。
　　日治中期，公娼制度實施之後，此處成了地下娼寮的所在地。見王一剛，〈萬華遊里滄桑錄〉，收於《臺北文物》季刊第一期第二卷，1953年版，頁52。
69　同前註，張麗俊，《水竹居主人日記》（四），1916年4月17日所載，頁326，
　　展出觀水族魚類。

大阪商船開設南洋航線，基隆爲停泊港之一。[70]日人的刻意經營下，基隆猶如其「內湖港」。[71]〈漫遊雞籠雜詠九首〉其一至二、其七至九云：

> 三十年前一培塿，幻來闠闠蜃光浮。驚心此地繁華速，不是洋樓即酒樓。
> 海上樓船去不來，鏟平故壘長蒿萊。山川戰血無人問，猶有前朝舊砲臺。
> 一穴山中縹緲虛，石泉滴滴海風徐。洞庭果有神仙洞，願與靈威出禹書。
> 煙波指點與兒看，一櫂雞峰蠡海間。雁宕謝家偏不到，未探屐齒月眉山。
> 風來海上利如刀，西北山鈴萬頃濤。憶昔清時繁盛日，三吳兩粵八閩艘。

其一回首中法之役時，雞籠沿山猶被草昧，其戰略地位高於經濟、政治地位，如今則已是國際性的商港，市街繁華，到處洋樓酒館。其二寫獅球嶺砲臺。中法戰役，法軍攻佔基隆港，統領林朝棟退駐獅球嶺扼險設防，與法軍在此要地相持八閱月之久。[72]而乙未年（1895）日軍攻臺，清軍敗遁，[73]用一「舊」字，有「物是人非事事休」之嘆。其七詠基隆舊八景中的「仙洞聽濤」。[74]因以太湖包山之洞穴靈威丈人入探禹書傳

---

70 戴寶村，《近代臺灣海運發展——戎克船到長榮巨舶》（臺北：玉山社，2000年12月第一版第一刷）頁173-176。

71 張明雄，〈臺灣不朽的戰略基地——基隆〉一文，收於《史聯雜誌》第三期，1983年6月30日出版。《八州遊記》，頁2。

72 《基隆文獻》（基隆市：基隆市政府發行，1991年5月初版）頁126。

73 同前註，棄生，《瀛海偕亡記》，頁4-5。

74 洪連成，《找尋老雞籠——舊地名探源》（基隆：基隆市政府，1993年版）頁121。

說比附。[75]其八與其子共眺遠海，以未能暢遊月眉山爲憾。山位於基隆暖暖對河，光緒十年至十一年（1894～1895）中法戰役，清將林朝棟的部隊於此血戰法軍。[76]基隆居海防之鎖鑰地位，竟淪爲異族門戶，〈雞籠港漫遊感事〉云：

> ……佛郎西從西海來，甲申往事余能記。棄地雖由劉使君，揚威猶多李廣利。君不見三沙灣外二沙灣，佛軍白骨埋青山，戰船一年來一祭，峩峩京觀海漫漫。我行踏上獅球嶺，嶺頭戰壘猶堪省。砲臺尚拂蛟龔腥，煙暈可吞鯨鯢影。何圖乙未上氛祲，十載關山變古今。重重巖阻無人守，日日淵沉海水深。海水自清水自黑，山頭旗交紅白色。山半今安日日營，海中今絕華人跡。自古山川劇變遷，誰似我生多慘戚。一丸海島天穹垂，非霧非煙閃倏吹。已矣人間無可道，泛舟仙洞仙蹤追（附近有洞）。迴看洋樓船塢連海起，一幅雲山戰場裏。民間膏血浪沙淘，千秋盡入尾閭底。潮來潮去弔興亡，我亦望洋悲海市。[77]

「劉使君」代指劉銘傳，「李廣利」指劉氏部將。棄生《中西戰紀》詳載此役始末，不滿劉氏棄守基隆，以堅守滬尾之戰略。「君不見」以下憑弔中法戰爭遺跡如二沙灣砲臺、法國人公墓、仙洞等地，〈漫遊雞籠雜詠九首〉其三云：「方塚一堆碑一柱，纍纍戰骨佛郎西。」〈漫遊雞籠雜詠九首〉其四「不圖挾到遊山興，竟向青山弔戰場。」省識興亡，砲臺彷彿有拭不去的煙暈血腥。

中法戰役「猶多」戰將，到乙未年（1895）日軍攻臺之

75 宋范成大撰，《吳郡志》卷15（北京：中華，1990年5月第一刷）頁801。
76 清劉銘傳著，〈法攻暖暖月眉山連日獲勝並現在戰爭情形摺〉，《劉壯肅公奏議》（臺北：大通，1987年10月初版）頁191-92。
77 《寄鶴齋詩選》（臺北：大通，1984年版）頁80。

役才十載，何以「重重巖阻無人守」，寫陸沉之痛。「海中」
句，有感於河山劇變之滄桑，見日人之驕侈，不惜民間膏血，
興建此港爲南侵南洋之門戶，終將毀於浪潮之淘洗，不免歎明
日黃花。棄生云：「東人之艦，闐噎於洪流，夕陽銜海，煙暈
冪空。……戰骨纍纍，佛郎西之封冢；文鱗戢戢，東洋市之
水宮：一留敗北之痕，一侈滿盈之象焉。」[78]〈雞籠港即事〉
云：「樓臺闤闠壓帆檣，波色嵐光接遠洋。一水白浮天上下，
四山青鎖海中央。北來疊浪鯨鰭矯，東走連峰馬首長。煙艫鐵
輪空在望，蕭蕭故壘已滄桑。」誇言此港鎖鑰地位。對比鐵輪
橫港，「以盛景寫衰」，倍有興亡滄桑感。

（四）結語

棄生詩吟詠故國興亡，批判日本帝國豪奢滿盈之態。批
評「勸業共進會」無端的奢侈，慨歎日人刻意切斷臺灣與大陸
之聯繫，使淡水港航運加速衰微。興建基隆港爲南進南洋的重
要港口，使基隆淪爲日本之「內湖港」。以七絕「雜詠」、
「感詠」詩吟詠，體似竹枝詞。其詩「情與事附」，記事「事
眞」，諷刺當道，議論「論當」；[79]又能「興含象外」，哀感
深微，不愧「詩史」之譽。大正五年（1916），正值日本大舉
南進，其殖民帝國之形象似〈海上望火船〉云：「雲際縷煙
流，輪船海角收。濤聲尋亞土，電路入歐洲。日月東西異，星
潮上下週。可從冰極過，釣得大鯨不？」頷聯描寫海權霸國藉
通訊航運拓土結盟。頸聯言東日西月，邦國軫異，惟船星海潮
可周。末思極北釣鯨，抒發經緯天下之氣概。棄生年屆知命，
青雲夢已絕，詩風蕭散而冷肅，是其特色。

---

78 同前註，〈紀遊雞籠〉。
79 吳偉業，《吳梅村全集（下）》（上海：上海古籍出版社，1990年版）頁
   1138。

三、一九二二年旅遊大陸

（一）前言

一九二二年九月六日，洪棄生攜其次子炎秋，由鹿港乘火車北上基隆，準備搭船往遊大陸。十二日乘基隆至上海之大船，翌日抵達上海。至一九二三年一月十七日歸臺。期間暢遊中國蘇、皖、贛、鄂、湘、豫、魯、冀、浙、閩十省，古八州之地。以行旅所見所感，寫成《八州詩草》、《八州遊記》。《八州遊記》屬遊記類的古文，《八州詩草》則屬遊覽詩詩集。《八州詩草》共有詩作三○六題、四一八首。就題材言，懷古詩有一三三題、山水詩九十一題、行旅遊覽詩三十九題、諷諭詩三十九題、贈答詩四題。詩作詠行旅遊覽時所見所聞，故詩題多撮要記其遊蹤，如〈遊太湖遇雨〉、〈過長城嶺〉等。每沿洄生趣，登頓窮情，《八州遊記·凡例》首條云：「今人紀遊，多在目的地，如遊西湖專言西湖，遊泰山專言泰山之類。記者則一路遊跡所及，無論勝地僻壤，寫風景外，必一一窮其歷史。」既言遊跡所及，則沿途觀覽抒情，寓目感懷；又著重窮究歷史，「記者之遊，仍如讀書，處處與經史子集，參互考證，以核古今名蹟。」因此，詩作往往懷古兼詠山水；敘行旅所見又每多興亡感慨，懷古、山水、行旅遊覽三題材比重最大，且不易細分的理由在此。

懷古詩實爲《八州詩草》之大宗，此題材詩作貴在透顯史識，以爲殷鑑之資，並崇仰中國傳統文化，尚友古人之心期，如〈登會稽山拜禹王廟上謁禹陵觀窆亭訪菲泉再遊禹王寺探禹穴轉出陵坊至山庭讀岣嶁碑三十韻〉云：

早年讀禹貢，緬仰禹王功。八載釋玄書，四海盡來同。稍
長觀史書，益慕禹王風。萬里探禹穴，願追太史公。不信

年遲暮，始到會稽中。會稽水泖泖，會稽山蘑蘑。霈然下雲雨，帝澤九州豐。餘潤及海外，豈獨限浙東。我自海上來，中原見高嵩。曲阜拜孔子，兗州仰岱峰。遍訪九河跡，無若神禹工。直北上燕京，飆輪出居庸。迴舟下渤海，再度入吳淞。細考三江瀆，亦爲大禹通。於茲拜禹廟，豈爲騁遊蹤⋯⋯

棄生早年讀《尙書·禹貢》等書，極爲緬仰禹王功蹟。及長觀史書，「微禹，吾其魚乎！」益慕禹王矻矻之風。因效太史公，萬里探禹穴。華夏聖地，崇仰半生。喻其帝澤如霈然的雲雨，豐潤九州外，亦澤及海外一介書生心靈。棄生此次壯遊，望嵩山、拜揖孔子於曲阜、仰瞻泰岱、遍訪九河禹跡；上燕京、出居庸，下渤海、入吳淞、考三江瀆。細考禹王故蹟，歌詠八州風物，爲神州文化之壯遊。畢生所學所志，乃獻成於此，非徒一騁遊蹤而已。寫禹陵若亭，「今穀林無聞（堯冢），蒼梧無徵（舜冢），而此地有繞陵子孫，則九載勤民之德遠矣。」[80]詠讚禹功悠遠。

（二）諷諭詩

依題材可細分兩大類：一是「詠懷古跡」詩，以古諷今，亦可視爲諷諭詩。一是描寫風土人情，反映社會現實的詩作。二者均對當時社會有所描述，重在批評社會缺失，當視爲「諷諭詩」。

1. 軍閥割據，民不聊生

棄生憑弔古蹟，懷古諷今，憂心實深。

80 洪棄生，《八州遊記》，頁304。

（1）憑弔前清故宮，憂心民初政局

　　洪棄生憑弔前清故宮時，〈遊大內宮殿感賦長歌〉云：
「……步入太和至保和，朝清宮殿尤隆崇。東廷文華西武英，
先朝治政兼治經。今列書畫與彝器，仁廟純廟留文明。我來不
禁感慨生，三百年中幾太平。雖未燼灰曾蹂躪，三見兵燹震京
城（咸豐庚申、光緒庚子、民國辛亥）。娥臺遜讓誠美事，公
路覬覦非人情。可憐望帝蜀杜宇，乃有貳臣相鶩靈。嗚呼！共
和告成亂方始，巍巍禁苑宮雲裏。群兒撞破好家居，眾脣吹上
御階戺。漢闕五噫度梁鴻，金狄一看傷薊子。」細述清宮之崇
偉。文治上崇尚經典，帝王又雅好書畫彝器。

　　故宮自然為有清一代文物珍品的匯萃處。因歎咸豐十年
（1860）英法聯軍，光緒二十六年（1900）八國聯軍及民國辛
亥革命兵燹之蹂躪。「公路」乃袁術字，暗指袁世凱。袁氏死
後，軍閥割據亂政，政壇紛擾，不堪銅駝荊棘之悲。〈西苑
行〉云：

> ……亂兆蒼鵝洛下起，胡群白馬壽州行。可憐新蓋儀鸞
> 殿（德宗幽瀛臺，太后居此殿聽政），竟為柏林駐兵弁
> （庚子七月，德國將瓦爾德西帥聯軍居此）。痛絕金鼇玉
> 蝀橋，傳來白雪花門箭。祇今瀛海再滄桑，漢苑依然留
> 未央。蜚廉桂觀仍相望，承露金人休斷腸（苑中有承露
> 盤）。

　　詩以晉永嘉之亂前，洛下蒼鵝之兆，指八國聯軍之禍。
京師被兵燹，金鑾殿上駐雄兵，百年珍寶劫掠一空。再經辛亥
兵事及軍閥內戰，宮室惟餘蜚廉桂觀、承露金人，如今帝子何
在？

　　〈南苑故宮行〉云：「……憶自德宗即開放，四十里圍

充耕餉。閭左爭承上苑田，木蘭不列名王帳。遠近鶵鷇雉兔來，靈臺靈沼仍無恙。誰知一旦起塵氛，大盜柄國日紛紛。黑劫紅羊震畿甸，青絲白馬滿榆枌。此時西園歸七貴，此間南苑駐三軍。天下為公總空說，焚攘更甚氐胡羯。……」南苑即南海子，在北京外城永定門外二十里，詩中「黑劫」句指太平軍洪、楊之亂。「青絲」句用侯景亂梁典故，指袁世凱等人。批評孫中山「天下為公」之理想落空，歎軍閥為禍之烈更甚於外夷之侵侮。

其〈遊雍和宮雜詠四首〉其二云：「蒙古王公此殿趨，本朝威力遍遐區。祇今藩院無人理，寺裏金瓶得在無（清理藩院以金奔巴瓶置此，掣籤定蒙教主）。」北京雍和宮原為雍親王府，建於康熙三十三年（1694）。清世宗稱帝前居於此，登基後稱雍和宮，現為北京最大的藏傳佛教皇家寺院。回想清初蒙古王公步趨朝貢，清之國力遍及遐區。[81]而民國十年（1921），外蒙第二次獨立，由國際共產黨「蒙古人民革命黨」控制。「寺裏金瓶得在無？」國勢之凌夷，其憂心兵燹，〈揚州故宮行〉（宮在城內迤北，時為軍府，東華、西華兩門有兵鵠立）云：「古來帝王威力俱有限，一朝宸跡何足傷。所傷燹火到雷塘，竹西歌吹永愴涼。」其〈武昌故宮行〉云：

……誰道南巡未百載，粵西巨寇興洪楊。崇墉一朝忽三陷，此宮可否焚柏梁。胡公當日起江漢，中興武士來洸洸。黃鶴樓與晴川閣，古蹟俱新況建章。人民方幸免青犢，世途迺又換紅羊。大別山頭鳴砲火，漢陽門外落欃槍。駭浪驚濤盈七澤，淒風苦風遍三湘。我來雖見修闉闍，空處猶復留瘢痕。將自城南向湖南，忽逢宮瓦夕陽

81　黃金河，《哲布尊巴與外蒙古》（嘉新水泥公司文化基金會出版，1968年12月初版）頁14-43。《八州遊記》，頁266。

黃。此中竟有金銀氣，仰望渾無日月光。渚宮不是舊祇宮，可憐八駿馳八方。漢皋夏口成三鎮，一瓢群兒爭奪攘。日暮瞻烏止誰屋，老翁愁痛倚宮牆。

太平軍於咸豐三年（1853）至六年（1856），四年間曾三陷武昌。以青犢、赤眉比擬太平天國之亂事。紅羊之劫暗指辛亥革命和軍閥作亂。當日胡林翼等中興之士，如今安在？竟淪為武夫割據之地。暗諷分裂之害猶逾於舊日之帝制，中國如多頭馬車，又如家無大人，群兒鬩牆爭攘。末哀故朝，意象脫胎自杜甫〈哀王孫〉一詩。全詩哀感頑豔，近於「梅村體」。

（2）歎北京軍閥盤據，封禪文化廢棄

北京為五朝舊都，古代只有天子能獨祭上帝和天神，因此帝都北平，壇墠最多，形成特有的封禪文化。民國後，此禮制已廢。社稷壇於民國三年（1914）改為中央公園，[82]各壇墠多為軍閥所盤據。〈遊外公園觀先農壇雩壇〉云：

三推禮不成，千畝事已廢。嶢嶢觀耕臺，誰復理蕪穢？闢作百花園，勝種千畦菜。槐檜千年枝，枝杈自何代？古柏森青青，崔嵬有餘態。根可十人坐，幹可三霄礙。行到先農壇，燎爐已不在。又過太歲宮，何人祈吉亥？禮器無一存，空作散兵廨。中廩收穀亭，均懸茶館斾。禮樂換俳優，歌管雜人籟。南行見石坊，巍然雩壇界。天地與神祇，方基倍高大。海山亦陪祀，舞雩祀曲載。轉北慶成宮，依然駐軍倅。歎息出壇門，天地為陰晦。

82 凌純聲，〈北平的封禪文化〉，《中央研究院民族研究所集刊》16期，1963年版。

先農壇東南為觀耕臺，耕耤時設之。[83]先農壇時已闢其半作外公園。前朝禮制已廢，恐勸農之義，亦隨之漸滅。寫古柏「崔嵬臃腫，森矗駢列。」[84]

出雲壇東北行，有慶成宮，內為軍官所駐。棄生歎道：「昔之日門牆高峻，遊人不得入，奉之太尊，失禮之中。今之世壇坫紛紜，雜人於焉處，玩之太褻，無禮之甚，然則先民所視為教化之儀型者，時人咸以為兒戲之俎豆矣。」[85]〈遊內公園觀社稷壇二十韻〉云：「……民國竟無社，六府遺土穀。國本多就荒，戰機四叢伏。戰勝俄德坊，在茲殊刺目。河山日蕭條，裝點何能淑？……」清社稷之祀，自世祖宅帝位，祭告如儀。[86]棄生云：「東西南北四門，乃四石坊也。壇北為拜殿，……而殿為電光寫真室，褻甚矣。」[87]諷社稷祀絕，則國本就荒，所謂「不祗山川，則威令不聞。」[88]其時軍閥割據，昔日君主於此告祭行獻俘禮，今惟見列強侵我之戰勝坊，真刺目羞恥。〈瞻圜丘方澤及日月壇感作二十韻〉云：

> ……日月祀春秋，今乃為兵廐。射血及投龜，楚靈踵商武。慢神將虐民，天人所不與。我觀袁氏初，禮憲無一舉。是知奸猾胸，素無學問貯。豈真馬上徒，惟知事軍旅。俎豆化干戈，此意難為語。大位將闇干，神靈所不許。甘泉有泰畤，汾陰有鐘廬。神休不可知，何時獻醴黍？

---

83 〈吉禮1・壇墠之制〉，《清史稿校註》卷89（臺北：商務，1999年初版）。棄生云：「10年前尚有祭器樂器、千羽舞器。」《八州遊記》，頁240。
84 同上註《八州遊記》，頁239。
85 同上註。
86 〈吉禮2・社稷〉，《清史稿校註》卷90（臺北：商務，1999年初版）。
87 同前註。《八州遊記》，頁249。
88 引自《管子・牧民・國頌》。

其實郊天之禮，已荒廢十一年，何來帝王鹵簿？古來重祭禮、崇祖靈，所以不忘本也。諷刺袁世凱一介奸猾之徒，自不知齋戒事天，敬慎治民之道理，不知「俎豆化干戈」，又欲覬干大位，爲神人所不容。「國之大事，惟祀與戎。」祭祀之意義，在闡發畏天敬民之思想，是古代君王治術之要。慨歎古來「畏天敬民」之禮意已亡。

（3）登亭臺樓閣，歎軍閥亂政，憂心兵燹再生

民初軍閥割據，各地之亭臺樓閣多有駐兵。如南京雨花臺、武漢黃鶴樓、開封古吹臺；徐州市黃樓、快哉亭、戲馬臺；福州市南臺。〈登雨花臺〉云：

> 西望杳杳天關山，東望大江去不還。金陵故宮自何處？石頭鐘阜如長干。茲岡鎖鑰城南關，遙撐半壁成重磐。采石軍聲撼建業，古今爭奪此彈丸。……此臺舊事不堪憶，高座寺邊餘暮色。弔古何須感廢興，即今且復埋荊棘。梅嶺已荒內史亭，石岡已剗謝公跡。孤壘猶留戰後氛，二泉空話茶時客。嗟乎！絕好江山可遊觀，兵燹一動無翠巒。于今寰海再鼎沸，豈得江淮一水安？我從高處望中原，南北山門白日殘。岷江萬里來秋色，縹緲海東生暮寒。

雨花臺據傳梁武帝時有雲光法師講經於此，感天雨賜花，故名。棄生云：「（此臺）一有戰爭，立化修羅場。……蓋此山扼西南之要，下瞰金陵，不守此山，不能守南關；不守南關，無以守南京。」[89]聚寶山山麓爲梅岡，因晉內史梅賾居也。岡有高座寺。謝公墩因謝安嘗登，故名。然棄生問居人，

89　《八州遊記》，頁42。

無知者矣。「于今」當日軍閥之暴虐,與昔日侯景相似。遠望中原,戰火頻仍,末有極目蒼涼之感。

一九一六年一月,北洋直系軍閥王占元督理湖北軍務,乃以軍干政,經濟搜刮,種種倒行逆施。一九二一年六月七日,被王占元遣散的士兵兵變,集體焚掠武昌。事後,王占元極力推卸罪責,歡送士兵上車離省。一面密令軍隊痛剿,結果一七八四人在孝感境內被機槍擊斃。[90]七月二十八日,湘鄂戰爭爆發,北洋政府令吳佩孚等率部援鄂,趕走王占元。[91]

〈登武昌黃鶴樓二首〉其一末嘆云:「接海雲艫非向日,繞城天塹向長流。漢陽郭外晴川閣(時為兵營),竟有牙旗據上頭。」回想雍正十三年(1735),史貽直修此樓,閱軍時,戈甲組練,蔽川浴波。[92]今惟長江天塹依舊。晴川閣時為兵營,真是殺風景。其二末嘆云:「木葉秋風飛鄂渚,重陽斜日上荊關。登臨無限傷時思,楚望臺邊劫火殷(辛亥革命,漢口全燬;辛酉兵變,武昌半燬)。」秋風木葉,時序重九,效古人登高避難之俗,諷軍閥亂政,劫火方殷。辛亥年(1911)的漢口保衛戰,漢口受到重創。一九二一年的兵變,武昌遭焚掠,思之心傷。

古吹臺,晉阮籍〈詠懷詩八十二首〉其三十一云:「駕言發魏都,南向望吹臺。簫管有遺音,梁王安在哉?」即在此。因後有繁氏居其側,里人呼為繁臺。棄生〈登開封外吹臺(俗呼禹臺)時駐兵〉云:「……宋朝禁禦不可問,況乃梁王雪苑生蒼苔。阮籍哀大魏,我哀百代更徘徊。夾林朱宮亦何有,汴州往往千里成塵灰。大河一決游魚鱉,高臺千載連黃能。晉時乞子爭踞隤,今日兵子據崔嵬。亂世風雲倏變幻,安得臺頭

---

90 湖北省社會科學院歷史研究所編,《湖北簡史》(湖北教育出版社出版,1994年2月第一刷)頁492-493。
91 同上註,頁494-495。
92 《八州遊記》,頁102。

一嘯傾金罍。」「夾林」句借用阮籍〈詠懷詩八十二首〉其三十一云：「夾林非吾有，朱宮生塵埃。」感歎汴京曾燬於兵燹，亦湮沒於河患。吹臺時為軍閥所據，「不可不謂之亂世。」[93]安能效阮籍長嘯傾罍，一舒憤懑。

黃樓在今徐州市，〈登徐城黃樓眺望眾山感作〉云：「……憑欄望呂梁，恍有泗水聲。北聽桓山鳥，西南放鶴亭。鶴去人跡空，山色鬱崢嶸。巒嶂四迴合，缺處亭樹明。遙遙思古人，感感懷古情。高隱今不作，功業復誰成？黃樓障黃流，禍水今不生。獨愁淮泗間，戎馬來戰爭。」登黃樓，憶東坡〈放鶴亭記〉，乃為雲龍山人張天驥作放鶴招鶴之歌，名其亭曰「放鶴亭」。巒嶂迴合，「缺處亭樹明」。高隱不作，賢守安在？禍水已矣，兵燹卻未已。

〈徐州城內東南登景蘇堂復繞快哉亭二首〉其二云：「一路名山與目迎，西從洛汴到彭城。誰知雪月陽春地，處處貔貅駐老兵（本為唐陽春亭地今駐兵）。」快哉亭，由東坡名之者也。雪月風流之地，為貔貅駐佔，斯文掃地矣。〈登雲龍山眺戲馬臺並訪古亭院〉云：「……懷古多慨慷，項王氣亦寡。後來劉德輿，北征舉杯斝。未踰大峴關，已震鉅鹿瓦。中原事故多，風雲如轉輠。兵氛及靈山，營壘遍諸夏。循山訪寺庵，落葉盈幾把。南望楚時臺，重岡橫曠野。」雲龍山在戲馬臺北，宋武帝劉裕，重九曾登此臺，志在北伐。義熙五年（409）劉裕北討慕容超，入大峴關，破超軍。[94]嘆中原事故多，靈山為兵所佔。

南臺亦稱釣龍臺。〈南臺訪古循至郡城憶昔〉云：「……憶昔越王山，夜曾乘月蹈。繞城至西湖，城中不用導。閩山海上青，三山水亦好。湯泉境尤佳，花前曾脫帽。閩王水晶宮，

93 《八州遊記》，頁167。
94 梁沈約撰，《宋書·武帝本紀》（臺北：鼎文，1975年6月初版）頁17。

江山空耗瓵。茲來世變更，我亦鄰老耄。慨歎出閩江，海上風煙播。」憶乙未年以前四次至此應試，此番第五度造訪。五虎門、三都澳、馬尾江，昔日之天險無恙，然海上風波不靖。昔日佳境猶在，當年花前脫帽之少年，今已老耄。

2. 嘆書院隳廢，儒教衰微；風土皆瘟，匪亂頻仍

　　吟詠風土文教，國計民生之利病，作為經國治民者之參考。

（1）書院隳廢，儒教衰微

　　民初書院隳廢，儒教衰微，〈入廬山十五首〉其九云：「路出馬頭村，言過白鹿洞。洞壑雖云佳，齋堂無絃誦（書院已廢）。唯有五老峰，朝夕雲煙送。斧斤入山林，農學何其眾。隱士失山樓，道窮良可慟。……」白鹿洞書院，南宋朱熹及陸九淵曾講學其間，其名遂著。萬杉寺為廬南五大叢林之一。白鹿洞自清同治後漸就荒圯。入民國後，因典守者不戒於火，歷代所存書籍亦蕩然成灰燼，其遺址改為林業傳習所。[95]棄生歎云：「余所過三逸鄉，如黃龍潭，各處多置農林局，剝奪及山僧。蓋民國患貧，效顰東西洋，其弊至此。」[96]林業傳習所中人但知攜斧入山，伐而不植，則山林將竭。隱士既失山樓之所，禮教道風亦窮。迴駕至萬杉寺，寺龍爪樟，傳為宋時故物。[97]

　　憂心儒教之衰，其〈鄒縣望亞聖孟林感作二十四韻〉云：「……乃今道復頹，紀綱無人整。大賢不再生，青天翳黑生。夷風入華夏，禮教復淪屏。異說紛如呶，木鐸何從警。學堂修

95　吳宗慈著，《廬山志》卷4（臺北：文海，1983年9月初版）頁546-547。
96　《八州遊記》，頁80。
97　同上註，頁80。

七篇，儻言或可省。狂瀾雖難平，洪獸亦難逞。茲墓垂爲坊，斯人尙云幸。觀瞻感覺興，道與日星煖。異端況滋亂，天彝自漸秉。……」民國初年軍驕民貧，紀綱掃地。天不生大賢，如青天翳黑眚。民初學者主張全盤西化，要打倒「吃人的禮教」，先聖木鐸警世之教何在？異說如嗁，以其如犬徒吠怪而無用。以爲《孟子》七篇若復修習於學堂，當可使人省儻言之不可信。縱未能迴平狂瀾，至少不至於率獸食人。乃瞻其墓，頌其道煖如日星，使人復其秉彝，異端自然不再滋亂。〈拜謁夫子墓〉云：「四方觀葬肆詩書，泗水尼山俎豆餘。載地魯碑扶贔屭，接天周柏護儲胥。龍亭凜凜眞宗蹕，馬鬣森森子貢廬。享殿坊城垂曠典，何如習禮墓門居。」孔子以《詩》、《書》設教。頷聯寫陵墓之雍穆整肅，古碑古柏，發人思古。凜凜龍亭，爲宋眞宗駐蹕亭。森然而立者爲子貢廬。

〈拜謁夫子廟〉云：「宮牆萬仞入雲霞，闕里觀光海路遐。千古人傳夫子檜，九州我見聖人家。素王不待文宣諡，師表何須袞冕加（今像冕旒）。今日魯經休鑿壁，大同道可化夷夏。」寫夫子門牆，如高山仰止。夫子手植檜宛若其餘澤。唐開元贈孔子文宣王，宋大中祥符贈至聖文宣王。其「學不厭，教不倦」之爲學精神與教育事業。以夏變夷，天下一家之大同理想宜加重視。

（2）河南省風土之皆窳

民初河南省風土皆窳，〈過西平縣〉云：「此地古產鐵，兩漢有鐵官。中湧龍泉水，淬劍鋒鋩塞。利刃無敵兵，蘇秦誇說韓。于今湛盧走，永使金氣殘。茫茫平野間，亦乏林木攢。昔日西平王，茅土錫空磐。新亭古柏國，江黃同削刊。棠谿北竟盡，一望雲漫漫。」河南省四平縣，春秋時爲古柏子國之地，兩漢曰西平縣。《漢書·地理志》謂西平有鐵官。《後漢

書·汝南郡》亦謂西平有鐵。《晉書·地理志·豫州·汝南郡》謂西平有龍泉水可用淬刀劍。其地有棠谿，即蘇秦說韓王所謂韓卒之劍戟所出地。如今不復有鐵，惟見平野。後漢更始初，封李通爲西平王，治西平故城。當年之磐郢利劍，如今已銷亡。

《左傳·僖公五年》江、黃、道、柏方睦於齊。昔日古國，亦早削刊無蹤。此縣在遂平縣北，爲古棠谿北境，車去縣境，作〈過郾城縣〉云：「……湛潩濦沙醴（五水名），汝水流不窮。上流達朱仙，下流達八公。有唐攻淮蔡。輸粟郾城中。東南有洄曲，水陸號要衝。當時重重險，于今一望空。」河南郾城縣，隋代始置。汝水出河南天息山，上流合潩水、湛水、濦水，東南過郾縣北，又合沙水、醴水。下流遠合潁水。可達百數十里外周家口，由周家口可上達朱仙鎮，下達正陽關。

唐憲宗元和十一年（816），初置淮、潁水運使，即以郾城爲行蔡州治所。縣東南、商水西南之間有洄曲，又名時曲，古爲水陸之要。〈宿鄭州〉云：「……下車管城地，古都想鄭韓。黃塵莽莽中，西風吹面寒。且入城裏遊，零落無可觀。惠人遺愛祠，祠下長榛菅。惟有老塔鴉，拍拍啼空闌。」夜宿鄭州，古爲管叔地。棄生言「路皆崎嶇，無一磚石，風起土飛。」荒落之極，反甚於臺灣。夫子廟、子產祠，亦任其蕪沒而不之恤，「遍鄭州城，處處烏鴉聲，如臺灣深山老鴉。」[98]以「拍拍」形其荒涼。

〈氾水縣過虎牢關成皋山〉云：「……重重穿隧行，不見青山遠。出隧見穴居，土瘠人何滿。」今河南氾水縣，春秋鄭虎牢邑，戰國韓成皋邑。棄生謂成皋之險，不在山之高，而

在坎窖之多。山路多隧道，火車出隧見穴山而居者，門僅容一人出入，或即山坡種植。車至鞏縣，所見之居民多穴居。棄生歎云：「余在海外行山中過番窟，尚是團茅結屋，不須堰土穿戶，不料中原腹地，受數千年休養煦育，而猶留太古蒙昧之風於此間，斯真陶復陶穴，未有家室，如彼西戎矣。」[99]成皋、虎牢乃漢、唐時兵家必爭要地，如今童山濯濯，鳥獸絕跡，安有虎牢熊館？

〈過鞏縣及黑石關〉云：「隧盡見蜂窩，穴山尤重疊。……已到黑石硤。菶有草木容，所壯山峨崒。」棄生云：「車洞既盡，一出隧，仍見穴居者滿山，山少草木。或密聚如蜂窩，或散處如蛇穴。」至黑石關驛站右畔，雖穴居之人仍多，然有數處建瓦屋於穴前，藝植草木。山中華屋嵳然，野茱盎然，人家欣欣然有生意，〈自鄭州至中牟縣見圃田〉云：「……鄭人稱原圃，秦中當具囿。杞子取鹿麝，皇子辭秦寇。今日何荒荒，莆草亦不茂。二十四浦場，望之遠難覯。東有清人城，已無古時堠。再過中牟澤，萑苻亦網漏。」河南中牟縣春秋時鄭邑，隋置圃田縣，以界內澤為名。圃田澤一名原圃。《左傳·僖公三十三年》皇武子辭杞子曰：「鄭之有原圃。」歎原圃已荒。《詩經·鄭風·清人》云：「清人在彭，駟介旁旁。」清為鄭邑名，在中牟縣，昔日盜出沒於萑苻之澤在此。時河南多盜，不禁感歎。

（3）歎河南、安徽、山東匪亂頻仍，民不聊生

軍閥以多災而俗悍的黃、淮流域為主要產兵區，匪亂頻仍。[100]一九二二年十一月五日，洪棄生過河南遂平縣，時覺太平無事，不五日至開封，閱報知此縣遭浩劫。土匪數千，自河

---

99 同上註，頁142。

100 郭廷以，《近代中國史綱》下冊（臺北：曉園）頁565。

南上蔡縣破陷安徽阜陽縣，焚掠一空，由安徽之霍邱縣，竄回河南。裹脅後，迨近萬人，兼得前任皖督倪嗣沖家軍器，遂轉攻掠河南固始、新蔡等地而入遂平。統計陷落五縣城，蹂躪之地十一縣。此因是年四月二十八日，直奉戰爭爆發。直系馮玉祥部自陝西入河南，阻遏了原欲響應奉系的豫督趙偶。[101]趙偶之河南兵，遂散而為寇。[102]〈過遂平縣〉云：「自過信陽來，景物殊皆窳。……城西嵖岈山，戰場今莽鹵。誰知五日間，此地復焦土（余過後四日，土匪竄至，全城為墟）。強寇由霍邱，處處驚鼕鼓。俯仰天地非，人民入刀俎。嗚呼十餘年，水火民何苦。」

　　河南省的信陽市，所見之景物風土殊皆窳，與鄂南判然相異。元和十一年（816），李愬攻淮西，別將馬少良等下遂平之嵖岈山，又進取西平之冶爐城。昔日戰場，今成軍閥為禍之地。山東臨城可望抱犢山，山在棗莊北。由臨城至棗莊另有鐵路支線與津浦主線相連。〈過臨城望抱犢山〉云：「遙望抱犢山，下有豹子谷。昔為隱者居，今聚綠林族。山中豪客多，虎頭飛食肉。無地安漁樵，何處籌耕牧？……」抱犢山下有豹子谷，昔為隱者所居，時為綠林匪徒所據。本為湖南督軍張敬堯部下，張失敗後，返魯南故里，眾以孫美瑤為首。一九二三年五月六日，在臨城截劫津浦鐵路北上客車。十一名外人被擄，是為震動中外的劫車案。[103]山中豪客如虎，漁樵耕牧何處可安？

3. 外人侵迫，而守備不修、門戶洞開

---

101 張玉法，《中華民國史稿》（臺北：聯經，1998年初版）頁119。

102 《八州遊記》，頁132。

103 郭廷以，《近代中國史綱》下冊（臺北：曉園）頁566。

（1）詠租界林立的三大都市——上海、武漢、天津

以上三都市，因清末對外不平等條約而開埠，以致租界林立。三〇年代上海已成大都市。[104]〈舟至上海租界書所見二首〉云：

> ……儵侏無人非聶耳，猙獰有國似穿胸。三山海市浮妖蜃，一路珠宮動睡龍。……
> ……祇今黃歇爲洋鬼，自昔孫恩亦水仙。海上魚龍驚不夜，江中蛟蚓聚成淵。此間應有桃源地，安得長河洗濁涎。

上海公共租界，是外國勢力下的半殖民地，烙印著中國人的恥辱感。[105]以《山海經》中的聶耳、穿胸國形容「洋鬼」。這座浮滿妖蜃的三山海市，猶如明珠，如中國這條睡龍的驪珠。「雷輥」句指交通發達，爲長江流域的總吞吐口，中國最大商港，有萬派朝宗之氣勢。不夜笙歌，常驚魚龍；江淵沉沉，如有蛟蚓，指其龍蛇雜處。棄生厭其惡濁，冀挽長河以淨洗之。

清咸豐八年（1858），清政府與英、法簽訂「天津條約」，漢口成爲內地最早向外開放的通商口岸。咸豐十一年（1861），英國在此設租界，其後德、俄、法、日亦跟進。[106]棄生〈舟上夜見漢口漢陽對南岸武昌三處電光燭天現空中百萬樓閣爲長江一路第一大觀爰爲長歌以形容之〉云：

> 不夜城起天中央，灼爍三江雲錦張。火龍燧象涵江光，水

---

104 于醒民、唐繼無著，《近代化的早產兒——上海》（臺北：久大，1991年6月初版）。
105 同前註，于醒民，頁69-81。
106 《湖北簡史》，湖北教育出版社出版，頁243、260。

晶宮裏森霓裳。自南自北自西方，如虹如練如銀牆。三簇
繁星百萬強，五光十色騰七襄。金烏玉兔紛低昂，朱曦夜
明走且僵。瓊樓玉闕空中翔，蜃市遠攝東西洋。鮫室直逼
東海王，魚龍曼衍長江長。夾江鼎峙燄煌煌，波斯火齊萬
斛量。夜光寶珠萬頃筐，散爲雲際明月璫。銕谷神燈不足
望，九微燈火眞豪芒。牛渚之犀百怪藏，太乙之藜群仙
颺。將以方此細無當，此間滉漾成天潢。……

「灼爍」、「雲錦張」形容燈火輝煌的麗景。「火龍」、
「燧象」比喻城市森麗明曜，宛如有仙宮仙樂。又以虹、練、
銀牆等自然及人文意象，強調橋樑、川流、人家之醒目。以對
偶形式，善用數字、成語，舖排其壯闊氣勢。又比喻如瓊樓玉
宇翔於夜空，如幻蜃之城，以水怪魚龍曼衍形此濱江大都。點
出形勢之要與遠方異珍奇物之大觀，乃涉筆神話意象。

〈自岳州巴江水破曉至武昌望漢陽入漢口即目〉云：「…
…漢陽武昌夾岸長，東西南北控中央。安得江神一起鞭石梁，
聯絡二十二省成一疆。朝軼大秦暮扶桑。嗚呼！我歌未罷開曙
光，天蒼蒼兮江茫茫，願乘槎兮出大荒。」此地位處中國之中
央，形勢險要。棄生援引神話，願借石梁以聯絡二十二省，團
結以擊列強。用《左傳·僖公三十二年》卜偃謂「將有西師過
軼我」典故，暗諷西方列強與日本。末句因有包荒競業之心
情。

天津自咸豐十年（1860）「北京條約」開放爲通商口岸。
光緒二十六年（1900），八國聯軍攻占天津。戰後英、日等九
國在此設租界。[107]〈停天津驛即目〉云：「北通南運匯崇閭，
舟楫輪蹄此海濱。七十二沽何處認，繞河星火是天津。」五

---

107 王育民著，《中國歷史地理概論》下冊（北京：人民教育出版社，1990年6月第
　　一刷）頁700-723。

口通商後，每年七、八月間，總有一、二百隻閩、廣洋船南來。[108]天津之地，多以沽名，古有七十二沽之稱。

〈雪夜過北倉〉云：「……是唐河口倉，亦如宋有汴（汴倉）。自逢喪亂秋，天庾無由繕。倘儲敖山粟，當應洛倉變。我過北倉來，再向南倉盼。夜深燈火稀，雪花飛片片。是雪等閒看，豈能豐麥麵。莫作瑞雪歌，已無慶雪宴。」北倉為天津港的駁運碼頭，位於天津北的武清區附近，有鐵路經過，漕糧及貨物由此北運至通州，猶秦敖倉、漢甘泉倉、隋洛口倉、唐河口倉、宋汴口倉。古汴梁有送雪風俗，每歲雪數下，以小盒盛之，送親知為瑞，或舉觴開宴，此蓋本於宋宮瑞雪宴遺風。[109]時俗已廢矣。

〈南返天津出海作〉其一云：「……孤城久失三軍港，一水遙通五大河。此日神京空保障，當年滄海竟揚波。倦遊我欲吳淞去，洋市重重喚奈何。」甲午戰後，清廷既失旅順、威海，乃以此為軍港，辛丑和約後撤去砲臺。一九二一年，中、德訂約，邦交恢復，一切平等。然「百二十里，全無險阻，又無營衛，今何其疏歟？」[110]〈南返天津出海作〉其二云：「長河每有輪船泊，無限夷人在市闠。」歎外國租界盤踞市闠。

〈自三岔口過租界下海河行百餘里中經溏沽大沽出海〉云：「岸左見塘沽，高樓兼廣廠。鐵路到遼東，榆關若指掌。再行到大沽，海闊天氣爽。砲臺皆已夷，門戶長開放。……」塘沽是天津的外港，水陸交通很便利。「岸左」句寫塘沽多高樓廣廠，市況繁盛。京奉鐵路經此出關，使關內外連成一氣，若指掌相應。大沽砲臺已毀，門戶不啻洞開。

---

108 同前註，王育民，頁724。
109 《八州遊記》，頁168。
110 同前註，王育民，頁281。

（2）憑弔居庸關、威海衛、長門天險等地，諷守備不修

關城、港灣要地之守備不修，一旦有警，倉卒間如何應變？居庸關在今河北昌平縣西北約二十四里，稱爲絕險。〈乘鐵車由南口入山度居庸關〉云：

> ……居庸雄關空際出，燕山鐵騎地中來。五桂洞，石佛洞，入險冥冥如入夢。牛羊纔見散谷底，人物旋覺登天上。上關流水兼流冰，彈琴峽至潞河清。車聲轔轔空谷應，戍臺隱隱雲中迎。上車已過張家口，此路應通隴西右。惜乎中原斬木事干戈，到處垂楊生左肘。不然禹域周疆遍八埏，飛輪已上崑崙巔。

越險入洞，冥冥忘我中如入夢境。鳴琴峽在上關西北，聆水聲如聆尾音。慨歎民初軍閥割地自雄，內鬥不已，否則鐵路當可遍及邊域。

八達嶺爲今居庸關的北口，〈自青龍嶺踰長城登八達嶺放歌〉云：「……南下倒馬關，北上飛狐口。密雲山如虎豹臨，桑乾河作龍蛇走。此嶺嵯峨鎮城中，插天疑有鬼神守。嶺外大野浩茫茫，嶺內連山峰陡陡。峰嶂雖逼天陘谷，北門鎖鑰長在手。嗚呼！誰能從軍赴沙磧，南北東西此樞紐。」居庸接倒馬、飛狐之關口。東至古北口及司馬臺長城，爲北京通往塞北及東北松遼平原的重要口隘，「北門鎖鑰」之名不虛矣。有地利而無軍守，天險亦不足恃，因有從軍守邊之呼籲。

威海衛在山東半島的北端，光緒二十四年（1898）租與英國。民國十九年中英訂約，始收回威海衛。〈舟泊威海衛感事作歌〉云：

> 藩山渚海起雄城，昔人設衛何崢嶸。國朝增修備海戰，水

師屯駐護神京。一城能守勝萬兵，大沽旅順賴支撐。港口
況有劉公島，山頭又連廣利營。置將練軍曾幾載，戰守無
人雄風改。牙旗一退大東溝，洋氣竟見將軍降。繞途敲起
龍鬐嶼，覆轍人同馬尾江。一敵方去一敵來，辱沒中華望
海臺。電火星星外人在，暗雲漠漠何時開。我船到時夕陽
落，尚見山中有城郭。主人讓與英圭黎，入關安得王鎮
惡。聞道長牆竟海長，島角東南亦有防。兵室沉沉雜鮫
室，洋房密密似蜂房。……

　　言其險要，與大沽、旅順如唇齒相依。劉公島有東西二砲
臺，為前清時布置。甲午敗役後，海軍盡為日人所殲，清將丁
汝昌服毒死，海軍殘部皆降。「覆轍」句暗諷李鴻章。後為英
人強租，使此要地辱沒。
　　宣統初，清廷確定福建象山港、三都澳為修築軍港之地。
惜民初軍閥割據，內鬥不已，未見修築。棄生謂福州虎門，自
海遠望則峰巒重重，連環鎖鑰，過於塞上長城，非如上海一望
平洋之比。[111]所謂：「海天一色雲葺騰，雲開何乃見長城。長
城非城千山青，中有山門五虎橫。山門蕩蕩連海門，千迴百折
長江奔。中流江峽成海峽，束縛蛟龍留潮痕。」〈羅星塔江望
船廠感賦〉云：「江海互嶔岑，巉岡多修阻。長流湧迴波，連
山帶平楚。蔥蔥鬱鬱中，中有船官浦。左侯有遠謨，創此藏舟
塢。長弓弋八荒，經營非小補。既有伏波船，兼有射潮弩。後
繼奈無人，未獲寸功睹。況自海揚塵，到處撤堂戶。哀此好山
川，水部成荒圃。天塹渺茫茫，江上數聲艣。」詩以頂真、類
疊的筆法，迴環往復的描寫「長門天險」，福州船廠為左宗棠
創設，光緒十年（1884年）中法戰役，法軍犯之，清廷海軍既

熸，堂戶既撤，臨危門戶何能堅守？

（三）懷古詠史詩

1. 褒貶古人的詩作

（1）帝王臣子

棄生詠帝王臣子，論爲君爲臣之道，頗有特識。清代錢泳論君臣之道云：「天地之道尙寬容，故君子小人並生；鬼神之道尙密察，故爲善爲惡必報。帝王者，即天地也，天地不寬容，則人民擾亂。人臣者，即鬼神也，鬼神不密察，則姦宄縱橫。」[112]項羽以一念之仁，未殺劉邦；魏文帝、明成祖、清世宗則天性苛刻，有失寬仁。棄生或褒或貶，觀點同於錢泳。〈過烏江口望見霸王山及廟〉云：「……長陵土一抔，項廟江東半。韓弓久已藏，楚歌今長嘆。烏騅亦馨香，不同炎火斷。緬想入關時，諸侯掌上玩。鴻門功大度，鴻溝漢首判。本紀立當時，公論早應判。……」雖高祖之長陵，猶不及此廟之焄蒿。一抑一揚，言韓弓久藏，楚歌長嘆。烏騅陪祀，炎漢已亡。益見項王鴻門宴之大度，故司馬遷立於本紀以贊之。

范增冢在徐州城南門外三里。〈城南步范增墓〉云：「……想撞玉斗時，奇氣碎金玦。目向項莊瞋，嘔比萇弘血。漢地楚歌多，斯墳竟不滅。一亭臥小山，長繞故都轍。……」想其於鴻門宴上撞破玉斗，其人有奇計，富於奇氣。其故鄉居巢百姓之崇祀，亞父有靈，魂必悅其家鄉。

河南臨潁縣，在許昌市南。〈過臨潁縣望繁昌鎮至許州〉云：「委鬼傾漢室，亦以舜禹聞。服中行大饗，子桓眞犬豚。

112 錢泳，《履園叢話》（臺北：漢京文化，1984年7月16日初版）頁178。

況作禪讓臺，豈有人心存？奸雄雖得志，魏武無子孫。丁茲暴亂世，天道寧復論。謬悠授受壇，尚在繁昌村。馬融講書處，荊榛不可捫。……」「委鬼」合爲「魏」。曹丕於服中行大饗，又設壇受禪，孫盛以爲處莫重之哀而設饗宴之樂，天心喪矣。[113]歎奸雄得志，天道寧論。臨潁縣有謬悠之授受壇，亦有大儒馬融之尚書臺。

北京雍和宮，康熙時世宗藩邸也。〈遊雍和宮雜詠四首〉其一云：「一旦龍飛九五尊，四哥潛邸（雍正行四）至今存。可憐仁廟升遐日，弓劍無由庇子孫。諷清世宗屠殺其弟之暴虐。可憐聖祖升遐日，弓劍無由庇其子孫。」濟南鐵鉉祠〈留題大明湖鐵祠〉云：「鐵公何貞忠，成祖何昏暴。桀紂所不爲，檮杌所不蹈。葅醢忠臣家，淫威無不道。流毒及妻女，于何有人道。楚靈號不君，芊尹能加勞。盡忠況全家，名教乃齊掃。朱棣盜賊心，有寵諱言盜。流寇毒子孫，天道何遲報。鐵公自千秋，朱明今莫悼。」

大明湖鐵鉉祠，有聯云：「湖尚稱明，問燕子龍孫，不堪迴首；公眞是鐵，惟景皮方血，差許同心。」景清、方孝孺與鐵鉉同爲成祖所戮，妻女亦難倖免，成祖之昏暴極矣！以楚靈王弒君比之，然靈王猶施惠芊尹，成祖篡盜而已。有明士氣之摧殘，莫此爲甚，終爲無道之流寇所滅。遊杭州洪忠宣廟時，〈葛嶺洪忠宣廟留題〉云：

忠貞氣繞煉丹臺，廟貌千秋葛嶺開。鴟讖鵑聲無限恨，龍髯馬角有餘哀。祀同浙水吳山永，人自冰天雪窖來。可歎朝端蘇屬國，冷官亦惹檜枝猜。（「歎馬角之未生，魂消雪窖；攀龍髯其莫逮，淚灑冰天。」本忠宣祭徽宗文，

亦作朱弁，蓋二人同祭也。徽宗畫鴝鵒，見《中興書畫錄》。）

洪皓（？～1155），字光弼，番易人。宋高宗建炎初奉命使金，金人迫仕劉豫，不屈，留北中凡十五年始還，高宗褒其忠貫日月，志不忘君，雖蘇武不能過。後爲檜所嫉，遂謫徙而卒。[114]「往歌來哭」，悲痛靖康之難；雖降爲囚臣，不忘爲君王盡哀。頌冷山流遞之寒操貞懷，啓下文「蘇武」之題贊。冷宮亦不免惹秦檜猜忌，可見姦相之勢焰薰天！杭州先賢祠祀呂留良、黃宗羲、齊周華、杭世駿。〈三潭四賢祠見杭菫浦位詠三首〉云：「縱橫議論有何妨，一黜終身去廟廊。能受賈生來痛哭，漢文到底是賢王。」「流播抗希堂一集，何須富貴太平時。」「唯諾盈廷三百載，有清終不及明朝。」

杭世駿（1696～1773），字大宗，別字菫浦，仁和人。乾隆年間授翰林院編修，後因言滿州人督撫者過多，爲高宗嚴斥革職，罷歸後，主揚州安定書院，晚歸里。[115]讚其文章豪氣淋漓。雖直言遭黜，終身不售。然文章聲華，當時大儒方苞亦遜避之，不若呂晚村死後猶遭戮尸，境況差勝，則乾隆如漢文帝堪頌，乃寓諷於褒？世駿之士節如山川長在，而滿清抑壓漢人，摧折士氣。在文字獄的壓力之下，盈廷唯諾，謇諤之士風終不如有明。

墩子湖在武昌城外東北五里洪山附近，有明賀逢聖殉難碑。[116]又有湖北起義碑，記辛亥革命事。[117]〈墩子湖弔古〉

---

114 《宋史》卷373（臺北：文化大學，1982年8月初版）。
115 〈文苑傳〉，《清史列傳》卷71。杭世駿，《道古堂外集》（臺北：大華，1968年4月影印）。
116 《八州遊記》，頁114；萬斯同，〈賀逢聖傳〉，《明史》卷264（臺北：鼎文）；吳偉業，〈鹽亭誄〉，《綏寇紀略》卷10（上海古籍出版社，1992年）頁282。
117 同前註，頁115。

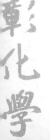

云：「城中間躑躅，行到滋陽橋。西風吹積水，秋氣何蕭條。橋外古行宮，黃瓦未飄搖。賀公（名逢聖，諡文忠）殉難處，橋下水沼沼。　全家沒，義可干雲霄。其旁辛亥碑，乃亦烈士標……」墩子湖有南巡行宮，尚蓋黃瓦。西風湖畔蕭條秋意，颯颯如烈士英風。

　　鄂城晉代爲武昌治所，陶侃曾鎭此。〈過鄂城懷古清武昌縣也（西距武昌府八十里）〉云：「……桓公督八州，威鎭楚四疆。植柳城西門，至今綠成行。忠藎夢折翼，晉史何荒唐。坐談庾元規，乃有樓一方。……」晉陶侃曾任武昌太守，嘗植柳於武昌西門前。綠柳猶依依成蔭，不禁追懷夙昔之垂範。陶公忠藎良臣，《晉史》本傳竟揣測他潛有窺窬謀篡之志，附會夢異，實在荒唐。

　　〈詠武昌府南樓〉云：

> ……晉代論名卿，元規實尋常。河山幾破碎，風月徒平章。邱壑亦何有，況乃臨廟堂。茲樓所位置，景地皆不颺。左右落市塵，塵扇障微涼。樓下黃鵠山，近與黃鶴望。頗有仙凡隔，何處移胡床？東亦有庾樓，遺蹟在潯陽。西亦有庾樓，遺蹟在武昌（謂武昌縣）。清談王夷甫，不幸遭排牆。

　　《晉書》謂庾亮爲顧命之臣。棄生論庾亮爲尋常之輩而已，此音蘇峻禍由庾亮起，諷爲「風月平章」。王右軍亮稱其丘壑獨存。然亮思以名位羈勒蘇峻之，豈不養虎爲患，何丘壑之有？非廟堂之器矣。引《世說新語》塵扇蔽障典故，言權勢終究零落。〈過鄂城懷古清武昌縣也（西距武昌府八十里）〉諷其「坐談庾元規」，相較王衍（夷甫）落的遭排牆而死，亮可謂幸矣。

（2）詠三國人物以諷軍閥

民初軍閥割據一方，相互攻伐，〈過鸚鵡洲弔古〉云：
「可笑兇暴黃江夏，竟以殺人附衡傳，不然黃祖之名何足齒。
于今黃祖何紛紛，惜無善罵禰衡群。」歎鸚鵡洲沉於江底，欲
弔禰衡，墓在何處？此洲雖沒不可知，然禰衡大名已垂千古。
設想昔日洲中晴川閣可倚望。軍閥如黃祖兇虐，惜無剛傲善罵
之禰衡，以怒呵群小。洛陽城南關林，古柏參天，爲昔日曹操
以厚禮葬關帝首處，後世建陵立殿，稱東都一大保障。[118]〈自
洛陽城外向伊闕中路瞻關林〉云：「……憶昔鎮荊壤，軍聲襄
漢騰。俯視孫曹輩，竊鼎空凌競。」關羽由人而神，得力於羅
貫中《三國演義》的渲染。[119]

江夏縣赤磯即古赤壁山。《水經·江水注》謂昔周瑜與黃
蓋詐魏武大軍所起也。〈過江夏赤壁弔三國戰地〉云：「……
當時龍虎士，諸葛與周郎。鼎足算形勢，大計定柴桑。一火走
曹瞞，不待東風颺。舟到赤壁下，惆悵古戰場。戰地山不高，
江岸水何長。自有萬里流，不是千仞崗。爨痕何處認，荊門不
可望。回首華容道，烏啼夜月涼。」曹軍當日戰略，先搗武
昌。赤壁戰前，劉備爲曹操追至夏口，遇劉琦萬餘人，即在武
昌西黃鵠山，爲江夏郡治。時孫權擁兵在潯陽。魯肅、周瑜執
拒之議，意與權同。詩贊諸葛亮及周瑜，能洞形勢、決猶疑、
定大計、退曹瞞。非徒賴東風，行一時之僥倖者。回首華容
道，彷彿曹瞞〈短歌行〉「繞樹三匝，無枝可依。」之景。

〈過大軍山懷古〉云：「……行間左將軍，勳勞事不酬。
況有劉琦輩，憑將故土收。本非孫家物，取之夫何尤？若論炎
漢地，分比孫氏優。大旆入南郡，坐鎮自悠悠。如何斷斷爭，
予取復予求。遂使荊門征，竟作債臺休。秦晉本始媾，吳郢成

118 《八州遊記》，頁146。
119 黃華節，《關公的人格與神格》（臺北：臺灣商務，1967年1月初版）。

怨仇。後來襲空虛，白衣暗搖舟。鄙矣吳阿蒙，狗盜攫荊州。堂堂無旗鼓，魯肅良所羞。……」論赤壁戰後，劉備取荊州之合情合理。由荊州本漢朝故土，劉備「分比孫權優」。復論孫劉爭荊州，備與權妹結秦晉之好，竟爲寸土如吳郢交惡成仇。詩批評「吳下阿蒙」以卑鄙狗盜手法攫荊州，譏其堂堂無旗鼓，良魯肅所羞爲。然而兵不厭詐，若必旗鼓堂堂而後戰，如春秋宋襄公「不鼓不成列」之迂愚，恐復遭《左傳》譏評。棄生不殫言之，隱有諷世之義乎？

〈岳州城北小喬墓二首〉云：「北顧妝臺說大喬，巴邱邸閣更嬌嬈。東風盡日周郎便，花月沅湘不寂寥。」「當年顧曲人何處，明月千秋枕洞庭。」瑜曾駐巴丘，後卒於此。本杜牧「東風不與周郎便，銅雀春深鎖二喬。」之詩意而正說，而「顧曲周郎」何在？

〈岳州城東魯肅墓〉云：「……萬人屯巴邱，曾建魯侯旌。雄風繼公瑾，威武在南荊。愛漢心未艾，氣軼呂蒙城。……」建安十九年（214），孫權使魯肅以萬人屯巴丘，以禦關羽。讚魯肅雄風繼周瑜，其能聯合劉備以抗曹，孫權稱其決計策，意出張、蘇遠矣。氣度過於呂蒙。建安十五年（210），魯肅拜漢昌太守，屯陸口（今河北嘉魚縣附近），後卒於此。〈過陸口（即蒲圻口）〉云：「上游陸渙營，下游呂蒙城。子敬臨終處，江流有恨聲。」敘陸水上下流之古蹟。末懷想魯肅當年。〈過黃州赤壁懷古〉云：「……公瑾誠可兒，子敬亦老成。若非此二雄，未可笑景升。有臺不郊天，何異去呼鷹。……」周瑜雄烈，膽略過人，誠爲可兒，魯肅能計策，持重老成，亦致勝功臣。劉表徒好鷹揚而不知郊天敬民，其子琮終爲曹操之降臣。

〈過棲霞山〉批評南齊陶弘景云：「……捨宅明僧紹，傳作陶隱居。虛聲齊梁代，豈誠麋鹿群？後有眞隱者，名氏不

可聞。著書亦埋地,懷哉張白雲。」果真隱居,必畏爲世人所知,人世功名之念亦淡,著書也屬多餘。詩筆一抑一揚,對比陶氏之假隱,致諷益深。

茅山,因茅盈、茅固、茅衷三人得名,皆漢景帝中元間人,山麓爲南齊陶弘景隱居處。〈勾容道中望茅山〉云:「……至今華陽洞,洞天極深黝。山中陶隱君,原是煙霞叟。惜哉符頌書,致諸蕭公右。靈山生藥材,時爲上方受。少挂神武冠,老遺天子友。宰相雜神仙,茅君其許否?」陶弘景本煙霞隱逸者,蕭衍欲代齊,弘景勸進。蕭衍即位,國家每大事,無不前以諮詢,時人謂之山中宰相。相較〈北山移文〉中的假隱士周顒,五十步與百步耳。

(4) 詠文人、儒將與英烈、俠士

采石磯又名采石山,在當塗縣城西北。唐詩人李白與崔宗之詩酒唱和於此,故采石山麓有謫仙樓。棄生〈過牛渚江〉云:「……維昔謝將軍,聽詩上孤舟。溫嶠然犀過,照見水府幽。此事差可意,牛渚長悠悠。我今坐輪舶,幸未驚蛟虯。泝流至采石,喜見謫仙樓。」李白〈橫江詞六首〉其二云:「海潮南去過尋陽,牛渚由來險馬當。橫江欲渡風波惡,一水牽愁萬里長。」可知此地之險勢。而晉謝尚聞袁宏詠史,及溫嶠然犀,照水下鬼怪處皆在此。彭、楊祠堂標其百戰功勳,反欲附七步詩人以傳。[120]

湖北省鄂城縣(今鄂州市)有古鄂城。〈過鄂城懷古清武昌縣也(西距武昌府八十里)〉云:「……我舟過城下,最愛蘇子狂。日步樊山上,九曲亭中央。夢裏神俱往,路向西山望。」此城背臨大江,與江密邇,過岸一山,即是樊山,又名

---

120 《八州遊記》,頁53。

西山，近黃岡，蘇軾貶謫黃州，時與客遊此，廣舊亭而名之曰九曲亭。亭成而西山之勝始具。蘇轍作記，謂山陂陁蔓延，澗谷深密。

　　黃岡城（今湖北黃岡市）西北赤鼻山，乃蘇軾之賦赤壁處。〈過黃州赤壁懷古〉云：「……東坡處處遊，借此恣豪情。星稀鴉繞樹，月白鶴飛鳴。斗酒可以飲，橫槊可以輕。二賦自千古，六朝未兩并。黃岡東百步，詠雪堂幾成，慷慨來賦詩，一笑大江橫。」此地因東坡〈前赤壁賦〉及〈後赤壁賦〉而得名。棄生追弔東坡往跡，慷慨賦詩，有「出門一笑大江橫」之曠達。[121]

　　〈登夷門詠古二首〉云：「一死可憐椎晉鄙，千秋有客說侯嬴。」「轉過城南尋俠墓，買絲來訪信陵君。」其一懷想平原君之德公子高義，乃轉城南尋侯嬴墓，兼訪尋信陵君舊蹟。金代李汾〈汴梁雜詩〉云：「夷門自古帝王州。」夷門因而成為古城開封的通稱。元朝開封依恃商工為活，有絲甚饒，為一富足之州。[122]買絲於此，既有懷古之意；「絲」、「思」同音，又有雙關之妙。

　　棄生訪濟南投井轄，其〈尚志書院詠投井轄〉云：「……孟公豪宕人，任情吐鋒穎。眷愛左阿君，百讁不為省。班書效腐儒，因之致深眚。脫俗東坡翁，譽公輒首肯。（坡詩：「不妨閒遍左阿君，百讁終為賢太守。」）我與君同調，偶然戀明靚。大閑顧不踰，魍魎輒窺影。來飲井水甘，深喜波瀾靜。院裏無歌聲，泉清漱齒冷。」陳遵，字孟公，漢代杜陵人。曾任河南太守。東坡嘗以陳遵擬其友陳季常，兼詠遵為賢守，不計較其小德。棄生「偶然戀明靚」，亦個性瀟脫，固守大德，不

121 黃庭堅，〈王充道送水仙花五十枝欣然會心為之作詠〉，一詩末句。高步瀛選注，《唐宋詩舉要》（臺北：學海，1986年8月再版）頁386。
122 王育民《中國歷史地理概論》下冊，頁515、523。元朝開封經濟活動，引自馮承鈞譯述，《馬可孛羅行紀》（臺北：商務，1962年9月臺一版）頁545。

憂魖魎窺影。井水波瀾靜，冰心誰知？

2.吟詠古都、古城

憑弔六大古都——南京、洛陽、開封、徐州、杭州、北京。感慨興亡，意態開放。詠南京名勝如〈登燕子磯〉云：「……三國六朝事已空，兩淮四輔誰為固？水龍岸虎來石頭，司馬佛貍來瓜步。幾時不以天塹鳴，江心出沒惟烏兔。此磯不比采石磯，亦不可比金焦與北固。昂然邀得翠華臨，山水盛名亦虛傳。磯上右顧黃天蕩，磯左遠顧與江戌。千古江山大戰場，盡供此水東流注。……」此磯因兆燕王得位，視為福地，然形勢不及采石、金焦與北固。黃天蕩為南宋大將韓世忠破金兵處，往跡盡付流水。悠閒徘徊，微露蒼茫之慨。

又如〈登雞鳴山〉云：「……突兀誌公臺，鐘聲出深閟。覆舟山色青，玄武湖光翠。已洗六朝痕，尚含六朝粹。望見青溪流，綺合秦淮裏。煙市俯下方，萬片瓦鱗次。寺後豁蒙樓，荒洲風景異。江山鳥龍峰，時送遙青至。迢遞下山邱，不盡空門思。」雞鳴山雞鳴寺有誌公臺，寺鐘聲深閟，情思為之幽遠。此山西臨覆舟山，山上有豁蒙樓，即詩人眺望處。望城外大洲沚，水淺如陸，蘆葦紛披，即已荒之玄武湖湑。[123]江上翠峰，時送遙青。迢遞下山，不盡空門無常之思。

洛陽有「九朝古都」之稱。〈洛陽城即事懷古〉云：「南北控河嵩，東西重關置。形勢亞秦中，古來帝王地。猶見古都城，誰知古今事？遙遙十三門，今止存其四。古城何自遷？今城何自異？魏朝三百坊，隋苑二百次。宮外金墉壘，于今何處墜？三市尚繁華，賴有三川利。遊到周公庭，莫尋定鼎位。山河秋色多，城郊更蒼翠。已見聞鵑橋，未停白馬寺。」詩首敘

洛陽形勢完固，古都城猶在，古今興亡誰問？遙想北魏洛城十三門，今止四門，見城郭今不如昔，詰問生慨。[124]「北魏復營三百二十三坊，隋煬城外置西苑二百里。」[125]如今安在？金墉城「于今何處墜？」[126]，惟街路廣二丈五六尺，店亦宏大，猶有故都遺風。[127]棄生拜謁周公廟，又見聞鵑橋而思古帝魂。

開封向有「七朝都會」之稱。〈遊開封城登宋故宮殿詠〉云：「……汴京雖無山，四水入天衢。閶闔重重開，榆柳栽夾途。前車載歌舞，後車載笙竽。樊樓七百秋，煙景猶不殊。紫筠（宋宮館）繞禁樹，艮嶽矗山崿。迄今雖就湮，尚浸潘楊湖。湖中古宮殿，嵯峨倚城隅。閣中一舒眺，千里盡平蕪。城北多墟里，城南聚閭閻。紫陌已摧殘，古蹟半糊模。我欲弔靖康，空向青城徂。」宋都汴京漕運發達。城裏向晚酒樓燈燭熒煌。[128]政和間營萬歲山艮嶽。[129]宋代宮殿故物，惟存亭下龍座，亭前上下龍階，階前石亭，亭後石臺，臺四面石壁如削，四方起觚棱，高聳湖中央，[130]〈汴京懷古〉云：「猶是宣和舊帝京，陳橋驛路已蕪平。班師尚說朱仙鎮，遺事空談夾馬營。風雪流傳鴝鵒畫（徽宗有鴝鵒圖），河山惆悵杜鵑聲。……」陳橋乃宋太祖趙匡胤黃袍加身處。紹興十年（1140），岳飛大敗金兵於郾城，進兵至朱仙鎮。夾馬營在今河南洛陽市東北，相傳宋太祖生於此，為宋發祥地。頸聯詠北宋覆亡事以杜鵑啼血，寄喻河山淪亡之惆悵。徽宗的風花雪月，竟然隱伏後日之悲涼。

　　〈遊大梁相國寺（本北齊建國寺）〉云：「當時浩劫黃河

124 王育民，《中國歷史地理概論》下冊，頁508、512。
125 洪棄生，《八州遊記》，頁154。
126 樂史撰，〈河南府〉，《宋本太平寰宇記》卷3，頁26-31。
127 《八州遊記》，頁153。
128 孟元老，《東京夢華錄》（臺北：漢京，1984年版）頁108。《八州遊記》，頁164。
129 《東京夢華錄》，頁32-35、頁46。
130 《八州遊記》，頁163。

去（李賊灌城，寺獨不沒），今日宸遊翠蓋空（南巡爲行宮，御碑亭已毀）。觀遍亭臺無限感，緇流冷落俗塵紅。」崇禎十五年（1642），流寇李自成決河灌城，人民枕籍，死者累鉅萬，[131]開封百年菁華盡矣。棄生當日見乾隆御碑亭夷爲廁溷，感歎云：「余乃歎帝王威力，亦不能保手澤於百年外，而閒散文人，如李、杜、韓、蘇、孟浩（孟浩然？）、賈島輩，到處爭爲名勝，廢而輒興，則萬乘猶不可望首陽餓夫，何有於齊景千駟哉？」[132]李白云「屈平詞賦懸日月，楚王臺榭空山丘。」帝王之力遠不及文人詩句來的悠遠。

徐州市徐海道署，爲清時徐州府治，治內舊有霸王廳。[133]〈過徐海道治（故府治）想望霸王廳〉云：「……穀泗濉水壅不流，二十餘萬漢兵休。帝業竟成由天幸，圯橋遺履在邳州。」此地戰國屬楚爲東楚，頸聯敘漢之二年（西元前205），項羽大破漢軍。末以張良事即景感詠，歎項羽因寡謀徒勇而敗。

北京爲遼、金、元、明、清五朝故都，〈夜入北京書感〉云：「……王母歸崑崙，瑤池可富貴。蟠桃偷方朔，雲璈歌媚。倘復下紅塵，黃竹聲酸鼻。惟有蓬萊山，人人皆可至。上界足宮府，太清發深閟。我本方外人，領略江湖味。偶來窺舊京，草野同一致。」「王母」暗指慈禧。不知天上崑崙瑤池何如？對比人間黃竹哀曲，令人酸鼻。人人可繫仙籍，惟天界官府本足，何如逍遙方外？領略江湖況味，方知舊京何如草野。

杭州市爲南宋都城所在，〈杭郡登吳山巔憑弔宋大內放歌〉云：「……如何此地數百年，吳山莽莽寒煙遍。杭州況是錦繡鄉，杭都運比汴都長。當日愛看天水碧，祇今惟見夕陽

---

131 吳偉業撰，〈汴渠埶〉，《綏寇紀略》（上海古籍出版社，1992年）頁221。
132 《八州遊記》，頁161。
133 《八州遊記》，頁181。

黃。此山雖不峻，襟帶美江山。錢江城南去，明湖城外環。不
須強弩射潮水，大江入海不復還，江不還，湖不瀉，我在山頭
望山下。雲中大笑海陵王，空畫吳峰來立馬。」南宋國都之碧
水麗景，如今惟見夕陽。末讚吳山之秀美，與潮水之壯美。末
句之意，棄生云：「昔完顏亮欲立馬吳山第一峰，而調六十萬
大軍下江南，卒不得逞而死。余以一介書生，裹六月糧，行萬
里路，復徘徊吳山巔，可以傲秦皇漢武矣。」[134]古都之繁華易
逝，當日之熇熇只落得後日之涼涼，反不如隱士之遺跡，猶
供人瞻仰，如〈金陵雜詩十首〉其九所云：「孤冷偏能耐久
留。」〈遊西湖公園訪故行宮出園至林處士亭墓轉向平湖斷橋
過寶石山塔〉云：「無限上林花，殘落荒煙冷。不及處士亭，
長留放鶴境。墓梅三百株，長伴林和靖。」相較之下，帝王權
臣，眞如黃塵走馬。

　　蘇州以幽雅之園林著稱。春秋時，蘇州爲吳王闔閭都城。
〈蘇州車驛登眺〉云：「……雙塔矗雲端，玉筍兩峰峙。我曾
山塘過，遊遍閶門裏。身經霞綺堆，迴觀茲爲美。吳山啼鷓
鴣，蘇臺遊鹿豕。……」二塔對峙雲端，使人遊興勃然。閶門
外關成大市鎮，酒樓旅館，巍峨宏敞，廣路闊於城內。[135]蘇繡
堆如霞綺，令人目不遐給。春秋吳宮已埋幽徑。鳥啼鹿鳴，點
染「廢苑梧桐處處秋」之蕭瑟。[136]寒山寺，相傳寒山、拾得嘗
止此，故名。唐代詩人張繼〈楓橋夜泊〉一詩，令此寺家喻
戶曉。〈遊蘇城外至寒山寺訪楓橋二首〉其一云：「何處長
廊有古苔？姑蘇城外綴亭臺。楓橋誰聽鐘聲遠？我自寒山寺
裏來。」楓橋東望西子山，西望虎邱山，山雖不高，頗饒遠
色。[137]

134 《八州遊記》，頁296。
135 《八州遊記》，頁6。
136 〈林十自吳淞歸寄問江東名勝二十二首〉其七，《寄鶴齋詩集》，頁247。
137 《八州遊記》，頁7。

蘇州古城之勝，鍾於園林。〈蘇州城內訪古六首〉云：「專諸巷近要離遠，偏是吳儂愛虎邱。」蘇州城昔日多橋梁，唐白居易詩云：「紅欄三百九十橋」，樂橋在郡縣正中。[138]棄生稱讚要離與專諸「二子千秋意氣長」不愧俠客之名。[139]然而吳人偏愛虎邱，其地有吳王闔閭墓等古蹟，泉石幽雅。其二「南園已作空王地，賴有滄浪子美亭。」詠蘇州滄浪亭，北宋蘇舜欽於仁宗慶曆五年（1045），舉家遷此，買園築亭，號亭曰「滄浪」。元、明時一度爲佛寺。康熙中聖祖將南巡，巡撫宋犖移到土山上。[140]時值秋天，楊柳繞岸。[141]賴有此園，得以懷想古人「安於沖曠，不與眾驅。」之高風。[142]

其三「錦衣大樹將軍盡，留得錢家鼎甲坊（錢棨三元坊）。」詠臨頓橋，因吳王親征夷人，頓軍憩歇，宴設軍士，因此置橋。[143]錢棨是清乾隆四十六年（1781）辛丑會試之科場三元，[144]故其居處曰「三元坊」。以東漢「大樹將軍」馮異比擬韓世忠。其四「勝地茶花當武源，吟詩想像到梅村。」詠拙政園，始建於明正德四年（1509），園主王獻臣取潘岳〈閑居賦〉語意，命園名爲「拙政園」。[145]清初此園歸海寧相國陳之遴。之遴因獲罪而譴謫遼海，吳梅村作〈詠拙政園山茶花〉以慨息其蹇運。棄生云：「……園與花並因梅村詩而得存，有王夢樓、張之萬、溥良諸題署，惜我來不及花開時耳。」[146]感慨之餘，見規模雖小，然布置幽雅。[147]

138 宋范成大纂修，《吳郡志》（北京：中華，1990年5月第1版）頁812。
139 〈林十自吳淞歸寄問江東名勝二十二首〉其九，《寄鶴齋詩集》，頁247。
140 《八州遊記》，頁13。
141 《八州遊記》，頁13。《中國名勝與歷史文化》，頁383-384。
142 王熙元，《譯註評析古文觀止續編》（臺北：百川，1994年初版）頁756。
143 宋范成大纂修，《吳郡志》，頁812。
144 〈選舉志〉，《清史稿校註》卷115（臺北：國史館，1991年6月出版）。
145 魏嘉瓚，《蘇州歷代園林錄》（臺北：文史哲，1994年12月初版）。頁141。
146 見《八州遊記》，頁14。
147 見《八州遊記》，頁14。

彰化學

　　其五「倪迂遺蹟北城隈，巷近潘家路幾迴。獅子林中太湖石，玲瓏無數玉峰顏。」詠獅子林，在蘇城東北隅潘儒巷。元至正二年（1342），天如禪師的門人惟則請倪瓚、徐幼文等共商疊成，以居其師，「獅子林」之名由此而來。石自太湖運來，皺、瘦、透、漏之秀，宛如上海豫園之太湖名石「玉玲瓏」。其六「兩岸人家夾綺羅，湔裙碧水市門過。下塘街畔桃花舫，更比山塘畫槳多。」言蘇州小橋流水，兩岸碧裙吳娃，映著街畔舫渡桃花，畫槳輕搖，一片水鄉風光。

　　江蘇省松江縣，在上海市西南。〈松郡感事〉云：「……何來海上雜華夷，滬瀆今時異昔時。縱令瑰貨充闤闠，寧令錙塵染素絲。猶幸郡城葆清淨，尚為三吳留運命。我來過盡古樓臺，側聽絃歌無衛鄭。」松江昔日有華亭及夫差五茸城。「吳王五茸場，一一蔓草生。」[148]勾踐「長頸烏喙」對照夫差逸樂，暗伏越滅吳之兵禍。憑弔顧榮、陸機故蹟，「蓴鱸浦上懷張翰，唳鶴雲間歎士衡。」[149]陸機華亭鶴唳之歎，何如張翰蓴膾之思；效顧榮採蕨南山，飲三江水，青龍口為吳王孫權造青龍艦處。上海華夷雜處嘆如素絲染於錙塵。

　　浙江省紹興市，春秋時期為越國都城，有「水鄉橋都」之稱。〈舟自鏡湖入遊紹興城中轉邐城外漸趨蘭溪道〉云：「微風送柔櫓，轉向會稽城。城外四水環，城下眾篷停。舟入水關門，石橋重重橫。橋邊有市喧，橋下無波聲。步至種山下，塔影孤崢嶸。又近蕺山麓，題扇橋中行。通衢雖湫隘，石路仍砥平。越王舊都地，乃比吳楚傖。惟覺民氣淳，留得華風清。……」步至種山下，為勾踐大夫文種葬處，有孤高之塔。蕺山上有劉宗周蕺山書院。又見右軍題扇橋。市街雖狹小卻砥平。棄生愛風俗淳清，猶有古風。欲尋酒樓，猶待孤僧。舟行東門，

148 〈將峰泖先遊松江郡城〉，《八州詩草》，頁104。
149 〈松郡即事〉，《八州詩草》，頁106。

即雷門，名五雲門，漢王尊所謂「毋持布鼓過雷門。」〈蘭亭〉云：「鵝池曲水流觴後，蹩躠騎驢看月歸。」王羲之蘭亭韻事，令後來者蹩躠騎驢，至月上始歸。

〈放舟自鏡湖西至東湖玩稷山及遊稷盧園亭並訪放翁舊蹟〉云：「……柔櫓雜鳥聲，寺鐘來明發。登岸叩稷盧，恍入水晶闕。門對大稷山，內有小稷凸（湖畔有小稷山）。稷山明如畫，擁此山水窟。樓榭壓虛空，橋欄環勃窣。……」由鏡湖西乘舟東行，次東湖頭，岸上有稷盧，門對稷山；岸後又有湖。稷盧饒有亭閣，圈湖爲放生池。爲光緒三十一（1905），故陶濬宣建，自記爲淵明後人。[150]棄生描述舟遊水程，若尋訪桃花源。「柔櫓雜鳥聲」，逸入於明發之鐘聲；神既清醒，卻又「恍入水晶闕」。相較上海等大都市，此三地公共設施較落後，如紹興的水道未妥善修治，故河水濁臭，甚於杭州、西興[151]。然尚存古風，教人喜其幽靜。

（四）山水詩

1. 懷古爲意，山水爲色

《八州詩草》以「懷古爲意，山水爲色。」〈舟入蕭山縣中出城看蕭山望牛頭山作〉云：「舟出西陵渡，沿流屢洄轉。……江水若環流，城門如玦斷。康衢五里餘，重橋亦不短。兩岸開市門，一江俯樓館。連山峰蕭蕭，出城江緩緩。望見牛頭山，曾爲駐蹕苑。越州避金兵，倉卒翠華返。我亦紹興遊，扁舟何閒散（建炎三年避兀朮牛頭山）。」由城外舟入城內。望名山生懷古情，益顯當下之悠閒。

《八州遊記·凡例》云：「山川風土之變遷，尤記者所注

---

150 《八州遊記》，頁303。
151 《八州遊記》，頁308。

意，如歷山舜井之湮。」云云。遊記每與經史參核，以求觀瀾索源、如訪山東九河故道，〈禹城縣過徒駭河〉云：「此為漯川道，今名徒駭河。高唐山色遠，山下起夷歌。」禹城縣（今禹城縣）在山東省西北部，徒駭河中游南岸。氏認為此河乃〈禹貢〉漯水。[152]此古高唐地，《孟子·告子下》所謂「綿駒處高唐，而齊右善歌。」因詠其事。〈過平原縣城再過馬頰河橋〉云：「平野遠千里，西見平原城。是地平原津，祖龍困歸程。韓信下田齊，乃渡十萬兵。我過馬頰河，大水當前橫。是為故篤馬，今蒙禹河名。禹蹟幸未湮，汨汨寒波明。……」馬頰河，《漢書·地理志》謂之篤馬河。《唐書》、《元和志》謂之馬頰新河。

　　秦始皇三十七年（公元前210年）巡天下，至平原津而病。淮陰侯韓信渡河襲齊，皆棄生經行處。[153]〈平原北過陵縣西〉云：「東望盤河店，漢有盤河屯。鈞盤認禹蹟，大河風日昏。」屯氏別河南瀆，過西平昌縣，東入般縣，為般河，即《爾雅》鈞盤河。自平原而北，即鈞盤河所經地，如今惟「大河風日昏」。

2. 深探遠眺，周覽生趣

　　棄生遊覽山水每「深探復遠眺」，[154]周覽生趣，所謂「一轉開一面，百疊丹青見。」[155]《八州詩草》中如〈洛陽偃師縣路上南眺嵩嶽〉云：「……途中立望比看畫，看山於此收化工。既無登陟苦，更覺全神充。況我已盡北西東，二室真面不朦朧。……」由途中遠望，猶如賞畫，天地之化工畫收眼底。既無登陟之苦，反較專注而從容。如宋代畫家郭熙所謂步

152 《八州遊記》，頁232。顧祖禹《讀史方輿紀要·山東濟南府臨邑縣·著成》。
153 《史記會記考證》卷6〈秦始皇本紀〉及卷92〈淮陰侯列傳〉。
154 〈由錢塘江登定山過萬松嶺登南高峰行蘇隄返孤山〉，《八州詩草》，頁101。
155 〈由清江入鏡湖行山陰會稽道〉，《八州詩草》，頁96。

步移面面觀，則一山而兼數十百山之形狀。[156]即宗炳所謂「迴以數里，則可圍於寸眸。」意謂「且夫崑崙之大，眸子之小，迫目以寸，則其形莫睹。」[157]觀覽大山，須保持適當距離，方得其全貌，那是一種無形的「美感距離」。

又如〈世謂華州不見華山而同州反得見之華州人每不平余在池州江上亦望不見九華而人云無爲州中可見爰作一詩〉云：「華州附太華，不辨太華山。同州三百里，顧得見屛顏。高人在山中，山人了不關。姓氏馳遠方，遠客爭來攀。千里不見睫，與此同一般。我過銅陵磯，莫認青陽甸。遠遠無爲軍，反及九華面。雲際有芙蓉，九朵蓮花瓣。江神與醯雞，狡獪寧目眩。……」以人事喻景物，以詼諧佐機趣，頗似蘇軾之詩風。[158]由距離遠近所見山之偏全，引申山人不知山中高士，異鄉之客反爭相來攀附。「睫在眼前」，習而不察者亦可歎也。「江神與醯雞」乃極大與極小者，遠處所見爲小，然近處反未能見之。

〈江中三面視小孤山作小姑曲〉云：「……小姑碩且武，婕妤能當熊。人愛小姑媚，我愛小姑健。微步凌空波，窈窕終不變。睥睨馬當君，糾糾倚長岸。」棄生言小孤山在江西彭澤縣。棄生謂小姑山窈窕單椒，與馬當隔水離立，如臨鏡對望。自西南面緣至山頭，被於山肩，遍生細秀佳樹，如美人委長髮，如鬌女垂雙鬢。山後東北麓水際，涌生珠圓一拳石，復如漢女解珮江皋，如繫明珠繡襦後。山中藏有砲臺，如孫夫人俠侍刀劍，以此與馬當相視而笑，恐馬當或自慚粗材，如項羽之對虞姬。[159]刻劃細膩，奇麗兼具。以擬人手法，舖敍小姑望郎

---

156 郭熙、郭思，《林泉高致・山水訓》，收錄於王進祥編《中國美學史資料選編》下卷（臺北：漢京文化，1983年4月5日初版）頁14。
157 宗炳〈論山水畫〉語，收錄於王進祥編《中國美學史資料選編》上卷，頁212。
158 《寄鶴齋詩話》，頁60。
159 《八州遊記》，頁61。

之情語，款款動人，若美人目成而笑。再分寫小孤之媚與健。
譬如女神凌波微步，若逢若拒，若喜若怒，以狀深幽窈窕之
神。

以山水畫「三遠」視界刻畫山水如〈入廬山十五首〉四
云：[160]

> 載過天池山，爰求龍潭寺。山空寂無人。佳境難遽至。奧
> 區高下間，山水爽然異。深澗涓涓流，怪石紛紛植。水石
> 相淪漪，中別有天地。逕僻苔蘚封，涂危藤蘿闕。水迴山
> 忽轉，崔嵬當面置。越壁即龍潭，靈山出深秘。惜我非猿
> 猱，臨崖竟回巒。回頭復看山，溫舊畫中識。去來景不
> 同，夕陽變山翠。一線大江浮，樹杪天風墜。

細寫深澗、怪石，似在耳目間，卻從俯仰觀察而來。石
徑僻險，點染苔蘚藤蘿，通體俱活。崔嵬山勢霸佔住仰觀的視
線，寫「高遠突兀」。靈山在深秘中，乃「縹緲沖融」的平
遠。回程所見，山後不同山前，乃深遠之觀。「夕陽」句見去
程當為雲霧所封，重晦重疊意見於言外。

3. 體物寫志，詩地相肖

欲奪造化之奇，須「飽遊飫看」山水，[161]往往由印證文
獻、細心觀察入手，使詩作與風土相肖。王士禎云：「范仲
闇（文光）在金陵，嘗云『「鐘聲獨宜著蘇州」，用唐人
『姑蘇城外寒山寺，夜半鐘聲到客船。』如云：『聚寶門外
報恩寺』，豈非笑柄？……風味各肖其地，使易地即不宜，若

---

160 郭熙謂山水畫的空間布置云：「山有三遠。」《林泉高致·山水訓·畫訣》。
　　楊大年編著，《中國歷代畫論採英》（河南人民出版社，1984年）頁244。
161 宋郭熙、郭思，《林泉高致·山水訓》。

云：『白日澹蘇州』，或云『流將春夢過幽州』，不堪絕倒耶？』」[162]讀書萬卷不如行萬里路，只有親履印證，方知古人詩文所詠山水之妙處。

《八州詩草》中如〈南岸十餘里眺馬當山賦馬當歌〉云：「……馬當峰拂高隼天，馬當江蓄神龍淵。龍騰水怒火輪簸，峰峰壁立雲濤連。亙古屹立大江邊，長江鎖鑰生寒煙。一磯一磯擁水圓，一落千尋地軸穿。泃潒江流供插腳，輪囷廬阜疑並肩。江水西來九派大，山翠東流萬派外。頗怪酈生水經疏，敍山不與馬當會。……」唐陸龜蒙語：「山莫若太行，水莫若呂梁。兼二者之勝，莫若馬當。」[163]驗之始信。[164]「馬當」二句排比，拂高隼天形其高，其輪囷高大可與廬山並肩。因怪酈道元《水經注》不敍馬當，是一疏。

搜奇覽秀，親履印證，細心觀察，閱歷既久，方能窮山水之變貌。《八州詩草》中如〈近塞見居庸山高且遠爲中原所無〉云：「……乃今出京臨絕塞，不覺連天開眼界。東邊直接醫巫閭，西去欲窮阿爾泰。峰高且遠壑且長，萬里長城爲雉牆。下關中關出上谷，南口北口護漁陽。塞垣倚伏森亭障，半蟠地底半天上。古人設險意何勞，今時廢弛敵誰抗。我未入山聳且驚，入中原來見未曾。西南滇蜀遊未到，直北關山第一層。」言其脈遠。東至醫巫閭，即遼寧北之廣寧山，爲陰山支脈。西則欲窮阿爾泰山，爲天山北出之脈，皆峰高壑遠而長。關卡重重，由地底蟠至半天，古人設險之勞可想。可惜當時多已廢弛，不禁憂心一旦外患來侵。

〈將遊浙東至錢塘江待渡望見蕭山及龕山赭山〉云：「……聞說兩山間，滄海已非故。潮頭向海寧，山移岸上住。瀕海

---

162 王士禛，《池北偶談·談藝》（臺北：漢京文化，1984年版）頁385。
163 馬當山在古彭澤縣（今江西彭澤縣）北120里。
164 《八州遊記》，頁60。

山有無，隔岸山無數。蕭山眾峰青，臨江似爭渡。」出杭城南門（鳳山門），至錢塘江，又稱浙江、漸江。錢塘江闊，淼如黃浦江，錢塘江、錢清江、曹娥江為越之三江，龕、赭二山，漸淤成陸，海潮已北移於海寧州界。隔岸蕭山眾峰青翠，臨江似欲爭渡，形容山勢入江貌。

　　棄生詩寫景，常「選勝而騁奇」，[165]擇一二名勝而誇寫其特色。如泉州人謂洛陽橋「撰時揆日，畫基所向，鍥址所立，皆預檄江水之神而得吉。」「至於鑿石伐木，激浪以漲舟，懸機以弦繂，每有危險，神則來相。」[166]此因古人於巨麗建築之工事，往往託事於神，侈大其事以美之。

　　洪棄生渲染傳說，以神話意象描寫橋的工穩，卻暗寓人可征服自然之信念，〈追詠泉州洛陽橋〉云：「……自從此橋成，伏流任迴飆。江靈長浩浩，海若自迢迢。俯視滄海中，萬古不生潮。憶昔萬安道，石齒驚岧嶤。神人鞭石到，神仙叱石遙。天帝降靈霆，長虹下九霄。屈作人間馭，馮夷不敢驕。龍宮調水符，蛟窟移沃焦。四十八鼇柱，長與砥柱標。夜半御風度，笑侮仙人蹻。倘逢神禹來，何必再乘橇。」詩讚蔡襄之書蹟可媲美顏魯公，橋功可比擬鄭國渠。[167]「神人」四句化靜為動，極言此橋如鬼斧神功。由仙蹻、禹橇反襯洛陽橋之利濟安民，靈動幽默。

　　〈泊安慶城南〉云：「自出建康來，形勢斯為要。江行二里餘，聳見大都會。天塹抱城邊，雲墉枕水外。襟帶控中流，煙寰鬱蒼蒼。遠峰江上觀，曩曩若陰靄。何處皖公山，天末辨螺黛。咫尺攔江磯，作此江上塞。……」以長江為天塹，以雲墉作城。襟帶中流，所謂「坐控漢江南北路，日過吳楚東西

---

165 〈下車入偃師縣遊嵩山不至〉，《八州詩草》，頁49。
166 周亮工，〈萬安橋〉，《閩小記》（上海古籍出版社，1985年9月第1刷）頁26。
167 此橋為北宋蔡襄所建，嘉祐4年（1059年）訖功。

輪。」「皖山皖水入望皴」。皖公山「奇峰出奇雲，秀木含秀氣。」清代商盤（1701～1767）五古〈攔江磯〉起手云：「長江如修龍，蜿蜒向東下。庚神不能鎖，其勢實雄霸。」棄生因讚其「雄傑非常」。[168]

第三節　結語

棄生論寫詩當識輿地之學云：「輿地之學，不獨經濟家宜明習，即詩文家亦不能不明習，多識鳥獸草木之名，猶其末耳。文之關於輿地固多，即如詩題之克官渡、定武功、屠柳城、戰城南、平陵東、扶風歌、雁門行、隴西行、伊州曲、隴上歌、長干行、西洲曲、橫江詞、出自薊北門行、并州羊腸阪、汴水流、泗水流，諸如此類，未遑枚舉。若不明地理之所在，亦何從措詞。李杜韓蘇足跡半天下，地理固其所明。……」[169]其行旅遊覽詩，乙未前多作於行旅他鄉應舉時，每以古詩鋪敘刻摹，工於白描。乙未後之作品則融鑄山水、詠史懷古、諷諭詩於一爐，其寫作之修養則來自深厚的史、地之學，觀《八州遊記》可知，非徒逞奇摛藻而已。

---

168 商盤詩及棄生之評論見《寄鶴齋詩話》頁75-76。
169 《寄鶴齋詩話》，頁12。

第八章　題畫詩

第一節　前言

　　題畫詩見《寄鶴齋詩集》。以「憂於世變」、「遊於畫境」為主題，因人世憂煩遂生遊觀彼境的渴望，反映當時傳統士紳的生存困境與抉擇。乙未年（1895）以前所作《謔蹻集》、《壯悔餘集》已有此類詩作，僅有五題。乙未後增至三十四題，且多七古長篇之作。

第二節　書畫涵養

一、鹿港文風與友朋間翰墨因緣

　　洪氏生長鹿港，「海濱鄒魯」文風鼎盛，師友弟子知書曉畫者多有，其友朋如丘逢甲（1864～1912）書藝過人。鹿港友人如鄭鴻猷（1856～1920）、施梅樵（1870～1949）二人，尤以書法聞名鹿江。乙未割臺後，他課子授徒，其次子洪炎秋、姪兒洪璽嘉均工畫，洪氏〈書次兒櫬十四歲所作山水畫〉云：「一時玉筍班，兩見虎頭顧（猶子璽嘉，亦童年工畫）。……何意此圖書，一一江山具。石巖峭以幽，瀑泉奔而赴。曲崖藏板杉，飛甍隱林樹。茅屋幾人家，小橋通來去。遠塔想鐘聲，白雲有深處。……」可見其子於山水構圖布置已有心得。〈喜次兒十二歲能詩兼畫〉自謂：「我少解詩文，作書性所拙。下筆走龍蛇，自笑同楄柮。至於六法間，更不識毫髮。」

　　他雖不擅長書畫，但友朋及學生中不乏高手，〈悼林乃營並及諸亡友〉云：「……及門數子亦堪憫（及余門受業有成，

死者近十輩），何筆洪文（何采生，能率更體書，院課試場，每以字得佳評，洪壽如作制藝，有王己山、吳蘭陔家法，去年卒，並無子）並足論。……往時令兄推善畫，古壁下筆煙雲分（君兄名壬癸，一名源。畫爲邑巨手，書亦佳。廟宇多匄其繪事以爲光）。」

除了何采生善書，另一位弟子朱啓南（1889～1974）從洪氏學詩，亦工書法及蘭竹梅石。[1]其詩題詠書畫以應酬交遊，如〈題贊林裕翁像〉。又〈陳鶴笙匄題琴硯圖〉云：「……何來陳元龍，意氣獨磊落。有琴不破碎，有硯不唾辱。兵燹出劫灰，靈光存殿閣。一彈再三歎，摩挲風雲作。不知是何世，高唱曒風曲。興到走龍蛇，誰能爲縛束。逍遙閒中趣，幾忘有荼毒。……」詠人品以映照畫題。以琴書陶寫性情，樂在唱詠與筆墨以脫塵氛的荼毒。

洪氏日涉筆硯間，於此頗具識鑒，如〈客有矜示銅雀瓦硯者賦此斲之〉云：「……名人遺愛雖贗鼎，把玩猶勝饕餮觥。聞說瓦出漳河底，百不一眞欺墨史。姦雄作僞無不爲，後人一硯胡復爾。」〈後銅雀瓦硯歌〉又云：「……贋傳百世成寶玩，至今不數高歡宮。或云晚出香姜井，六朝陶可三國等。北齊避暑離宮物，古香古色龍山冷（香姜，出太原龍山冰臺閣井。《丹鉛錄》謂後來銅雀硯多以高齊香姜瓦爲之，並無復藉魏武墓中物矣）。玲瓏光襯宣德瓷，斑駁黝甚汾陰鼎。漳河之底不可搜，冰臺閣畔人爭領。兩雄一例盜帝王，曹家風雅飛鴛鴦。求魏得齊亦安用，未似書家王與羊。今日甘泉傳漢瓦，長生篆字兼未央。」

「香姜」典故，說明贗品充斥，端賴收藏家明鑑。[2]張淑

1　戴瑞坤，《鹿港鎮志藝文篇》（鹿港鎮：彰縣鹿港鎮公所，2000年）頁67。

2　「香姜」見楊愼，文淵閣四庫全書子部雜家類，《丹鉛摘錄》卷3（臺北：商務印書館，1993年）。

芬云：「秦磚漢瓦質地優良，……後來，受此風氣影響，還有人專門仿製秦磚漢瓦用以製硯。」[3]所謂「名人遺愛雖贗鼎」正說明文人墨客雅好古玩的風尚。洪氏云：「……《后山集》尚有古墨行及謝寇十一惠端溪硯篇，亦饒豪氣。」[4]宋人陳師道陳氏〈古墨行〉記窗淨日暖，紙筆相發，記與晁無斁、秦觀諸友之翰墨因緣。[5]〈謝寇十一惠端硯〉云：「……琢爲時樣供翰墨，十襲包藏百金貴。北行萬里更眾目，寇卿好事不計費。」[6]亦描寫文人筆硯珍好之癖，饒有豪氣。

　　一九二二年，棄生訪南京「掃葉樓」，此樓爲明末畫家龔賢（1599～1689）寓所遺址。十月舟溯行過采石磯，〈眺采石磯〉[7]遙想清初畫家蕭雲從（1596～1673，字尺木），在太白樓畫匡廬、峨眉、泰岱、衡嶽四大名山事。[8]此外，明、清兩代福建的「民俗畫」傳統影響臺灣，陳清香云：「臺灣早期的人物畫題材，除了佛菩薩像以外，大多以麻姑壽星、劉海鍾魁、八仙和合、漁樵道士、或其他歷史人物等，……由於所畫多是傳說中、或史實無據的神仙散聖，因此都被歸爲民俗畫，而所用筆法，也多以大筆狂掃，恣意勾勒而成的福建式樣，因此被目爲閩習畫的延續。」[9]民俗畫風格，清末民初福建仙遊的畫家李霞（1871～1939）一九三三年所畫的「麻姑獻壽圖」等畫作畫風可以印證，[10]棄生〈題麻姑進酒圖〉云：「豈對方

3　張淑芬，《故宮博物院藏文物珍品全集「文房四寶·紙硯」》導言（香港：商務印書館，2005年）頁19。

4　洪棄生，〈和饒節詠周昉畫李白眞〉，《寄鶴齋詩話》，頁119。

5　陳師道，文淵閣四庫全集集部別集類，《後山集》卷3（臺北：商務印書館，1993年）。

6　陳師道，《後山集》卷3。

7　洪棄生，《八州詩草》，頁17。

8　國史館，《清史稿校註》（臺北：商務印書館，1999年）頁11559。

9　陳清香，張學樑編，〈妙禪法師的繪畫藝術〉，《山中忘歲月——張妙禪書畫集》（新竹：新竹縣立文化中心，1998年）頁271。

10　李霞的人物畫，國立歷史博物館、臺中縣立港區藝術中心主辦，2007.5.18～2007.7.15，國立歷史博物館、臺中港區文物陳列室。

平飲興長，行廚鳥爪薦霞漿。瑤池宴後蓬萊淺，莫待鈞天入醉鄉。」酣醉縱恣，確實有幾分「狂恣」的閩習。

二、本自清初王士禛之說，品畫重神韻

清初王士禛論詩重神韻之說，受畫論啓發甚大。黃景進論王士禛「神韻」說的傳統，引用《世說新語·巧藝》顧愷之畫人點睛，以傳神寫照的典故，認爲王氏以「神韻」論詩，即繼承此一論畫的標準。[11]王士禛云與友論畫，以爲南宗「閑遠中沉著痛快」。[12]洪氏〈文華殿看畫偶詠六首〉云：「荊關董巨營邱出，更有元時四大家。」「唐時無數名家筆，只有麻姑尺絹懸（周昉作）。」「文（徵明）董（玄宰）流傳蹟可摹，未如唐宋半模糊。蘇家詩與王卿畫，絕好煙江疊嶂圖。」「北苑名山爲粉本，重重題跋趙王孫。」「古法能將生面開，前賢家法筆中來。本朝畫手推王（石谷）惲（南田），玄宰傳衣到麓臺。」「一幅長圖筆筆工，織耕畫本出深宮。從來賞鑑邀人主，多半人才在下中（曹秀先耕織圖四十幅遍有御題詩）。」[13]

對「南宗」畫派能數其源流，其一、其二觀天廚內苑收藏，縷述唐代周昉仕女圖，五代山水畫家荊浩、關全、董源（？～962）、巨然、李成（約919～967）的畫作，以及元代山水四家：黃公望（1269～1355）、王蒙（1301～1385）、倪瓚（1301～1374）、吳鎮（1280～1354）。其三讚歎蘇軾〈題王定國所藏煙江疊嶂圖〉原畫與詩。其四論元代趙孟頫（1254～1322）。其五論明代董其昌（1555～1636）及清初「四王」中的王翬（1632～1717）、王原祁（1642～1715）二人，稱許

---

11 黃景進，《王漁洋詩論之研究》（臺北：文史哲出版社，1980年）頁94。
12 王士禛，《帶經堂詩話》（北京：人民文學出版社，1998年）頁86。
13 《八州詩草》，頁80。

諸家水墨畫中的山水能參合古法，自開生面。其六貶抑曹秀先（1708～1784）院體工筆畫的畫格。

因此，王士禛重視乃畫境之造景，一如詩中有興會神到之語，引王維〈同崔傅答賢弟〉一詩，[14]其中蘭陵鎮在今江蘇常州，富春郭在浙江富陽。從地理來看，這些地名皆寥遠不相屬，卻交織縮合客子的行蹤和江南近況，誠「興會神到」。王氏認為王維畫「雪中芭蕉」，與此詩同妙。宋代沈括《夢溪筆談》論「雪中芭蕉」畫之神理云：「故造理入神，迥得天意。」[15]沈括強調書畫不畫形畫意，寫詩詠物不宜隱情而徒重詞。「雪中芭蕉」之畫趣端賴作者將想像觀察力融會於興象中，造理入神，脫形離似，別造幽奇之景緻。

從「造景」與「寫景」言，「興會神到」的景句，近於「造景」，與客觀描寫的「寫景」不同。棄生頗深契領會「造景」之妙，以「雪中芭蕉」，取其「興會神到」之觀點，批評王世貞（1526～1590，字元美）論詩流於學究之處，[16]謝榛批評岑參〈初至犍為作〉一詩末二句「到來能幾日，不覺鬢毛斑。」結突如起句，謂之「兩頭蛇」，竟逕挪至首句，改為「之官能幾日，兩鬢易成斑。」[17]云云，洪氏批評同一武斷無理，全不願細心體會詩有「雪中芭蕉」之神理。洪氏又云：「雪中遇獵詩，為梅村興到神來之作，如初寫黃庭，越日不能再做，吳集七古此為第一。……本朝惟漁洋東丹王射獵七古可以相匹。」[18]

王士禛〈東丹王射鹿圖〉云：「……往往丹青自游戲，寸縑尺素如琳琅。宣和壓架六千軸，東丹九幅千金裝。艮岳灰飛

14 王士禛，《漁洋精華錄集釋》，頁68。
15 沈括，文淵閣四庫全書子部雜家類，《夢溪筆談》卷17（臺北：商務，1993年）。
16 《寄鶴齋詩話》，頁107。
17 謝榛，《謝榛全集》（山東：齊魯書社，2000年）頁778。
18 洪棄生，《寄鶴齋詩話》，頁126。

玉匣散，此圖豈不關興亡。……」[19]稱許五代遼國歸華的東丹
王能涵養於書畫，洪氏則以書畫論王氏詩：「昔人評褚河南雁
塔聖教碑云：『輕雲纖阿，若有若無。瑤臺青瑣，掩映春柯。
嬋娟美女，不勝綺羅。』予謂此語，當以移贈阮亭之詩。」[20]
評王士禛詩風「娟秀」，清人何紹基（1799～1873）嘗稱王
「詩情本娟秀」，[21]但未以書畫相比擬，二者相較，可見洪氏
論詩的特色。

第三節　題品畫境

一、論畫從「寫真」到「饒有神韻」為上

　　古人以詩題品畫境，如杜甫強調「寫真」到「饒有神韻」
為上。[22]洪氏亦云：「漁洋五律出筆有極瀟灑者。〈題棧道飛
雪圖〉云：『西指襃斜路，淒涼送遠心。千烽盤雪棧，數騎出
雲林。蜀道連天起，秦關入夢深。今宵圖畫裏，如聽暝猿吟。
……』」[23]極瀟灑處在其不沾黏「題畫」，末二句寫真的畫
境，筆法本自杜詩。

　　棄生評蘇軾〈韓幹馬十四匹〉〈書王定國所藏煙江疊嶂
圖〉二詩「七古詩篇能如初寫黃庭，到恰好處者，李、杜、
高、岑之外，殊不易見。」[24]〈韓幹馬十四匹〉布置舖寫之
妙，誠如洪邁云：「誦坡公之語，蓋不待見畫也。」[25]描寫抒

19　王士禛，《漁洋精華錄集釋》，頁1377。
20　《寄鶴齋詩話》，頁35。此評見明代郭宗昌，〈唐褚書雁塔聖教序記〉，《金
　　石史》卷2，文淵閣四庫全書史部目錄類（臺北：商務印書館，1993年）。
21　何紹基，《東洲草堂詩鈔》（上海：上海古籍出版社，2006年）頁763。
22　李栖，〈杜甫的題畫詩〉，《題畫詩散論》（臺北：華正書局，1993年）頁
　　149。
23　《寄鶴齋詩話》，頁49。王士禛，《漁洋精華錄集釋》，頁281。
24　洪棄生，《寄鶴齋詩話》，頁40。
25　洪邁，《容齋隨筆》（北京：中華書局，2005年）頁915。

感都如「無聲」的詩境。[26]洪氏云：「學杜之人，如黃山谷畫鷹、畫馬諸篇是，此皆有神無跡，如褚登善之補晉帖，鐘紹京之效衛夫人，爲古來著名之筆也。」[27]

　　黃庭堅〈詠李伯時摹韓幹三馬次子由韻簡伯時兼寄李德素〉云：「千金市骨今何有，士或不價五羖皮。李侯畫隱百僚底，初不自期人誤知。戲弄丹青聊卒歲，身如閱世老禪師。」[28]〈次韻子瞻和子由觀韓幹馬因論伯時畫天馬〉云：「李侯一顧歎絕足，領略古法生新奇。」又云：「李侯論幹獨不爾，妙畫骨相遺毛皮。」[29]黃氏稱許李公麟能由摹韓幹馬古畫而自出新意，於骨法用筆別有領會，亦別開生面。[30]

　　畫以能「寫物生動」、「意態奇秀」、「饒有神韻」爲上。〈題林君（源）畫蘭四首〉云：「妙在香色間，君從何處索。」「花欲在畫中，香欲在畫表。」「畫蘭先畫人，可畫儂風致。」「君云下筆時，心與蘭相照。」論畫理提出「寫物生動」、「意態奇秀」，以及「饒有神韻」，如「寫蘭得神肖」、「妙在香色間」等形容。更重要的是強調「人品」與「畫格」彼此相映相融。

　　學者衣若芬認爲北宋黃休復以「逸格」品畫，本自晚唐空圖〈詩品二十四則〉的「自然」。而宋人論畫強調「寫意」，異於唐人強調「寫眞」：

> 其價值在於……比「寫眞」籠統的「寫意」可以迴避或轉化對於「眞」的執著，要求寫出物象活力的「生意」觀點把複製形相的「擬眞」帶入了「合於天造」，窮究生命要

26　黃庭堅《黃庭堅詩集注》（北京：中華書局，2003年）頁355。

27　洪棄生，《寄鶴齋詩話》，頁113。

28　黃庭堅，《黃庭堅詩集注》，頁252。

29　黃庭堅，《黃庭堅詩集注》，頁254。

30　衣若芬，〈宋代題畫詩的創作次韻詩爲例〉，《赤壁漫遊與西園雅集──蘇軾研究論集》（北京：線裝書局，2001年）頁112。

義的層次，……畫家爲了表現作品中的「生意」，往往親身經歷，長久體察，而出之以「寫生」……。[31]

移畫論詩，詩作欲意境生動而情味雋永，無非親身經歷，長久體察。如王士禛論論孟浩然〈晚泊潯陽望香鑪峰〉一詩爲「逸品」。[32]此詩意境與文字在即離之間，頗似《詩經·秦風·蒹葭》，象徵理想的追求往往可望不可即。

一九二二年，棄生遊大陸，由長江溯舟而上，乍見廬山云：「孟浩然詩『掛席幾千里，名山都未逢，泊舟潯陽郭，始見香爐峰。』洵然，洵然！」[33]孟浩然詩以「都未」、「始見」強調香爐峰之巖巖，可謂細心領會且下語切當。洪氏親身經歷以印證，始知其妙。

二、論畫重「逸品」

自北宋初黃休復的《益州名畫錄》首先將逸品置於神、妙、能品之上，「拙規矩於方圓、鄙精研於彩繪，筆簡形具，得之自然，莫可楷模，出於意表」[34]的「逸格」和畫院的「法度」正相對立。[35]學者況再沁認爲文人畫的「逸品」，是「透過簡略淡雅的形式與象外之意而達到氣韻與性靈融合」。[36]誠如畫家黃賓虹云：「古來逸品畫格，多本高人隱士。自寫性靈，不必求悅於人。即《老子》所云知希爲貴之旨。逸品之

---

31 衣若芬，〈寫眞與寫意：從唐至北宋題畫詩的發展論宋人審美意識的形成〉，《觀看·敘述·審美——唐宋題畫文學》（臺北市：中央研究院中國文哲研究所，2004年）頁115。

32 王士禛著，《帶經堂詩話》卷3，「入神類」，頁71。

33 洪棄生，《八州遊記》，頁63。

34 俞崑，《中國畫論類編》，頁405。

35 況再沁，《水墨畫講：文人美學與當代水墨的世紀之辯》（臺北：典藏藝術家庭，2005年）頁37。

36 況再沁，《水墨畫講：文人美學與當代水墨的世紀之辯》，頁35。

作，世推雲林。」[37]除了推崇「逸筆草草」的倪瓚（1301～1374），黃氏又稱許明末清初的畫家龔賢（1618～1689）「胸次高曠」、「抽毫灑墨，動見性情。詩人之畫，未可以形跡求之。」[38]棄生亦云：「元之倪元鎮、張伯雨，亦庶幾郊島流亞，而品尤潔。」[39]以郊寒島瘦比擬倪瓚，讚其高潔孤冷、不染時塵。

洪氏《八州詩草》〈金陵雜詩十首〉其九云：「孤冷偏能耐久留，一層半畝在山頭。隨園不及龔高士，殘照秋風掃葉樓。」詠古人古蹟，龔半畝（龔賢）孤高，自與好客的袁枚異趣。〈題林源（一名壬癸）遺畫〉云：

> 林君畫筆追南田，一枝兩枝花卉妍。枝頭鳴鳥草頭蟬，向風楊柳含秋鮮。梧桐一樹暮陰天，橫斜籬落園林邊。林中苔色古榆錢，風流長在文點先（處士文點畫松樹，好著苔。）。名同北苑實巨然，我昔知君二十年。與君令弟翰墨緣，聽君論畫當參禪。畫中逸品詩中仙，我詩君畫兩忘筌。會須合作米家船，此事千秋難意傳。君今墓草已芊芊，丹青錯落隨雲煙。……

林源善寫園林、花卉等，如花鳥禽蟲學清代惲格（1633～1690）「寫生」畫格，寫生鮮活，即清代方薰《山靜居畫論》所謂「寫物之生意」。[40]松木點苔師法清代畫家文點（1633～1704），至於善寫松柏、蔓草之類，使人感到「真若山間景趣也」，乃《宣和畫譜》所記五代巨然畫風。[41]畫重逸品，而詩

---

37 黃賓虹，《畫語錄》（臺北：華正書局，1986年）頁105。

38 黃賓虹，《畫語錄》，頁186。

39 洪棄生，《寄鶴齋詩話》，頁27。

40 俞崑，《中國畫論類編》，頁1185。

41 不著撰人，《宣和畫譜》卷12，文淵閣四庫全書子部藝術類一（臺北：商務印書館，1993年）。

歌貴在超詣之仙氣。欲效米家書畫船，千秋佳話。〈看畫〉云：「豈是王維筆，參差不可刪。樓臺金碧間，花柳綠沉間。寺貯南朝石，雲藏北苑山。微茫樵徑盡，一抹淡煙環。」頸聯點出此畫乃江南山水，宗法董源。董氏畫法來源，「水墨類王維，著色如李思訓。」[42]樓臺花柳近於李思訓之著色。又似王維之潑墨，筆墨簡潔而有層次，近於逸品。

洪氏〈客寫岳陽山水囑題四首〉云：「洞庭三萬六千頃，又割君山一角青。」「一挂峭帆何處去，青青九派接三湘。」「夕照半江天一尺，兩三峰外岳陽樓。」「淡淡煙嵐遠遠波，巴陵山色洞庭多。」其一以君山一角為主題，構圖法近似南宋馬遠的「馬一角」畫法。其二、其三、其四則描寫山水平遠。洪氏所見之畫應寫「淡煙遠波」的平遠之勢。宋人宋迪「工畫，尤善為平遠山水。」其得意之作有「瀟湘八景圖」。[43]此圖或此詩都可能以此為構思的粉本。其四懷想詩聖杜甫晚年於湘祠南後，上水（自東而西行船）由青草湖而沅湘，一路到汨羅。[44]

〈題杜友紹畫梅〉云：「天然高格印窗紗，墨跡淋漓瘦影斜。憶昔騎驢山驛路，雪中三見汝開花。」「孤山有夢即家鄉，鶴骨虬枝雪月旁。我比林逋疏更懶，愛君疏影當聞香。」其一題墨梅，筆墨淋漓瘦影斜，彷彿林逋「疏影橫斜水清淺」的詩境。其二詠林逋，亦自占身分。「鶴骨虬枝雪月旁」，近於「清曠」一品。清代黃鉞〈二十四畫品·清曠〉云：「皓月高臺，清光大來。眠琴在膝，飛香滿懷。沖霄之鶴，映水之梅。意所未設，筆為之開。可以藥俗，可以增才。局促瑟縮，

42　郭若虛，《圖畫見聞志》卷2，文淵閣四庫全書子部藝術類一（臺北：商務印書館，1993年）。

43　沈括，《夢溪筆談》卷17，文淵閣四庫全書子部雜家類（臺北：商務，1993年）。

44　洪棄生，《八州遊記》，頁121。

胡爲也哉！」[45]以鶴骨喻梅枝，有古澹幽韻。

〈賦水仙并謝杜君見贈四首〉云：

> 武夷峰頂雪梨茶，玉盞寒泉處士家。第一桃源清淨境，漁洋詩對水仙花。
>
> 杜君一室浴嬋娟，手寫梅花（杜字友紹工畫梅）種水仙。寒雪東風入余夢，瀟湘春色玉壺天。
>
> 本來癖性厭紅塵，忽見靈妃世外身。自是故人春在手（杜又工醫），湘波爲骨玉精神。
>
> 出水靈根絕點塵，煙燈冰碗鎮相親（余置花煙燈前）。海天莫道無知己，我本梅花舊主人。

其一以武夷茶之清逸，襯托水仙的處士家風。玉盞形容水仙花中承黃心，宛然盞樣。洪氏稱許王士禎（1634～1711）詩格云：「若一清徹骨如玉壺冰者，古今亦有數才，唐惟王摩詰一人，本朝惟王阮亭一人耳。」[46]王士禎詩境以「清遠」見長。洪氏曾云：「……（王士禎）樊圻畫云：『蘆荻無花秋水長，淡雲微雨似瀟湘。雁聲搖落孤舟遠，何處青山是岳陽？』」[47]王氏題樊圻畫，其弟子惠蘦思以爲「形神超越」。[48]移以評棄生題水仙花畫，亦使人超越塵俗。末引梅花爲知己，此因洪氏〈賦梅〉云：「風韻固溫存，心腸自石鐵。」若高人隱士，固有匪石可轉的堅毅情操。

此畫此境又見〈代人題山水漁舟三首〉，其一「世外一塵飛不到，洞庭山對洞庭仙。」如聞漁歌夜唱，蕭然塵外。其二「知君曳櫂菰蒲下，欲覓桃源十里中。」設色如南宋畫家慣作

45 黃鉞，《壹齋集》（合肥：黃山書社，1999年）頁775。
46 洪棄生，《寄鶴齋詩話》，頁125。
47 洪棄生，《寄鶴齋詩話》，頁48。
48 王士禎，《漁洋精華錄集釋》，頁256。

江南淺絳山水，殘山一角，想見桃源幽境。其三「幾處紅塵容插腳，江河須問釣漁翁。」就漁翁問津，發出塵之想。則〈題畫〉云：「夕陽金碧染葡桃，秋色秋聲遍四遭。萬疊煙山千疊水，天邊一雁下平皋。」畫境靜謐。「葡桃」音近「逋逃」，逃離人世，思入幽窈畫中，豈作者避世之法？

第四節　書寫世變

一、憂心世變，遊於藝以立人品

試觀洪氏光緒十九年（1893）所作〈題海外蓬萊圖〉云：「……奇氣鬱勃凌中土，獨廻萬水爲西旋（中土水東流，此皆西流），上作赤鳥窟，下作蛟龍淵。中包小蓬壺，珠嶼水中圓。又有玉山可望不可即，日出插霄玉柱鮮。回望嵽峰九十九，燭地熏天火欲然。一熱一寒分冰炭，八潼關裏雪縣縣。臺地無霜無雪年復年，山靈狡獪弄使夏澤堅。北極何處雞籠嶼，遙與香爐燭峰相清妍。靈氣鼓盪山河動，鹿耳門濤搖星躔。……」誇示臺地山水的怪奇，筆調清頓。

乙未年後的〈重題蓬萊圖〉（序云：癸巳有作蓬萊圖詩，是時未見蓬萊淺也，故重題之。）云：「……千歲茯苓能養生，雨淋日炙成枯槁。蓬萊峰沒蓬萊水，處處橫流爲洪潦。轉瞬忽成赤赭山，回頭頓失金銀島。不見當時安期生，一路相逢即猰㺄。裸形對客如園狙，吸腦驚人似地蠟。……。」暗喻日人的苛政，處處是洪潦、猰㺄、裸蟲、地蠟，水深火熱。由題品畫境議論推拓，今古映照，由小見大的筆法，得自宋詩的啓發。洪氏云：「山谷同時，學杜者爲陳后山，后山五古遜黃不多，若七古則去之甚遠，然偶得其精粹之作，亦可誦也。如和饒節詠周昉畫李白眞云……筋節不及山谷之遒緊，然轉折有

法。」[49]陳師道題畫詩誇寫太白逸氣高懷，以傳畫外之情。後半幅言書畫詩歌陶冶性情，使人忘懷得失。詩境轉折而能推拓。

此外，藉故國圖畫發滄桑遺恨者，如〈題明人畫〉云：「勝國衣冠偉，中原景物幽。蒼茫憑弔意，遺恨畫圖收。」懷古傷今的恨意，和〈題桃源圖三首〉其一云：「桃花流水遠，何限避秦人。」其三云：「乾坤今又窄，無地載桃源。」不知安頓何處的「跼天蹐地」感。〈題無名氏長江出峽圖〉「出港入港始見山，山水迫促無雍容。」而中國國勢凌夷，如〈故畫見有中原山水感題長句〉：「眼裏依稀馬一角，丹青金粉餘斑剝。」彷彿南宋馬遠畫中的殘山剩水。

〈題楚山畫本〉末云：「只今憔悴憐兵燹，畫裏人家感慨生。」〈題廣陵圖〉云：「登高莫望雷塘路，金粉如今不可摹。」只因河山變異，當年的粉本何尋？而〈感題赤壁圖〉末云：「……霸圖已往江山在，只餘金粉無鋒鋩。六代以後皆靡靡，至今無能為火攻。堪歎鼎沸大江去，外夷蠶食過奸雄。膩水殘山粉墨黯，零落顏色無英蹤。黃鶴樓外黃州路，何如歌唱滿江紅。」遭逢世變而思英雄，嘆天地風雲之氣何在？

衣若芬分析歷代赤壁圖題詠，認為明代作者善以長篇的古詩歌行高談赤壁鏖兵的是非功過，[50]洪氏的詩體與詩意近於明代人。〈題明妃圖〉云：「漢家豈其無男兒，竟把紅顏嫁鳴鏑。」末云：「然則明妃圖，可畫功臣側。」男兒豪氣，只剩餘在女兒身上？為邱煒萲（1874～1941，號菽園）作〈題邱菽園星洲選詩圖〉七古、〈題邱菽園看雲圖〉七古、〈題丘菽園風月琴樽圖〉古風。

49 《寄鶴齋詩話》，頁119。陳師道，《後山集》卷3。
50 衣若芬，〈戰火與清遊──赤壁圖題詠論析〉（臺北市：故宮學術季刊第18卷第4期，2001年夏季）頁90。

〈題邱菽園星洲選詩圖〉云：「我從王子慕邱遲，亦在天南淪跡時。絕口不題寰中事，杜門罕馳海外詩。」詩前序文則云：「漳州邱孝廉名煒萲，託跡星嘉坡，爲康南海牽涉，幾不測。今以選詩遣日，寄此徵題。」故詩中又云：「云何避禍忽變計，朱公贖罪千金貲。南海雖得雲霧披，此生未免付聾癡。今日閒情操選政，蛟龍島國平如鏡。」〈題邱菽園看雲圖〉則云：「安得匕首劃蒼天，萬里愁眉一旦開。」〈題邱菽園月琴樽圖〉云：「異邦樂事雖云多，走馬踢毬騎駱駝。未容弄月嘯風去，豈可攜琴載酒過？畫圖今竟開生面，中華風雅如再見。」「未容」四句詠「月」、「琴」、「樽」、「圖」四者，詩法入密。

洪氏品畫賞畫一本文人畫特重人品之說，〈喜次兒十二歲能詩兼畫〉云：「……汝果爲通才，須立鄴侯骨。早慧未足奇，老成斯卓越。方今天地非，有才良拂鬱。滄海橫流時，無才更沉沒。萬卷床前書，供汝自除袯。汝以藝爲游，勿以藝爲汨。有成作班超，無成作楚屈。」勉子力學，以自拔於塵俗依仁游藝而不汨於藝。所謂「士先器識而後文藝」，此乃儒者心期。因此，洪氏雖曾攜子向洪以南請益書畫，卻在以南率先斷髮洋服後，〈有同姓黌士率先斷髮洋裝者以其畫蘭冊來徵題姑爲賦此〉云：「蘭蕙失移根，一朝化茅茹。」諷刺之。

〈見櫨兒畫蘭感題〉云：「我愛鄭所南，蘭根不著土。懸立海天中，曠若無所睹。霜深雨露稀，幽寥自千古。荊棘滿世途，出門即豺虎。藜藿亦乾枯，孤芳尚何取。……吾兒階下秀，胸懷九畹譜。詩中有騷心，畫中有香祖。相對情爲怡，頗解塵埃苦。……即此揮毫間，已是玉屑吐。翛然倚江皋，臭味不余忤。相期臨清流，風騷繩素武。尚留五柳居，待作三徑主。」洪氏以鄭所南「失根的蘭花」來比喻。詩寫幽邃之性，寫蘭喻示其子性情。以香草惡禽比興，乃迷陽之世，君子幽

隱之時。元僧覺隱曰：「吾嘗以喜氣寫蘭。」[51]棄生勉勵兒子怡情於書畫，培養胸中的秀逸芳懷，如蘭之吐芬。臨清流以自潔，武風騷以自繩。

〈觀次兒棲松鷹圖口占〉稱許其子寫物「逼眞」，又云：「……兒乎汝能使筆如秋鷹，崚崚奇氣秋空騰。……不在區區放直幹，會須矯翮凌雲漢。」父親的期許可謂深切。〈又題鶺鴒梅花圖〉云：「……花不能言春不喧，往歌來哭海天昏。……我兒揮毫亦何意，繫余冰雪塡胸次。」藉禽鳥梅花隱喻中國國勢凌夷，正是君子茹冰飲雪，鍛鍊人格的時節。然而在日治時期，〈題張明經像〉云：「……翁之賢子亦改業（其子曾爲日本通譯），竟以清渭參濁涇。」日人同化政策下，洪氏的子侄輩不免改學日文，甚至以通譯爲業。

二、詩體變格以求新

洪氏論明代李夢陽（1472～1529，號空同子）題畫詩云：

> 崆峒有林良畫兩角鷹歌，前路摹寫角鷹，誠有面目太肖處，至於後路云：「今皇恭默罷游宴，講經日御文華殿。南海西湖馳道荒，獵師虞長俱貧賤。」又收句曰：「良乎！良乎！寧使爾畫不直錢，無令後世好畫兼好畋。」獨出機軸，別開生面，以相如賦筆，運陸宣公奏疏，理足氣足，典重高華，直覺前無古人，後無來者，又豈杜公所能限之哉。[52]

以詩爲奏疏，非夢陽首唱。杜甫〈塞蘆子〉五古宛然如一

51 俞崑，《中國畫論類編》（臺北：華正書局，2003年）頁1084。
52 《寄鶴齋詩話》，頁42。李夢陽《空同先生集》卷20（臺北：偉文，1976年）。

篇奏疏。然七古題畫詩於詠物肖似中，忽翻作奏疏語，李詩可謂變格以求新。洪氏〈題施梅樵祖母像〉詩前小序，敘施家因光緒十四年（1888）施九緞率眾抗官事而橫受無妄之災：「……王母獨崔嵬，天孫爲拱衛。始覺皇媧年，崦嵫景未逝。翼起有賢孫，簪纓又克繼。祖妣痛音容，丹青存髮髻。昨日素車帷，漢儀備葬祭。追遠生孝思，慨僾寫眞諦。想見君先子，黃泉含笑睇。」繼志述先、慎終追遠本人子當盡的孝行，詩典重如碑銘。

洪氏又云：「……惟近人黃野鴻畫鷹詩，亦見神似杜作。詩云：『……綿邈煙霧際，不乏梟獍輩。何由厲霜飆，搏擊青草眛。顧盼粉墨姿，陡覺雄心泰。歛翼難飛翔，中懷空抑噎。』……野鴻即簡齋所謂『空谷衣冠非易覯，野人門巷不輕開』其人者。」[53]黃子雲詩作寫鷹生意，抒發野逸之人不能有所作爲的抑噎。平居不見官場中人，袁枚引其詩以傳佳話。[54]洪氏乃隱逸之士，與黃子雲異代同調。洪氏云：「七古起致，有自然天籟，不假人工，而能宕往入妙者，如太白之『峨眉高出西極天，羅浮直與南溟連。』子美之『將軍魏武之子孫，於今爲庶爲清門。』俱如道家常，而出口動人。梅村有『漢陽仙人乘黃鵠，朝登三巴五湖宿。』妙趣亦相同。」[55]「……〈題徐青籐拜孝陵圖〉，起云：『生不遇高皇帝時，死不媿故將軍知。出門長揖大江水，疲驢破帽將安之。』音節並琅琅可誦。」[56]所引題畫詩開頭超宕能補寫畫外意，如家常語動人。

53　洪棄生，《寄鶴齋詩話》，頁113。

54　袁枚，《隨園詩話》卷3（臺北：漢京文化，1984年）頁95。

55　《寄鶴齋詩話》，頁81。〈當塗趙炎少府粉圓山水歌〉，李白，《李太白集注》卷8，文淵閣四庫全書集部別集類）臺北：商務印書館，1993年）。〈丹青引贈曹將軍霸〉，杜甫，《杜詩鏡詮》，頁529。〈西巖顏侍御招同沈山人友聖虎丘夜集作圖紀勝因賦長句〉，吳偉業（號梅村，1609～1672），《吳梅村全集》（上海：上海古籍出版社，1990年）頁264。蔣敦復，《嘯古堂詩集》卷2（上海：王韜淞隱廬刻本，1885年）。

56　洪棄生，《寄鶴齋詩話》，頁71。

彰化學

洪氏〈題無名氏長江出峽圖〉云:「江水來自夔門東,吞湘納漢含遠空。洞庭爲腹太湖尾,青草鄱陽九派通。……瞿塘直下層層灘,虎鬚狼尾如獰龍。篙帥入隼舞澎湃,舞浪如舞攧鷁風。兩岸雲巒千萬疊,束縛山水爲驚鴻。西陵一放到夏口,出溜勢如箭出弓。四十八渡桃花水,千帆百丈難爲功。此圖此筆記誰某,吳生此境恨不逢。我家山在滄海外,出海惟見雲濛濛。濤聲浪色無大地,但有日月浴波紅。長風萬里一笠天,纍頭豈望青籠從。出港入港始見山,山水迫促無雍容。……」詩首寫山水平遠,如家常語且動人。由畫景外設想「�跼天蹐地」的山水,象喻臺灣割日的困頓與不甘。

第五節 結論

洪棄生題畫詩的特點如下:(一)以書畫爲涵養性情、陶冶人格的法門,期勉子弟能遊於藝以立人品。(二)受「文人畫」觀念影響,論畫重逸品,取人重人格。論技法以「寫物生動」、「意態奇秀」、「饒有神韻」者爲上;論家數以「參合古法」、「自開生面」者爲貴。(三)畫家有「造理入神,迥得天意」者;詩也重超詣。(四)日治時期書寫滄桑,往往以畫中的景物爲理想的粉本,對照現實的山河變異,詩體變格以求新。

第九章　技巧與風格

第一節　技巧

一、取材

以「因題變化，避實擊虛」、「融鑄典故，推陳出新」論之。

（一）因題變化，避實擊虛

作詩取材，其類宜廣，不妨旁搜遠紹，古典今言都可兼容並蓄。然下筆鎔裁，則須別擇精嚴，當因題設施，富於變化。故有「窄題寬作，文簡意足。」亦有「窄題寬作，類之成巧」者，全賴機杼靈巧，方生異采佳什。詩文欲窄題寬作，取材須廣，方能開拓思路；見識須深，方有文簡意足之妙。

棄生〈叛將獻船紀事〉即是以小見大，文簡意足的佳例。詩首言「置船」之難，從反面敘起，而夾議夾敘，因事見理。又善用意象來刻摹，生動具體，如「熬波出巨浪」二句，極言巨輪之戰力。「寄之不得人」點出敗因在統領者不善。對丁汝昌諷以「巾幗從軍」、「怯懦」，批判其死有餘辜。再批評清廷處置失當，賞罰不明。反覆論說鐵船之堅利，卻墊以「無人器奚云」的感慨。進而痛斥甲午戰爭，清廷的怯懦割地。全詩以「無人」爲批判點。由「置船」之難對比「獻船」之易，再批判清室不恤民脂民膏，巨輪竟「倉卒付沉淪」。用「對比

法」使文氣跌宕生姿;刻摹物象使敘事簡而意足;議論以小見大以推擴思路。而所言旁及兵敗、割地等事,又與「叛降」事密切相關,不至於繁冗離題。

〈潰兵棄地紀事〉同樣是窄題寬作,卻不言近事而追溯兵敗之遠因。善刻劃人物典型,作古今對比。故有「濟危無韓岳」之感歎,以「將相」等句,批判肉食者之醜態,意象更加生動。詩題窄而寬作,類之成巧,如《寄鶴齋詩集》〈生壙詩歌第七〉舉西漢楊王孫、唐人傅奕、晉及南朝人皇甫謐、劉杳、劉歆、劉訏、郭文及金人辛愿等曠達齊觀生死之舉。以排比句法,寫人物的墓葬觀。善於以物象捕捉人物特徵,以突顯主題,用典方法當本自文天祥《正氣歌》一詩「在齊太史簡」等句。用螻蛄、行尸、大隧、幽寢、混沌,形容城市丘墟,民不聊生。因舉李適、盧照鄰、顧榮、王濛之清約曠達,妙用封樹、遺畝、安琴、塵塵等意象。「安琴」、「邱壑」雙關「安情」及「邱壟」意。以趙岐、袁閎、王樵、范粲自勉。王敬胤、劉歆、劉訏、褚伯玉、姚勗(字斯勤,棄生誤作勤斯)、皇甫謐等人,典型足仰,讚其「無入而不自得」。狗、鼠肝蟲臂、蟻穴蜂壤,見斯世營苟不安。徐衍、屈平二句寓身世之悲,又以顧歡、傅奕、王績、柳世隆四人之事寓曠達之懷。全詩之意象以「生壙」為類,是窄題寬作、類之成巧之佳例。

至於寬題窄作,亦用類比法者,如〈劇新百一詩〉批評日人酷政,比喻乃連類而出,以求窮形盡情。共用了網中魚、罘裏雉、輿皂、奴隸、寇盜、穿窬、獶雜、貔貅、東胡、覆盆、几上肉等喻依,並以對偶句的形式鋪寫。棄生認為「詩須隨題目所宜」。[1]有以內容為主,題目泛設者,取類合題之法,如「即目」、「即事」之詩作。如《寄鶴齋詩集》〈山路即事二

---

1 《寄鶴齋詩話》,頁20。

首〉其一云：「一絲梁斷絕，萬仞石嶕嶢。兩峽千山路，搖搖鐵索橋。」但以眼前景入詩，即能突顯特色。又如《寄鶴齋詩集》〈秋日即景二首〉其一云：「海天浴波夕陽紅。」而〈初夏田野散步〉云：「日午滿村啼野鳥。」〈秋望〉云：「一天風雨至今晴。」〈即景與林十四首〉其一云：「疏雨半天新暑退。」善描寫風日之狀貌，可謂因題施設。

旅遊大陸時，抱著「長途獲名勝，宛與佳客逢」[2]的心情。每以勝蹟或地名入詩，以突顯風土特色，類似竹枝詞，《八州詩草》如〈金陵雜詩十首〉其二云：「下關浦口水悠悠，闤市東南占上流。獅子山頭白門路，明旗不似閱江樓。」連用六個專名，使詩地相肖，特色得顯，可見取材之精。這種精於取材，以突顯主題的手法，棄生稱為「避實擊虛」云：「今欲形容廬山，亦苦其變幻無方，而窮於應付。無已，則效時文手避實擊虛之法，寫其山一亭一石，聊擬議其萬一。」[3]

如何選取一亭一石，一窺山水虛靈之美，端賴巧心。如〈眺采石磯〉比喻青山如赤城雲霞，[4]層嶠疊起，讚其奇麗。采石磯除謫仙樓外，又有彭玉麟、楊岳斌、李成謀諸將軍之祠堂。但見長江渺渺浸天，江上有步，高跨水際。[5]由群峰後先插岸，艨艟舳艫相銜，映襯青綠雲山之無恙。卻故作詰問，引古來此地之戰蹟。采石磯之太白樓曾有當塗畫家蕭雲從（字尺木）之壁圖，畫匡廬、峨眉、泰岱、衡岳四大名山圖，圖與樓俱傳，[6]可助青山之嫵媚。由虛處設想，古畫映青山，而青山似圖畫，取材手法即「避實擊虛」。

取材能「避實擊虛」，以實景寓虛靈之情，則是「導虛入

2　《八州詩草》，頁65。
3　《八州遊記》，頁67。
4　青山在當塗縣治東南，《八州詩草》，頁16。
5　同前註，《八州遊記》，頁52。
6　王士禛，〈采石太白樓觀蕭尺木畫壁歌〉「題解」，《漁洋精華錄集釋下》（上海古籍出版社，1999年12月第1刷）頁1766。

實」，如〈雞籠港漫遊感事〉云：「白浪如山西北來，谽谺一線港門開。四山合沓東南障，遠海重見瑯琊臺。」首三句寫法模擬「開門」、「闔門」之動作過程，強調此港乃鈐鎖要地。以實景寓理，為導虛入實之手法。《八州詩草》中如〈過郎坊行武清縣各地中度淀池〉云：

> 京路豐臺外，繁盛即郎坊，軍閥日鏖兵，以茲供戰場。為政比蜂蠆，殘民比虎狼。我行武清縣，痛絕膏腴鄉。廣澤行不盡，已到東淀旁。淀有雍收藪，鮑丘連巨梁。澤中有水田，草中有羔羊。我愛水草肥，水利思賢王（雍正時賢親王興屯田）。北宋何承矩，屯田為濼塘。外限契丹馬，內儲軍府糧。重鎮峙關南，方面威北疆。魚蛤及蒲葦，菽粟貢太倉。嗟哉古績廢，任此泥沽荒。……

　　羨此膏腴，田沃羊肥，因思北宋太宗時，何承矩為制置河北沿邊屯田使，因積潦為陂塘，引淀水灌溉，由是民賴其利。詩斥軍閥為虎狼殘民，比蜂蠆更可怕。以動物意象比喻，導虛入實，彷彿「虎狼」入廣澤「羔羊」群中，詩作末句以景作點睛之筆者，如〈遊伊闕渡伊水東登香山眺見嵩山〉云：「……蜿蜒連山起，嵩峰倚正東。脈自嵩高絡，鬱作龍門崇。遠勢青天聳，迴見龍門松。」「遠勢」句如龍入青雲，意已幽遠。末句以眼前高松相襯，餘味雋永。

　　又如〈廬山十五首〉其十云：「……直至開先坂，邱壑長在門。春秋風日好，晴雨開一尊。得如此符載，不羨鶴乘軒。」開先坂之丘壑可賞。春秋好風日，不論晴雨，一尊相伴。若得隱此如唐人符載，雖鶴軒之祿不足惜也。閒居世外之樂，盡在「春秋風日好，晴雨開一尊。」真切的描寫，可謂導虛入實。

（二）融鑄典故，推陳出新

棄生認為詩格不新，不足與古人爭長。而「格新必先意新，意新必先詞新。詞之新，不能於新外求新，亦不取乎新中求新，以陳為新，推陳出新，乃善為新。」[7]因此，作詩能融鑄典故，推陳出新，以一新耳目。「推陳出新」即宋人「點鐵成金」之手法，以古人陳言傳達新意境。[8]例如描寫海潮，以鯤鵬為喻，此本《莊子》典故。

然而棄生取之以形容海濤之變幻莫測，格外動人。如〈國姓濤歌〉云：「昔日中原紛戰騎，為鯤為鵬風摩翅。英聲直震大江南，錢塘鐵弩三千避。海枯不見孤臣心，潮落常滿英雄淚。」以鯤鵬變化於風濤來形容英雄之虎變。〈詠後嶼大風雨〉云：「斷崖絕壁東海東，波濤噴湧高衡嵩。巨鯨揚尻壓華頂，大蜃吹氣垂雲虹。老魅逃遁妖蛟從，森森窅窅疑無地。北溟欻捲扶搖風，昏迷天地不知處。」以巨鯤掣浪、鯤鵬搏扶搖而上來形容海濤之變化。〈函江阻風觀潮行〉云：「……其中似有人馬戰，聲如雷霆勢如電。飛過空半作長虹，指向山邊成白練。望裏恍有藏蛟螭，出沒浮沉森離奇。鼇山峨峨不可即，颶風吹之同奔馳。造化暗鳴渺難測，豈與鯤魚生羽翼。掀簸乾坤為翩翻，吞吐江河為悚息。……」以蛟螭、鯤魚之比喻作動態之刻劃。「鼇山」二句化靜為動，夸飾成趣。善用典故，巧加描寫，便能「推陳出新」。

又如〈留聲器〉起云：「萬籟寂靜虛堂風，長腔短腔出郫筒。一鼓促拍河滿子，再鼓攤破風入松。雲璈水調殊玲瓏，攝以電氣貯以筩。芥拾音響歸冥濛，橐籥樞紐相磨礱。放之滿堂

7　《寄鶴齋詩話》（南投：臺灣省文獻委員會，1993年5月31日版）頁30。

8　宋黃庭堅，〈答洪駒父書〉，《豫章黃先生文集》卷19（上海書店，1989年版）。楊淑華，〈創意造語和方東樹論山谷詩──桐城詩論與宋代詩學研究之一〉（彰化師範大學第五屆中國詩學會議──宋代詩學研討會，2001年5月20日）。

爲逢逢，傾耳曲折無不通。」起首十句中，九句押韻，極力鋪寫留聲器之形製、音色、聲響。除「電氣」一詞爲新名詞，其他以舊名詞推陳出新意，可印證其「以故爲新」之詩語觀。

　　《寄鶴齋詩集》因襲前人語勢者，如杜甫有「桃花細逐楊花落，黃鳥時兼白鳥飛。」之句法。棄生云：「天塹早違天水趙，海東今作海西秦。」「半空電傳催郵傳，平地飛車挾火車。」「黃雲東去黃龍塞，白水西來白水關。」而「百折闌干空悵望，海東山水海西田。」言其獨立蒼茫感，皆本自杜詩句法。

　　「鎔鑄典故」之手法，一是宋人「奪胎換骨」法，轉化前人詩意，以自己詞語表達。[9]一是或明或暗的引用典故。用「奪胎換骨」法者，如〈夢遊玉京〉云：「道逢老仙翁，揖之告以臆。仙翁顧我笑，似將爲拂拭。問我從何來，對以恍然得。……聞之豁然悟，儼同群仙適，塵世苦惱懷，不復爲記憶。」布局旨意極似嵇康〈遊仙詩〉：「飄颻戲玄圃，黃老路相逢。授我自然道，曠若發童蒙。」又如〈題邱菽園月琴樽圖〉云：「歐蘇韻事不用一錢買，嵇阮騷情流傳千古擅。聞道不日上長安，大海波濤大陸山。君攜此畫滄溟裏，攫奪須慮蛟龍頑。」「歐蘇」句化用李白〈襄陽歌〉「清風朗月不用一錢買」詩句，句既似散文，詩思亦奇。「大海」句仿杜甫「桃花細逐楊花落」之句法。「君攜」句化用杜詩〈夢李白〉其一「水深波浪闊，無使蛟龍得。」之詩意，意象空闊，可見棄生詩寄託之深沉。

　　《八州詩草》中如〈入廬山十五首〉其十一云：「山風與海月，萬古流渾渾。」化用自李白「海風吹不斷，江月照還空。」〈漢口即事〉云：「舟楫自來通七澤，輪車今已出三

9　王楙，《野客叢書》附錄（臺北：新文豐，1984年版）。

關。」化用自李白「嘯起白雲飛七澤，歌吟淥水動三湘。」李白〈望天門山〉：「天門中斷楚江開，碧水東流至北迴。兩岸青山相對出，孤帆一片日邊來。」〈看天門山〉其一首二句云：「出雲樓閣壓晴漪，兩岸青山又一時。」由李白詩來。太白詩用「斷」、「開」二動詞取勢，語健頓挫。棄生其二一詩末云：「重重天塹連天關，楚尾吳頭鎖一江。」用「連」、「鎖」，點出天門爲吳頭楚尾之鈐鑰，詩思切深。

棄生云：「接海雙長鏡，中流天色朗。」言水面宏闊、天色開朗，詩化用李白「兩水夾明鏡」句。洞庭湖君山上有十二峰，相傳湘君嘗游此，故曰君山。化用屈原〈九歌〉中〈湘君〉「朝騁鶩兮江皋，夕弭節兮北渚。」之詩意云：「縹緲十二峰，波心不可摹。湘君降北渚，風雨常與俱。」使風雨盡疑爲神女之情。又云：「波中滄海白，天外岳峰青。」化用王維〈送邢桂州〉「日落江湖白，潮來天地青」，筆法近於寫意。而「破山出天關，遠與河洛通。」脫胎自杜甫「天關象緯逼」、「龍門橫野斷」詩語。

「引用典故」法，《寄鶴齋詩集》其意象本自史籍如〈題謝君生壙八首〉其八云：「只恐謝敷求死苦，歲星未應少微星。」本自《晉書·謝敷傳》。棄生詩襲前人句，以詼詭之詞，言抑鬱苟活之心情。引用古書語者，如〈登高邱〉末云：「安淂猛虎居，永免藜藋剝。」用《漢書·蓋寬饒傳》「臣聞山有猛虎，藜藋爲之不採；國有忠臣，姦邪爲之不起。」寄望國有法家弼士，以抗敵國外患，又如〈漫題〉云：「次公匪醉亦狂歌，有酒于斯旨且多。壯不如人焉用老，今猶故我豈惶他。臨河日日呼無渡，去國朝朝喚奈何。從此畏聞塵世事，維新守舊總殊科。」首句用《漢書·蓋寬饒傳》典，次句似《詩經·小雅》「我有旨酒」句。三句用《左傳·僖公31年》燭之武語，妙在如出一口，而且對仗工整。至於「臨河」句用《宋

史·宗澤傳》典故而反用之，故曰「無渡」。

　　類此反用古書語者，如〈臺灣淪陷紀哀〉云：「射人空射馬，擒賊不擒王。」反用杜甫〈前出塞九首〉其六之詩意。「誰料大廈傾，乃逢一木當。」化用自成語「一木撐天」。「無米巧婦炊，有沙道濟量。」化用成語「巧婦難爲無米之炊」及檀道濟沙量典故。〈蒿目行〉云：「農夫商賈不聊生，紛紛痛心又疾首。」連用成語「民不聊生」、「痛心疾首」。〈金陵懷古〉云：「堪笑夷吾無霸才，爭及新亭一流涕。」用《晉書·溫嶠傳》「江左夷吾」語及《世說新語》「新亭對泣」事。〈江都懷古〉「燕泥尙誦空梁句」用《隋唐嘉話》隋煬帝殺薛道衡事。

　　轉化古籍語，出之以韻語者，如《八州詩草》云：「漷水東，沂水西。中有田，田有泥。邾與魯，牛爭蹊。魯季氏，自肥兮。」引自《左傳·哀公2年》經文載魯國季孫斯等伐邾，取漷東田及沂西田。《左傳·宣公11年》云：「牽牛以蹊人之田，而奪之牛。牽牛以蹊者，信有罪矣；而奪之牛，罰已重矣。」化用俗語，批評季氏之強取，乃「見三家之無君，而侵小國以自肥也。」[10]妙用三字句式之韻語，比喻質樸生動，琅琅上口。又如《寄鶴齋詩集》〈暴風悲〉「鴞炙喜見彈，時夜喜見卵。」典用《莊子》十分貼切。

　　引用或櫽括前人詩句者，《寄鶴齋詩集》中如〈海外悼昇遐篇〉云：「前日堯幽囚，今朝舜野死，三十四載空天子。蒼梧慘淡雲氣紫。湘江湘竹淚痕斑，湘君或云殉湘水。」「前日堯幽囚」數語，化用唐李白〈遠別離〉「或云堯幽囚、舜野死」之句，以悲人君失權之患，兼弔皇后殉殯。

　　〈荒城秋望〉云：「長林漠漠不見人，夕陽遠樹連芳

草。」化用李白〈菩薩蠻〉詞句,以「長林漠漠」點染秋色。又如〈莫愁湖曲〉云:「頭有蘇合香,居有鬱金堂。河水向東流(本梁武詩),湖波自夕陽。」本〈河中之水歌〉:「河中之水向東流,洛陽女兒名莫愁。莫愁十三能織綺,十四採桑南陌頭。十五嫁爲盧郎婦,十六生兒字阿侯。盧家蘭室桂爲梁,中有鬱金蘇合香。」檃栝其句。《八州詩草》中如「何爲娥江到剡溪,雪夜行舟路不迷。」結以王子猷雪夜乘舟訪戴安道之韻事,融典入景,情味雋永。

擷取前人名篇詩句入詩者,又如〈釣龍臺歌和梁先生子嘉〉「長繩繫日向日晚」,用李商隱〈謁山〉詩「從來繫日乏長繩」之意象,抒發時不我予之迫切感。《八州詩草》中如〈路上看西山〉云:「北塞何雄鷲,西山何娟好。多行天地清,雲眉靜如掃。」化用王士禎〈初春四日休沐同荔裳方山西樵往西山道中作〉:「行行進磊砢,清暉一何多。豈識絕塞山,娟靜如苗娥。」〈句容道中望茅山〉首二句云:「雲中三茅君,向我如招手。」化用李白〈焦山望松寥山〉「仙人如愛我,舉手來相招。」〈濼口橋見鵲華二山〉云:「秀削青山色,欲與河流東。夾河兩浮巒,天際雙芙蓉。」化用李白〈古風五十九首〉其二十云:「昔我遊齊都,登華不注峰。茲山何峻秀,綠翠如芙蓉。」詩句。〈兗州城下驛詠〉首句「海岱青徐野」檃栝杜甫〈登兗州城樓〉詩頷聯。

詩化用自蘇軾詩文者,如〈入廬山十五首〉其八云:「澗水天上來,轉覺瞿塘小。蘇公擬三峽,三峽誰多少?」因東坡詩〈棲賢三峽橋〉「深行九地底,險出三峽右。長輪不盡溪,欲滿無底竇。」而發議論,可謂「避實擊虛」。又如「徐州城下浪如雷,鯤魚黿鼉聲轟隤。蘇子守徐夜無寐,似築宣房鑿離堆。黃河南行七百載,永與徐方爲禍胎。」化用自東坡〈答呂梁仲屯田〉詩句。棄生云:「閣下魚龍遊,閣外黿鼉躍。東坡

求海市，于茲禱海若。頃刻海中央，樓臺連城郭。」本東坡〈鰒魚行〉詩句，側寫鼉磯島，以產鰒著，以及東坡〈登州海市并敘〉詩句。

〈夏雨望東山〉「海日磨青銅」意象亦出自蘇軾〈登州海市并敘〉。《八州詩草》如「雲中雞犬靜，林下鵁鶄喧。」本王維〈桃源行〉「月明松下房櫳靜，日出雲中雞犬喧」詩意。「青絲白馬來侯景，朱雀烏鳶出大圓（城南朱雀桁破，梁簡文剪爪髮以幼子大圓屬湘東，見《隋書》。即〈哀江南賦〉所謂以愛子託人。《北史·周書》作遁出烏鳶，一梁武放紙鳶求救，一梁武孫確陷景，從射鳶。）。」用對偶句法，巧用「青」對「朱」，「白」對「烏」。

二、練意

棄生云：「作詩必骨氣、意味、神韻三者兼備，乃為高格，乃足名家。」[11]詩善練意方有文骨和意味。茲以「得理趣以歸平淡」、「藉無理以生妙意」、「明時空以取變化」三法論之。[12]

（一）得理趣以歸平淡

棄生歌詠古代良將之題跋詩之用語多檃括史傳，鎔裁得當，頗能「得理趣以歸平淡」。[13]例如〈題趙順平（雲）傳後〉以「廉讓沉深英且勇，大臣風度超人群。」為綱領，趙雲不取田宅、不好國色，不愧「廉讓」之名。使「荊州夫人失豪縱」，見其天性沉深。其戰功得自艱鉅，「復諳大略能諫諍」，可謂「萬人敵兼國士風」，議論不凡。棄生稱蘇東坡

11　《寄鶴齋詩話》，頁33。
12　張夢機，〈論練意〉，《近體詩發凡》第一章（臺北：中華，1984年5月四版）頁2。
13　張夢機，《近體詩發凡》（臺北：中華，1984年5月四版）頁4-19。

擅長「以人事喻景物，以詼諧佐機趣。」能切近賦物，曲盡物理。

詩有此風者，如《八州詩草》〈遊太湖遇雨〉旨趣，乃遇雨而笑，自笑遊山多遇雨，彷彿舊友復遇。自嘲非精怪，何以遭雲雨相阻，語頗幽默。轉念乃洞庭精爲予洗塵，閒放之意態可掬。〈過錢清江即事〉云：「……廉吏說劉公，漢時賢太守。一江留清名，遂覺錢塘陋。……兼有月當頭，不用一錢酤。較公爲不廉，千山萬壑收。中原山遍看，更欲浙東觀。泛舟向會稽，江山若故舊。」江因漢劉寵事得名。月光如畫，遂覺「錢塘」名陋。山水明月不用一錢買，惟閒人可得之，較劉寵不廉，輸在貪愛山水，飽覽中原名山猶覺不夠，似俗實雅。

（二）藉無理以生妙意

寫情能到癡處，誠張夢機所謂「癡者，思慮發於無端也。情深則往往因無端之事，作有關之想，使詩意無理而愈妙也。」[14]如〈贈小妓花仙六首〉其六末四句云：「旖旎怕聽談隱事，嬌羞只促說新聞。前身莫是掌書女，故爾濃香骨膩熏。」寫調笑之歡情，末二句「無理而妙」。如《寄鶴齋詩集》〈聞斗六一帶被燬有感〉云：「皇天降災殃，發自倭人手。非彼能橫行，天假爲簑帚。」將此災殃，不歸咎於倭人，而歸咎於天。無理之辭，適見悲痛之深。〈詠糖〉云：「悔殺纖山鄒佛子，竟熬甘汁誤後生。」無端怪罪古人，反見當時糖業政策之「誤生靈」，眞無理而妙！〈米賤感賦〉云：「今時我有田數畝，米賤無從易升斗。米貴我昔爲傷心，民貧恨天不雨金。」末句亦是癡語，而寓有無限辛酸。

同情民瘼而筆法類此者，如〈田畝歎四首〉其一末云：

---

14 張夢機，《近體詩發凡》，頁5。

「負耒無田耕，思欲作亡逋。」其二末云：「田家及佃戶，助長思揠苗。」〈暴風悲〉云：「仰天同呼號，搶地同忿懣。或者上天慈，雨金救痌瘝。」雖用夸飾手法，但出之以深摯之情，即《文心雕龍》所謂「夸而有節，飾而不誣」。類此夸飾筆法者，如〈題邱菽園看雲圖〉云：「安得匕首劃蒼天，萬里愁眉一旦開。」寫菽園憂時心緒。〈題邱菽園月琴樽圖〉末云：「千人石作無絃揮，復窪五湖為尊尊為池。」則夸飾其雅度豪情。〈秋月望海感賦〉末云：「青天有月長如此，塵世蜉蝣幾變遷？舉杯問月月不應，安得移山轉海到酒前。」欲以山水杯酒排遣滄桑感。〈欲闢荒榛感作〉末云：「須揚長劍倚天外，神姦巨憝供削剗。平剗大地為泰壇，九州四海歌安瀾。」有拔姦安民之大志。因此，〈閑居遣懷放歌二首〉其二末云：「南海帝儵北海忽，何日回斡成大千？我時腰纏騎鶴去，謫仙一醉三千年。」先憂後樂之襟懷，以豪語出之。

又如〈國姓濤歌〉以海濤起興作比，其「海枯不見孤臣心，潮落常滿英雄淚。」癡語動人。〈海邊耕〉云：「農夫最愛千年業，安得天上枯黃河。」寫農田每遭泛濫之溪水淹沒。《八州詩草》〈舟至上海租界書所見二首〉其二末云：「此間應有桃源地，安得長河洗濁涎。」深不喜上海之惡濁。〈濟南雜詠八首〉其七末云：「鐵公祠下孤忠氣，應有胥潮到鵲湖。」癡語動人，使詩情深摯而痛快。

（三）明時空以取變化

寫詩常以時間空間互為錯綜，以取變化。一類是現世意象所展現的時空感，如《寄鶴齋詩集》〈感樹〉云：「蔥蔥里中樹，盤雲接遠天。拓根大十圍，虯蟉蛟龍纏。孫枝老日月，古幹飽風煙。彷彿何代物，突兀置我前。豈知昔童稚，曾見開新阡。此樹不盈握，覆地如榆錢。何以倏至今，高比太華巔。陰

直凌霄漢，材全立道邊。閱世亦匪久，甲子三十年。對此感老大，顧影空自憐。星星膽華髮，見樹心流連。樹老人愛惜，人老世棄捐。偏陂傷造化，樹上悲鳴蟬。幸有歲寒心，共此葆貞堅。」由蔥蔥綠樹寫起，推拓時空感，復追憶兒時，以今昔對比加深時間感。抒發感想，興「樹猶如此」悲慨。以樹喻人，入於象徵矣。

又如〈賦梅〉由親近梅樹而有「佳人」之喻。以花喻人，亦用象徵筆法。〈秋望〉末四句云：「閩粵已迷千里岸，滄桑不見百年城。滿空黃葉紛紛下，秋色又將過驛程。」「已迷」寫望而不見之惆悵，「又將」寫行旅時光之推移。〈無憀作（時又亡一友人雅歆）〉云：「歲暮寒生雨雪侵，風煙積處又重陰。天東人物隨陵谷，世外江山變古今。鄉里蕭條殊慘目，交遊零落益傷心。不知何地堪消遣，渺渺桃源不可尋。」歲暮慘寒天氣象喻心境，著一「又」字，則心緒為景物再次撩亂。頷聯由時世滄桑至頸聯鄉里蕭條、交遊零落，空間由遠而近。亟思避世，無奈桃源不可尋，反襯出此刻心境之幽閉。

近體詩中用一二虛實字，可透出時空關係。[15]如〈偶詠二首〉其二頷聯云：「欲尋泛宅浮家地，又是揚塵變海時。」「又是」重提時世之不堪。末二句云：「莫將枯槁嘲貧賤，再見河清世已遲。」已無望見清平之世，餘憾無盡。「明時空以取變化」之法，一以不相涉之古今時空對比，如「雲臺不見中興將」的憂時悵惘詩作。二是時空相涉，如詩詠湘、淮、楚諸軍將領者。三是時空翻疊，如〈弔鄭延平〉「我朝君猶恨，況為外夷并。」二語。

又如〈題近人所作桃源問答遊敘文後〉云：「……秦時綱紀雖近暴，慘慘猶存華夏風。百年禮樂未崩壞，三代車書尚

遵同。以暴衡暴衹百一,秦罪已是丘山崇。豈似我今□化外,非法橫施來自郇(西夷治不同中國,位置降一等;至刑法則加一等,賦斂且倍一等)。」用翻疊手法,以不同的時空對比,夸言日人罪孽深重。又如「大荒海外更東荒,風急天高碧浪長。」「難來閩布況吳布,豈有江艘與廣艘。」等句。至於對偶句以時空詞對照或時間詞相對照者,如前引〈秋望〉中「閩粵」與「滄桑」乃空間與時間詞相對仗。〈海上望火船〉頷聯「濤聲尋亞土,電路入歐洲。」聲、電之迅速與亞、歐二洲之廣袤相映成趣。〈港口望帆船〉頷聯「雲迷歐越路,岸斷廣州潮。」雲、路、岸、潮四字一動一靜,縮合時空。

此外,要形塑空間和時間感,可由視覺、聽覺之摹寫入手,如〈番山近事四首〉其一末云:「戰雲深樹裏,悽絕鼓鼙聲。」便為視覺及聽覺意象。〈大墩公園雜詠十二首〉其八云:「鳥棲晝不喧,花開夜未曉。金鈴落無餘,春盡知多少?」以鳥棲鳥喧、花開花落寫季節之遞嬗,亦用摹寫法。此外,名詞的並置,可使時空有交疊如畫的緻密感,如《寄鶴齋詩集》〈路上口號〉云:「驅車直過野村前,處處人家處處煙。鴉背夕陽牛背雨,南風吹出稻花天。」車、野村、煙、鴉背夕陽、牛背雨、南風、稻花天,交錯如織錦。動詞「驅」、「直過」、「吹出」,使時間感深化,與馬致遠〈天淨沙〉善用枯藤老樹等意象,可謂異曲同工。

題畫詩的空間描寫,每有咫尺千里,高下不同之妙。如〈再題畫本二首〉其二末云:「不知兩浙三吳路,入畫江山又幾重。」可謂縮地千里。〈客寫岳陽山水囑題四首〉其一云:「峰色濤聲半渺冥,中流遙見數帆停。洞庭三萬六千頃,又割君山一角青。」以「遙見」寫遠景。三、四句則寫全景和一角之景,匠心巧布空間。其三末云:「夕照半江天一尺,兩三峰外岳陽樓。」只用半、一、兩、三等計量數字,景物便層次宛

然。

以動態及靜態意象入詩，亦能形塑時空感，如〈雨後海岸即目〉其一云：「人家漠漠濕青圍，雲氣微濛掠地飛。萬里估帆吹上岸，一天風雨海潮歸。」首句靜中有動，其餘各句皆動態意象，巧用「掠」、「吹」、「歸」三動詞。其二首句云：「夕照初開雨氣餘。」「初開」表時刻之詞，使空間景物即目生色。其行旅遊覽詩每以時間副詞，加深動態的感受。又巧用表感覺、認知、情緒的動詞，使景物擬人化，形塑空間感。《八州詩草》中用時間副詞入詩者如：

（1）「行到潯陽江，始見開大觀。」——「始見」。

（2）「梅嶺已荒內史亭，石岡已剷謝公墩。」——「已」。

（3）「未踰大峴關，已震鉅鹿瓦。」——「未」、「已」。

（4）「黃州到後到徐州」——「到後」。

（5）「兼行淮浦伊婁市」——「兼」。時間或空間副詞，得一二字而靈動。巧用動詞以形塑空間者如

（6）「魚龍躍浪吞青壁，蟲鼂凌霄挂碧蘿。」——「躍」、「吞」、「凌」、「挂」。

（7）「烽火擁江水，列戍海山頭。」——「擁」。

（8）「雲夢隨吸呼，震動岳陽城」——「隨」、「震動」。

以「示現」修辭法，使景物現前，亦形塑空間感之方法。如「四圍松樹渺冥冥，村路人家接驛亭。無數峰巒如欲滴，

散雲殘雨滿城青。」[16]滿城欲流動之濕青，寫來空靈。如「江山一片斜陽裏，照見瘡痍血淚痕。」[17]巧用動詞「照見」。如「兩岸白蘋初貼水，一林紅葉欲沾衣。」[18]「初貼」、「欲沾」用詞工巧。此外，如「萬里崑崙邱，倒映蠡勺中。」[19]「登樓一望寬，雲氣入眉端。」[20]《八州詩草》中如「我閩尚有武夷九曲勝，安得曲曲都向眉頭攢。」又如「行到冷泉亭，遍看雲峰皺。入寺挹慧光，金身十丈觳。」「徘徊四山低，南峰可俯就。復到觀海亭，江海入袍袖。」用「挹」、「俯就」、「入」等動詞，覺景物現前。又「壁間揩眼忽見此，連峰斷岫何玲瓏。」[21]「有客能登北窟巔（北窟在潭南畔），海上蓮峰一一在眼前。」[22]眉間心上，盡是景物。

　　此外，以摹寫等技巧塑造「幽深」、「高遠」的空間，《八州詩草》中如〈入廬山十五首〉其七，由含鄱嶺下至歡喜崖，磴道迴長，危磴之險，以「一落萬仞」誇飾。形容瀑布白萬仞之上拋落，映襯「井底抄」之形容，見此澗之「高遠」。又細寫羊腸峻扳，險逕可比函殽。末望天半，雲深而眾山如幻泡。一下樓賢谷，又見萬山如毛。善用映襯、對比手法，形容景物之深遠及高遠。「高遠」處之人物近天，仰視而明瞭，如〈入廬山十五首〉其一云：「……巖石欲壓頭，泉聲猶可聞。虹橋跨湍壑，峭壁縈秋旻。絕頂見人家，山樓迎夕曛。」「巖石」句氣勢儡人。「虹橋」句見飛橋如虹，湍壑峭壁，秋色縈繞而上。「磴盡」句見山路之曲折。

　　另一類遊仙意象所展現的時空感本迥異於現世，其描寫

16　前引書，〈山墺偶登三首〉其一，《寄鶴齋詩集》，頁364。
17　前引書，〈秋日感懷四首〉其四，《寄鶴齋詩集》頁370。
18　同上註，〈新秋即事〉頷聯，頁371。
19　同上註，〈望遠海〉，頁279。
20　同上註，〈登樓〉首二句，頁344。
21　前引書〈題無名氏長江出峽圖〉，《寄鶴齋詩集》，頁305。
22　同上註，〈遊珠潭嶼放歌〉，頁330。

近乎象徵。從空間意象言，以神仙世界象徵清代之盛世、臺島之安謐、個人生命之根源，是身世之象喻。如〈夢遊玉京〉虛設仙人教誡，恍悟己本是天上謫仙，「慎勿忘本來，致墮塵灰隙。」以覺醒和超脫之意象，對比塵世之滄桑及荊棘。《寄鶴齋詩集》〈望遠海〉以「神山忽焉沒，波濤連天風。」「銀潢從天降，萬水不朝宗。」象喻神州陸沉。現世之處處倒錯、混亂，皆以神話意象夸飾之，「滄海失汪洋，江河去綿邈。崔嵬不可登，止足佺與偓。」〈重題蓬萊圖〉歎「蓬萊峰沒蓬萊水，處處橫流爲洪潦。」自然是象喻臺灣割日後的種種苦難。「末路英雄無退步，噴礴意氣塡坤乾。」充滿無力迴天的自嘲和悲涼，如「倉海君無博浪錐，銜石今後同精衛。」無盡之憾恨藉神話意象抒發之。「何時喚得群雄興，魯戈返日光爛爛。嗚呼我已腐儒酸，後世誰能忘此念。」「神仙暫作陸沉身，日月漫遲夸父步。」以一身挑戰「日」之威能，象喻現實抗日反日之節操。

　　與現實對照，終是惘惘而徒然，如〈詠後嶼大風雨〉云：「恍恍天雞啼早曙，投杖欲作夸父行，茫茫雲海忘來去。」茫茫而無所適從，如〈偶得夢境頗覺奇壯歌以紀之〉；「欲窮天闕闊九層，將要天帝百怪懲。帝顧而嘻似無能，一跌夢渺長撫膺。」百怪肆虐之世，直以渾沌之神話世界喻亂世，如「南海帝儵北海忽，何日回斡成大千。」[23]滄桑倏忽所謂「華表歸遼鶴，城郭殊人民。」[24]「大塊依然景物非，遼陽城郭鶴空歸。」[25]「大荒世界千棋局，故國風花一貉邱。」[26]以遼東鶴、精衛塡石、奕棋、爛柯等意象來抒發滄桑之悲涼。此外，「仙

23　〈閒居遣懷放歌二首〉其二，《寄鶴齋詩集》，頁290。
24　同上註，〈再題謝君生壙詩後〉，頁272。
25　同上註詩其四首二句。
26　〈襄秋應試福州一路風景重重今日追憶似成天臺絕逕不勝憮然感賦四章〉其三頷聯，《寄鶴齋詩集》，頁226。

遊」的香奩體詩，如《寄鶴齋詩集》〈憶步春行〉云：「王母池頭催博進，素娥宮內記添籌。」「王母」句寫仙人博奕，以仙宴喻歡期短促，其描寫之仙境，即青樓歡場。

三、布局

（一）反常合道，奇正成體

詩之意趣在「奇」而不失「正」，即東坡所謂「反常合道」。詩固有敘事，然敘事間之「空白」，端賴詩人以想像描寫之，以見華彩。如《寄鶴齋詩集》〈銀〉描寫日本銀元流傳之廣云：「刓盡廉隅爭資借，關津不憚行路難。不脛而走似銅鳧，賈人坐擁千金軀。圓輪徑寸利涉遠，鬼物不敢萌揶揄。」銅鳧鬼物之奇闢譬喻，正是詩趣所在。其〈西洋燈〉云：「西洋機巧無不可，不膏不脂能吐火。一縷熒熒放電光，日暮人家燃千朵。又有玻璃覆碗明，人家爭置數盞燈。或懸虛空或插案，照耀微茫白雪生。」妙用否定詞「不」，而「一縷」呼應「千朵」一詞。「照耀」句之描寫饒有奇趣。又如〈叛將獻船紀事〉云：「上置穿山砲，下置激火輪。熬波出巨浪，蒸氣成黑雲。海上習攻戰，擬掃狂鯨氛。寄之不得人，如山強負蟊。」置將不得人，如蚊負山岳，力不足勝任，夸飾而有節制。

詠懷古人，刻摹人物典型栩栩生動，如〈塔將軍歌〉細寫塔齊布之武器，頗有「頰上添毫」之效果。然其議論正大，別具裁識，故能取法史傳之布局，以奇正成體。如〈題司馬相如傳後〉與太史公同調。同情文士不遇途窮，彷彿自嘆身世。寫相如出使，卓王孫獻牛酒事，本《史記》章法，再作抑揚。「著述」四句言相如著述及文君獻書事。「今日」以下作贊，頌揚佳話。以《史記》為藍本布局，善用轉韻法以移形換步，

議論別具心裁，得史傳之要法。

乙未年（1895）以後之詠史詩，多藉古諷今，故議論正大深微。如《寄鶴齋詩集》〈感事弔劉士安〉詠唐代劉晏，末針砭時弊云：「今日通商開四海，經營富國何艱難。公瘦私肥各乾沒，信是劉公大耐官。嗚呼劉公公不作，纍纍國債盧山壑。洪鑪有鐵比天高，生成鑄就九州錯。」其議論閎大，似史傳末尾之論贊。〈湘軍行〉則以曾國藩「愛才好士」爲全篇之詩眼。合敘胡林翼、江忠源、李續賓、羅澤南、塔齊布、畢金科諸將領。胡林翼敘贊獨詳，以其功在奪回武漢，建立平定太平天國大業之基礎。湘軍水軍統領彭玉麟、楊岳斌二人之戰蹟，寫來生動，此因水軍之銳猛爲克敵制勝之關鍵。詩得史書合數人爲傳之布局手法，詳略得當，諷諭深微。

〈楚軍行〉歌詠左宗棠及其後勁之將領。詩開端讚左宗棠，故擬之唐名將李光弼、郭子儀。讚左氏出幕領軍，即能運籌決策。讚其平定太平軍等功勳。指其肅清殘賊，節制諸軍，若有風雷之威。言其在平捻後又出師西陲，立功邊域。光緒四年（1879），左氏平天山南、北路，條上新疆建行省事宜，並請與俄議還伊犁，交叛人二事。「長驅」、「指揮」、「奮揚」、「徘徊顧盼」、「已戡」、「又著」、「共道」、「復有」數句，敘事簡要，語句勁健，得力於句首之動詞及虛字，故掉轉靈活。詩「直渡」、「迴鎮」、「脩飭」、「出靖」、「百試」數語極爲精練，寫左氏之百戰奇勳。筆具史識、史法者，又如〈塔將軍歌〉連用「將軍」十次，本《史記·魏公子列傳》之筆法，又刻劃將軍之奇行，奇正成體，深得史傳布局謀篇之要。

（二）意惬飛動，篇終混茫

棄生詩作布局頗取法杜甫，誠有意象凝煉，意惬飛動，

末尾渾茫，使人有餘味無盡之感。詩首即意象不凡，以比喻開頭，再敘事致諷，結構似《詩經・魏風・碩鼠》者，如〈汎地兵〉起云：「氂牛不執鼠，雖大亦何爲？駑馬在廄中，雖多亦徒糜。養兵千百頭，緩急供驅馳。……」以氂牛、駑馬諷刺汎地兵之拙劣糜費，不能應警赴急。〈輪船海上阻風〉云：「天昏滄海黑，兩曜沉無色。百靈皆隱藏，萬怪俱惶惑。魚龍噤不鳴，蟲蟲復何力。萬籟爲一聲，波濤自相擊。火輪轉水中，殷殷成霹靂。機緘奪天工，至此亦悚惕。……」先摹寫風濤深沉動盪，與火輪之霹靂巨響相頡頏，心爲之悚惕。因景生情，近於「興」法。

〈國姓濤歌〉起云：「鯨魚跋浪滄溟裏，島嶼無雲雷聲起。波濤澎湃天低昂，氣滿尾閭颶風止。千秋萬古常暗鳴，自是孤臣心不死。……」以巨鯨跋浪象喻海國英雄鄭成功，誰曰不宜？可謂善用比興。以聲響遏浪來形容其正氣，筆法由「響遏行雲」之成語換步移形，融鑄典故以出新意。首句氣勢雄放，「筆未到而氣先吞」。

此外，開頭以示現手法使景物逼眞，以象喻身世之卑賤者，如〈短歌行又寄林十〉起云：「君不見，滄海無聲憾城郭，下者爲陵上爲壑。黿鼉盡上地上游，民物翻在泥中躅。……」渾沌之時世，悲情襲人而來。全詩意愜飛動，而篇終混茫者，如〈苦熱行〉「酷日」象徵日人之暴政、「滄海」夸飾成趣、「赤縣」句象徵中國苦難方熾。寫熱海、熱雲、熱風，夸飾動人，象徵中國百世以來鐵「錯」成灰，雙關語致諷。涉入神話，又以祝融驕悍暗諷日人。

又如〈中秋暴風紀事〉寫景夸飾與人事映襯成趣。以排比句法鋪寫，鑲嵌方位詞入詩，用同部首句刻劃意象。咒風罵天，無非指桑罵槐，一抒對現實之不滿。〈臺灣哀詞四首〉其一云：「風雨吹頹鎭海臺，江南又閱庚生哀。乾坤欲老沉王

氣，山水無靈失霸才。暘谷煽炎焚若木，尾閭淪沒長蒿萊，東望何處堪回首，萬里浮雲掃不開。」起句意象驚人，二句有庾信哀鄉邦（中國）之意。頷頸二聯之氣勢直下直上，勃鬱不平。末二句悵惘不甘之情。

《八州詩草》詩作每以景結束，故常有篇終渾茫之佳作。如〈自岳州巴江水破曉至武昌望漢陽入漢口即目〉一詩舖寫武漢三鎮之繁華，而結尾云：「嗚呼！我歌未罷開曙光。天蒼蒼兮江茫茫，願乘槎兮出大荒。」可謂篇終接混茫。又如〈循寶石山登葛嶺訪仙蹟並弔往蹟放歌〉末云：「下時天風忽送我，孤山白鶴落翛翛。」以景作結，有清遠之情致。

（三）入手擒題，卒章顯志

棄生諷諭詩布局「入手擒題，卒章顯志。」似白氏諷諭詩，又繼承杜甫「即事名篇」的詩風，如〈澎湖失守紀事〉等詩題，即標舉命題主旨於題目，有「覈實徑切」之風格。詩作布局法如〈暴風悲〉云：「星紀歲甲寅，閏五月中澣。七日三暴風，農民驚跣袒。海濱斥鹵地，收穫尚較晚。迤北氣候寒，秀實亦遲緩。一旦狂飆颶，千里野如剷。長松猶拔根，何況禾稻短。……我在虛室中，膽碎心爲慄。空虞非所悲，竊歎農無飯」寫暴風肆虐，作物狼籍之災年，指斥日吏徵役之悍急。哀臺民被難，猶如遭暴風襲擊。末可謂卒章顯志。

即事名篇之詩作，如〈叛將獻船紀事〉首言置船靡費無算，但求能攻敵衛國，次言丁汝昌獻船降敵事。議論指斥軍法不嚴，咎在國家無人。末云：「割地勢乃壞，痛哉海沄沄。」卒章顯志，兼誌哀痛。其入手擒題的方式，一是先論後記，如〈潰兵棄地紀事〉先追溯道光年間鴉片戰爭時，清廷之輕敵致敗，復歎中法戰役輕易棄藩求和。積弊未改，種下甲午戰役之敗因。末批評將相無能，但知議和求名，「我欲哭秦師，葬汝

白起阬。」

　　另一種筆法夾敘夾議，如〈叛將獻船紀事〉等詩。此外，
〈洋兵行〉、〈役夫歎〉等寫人物之歌行及古體，則承襲漢、
魏樂府古詩之筆法，往往以景物虛起，再扣題。如〈役夫歎〉
起云：「生作路旁塵，死作巖下土。白日慘不溫，照見役夫
苦。」以比興起頭，「白日」句似〈艷歌羅敷行〉「日出東南
隅，照我秦氏樓。」之筆法。〈洋兵行〉起云：「鯨鯢出尾
閭，黿鼉鳴海嶠。雨淫山鬼啼，風淒木精嘯。殺氣干青霄，白
日昏不照。三三五五群，佩銃橫劍鞘。」鯨鯢、黿鼉、山鬼、
木精自是象喻日軍，似古詩〈孔雀東南飛〉起云：「孔雀東南
飛，五里一徘徊。」惟不似古詩樸直。

四、修辭

（一）語近情遙，含蓄婉曲

　　作詩貴能語近情遙，即「平中見奇」，以平常語寓深刻之
至理、綿長之情感。欲臻此詣，須善用含蓄婉曲之修辭法。

1. 藏鋒不露

　　詩貴意在言外，方耐咀永。故寫作時當藏鋒不露，如清
初詩人王士禎以畫龍為譬喻，但露一鱗一爪，方有含蓄之神。
〈春日苦寒紀事〉末云：「四序行冬令，有寒無暖燠。固知海
天中，春不回空谷。」以時值冬令而春未回喻日人酷政，筆法
含蓄。

　　有時則寓情於景，如〈晨起四首〉其四云：「來愁與去
日，相並不自持。螻蛄及鶗鴃，入耳如亂絲。」以蟲鳴鳥叫之
亂耳，引心中之愁亂。其三云：「草色自青青，誰憶兵火投？
山川與陵谷，遷變及凝眸。人生信斯須，何慕公與侯。」看似

知命而無求於外，卻難掩昔日兵火燹災之恐懼回憶。〈陝西懷古四首〉其四云：「空聞表裏負河山，龍馭西巡寂寞還。」光緒帝及慈禧西狩，比喪家之犬猶不如。言「寂寞還」，乃曲筆致諷。

　　藏鋒筆法每以景作結，以收餘韻無窮之效。如〈春詞十六首〉其六末云：「爲說郎行儂不睡，春宵怎禁雨淋鈴。」含蓄不露。其三云：「可憐心透金猊裏，已爇爐香過炷三。」形容女子心幽閉含芬。其十一云：「堂上商量評泊久，笑卿終日不抬頭。」末句寫女子嬌羞神態，入微動人！又如《八州詩草》「馬融講書處，荊榛不可捫。」暗示講學之風衰微。「惟有老塔鴉，拍拍啼空闋。」寫古蹟荒蕪。「山下八節灘，至今水淆淆。」見白居易的遺惠猶在。「長歎過新關，雞鳴日未午。」暗指《史記・孟嘗君列傳》「雞鳴狗盜事」，以切地望。「回首狐駘山，戰雲今尙迷。」婉諷時世多兵燹。「更覓玉泉連玉塔，祇餘碑下柳層層。」僻靜幽深。「關路及居庸，插天倚長劍。」關山險要。

2. 善用側筆

　　詩意之妙，每於無字句處見之。詩人若能善用側筆，避實擊虛，方有含蓄之情致。如《寄鶴齋詩集》〈詠酒〉云：「一盞沾脣費十千，無人敢作醉中仙。小家大戶皆征榷，惟有睡鄉未稅錢。」逃稅無門，只得以昏睡避之，可見征榷之刻酷。〈臺灣淪陷紀哀〉末云：「哀哉亂世內，默默謀爲臧。」默默苟苟而活，側寫身世之悲涼。以側筆寫艷情者，如〈續記夢十二首〉其八末云：「卿門恰似桃源路，偶許漁郎獨問津。」「偶」、「獨」二字，見女子之矜持及貞節。

　　側寫技巧以「雙關」爲要，如「洪鑪有鐵比天高，生成鑄就九州錯。」「錯」雙關「鐵錯」及「錯誤」。這種雙關之巧

語，自早歲從規模樂府古詩得來。如〈長相思〉首云：「秋扇望再熱，斷絲望再結。玲瓏水晶環，宛轉珊瑚玦」。「絲」、「環」、「玦」雙關「思」、「還」、「絕」意。〈古意八首〉其四起云：「儂如箔中蠶，郎如繭中絲。」其八首云：「纖手玉房前，獨弄絲與絃。」與〈長相思〉同用雙關法。

　　此外，如《八州詩草》「只今兵燹無虛日，襄漢橫流底處歸？」「橫流」以雙關語諷世。「湖山不可保，何況琴聲哀。」亦用「琴」、「情」雙關語。《寄鶴齋詩集》「世已無華夏，君自享秋春。」「華夏」雙關季節及中國。又如「溺來猶笑是何人，如此生涯等鬻身。」感慨琉球人日人犧牲賣命工作。又如「夕陽未覺蕪城恨，春去春來照落花。」「蕪城」暗用〈蕪城賦〉之典，感興廢之哀。「赤縣成灰山熾炭。」「赤縣」指中國，又雙關苦熱大地。

　　言此諷彼，指桑罵槐者，如〈大墩曉起三首〉其一末云：「朦朧街路無人語，西野亂啼日本雞。」《八州詩草》〈登夷門詠古二首〉其二云：「轉過城南尋俠墓，買絲來訪信陵君。」元朝開封依恃商工為活，有絲甚饒，為一富足之州。[27]買絲於此，既有懷古之意；「絲」、「思」同音，又有雙關之妙。又如「我攜杖頭錢，清風亦兩袖。」「清風」一語雙關。〈舟至上海租界書所見二首〉其二頷聯云：「祇今黃歇為洋鬼，自昔孫恩亦水仙。」以孫恩其黨「雙關」此地以產此花聞名。[28]〈南返天津出海作〉其一云：「雪地冰天返旆過，析津箕尾異風多。」天津港以西北風最猛，東南風最多，[29]可謂「異風多」，又暗指外國租界林立。

　　寫景抒情，善用側筆者，如《寄鶴齋詩集》早歲所作〈春

27　王育民，《中國歷史地理概論》下冊，頁515、523。馮承鈞譯述，《馬可孛羅行紀》（臺北：商務，1962年9月臺一版）頁545。
28　唐房玄齡，〈孫恩傳〉，《晉書》卷100（臺北：鼎文，1980年3月初版）。
29　天津港其潮流漲落受西北風影響很大。王洸著，《中國海港誌》，頁49。

路四首〉其二末云：「莫問來時路，光陰處處鮮。」因景傳
情，益見含蓄。〈柳下見月〉云：「可憐月色如弓好，秋柳陰
中只自看。」「只自」二字含蓄寫情。〈客中冬夜見月四首〉
其一末云：「天涯十月留風景，柳在門前月似霜。」末句以柳
側寫客情。以詰問致諷者，如《八州詩草》「宰相雜神仙，茅
君其許否？」又如「江水近淪皖水波，淮水之滿今若何？」
微露對水患的憂心。又如「祇今藩院無人理，寺裏金瓶得在
無？」婉言致慨國勢凌夷。

《寄鶴齋詩集》〈圓明園失寶歎〉云：「嗚呼！凝碧池
頭兵燹煙。漆城蕩蕩誰控弦？宸章入草（後蜀謂珍寶入他國為
入草）殊可憐。禁闈鎖鑰猶難守，何況珠崖海外天？」以詰問
委婉致諷。《八州詩草》〈過石灰窯書所見〉云：「鐵廠砂隄
接石磯，中華利藪孰分肥？懸空蜃氣成臺閣，半是東方大冶
機。」湖北大冶縣象鼻山的大鐵礦廠，為中、日合貲取鐵處。
不甘心利權為外人所奪，「半是」以側筆致諷。「西風吹急
馭，千里過河洲。」「河洲」二字以景暗切《詩經》〈關雎〉
一詩。「遠遠洪澤湖，恐有蛟龍害。」憂心洪澤湖之水患。
〈過德州一路見運河〉末云：「迴首魯公祠，豈同方朔詭。」
以遮撥語反襯顏真卿德行之高。

〈過安陵鎮及連鎮為古條地〉末云：「古城今盡泯，莫問
亞夫營。」則用否定詞來寫古城已泯。以「莫道」、「莫將」
等詞側筆傳情者，又如《寄鶴齋詩集》〈悲秋雜感〉云：「見
日莫道近長安，居夷莫說遊汙漫。蛟龍滿地跋涉苦，荊棘當今
行路難。」望帝鄉不至，居「蠻夷」地而時感悲辛。詩言「莫
道」、「莫說」，多少傷心。又如〈送客歸湖北不遂〉云：
「山頭日望鸚鵡洲，樊中終作鸚鵡囚。黃鵠磯頭枉高舉，鳳凰
山下莫遨遊。」為日人法令箝制，不得歸鄉。「莫」能遨遊，
悲其困境。《寄鶴齋詩集》〈艷食雜詠六首〉其三云：「芼羹

菰茱費安排，燃火挑燈拔紫釵。爲道老饕非我事，莫將口腹累風懷。」「莫將」二字體貼入情。又如〈漫興〉末四云：「衣冠賣藥朝鮮客，髡裸行歌日本人。我自溷棲傭保裏，莫將身比葛懷民。」多少無奈！

至於虛字「空」、「無」、「徒」使詩意藏鋒不露。〈臺灣淪陷紀哀〉云：「射人空射馬，擒賊不擒王。」喻清廷甲午之役處置失當。「歎息唐撫軍，始終未交綏。」諷唐景崧不戰而臨陣脫逃。「劉帥（永福）援軍至，遲緩徒奔忙。」諷劉永福詒誤軍機。〈弔鄭延平〉末云：「望風長歎息，頭髮空鬖。」空留髮辮以爲遺民之象徵，又有何用？〈望蓬萊山有悼〉末云：「日與鬼蜮鄰，頻年無一物。」婉諷日人如鬼蜮。〈海外悼昇遐篇〉云：「前日堯幽囚，今朝舜野死，三十四載空天子。」三十四載「空」爲天子，詩人委婉致諷。

〈遊雍和宮雜詠四首〉其一末云：「可憐仁廟升遐日，弓劍無由庇子孫。」婉言以諷。《八州詩草》〈路東喜見嶧山〉云：「自從野火後，嶧碑沒枯蓬。惜哉嶧孔多，古篆一以空。」以「嶧孔」多「空」，歎古篆亦「空」，婉轉含思。此外，如「車行不知高，惟覺馳緩緩。」側寫山巒之高。又如「我欲弔靖康，空向青城徂。」「空」字點出古蹟已蕪。又如「太息岳陽鴻雁盡（本關盼盼詩意），樓頭燕子不歸來。」以及「幽潭尋古寺，不見元丹邱。」景物猶在，典型已矣。〈又詠顏廟〉末云：「試嘗陋巷泉，不顧季桓井。」景仰顏淵。「岍岍好爲畿輔鎮，茫茫不見海防山（岸作大沽）。」門戶洞開。「不見」一語雙關。

3. 餘憾生情

前賢詩作，每善於描寫人物之惆悵及餘憾，讀來婉約雋永。例如杜甫〈夢李白二首〉其二云：「出門搔白首，若負平

生志。」棄生詩臻此妙者，如《寄鶴齋詩集》〈聞斗六一帶被燬有感〉云：

吾民飢渴深，時時瞻箕斗。驟雨不崇朝，暴風不恆久。上天多變遷，雲頭減蒼狗。豈有愛憎心，此薄而彼厚。不過昏眚侵，太陽暫蒙垢，眞人驅天驕，名王繫組綬。獻俘闕廟前，函頭在左右。未知我今生，得此遭逢否。

情緒直落直起，內心激憤難平，餘憾生情。又如〈聞人話北部警事感作〉末云：「恨予讀書身手弱，聞風空式怒蛙怒。」自嘲而引人同情。又如「倘復人間厄陽九，可許吾子歸大千。但恨中原無路近，一堆淨土讓人先。」遭日人統治，缺憾難平。「我作生祭王炎午，恨無生氣文天祥。」只見民悲於下，不見大臣振奮於上！「忽荒淨土與仙津，阨窄五洲兼四海。秦人今更去遙遙，惆悵漁郎不相待。」飽歷暴政而無人聞問。

〈春興〉云：「浮生閱過似雲浮，策蹇行春散暮愁。紅樹僧敲村寺磬，青山人倚酒家樓。兵戈亂後無朱戶，故舊相逢有白頭。悽絕園林花鳥路，東風如絮水如漚。」「悽絕」寫心情悽涼已極，與園林花鳥之盛景對比，益顯含蓄。〈夢遊玉京〉末云：「痛悔到人間，從茲尋黃石。」益顯時世不堪安身。

〈憶昔六章〉其一云：「讀書不須史籀字，剖符不屑留侯封。今日望古殊短氣，并刀越劍無鋩鋒。」胸中一股鬱勃難平之氣。其六末云：「多士爭摩驪龍頷，疑有龍珠浮九淵。迴首風雲不可見，長流淚與海波連。」回憶年少豪慨，年老蹭蹬失路之悲難抑。〈懷江忠烈公〉末云：「今日高風雖已矣，懷古思公淚欲流。」歎中國無輔弼之義士。《八州詩草》〈眺采石磯〉末云：「何當待月清秋夜，一望峨眉到月明（宋楊誠齋、

清王阮亭均上采石蛾眉亭）。」不能踵武前賢行跡，頗有悵恨。

〈過池州見山二首〉其二末云：「江南此地多山水，恨不維舟一往還。」〈過陝州及靈寶縣望潼關不至〉末云：「遊蹤恨不達，河山空遙盪。」都因行程所限，不能暢遊爲恨。〈出城訪竹林寺〉末云：「翛然絕塵氛，恨無入山具。」則恨無濟勝之具。〈登開封城外吹臺（俗呼禹臺）時駐兵〉末云：「亂世風雲倏變幻，安得臺頭一嘯傾金罍。」則有憂世之情。〈閩中雜詠五首〉其二末云：「今日青山無恙在，不堪蕭瑟送殘陽。」餘憾生情，鬱勃痛快，所以動人。

4.落句虛成

「落句虛成」之筆法，張夢機云：「古人作詩，落句輒旁入他意，靈變莫測，最爲警策。」如杜甫〈縛雞行〉末云：「雞蟲得失無了時，注目寒江倚山閣。」之類，詩因而靈變超脫。[30]《寄鶴齋詩集》〈秋試行役感詠十五首〉其四云：「問我從何來？天風兼海霧。」以景作結，尤有餘韻。〈有所思效玉臺體十首〉其七末云：「所思在何許？明珠未得拋。」頗有超逸之思。〈秋日雜詠十二首〉其十二末云：「愫悰結不舒，青山海中斷。」情景相映，又似不相涉，有沉鬱之思。〈聞客述施孝廉仁思雙妾殉節事有感〉末云：「丈夫無成亦快哉，浩浩閩天長積雪。」浩天白雪彷彿象徵二烈女之節操。

〈志別四首送悅秋先生歸唐（臺灣呼內地曰唐山）〉其二云：「看破榮華似舜華，壯心時亦一悲嗟。……何從再作河梁會，遙指中原起暮霞。」末句象徵老年心境，還是中原情勢？與上句意脈若不相屬，耐人咀永。〈題林源（一名壬癸）遺

---

30 前引書，張夢機，《近體詩發凡》，頁35。

畫〉末云：「望君不見心煩纏，弔君兄弟思漣漣，夕陽芳草連東阡。」以景物推拓思念之情，可謂妙筆。《八州詩草》〈往返太湖紀異〉末云：「自此入閶門，湖天忽長逝。」渲染莫名的失落感，皆屬靈動之佳句。

5. 比興寄託

善用比興以寄託情意，每有含蓄之情致。《寄鶴齋詩集》〈鹿溪行〉云：「翠岫破荒起，朵朵青芙蓉。」此爲暗喻。〈旅思二首〉其二末云：「歡情如月輪，圓時再不滿。」屬明喻。形容婦女之堅貞，用「永以同君衷，我心皎如雪。」「小星明不久，妾心明月光。」極自然穩妥。頌烈婦節行有「青如澗中松，白如山中雪。哀如夜烏啼，泣如杜鵑血。」之比喻，雖未能出新，然頗貼切。〈臺灣淪陷紀哀〉起云：「天傾西北度，地缺東南方。蛟龍激海水，淪沒蓬萊鄉。熬波沸巨浪，白日黯無光。山俏牽木魅，土怪鞭石梁。顛簸王母闕，震圻禹皇疆。洪水湮部洲，爇火及崑岡。」詩由天崩地坼寫起。鬼怪爲亂，以比興手法渲染哀情。又云：「揭竿禦堅砲，無成亦足強，五月迨流火，雷電破斧戕。彼族添新兵，犀利何可嘗。……囊土填決河，無益於河隍。歎息臺中郡，一旦同溯滂。城下多死人，村間多痍瘡。烏鴉早暮飛，啄肉啼悲吭。」以「雷電」句形容戰況激烈、以「囊土」句象徵義軍之瓦解、「烏鴉」二句見殺戮之慘酷。

比喻詠奇，如「人生如蟬蛻，終與大化游。面目如芻靈，尻骨如輪輈。有時歸一盡，處世如寄郵。彭殤豈異致，物宰無短修。糞壤同螻蟻，早暮同蜉蝣。如何不達人，視死如視仇。豈知身在世，未死猶贅疣。」本《莊子》思想，作放達語。其

比喻每「引物連類，窮情盡變。」[31]如其早歲應舉不第，慨歎「身如蟠泥龍，不免蠅與蛭。」以「感此忽高歌，吟龍而嘯鳳。」自我期許。晚年嗜煙之餘，自比「龍吸鯨呿天地隘」、「獨銜金莖餧鳳吭，孤倚玉篠瘦蛟背。」意象詼奇而心有塊壘，卻是「不平時作老龍吟，長嘯卻同獅子吼」。「願從泥龜作跋鼇」、「如何枯枝長守拙」、「鼠臂蟲肝徒生活」、「蛇困求蛻蟬求脫」，自嘲「入塵已似鼠拖腸，離世何望蟬脫蛻。流連飲啄真籧篨，散誕形骸總疣贅。」

　　以比喻甚至象徵來諷刺，如諷清末海關吏「悉索如老饕」、稅吏「催科猙獰如虎狼」，諷刺乙未年失守澎湖的清兵「市中咆喊虎怒號，戰陣驅來羊一牢。」比喻辛辣犀利。又諷刺中國妄思外人助其抗日是「山人委肉飼餓虎，空望豺虎守門戶。」諷刺日人不留餘地，如〈猛虎行二章〉直以日人如野獸食人。又比喻如豺羆、[32]如狼、如九頭鵟、[33]如疫鬼、[34]如曳尾鱉、[35]如饑鷹、如城狐社鼠，而百姓卻如哀鴻遍野。[36]〈劇新百一詩〉哀憐臺人如網中魚、罦裏雉，耆舊淪輿皂，農工猶如奴隸。批評日人如寇盜、穿窬之徒，又如獶雜、貔貅、東胡。〈島上本事四首〉其四云：「不道深山裏，更揚大海塵。爛柯秦地客，煮石葛天民。」相較之下，清廷統治之世猶如黃虞，臺灣猶如蓬萊仙島、金銀島。[37]如今只剩吸腦地蠍、裸形園狙，[38]此世如鬼門關、[39]如有天魔舞、[40]如鯨鯢弄溟渤。[41]

31　引自韓愈〈送權秀才序〉一文。
32　〈老婦哀〉，《寄鶴齋詩集》，頁139。
33　同上註，〈臺灣淪陷紀表〉，頁137。
34　同上註，〈檢疫歎〉，頁143。
35　同上註，〈清潔行〉，頁173。
36　同上註，〈哀鴻篇〉，頁159。
37　同上註，〈重題蓬萊圖〉，頁181。
38　同上註。
39　同上註，〈估客行〉，頁187。
40　同上註，〈看花感賦四首〉其二頁，237。
41　同上註，〈望蓬萊山有悼〉，頁145。

以氣候及星體意象，如早歲即以潮湧比喻心情，所謂「中有不平懷，觀潮不能已。秋風颯颯鳴，鬱勃有如此。」[42]應舉失利，慨歎「秋風與我生唏噓，失路人歸何躊躇。欲將海水澆愁抱，竟使心情水不如。」[43]至於〈紀災行〉則天災及寇攻兼詠，用《詩經》典故，喻時世如「魴魚赬尾逃，平地皆禍水。」不幸身遭日人奴役，其〈避暑感詠〉云：「炎日當燻蒸，苛政方窮治。酷吏與酷暑，古今同一致。」有「時日曷亡」之憤怒。〈大風紀事二首〉諷日人施政如黑風刮人。〈風暴晚稻四首〉、〈大風述事五十韻〉以暴風、盲颷、獰颶等諷世。〈地震行〉、〈後地震行〉感慨「地上龍蛇」、「震後赤日」，哀憐「細者沙蟲大猿鶴」、「陸沉」之苦。不憚以野獸及百怪來比喻日人，故〈觀鬥貍行〉以貍奴貪殘之性比喻日、俄。

〈偶得夢境頗覺奇壯歌以紀之〉云：「……俯視浮世黃埃起，虎鬥龍爭亂天紀。天狗食人天魔飛，赤帝下走白帝死。鯨鯢上陸添角牙，百足之蚿為長蛇。土怪夔魖水怪蝄，交奪龍宮紛騰拏。……」不惜以詼奇語作諷世語。〈乙卯重午〉則云：「髑髏韓骼鬱嵯峨，虎狼戛戛磨牙齒。」「羌沉江兮羌沉海，黑風毒浪魚龍僵。昨夜雷車撾大鼓，羵羊蹳躃商羊舞。燈火煌煌黎邱市，旌旆窣窣修羅府。」真是鬼怪處處，宛如地獄。〈欲闢荒榛感作〉比喻日人如野狼，如「魖䰰鴟鵂舞蹲蹲。」然後在〈詠籠鷹〉中以「海東青」象徵中國，見「鴟鵂訓狐出世間，封豕長蛇伸巨喙。」乃寄望鷹揚之世再來，「攫破妖物破濛昧。」又如「俯首馬牛容溷跡，傷心蟲鳥不同書。」[44]任人呼牛作馬，豈不可憐？「蝸蠻國已輕中夏，鵲木居仍構戊

42　同上註，〈觀潮後詠〉，頁30。
43　同上註，〈函江阻風觀潮行〉，頁73。
44　同上註，〈招隱疊梅樵韻〉，頁226。

秋。」[45]「相逢白髮黃倪輩，盡是飢鳩老鵠形。」[46]「何限蛟螭兼蜩蝻，無多猿鶴與蟲沙。」[47]批評日本如蝸蠻國如蛟螭蜩蝻。臺人如飢鳩老鵠、猿鶴蟲沙。

乙未年後，每以山水迫促來自喻受日人統治之困境。如〈題無名氏長江出峽圖〉云：「長風萬里一笠天，回頭豈望青籠嶸。出港入港始見山，山水迫促無雍容。」〈送客歸浙〉「年來山水益蕭條，山林斫赭如焚燒。四海五湖深鎖閉，千峰萬峰空嶕嶢。」以赤地千里，山水閉鎖象喻臺人困境。

香奩體詩巧妙運用項王典故，發抒家國不存，英雄末路之悲涼，益見卿卿憐我之美人幽懷，如〈虞美人詠古二十韻二首〉其一云：「……堂堂隆準空椒室，寂寂重瞳好後房。……拔山氣力紅顏盡，蓋世豪懷粉黛慘。裙釵悲風迴廣武，鬢絲殘月暗廄倉。燈前影共山河碎，劍裏身隨家國亡。……。」所謂「豈如蓋世垂彤史，長使興亡艷渚宮。」詩詠虞姬事，娟雅多情，相較呂后人彘之禽獸行，對比劉、項二人之家室而致慨。合寫英雄、美人，發抒家國將亡、山河破碎之憂慮，可謂比興深微。

《八州詩草》形容車中擁擠，「難如登灩澦」。而形容長城關嶺，俯視「有似莽莽紅雲堆」、「密雲山如虎豹臨，桑乾河作龍蛇走。」蒼莽雄健。由泰山頂俯瞰，則「黃河從天來，東走明如練。運河及汶河，如繩或如線。山下泰安城，覆地一方硯。……」形容河似絲練，泰安城如硯，比喻此地文教鼎盛。松江之九峰，則云：「九峰雖云小，峰峰水迴環。或如壞一簣，或如雲一團。」以寫峰低水迴的水雲鄉。乘舟至福州馬尾江，「既近五虎洋，萬山如虎蹲。」因地名而順手拈喻。

45　同上註，〈寄別疊梅樵韻〉，頁227。
46　同上註，〈感事和韻〉。
47　同上註，〈臺灣哀詞四首〉其二，頁224。

《寄鶴齋詩集》〈遊珠潭嶼放歌〉云：「……離奇或隱衡嵩霧，斷續如浮滄海波。蜀溪一深不見底，兩岸萬峰插天起。」以「衡嵩霧」喻山之離奇難辨，以蜀溪形濁水溪之深。

《八州詩草》〈自松江泛入圓泖更至大泖涉長泖〉云：「浮灘如海島，迴水若瀟湘。自行鏡湖後，再見水雲鄉。方諸秀州水，可吞百鴛鴦。……一塔浮樹杪，下蘸水晶房。」夸大的譬喻，窮山水之妙。又如〈路東喜見嶂山〉云：「……若堂或若房，崢嶸神鬼工。我昨望林屋，雲氣出湖中。石公與石姥，天際青蔥蔥。大陸睹茲山，恍見玉屏風。」擬此山如太湖林屋洞諸勝，以石穴之秀透相似。又如「峰峰吐白雲，裊裊如佛縞。」即景設喻，自然生動。〈路上看西山〉云：「北塞何雄鷲，西山何娟好。冬行天地清，雲眉靜如掃。疊嶂互高低，白色泫寒早。」「西山晴雪」為燕京八景之一。冬日之西山靜浴於日色中，雲眉如掃，山形娟好，彷彿明亮冰潔之宮女。〈過沙河及榆河即事〉云：「沙河從東來，榆河從西至。玉龍戲水地，銀潢倒平地。長鏡臥路邊，流澌浮遠翠。」沙河、榆河潔似玉龍、銀潢、長鏡；玉龍戲冰呼應明、清帝王駐蹕事。

以景物喻情，近於象徵者，如〈過羊樓峒及雲溪為湖南臨湘地〉云：「……憬彼犲狼群，碎我錦繡疆。夜過羊樓峒，月下雲溪長。山山帶落月，猶未露晨光。明朝洞庭路，君山對岳陽。」辛亥革命後，《八州遊記》言軍閥「以此山川供奪攘，鬩牆之害，烏可堪哉。」「然當時（按：指湘軍）以兵平亂，今時以兵召亂，相去遠矣。」軍閥如犲狼，破碎錦繡河山。象徵軍閥如山頭林立，而黑夜未央。〈姚村驛乘馬車過泗水向孔林宿曲阜城〉云：「聖道日榛蕪，孔路亦已荒。沙塵飛蔽天，日色為昏黃。……想見橫流世，難澌孔澤長……」自姚村至曲阜之車路荒瘠，猶如聖道之榛蕪。想見橫流之世，孔澤難長。

（二）類疊鑲嵌，工巧見奇

　　巧用疊詞而節奏複沓，技法本自漢魏古詩及樂府。古詩如宋子侯〈董嬌嬈〉多用頂眞，以花爲喻，比興手法佳妙。詩以類疊手法修辭，工巧見奇者，如〈入市書所見〉「蹣躂」指旋行貌，「踦踖」指曳踵行也，用同偏旁字。又如「鋃鐺」、「粃粆」、「颿颺」、「榆枌」、「腰臕」、「唫 」、「髯鬘」、「髼鬙」等，偏旁相同，字義相近，意象綿長。又如「煌炫」、「逶迤」、「琅玕」等。〈中秋暴風紀事〉「予時道上匍匐行，硶磑礐砂礫傾。」多同偏旁的字。

　　（1）山部：「巉巖」、「峰嵐」、「巑嵲」、「岧嶢」、「屶嵼」、「嶔岑」、「嶹巇」、「峽峙」、「四圍山疊巘，兩峽峰嶙峋」、「釣龍臺古壁巉岏」。〈汜水縣過虎牢關成皋山〉：「山路遂 窾」、「崔嵬」、「嶮巇」、「山陟成皋」、「重重穿隧行」、「名邱」，多山部、穴部、阜部、邑部字。

　　（2）水部：「透漏」、「澗聲」、「瀑流」、「觀海」、「江海」、「浮綺繡」、「澹蕩」、「迴潮」、「海濤」、「墾洞」、「喝水過東澗」、「汪洋淼無際」、「中道泊橫涇」、「曠潺無涯涘」、「泛湖猶泛海」、「洲沚」、「波浪湧冥冥」、「雨含滄海氣」、「太湖波渺渺」、「洪波流海中」、「波浪中流分」、「淮流自洪沛」、「滔滔洛河涉」等。〈過郾城縣〉云：「湛澄澺沙醴（五水名），汝水流不窮。」二句十字中有六字從水部，眞是潃潃漾漾。

　　以上詩句用山部及水部字來形容山重水複之景，十分貼切。此外，〈臺灣哀詞四首〉其一、其二「暘谷煽炎焚若木」、「何限蛟螭兼蝸蜽」。〈海上憶舊遊〉「珊瑚編貝作錦

編。錯落珠璣璀瑁筵，………」〈舟上夜見漢口漢陽對南岸武昌三處電光燭天現空中百萬樓閣爲長江一路第一大觀爰爲長歌以形容之〉云：「灼爍三江雲錦張」、「火龍燧象涵江光」、「朱曦夜明走且僵」、「夜光寶珠萬頃筐，散爲雲際明月璫」、「餼谷神燈不足望」、「此間滉漾成天潢」、「琉璃城郭浮三湘」。又如〈自岳州巴江水破曉至武昌望漢陽入漢口即目〉云：「珊瑚璀瑁萬家飾」、「江光爛漫群龍戲」、「乃是千舟萬舟至」、「爨鼉三湘七澤天，繽紛四海五湖地」、「東西南北控中央」、「聯絡二十二省成一疆」、「天蒼蒼兮江茫茫」，鑲嵌了數量及方位詞，善用疊字，加上同偏旁字「疊」出，有數大之美。

《八州詩草》用疊字修辭，依疊字在句中位置可分：

（1）位於句末爲補語：「濟水失青青」、「江樹渺冥冥」、「袈裟飄簌簌」、「山色落紛紛」。「杏杏橫尾山，月色淡蒼蒼。」二句則一在句首，一在句末。「碧玉波溶溶」、「嶺外大野浩茫茫，嶺內連山峰陡陡」、「會稽水渺渺，會稽山隆隆」、「寺後穴濛濛」、「啼鳥聲關關」等。又如〈至萊州海至登州見蓬萊山丹崖山作〉云：「神人遺石梁，鞭血滿山礐。至今召石嵐，映日紅灼灼。」、「映日紅灼灼」，彷彿鞭血染滿召石山。[48]

（2）位於句首或句中爲形容詞或名詞：「三十六灣灣灣行」、「稜稜三玉柱」、「湯湯一川澮」、「浩浩正陽關」、「紛紛魚鱗雜」、「峰峰吐白雲，裊裊如佛縞」等。

以類疊手法修辭，字詞兼有雙聲、疊韻之音律美者。如

---

48 宋樂史撰，〈河南道二十·登州·召石山〉，《太平寰宇記》卷20。〈史部·地理類〉，《景印文淵閣四庫全書》第469冊，頁172。

「誰謂多山睡，對鏡何妥貼。鏡屏既玲瓏，山屏益蘢蔥。」「妥貼」、「玲瓏」為雙聲，「鏡屏」、「蘢蔥」為疊韻。雙聲、疊韻詞又如「枯槁」、「芳菲」、「蹢躅」、「迴環」、「吸嗡」、「蝌蟷」、「縹緲」、「窈窕」、「蜿蜒」、「槎枒」、「鶺鴒」等。《寄鶴齋詩集》用鑲嵌類疊者〈看山寫懷〉虛設與山人對話，二十六句中有十六句出現一次「山」部首的字。

〈予既連題謝君生壙詩五言古矣意有未盡作放歌第五〉多「生」、「死」二字，全詩則多「穴」、「土」、「病」部首字，以切合生老病死及穴壙之主題，語如「犁穴」、「穴中」、「縣（懸）疣」、「瘢痕」、「日瘞月竁」、「築塚」、「神埪」、「穿壟」、「塵土」、「垓埏」、「鑿竅」、「市墟壙地」、「溝壑」、「穹窿」。此類詩作亦多「虫」部首字，表達尸解蟬蛻及物化之意。以言人生如夢，生命倏盡，如「蝴蝶」、「糞壤同螻蟻，早暮同蜉蝣。」又可喻人命卑賤，時世黑暗，如「人物委蟲沙，江山生鬼憐。」「羅叉不汝殃，蜾蠃汝豈抗？」「遙尋盧敖洞，蛻去餘空阬。」「方君誓墓時，蝸角正吞并。」等，以奇詭意象一抒幽憤。

《八州詩草》寫山陰道上應接不暇，重重疊疊，〈由渚江入鏡湖行山陰會稽道〉云：「鏡」湖如「鏡」。喻多山如睡，映於鏡中。「鏡屏」、「山屏」二句句式相似，「玲瓏」同部首，「蘢蔥」亦然。「一轉」、「一面」、「一水」，卻有「百疊」丹青，「千峰」畫屏，乃數大之美。採用樂府民歌回旋反復的類疊手法，形容山重水複者，如〈鴛鴦湖曲〉疊用「鴛鴦湖」三字者共五句。「鴛鴦湖光」二句，及「鴛鴦湖長」二句皆排比句。「采菱采蓮」、「船去船來」又用類疊句。「湖上」、「湖中」，「無山」、「有波」，排比類疊兼對偶。後半「長水」二句對偶，「南湖」二句意連貫而下。層

層鋪寫，「婉轉纏綿，語摯情眞。」[49]深得樂府要旨。

　　又如〈莫愁湖曲〉仿南朝樂府，語言質樸清新，隱然有思婦「愁風復愁水」之情。中山王知見機避讓，使天子無憂反側，乃賜與此湖。所謂「英雄兒女各平分」也。[50]「湖邊」、「湖上」、「湖碧」以及「莫愁」等均屬類疊。回旋往復，情思宛轉如〈舟出會稽鏡湖夜至上虞縣曹娥江曹娥壩月下見東山〉詠東山絲竹與裙屐，歎風流不存。

　　頂眞以及回旋往復的類疊筆法，使情韻綿長。〈自松江泛入圓泖更至大泖涉長泖〉云：「重重度石梁，灣灣趁斜陽。樓店接村家，前路白茫茫。」以「重重」、「灣灣」、「茫茫」等疊辭形容舟行水路之迴長。〈南返天津出海作〉其二云：「小駐津門近小寒，一天冰凍海門灣。黃雲東去黃龍塞（鐵路達奉吉），白水西來白馬關（白河入白馬關）。屼屼好爲畿輔鎭，茫茫不見海防山（岸作大沽）。」「小駐」、「小寒」、「黃雲」、「黃龍塞」、「白水」、「白馬關」、「屼屼」、「茫茫」，皆類疊且對仗，益見其律體之工對。

　　乙未年（1895）以前所作之〈九十九峰歌〉，妙取中原景物如九十九淀，衡山九向九背等數字的巧合，映襯九十九峰之「奇」。〈遊珠潭嶼放歌〉「四山」句形容瀑布之氣勢，又如「百」練隨長虹，設色清麗。又以如線喻水，如井喻谷中之天，以對偶及「七」、「萬」等數字摹寫。鑲嵌數字以見工巧如「驚聞五竺飛孤鷲（去年印度地亦大震），慘見三蹻斷六鼇。」[51]妙用五、三、六這三個數字詞。

　　《八州詩草》中如「三分明月二分柳，第一平山第五泉。」「八枝急櫂燈船返，我自湖光一夜搖。」「千秋砥柱三

49　前引書《寄鶴齋詩話》，頁38。
50　前引書《八州遊記》，頁48。
51　〈前日諸羅斗六地方山崩川走沿及全臺地震連月不止再爲悼賦七律〉頷聯，《寄鶴齋詩集》，頁366。

門出，萬里崑崙九曲來。」「七十二溪爲一泓，三十六灣灣灣行。」「將遊三泖路，先問九峰程。吳王五茸場，一一蔓草生。」「三泖雖云大，四面無高巒。九峰雖云小，峰峰水迴環。」「遠遊三楚至三吳，五湖之外見泖湖。」「此間亦有小君山，三泖四十有二灣。」自然而工巧。

（三）映襯對比，反語致諷

　　詩作善用映襯或對比者，如〈風暴晚稻四首〉其二云：「海國占風雨，時時有報聞。災害報何爲，租稅急如焚。飢烏鳴田野，凍雀滿榆枌。斜陽照荒土，餕散牛羊群。炊煙起如絲，殘村帶斷雲。老翁扶稚子，空歎手足皲。田戶更慘顏，催科已紛紛。歲暮難腰臘，圍爐火不熏。」得力於動詞「鳴」、「滿」、「照」、「散」、「起」、「帶」。租稅徵收之急，映照農夫困境。又如《寄鶴齋詩集》〈楚軍行〉云：「⋯⋯我聞楚軍劇雄絕，馬如游龍刀如雪。鞍轡槍秘生光輝，士氣生飲黃　血。壁壘陰森難得窺，笳聲吹得暮天裂。」指其軍武藝精絕，馬馳如龍，刀芒似雪。士氣壯盛，妙以生飲鹿血之豪邁，映襯軍紀森嚴雄整。〈輪船海上阻風〉云：「停駐滄海門，煙煤四熏塞。洶洶風浪中，大塊時傾側。俯思江湖間，洪流猶涓滴。」以「煙煤」句寫狼狽相，映襯餘悸。

　　對比手法致諷者，如〈公醫行〉末云：「不知彼王爲仁惠，老幼渡海人成行。」以百姓逃命，卻自詡「仁惠」，反語致諷。以單一觀點敘事，對比現實以致諷。如〈清潔行〉云：「洒掃庭除三尺能，何勞官吏鞭垂折。中華此爲奴僕事，外洋當作官箴設。」清潔乃奴僕之事，日人竟大動鞭笞，對比致諷。又如〈公娼行〉起云：「華人以娼爲敗風，東人以娼作奉公。」以場景對比致諷者，又如〈臺灣官府紀事〉云內渡官員多如過江之鯽，渾似不知臺民望其蘇困，對比之諷刺。〈三題

謝君生壙詩後〉末云：「他日杜公陵，今朝蘇父圉。輸與長眠人，歡娛萬萬古。」不羨生而求死，反諷此世之不堪。〈長夏飲酒二首〉其一末云：「一醉不復醒，耳根絕治亂。北窗羲皇人，尚恐無此願。」但求昏醉以沒，乃痛極憤極之語。故其二末云：「水深火復熱，遑恤沒頂焉。快哉痛飲酒，長夏寐如年。」醒醐沒頂遠勝沉溺於亂世！

反語致諷者，如〈臺灣淪陷紀哀〉云：「殺戮幸不甚，老稚得踉蹌。」老稚巔沛如此，殺戮豈是薄施而已！〈門丁謠〉云：「門丁存善念，有時欲改惡。待公官休日，門丁惡不作（十一解）。」「有時」句故作反語以諷。又如〈春日苦寒紀事〉云：「喪亂逢洊饑，流離遭殺戮。謬云為清平，與此同一顰。」時世如此，竟言「清平」，亦是反語。又如〈見臺灣保甲連坐法感題〉「竟島拌將人物敝，雞棲連柵不須哀。」哀又有何用？無限辛酸。而〈公娼行〉末以「不須羞澀如吳儂」反諷道德敗壞。〈與人談京師近事感作〉云：「二十四載真天子，可憐一旦如幽囚。」「真」字乃反語致諷！

以反語致慨者，如〈客中冬夜見月四首〉其四末云：「夜靜月明盈院雪，離人贏得一身寒。」不該言贏而反言贏，其情涼涼。以鄭重語作調情語，反見兩情繾綣者，如〈記夢十二首〉其二末云：「暗地往來惆悵甚，偶然負約未須饒。」故意作含情怨語，別有情致。

（四）轉化手法，化靜為動

以擬人或擬物手法，使景物化靜為動，以敘事句出之，棄生頗擅長。用擬物手法者，如《寄鶴齋詩集》〈苦熱行〉首云：「積夕蒸雲雲不散，赤烏成群無昏旦。」「赤烏」指日，比擬如鳥禽滿群以形容酷熱天氣，筆法佳妙。以擬人筆法寫景者，《八州詩草》中「絕頂危峰石吐煙」、又如「草木生煙石

流汗」，筆法與「剝石山骨痛。」相同，皆擬物爲人而有奇趣。《八州詩草》中如「溯湃天無涯，雲夢隨吸呼」、「魚龍躍浪吞青壁」、「落紅送斜曛」等，以擬人化的動詞寫景，「蕭山眾峰青，臨江似爭渡」形容山勢入江貌。「須臾躍近天，一食萬峰墨。」「須臾」和「一」形成時間感，「躍」、「食」則巧用動詞推拓視野、描寫心境。又如「雲氣壓梧桐，黛色橫前山」、「海日磨青銅」[52]壓、橫、磨等動詞使景色如見，得力於煉字。

又如《八州詩草》〈入廬山十五首〉其六云：「迴首望石城，虎豹環四隅。鄱嶺爲駿馬，振鬣澎澤趨。」妙用擬物筆法，作動的演出，十分靈動，將山水由離而推合。《寄鶴齋詩集》〈遊珠潭嶼放歌〉云：「……聯山爲坳置大鏡，鏡心圓珠浮不定。波平環放獨木舟，流遠邐尋菱花柄。登嶼四顧天蒼然，面面奇峰點點煙。山靈到此盡雄放，南奔直與玉山連。……」「流遠邐尋」之視野變動，妙用「浮」、「到」、「奔」等動詞，擬人而生動。《八州詩草》寫山水者，如「鏡湖明如鏡，山山舒笑靨。誰謂冬山睡，對鏡何妥貼。」形容冬山如對鏡而笑靨融怡之少女，一反陳言。[53]「造理入神，迥得天意。」者如《八州詩草》〈濼口橋見鵲華二山〉云：「河上窈窕來，爭似送長虹。霜靨隨雲遠，兩點入遙空。」用擬人筆法，餘味雋永。

（五）摹景寫情，字練句工

欲摹景寫情，使情景交融，當由鍛練字句入手。靈活的運用排偶句，可使詩文整齊勻稱，音節頓挫，具有形式美和旋律

52　〈夏雨望東山〉，《寄鶴齋詩集》，頁269。
53　郭熙云：「冬山慘澹而如睡。」王進祥《中國美學史資料選編》（下卷），頁13。

美。[54]以對偶或排比句以寫景者，《八州詩草》中如「天塹抱城邊，雲墉枕水外。」「犬吠水聲中，鳥啼林波底。」「飄忽豈蓬萊，變幻成海市。」「下壓大江水，上卓玉皇宮。」「蜀江萬里來，吳地一線中。」「覆舟山色青，玄武湖光翠。」「赭山出當面，綠柏滿前程。」「波能挾黿鼉，勢可躍蛟虯。」「一涌下運河，千里行巨舟。」此二句用流水句式，節奏明快。又如「遠有新甫柏，近見徂徠松。」「千層陟雲肩，百疊鋪輦路。」「齊煙九點間，黃流千里鶩。」「佛殿磴幾重？帝子香一炷。」此二句一提問，一敘事，句法靈動。

如「帆斷浙江風，城墮吳峰月。」[55]「山頭日挂青銅鉦，海上霞張錦赤城。新霽破空樓閣出，宿痕拔木蛟龍橫。」以對偶句鋪寫，景緻闊大，宛如清初「梅村體」風格。又如「捆載珠璣通越嶠，運輸琛賮貢京華。樓船歲攬洋川米，津市春封北苑茶。齊地魚鹽兼蜃蛤，秦山竹木連桑麻。」[56]鋪寫昔日臺地之物阜民豐。以相同句法敘事抒情者，《八州詩草》如「三國六朝事已空，兩淮四輔誰為固。水龍岸虎來石頭，司馬佛貍競瓜步。」又如〈眺采石磯〉「赤城雲霞起層嶠，采石青山最佳峭。中有錦袍謫仙居，外有韎韐將軍廟（彭楊李諸祠）。」以律句句法，入古詩之格，得「梅村體」寫景敘事法。

《八州詩草》中如「……當時歌輟河女章（曹娥沒後人不歌河女，見晉夏統傳），後世辭傳少女妙。五月笙簫競渡來，千秋翠羽行人眺。謝公山下琵琶洲，曹娥廟前碧玉流。東山絲竹今何往？娥江風月我來遊。聞道山頭可望海，薔薇洞（即在東山）中裙屐在。……」詩中導虛入實，設想笙簫競渡之美景。以虛字傳神者，如《寄鶴齋詩集》〈遊臺北雜詠十首〉其

---

54 吳小林，《唐宋八大家》（臺北：里仁，1999年版）頁76。
55 《寄鶴齋詩集》，頁271。
56 〈登望不勝今昔興衰之感慨焉賦之〉，《寄鶴齋詩集》，頁294。

八「我到二層偏不上，一場夢境冷如冰。」一「偏」字道出棄生執拗之個性。

以動詞工巧寫景者，如《八州詩草》「電氣逼人青，林煙散天碧。」「逼」、「散」二動詞用的工巧，加上補語「青」、「碧」點染色彩，寫景如畫。《八州詩草》中如「洞庭拍天浮」、「一食萬峰墨」等。以名詞或名詞片語相次羅列，末加補語。此寫景筆法如「遊屐點苔斑」、「溪水蘭花翻」、「月色波光壓」、「人家渺靄青，村樹蒙茸紫」、「水面炊煙起」、「河聲大野荒」、「烽火京城照」等。七言如「南北山門白日殘」、〈遊大梁相國寺〉的頸聯云：「當時浩劫黃河去，今日宸遊翠蓋空。」因名詞羅列，使詩語益顯勁健。將補語提到句前，類似倒裝句型，有強調作用。《八州詩草》中如「澗聲搖天風」、「魚觀花港美，鐘聽南屏幽」、「長天拍一水」、「萬點飛白鷗」、「青春啼林缺」等。善用動詞，工巧摹景者，如「瀑飛雲外路」、「山途開嶔崟」、「溪瀠焜瑞水，雲護玉符山。」、「烽火擁江水」、「湔裙水濺鴛鴦襦」、「奇氣碎金玦」、「秋風零白露」、「人家入翠微」。以比喻手法寫景者，如「夾岸平如砥。流水若流蚪，連舟若連蟻」、「滿載燈如綺」，又如「偃月成橋水作油，一城燈火認蘇州。搖船夜入姑蘇市，宛在屏風鏡裏遊。」用了「偃月」、「油」、「屏風」、「鏡」等喻依。又如「白帆如雪颭江風」、「帆片如飛蓬」、「月明車如水，夜永去如風。」「（石穴）若堂或若房，崢嶸神鬼工。」等，比喻清切動人。

《寄鶴齋詩集》以顏色字摹寫景物者，如〈春行即事八首〉其四「茜色斜陽卵色天，杖藜人立碧村邊。白鳩啼罷黃鸝語，始識春風又一年。」善用顏色字點染春色。《八州詩草》中如「黑風吹蓬萊」、「駁纈滿天天色紫」、「虹棧星房九氣鮮」、「赤城翁艷光萬行，三山電作千虹梁」、「波中滄海

白，天外岳峰青」、「江南見混黃，臺麓見綠碧」、「九重雲物紅兜劫，一角湖山白雁歌」等，皆設色鮮麗，寫景如畫。用擬聲法修辭，如《寄鶴齋詩集》〈秋日感懷四首〉其二起云：「西風欶欶奈吾何？」

聲律細密而可誦者，《八州詩草》中如「秋氣鬱以幽，山川淨無埃。本作嵩山邁，翻緣伊闕來。伊水流瀰瀰，龍門青崔嵬。石磴可登陟，洞屋無蒿萊。石勝泉尤勝，瀑泉布石臺。石壁千尺高，萬佛攢一崖。……」字相連而韻母有相同者，如「以幽」、「山川」、「翻緣」、「崔嵬」；字相隔而韻母有相同者，如「瀑」、「布」，音同而調異者如「磴」、「登」。加上疊詞「瀰瀰」，類疊詞「石磴」、「石勝」、「石臺」、「石壁」，而「石臺」、「石壁」近於頂真，使音節琅琅可誦。又如「熊耳山可望，伊水流不窮。破山出天闕，遠與河洛通。峭壁夾水立，開鑿磨層穹。自是神禹力，不關巨靈工。」「破」、「出」二字響亮。「峭壁」二句用動詞「夾」、「開」、「鑿」、「磨」寫伊闕之峭以襯湍水，以詠禹功，極具動感。

又如〈暴雨險漲紀事〉：「日沒江河翻，狂濤天上瀉。急電催迅雷，衝飆萬瓦下。雨箭穿颶風，石壁不受射。路人急奔豚，不知為旦夜。」「急電」以下六句，多用仄聲字使節奏促迫有力，以描寫屋舍瓦解之慘狀。〈詠古四首〉其三：「一鞭驅北去，八百趙王孫。」北、八、百為促迫之入聲字，「去」為仄聲。相接後節奏加促，形容趙宋窮蹙倏滅，聲情動人。否則靖康之難，被難之王孫何止如此？〈紀災行〉云：「一夜風霆聲，萬山草木拔。老龍奮橫威，牙爪紛衝抉。磅礴氣所至，屋瓦狂飛發。」「一夜」六句形容颱風巨威。韻押入聲，可狀迫促之風勢。

多用實字如名詞入詩，使詩語勁健，如陸游〈感興〉「樓

船夜雪瓜州渡，鐵馬秋風大散關。」之類。如〈秋日感懷四首〉「桑田滄海紅塵路，燹火人煙黃葉村。」一股滄桑蕭條感襲人而來。又如〈新學叢誌館來徵詩爲及編輯李君〉頸聯「黑白黃紅新族譜，亞歐非美秘陽秋。」則善融鑄新名詞入詩。類此者又如〈街上步月〉頷聯云：「樓臺濠鏡湖州製，亭榭玻璃日本裝。」又如〈秋日感懷四首〉其一「晾鷹遼塞雲無色」末二字爲補語，有強調作用。詩中入地名等實詞，如〈軍師八首〉其三項聯云：「虜騎忽臨三汊水，洋氛已過九連城。」其四頸聯云：「烽燧偏驚鷗鴉嶺，旌旗近失鳳凰城。」其五頷聯云：「降旛氣盡劉公島，積甲罪高梁父峰。」又如〈自閩海入閩江作〉云：「舟入金牌長門裏，重重鎖鑰江海水。宛轉亭頭又館頭，羅星塔山連雲起（自金牌門至羅星塔，皆港名）。」切合時地。其二頸聯云：「安東都護今何用？平北將軍久不揚？」以古時官制名入詩，收以古諷今之效果。

　　洪氏喜以地名入詩，以取遠神。《寄鶴齋詩集》〈擬王摩詰送劉司直赴安西（應試作）〉五律，首四句云：「黑水凌秦塞，黃河繞漢關。遙行疏勒地，已過賀蘭山。」自認比原作過之，卻不見激賞，心不快甚。[57]和王維詩相較，棄生詩地名略多。《八州詩草》中如〈蘆溝橋詠渾河〉云：「渾河來自雁門關，瀠洄馬邑號桑乾。渾源一合去白登，并州一出到燕山。西山束待不得閒，汪洋盪決在河間。往時奔駛無定河，今爲永定入固安。長流直下天津海，九十九淀今無干。試憑蘆溝看去勢，長堤既築龍就閑。下流又合琉璃水，宋遼界河亦安瀾。蘆溝橋邊御亭記，渾流已到海漫漫。」地名有「渾河」來自「雁門關」，源自「馬邑縣」。

　　東流經大同市（古「并州」地，有「白登」山），至渾

57　同前註，《寄鶴齋詩話》，頁103。

源縣之北，由太行出「西山」。汪洋盪決，古稱「桑乾河」或「無定河」，「河間」，康熙時改名爲「永定」河。如今「永定」而入「固安」縣，直下武清縣南有三角淀，即《水經注》「九十九淀」。良鄉縣南五十里有「琉璃河」，下流入拒馬河，爲古宋、遼界河。十六句中十六個地名，反有奔騰之勢，得力「來自」、「瀠洄」、「一合」、「一出」、「束待」、「盪決」、「奔駛」、「直下」等句轉折有力。

（六）刻劃傳神、典型如生

棄生詩每好以人名稱代，借指某種典型人物。例如取唐人孫成擬孫毓汶，只取孫成字「思退」意，暗諷孫毓汶在甲午戰爭一役力主求和退敵，否則二人之德行相去何啻千里。這種「斷章取義」的借代手法如《寄鶴齋詩集》〈蓄髮詩〉云：「抱璧相如避廉頗，自笑楊朱爲一毛。」末句取其雙關意。前句之廉頗代指武夫，即日警，相如抱璧比喻己所懷抱之節操。〈感事和韻〉云：「相逢白髮黃倪輩。」以元末黃公望、倪瓚自擬遺民身世。〈寄別疊梅樵韻〉「屈子問天賦遠遊。」以屈原罹憂感懷自擬擬人。〈秋日感懷四首〉其一云：「安得樓蘭驚介子，可憐海島遁逄萌。」其二云：「子通磨盾心原壯，張翰持杯鬢已皤。」以一仕一隱之古人自比。其四云：「世難王樵居繭室，身閑宗測畫蘇門。」言隱居樂道之窮困生涯。其三云：「有懷擲帛遊關內。」則追憶昔日壯志，有終軍棄繻之氣概。

其以人物典型借代今人，本傳統詩壇習用之手法，大抵皆貼切，惟嫌流於窠臼。借代泛指人物，可收隱晦其詞的效果，不致於賈禍。如歎仙源難尋，〈閑居偶詠二首〉其一云：「蒿日時艱百不宜，襄陽休醉習家池。琴高魚長輸租重，支遁鶴多困米飢。裨海有關難泛宅，商山無路可尋芝。閉門聊作義

皇侶,長與陶潛體菊籬。」以山公、琴高、支遁自比隱居之艱乏,末以陶潛之貞節自勵,寄託深微。此種技巧,誠如蘇軾〈既醉備五福論〉云:「詩者不可以言語求而得,必將深觀其意焉。故其譏刺是人也,不言其所爲之惡,而言其爵位之尊,車服之美,而民疾之,以見其不堪也。」[58]由服飾、冠佩、容貌之描寫,觀其譏刺頌美之義,可謂見微知著。

　　描寫人物舉止、服飾以諷刺時人,如〈潰兵棄地紀事〉批評清末大臣顢頇誤國之情態云:「將相今何用,氣象空崢嶸。入轅開府坐,出門除道行。臨民事赫奕,遇敵屏息聲。坐談抒奇略,議和以爲名。」只消刻劃其嘴臉,便生動諷刺。〈帝京篇〉云:「可憐肉食無遠圖,欲施西學爲典模。不擊祖生渡江楫,惟畫王郎召鬼符。翎飄孔雀項東珠,朝衣袞袞工步趨。馬前呼騶後除道,時平意氣凌千夫。去年妖氛風鶴警,爭欲還山全首領。」刻摹更生動,諷刺極矣。〈洋兵行〉刻劃日軍醜態云:「三三五五群,佩銃橫劍鞘。軍帽小筒圓,複帛雙股繞。袖束緊身,時或長衣掉。其驁而賤蠢,裸形露兩竅。鳴鳴滿街衢,酗醺一狂叫。是爲東洋人,但覺兵威耀。」寫的猶如野獸,偏從服飾整飭來對比,嘲弄意味強烈。摹寫之外,亦以對比致諷,如〈臺灣官府紀事〉首云:「前車載囊橐,後車載妻孥。壯丁夾路傍,布地黃金鋪。江山方鼎沸,官府爭首途。國事彼何知,鼠竄保頭顱。」便以肉食者平日之排場對比臨陣鼠竄之怯懦。

　　善用人物聲調、對話來刻劃其神者,如〈催科役〉云:「不爲爾曹賄賂至,菽粟豈能生公廳?」以人物口吻來描寫其嘴臉。又如〈夢遊玉京〉虛設對話,以仙人教誡恍悟己爲謫仙,以排遣塵世之苦痛。由聲音之摹寫入手者,如〈清潔行〉

---

58 蘇軾,《蘇東坡全集》(臺北:世界。1996年2月初版7刷)頁535。

云：「朝呼掃地愁馬蹄，暮呼掃地怨車轍。忽聞洶洶剝啄聲，巷居婦孺啼嗚咽。」日本警察「人未見聲先聞」，已令人怨懼萬分。〈老婦哀〉則刻劃老婦語調，「大婦在炊下，淅米肉如脂。一夕聞兵來，悚息淚交頤。聚泣共吞聲，忽有兵人窺。」驚惶失措藉由聲音的描摹，傳神動人。

刻劃人物之失意窮途而餘憾無盡，每有情味，如〈送梁子嘉先生歸粵長歌〉云：「衣錦滯他方，富貴亦唏吁。況為失路人，不如歸鄉閭。」梁子嘉留滯異鄉之窮愁如現眼前。而〈再送梁子嘉先生三首〉記子嘉乙未年內渡事，專從偃蹇失意情狀描寫，如其二云：「君入臺南城，相逢無一識。短衣腳不襪，衣垢面黧黑。訪舊過軍門，閽人先作色。及與劉帥談，共爭問消息。往事那堪追，人去來何益。徘徊異域間，不如復歸之。」「短衣」以下，筆法似杜甫〈北征〉等詩，饒有真味。又如〈悼林乃營並及諸亡友〉云：「……林君訂交尤最早，潦倒無成最蹇屯。遭喪我忝脫驂列（君二親之喪，得余賻而舉。），求友君從刎頸掄。……」一生一死，交情乃見。〈弔從內兄丁錫勳茂才〉云：「名山有才未著書（改用趙雲菘句），逢時無命空識字。」餘憾生情，亦令人物生色。

刻劃人物最為成功者，當屬〈塔將軍歌（塔齊布諡忠誠）〉，歌頌塔齊布詩氣骨開張、遒練勁實。[59]起首的三字句和五字句押韻，為一篇綱領，極簡要。「傾肝」四句中的二、三句格似頂真。三、四句換韻，使情感轉折。「蒿草」為下句之主詞，故三、四句的句意相連，為連串句（run-on sentence），使四句節奏流暢。「將軍忠勇」四句，一、二句格似頂真，三、四句夸其迅捷勇往，妙以隨從追趕不及相襯。「虯髯」十句押陽韻，以動詞與名詞相接的句法最多。如「馬

---

59 〈塔齊布傳〉，《清史稿校註》卷416，頁10112。

尾張」、「口角流沫欲噉敵」、「刀背生光芒」、「飢鴟惡獷
皆走藏」、「鐵鎖橫江」、「燔舟爍鐵」、「策勳」、「璽書
揚」。而半壁山、富池口、馬上挶、都尉世職等皆名詞。以動
詞、名詞爲主，儘量避免過多的形容詞，則文詞修潔。實字
既多，則語句雅健有力。[60]形容詞棱棱、汪汪爲疊詞。鋃鐺爲
疊韻詞，與鵝黃一詞同屬陽韻，皆爲句中韻，音節益見悠揚。
「將軍肉薄肩作梯，破壘登城爛頭額。」薄、作、破、登、爛
五個動詞，四個仄聲。「前日」四句，睅、皤、獰三字形容賊
目之凶暴。「將軍火色七尺軀」四句，惟「火」是形容詞。
「鎗一矛一刀二柄」用三疊句式，下句有兩個名詞，文句疊
實，音節拗奇，使語句雅健，即所謂「硬語」。[61]

第二貳節　風格

　　棄生詩作風格多樣，體格精到。轉變關捩在乙未年
（1895）割臺之痛。詩風由「清刻」轉爲「沉頓」。

一、靈巧工麗

　　靈巧工麗之詩風，在棄生早歲的詩集《謔蹻集》中處處可
見。「靈」指「空靈」，由詩作的言外之意來，「巧」指「巧
構形似之言」，須有細緻的觀察力和筆力。試觀其〈九十九峰
歌〉之靈動善喻，鑲嵌九十九、九、一、二十一等奇數入詩，
以形容此山之奇，可見一般。這種工巧筆力，半由應試所作試
帖詩之鍛鍊而來，故其「八景詩」對仗穩妥，意象清麗。另一
方面則由紬繹古詩，借題發揮入手。風格婉麗似樂府歌行者，
如五言〈長相思〉、〈西洲曲〉、〈江南曲〉等；七言歌行奇
麗似鮑照者，如〈春白紵歌〉設色鮮麗，頗似鮑照〈代白紵舞

60　張夢機，《近體詩發凡》（臺北：中華，1984年5月四版）頁92。
61　同上註，頁93。

歌辭四首〉等詩。

　　棄生推崇清代詩人吳偉業（1609～1672，字駿公，號梅村。）之詩作清麗，乃融鑄初唐四傑之麗藻及中唐元、白的長慶體而自成一格。洪氏〈姑蘇懷古字〉意象音節頗似吳偉業〈圓圓曲〉：「電掃黃巾定黑山，哭罷君親再相見，相見初經田竇家，侯門歌舞出如花。」用頂眞句法以縮合今昔，〈長安懷古〉「杜宇啼」、「天寶」句亦用頂眞法。用排比或對偶句法鋪寫，如〈續琵琶〉云：「小海歌行離別易，大江夢落關山難。」「桃花隊裏百花香，楊柳叢中萬柳狂。」「柳枝牽處知路長，萍梗逢時嫌夜短。」手法似吳偉業〈鴛湖曲〉「柳葉亂飄千尺雨，桃花斜帶一溪煙。」風格婉麗亦似之。

　　晚年〈虞美人詠花二十韻十六首〉，以七言排律鋪排偶句，以花喻人言事，抒發國家之悲，格調似吳梅村。然梅村無此工麗之七言排律，是又棄生之創體。此外，棄生詩以刻摹白描見長，似清代詩人查愼行（1650～1727，字夏重，號初白）、趙執信（1662～1744，字申符，號秋谷）者。[62]如〈九十九峰歌〉之善摹物象，〈崇武觀漁歌〉刻露沉摯，都是佳例。試以〈打鹿行〉巧用類疊，首二句即有六個以「山」爲偏旁的字。「籐蘿」、「猙獰」、「躑躅」、「莽莽」等詞。又鑲嵌數量詞「千」、「一」、「三」、「五」，善於刻劃豕突犬奔之景。中段善用視覺、觸覺、嗅覺之摹寫來刻劃獵人，白描刻露。

　　比喻「引物連類，窮情盡變」，如形容舟航阻風不前，困於顚簸，〈在番挖港口沙凹中阻風不能近岸又無小舟接濟昏眩之餘俯首船底連日悶甚而作〉形容「進退兩迍邅，寢食三吐

62　趙翼，《甌北詩話》卷十；《清詩話續編》（臺北：藝文，1985年初版）頁1314。朱庭珍《筱園詩話》卷二評；《清詩話續編》，頁2358；棄生，〈與林幼春書〉，《寄鶴齋古文集》。

哺。有如馬陷泥，無由兩驂舞。有如車蹶澤，欲行兩輪沮。又如士在因，又如軍失伍。野鳥受樊籠，野獸受罤組。歎我多苦遭，何爲苦如此？」得力於比喻連類而出。

其詠物詩體物精切，此類佳什頗多，如〈觀鬥貍行〉、〈食烏魚五十二韻〉、〈賦梅〉、〈詠籠鷹〉等。體物精切是「巧」，善取「神韻」，方能空靈超脫，〈田野即事四首〉其三云：「農夫畏出門，坐餓成枯槁。婦孺啼於床，牛羊號於卑。粒米貴如珠，況乃乏芻槁。荷鉏何處施，悠悠望有昊。」農夫無奈望天之描寫，極有神韻。巧構形似之言，如〈入市書所見〉「荔支」二句，色調鮮活。小販採集爭挑菜肉；居民上市沽酒，杖頭挂錢，形象生動。此外，其絕句則寫景如畫，頗似竹枝體。

如〈過彰化東郭廢公園感賦八首〉其四云：「板屋圓穹倭式亭，無鶯無蝶有流螢。揀花落盡樅椰老，傍郭相思樹樹青。」言土俗瑣事，含思宛轉，而〈大墩公園雜詠十二首〉、〈遊珠潭嶼放歌〉，寫景清麗。又如《八州詩草》中的寫景每多佳句。試以〈泛太湖（宿洞庭出石湖）〉爲例，太湖曠濟無涯涘，「泛湖」句形容湖廣似海，天在咫尺。歸向橫涇，夾岸如砥平；水若流蚓舟若蟻，刻劃水鄉澤國的風光。「村家」數句構築一立體又靈動的空間。又如〈登泰山四首〉其一云：「……一險方巉過，一峰又當臉。迴首視前峰，地底見一點。迢遞三天門，萬山沒深崦。徘徊碧空中，白雲爲我斂。」懸峰危峪，凌空而起。險巖當臉，不禁驚悸。其二又云：「飛泉五千仞，山頭惟一滴。滿山柏戴雲，懸磴松生石。」乃泰山之奇景。

此外，如〈圓明園失寶歎〉多用借代之手法，如以「漢家」代指清朝，「阿房」喻宮室之雄奢，竟成焦土。以「滹沱冰合麥飯空」寫庚子拳亂、八國犯京、兩宮西狩，倉皇如喪

家之犬,君臣不能相顧的饑疲狼狽態。摛采華麗,有「梅村體」、「陽施見誇麗,陰閉感悽愴」之凄麗風格。詩人嗟嘆九重符寶淪落英、俄、法等國之博物館。猶如「鳳藻繽紛從散釋」、「御璽等於武都泥」,更別說「上方翠蓋珊瑚柯」,深有棘駝之悲。其《八州詩草》〈西苑行〉云:

玉泉山水昆明湖,瀉入宮牆浮蓬壺。蒼茫縹渺成銀闕,南北中央開紫都。當時海宇承平日,九重六馭深宮出。此間水木極清華,常見翠蕤來駐蹕。瓊島微陰靉靆煙,太液池生玉井蓮。五龍亭北春如海,萬佛樓前水蘸天(俗謂北海)。下過團城眼界拓,中有平臺紫光閣。芭蕉園改豐澤園,重重宮館清時作。憮懷今日住共和(居仁堂等為總統府),回首當年畫襃鄂(團城以下,俗謂中海,今總統府)薰風南扇到瀛臺,自昔龍興避暑來。曲澗流杯亭尚在,含和遐矚樓重開(亭及樓多康熙御題)。……

設色鮮麗,如「銀闕」、「紫都」、「翠蕤」等詞,善以對比句法鋪排,如「五龍」二句、「憮懷」二句、「曲澗」二句。又巧用地名以突顯宮室特色如〈遊鴛鴦湖登煙雨樓即事〉排比句式分寫春、秋之景;「錢家」句用排比句法,寫明麗之煙雨野花;「湖上花開陌上花」有迢遞而發之相續感。

二、詼奇冷肅

棄生擅長用詼諧的方式、奇詭的意象,來表現深刻嚴肅的心情。他稱讚蘇東坡詩如東方朔之諧。若探源索本,從《史記·滑稽列傳》到《漢書·東方朔傳》以至後世之詩歌、戲

曲、小說，都有「詼諧語皆刻酷語，刻酷語皆不磨語。」[63]之風格，表面上滑稽玩世，卻又惹人笑淚。詩求異采奇辭，當留心《楚辭》、《易林》、《山海經》等典籍。此類詩作之意象出處，襲自前述典籍者如：

（1）《楚辭・天問》：「燭龍」、「彭鏗」、「黃能」、「蝸皇」。

（2）《楚辭・招魂》：「土怪」。

（3）《楚辭・離騷》：「飛廉」。

（4）《山海經》：「夸父」、「刑天」、「精衛」、「欽䲹」、「祝融」、「奇肱國」、「深目人」、「貫胸國」、「豎亥」、「土螻」。

（5）《淮南子》：「榑桑」、「息壤」、「應龍」、「共工」、「裸形」。

（6）《列子》：「愚公」、「方壺」、「蠨蠓」、「鈞天廣樂」。

此外，如「偓佺」出自《列仙傳》；「東王公」出自《神異經》；「九頭鶬」出自《玄中記》；「杖解」、「沙蟲」、「猿鶴」等本自葛洪《抱朴子》及《洞仙傳》等書；「四海龍戰玄黃血」本自《易經・坤卦》；「萇弘血」本自《莊子・外物》。

詠物詩及諷諭詩每以禽鳥設喻，趣味與《易林》相似。如〈哀鴻篇五首〉其五「五雀與六燕」句，本自《易林》觀之大有「燕雀無巢」；〈觀鬥貍行〉鬥貍、豺虎之意象又頗似《易林》離之遯「三貍捕鼠」、離之晉「三虎搏狼」。〈聞東

西戰事感賦〉之「兩狼鬥門內」又似《易林》同人之鼎「兩虎爭鬥」；〈中東感事四首〉其三「九海孤窮更聚鳩」又似《易林》無妄之明夷「千雀萬鳩」；〈驅疫鬼行悼亡甥〉「淒風陰陰蛇蝮虺，蒸爲癘疫來癘鬼。」又似《易林》坎之觀「履蛇蹋虺，與鬼相視。」

棄生推崇韓愈云：「韓詩有二種，一種寓雄肆於順適之中，一種出險怪於奇闢之外。學其奇闢，當去其怪澀。……險怪而奇闢者，七古如〈陸渾山火〉之類，五古如〈南山〉之類。……」[64]韓愈〈陸渾山火一首和皇甫湜用其韻〉多用同偏旁字入詩，如「鴉鴟鵰鷹雉鵠　」等句，又涉入神話，妙用擬人法。〈南山〉詩則巧用譬喻，盡態極妍。棄生〈後地震行〉云：

> ……無頭無目刑天舞，一手一足商羊飛。堆積殘骨成京觀，哀我遺黎何所歸。瘡痍滿地今未已，乾柱坤維復傾圮。共工巨顱撼不周，豎亥大步移方里。諸羅斗六百里間，天崩地塌雷霆起。至今日月尚搖搖（大震至今已二十四日，尚時時作震），石破天驚震不止。洪荒欲沌復欲分，寥廓不流亦不峙。顛簸晦明動星辰，城市如懸盧空裏。震後赤日行瞳瞳，雷師爲暴驅靈霆。幕天席地十萬家，哀哀哭泣洪流中（大震越日，復行大雨）。重黎祝融復交病，翻覆陰陽紛七攻。赤烏衡維熱燄張，燭龍炎井火珠迸（震後又有火災，斗六焚最甚）……。

用類疊手法如「無頭無目」、「一手一足」、「瘡痍」、「雷霆」、「搖搖」、「不流」、「不峙」、「晦明」、「瞳

64　同上註。《寄鶴齋詩話》，頁78。

瞳」、「靈霾」、「泣、洪、流」三字等等，又巧用神話意象刑天、共工、豎亥、重黎祝融等，意象複疊奇詭。清初詩人邵長蘅〈地震詩戲昌黎體〉一詩「女媧鍊之斷鼇跟」、「怪語自嬉聊復吞」云云，[65]棄生〈地震行〉詩風與之酷似，皆學昌黎而得神似者。

至於詼諧靈動而意象奇詭者，如〈吸煙戲詠〉云：「……羅什有道吞亂針，游戲神通何介蒂。晞髮陽阿下大荒，久鄰山魈木石怪。御氣身與造化遊，陸地行仙纔莫壞。……」無論是夢遊仙境，或自栩如「煙仙」，無非是痛恨「山魈木石怪」（日本鬼子）所發抒的「狡獪」之語。因用典使詩意轉奧如〈予既連題謝君生壙詩五言古矣意有未盡作放歌第五〉「玉樓」句用李賀典故，而下句用《莊子》典故，亦兩相對偶。沈子文即南唐沈彬，又有「沉埋子文」意，「班孟堅」亦有棺柩「堅固」意，乃以人名借代兼有雙關義。「董相」即董仲舒，「邵公」即東漢袁安字，「一壑」二句暗用袁安卜吉葬父，因而世代隆盛事，又接用陳琳代袁紹檄曹操語。「彭鏝」的「鏝」和「金」類疊成趣。形容生壙形制，偏涉入典故以成趣，意象奇詭。

如《寄鶴齋詩集》〈閑居遣懷放歌二首〉其二云：「……解衣盤磚畫圖史，散花爛漫女婆禪。糊塗羹對鴟夷酒，裸祖二蟲作周旋。晞身陽阿濯湯谷，出入渣滓冥冥先。上至列缺望大壑，崢嶸無地廓無天。南海帝儵北海忽，何日回斡成大千。我時腰纏騎鶴去，謫仙一醉三千年。」自嘲「糊塗羹對鴟夷酒」，末卻有回斡大千之心志。

〈求仙六章〉其一云：「當日丁令威，歸來可奈何。願從赤松去，爛彼山中柯。」其二云：「晦身避地去，此志彌不

65 邵長蘅，《青門旅稿》卷一，收於《邵子湘全集》，頁57。《四庫存目叢書集部別集類》第248冊）臺南：莊嚴，1997年版）。

降。安得從之遊，海上泛仙艫。」發遊仙之想以避世。「蝸皇竟斷六鼇維，龍母坐看萬鮫哭。此時慘甚幽九淵，倏忽星周二十年。」詩思穿幽入奇，以寄幽憤。故諷刺日人如「天魔山鬼」之流，[66]臺民則如「猿鶴蟲沙」之賤。[67]遊仙詩意象詼奇冷肅，〈避暑感詠〉云：「四體雖暫紓，慘慘在心志。會須求桃源，人寰撒手棄。逍遙出九天，俯視江山異。」不是從容旁觀，而有「可憐身是眼中人」之悲憫。意象奇詭典奧，多見中年後的詩集《枯爛集》中。

三、樸茂淵懿

樸茂淵懿之詩，棄生以爲漢魏古詩樂府之特色。漢魏古詩樂府平淺如家常語，於「平處見奇，淺處見深。」[68]自有樸茂之情致。後人規摹其格，但得樂府之「婉摯纏綿，語摯情眞。」及古詩「高渾淡遠，氣靜神逸。」[69]之特質，如〈秋詠六首〉其六云：「夕陽欲西沒，登高見山色。俯視大海中，魚龍出深黑。萬象此空濛，惆悵不能極。秋風千丈高，東南望東北。肅氣欲收藏，群動皆屏息。我獨違造化，意氣入雲直。」士不遇而悲秋之文學傳統，可上溯至宋玉〈九辯〉。棄生自憐「事業不一成，春秋空經過。（其一）」命題意象皆本自前賢。惟「夕色誤朝曙」的年青歲月，每有「胸次忽澹然」之胸懷，惜無人可與語，有嚶嚶求友之音。「魚龍」數句寫「八表同昏」，末二句高唱入雲，最能展現其「氣象坦易、性地光明」的個性。

〈秋試行役感詠十五首〉其二云：「我行過關山，一平復一險。馬角與船唇，流光常爍閃。一入矮屋中，蒼蒼爲之掩，

66 〈避世歌〉，《寄鶴齋詩集》，頁206。
67 〈臺灣哀詞四首〉其二，《寄鶴齋詩集》，頁224。
68 《寄鶴齋詩話》，頁31。
69 《寄鶴齋詩話》，頁38。

如蜂攢蜜房，如蛾傍燈焰。不必帝京塵，緇衣已先染。歎息古英雄，此中多沉奄。意氣幸發越，磨刀不懼剡。擒文倚簷帷，月明星點點。俯首念歸途，胸中海瀲灩。」描寫患得患失的應試心理，意氣直起直落。情極真摯而語言樸茂。又如〈老婦哀〉云：「大者能扶耜，小者僅知飢。愛女倚房居，刺繡手牽絲。大婦在炊下，淅米肉如脂。一夕聞兵來，悚息淚交頤。」筆法似漢詩〈相逢行〉「大婦織綺羅，中婦織流黃。」以題跋詩歌詠古代良將，立片語以為警策，文思含蓄，故風格「隱秀」。[70]〈題李將軍傳後〉一詩，以「善射」為綱，「才奇而數奇不偶」為目。結尾呼應詩首之善射，知將軍奇功，固由武藝淬練以成之。全篇亦鎔練而善於剪裁。

詩風淵懿者，大抵語言古雅，情致深美；敘事質實，樸茂顯學識。乙未割臺後所作詩風迥變，云：「蓋自涒經禍亂以來，感慨淋漓，詩格一變，從前所未有也。第筆路稍奧，不動目耳。」反省深切，用意奧深，語言卻樸實。〈湘軍行〉、〈楚軍行〉等詩淵懿樸茂，風格似黃仲則（1749～1783，名景仁，以字行）〈虞忠肅祠〉一詩之厚重。[71]〈塔將軍歌〉連用「將軍」十次，極似黃遵憲〈馮將軍歌〉，[72]連用「將軍」十六次。[73]

棄生以「高渾淡遠，氣靜神逸，為古詩第一要旨。」[74]就風格言，如〈詠古四首〉即是。「高」指其用意警策，饒有風骨。情融於景，渾入渾出，有淡遠之情致。「氣靜神逸」指其言緩而意峻，風格類似李白〈古風五十九首〉其一「大雅久不作」一詩。[75]如其二夾議夾敘，諷夷狄於天下，乃「馬上得

70 劉勰，《文心雕龍·隱秀》，《文心雕龍注釋·隱秀》（臺北：里仁）頁739。
71 棄生嘗譽清代詩人黃仲則此詩厚重。《寄鶴齋詩話》，頁120。
72 黃遵憲著，《人境廬詩草箋注》（上海古籍出版社，1999年12月二刷）頁331。
73 同上註，頁379。
74 《寄鶴齋詩話》，頁38。
75 朱熹，《朱子語類》（臺北：學海，1980年9月四版）頁25。

之」，復於「馬上失之」。末有淡遠之神。批判日人，語多至理，警策可誦，《寄鶴齋詩集》如「最難戎幕裏，惟幄儲眞材。」「歎我枉求仙，憂思仍浩浩。」「素志能自全，古人今可作。」所言皆沁人心脾。又如「暴霈與衡颷，不久成寥寂。塵事如是觀，雖危可自適。」善推闡《老子》「飄風不終朝」之至理，善言情理是詩意樸茂動人之主因。

四、徑切雄壯

棄生諷諭詩有「覈實徑切」似白居易長慶體者，如〈潰兵棄地紀事〉、〈叛將獻船紀事〉等詩，所記之事既微實，議論又極正大。諷刺清末窳政及日人暴政之詩，如〈鹿港卜〉、〈汛地兵〉、〈公醫行〉、〈公娼行〉、〈清潔行〉、〈洋關行〉等，妙用反語及比喻等嘲諷筆法，辛辣犀利。觀其詩結語端直有骨，敘事簡要有法，知其寢饋於史籍甚深，如〈湘軍行〉一詩頌讚湘將領，以曾國藩愛才好士爲主旨，章法布局深得史傳之法。棄生言〈湘軍行〉、〈楚軍行〉甚壯，[76]洵非誇言。

此外，其寫作形式，每以長篇詩題、詩前序文、詩中夾註及組詩聯詠的方式呈現，[77]以完整的展現主題。其「長篇詩題」多見於晚年所作《八州詩草》，集中詩題超過二十字者，如〈世謂華州不見華山而同州反得見之華州人每不平余在池州江上亦望不見九華而人云無爲州中可見爰爲一詩〉，詩題敘事，詩作議論。又有攝記行程所見爲題，俾詩作得以寫景抒情而不必膠著於記事，如〈舟入湖口見湖流入江又近見湖口城石鐘山石門江洲遠見鄱陽湖〉、〈自三峽橋南過馬頭上西南過項家秖向家村詹家崖田在水岸山邊或平野重重不絕至萬杉壟開先

---

76 前引書，〈與林幼春書〉，《寄鶴齋古文集》。
77 施懿琳，《清代臺灣詩所反映的漢人社會》，頁607。

坂人家皆翛然塵外得一絕〉。後者爲七絕一首，字數尚少於題目達二十三字，以題目詳記行程，使詩作成了畫龍點睛的要筆。

詩題因記行程而字數較多者，尚有〈遊靈隱山寺觀飛來峰探峰洞步各亭澗入寺後登北高峰次韜光菴觀江海及湖二十韻〉、〈從下天竺步行至茅港舟歷各湖莊湖港至蘇堤轉向南屏雷峰塔乃遊三潭返孤山〉等；記友朋萍聚歡宴者，如〈重九日盛君蓼庵邀過李君仲青家園賞菊飲酒暨雅僧名士共渡漢江遊諸名勝乘月回漢口則拙宜諸君相候杏花大酒樓是皆漢上始題襟者訂明日偕遊武昌〉等；詠懷詩題自抒感慨而字數多者，如〈曩秋應試福州一路風景重重今日追憶似成天臺絕逕不勝憮然感賦四首〉等；題贈或諷諭詩亦有長篇詩題者，前者如〈春寒林仲衡偕從弟過鹿酒中述遊跡並庚子在京時事歌以寄之〉，後者如〈前日諸羅斗六地方山崩川走沿及全臺地震連月不止再爲悼賦七律〉，只是爲數不多，但都有以題目記事之特色。

詩前序文的寫作形式多見於諷諭詩，在一三〇題中有十一題詩可見詩序。所記之事多關乎時世之大者，如〈勸番行〉詩前序文云：「臺灣前清歸順之番，已過三分之二。所未歸順餘番，佐久間總督請以五年平之，今其季也。議院因其未成功，不許再展年限，故今年銳欲攻擊中路諸番。臺灣以中路入埔社之山爲最廣，而庫魯句番者日本所謂太魯閣番，又處深山之深，故其施工較難，而軍民之困如此。」此外，〈留聲器〉詩序則記器物之形制和功能、〈國姓濤歌〉則記載鄭成功的傳說。文字或長或短，短者如〈圓明園失寶歎〉詩序云：「咸豐十年，英法聯軍入京，而圓明園重珍御寶遂入西國博物館中，光緒庚子再見蹂躪，而散失益不可問矣，海外傷心，賦此致慨。」揭櫫題旨，收提綱挈領之效果，此詩序之功用也。

詩中夾註亦多半見於諷諭詩中，一三〇題中有卅三題。

其作用如下：一、說明「喻依」之義或典故出處。如〈塞上感詠〉「白熊（泰西以熊目俄羅斯）跳梁黃龍吼」，以白熊喻俄羅斯；〈見臺灣保甲連坐法感題〉「朱儒處處埋坑坎，烏鬼家家養禍胎（人語朱儒，陸詩句也；烏鬼，杜詩注一作姜神，一作豕也，蓋放牛羊犬豕於路者，亦立有罰鍰法云）。」詩中夾註既註明典故出處，兼記時事。二、記載時事。如〈後地震行〉「幕天席地十萬家，哀哀哭泣洪流中（大震越日，復行大雨）。」則以詩中夾註記事，皆使詩意朗豁，頗有夾敘夾議之妙。

組詩聯詠規模大者，大半見於香奩艷體詩，如〈雜春詩十首〉、〈無題三十首〉、〈記夢十二首〉、〈續前二十首〉、〈續前十六首〉、〈續前十二首〉、〈春詞十六首〉。題目微露篇旨，內容多香草美人之詞。「詞中有誓兩心知」，關乎個人隱私，不欲多作顯揚。故以組詩聯詠以完整呈現時事者，自以諷諭詩為主，一三〇題中有二十三題。內容或一事分詠，如〈軍師八首〉記甲午戰爭事，反覆慨歎，較完整的呈現主題。也有合諸事為一題，如〈哀鴻篇五首〉其二記雲林大屠殺事，其四哀澎湖漁獲量銳減，人民生計無著落。五首皆善以比興手法，哀我臺地哀鴻遍野。

至於詩雄壯徑切者，除了取法史籍及高、岑、元、白詩作之長，更博採唐以下諸家之精華。試觀其〈霜嶺放鷹歌〉末云：「壯志年來生髀肉，仰視蒼鷹羨出群。林壑巉巖緲無際，刷羽飛騰軒天地。將軍上馬鳴角弓，猛行秋令無所避。」感慨言事頗似王維〈老將行〉。〈京濠洗象歌〉首云：「峨峨如山俯玉河，左旋右轉態滂沱。一噴一擊凌滄波，雷大鼻息驚蛟鼉。」又似吳偉業〈題崔青蚓洗象圖〉「叩鼻殷成北闕雷，怒蹄捲起西山雪。」其〈燕士屠狗歌〉云：「不從滄海擘巨鼇，不屑氈帳炰羊羔。鼎烹肉食無英傑，惟有燕市操屠刀。竟氣公

然游俠客，飲中不願二千石。天涯一遇素心人，剖肝瀝膽無所惜。」雄氣迫人，又似提拔棄生的官吏羅大佑詩。[78]

棄生嘗稱譽韓愈詩有「直、方、大」三字之趣，體有雄肆順適而不直拙，如〈此日足可惜一首贈張籍〉、〈石鼓歌〉等。[79]棄生詩雄肆順適者，如《寄鶴齋詩話》〈雜感十五首〉其十四云：「登高望山海，黯然秋氣生。羲娥不息駕，天地倏晦明。候至百物老，時易草木驚。蜉蝣分旦暮，朝菌分枯榮。大椿八千歲，滄桑徒再經。茫茫視日月，徘徊感我情。我情復何許？勞形復勞精。因知千載後，金石亦鑠精。」風格雄肆而不直拙。七古如〈鄴都懷古〉云：「……豪情直欲無赤壁，百萬軍聲似迅雷。艨艟千里生烽煙，江水半邊飛蘆荻。……」「赤壁」數句以排偶句寫景，頗似元好問〈赤壁圖〉「疾雷破山出大火」。又如〈塞上感詠〉起云：「塞上虜馬猶雲屯，雪花如山堆轅門。長城白日寒不溫，將軍旗斾黃塵昏。殺氣沉沉壓軍帳，軍符日夜催邊餉。平沙石磧連幕營，遠戍烽墩列亭障。」白日猶寒、黃塵昏天來夸飾渲染戍守邊塞之艱辛。「殺氣」二語，言戰雲肅殺，輓輸不絕。戰士眾多，邊防飭嚴，句勢雄壯。

《八州詩草》〈自青龍嶺踰長城登八達嶺放歌〉云，樓頭俯視，見山峰裸赭，如紅雲莽莽成堆。居庸嵯峨插天，如鬼神鎮北，人不敢近，「北門鎖鑰」之名不虛矣。《寄鶴齋詩話》〈登眺滬尾山〉云：「滔滔遠海波濤昏，巨艦若魚東向奔。萬里洪流入地底，兩山雲峙開天門。榑桑無市成虛蜃（近年廢滬尾港而市況頓衰退），荷蘭有城狃大鯤（即今紅毛城故城）。北溟南溟在指顧，淼淼一水如窪罇。」棄生友評云：「以古為律，蒼蒼莽莽，杜詩有此一格，元遺山最喜為之，究非正聲，

---

78 棄生《寄鶴齋詩話》卷三稱羅氏詩「雄氣迫人」。
79 前引書，《寄鶴齋詩話》，頁77。

然可以肆作家之能事。」頷聯「開天門」、「三平」，和杜甫七律〈白帝城最高樓〉一詩第二句「獨立縹緲之飛樓」末三字平仄相同。頷聯首句末三字為「三仄」，又與元好問七律〈雨後丹鳳門登眺〉頷聯首句「長虹下飲海欲竭。」[80]之平仄相同，蒼莽之風格亦似之。

五、沉鬱痛快

乙未年（1895）割臺之後，棄生詩風轉為沉鬱痛快。不甘淪為棄地之民，更痛恨日人之酷政，詩中每有鬱勃不平之氣，如《寄鶴齋詩集》〈叩閽辭〉「血漰漰」等示現手法動人。比喻連類，動態之摹寫，駭人耳目。善用類疊手法如「萬骨」、「肩髀」、「火燄」、「渾沌」、「鑱鑱」、「人類」、「異類」、「蠉蠉」、「疫癘」、「黃癉」、「紛紛跕跕」、「迤邐」、「遂遷」、「年復年」等。又鑲嵌「死」、「病」、「疫」、「苦」等字。惘惘不甘之情，每以神怪之言出之，益見沉痛，如〈割地議和記事〉末云：「倉海君無博浪錐，銜石今後同精衛。」如〈楚軍行〉末云：「就今區宇生荊杞，欲賦從軍鼓聲死。傷心無復聞鐃歌，空聞日蹙國百里。」詩作每有餘憾生情之語，如〈詩函報林十適又渡海歌以寄之〉云：「我向此邦依，何殊荊棘據？……作詩與子且自吟，淚滴青山猶昔心。」前舉「語近情遙，含蓄婉曲」已論之，而「煉意」一節中「藉無理之生妙意」多惘惘不甘之情。

又如〈哀鴻篇五首〉其五云：「惻惻復惻惻，鳩形兼菜色。城狐雜社鼠，日攢太倉食，太倉日以盈，狐鼠日以生。哀鴻自嗷嗷，豈有利爪爭？西風滿地來，四野聞悲聲。昔日隨陽鳥，今日刀俎鯖。羅網多殺機，天地為陰阨。我聞造化心，孵

---

80 詩引自薛瑞兆、郭明志編纂，《全金詩》第四冊（天津：南開大學，1995年11月第一刷）頁114。

育靡不寧。五雀與六燕，安有滋重輕？聞我哀鴻詩，應爲心怦怦。」以哀鴻嗷嗷象喻臺民，鋪揚淋漓中有沉鬱之情，端賴以物喻人，寄託深微。

此外，沉鬱痛快如〈感事讀唐臣李郭顏張許等傳〉、〈感事讀李晟馬燧渾瑊等傳〉、〈懷岳忠武并及宗忠簡李忠定韓忠武〉諸詩，深有「雲臺不見中興將」的憂時悵惘。詩乃今昔對比，感慨深長，有沉著痛快之致。又如〈國姓濤歌〉藉詠海濤以渲染英雄志節意氣，寫濤能盡其妙、體其神，以象喻人物之性格。文氣直起直落，一氣迴旋；情感吞吐沉鬱，風格沉鬱頓挫。〈弔鄭延平〉以古人酒杯自澆心中塊壘，情感沉厚。

又如《八州詩草》〈武昌故宮行〉（序云：宮在城中墩子湖畔，黃瓦燦燦映日，時爲鑄幣廠。）敘太平軍於咸豐三年（1853）至六年（1856），四年間曾三陷武昌。[81]以青犢、赤眉比擬太平天國之亂事；紅羊之劫暗指辛亥革命和軍閥作亂，暗諷分裂之害猶逾於舊日之帝制。帝子已亡，如八駿馳向八方？末哀故朝，意象脫胎自杜甫〈哀王孫〉一詩。哀感頑豔，沉鬱悲涼，近於「梅村體」。近體詩有此風者，如《寄鶴齋詩集》〈書事〉云：「非想非非別有天，誰能高蹠脫拏連（拏連，見漢馮衍傳）？讀書無稅偏遭禁，爲吏多才僅斂錢。與我馬牛今世界，看他雞犬古神仙。紛紛民物成何用？傀儡同歸混沌前。」頷聯以反語致諷。頸聯一言此界，一言他界，對比致諷。末出之以含光同塵語，益見沉鬱。

如〈島上本事四首〉其三云：「年來滄海淺，津路亦生桑。萬點鮫人淚，明珠夜不光。」，亦極沉鬱。〈即事〉云：「海曠天空闊，風高野寂寥。歸巢無燕雀，穴樹有鴟鴞。人物輸南渡，江山誤北朝。縱橫塵世事，愁思日蕭蕭。」〈即事〉

云：「海曠天空闊，風高野寂寥。歸巢無燕雀，穴樹有鴟鴞。人物輸南渡，江山誤北朝。縱橫塵世事，愁思日蕭蕭。」荊天棘地，滄桑蕭條。

六、清新老成

清新老成風格指「清而不薄，新而不尖，所以為老成。」[82]清晰準確的運用文字，又能剪裁得當，詩語「清新」，方能避「熟」；見識「老成」方能免「滑」。〈湘軍行〉立片語為警策，復以麾下諸將之赫赫相襯，清晰精準，鎔練遒勁。「新而不尖」如〈塔將軍歌〉，其人物形象鮮明生動，是「新」；又能體現古今良將之德、寓博大於精微，由「特殊性」中見「普遍性」，形塑一良將典型，故能不尖。[83]

詩味清永者，如《寄鶴齋詩集》〈齋居偶得〉云：「我時一出行，嵐光青可數。牆下楝花風，棚下豆花雨。野鳥上下翔，古樹婆娑舞。煙霞結比鄰，覷然青山主。卻作晉人談，愧無張譏塵。」閒散心境來自清心寡求，素位而行。洪氏以姜夔「非奇非怪，剝落文采，知其妙而不知其所以妙，曰自然高妙」[84]的說法來理解王士禎所賞愛的王、孟詩風；[85]以姜夔「寫出幽微，如清潭見底，曰想高妙。」[86]與王士禎的「清」、「遠」二字來體會二謝山水詩意象之微妙；又以情景交融，自然高妙如王維、孟浩然詩為極則。

《八州詩草》〈入廬山十五首〉其七，「三轉」句形容磴道之曲長映襯「井底抄」之形容，見此澗之高遠。善用映襯、對比手法，形容景物之深遠及高遠，寫意的捕捉山及雲之神

---

82 楊慎，〈評庾信詩〉，《升庵詩話箋證》（上海古籍出版社，1987年版）。
83 參引何懷碩，〈論典型〉，《創造的狂狷》（臺北：立緒，1998年初版）。
84 姜夔，《白石道人詩說》，頁7550。吳文志，《宋詩話全編》（江蘇古籍，1998年）。
85 王士禎，《帶經堂詩話》（北京：人民文學出版社，1998年2月第一刷）頁71。
86 同上註。

韻。而綜合摹寫豐美水態如活物，[87]如《八州詩草》〈觀三疊泉瀑放歌〉云：「天河下與黃河通，直注盧阜之山東。山高欲下不遽下，長虹三折隨長風。一折千尺一游龍，上中下層皆龍宮。雷霆雨雹聲隆隆，下層到地垂旻穹。雪浪雲濤墜復懸，銀漢連蜷山腹空。挾江倒湖入兩腋，餘沫唾落青龍嵸。香爐康谷何足炫，泰山水簾徒玲瓏。……聞道水出嵌谷中，洞天石梁神鬼工。天半屈作三石谼，巨靈擘崖分冥濛。水源陰黝黿鼉壑，天海直瀉天都峰。俯視彭蠡如一曲，玉川門外雲溶溶。」氣勢綿長，擬之如游龍；「天海」句寫氣勢雄放。

　　刻摹山水，又好用地名，雕鏤聲色。如〈松郡感事〉「烏喙」、「白鶴江」、「青龍水」、「錙塵」四者，有三種顏色字，和「素絲」之比喻相映照。〈金山變陸感詠〉其如江中砥柱，中流插腳。「彼陷鯨鯢族」，人事的滄桑較地貌的變異來的更痛苦，是深一層寫法。「浮沉俱已非」，陸沉之苦，已非人間。何況倒懸之苦，用翻疊筆法。「如來」二句，妙以擬人筆法，描寫神像之煨，導虛入實，映襯出人間之慘戚。金山如滄海一粟，滄桑又何足計較。「落霞滿山隩」晚景明麗，倍覺可愛。

七、飆發

　　棄生《寄鶴齋詩集》〈籠鷹詩〉之意象似清代詩人夢麟（字文子，蒙古人，1728～1758）〈上方角鷹歌〉詩。[88]夢麟〈上方角鷹歌〉之意象，似為棄生所仿襲。[89]〈籠鷹詩〉「練薇」句，似夢氏詩「綠韝絡臂黃緷操」，「刷羽戢翼勢飛動」又為棄生詩「凌雲刷羽」句所本。棄生「鵰鶚」一詞亦見於夢

87　王進祥編，《中國美學史資料選編》下卷（臺北：漢京文化）頁16。
88　《寄鶴齋詩話》，頁28。見夢麟，《清史稿校註》卷311，頁9011。
89　夢麟詩引自王昶《湖海詩傳》卷十（臺北：商務，1968年版）頁215。

詩。「凌空一逝不可招，高陵大谷追懸猱。疾過鼇睫馳修毫，河阰山櫓窮搜牢。毛群羽族紛騰逃。孤飛擇肉披豷膜。霜晴不動寒穹高，下視鷙鳥非吾曹。」夢麟詩語飆發，棄生詩風格似之。不同的是夢麟身處大清帝國鷹揚之世，可憐棄生卻身遭「乃今見之樊籠中」的衰季。

從詩作「體裁」和「題材」來看，「靈巧工麗」是早歲之詩風，如乙未年（1895）以前〈九十九峰歌〉、〈崇武觀漁歌〉、〈打鹿行〉、〈猛虎行〉等，其鍛練當來自試帖詩之排比聲律及香奩艷體詩中的擬古之作。乙未年後如〈留聲器〉既體物精切又能議論生色，或如〈哀鴻篇五首〉以物喻人，善用比興，有超脫空靈之情致。

此外，「飆發」亦是其風格。《壯悔餘集》香情濃郁，工麗頗似溫、李。晚年〈虞美人詠花二十韻十六首〉以七言排律麗詞，冶詠懷、詠物、香奩於一體，「樸茂淵懿」詩風以漢魏古詩爲則。早歲應舉失利的不遇悲慨，多直攄胸憶以抒之；乙未年後汲汲於古人典型之歌詠，語多至理，語言雅懿，觀其詠史懷古詩可知；「詼奇冷肅」多見於諷諭、詠懷、遊仙諸體之長篇古詩；滑稽混世，牢騷滿懷，不免以散誕奇詭之語散懷，可謂「二分畸癖一分騷」，如〈吸煙戲詠〉等詩。「徑切雄放」是諷諭詩之風格，取法元、白長慶體，上承杜甫詩史意識。晚年《八州詩草》中以雄放之山水寓憂國憂民之情。「沉鬱痛快」多作於臺地割日後，古體及今體風格微別，一近於痛快一近於沉鬱。「清新老成」爲《八州詩草》風格。以五古爲主，冶諷諭、詠史懷古及山水詩於一鑪，如庾信文章，老而更成。

第十章 結 論

第一節 見證興亡，足稱「詩史」

棄生繼承杜甫及元、白諷諭詩之精神，以詩爲史，詩每有深沉之興衰感懷及尖銳犀利的批判。從內容旨趣言，其詩批判清末窳政、甲午戰役、乙未割臺，以及日治時期，日人的暴政種種，諸如檢疫、市區改正、公賣制度、剿殺原住民、斷髮放足、勸業共進會等等。所詠多關乎時事之大者，故其詩易傳後；所作又覈實徑切，批判中肯，可見證一代之興亡，稱之爲「臺灣詩史」，當之無愧。就題材風格言，棄生以其身世之痛，發抒蕭散沉淪之悲涼，「沉鬱痛快」、「詼奇冷肅」之詩格到家，其詩作可謂清末至日治時期，臺灣傳統士子的澤畔悲歌。而他關心祖國，乙未年（1895）後中國之國勢凌夷至極，每於其詩篇深致哀痛。

一九二二年至一九二三年，棄生暢遊大陸，其《八州詩草》詩作每摹景詠古，能深入風土，關心民瘼；指斥軍閥，繫懷文教。此非平日寢饋關繫於國計民生者，不能辦此。他早歲懷抱青雲之志，不幸應舉失利。乙未年後專心著述，貞隱自潔，然時世之動盪、政治之良窳、民生之利病，固未嘗不措意留心，其詩因而深沉博大，如庾信文章，老而更成。從思想格局看，棄生早年雖接觸過西洋輿地、物理等學問，但其基礎仍是中國傳統經史之學。半因民族自尊，半因國勢凌夷，其早年應舉求售時，便頗排拒西洋之政教制度，這由他乙未以前所作之〈天興夷狄論〉、〈毒說〉、〈西法窒礙說〉、〈崇正學論〉等文可知。

　　〈崇正學論上〉云：「日本雖改正朔，易服色，挺螳臂當中國之輪，而愛中國之文學如故也[90]。」以他當時的學術背景及應舉之心情，自然無法洞識日本積極「脫亞入歐」，欲肆擴張之野心。等到臺灣割日，清室已屋，更認爲「以夷變夏」的變法只會治絲益棼，又有「尊王攘夷」之幽憤心志，自然以西學爲非。因此他批判指斥日人，大抵本中國傳統之民貴思想。以爲「能吏有心於國家，然心銳氣盛，無所不爲，急於興革，而反致病者。有之，柳子所謂愛而害之，憂而儺之，蓋有見於能吏之紛紛作爲，爲小民驚而不能相安於無事者，往往然也。」[91]以此安民順性之政治思想，自清末即批判劉銘傳在臺實施洋務運動的種種缺失。

　　迨日人治臺，箝制奴役臺人甚鉅，他的批判也更爲犀利。撇開政策執行的手段，純就政策面考量，則劉銘傳的變法迫切中肯，未可深非；日人統治手腕苛酷，固應指斥，然其清潔、放足及市區改正等運動，實有助於臺民舊慣之革新及都市之更新。純由執行手段非議之，有失公平。以彼視此，則棄生守常有餘，卻稍乏通變。如其〈西洋燈〉一詩末云：「安得堯舜重光出，世間還淳返樸歸邽治。」然自一九〇三年起，臺灣就進入「電燈時代」，因反對西洋文化進而摒棄現代文明產物，欲返回眞樸的小國寡民之世，畢竟不智。但他畢竟是治學深有所得的士大夫，一生傲骨錚錚，深恤民瘼，體察時弊，不遺餘力。故其詩不僅僅見證一代之興亡，更危言危行，如時代之警鐘，足稱「詩史」。

第二節　清詩名家，臺灣大家

　　棄生作詩，每服膺袁枚（1716～1797，字子才）之言：

90　《寄鶴齋詩古文集》，頁81。
91　同上註，頁33。

「吾人作詩當自命爲名家，而使後世置我於大家之中。不可自命爲大家，而使後人摒我於名家之外。」每如明代王世貞所謂「以專詣爲境，以饒美爲材。師匠宜高，捃拾宜博。」不敢老手頹唐，才人膽大。力主詩當入格，反對以新名詞及俗語方言入詩，詩格免於囂俗而夾雜之弊。力求骨氣、意味、神韻三者皆備，以臻高格。論其詩作之造詣，當推「沉鬱痛快」、「詼奇冷肅」之詩作。此因乙未後，詩人困居鄉邦，深有家國之悲及身世之痛。每沉鬱悲涼，痛快抒憤。詩思深入歷史與神話世界，身遁於山水及煙絲之域，詩之意象詼奇冷肅，又能體格獨到。

相較內渡大陸的丘逢甲（1864～1912，字仙根），二人雖同有家國及身世之悲，但丘氏身處中國，自信「殘局當存柯未爛，欲隨王質共觀棋。」[92]對於世局，尚有一點旁觀的從容。而棄生則如抱器之魯生，不幸身處裸國，要維持衣冠斯文不致塗地，已是難上加難。詩風自然顯得「蕭散冷肅」，又出之以詼詭之語。相較之下，丘氏〈殺鴉行〉、〈蓮花山吟〉詩，雖比興深微，用神話奇詭意象，卻鮮有棄生之沉鬱悲涼。

若相較連雅堂（1878～1936，字武公），則連氏因深於史學，詩多詠史懷古意趣，而鮮有棄生詼奇冷肅風格。試觀二人同詠鄭成功之詩作，連氏〈春日謁延平郡王祠〉、〈延平郡王祠古梅歌〉和氏〈國姓濤歌〉，一以詠史取勝，一以渲染神話傳說見奇，即可覘詩風異同。洪氏上薄風騷，下挹取歷代詩家之英華，相較清末黃遵憲「詩界革命」及其詩融鑄新名詞及舊名詞，棄生顯然「集大成」有餘，「另闢新境」、「自鑄偉辭」稍嫌不足。這自然和他的個性擇善固執，學養以中學爲體，又不幸遭日人統治的身世有關。若就才華論，缺少大詩人

92 丘逢甲，〈次韻再答曉滄二首〉，《嶺雲海日樓詩鈔》（上海古籍出版社，1982年9月第一刷）頁360。

那種對世事廣博的興趣和應有的情緒平衡感，也就是像蘇軾那種「以俗爲雅」、「無施不可」的大才。以他的評論標準，可稱詩之名家，卻離大家尚有一間之隔。所謂名家者「踵武前人，自成己調，此如大富家購古園林，別加修造，遂覺改觀，蓋元明以來諸名家多如此也。」[93]不啻夫子自道語。

就清代詩家言，棄生最服膺清初王士禎之詩詣及詩論。詩古雅及「優遊不迫」中「沉鬱痛快」，頗似漁洋詩作。而清初江左詩人，如錢謙益、吳偉業、邵長蘅等人均長於摹古，以自鍊己格，成了他一生學詩作詩之典範。清初嶺南三大家雄直堅緻之詩風，與他個性坦易正直相合，是因性鍊才之榜樣。他不滿乾嘉以降詩作，批評袁枚等人意趣多而乏老格，故一生汲汲於汲古，深納時代風雲動盪於胸懷，自鑄「詼奇冷肅」之遊仙詩，「徑切雄壯」之諷諭詩。晚年詩風「沉鬱痛快」、「清新老成」，爲清末至日治時期臺灣古典詩壇之大家。若以詩風論，則早歲近於「奇才」，晚年漸臻「清新老成」之「清才」，其一生之文章道德，足爲臺灣人之典範。

---

93 《寄鶴齋詩話》，頁100。

洪棄生、洪炎秋的著作

洪棄生著，胥端甫編，《洪棄生先生遺書》全九冊（臺北：成文出版社，1960年版）。

洪棄生，《洪棄生先生全集》七冊——《寄鶴齋詩集》、《寄鶴齋古文集》、《寄鶴齋駢文集》、《寄鶴齋詩話》、《八州遊記》、《八州詩草》、《瀛海偕亡記·中西戰紀·中東戰紀·時勢三字編》（南投：臺灣省文獻委員會，1993年5月31日版）。

洪棄生，《寄鶴齋詩矕》四卷（南投活版社，1917年版）。

洪棄生，《瀛海偕亡記》（臺北：臺灣銀行經濟研究室，臺灣文獻叢刊第59種，1959年10月）。

洪棄生著，臺灣銀行經濟研究室編，《寄鶴齋選集》（臺北：大通書局，臺灣文獻叢刊第304種，1972年版）。

洪棄生，《寄鶴齋文矕》（古文集、駢文集）六冊，鹿港民族文物館藏。

洪炎秋，《廢人廢話》（臺中：中央書局，1964年10月版）。

洪炎秋，《教育老兵談教育》（臺北：三民書局，1968年版）。

洪炎秋，《又來廢話》（臺中：中央書局，1970年5月三版）。

洪炎秋，《淺人淺言》（臺北：三民書局，1971年版）。

洪炎秋，《閒人閒話》（臺北：三民書局，1972年版）。

洪炎秋：《洪炎秋自選集》（臺北：黎明文化，1977年再版）。

洪炎秋，《三友集》（臺中：中央書局，1979年6月版）。

洪炎秋著，陳萬益編，《閒話與常談——洪炎秋文選》（彰化縣立文化中心，1996年版）。

國家圖書館出版品預行編目資料

臺灣古典詩家洪棄生 / 陳光瑩著. －－初版. －－臺中
　市：晨星，2009.02
　面；　公分. －－（彰化學叢書；14）
含參考書目及索引

ISBN 978-986-177-257-8 （平裝）

1. 洪棄生 2. 臺灣詩 3. 作品集 4. 詩評 5. 臺灣傳記

863.4　　　　　　　　　　　　　　　　　98000730

彰化學叢書 014

臺灣古典詩家洪棄生

作者	陳光瑩
主編	徐惠雅
排版	王廷芬
總策畫	林明德、康原
總策畫單位	彰化學叢書編輯委員會

發行人	陳銘民
發行所	晨星出版有限公司
	台中市407工業區30路1號
	TEL：04-23595820　FAX：04-23597123
	E-mail：morning@morningstar.com.tw
	http：//www.morningstar.com.tw
	行政院新聞局局版台業字第2500號
法律顧問	甘龍強律師
承製	知己圖書股份有限公司　　TEL：（04）23581803
初版	西元2009年1月30日

總經銷	知己圖書股份有限公司
	郵政劃撥：15060393
	（台北公司）台北市106羅斯福路二段95號4F之3
	TEL：（02）23672044　FAX：（02）23635741
	（台中公司）台中市407工業區30路1號
	TEL：（04）23595819　FAX：（04）23597123

定價 320 元
ISBN 978-986-177-257-8
Published by Morning Star Publishing Inc.
Printed in Taiwan

請填妥後對折裝訂，直接投郵即可，免貼郵票。

廣告回函
台灣中區郵政管理局
登記證第267號
免貼郵票

407
台中市工業區30路1號

晨星出版有限公司

------- 請沿虛線摺下裝訂，謝謝！ -------

更方便的購書方式：

1 網站：http://www.morningstar.com.tw
2 郵政劃撥 帳號：15060393
　　　　　戶名：知己圖書股份有限公司
　請於通信欄中註明欲購買之書名及數量
3 電話訂購：如爲大量團購可直接撥客服專線洽詢

◎ 如需詳細書目可上網查詢或來電索取。
◎ 客服專線：04-23595819#230　傳眞：04-23597123
◎ 客戶信箱：service@morningstar.com.tw

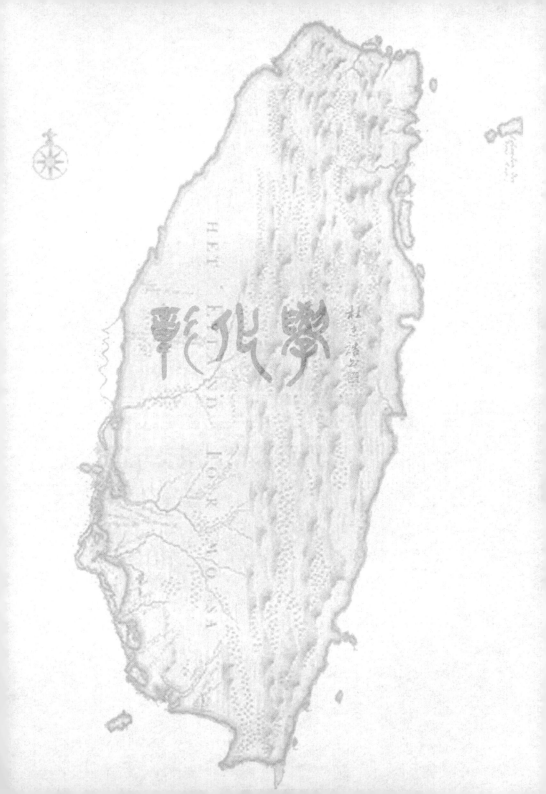

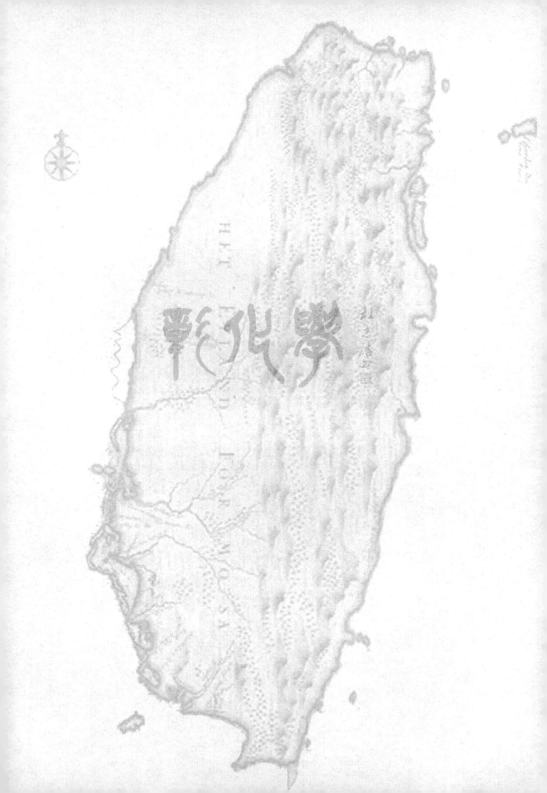